KJB

Anna Benning

VORTEX

Band 1

DER TAG, AN DEM DIE WELT ZERRISS

KJB

Alle Bände der *Vortex*-Trilogie:

Band 1: *Der Tag, an dem die Welt zerriss*
Band 2: *Das Mädchen, das die Zeit durchbrach*
Band 3: *Die Liebe, die den Anfang brachte*

Aus Verantwortung für die Umwelt hat sich der Fischer Kinder- und Jugendbuch Verlag zu einer nachhaltigen Buchproduktion verpflichtet. Der bewusste Umgang mit unseren Ressourcen, der Schutz unseres Klimas und der Natur gehören zu unseren obersten Unternehmenszielen.

Gemeinsam mit unseren Partnern und Lieferanten setzen wir uns für eine klimaneutrale Buchproduktion ein, die den Erwerb von Klimazertifikaten zur Kompensation des CO_2-Ausstoßes einschließt.

Weitere Informationen finden Sie unter:
www.klimaneutralerverlag.de

2. Auflage

Erschienen bei FISCHER KJB

Die Originalausgabe erschien 2020
als Hardcover bei FISCHER KJB.

Satz: Dörlemann Satz, Lemförde
Druck und Bindung: CPI books GmbH, Leck
Printed in Germany
ISBN 978-3-7373-4299-5

Unsere Fähigkeit, eine Einheit in der Vielfalt zu erreichen,
wird das Meisterstück und die Bewährungsprobe
unserer Zivilisation sein.

Mahatma Gandhi

TEIL EINS

NEU LONDON

AUSZUG AUS DEM HANDBUCH DER ANWÄRTER

Innere Kuratoriumsangelegenheiten
Das Vortexrennen

Nach dem fünften Ausbildungsjahr werden alle Anwärter, die ihre Jahresprüfungen am verantwortlichen Lehrinstitut bestanden haben, vom zuständigen Leiter zum Vortexrennen eingeladen. Alle Anwärter haben sich zum genannten Termin pünktlich an der Startlinie einzufinden. Für die korrekte Ausrüstung sind der Anwärter sowie seine Erziehungsberechtigten verantwortlich. Eine Krankmeldung gilt als automatischer Rückzug aus dem Bewerbungsprozess. Der Anwärter ist für seine körperliche Unversehrtheit während des Rennens selbst verantwortlich.

1

Wir werden zu spät kommen!«, rief ich über meine Schulter und wühlte weiter in der Eigentumskiste, die Luka wohl das letzte Mal vor fünf Jahren sortiert hatte. T-Shirts, Jeans, Zeitschriften und Comics, Spielekonsolen aus drei Generationen, halbleere Fruchtgummipackungen, eine silberne Uniform, abgewetzte Laufschuhe, aber kein Detektor.

Wo war er bloß?

»Werden wir nicht«, kam es nur von unter dem Bett zurück. Zwei Füße mit löchrigen Socken lugten darunter hervor.

Ich zog die Hände angeekelt aus der Kiste, als ich auf einen klebrigen Kaugummi stieß. Es war wirklich ein Wunder, dass in dem ganzen Gerümpel noch kein Leben entstanden war. Ratlos richtete ich mich auf und ließ meinen Blick im Zimmer umherschweifen. Die Quartiere der Anwärter waren sehr übersichtlich eingerichtet. Jeder von uns hatte nur ein Bett, ein Schrankabteil, einen Nachttisch und eine Kiste für unseren gesamten Besitz. Es war also ziemlich schwer, hier drin etwas zu verlieren. Zumindest für alle, die nicht Luka Woodrow hießen.

Die sechs Hochbetten waren blitzblank aufgeräumt, schließlich würden wir heute zum letzten Mal in diesem Zimmer übernachten. Auch auf meinem Bett war nichts zu sehen. Mit den grauen Laken und den grauen Kissen hob es sich höchstens dadurch vom Rest des Zimmers ab, dass meinen Schlafplatz keine Poster, Postkarten, Plüschtiere und sonstiger Krimskrams zierten.

»Wie kannst du bitte deinen *Detektor* verlieren?«, fragte ich mit wachsender Verzweiflung. »Das ist dein wichtigster Besitz. Du weißt, dass sie dich ohne ihn auf keinen Fall antreten lassen!«

Lukas roter Haarschopf kam zum Vorschein, als er sich unter dem Bett hervorhievte. Er besaß ernsthaft die Unverschämtheit, die Augen zu verdrehen – bemerkenswert, schließlich war er gerade dabei, unser Leben zu ruinieren. »Ich hab ihn nicht verloren«, sagte er mit einem frechen Grinsen. »Ich hab ihn *verlegt*. Das ist ein Unterschied.«

»Nicht wenn wir ihn nicht wiederfinden«, seufzte ich und spähte zum hundertsten Mal auf meinen eigenen Detektor. Das runde Gerät an meinem Handgelenk blinkte bereits rot, ein klares Zeichen dafür, dass mein Leben auf einen tiefen, dunklen Abgrund ohne Wiederkehr zusteuerte.

8.44 Uhr. Sechzehn Minuten – bis zum Startsignal, wohlgemerkt. Die Rede des Kuratoriumsleiters hatten wir ohnehin längst verpasst. Varus Hawthorne war nämlich, ganz im Gegensatz zu uns, *immer* pünktlich.

Eine Minute würde ich Luka noch geben. Nicht mehr. Ich brauchte fünf Minuten bis nach unten, das würde mir gerade genug Puffer geben, um nicht disqualifiziert zu werden. An dem Tag, der über mein gesamtes zukünftiges Leben entschied, würde ich nicht zu spät kommen. Auch nicht wenn mein bester Freund drauf und dran war, sich sein Leben zu vermasseln.

Seit Monaten hatte ich mich auf dieses Rennen vorbereitet. Es war die letzte Prüfung, die auf uns Anwärter zukam, und die Teilnahme daran galt als die größte Ehre, die einem Menschen auf der Erde zuteilwerden konnte. Ich war jeden Tag mehrere Kilometer gelaufen, hatte Kraft- und Ausdauertraining gemacht und sogar den Mentalunterricht von Mrs Pemberton besucht. Und wenn es eine völlig sinnlose Sache auf dieser Welt gab, dann war es *Konzentrierte Fokussierung und Gedankenlenkung* bei Mrs Pemberton, der alten Schreckschraube.

Endlich würden wir nicht nur die richtige Sprungtechnik in den Simulationen trainieren, sondern *wirklich* durch einen Vortex springen. Wir würden die Energie um uns herumwirbeln sehen, durch sie hindurchrennen – und uns von ihnen über die Welt tragen lassen.

Endlich konnten wir zeigen, was wir in den letzten Jahren gelernt hatten – und herausfinden, wer von uns zum Vortexläufer geeignet war.

Keiner der anderen Anwärter war so gut vorbereitet wie ich, da war ich mir sicher. Und deswegen musste ich jetzt los.

»Hab ihn!«, sagte Luka, kaum, dass ich meinen Entschluss gefasst hatte. Er zog seinen Detektor mit einem triumphierenden Strahlen aus dem Wäschekorb neben der Tür.

Fassungslos beobachtete ich, wie eine Socke von dem armbanduhrähnlichen Gerät hinabglitt. Ich wollte gar nicht wissen, wie der allerwichtigste Gegenstand, den ein Anwärter besaß, in die Schmutzwäsche geraten konnte.

Stattdessen entfuhr mir ein Stoßseufzer, den man sicherlich noch in den Zonengebieten hinter Neu London hören konnte. Für einen Moment schloss ich erleichtert die Augen.

»Ellie, komm schon!« Luka war in seine Laufschuhe geschlüpft und hielt mir nun die Tür auf.

Mit weit ausladenden Schritten rannten wir in den Korridor, der von den Anwärterquartieren aus nach unten führte. Wir kamen an den Klassenzimmern und Trainingsräumen vorbei, in denen wir die letzten fünf Jahre verbracht hatten. Es war schwer zu glauben, dass ich nach dem heutigen Tag nicht mehr jeden Morgen um acht Uhr an meinem Platz in der zweiten Reihe sitzen würde. Dass Luka nicht mehr ständig Grimassen schneiden würde, wenn unsere Lehrer nicht hinsahen. Und dass ich nicht mehr auf den Rücken von Holden Hawthorne starren würde, dem talentiertesten Jungen unseres Jahrgangs, in der leisen Hoffnung, er würde sich irgendwann zu mir herumdrehen.

Aber so war es nun mal. Ab morgen war unsere Zeit an dieser Schule für immer vorbei. Ab morgen würde jeder Anwärter seinen Platz im Kuratorium einnehmen. Und heute würde sich zeigen, welcher Platz das war.

Wir rannten weiter, und unsere hektischen Atemzüge wurden mit jedem Schritt lauter. Die Gänge des Institutsgebäudes waren endlos und einschüchternd, verkleidet mit metallenen Platten und schlangenförmigen Beleuchtungsstäben an den weit entfernten Decken.

Ich erinnerte mich noch gut an den Tag, als ich das Kuratorium zum ersten Mal betreten hatte. Ich war gerade zwölf geworden, und Tante Lis und ihr Mann Gilbert hatten mich zu meinem Antrittsbesuch als Anwärterin begleitet. Die beiden arbeiteten selbst im Kuratorium: Meine Tante war Anwältin im Verwaltungsbereich, ihr Mann der Chefnavigator unseres Instituts, das wichtigste Amt, das direkt dem Leiter unterstellt war.

Und obwohl mir die beiden zuvor mehrfach von dem riesigen Eingangsbereich erzählt hatten, der extra so gebaut war, dass man sich sofort klein und unbedeutend fühlte, wenn man ihn betrat, erstarrte ich trotzdem nach wenigen Schritten zur Salzsäule.

Das Kuratorium war … unheimlich schön, auf eine Art und Weise, die nicht von dieser Welt war.

Es war einer der höchsten Wolkenkratzer in ganz Neu London. Er schraubte sich wie ein Luftwirbel knappe dreihundert Meter in die Höhe, und alle Räume darin sahen aus, als wären sie in ständiger Bewegung. Über die Wände und Böden zogen sich wellenartige filigrane Linien, die man nur erkannte, wenn man genauer hinsah, die einem aber das Gefühl gaben, als würden die Metallverkleidungen langsam davonfließen. Die Korridore waren wie ein Strudel angelegt, der sich immer weiter nach oben und immer weiter in die Mitte schraubte. Sobald man den Eingangsbereich betrat, fühlte man sich, als würde ein sanfter Sog einen davontragen.

Jede Bewegung verläuft in der Zeit und hat ein Ziel, stand in großen Lettern über der Eingangspforte des Kuratoriums. Es war das Zitat eines großen Philosophen – und der Leitspruch aller Kuratorien auf der Welt.

Das Institutsgebäude sollte einen riesigen lebendigen Vortex darstellen, hatte mir Gilbert damals erklärt. Und je höher es einem erlaubt wurde, ins Gebäude vorzudringen, desto mehr hatte man sich in den Augen des Kuratoriums verdient gemacht. Im untersten Bereich gab es die Verwaltungs- und Forschungsräume, im mittleren Ring wurden wir und die restlichen fünf Jahrgänge der Anwärter ausgebildet. Danach folgten die Unterkünfte der Navigatoren und Zonenwächter, und ganz am Ende, kurz unterhalb der Gebäudespitze: die Quartiere der Vortexläufer, die sich wie ein schützender Kreis um das Büro des Leiters legten.

Und genau dort wollte ich nach dem heutigen Tag hin.

Als wir endlich am unteren Ende des Ganges angekommen waren, stieß ich die Tür auf, die uns zum Innenhof hinausführte. Die Sonne blendete mich, doch davon ließ ich mich nicht aufhalten.

Der Hof war so groß wie zwei Fußballfelder, und sein Boden war mit unzähligen grauen und blauen Mosaiksteinen gepflastert, die, in einer Spirale angeordnet, einen Wirbel ergaben. Die Statuen, die links und rechts neben den alten Mauern des Kuratoriumsgebäudes standen, waren Abbilder der Institutsleiter, die weltweit im Amt waren. Es waren zehn an der Zahl, genau wie heute nur zehn von uns ihren Traum verwirklichen würden.

Ein paar Leute aus dem Publikum drehten sich verwundert um, als Luka und ich den Wirbelweg entlangrannten, aber die meisten starrten weiterhin gebannt nach vorne.

Es müssen mehrere hundert sein, dachte ich. Wahrscheinlich war heute sogar das gesamte Kuratorium anwesend: alle Lehrer, alle Verwaltungsangestellten, selbst ein Großteil der Navigatoren, die in einer Reihe hinter dem Pult standen, angeführt von Gilbert, der der Startlinie am nächsten war.

Das Vortexrennen fand viermal im Jahr statt, immer in einem anderen Kuratoriumssitz. In diesem Jahr waren die Institute von Neu London, Moskau, Kairo und Kapstadt an der Reihe. Nächstes Jahr: Hongkong, Tokio, Sydney und New York. Da die Rennen in alle Territorien der Welt ausgestrahlt wurden, stellten sie die größte Attraktion des Jahres dar. Die Kameradrohnen waren überall im Einsatz, die Menschen strömten nach draußen zu den Liveübertragungen – absolut niemand wollte sich das Spektakel entgehen lassen.

Die Einzigen, die bei den Feierlichkeiten fehlten, waren die Vortexläufer, doch die wohnten nie den Anwärterprüfungen bei.

Dafür war ihre Aufgabe viel zu wichtig.

Erleichtert stellte ich fest, dass die Eröffnungszeremonie noch nicht ganz zu Ende war. Ich verlangsamte meine Schritte, um unser Eintreffen etwas weniger auffällig zu gestalten, aber natürlich hatten uns längst alle bemerkt.

Über die Menge hinweg senkte sich der Blick von Varus Hawthorne auf uns. Wie erwartet, war er bereits am Ende seiner Rede angekommen und ließ sich auch von unserer Unterbrechung nicht irritieren.

»Nur zehn von Ihnen werden in die ehrenwerten Reihen der

Läufer aufgenommen«, schallten seine Worte über den Hof. »Zehn von Ihnen werden künftig unsere geliebte Stadt vor denen beschützen, die wie Heuschrecken über sie herfallen wollen. Also, laufen Sie schnell, aber konzentriert, Anwärter! Sie wissen: Eine einzige falsche Entscheidung kann das Ende Ihrer Prüfung bedeuten! Mögen die Besten gewinnen, und mögen die Besten zu den größten Läufern der zehn Territorien werden!«

Tosender Beifall brandete auf. Hawthornes Stimme war mindestens so beeindruckend wie sein Äußeres. Graublonde, leicht gewellte Haare umrahmten ein Gesicht, das wie das eines antiken römischen Helden aussah. Er hatte einen kräftigen Kiefer, eine gerade Nase und eine hohe Stirn. Seine Lippen waren schmal und stets etwas nach unten geschwungen. Er war ein gutaussehender, aber immer sehr ernster Mann. Und in Momenten wie diesem erinnerte er mich so sehr an seinen Sohn, dass es weh tat.

Hawthorne entfernte sich einen Schritt vom Podium und stellte sich mit Gilbert und den restlichen Navigatoren neben die Startlinie. Ich hatte keinen Zweifel, dass den beiden unser spätes Eintreffen aufgefallen war. Während Hawthorne sich nichts anmerken ließ, hatte Gilberts Gesicht einen angespannten Ausdruck angenommen. Es hatte sich diese tiefe Falte zwischen seinen Brauen gebildet, die er nur bekam, wenn er Luka und mir am liebsten eine ordentliche Standpauke halten würde.

Gilbert räusperte sich verlegen und blickte zusammen mit Hawthorne auf das Gerät in seinen Händen.

Der Detektor des Chefnavigators sah aus wie eine große Version der Detektoren, die jeder von uns am Handgelenk trug. Es waren im Grunde tragbare Computer, mit denen man so gut wie alles machen konnte. Sie waren Sonargerät, Kompass und Medienzugang in einem. Vom Display aus konnte man die Daten überallhin projizieren, auf einen Monitor, auf eine Wand, ja sogar in die Luft. Die Technik darin war unheimlich komplex, wie unser Lehrer für *Vortexenergie und Antigravitation* mehrfach betont hatte. Wie sonst sollte so ein unscheinbares Gerät vorhersagen können, dass genau heute, um neun Uhr, an diesem Ort ein Vortex entstand?

Vor meinem inneren Auge sah ich den Countdown auf Gilberts Detektor ablaufen, unnachgiebig und gnadenlos, während ich das letzte Stück bis zur Startlinie lief.

Außer uns standen alle Anwärter in ihren silbernen Uniformen auf ihren Positionen. Vierundvierzig Jungs und Mädchen, die nach den mehrwöchigen Prüfungen noch übrig geblieben waren. Manche kamen aus kleineren Anwärterzentren, die in Schottland, Deutschland oder Frankreich angesiedelt waren, manche waren wie Luka und ich direkt in einem Kuratorium ausgebildet worden. Ursprünglich hatte es über zweihundert Anwärter gegeben, doch die meisten waren längst ausgeschieden und würden nun eine Karriere in den Forschungs- und Verwaltungsabteilungen des Kuratoriums einschlagen.

Nur wenige waren dazu bestimmt, ein Läufer zu werden.

Ich *musste* unbedingt dazugehören.

Die meisten Anwärter kannte ich nur aus dem Unterricht. Freundschaften bedeuteten mir nicht viel. Sie durften mir nichts bedeuten, denn was brachte mir schon ein guter Freund, wenn ich am Ende als Elfte ins Ziel ging?

Mit wild klopfendem Herzen kam ich an der Startlinie zum Stehen. Die kalte Morgenluft zog stoßweise durch meine Lungen und zwang mich dazu, ruhig zu werden. Heute ist *der* Tag, sagte ich mir. Dass Luka mich mit seiner Schusseligkeit fast um meinen Startplatz gebracht hätte, musste ich verdrängen.

Fokussieren, Elaine. Richte deine Aufmerksamkeit auf deinen

Atem. Sei stabil wie ein Fels. Dass ausgerechnet jetzt Mrs Pemberton zu mir sprach, war wahrscheinlich ein Zeichen dafür, dass ich jeden Moment vor Aufregung umkippte.

Da drang eine schneidende Stimme zu mir herüber. »Ich fass es nicht, dass ihr Versager sogar heute zu spät kommt.« Ich spähte zur Seite und traf auf zwei blaue Augen und einen spöttisch verzogenen Mund. »Was war's denn diesmal? Hat dein Geliebter wieder seine Klamotten abgefackelt, Collins?«

»Luka ist nicht mein Geliebter«, zischte ich und fügte dann etwas leiser hinzu: »Und das mit seinem Pullover war ein Versehen.«

Außerdem waren bereits Wochen seit Lukas letztem Anfall vergangen. Er hatte sich unter Kontrolle. Luka gehörte nicht zu diesen Heuschrecken, von denen Hawthorne gesprochen hatte. Nicht *wirklich.* Dass sich sein Blut von unserem unterschied, mochte für hochnäsige Ziegen wie Mia Rose Lancaster eine Rolle spielen. Für mich nicht.

»Ein Unfall? Wohl eher ein *Freak*-Fall. Dass Mister Woodrow ihn überhaupt bis hierher gebracht hat, ist eine Schande für das ganze Institut. Aber rede es dir schön, wenn du kannst.« Über Mias Gesicht huschte ein siegessicheres Lächeln. »Nach dem heutigen Tag seid ihr sowieso nicht mehr mein Problem, sondern das eurer zukünftigen Kollegen – den Zonenwächtern.«

»Das werden wir ja sehen«, blaffte ich zurück, in der Hoffnung, dass sie endlich Ruhe gab.

Ich war Mias Giftspuckerei unendlich leid. Ihr Vater produzierte die Uniformen für das Kuratorium, was dazu führte, dass die Lancaster-Familie stinkreich war und großen Einfluss ausübte. Allerdings keinen so großen wie Gilbert, der als Chefnavigator nach Varus Hawthorne nun mal der mächtigste Mann im Territorium war.

Mias Familie saß auf der Hierarchieleiter knapp unter meiner. Und deshalb hasste sie Luka und mich inbrünstig.

Dass ich ausgerechnet neben dieser Schlange an die Startlinie gehen musste, war wahrscheinlich nicht das beste Zeichen, aber ich weigerte mich, deshalb nervös zu werden. Stattdessen ließ ich meinen Blick über die anderen Anwärter in meiner Nähe schweifen.

Die meisten schauten konzentriert nach vorne, einigen schlotterten sichtlich die Knie. Außer Mia blickte nur noch ein Junge in meine Richtung. Mit seinen dunkelblonden Haaren, den goldbraunen Augen und der ernsten Miene war er auch heute seinem Vater wie aus dem Gesicht geschnitten.

Ein zugegeben ziemlich mitleiderregender Teil von mir wollte einfach nur breit lächeln, weil Holden Hawthorne mir seine Aufmerksamkeit schenkte, aber ich zwang mich dazu, es auf ein möglichst lockeres Kopfnicken zu beschränken. Für Schwärmereien war jetzt kein Platz.

Holdens Mundwinkel zuckten kurz, dann wandte er sich wieder ab. Mit ziemlicher Sicherheit war ich längst aus seinem Gedächtnis verschwunden.

Das Mädchen in der zweiten Reihe. Die Zweitbeste in der Klasse. Das war ich wohl auch noch am letzten Schultag.

Egal. Heute zählte nur das Rennen. Heute würde ich allen beweisen, dass ich das Zeug zur Läuferin hatte.

Ich war bereit.

Da fingen die Zuschauer um uns herum an zu klatschen und zu jubeln, als stünden die zehn Sieger längst fest. Ich durchforstete das Publikum und war endlos erleichtert, als ich Tante Lis an der linken Seitenlinie entdeckte. Beinahe hätte ich ihre blonde Lockenmähne in der Menge übersehen – sie war nämlich die Einzige, die auf ihrer Bank sitzen blieb, während alle anderen aufsprangen. Ihr war offensichtlich nicht nach Jubeln zumute. Stattdessen sah sie schrecklich besorgt aus.

Lis hatte sich immer dagegengestemmt, dass ich eine Läuferin werden wollte. Während andere Eltern alles dafür täten, ihre Kinder heute an dieser Startlinie zu sehen, hatte Lis mir Vorträge gehalten. *Wusstest du, dass die Läufer eine durchschnittliche Lebenserwartung von 42 Jahren haben? 42, Elaine!* Allein dass sie heute dem Rennen beiwohnte, war mehr, als ich zu hoffen gewagt hatte.

Ich warf ihr ein zaghaftes Lächeln zu, und als Lis ihre Arme um ihren Körper schlang und aufmunternd zurücklächelte, spürte ich, wie meine Gedanken endlich aufhörten zu rasen.

»Deinetwegen bin ich schon völlig durch den Wind, bevor wir überhaupt angefangen haben«, raunte ich Luka zu, während ich in Startposition ging.

Luka grinste. Sein typisches unbekümmertes Luka-Grinsen, das mich sofort versöhnlich stimmte, ob ich es wollte oder nicht.

»Du schaffst das«, sagte er. »Sie werden deinen Staub schlucken.«

Ich nickte, denn ich wusste, dass ich es schaffen *musste*, und nahm die Mauer vor uns ins Visier.

Für Außenstehende musste unsere Rennstrecke völlig absurd aussehen. Alle Teilnehmer standen an einer Linie aufgereiht, doch statt dass sich vor uns ein weiter Weg über ein offenes Gelände erstreckte, starrten wir geradewegs auf eine Wand.

Natürlich wusste ich, was in wenigen Sekunden vor mir liegen würde. Noch blinkten die Gravisensoren, fingernagelgroße Kügelchen, die überall im Institut angebracht waren und tagein, tagaus dafür sorgten, dass keine Vortexe mitten im Kuratorium entstanden. So klein sie waren, hatten sie doch ungeheure Macht.

Nur heute würde Gilbert sie für die Dauer des Rennens – und unter höchsten Sicherheitsvorkehrungen – deaktivieren.

Ich wusste, welche Gefahren auf mich warteten. Das Vortexrennen war nicht zu Unrecht die letzte Stufe unserer Ausbildung. Immer wieder verletzten sich Anwärter bei ihrem ersten Vortexsprung. Manche kamen den gefährlichen Energien zu nahe, die in den Wirbeln wirkten, andere gingen auf der Strecke verloren. In der Regel wurden sie später von den Läufern aufgesammelt, die für solche Notfälle abgestellt waren, aber jedem von uns war klar, dass für einige die Hilfe zu spät kommen würde.

Todesfälle waren bei den Vortexrennen keine Seltenheit. Die letzte Strecke hatte sich über die USA nach Kanada bis nach Grönland gezogen, und dabei war ein Junge mitten durch einen Vortex in einen gefrorenen See gesprungen und nie wieder aufgetaucht.

»Anwärter!«, schallte Hawthornes tiefe Stimme über den Innenhof. Die Kameradrohnen um uns herum zoomten der Reihe nach auf jeden Anwärter. Die Aufnahmen wurden auf den Leinwänden ringsum übertragen – und in die ganze Welt. Nach dem heutigen Tag würde jeder Mensch unsere Namen kennen, und ich bemühte mich, so stark und entschlossen wie möglich dreinzuschauen.

Hawthornes Blick ruhte dagegen auf seinem Sohn, und die Erwartung, die in seinen Augen aufblitzte, jagte mir Schauer über den Rücken.

Sollte das Unmögliche eintreten und ich heute nicht in die Riege der Läufer aufgenommen werden – Lis und Gilbert würden mich umarmen und trösten und mir sagen, dass ein Navigator eine genauso wichtige Aufgabe hatte. Holden dagegen … Für Holden gab es keine Alternative. Als Sohn des Kuratoriumsleiters durfte dieser Tag für ihn nur einen einzigen Ausgang haben: Er musste nicht einfach über die Ziellinie kommen, er musste das Rennen *gewinnen.*

»Es ist so weit«, rief Hawthorne wieder. »Jede Bewegung verläuft in der Zeit und hat ein Ziel, Anwärter. Denkt daran. Handelt danach. Auf mein Zeichen!«

Gilbert trat nach vorne. Als Chefnavigator lag es in seiner Verantwortung, dass das Rennen reibungslos verlief und der Vortex genau dann entstand, wenn das Startsignal ertönte. Allein dafür hatte er wochenlange Berechnungen angestellt, die Luka, meine Tante und mich fast in den Wahnsinn getrieben hatten.

Gilbert war ein großer, eher dünner Mann mit hellbraunen Haaren, der in jeder Lebenslage perfekt geschniegelt aussah und so etwas wie Aufregung gar nicht kannte. Er blickte abwechselnd prüfend zur Wand und dann zurück zu seinem Detektor. Hin und her, bevor er warnend die linke Hand hob.

Noch in derselben Sekunde blinkten die Gravisensoren an den Wänden zum letzten Mal auf. Ihr blaues Licht war für mich immer ein Zeichen von absoluter Sicherheit gewesen – nun wurden sie schwarz.

Mein Blick schnellte ein letztes Mal zu Lis. Sie lächelte nicht mehr. *Es wird alles gutgehen*, sandte ich eine stumme Botschaft. *Mach dir keine Sorgen.*

Dann richtete ich meinen Blick nach vorn.

Mit schnellen Bewegungen prüfte ich, dass der Rucksack auf meinem Rücken gut festgezurrt war. Ich zog an meinen blonden Haaren und band den Pferdeschwanz fester. Dann spürte ich schon, wie vor mir ein erstes Flirren entstand – ein Surren in der Luft. Es war wie eine schwüle Hitze, die sich an einem Punkt verdichtete, sich wie ein Wirbel auseinanderzog und lauter und lauter wurde.

Ein *echter* Vortex.

»Anwärter!«, rief Hawthorne wieder. Wir alle lehnten uns nach vorne und fokussierten den größer werdenden Kreis, in dem Himmel, Erde, Wand und Luft ineinander zu verschmelzen schienen.

»Tretet vor in: drei!«

Das Herz pochte mir bis zum Hals, und ich spürte es kaum, als Luka meine Hand in seine nahm und sie sanft drückte.

»Viel Glück«, flüsterte er.

»Viel Glück«, gab ich gepresst zurück.

»Tretet vor in: zwei! Tretet vor in: eins!«

Alles in mir spannte sich an, und ich nahm einen letzten tiefen Atemzug.

»Tretet vor: *Jetzt!*«

Das Wort war wie ein Kanonenschuss, und alle vierundvierzig Anwärter stürmten gleichzeitig nach vorne. Manche waren schneller als andere, aber Geschwindigkeit war nur der halbe Sieg. Ich war erst die Vierte, die in den Vortex sprang.

Aus den Augenwinkeln sah ich, wie einige sofort wieder herauskatapultiert wurden. Ich schloss die Augen, um mich so zu konzentrieren, wie ich es in den Simulationsstunden gelernt hatte.

Sei so schnell wie ein Pfeil, rief ich mir die Worte unserer Lehrer ins Gedächtnis, als ich begann, ins Zentrum des Vortex zu laufen. *Spüre den Strom, aber komm ihm niemals zu nahe.*

Die Energie zerrte von allen Seiten an mir, hüllte mich ein in elektrisches Zucken, gefolgt von einem gleißenden Licht.

Jede Bewegung verläuft in der Zeit und hat ein Ziel, dachte ich und schloss die Augen.

Jede Bewegung verläuft in der Zeit und hat ein Ziel.

Jede Bewegung verläuft in der Zeit und hat ein Ziel.

Dann zog mich der Vortex durch die Welt.

Es dauerte nur wenige Sekunden, bis der Vortex verblasste, dann war um mich herum nur noch Wasser. Instinktiv wollte ich nach Luft schnappen, doch stattdessen drang die kalte, salzige Flüssigkeit direkt in meine Nase und ließ mich würgen. Ich strampelte mit den Füßen und drückte mich nach oben. Zumindest *hoffte* ich, dass ich nach oben schwamm. Es dauerte mehrere Beinschläge, bis ich endlich die Wasseroberfläche durchbrach, und ich hustete, als sich meine Lungen mit Atemluft füllten.

Ich hatte es geschafft. Ich war tatsächlich durch einen Vortex gesprungen!

Schnell überblickte ich meine Umgebung. Der Himmel war strahlend hell, also musste es mitten am Tag sein. Ich riss den rechten Arm nach oben und schaute auf meinen Detektor. Der lange Zeiger rotierte noch im Kreis, was zum einen bedeutete, dass ich nicht mehr in derselben Zeitzone war, und zum anderen, dass ich auf keinen Fall warten konnte, bis der Detektor sich richtig eingestellt hatte.

Im Grunde war die Uhrzeit auch egal. Offensichtlich war ich nicht in der Themse gelandet, dafür war die Luft zu schwül und das Wasser zu sauber. Und das wiederum bedeutete, dass ich schnellstmöglich den nächsten Vortex finden musste, um wieder nach Neu London zu kommen.

Ich warf einen weiteren Blick auf den Detektor. Zwei kleine grüne Kreise blinkten darauf, also waren Vortexe in der Nähe. Ich drehte mich im Wasser, bis der eingebaute Kompass in die richtige Richtung zeigte, dann prüfte ich, ob mein Rucksack noch fest saß, und schwamm los.

Der Sprung durch einen Vortex löste immer ein leichtes Schwindelgefühl aus, das hatte ich schon in den Simulationen festgestellt. Unser Lehrer für *Praktische Sprungtechniken* hatte uns erklärt, dass die Reaktion unserer Körper auf den Sprung stark mit der Länge eines Vortex zusammenhing. Zog sich der Wirbel nur von Neu London nach Edinburgh, fühlte man nahezu keine Beeinträchtigung. Nach dem Sprung durch den längsten bisher gemessenen Vortex, der über den halben Globus führte, hatte sich der betroffene Vortexläufer dagegen zwei Stunden lang die Seele aus dem Leib gekotzt.

Da ich Mühe hatte, die Übelkeit abzuschütteln, waren wir also zumindest nicht mehr in unserem Territorium.

Ich spähte zur Seite über die türkisfarbenen Wellen. Die anderen Anwärter müssten eigentlich in der Nähe gelandet sein, aber noch konnte ich keinen von ihnen sehen.

Luka wird es hassen, dachte ich. Schwimmen war schon immer eine der wenigen Sportarten gewesen, in der er nicht glänzte. Und seit er wusste, welche schrecklichen Kräfte in seinem Blut schlummerten – seit er wusste, dass er wenigstens zu einem Teil zu *denen* gehörte –, mied er das Wasser, so gut es ging.

Nicht an Luka denken, ermahnte ich mich. Konzentriere dich, deine ganze Zukunft hängt von diesem Tag ab. Also strampelte ich schneller, kraulte durch das Salzwasser und kam wenig später an einem goldenen Sandstrand an. Sind wir in der Karibik gelandet?, fragte ich mich und rannte geradewegs durch die Reihe von Palmen. Lianen, Farne und bunt blühende Büsche erstreckten sich zu allen Seiten. Erst jetzt wurde mir bewusst, wie unerträglich heiß es war. Insekten zirpten, Vögel zwitscherten. In der Ferne brüllten sogar ein paar Affen.

Mit geschlossenen Augen versuchte ich, den Lärm des Dschungels auszublenden. Der Detektor an meinem Handgelenk vibrierte, die grünen Punkte wurden größer, und ich hielt inne, um mich zu orientieren. Ein Vortex lag im Norden, einer im Südwesten, beide glücklicherweise an Land. Jetzt galt es nur noch herauszufinden, welcher Vortex mich am schnellsten nach Hause brachte.

Die Zahlen, die neben den grünen Punkten aufleuchteten, zeigten uns die Richtung, Länge und Lebensdauer eines Vortex, aber das brachte mir nicht viel, wenn das Ortungssystem mir nicht bald sagte, wo ich war. Erst wenn ich das wusste, konnte ich abschätzen, welcher Vortex mich näher zu meinem Ziel brachte. Und die Zeiger kreisten immer weiter.

Ich schloss die Augen und nahm tiefe, ruhige Atemzüge. Dann lauschte ich in mich hinein. Es dauerte nicht lange, bis das Flirren in der Ferne zu mir drang.

Ich erinnerte mich, wie unser Lehrer damals gesagt hatte, dass die Vortexe aus den Simulationseinheiten mit denen in der Wirklichkeit nur wenig gemein hatten. Die Vortexe in der echten Welt drangen durch alles hindurch, was auf ihrem Weg lag; sie vermischten Stein mit Wasser, mit Luft, mit Erde. Und dadurch hinterließen sie Spuren, die wir fühlen konnten, wenn wir nur aufmerksam genug waren.

Die beiden Vortexe waren nicht mehr weit von mir entfernt. Der im Südwesten fühlte sich eher nass und kalt an, während der im Norden heiß und rau war. Mitten im Ozean zu landen war kein schöner Gedanke, auch wenn Läufern das natürlich oft genug passierte. Also blickte ich mich noch einmal um, entdeckte weiterhin niemanden und rannte in Richtung Norden.

Konzentriert starrte ich auf den Boden, während ich über Wurzeln, Moos und Steine sprang. Das Gelände war unwegsam, und ich fragte mich, ob Gilbert gewusst hatte, wohin der erste Vortex führen würde. Denn eigentlich hatte das Kuratorium nur eine Kontrolle über das Rennen: zu bestimmen, durch welchen Vortex wir zuerst sprangen. Alles danach war purer Zufall. Von jetzt an war es ganz und gar unsere Entscheidung, welchen Weg wir einschlugen und wie wir zurück nach Neu London fanden.

Manche Läufer hatten schon Stunden damit zugebracht, den einen perfekten Vortex zu finden, der sie so nah wie möglich beim Kuratorium absetzte. Andere nahmen den nächstbesten, und dann den nächsten und den nächsten, in der Hoffnung, dass sie damit schneller ans Ziel kamen als die anderen.

Der Vortex, für den ich mich entschieden hatte, war nun in unmittelbarer Nähe. Ich rannte um einen meterbreiten Baum, dann hörte ich es. Ein Knacken hinter mir. Als hätten sich die anderen Anwärter abgesprochen, brachen plötzlich links und rechts mehrere silberne Gestalten aus dem Dickicht hervor.

Na großartig! Die Kletten folgten mir! Zuerst entdeckte ich Mia mit ihren platinblonden Haaren. Ein hochgewachsener Junge mit dunkelbraunem Teint und muskelbepackten Armen war ihr dicht auf den Fersen – soweit ich wusste, war er ein Anwärter aus Edinburgh. Hinter ihm folgte ein Mädchen mit schmalem Gesicht und einem Dutt auf dem Kopf.

Und dann tauchte auch Holden zwischen den Palmen auf, doch im Gegensatz zu den anderen lief er mir nicht nach, sondern versuchte, mich zu überholen.

Wir warfen uns einen kurzen Blick zu, als wir Seite an Seite auf den Vortex zusteuerten. Um mich herum waren immer mehr Schritte zu hören, als würden alle vierundvierzig auf denselben Punkt zulaufen. Natürlich konnte das nicht stimmen, denn bei jedem Vortexrennen scheiterten bereits mehrere Anwärter an dem ersten Sprung. Sie konzentrierten sich einfach nicht gut genug, und der Vortex spuckte sie auf halbem Wege wieder aus.

Wenn sie Glück hatten.

Ich konnte nur hoffen, dass Luka unter den verbliebenen Läufern war. Mit seiner Konzentrationsfähigkeit war es nämlich auch nicht sonderlich gut bestellt.

Das Flirren in der Luft war inzwischen mit bloßem Auge zu sehen. Der Wirbel lag direkt hinter der Spitze einer steilen Böschung, so dass man den letzten Meter mit einem beherzten Sprung hinter sich bringen musste. Ich legte noch etwas Tempo zu, sprintete einige Schritte vor Holden den Hügel hinauf und …

Ich schrie, als jemand an meinem Rucksack zog. Verdammt! Dann bohrte sich ein Ellbogen in meinen Rücken, und ein Fuß wurde in eine meiner Kniekehlen gerammt. Das brachte mich endgültig zu Fall, und ich schrie erneut, als ich den Hügel hinabstürzte. Gerade noch konnte ich mich mit den Händen abfangen. Über mir entdeckte ich noch einen platinblonden Schimmer und bildete mir ein, Mia grinsen zu sehen, während sie direkt hinter Holden durch den Vortex sprang.

Verdammt, damit hätte ich rechnen müssen!

Ich ließ mich mit einem Stöhnen auf den Untergrund sacken, unmittelbar vor einem Lemuren, der mich mit seinen riesigen Augen fassungslos anstarrte.

Ja, wollte ich ihm sagen. *Ich bin genauso überrascht.*

Für einen Augenblick gab ich mich dem Schmerz hin, dann hievte ich mich auf die Füße. Ich strauchelte, sah überall kleine Lichtreflexe und war dankbar, als mich zwei Hände an den Schultern packten und mir Halt gaben.

Zuerst dachte ich, dass Holden vielleicht umgedreht war, aber stattdessen lächelte mir Luka entgegen.

»Komm schon, Faulpelz«, sagte er und zog mich an der Hand die Böschung hinauf. »Pause kannst du später noch machen.«

»Du hättest nicht auf mich warten sollen«, keuchte ich. Beim Vortexrennen musste sich jeder selbst der Nächste sein.

»Und meine zukünftige Läuferpartnerin zurücklassen?«, fragte er, und seine kastanienbraunen Augen funkelten amüsiert. »Kommt gar nicht in Frage. Komm schon, holen wir die Lahmärsche ein.«

Ich konnte ein kurzes kratziges Lachen nicht mehr zurückhalten.

Nach seiner Diagnose hielten viele Anwärter Luka für einen Freak, aber für mich war er ganz einfach mein bester Freund. Mein *einziger* Freund. Und Momente wie diese zeigten mir wieder warum.

Wir brauchten fast fünf qualvolle Minuten, bis wir am höchsten Punkt der Böschung ankamen. Gemeinsam nahmen wir Anlauf, sprangen durch den Vortex, und der Sog trug uns davon. Ich ließ die Bewegung widerstandslos durch meinen Körper gleiten, während ich versuchte, mich so klein wie möglich zu machen, um nicht von den tödlichen Energien am Rand berührt zu werden.

In den Simulationssprüngen hatten die Vortexe nur aus Energieströmen bestanden, aus nüchternem blauem Flackern. In der Wirklichkeit sah das anders aus – ich konnte *sehen*, wie der Vortex sich über die Erde schraubte, sah Meere und Himmelsfetzen an mir vorbeiziehen. Der Anblick raubte mir den Atem. Beim ersten Mal hatte ich die meiste Zeit die Augen geschlossen und mich nicht getraut hinzuschauen, doch jetzt – oh, jetzt bekam ich gar nicht genug. Ich schoss mit nervenzerreißender Geschwindigkeit durch die Welt, und ich spürte das Adrenalin nur so durch meine Adern pumpen.

Es war viel zu schnell vorbei.

Als ich die Orientierung zurückerlangt hatte, war um mich herum nur Wüste. Sand. *Überall.* Daher kam also die Hitze, die ich gespürt hatte.

Luka landete diesmal ganz in meiner Nähe. Die anderen Anwärter, elf, zwölf, fünfzehn, rannten dagegen bereits weit vor uns über die Dünen. Wir konnten sie unmöglich einholen, jeder Schritt im tiefen Sand kostete wahnsinnig viel Kraft. Schon auf halber Strecke ging mir die Puste aus, ich schleppte mich bloß eine Düne nach der anderen nach oben und schlidderte sie dann wieder herunter.

Die anderen waren längst verschwunden, als wir auf den Vortex zukrochen, der inzwischen halb unter Sand vergraben war. Mist! Wir mussten mitten ins Zentrum springen, aber das war komplett verschüttet. Sofort begannen wir zu graben, und der heiße Sand brannte so sehr an meinen Fingern, dass ich schon bald vor Schmerzen zitterte.

»Hör auf! Lass mich das machen«, presste Luka zwischen den Zähnen hervor. Er drängte mich zur Seite, so dass ich mit dem Graben aufhören musste. Seine Finger tauchten mühelos in den brennend heißen Untergrund hinein, immer und immer wieder.

»Luka …« Ich sah ihm unsicher zu, doch er grub nur unablässig weiter.

»Was?«, raunte er. »So ist es wenigstens mal für etwas gut.«

Ich presste die Lippen aufeinander und sagte nichts dazu. Luka durfte seine Kräfte nicht einsetzen, schon gar nicht beim Vortexrennen. Wenn uns jetzt eine der Drohnen entdeckte, würde er disqualifiziert werden. Und ich vielleicht auch.

Allerdings tat er ja nicht wirklich etwas. Dass seine Haut die Hitze mühelos absorbierte – dafür konnte er nichts.

Luka grub und grub, und ich starrte angespannt auf die rote

Anzeige auf meinem Detektor, die mir sagte, dass der Vortex nicht mehr lange stabil bleiben würde. Verdammt! Ich sah bereits, wie er am Rand flackerte! Es würde nicht mehr lange dauern, bis er verschwand.

»Schneller!«, rief ich und half nun doch wieder mit.

Da – das Flirren wurde stärker. Wir hatten es fast geschafft! Wenn wir nicht sofort sprangen, würde sich der Vortex auflösen – und wir wären in der Wüste gestrandet.

Kaum hatten wir den Vortex freigelegt, griff ich Luka an der Hand und zog ihn mit mir. Einen Moment später spürte ich voller Erleichterung den vertrauten Sog und ließ Luka wieder los.

Das war gerade noch gutgegangen.

Wir schlingerten, als wir davongezogen wurden. Der Vortex rauschte über die Erdoberfläche, und die Vibrationen schüttelten mich viel stärker durch, als ich es gewohnt war. Schon bald verlor ich Luka aus den Augen und konzentrierte mich nur auf mich selbst.

In der echten Welt ist jeder Vortex anders, erinnerte ich mich an Gilberts Worte, als er Luka und mir spätabends Zusatzstunden in den Simulationskabinen gegeben hatte. Er hatte uns heimlich in den Überwachungsraum des Chefnavigators geführt – ein Raum, den niemand, nicht mal die anderen Navigatoren kannten – und uns gezeigt, wie die Simulationen funktionierten. *Diese Vortexe sind künstlich – und immer gleich. Da draußen ist das anders. Da draußen können sie euch schneller umbringen, als ihr blinzeln könnt. Wenn ihr einen Vortex wirklich beherrschen wollt, müsst ihr wissen, mit welcher Art ihr es zu tun habt. Erst dann könnt ihr ihn meistern.*

Eisern biss ich die Zähne zusammen. Dieser Vortex wollte definitiv nicht gemeistert werden, aber trotzdem schaffte ich es, mich einigermaßen in seiner Mitte zu halten. Als der Sog nachließ, rollte ich mich ab und blieb erschöpft auf dem harten Pflaster liegen, auf dem ich gelandet war.

Der Zeiger auf meinem Detektor rotierte wieder, als ich mich aufrappelte. Ich befand mich auf einem Platz, der auf der einen Seite von herrschaftlichen Häusern gesäumt wurde. Luka war nirgends zu sehen, er musste an einer anderen Stelle rausgekommen sein. Aber trotzdem war ich nicht allein. Unzählige sehr schick gekleidete Menschen standen auf dem Platz und starrten auf eine Projektion, die auf die Fassade eines Hochhauses geworfen wurde. Dahinter, im Hafen, sah man eine riesige Luxusyacht neben zahlreichen Zweimastern vor Anker liegen.

Okay …

Mit einem Mal wurde mir schmerzlich bewusst, wie völlig zerzaust ich schon jetzt aussehen musste. Sobald ich mich bewegte, rieselte eine Mischung aus Sand, Blättern und Blütenstaub aus meinem Haar. Bestimmt krabbelte auch der ein oder andere Käfer auf mir herum.

Das Ortungssystem meines Detektors aktualisierte sich und zeigte mir meinen Standort an.

Na toll. Ich war mitten in *Cannes* gelandet.

Kaum hatte sich die Erkenntnis in meinem Kopf breitgemacht, prasselte schon ein wahres Blitzlichtgewitter auf mich ein. Menschen rannten auf mich zu.

»Ils sont là!«, rief eine Frau aufgeregt. *»Les coureurs!«*

Einige der Reichen und Schönen hielten mir Stifte entgegen, und ich verstand erst gar nicht, was das sollte, bis irgendjemand aus der Menge doch tatsächlich »Autogramm!« rief.

War das ihr Ernst? Ich war noch nicht mal eine Läuferin – und selbst wenn! Wir waren mitten im Rennen!

Schnell wandte ich mich ab und ließ meinen Blick über die Köpfe hinwegschweifen.

Jetzt verstand ich auch, wieso sich hier so viele Leute versammelt hatten. Sie schauten die Liveübertragung des Rennens an. Die Kameradrohnen waren heute überall auf der Welt im Einsatz. Die Navigatoren schickten sie in kürzester Zeit zu den neuen Standorten, die sie durch unsere Detektoren übermittelt bekamen. So hatten sie uns jederzeit im Blick, egal, wo wir von den Vortexen ausspuckt wurden. Aktuell zeigten die Drohnen drei verschiedene Schauplätze: Anwärter, die mit Hilfe von Atemmasken tauchten, Anwärter, die in der Wüste gestrandet waren, und eine weitere Gruppe Anwärter, die gerade begannen, einen Kirchturm hochzuklettern.

Beim letzten Bild war definitiv der Hafen von Cannes im Hintergrund zu sehen, also musste der Turm in der Stadt liegen. Ich drehte mich um die eigene Achse. Die Blitzlichter schossen mir unangenehm in die Augen, aber den Turm mit der riesigen Uhr in der Mitte entdeckte ich trotzdem. Er überragte die Häuser im Norden der Stadt; die Entfernung von hier zu schätzen war unmöglich.

»Lassen Sie mich vorbei!«, rief ich und quetschte mich durch die Massen. Eine Drohne musste mich entdeckt haben, denn meine nicht ganz so sanften Bemühungen, mir einen Weg zu bahnen, wurden direkt auf der Hochhausprojektion ausgestrahlt.

Es dauerte eine gefühlte Ewigkeit, bis ich die Schickimickimenge hinter mir gelassen hatte. Ich rannte durch die Gässchen der Stadt, vorbei an Bistros, Parks und zahlreichen Luxushotels, und versuchte ungefähr die Richtung zum Turm einzuhalten, was bei den verwinkelten Straßen gar nicht so leicht war. Cannes war zum Bersten voll mit Touristen – klar, die Stadt war nach der Großen Vermengung eine der letzten an der französischen Küste, die nicht zu weiten Teilen unter Sand begraben lag.

In den Häuserschluchten verlor ich den Turm mehrmals aus den Augen. Mein Kompass blinkte rötlich, sobald ich mich wieder vom Vortex entfernte, und ich fluchte, als ich die Gasse, durch die ich eben gerannt war, wieder zurücklief.

Endlich erreichte ich den Kirchturm. Er lag an einem runden Platz, der glücklicherweise ziemlich verlassen war. Nur wenige Leute tummelten sich an einem Springbrunnen, der vor der Eingangspforte der Kirche stand.

Entgegen all meiner Sorge waren die Anwärter in ihren silbernen Uniformen noch immer dort. Sie hingen ratlos an der Spitze des Turms und diskutierten heftig miteinander. Zuerst verstand ich nicht, was das Problem war, doch dann blickte ich nach oben und stöhnte innerlich.

Keiner der Anwärter hatte den Vortex bislang erreichen können. Und das lag daran, dass er einige Meter neben der Turmspitze in der Luft lag … Viel zu weit entfernt, um hineinzuspringen.

Ich starrte auf meinen Detektor. Nichts – da war nur dieses eine grüne Licht. Einen anderen Vortex gab es nicht, zumindest nicht in der Stadt. Und dieser führte in eine eiskalte Gegend, die zwar Neu London nicht wirklich näher zu sein schien, aber auch nicht weiter weg.

Der Vortex war unsere einzige Chance, und ich scannte die Gegend nach einer Lösung ab. Auf dem Turm waren elf oder zwölf Anwärter zu sehen. Es war unmöglich zu sagen, wie viele insgesamt noch übrig waren. Je länger ein Rennen dauerte, desto mehr verstreuten sich alle in die vier Himmelsrichtungen.

Noch war jedenfalls keiner von ihnen im Kuratorium angekommen. Sonst hätte ich längst eine Benachrichtigung auf meinem Detektor erhalten.

»Na, hast du eine Idee?«, fragte da eine Stimme hinter mir.

Ich drehte mich um und starrte überrascht in Holdens goldbraune Augen.

Er wirkte fast etwas belustigt, als er die verzweifelten Anwärter auf dem Kirchturm beobachtete. Sicherlich hatte auch er sofort begriffen, dass der Vortex so niemals zu erreichen war.

»Noch nicht«, gab ich zu. »Oder hast du zufällig eine Leiter dabei?«

Holden lachte. »Zufällig nicht, aber vielleicht finden wir ja irgendwo ein Trampolin.«

»Oder Stelzen«, fügte ich hinzu, und wir grinsten uns an.

Dann schauten wir wieder hinauf zum Kirchturm. Er war

nicht sonderlich hoch, aber weit höher als die umliegenden Dächer. Deshalb konnte man auch von keinem anderen Punkt aus den Vortex erreichen. Das einzige Gebäude, das in etwa hoch genug wäre, war ein Museum, und das lag leider auf der anderen Seite der Straße.

Allerdings …

Ich zog meinen Rucksack vom Rücken und wühlte durch dessen Inhalt. Nachdem ich das richtige Päckchen gefunden hatte, zog ich eine Schnur heraus.

»Du *hast* eine Idee«, sagte Holden und kam interessiert näher.

Er stand jetzt so dicht bei mir, dass ich den Duft seines Shampoos riechen konnte. Sandelholz und etwas, das mich ein bisschen an Grapefruit erinnerte. Mein Herz klopfte schneller, und ich nickte. »Hilfst du mir?«

»Klar«, sagte Holden. »Wenn du mich mitnimmst.«

Ich hob beide Brauen. »Natürlich.« Das war gar keine Frage.

»Na dann. Los geht's, Partnerin.«

Partnerin. Schnell biss ich mir auf die Unterlippe und zwang mich, bei der Sache zu bleiben.

Ich deutete zu dem Museumsgebäude und hielt Holden erwartungsvoll ein Ende der Schnur entgegen.

Sein Blick folgte der Richtung meines Fingers, dann sah er zurück zur Schnur und schließlich nach oben zum Vortex. Langsam legte sich ein Grinsen auf seine Lippen.

»Genial!«, rief er mir zu, griff nach der Schnur und sprintete über die Straße. Den Passanten, die bereits aufgeregt auf uns zeigten, gab er unmissverständlich zu verstehen, dass sie Abstand zu halten hatten.

Die Schnur in meiner Hand wurde unterdessen immer länger – und immer breiter, je weiter sie gespannt wurde. Während Holden in die andere Richtung rannte, ging ich selbst so unauffällig wie möglich auf die Rückwand des Kirchturms zu. Die restlichen Anwärter diskutierten noch wild darüber, was zu tun war. Anscheinend beschlossen einige von ihnen gerade, den Sprung zu wagen, was mir nur recht war.

Der Erste, ein großgewachsener, durchtrainierter Junge, schleuderte sich mit Anlauf in die Luft. Wie erwartet verfehlte er den Vortex jedoch um mehrere Meter und prallte wenig später hart auf dem Boden auf. Seine Größe hatte es ihm schwergemacht, sich richtig abzurollen. Er schrie vor Schmerzen, während er sich das Bein hielt, das mit ziemlicher Sicherheit gebrochen war.

Der Junge hatte Glück, dass seine Uniform das Gröbste abgefangen hatte. Das Exoskelett, das in den Stoff eingewebt war, machte uns nicht nur schneller und stärker, es glich auch Stöße und harte Landungen aus. Andernfalls wäre jetzt nicht nur sein Bein gebrochen.

Von der Kirchturmspitze ertönten aufgeregte Rufe.

Ruhig wartete ich, bis sich die restlichen Anwärter abgefedert hatten. Keiner von ihnen erreichte den Vortex, nicht mal ansatzweise, doch die meisten hatten aus dem Sprung des Jungen gelernt. Weitsprünge, Abrollen, Drehungen im Flug, Vierpunktlandungen, all das hatten wir bis zum Erbrechen geübt.

Es gehörte schließlich zum Alltag eines Läufers.

Als ich sicher war, dass ich den Turm für mich hatte, knotete ich die Schnur an meine Gürtelschlaufen und fing an hinaufzuklettern.

An den Händen waren unsere Uniformen mit ausfahrbaren Haken ausgestattet, die ich nach und nach in den Stein schlug. Das Seil spannte an meiner Hüfte, was bedeutete, dass auch Holden bereits losgeklettert war.

Sobald wir oben ankommen würden, durfte ich keine Zeit verlieren, denn auf dem Detektor an meinem Handgelenk leuchtete wieder ein rotes Licht auf. Der Vortex würde sich in Kürze auflösen.

»Was soll *das* denn werden?«, keifte eine Stimme von unten. Sie war so schrill, dass ich gar nicht hinsehen musste, um zu wissen, wem sie gehörte. Ich kümmerte mich nicht um Mia und band stattdessen das inzwischen dicke Seil um ein Eisengitter, das die Turmspitze umrahmte. Schnell prüfte ich, ob der Knoten hielt, dann drehte ich mich und blickte in Richtung des Museums. Holden hielt dort einen Daumen nach oben gestreckt, also drückte ich auf einen Knopf am Ende des Seils, bis ein leichtes Surren ertönte und es sich fest spannte.

Wie ich es geplant hatte, führte das Seil genau über dem Vortex entlang. Jetzt mussten wir uns nur bis zur Mitte hangeln und dann hineinfallen lassen.

Das schienen auch die anderen Anwärter zu begreifen, denn unter mir wurde das Geschrei immer lauter, während die Ersten wieder am Kirchturm nach oben kletterten.

Ich setzte mich auf die Kante des Eisengitters und nahm das Seil in die Hände. Wow, war das hoch! Kurz schloss ich die Augen, dann stieß ich mich ab. Ich griff fest zu, verhakte meine Füße ineinander und hangelte mich am Seil voran.

Von der anderen Seite sah ich Holden auf mich zukommen. Im Gegensatz zu mir versuchte er, über das Seil zu *laufen* – wodurch er wesentlich schneller war, aber das Seil auch ordentlich in Bewegung brachte.

Doch … wer war da hinter ihm? War das …

Luka! Innerlich jubelte ich, als ich seinen roten Haarschopf entdeckte.

Er und Holden schienen sich irgendwas zuzubrüllen, aber

zumindest prügelten sie sich nicht, was im Vergleich zum letzten Schuljahr ein echter Fortschritt war.

Das Seil ächzte unter unserem Gewicht, je näher wir der Mitte kamen, denn auch hinter mir hatten sich die Anwärter inzwischen auf den Weg gemacht. Wir schwankten hin und her, und ich hatte Mühe, mich festzuhalten, während Holden unbeirrt seinen Weg fortsetzte.

Doch auch Luka holte auf. Er und Holden rangelten auf den letzten Metern heftig miteinander. Beide versuchten, den anderen herunterzuwerfen, und so fielen sie mehr oder weniger ineinander verkeilt in den Vortex, der sie in Sekundenschnelle davonzog.

Ich hatte nur noch zwei oder drei Meter. Die anderen kamen hinter mir immer näher. Der salzige Wind, der vom Meer in unsere Richtung blies, wehte mir meinen Zopf und den daran klebenden Sand ins Gesicht.

Noch ein Handgriff, dann –

»Das … kannst du … vergessen!«, rief Mia hinter mir und fasste nach meinem Fuß.

Das passiert mir heute kein zweites Mal, schwor ich mir und trat aus. Ich erwischte Mia an der Schulter, sie schwankte, aber leider nicht genug, um vom Seil zu fallen.

Der Vortex war inzwischen genau unter mir. Wenn ich losließe, würde ich direkt darin landen. Mein Blick legte sich auf die Dutzenden Anwärter, die mit roten Gesichtern am Seil baumelten, dann fasste ich einen Entschluss.

Heute würden nur zehn von uns durchkommen.

Und ich musste eine von ihnen sein.

Mit dem Fuß holte ich noch mal aus, doch diesmal war nicht Mia mein Ziel, sondern das Seil. Ich rammte die ausfahrbaren Haken an meinem Schuh in die Faser und zog daran. Sofort riss einer der Stränge, und ich legte nach, ein weiterer Tritt und noch einer …

»Was tust du da?!«, kreischte Mia panisch und versuchte erneut, mein Bein zu greifen. Ich trat zu, wieder und wieder, zog an dem verflixten Seil, bis es endlich nachgab und riss.

Durch die hohe Spannung sprangen die Hälften sofort wie ein Gummi in beide Richtungen davon. Während die Anwärter vom Seil mitgezogen wurden und unsanft gegen den Kirchturm krachten, ließ ich, so schnell ich konnte, los.

Als ich in den Vortex fiel, versuchte ich noch, Mia abzuschütteln, doch ihr Griff um mein Fußgelenk war eisern. Der Wirbel schleuderte uns hin und her, so schlecht war mein Absprung gewesen. Mia schrie vor Schmerzen auf, als ihre Hand in die gefährlichen Vortexenergien am Rand geriet. Die Uniform platzte auf, ihre Haut verbrannte, und sie konnte sich gerade noch so ins Zentrum des Stroms retten. Ein unglaublicher Schwindel erfasste mich, und kurz bevor mir schwarz vor Augen wurde, krachte ich mit dem Gesicht voran in einen Schneeberg.

Zitternd hievte ich mich auf die Knie, als ich mir des eisigen Windes bewusstwurde.

Wo waren wir diesmal gelandet?

Mein Detektor hatte sich bereits umgestellt. Die Zeitzone war dieselbe, also konnten wir nicht weit gesprungen sein. Irgendwo in den Alpen, wie es schien, denn vor mir erstreckte sich in einem Halbrund ein Bergpanorama mit unzähligen hohen, schneebedeckten Gipfeln.

Noch nie war ich so froh, dass unsere Uniform extreme Temperaturen sofort ausglich. Trotzdem fiel es mir schwer, die Augen bei dem frostigen Wind offen zu halten. Schnell stand ich auf und machte einen Schritt nach vorne.

Unter meinem Schuh knackte es.

»Nicht bewegen!«, hörte ich Luka von irgendwoher rufen.

Langsam drehte ich mich um und entdeckte ihn nur wenige Meter von mir entfernt. Er stand einfach da, mit gespreizten Beinen und starrem Blick.

Ich spähte nach unten. Vorsichtig wischte ich mit einem Fuß den Schnee beiseite.

O nein.

Ich war gar nicht in tiefem Schnee gelandet, sondern mitten auf einem zugefrorenen Bergsee. Rund um meine Schuhe hatten sich zarte Risse gebildet.

Hektisch sah ich mich um. Die wenigen blauschimmernden Flächen waren ringsum mit dickem, flockigem Schnee überzogen, so dass schwer zu erkennen war, wo genau das Ufer verlief. Auf der einen Seite wurde der See von Bergwänden begrenzt, die sich wie ein gigantisches Amphitheater ausbreiteten. Auf der anderen Seite, ganz nah bei uns, gähnende Leere. Hier schien der See an einen Abhang zu grenzen. Ich wollte gar nicht wissen, wie tief es dort nach unten ging.

»Wir müssen irgendwas tun!«, rief ich Luka zwischen japsenden Atemzügen zu. Das Hangeln am Seil hatte mich ganz schön Kraft gekostet.

Hinter mir hörte ich ein Geräusch. Ich drehte mich um und entdeckte Holden, der vielleicht fünfzehn Meter von uns entfernt auf die Bergseite zurannte. Seinen sicheren Schritten nach zu urteilen schien er festen Boden unter den Füßen zu haben. Und noch jemanden sah ich: Mia. Sie war nicht weit von uns aus dem Vortex gefallen, und auch sie blickte ängstlich nach unten.

Holden kam zum Stehen, als er unsere heikle Lage bemerkte. Aus der Ferne erkannte ich, dass er entschuldigend lächelte.

»Sorry, Partnerin!«, hallte sein Ruf übers Eis, dann drehte er sich um und rannte weiter. Mein Blick glitt zur Bergseite, und ich erkannte sofort, wo er hinwollte. Auf einem Felsvorsprung, gar nicht weit entfernt, surrte ein Vortex friedlich vor sich hin.

Ein Funke der Enttäuschung flammte in mir auf, als Holden seinen Weg unbeirrt fortsetzte, auch wenn ich natürlich verstand, dass er nicht auf mich warten konnte.

Hinter dem Vortex lag ... Neu London. Ich wusste nicht, woher dieser plötzliche Gedanke kam. Derart genau vorherzusagen, wohin ein Wirbelweg führte, war unmöglich. Wir spürten nur ... Temperaturen, Gerüche, die Beschaffenheit der Böden, der Gewässer, der Luft. Der Detektor gab uns eine Richtung an, aber niemals ein Ziel.

Und doch: Hinter diesem Vortex wartete Neu London. Da war ich mir ganz sicher. Was bedeutete, dass wir das Rennen verlieren würden, wenn wir nicht endlich von diesem See runterkamen.

»Ich hab einen Plan!«, rief Luka mir da zu.

»Und der wäre?« Ich versuchte, nicht allzu skeptisch zu klingen. Lukas Pläne hatten in der Regel eine Fifty-fifty-Chance, heillos schiefzugehen.

»Wir schwimmen!«

Meine Augen weiteten sich. *»Schwimmen?«*, schrie ich über die kalten Böen hinweg, in der Hoffnung, dass ich mich verhört hatte. Er konnte doch nicht ernsthaft vorhaben –

Doch da legte Luka bereits eine Hand auf die Eisschicht, die den gesamten See bedeckte.

»Luka, nicht!«, rief ich – zu spät. Seine Fingerspitzen umgab ein rötliches Leuchten, und ich verfolgte entsetzt, wie Feuertropfen aus seiner Haut perlten und sich durch das Eis fraßen. In alle Richtungen breiteten sich die Lavaströme aus, schlängelten sich in meine Richtung und ließen das Eis, auf dem ich stand, in Sekundenschnelle schmelzen.

Gleichzeitig sackten Luka und ich ins Wasser. Ich spuckte und ruderte panisch mit den Armen. Doch schließlich wurde mir klar, dass das Wasser nicht mehr kalt war, ich nicht von tödlichem Eis umkreist war. Luka hatte eine Schneise bis zum rettenden Ufer freigelegt, das nun als schmaler Streifen zwischen dem Abgrund und dem See zu erkennen war. Das Wasser lag friedlich da, warm und einladend.

»Du darfst deine Kräfte nicht einsetzen«, zischte ich Luka zu und schielte in den Himmel. Zum Glück dauerte es manchmal recht lange, bis die Drohnen uns fanden.

»Du kannst mir später danken«, sagte er mit einem Zwinkern und begann, so lässig durch das Wasser zu kraulen, als wären wir in der Schwimmhalle des Instituts.

»Dafür, dass du geschummelt hast?«, rief ich ihm hinterher. »Das ist gegen die Regeln!«

Luka hielt inne und lachte. »Du hast doch gesagt, ich solle etwas tun. Du hättest dich einfach klarer ausdrücken müssen!«

Fassungslos schwamm ich Luka hinterher. Er wartete auf dem Uferstreifen und zog mich aus dem Wasser. Kaum hatte ich das warme Nass verlassen, fing ich an zu bibbern, noch stärker als zuvor.

Hinter uns knarzte und knackte es. Dort, wo Mia stand, war der gefrorene See noch intakt. Sie warf uns wütende Blicke zu und kämpfte sich Schritt für Schritt auf das Ufer zu. Von hier aus konnte ich die Beschaffenheit des Sees viel besser erkennen. Und ich konnte den türkisfarbenen Fleck sehen, wo das Eis besonders dünn war. Ein Fleck, auf den Mia unversehens zusteuerte.

Schon war ein spitzes Kreischen zu hören, und Mia krachte samt perfekter Flechtfrisur in den See. Sie ruderte mit den Armen, tauchte unter und wieder auf, versuchte vergebens, sich an den abgesplitterten Eisplatten hochzuziehen.

»Komm schon!«, rief Luka mir zu und deutete auf die Bergseite, die von hier aus in einem weiten Bogen zu erreichen war. Der Vortex flimmerte dort mit unverminderter Kraft.

Holden war längst verschwunden, und auch Luka rannte los, um es ihm nachzutun.

Ich jedoch zögerte. Der Junge vom letzten Vortexrennen kam mir in den Sinn. Der Junge, der trotz seiner schützenden Uniform nicht mehr gerettet werden konnte und in einem Eissee wie diesem erfroren war.

Seine Eltern hatten mit Tränen in den Augen Interviews gegeben und gesagt, wie stolz sie waren, dass ihr Sohn im Dienste des Kuratoriums sein Leben gelassen hatte.

Egal, wie gemein Mia in den letzten Jahren zu mir gewesen war, egal, wie oft sie Luka schikaniert hatte, weil er anders war … Ich konnte sie nicht zurücklassen. Nicht, wenn ich ihr einfach nur vom Ufer aus eine Hand reichen musste, um sie rauszuziehen.

Doch bevor ich mich umdrehen konnte, drückte mich schon jemand zur Seite. Mia hatte sich allein aus dem Eisloch befreit und warf sich mit ihrem klitschnassen Körper gegen mich, um an mir vorbeizukommen. Ich hielt mich an ihr fest, wir stolperten zusammen nach hinten … und direkt auf den Abgrund zu.

Als Mia auf den Boden krachte, brachte mich die Bewegung ins Taumeln. Ich ruderte mit den Armen, doch es gab nichts, woran ich mich festhalten konnte. Da waren nur die steil abfallende Flanke in meinem Rücken und der Eiswind, der mich unerbittlich hinabzog.

Ich konnte nicht einmal mehr schreien, als ich im freien Fall in die Tiefe stürzte.

Ich fiel.

Doch es war kein normales Fallen.

Zwischen einem Blinzeln und dem anderen war die Luft um mich herum plötzlich nicht mehr eisig und klar. Sie wurde durchzogen von einer knisternden Energie, einem lauten Surren. Um mich herum zogen Himmelsfetzen an mir vorbei, dann drang der Geruch nach Abgasen, Fett und Salz zu mir. Der Berghang, an dem ich gerade noch vorbeigesaust war, verwandelte sich Stück für Stück in eine andere Kulisse, und mir wurde erst klar, dass ich direkt vom Berg in einen Vortex gefallen sein musste, als ich eine Straße auf mich zurasen sah.

Ich konnte einen Schrei nicht zurückhalten. In meiner Panik tastete ich nach dem Nächstbesten, das ich greifen konnte, was in diesem Fall eine verrostete Feuerleiter war. Ich spürte, wie mir die raue Oberfläche die Haut aufrieb, ließ aber trotzdem nicht los. Nach ein paar Metern landete ich mit einem Stöhnen bäuchlings auf hartem Asphalt.

Ich bewegte mich nicht. Ich war mir nicht mal mehr sicher, ob ich es überhaupt konnte. Stattdessen konzentrierte ich mich darauf, Luft in meinen Körper zu pressen, vorsichtige Atemzüge zu nehmen und ansonsten möglichst stillzuhalten. Jedes Ein- und Ausatmen verursachte ein besorgniserregendes Knacken in meiner Lunge, und wenn ich schluckte, schmeckte es nach Kupfer.

Langsam hob ich den Kopf und warf einen verschwommenen Blick auf meine Umgebung.

Wo war ich bloß gelandet? Definitiv waren das nicht mehr die Alpen. Es war mitten in der Nacht, und ich war in irgendeiner Seitengasse einer Stadt gelandet, zumindest hörte ich Autos und Sirenen im Hintergrund. Der Boden bestand aus Pflasterstein und darauf lag … eine dünne Eisschicht.

Na toll. Wo auch immer ich war, hier war es nach wie vor eiskalt. Der Himmel war nur mit wenigen runden Wölkchen bedeckt, die so starr wie Schimmelschwämme in einer Petrischale aussahen.

Ich umklammerte meinen Oberkörper, fest entschlossen, mich und meine Innereien zusammenzuhalten.

Diese verdammte Mia! Das war das allerletzte Mal, dass ich Mitleid mit ihr hatte!

Aber wo war bitte dieser Vortex hergekommen? Denn anders war das Ganze nicht zu erklären: Ich musste durch einen Vortex gefallen sein. Ich dachte zurück. Mein Detektor hatte lediglich den Vortex am Berggipfel angezeigt. War ein zweiter etwa genau in der Sekunde ins Leben getreten, in der ich in den Abgrund gestürzt war?

»Das sah ja ganz schön gefährlich aus«, ertönte da eine fremde Stimme, die mich zusammenzucken ließ.

Unter Aufbringung all meiner Kräfte hob ich den Kopf und richtete den Blick auf einen alten Mann, der ein paar Meter vor mir an der Wand lehnte. Er saß auf einem Stapel durchweichter Kartons, mehrere Mäntel und Schals um sich gewickelt. Neben ihm brannte in einer Tonne ein Feuer.

»Vielleicht solltest du solche Stunts in Zukunft sein lassen«, schlug der Obdachlose vor.

Ich hätte gelacht, wenn mir der Brustkorb nicht so weh täte. Klar, für ihn musste es so ausgesehen haben, als wäre ich aus purem Leichtsinn mitten auf die Gasse gesprungen.

»Danke«, sagte ich und versuchte, mich aufzurappeln, was mir jedoch nicht gelang. »Ich nehm's mir zu Herzen.« Auf den Knien sitzend, zog ich an meiner Uniform, bis sich die Kapuze herauslöste und ich sie über den Kopf ziehen konnte. Dann zerrte ich mir den Rucksack von den Schultern, um darin nach meinem wichtigsten Besitz zu suchen.

»Oh«, hörte ich den Mann sagen. »Du bist eine von *denen.*«

Seine Stimme hatte einen alarmierten Unterton angenommen, der mich innehalten ließ.

Ich sah an mir herab, auf das Symbol, das auf meiner Uniform zu sehen war. Das *Convectum* war das internationale Zeichen des Kuratoriums. Ein kleiner Punkt bewegte sich in einer Schleife nach oben, bildete dort einen Kreis, bevor er sich wieder zu einem Punkt auf der anderen Seite zurückzog. Das *Convectum* symbolisierte die Fähigkeit, von einem beliebigen Ort in der Welt zu einem anderen zu reisen, egal, wie weit dieser entfernt war.

Aus den Augenwinkeln sah ich, wie der Obdachlose aufstand und die Mäntel dabei von ihm herunterfielen. Mein verschwommenes Sichtfeld klarte allmählich auf, und was ich nun sah, ließ mir das Blut in den Adern gefrieren.

Der Mann war gar kein Obdachloser. Er war auch überhaupt nicht alt. Sein Gesicht war nicht faltig, es war *durchfurcht*, so als würde seine Haut teilweise aus Rinde bestehen. In seinen Augenbrauen entdeckte ich kleine Mooskissen, und statt Haaren zogen sich dicke Wurzeln über seinen Kopf.

O verdammt! Er war ein Vermengter. Ein Split!

Freak, ging es mir durch den Kopf, aber ich verdrängte das Wort sofort und spürte, wie sich wegen Luka ein schlechtes Gewissen in mir breitmachte. Ein schlechtes Gewissen, das sofort von aufkommender Panik überlagert wurde.

Das Vortexrennen entschied über unsere Berufung – aber die eigentliche Bestimmung eines Läufers, nämlich die Splits zu jagen und einzufangen, wurde in der Prüfung nicht abgefragt. Dieser Teil der Ausbildung kam erst später. Deswegen waren wir dafür auch gar nicht ausgerüstet. Nicht so, wie es ein echter Läufer oder ein Zonenwächter wäre. Ich hatte keine Waffe mit Gravisensoren, nichts, um mich vor dem Split zu schützen.

Wie kam einer wie er überhaupt in eine Menschenstadt? Das Kuratorium überwachte sämtliche Städte mit Argusaugen. Die Splits hielten sich schon alleine deshalb fern, weil sie sofort auffallen und geschnappt werden würden. Normalerweise verbargen sie sich in den Ungesicherten Gebieten außerhalb der Megacitys, wo sie versuchten, sich den Läufern zu entziehen.

Der Mann gehörte zu den *Grundern.* Die holzartige Haut und die Wurzeln auf seinem Kopf ließen keine Zweifel zu. Zwar waren die Grunder die am wenigsten gefährliche Art der Splits – nicht zu vergleichen mit den Zündern oder den Wirblern –, aber trotzdem: Wenn er mich angreifen würde, hätte ich keine Chance.

»Was willst du hier?«, fragte der Grunder, und bevor ich antworten konnte, tauchte schon eine Hand in meinem Sichtfeld auf. Für einen Moment war ich hypnotisiert von den vielen Wurzelfurchen auf dieser Hand, aber dann legten sich die mutierten Finger um den Träger meines Rucksacks, und der Zauber war gebrochen.

Ich holte aus. Fehlende Gravisensoren hin oder her, ich durfte mich nicht von einem Split aufhalten lassen! Doch der Schlag ging ins Leere, und so zwang ich mich dazu, aufzustehen. Meine Füße rutschten auf dem glatten Boden aus, aber der Widerstand reichte aus. Ich bekam meine Hand rechtzeitig an den Träger und zog den Rucksack zu mir. »Bleib zurück!«, fauchte ich.

»Schon gut, ich wollte nur helfen.« Im Rindengesicht des Grunders zogen sich die Moosaugenbrauen nach oben. Zwischen seinen Zähnen sah ich kleine Erdklumpen schimmern, als hätte er ein Mohnbrötchen gegessen.

»Wo bin ich?«, fragte ich und hielt meinen Rucksack wie eine Waffe vor mich, während sich mein Atemzug in einer weißen Winterwolke von meinem Mund entfernte.

Der Grunder runzelte die Stirn. »Wie bitte?«

»In welcher Stadt befinden wir uns?«

Sein Mund öffnet sich mehrfach, bevor er seine Stimme wiederfand. Er spähte zu meinem Detektor. »Sollte das jemand wie du nicht wissen?«

»Sag mir einfach, wo ich bin!«

»In Anchorage.«

Meine Augen weiteten sich, und ich wischte mir ein bisschen Blut von meinen Handinnenflächen an der Hose ab. Gegen die Hauswand gelehnt, setzte ich die Suche in meiner äußeren Rucksacktasche fort und zog ein Fläschchen Minzöl heraus. Mit zittrigen Fingern schraubte ich an der Kappe. Sofort stieg mir der stechende Duft von Pfefferminze entgegen. Ich inhalierte kräftig, das Brennen in meiner Nase war vertraut und beruhigend. Als würde sich eine tiefe Geborgenheit zärtlich um meinen Körper schmiegen. Es vertrieb zwar nicht die Kopfschmerzen, aber das Pochen in meiner Brust wurde langsamer.

Anchorage.

Alaska.

Ich war nach *Alaska* gesprungen. Und das von den Alpen aus. Kein Wunder, dass mir so schwindlig war!

Plötzlich piepste mein Detektor, und ich hob ihn nah vor mein Gesicht, um die Zeichen darauf lesen zu können.

O nein. Es war das Signal. *Das Sieger-Signal.*

Die ersten vier Sieger des Rennens standen fest, und bestimmt war auch der Rest der Anwärter längst auf dem Weg zum Institutsgebäude.

Ich würde verlieren.

Ein Teil von mir wollte einfach aufgeben, mein Körper schmerzte überall, doch noch waren nicht alle Plätze besetzt. Reiß dich zusammen, dachte ich und schaute zur Gasse in Richtung Hauptstraße. Ein erneuter Blick auf meinen Detektor verriet mir, was ich längst wusste: Ich hatte volle neun Zeitzonen übersprungen.

Unsicher blickte ich zum Grunder. Wäre ich schon ein richtiger Läufer, wäre es meine Aufgabe, ihn gefangen zu nehmen und an die Zonenwächter zu übergeben, damit er keine Bedrohung mehr für die Menschen dieser Stadt darstellte. Damit er niemanden mit seinen Mutationen verletzen konnte. Damit er niemandes Mutter umbringen konnte.

Einer wie er hatte hier nichts zu suchen. Die Welt hatte sich schließlich aus guten Gründen in Gebiete für Menschen und Gebiete für Vermengte unterteilt.

Doch noch war ich kein Läufer. Dafür musste ich erst dieses verdammte Rennen beenden.

»Du bist wegen *ihm* gekommen, oder?«, fragte der Grunder auf einmal. »Das Kuratorium schickt dich, nicht wahr?« Seine Augen starrten mich direkt an. Sie waren so grün wie die Wälder des Amazonas. So intensiv in ihrer Farbe wie das Vulkanrot in Lukas Augen, wenn er einen Anfall hatte.

»Ihm?«, fragte ich verwirrt. »Wen meinst du?«

Der Grunder sah mich zuerst nervös an – und dann mit eiserner Entschlossenheit. »Ich werde nicht zulassen, dass du ihn auslieferst. Ich werde ihn beschützen, zur Not mit meinem Leben.«

Was? Wovon redete der Typ da?

Doch bevor ich nachfragen konnte, erregte etwas anderes meine Aufmerksamkeit. Hinter den Mülltonnen, hinter einem Gitter, das eine Nische von der Gasse abgrenzte, surrte und flirrte es wie verrückt. Ein Vortex! Wieso hatte ich den vorher nicht bemerkt?

Ich starrte in den Wirbel und versuchte zu erspüren, wohin er mich führen würde. Doch da war nichts, kein Hinweis, kein Geruch, nur ein Hauch von Minze, der noch immer in meiner Nase lag.

Egal, dachte ich und stürzte auf den Vortex zu. Alles war besser als Alaska.

»Nicht!«, rief der Grunder und packte mich grob am Arm. Seine grünen Augen blitzten. »Hast du nicht gehört? Ich kann dich nicht zu ihm lassen!«

»Von wem zur Hölle redest du?«

Sein Kiefer arbeitete. Er würde es mir nicht verraten. Stattdessen legte sich seine Hand wie eine Schraubzwinge um meinen Arm. Mit geweiteten Augen beobachtete ich, wie die Finger sich in runzlige Wurzelgebilde verformten, sich ineinander verhakten und es mir unmöglich machten, mich loszureißen.

»Lass mich sofort los!«, knurrte ich dem Split entgegen. Als keine Antwort kam, fügte ich hinzu: »Willst du dich wirklich gegen das Kuratorium auflehnen? Du weißt, dass es in den Zonen Gefängnisse gibt, oder?«

Der Grunder sah mich fast mitleidig an. »Die Zonen wird es bald nicht mehr geben. Genauso wenig wie das Kuratorium.«

Die Art, wie er es sagte, mit dieser Selbstverständlichkeit, ließ wieder ein starkes Schwindelgefühl in mir aufkommen.

Das Kuratorium sollte es nicht mehr geben? Was für ein Schwachsinn! Das Kuratorium war das Einzige, was die Welt zusammenhielt! Das Einzige, das die Splits daran hinderte, auch die restlichen Menschenstädte in Schutt und Asche zu legen.

Ich versuchte, den Griff des Grunders abzuschütteln – vergeblich. Er hielt mich mit seinen widerlichen Wurzelpranken fest. Doch dann zuckte sein Blick zur Seite, und seine Augen weiteten sich.

»Scheiße«, flüsterte er. »Doch nicht *jetzt*!«

Im Vortex bewegte sich etwas. Es surrte viel stärker als zuvor, so wie es sich anhörte, wenn sich jemand durch einen Wirbel bewegte. Der Grunder zog mich einen Schritt zurück, als das Flirren noch intensiver wurde. Der Vortex zuckte und – auf einmal krümmte er sich.

Er … *krümmte* sich?

Vortexe bildeten immer einen perfekten Kreis, doch dieser zog sich zusammen und weitete sich wieder, fast so, als würde er die Richtung ändern … was natürlich völlig unmöglich war. Nach links und rechts, nach oben und unten wand er sich, zuckte, vibrierte und dann …

… dann kauerte plötzlich ein Mann vor uns.

Oder vielmehr ein Junge. Er konnte kaum älter sein als ich. Er war groß und schlank, trug weder etwas am Oberkörper noch hatte er Schuhe an, da war nur eine schwarze Jeans, die völlig durchnässt und viel zu tief an seiner Hüfte klebte. Seine Haut war bleich, die Hände zittrig und das Gesicht vor Schmerzen ganz verzerrt.

Er keuchte und stützte sich mit beiden Händen auf dem Boden ab. Dann spuckte er eine Ladung Blut auf den Asphalt. An einem seiner Handgelenke sah ich einen Detektor – und auch wenn er schon ein paar Jahre auf dem Buckel zu haben schien, war das eindeutig ein Modell aus dem Neu Londoner Kuratorium.

War der Kerl etwa ein Läufer? Aber wieso bewachte dann ausgerechnet ein Split seinen Vortex? Und wer hatte ihn so zugerichtet?

Zunächst schien er uns gar nicht zu bemerken, doch dann zuckte sein Kopf nach oben. Seine eisblauen Augen waren glasig und die Pupillen darin geweitet, die schwarzbraunen Haare ein einziges Durcheinander.

Die Anspannung wich nur schubweise aus seinem Körper. Er richtete sich schwankend auf. Dann sprang sein Blick zu mir, und ich hatte mich seit langer, langer Zeit nicht mehr so transparent, nicht mehr so papierdünn gefühlt.

»Was macht sie hier?«, fragte er. Die Worte waren kaum mehr als ein zittriger Atemzug. Sein Blick wanderte über mein Gesicht und meinen Körper hinweg, und in seinen Augen lag eine tiefe Verwirrung. Mit Zuschauern hatte er wohl nicht gerechnet.

Ich hatte das dringende Bedürfnis, mehr Abstand zu ihm zu gewinnen, und trat so weit zurück, wie es der Griff des Grunders zuließ.

»Was *ich* hier mache?«, fragte ich. »Was macht *ihr* hier?!«

Kaum hatte ich das ausgesprochen, konnte sich der Vortexläufer auf einmal nicht mehr auf den Beinen halten.

»Fagus«, stöhnte er schwach und kippte zur Seite.

Fagus war offensichtlich der Name des Grunders, denn der ließ mich schlagartig los. Seine Wurzelfinger formten sich in Sekundenschnelle zu normalen Fingern zurück, dann machte er einen großen Schritt nach vorne, um den Läufer aufzufangen, bevor er der Länge nach auf den Boden fiel.

»Schon gut, mein Freund, ich hab dich«, sagte Fagus und tätschelte den Kopf des Läufers. »Wir bringen dich in Sicherheit. Nach Hause, in Ordnung?«

Mein *Freund*? Ein Split nannte einen Läufer seinen Freund?

Meine Verwirrung wurde noch größer, als der Läufer mich erneut in den Blick fasste. »Was *macht* sie hier?«, ließ er nicht locker. »Das hätte nicht passieren dürfen! Wie hat sie uns gefunden?«

Ich starrte die beiden an und wusste nicht, was ich sagen sollte. Was ging da vor sich? Er klang fast so, als würde er mich kennen, dabei war ich mir sicher, ihn noch nie zuvor gesehen zu haben.

Mein Blick zuckte zum Vortex. Er war meine einzige Chance, wenn ich nicht den Rest meines Lebens als kleine Navigatorin versauern wollte. Ich musste los, egal, was es mit diesem Kerl auf sich hatte.

Ganz langsam machte ich einen Schritt nach vorne. Die beiden waren zu sehr mit sich selbst beschäftigt, und ich wusste: jetzt oder nie.

Als ich loslief, schrie alles in meinem Körper danach, sich hinzulegen und nie wieder aufzustehen. Meine Beine taten weh, meine Hände brannten, und meine Lunge schmerzte in meinem Brustkorb. So taumelte ich mehr durch den Vortex, als dass ich hindurchsprang. Der überraschte Aufschrei des Grunders wurde vom Surren verschluckt, das nach tausend wütenden Bienen klang. Ich spürte noch, wie mich Wurzelstränge packen wollten, die der Grunder in meine Richtung sprießen ließ, aber es war zu spät.

Der Vortex trug mich davon, und dieses Mal ließ ich mich einfach durch die Wogen treiben. Unsere Lehrer hatten uns Jahr um Jahr eingetrichtert, dem Vortex niemals zu nahe zu kommen, die Energie nicht zu berühren, doch hier und jetzt war mir das ganz egal.

Der beruhigende Duft von Minze lag immer noch in meiner Nase, sogar stärker als zuvor, als wäre er mit dem Vortex verschmolzen. Der Duft von Minze und Wald und feurigem Rauch, ein Geruch, der inzwischen so vertraut war, dass ich ihn überall wahrzunehmen glaubte. Er erinnerte mich schmerzlich an meine Mutter und führte mir wieder vor Augen, dass sie fort war und ich sie nie mehr sehen würde.

Ich schloss die Augen und dachte an Gilbert und Lis, wie sie an der Ziellinie im Innenhof des Kuratoriums standen. Sie waren die besten Zieheltern, die man sich nur vorstellen konnte. Nie hätte ich gedacht, sie heute zu enttäuschen. Nie hätte ich gedacht, ich könnte das Rennen verlieren, doch da war ich wohl zu überheblich gewesen.

Auf einmal krümmte sich der Wirbel. Er wand sich regelrecht um meinen Körper, als ob die Energie direkt in mich hineinfließen würde.

Ich japste und hatte schreckliche Angst, dass der Vortex mich zerquetschen könnte. Doch nichts dergleichen geschah. Stattdessen landete ich mit beiden Knien auf einem allzu vertrauten Pflasterstein, und meine Finger fuhren benommen über das Muster, das darauf in blauen und grauen Farben abgebildet war.

Unmöglich.

Das war einfach unmöglich.

Ich sah auf und blickte in fassungslose Gesichter. Eine eisige Stille hatte sich über den Hof gelegt. Varus Hawthorne, meine Lehrer, Gilbert, Tante Lis … Sie alle starrten mich mit offenen Mündern an, und im nächsten Moment brandeten von überall Stimmen auf.

Mit meiner zerrissenen Uniform, dem Sand, dem Schnee und den Blättern im Haar musste ich ein ziemlich seltsames Bild abgeben, aber das war es nicht, was sie so aufregte. Es waren meine Knie, die gerade so über die rot markierte Ziellinie reichten.

Das Verrückte war: Ich konnte keinen der anderen Anwärter sehen. Auf den Bildschirmen rundherum flammte nur mein eigenes Bild auf.

Daneben thronte dick und fett das Wort SIEGER.

Das konnte nicht stimmen. Es musste ein Fehler sein. Ich hatte doch das Signal bekommen, dass vier Sieger bereits feststanden ... Wie konnte ich auf dem ersten Platz gelandet sein?

Da ertönten hinter mir Schritte, und ich drehte mich wie in Zeitlupe um. Holdens Augen waren regelrecht schockgeweitet, als er an mir vorbeilief und auf der Leinwand neben seinem Bild PLATZ 2 aufleuchtete. Auch Luka, Mia und all die anderen ausgelaugten Anwärter, die nach und nach eintrudelten, sahen mich mit demselben ungläubigen Blick an.

Denn obwohl es völlig unmöglich sein konnte ...

... hatte ich das Rennen gewonnen.

Der Traum war immer derselbe.

Ich hatte ihn schon seit Jahren, genauer gesagt, seit dem Tag, an dem meine Mutter ermordet worden war.

Ein Duft von Süßwasser hing in der Luft, und ich hörte das Rauschen einer Quelle, die irgendwo in der Nähe plätscherte. Neben mir zog sich ein Fels in einem dünnen Bogen über einen Fluss. Moos und Efeu wanden sich darum wie Lianen, und aus dem Stein wuchsen bunte Blumen. Im Wasser ragten bizarre Formationen aus Basalt wie schuppige Pyramiden in den Himmel.

Der Duft des Waldes begleitete mich mit jedem Schritt. Ich wollte die Blumen berühren, konnte es jedoch nicht, so als wären meine Finger gar nicht echt und würden geradewegs durch sie hindurchfassen. Ungelenk lief ich am Ufer über das feuchtkalte Gras, bis ich im Schatten der Buchen die Form eines Hauses ausmachte. Es bestand völlig aus Holz und war mir gleichzeitig vertraut und doch so fremd. Ich lief auf die sonnengelbe Haustür zu. Fast meinte ich, helles Kinderlachen von der Schaukel im angrenzenden Garten zu hören, und wollte unbedingt um das Haus herumlaufen und nachsehen, ob dort jemand war.

Doch bevor ich wusste, wie mir geschah, durchzog ein neuer Geruch die Luft. Er brannte in meinen Augen, war stickig und penetrant und …

Es war Rauch.

Irgendwo brannte es, und der Rauch floss durch die Grashalme wie flüssiger Stickstoff. Er schlängelte sich um Wände und Dachbalken, bis das Haus lichterloh brannte.

Ich schloss meine Augen, presste die Zähne aufeinander und ließ das Universum wie eine Welle über mich hereinbrechen. Als ob ganze Galaxien an mir vorbeirauschten, zu schnell, um sie zu zählen.

Ein Schrei durchschnitt die Stille, und ich rannte los. Der Schrei kam von meiner Mutter. Ich wusste, ein Monster mit roten Augen war dabei, sie zu den Klippen hinter unserem Haus zu treiben. Ich hatte es schon tausendmal gesehen, in unzähligen Varianten, wie sie panisch vor Angst ins Meer stürzte, hinab auf die Felsen, die dort aus dem Wasser ragten.

Hoffnung keimte in mir auf. Vielleicht könnte ich sie ja dieses Mal rechtzeitig erreichen. *Dieses eine Mal!* Wenn meine kurzen Kinderbeine nur etwas schneller wären, vielleicht könnte ich sie dann retten, vielleicht …

Ich schreckte hoch. Mein ganzer Körper war von kaltem Schweiß überzogen. Es dauerte länger als sonst, bis ich den Traum abgeschüttelt und meine Gedanken sortiert hatte.

Es ist nur ein Traum, wiederholte ich innerlich. Ein blöder Traum, der mich nahezu jede Nacht heimsuchte. Immer wieder brachte er mich an den Tag zurück, an dem sie gestorben war. Den Tag, an dem eine Gruppe Zünder unser Haus in Flammen gehüllt und meine Mutter bis zu den Klippen getrieben hatte. Das Letzte, woran ich mich erinnerte, war ihr Schreien – dann wurde alles weiß. Wie ein Fleck auf einer Karte. Wo einst Land gewesen war, war nun nichts mehr. Die Erinnerung war wie ausgelöscht.

Mit zittrigen Fingern tastete ich an meinem Körper entlang und schraubte das Minzölfläschchen auf, das ich verbotenerweise mit in die Regenerationskammer geschmuggelt hatte. Ich inhalierte den Duft dreimal, dann ließ ich meinen Blick über die gewölbte Innenseite der Kapsel wandern, in der ich lag. Es war nur ein Surren der Düsen zu hören, die ihren feuchten Nebel auf mich herabbliesen, und ich zählte die Minuten, bis ich endlich hier rausdurfte.

Von den anderen Anwärtern hatte ich schon gehört, wie nervtötend das Regenerieren war. Zuerst wurde man von Kopf bis Fuß nach Verletzungen abgescannt, dann kam der Nebel, der kleinere Wunden heilte, Infektionen vorbeugte und die Abwehrkräfte stärkte.

Vor allem aber war man völlig mit seinen Gedanken alleine. Drei volle Regenerationsstunden hatten sie uns aufgebrummt – völlig egal, welche Verletzungen man hatte –, und langsam, aber sicher trieb mich die Stille in den Wahnsinn.

Erholung für Körper und Geist, von wegen!

Wenn ich wenigstens kurz mit Tante Lis hätte sprechen können …

Ich seufzte und schloss wieder die Augen. Diesmal würde ich nicht einschlafen, egal, wie sehr sie mich einnebelten. Inzwischen war ich fest davon überzeugt, dass sie irgendwelche Beruhigungsmittel in den Dampf mischten, um auch ja dafür zu sorgen, dass jeder Patient still liegen blieb.

Um mich abzulenken, griff ich an die Kette an meinem Hals und zog das Medaillon hervor. Im Anhänger lag kein Foto, weder von mir selbst noch von meiner Mutter, doch irgendwann hatte es ihr gehört.

Das Medaillon war verschnörkelt, kleine Blumenranken zogen sich über die gesamte silberne Fläche. Es sah ziemlich alt aus, alles in allem, und ich bildete mir gerne ein, dass meine Mutter die Kette vielleicht von ihrer Mutter geschenkt bekommen hatte und die wiederum von ihrer.

Der Minzduft in meiner Nase ließ mich an ihr Lächeln denken, die leicht verschmitzte Krümmung ihres Mundes, auch wenn der Rest ihres Gesichts allmählich in Vergessenheit geriet. Eigentlich war es verrückt, wie sehr ich sie vermisste, obwohl sie schon seit sieben Jahren tot war.

Nachdem man mich damals zu Tante Lis gebracht hatte, der Schwester meiner Mutter und meiner einzigen im System eingetragenen Verwandten, war es mir erst schwergefallen, mich an das Leben mit ihr zu gewöhnen. Die Hochhaussiedlung, in der Lis damals noch gewohnt hatte, war so voller … *Menschen.* Millionen von Menschen. Der Großteil der Megacity lebte in den Randbezirken, in denen sich ein schmuckloser Wolkenkratzer an den nächsten reihte.

Ich erinnerte mich noch, wie sehr mich das alles überwältigt hatte. Das Getrampel, die Sirenen. Es war *nie* ruhig! Ganz anders als im Haus mit der sonnengelben Tür, das völlig abgeschieden draußen in den Ungesicherten Gebieten gelegen hatte.

Doch Lis hatte alles getan, damit ich mich bei ihr wohl fühlte. Sie hatte sich nie darüber beschwert, plötzlich für die traumatisierte zehnjährige Tochter ihrer Schwester verantwortlich zu sein. Und das, obwohl sie und meine Mutter sich kaum kannten, weil sie als Kinder bei der Scheidung ihrer Eltern getrennt worden waren.

Und ich erinnerte mich an die vielen Nächte, in denen sie sich zu mir ins Bett gelegt und die Decke über unsere Köpfe gezogen hatte.

Wenn du die Augen schließt, kannst du dich zurück in den Wald wünschen. Wir sind in einer Baumhöhle. Und der Lärm da draußen … das ist nur Blätterrauschen.

Für einen Moment ließ ich mich wieder in meinen Traum sinken. Dann verbannte ich ihn endgültig aus meinem Kopf.

Stattdessen traten die Ereignisse von heute Morgen an die Oberfläche.

Das Vortexrennen! Ich hatte es tatsächlich gewonnen, auch wenn ich immer noch nicht verstand, was da geschehen war. Wie hoch war die Wahrscheinlichkeit, dass ich in Alaska auf einen Vortex stieß, der mich direkt auf die Ziellinie katapultierte?

Ich kannte die Antwort natürlich. Genauso, wie der Rest des Kuratoriums sie kannte: Die Chance war gleich null.

In völliger Schockstarre hatte ich mich von den Navigatoren von der Ziellinie ins Gebäude führen lassen und nur vage mitbekommen, dass die anderen neun Sieger uns folgten. In Gedanken war ich ihre Namen auf dem Bildschirm durchgegangen. Wer hatte es geschafft? Holden und Luka ganz sicher und Mia leider auch. Sie war noch vor Luka auf Platz drei gelandet. Das zierliche Mädchen mit dem Dutt hatte anscheinend nur Platz zwölf geschafft – und der Junge aus Schottland? Ich wusste es nicht mehr.

Im Getümmel war Luka auf mich zugestürmt, hatte mich umarmt und hektisch auf mich eingeredet, gefragt, was da eben geschehen war, doch die Navigatoren hatten uns unmissverständlich zu verstehen gegeben, dass am Abend noch genug Zeit für Plaudereien war. Beim *Fest der Sieger.*

Bis dahin mussten wir noch eine Menge Prozeduren über uns ergehen lassen. Während des Rennens hatten die Navigatoren jeden unserer Schritte aufgezeichnet. Die Daten wurden unmittelbar über die Detektoren gesammelt und im System des Kuratoriums abgespeichert. Vor der Siegerehrung war es Tradition, dass sich der Chefnavigator mit dem Leiter und den anderen Navigatoren ins *Observatorium* zurückzog, um dort alle Rennverläufe zu überprüfen und so Ungereimtheiten auszuschließen.

Das Observatorium war ein riesiger weißer Raum, der sich

innerhalb der Stockwerke der Navigatoren befand. Er war über und über mit Überwachungsmonitoren ausgestattet, und in seitlichen Kabinen wurden die Simulationen durchgeführt. Während Hawthorne und Gilbert die Daten hinter geschlossenen Türen auswerteten, wurden die anderen neun Sieger und ich im angrenzenden Krankentrakt erstversorgt. Mir wurden meine Wunden an Händen, Knien und Kopf desinfiziert, und ich starrte dabei bloß ins Leere. Ich sehnte mich nach meiner Tante, nach Gilbert und Luka. Alles war völlig verrückt. Wie hatte ich bloß als Erste auf der Ziellinie eintreffen können?

Schließlich waren wir gemeinsam in das Foyer des Observatoriums gebracht worden, und als sich die Tür geöffnet hatte, war mir zuerst aufgefallen, wie bleich Gilbert aussah. Die Sorgenfalte auf seiner Stirn hatte ungeahnte Dimensionen angenommen, und als Varus Hawthorne schnurstracks auf mich zugelaufen kam, war ich mir sicher gewesen, er würde mich vor allen anderen disqualifizieren.

Doch er tat es nicht. Stattdessen hatte er seine Hände auf meine Schultern gelegt und mir zum Sieg gratuliert. Die offizielle Rede und die Siegerehrung samt Vereidigung der Läufer würde erst heute Abend auf dem Fest erfolgen, aber er sagte trotzdem etwas, das ich niemals vergessen würde: »*Jeder* Weg kann zum Ziel führen, Miss Collins. Auch ein außergewöhnlicher.«

Ohne die Gelegenheit zu bekommen, mit Gilbert oder Luka zu sprechen, war ich von den anderen getrennt und in die Regenerationskapsel gesteckt worden. Erst da war mir klargeworden, was Hawthornes Worte bedeuteten.

Nach dem heutigen Tag war ich keine Anwärterin mehr.

Ich war eine *Läuferin.*

Es war kaum zu glauben, dass mein Traum endlich wahr

wurde. Ein Lächeln legte sich auf meine Lippen, und als endlich – *endlich!* – das Surren der Nebeldüsen verstummte und sich die Regenerationskapsel grün verfärbte, spürte ich eine große Last von meinen Schultern fallen.

Auf der gewölbten Decke über mir wurde ungefragt eine Liste mit Verletzungen eingeblendet, die ich vom Rennen davongetragen hatte – der Scanner hatte ganze Arbeit geleistet. Ich seufzte erleichtert auf. Nichts davon machte es nötig, im Krankentrakt zu bleiben.

Der Sprung nach Alaska hatte mich ziemlich mitgenommen, doch das würde bald vergehen. Außerdem war das Rennen an keinem unbemerkt vorübergegangen. Alle zehn Sieger hatten Schrammen, blaue Flecken, diverse Prellungen. Bei denjenigen, die es nicht über die Ziellinie geschafft hatten, sah es noch schlimmer aus. Im Krankentrakt hatte ich erfahren, dass der Junge, der vom Turm in Cannes gestürzt war, zahlreiche Frakturen davongetragen hatte. Ein Mädchen wäre um ein Haar im offenen Meer ertrunken und lag nun im Koma. Dazu hatten die Vortexe selbst zahlreiche Opfer gefordert. Elf Anwärter galten noch als vermisst. Wie nach jedem Rennen waren Läufer ausgesandt worden, sie zu suchen, aber einige würden wahrscheinlich nicht gefunden werden.

Wir hatten gewusst, was uns erwartete. Aber es tatsächlich zu erleben war etwas völlig anderes.

Ich schob den Deckel der Kapsel ganz nach oben und stand auf. Dann wickelte ich den bereitliegenden Bademantel um meinen Körper und ging in Richtung der Duschräume.

Stimmen drangen zu mir, und ich sah Mia und einige der anderen Sieger an den Waschtischen stehen. Im Gegensatz zu mir waren sie bereits angezogen. Luka und Holden waren jedoch nicht unter ihnen, also murmelte ich bloß ein »Hallo« und versuchte, die argwöhnischen Blicke, so gut es ging, zu ignorieren. Mir war klar, dass das Getuschel losgehen würde, sobald sie aus der Tür waren.

Flüchtig sah ich in den Spiegel und verzog mich dann in eine Duschkabine. Dort streifte ich den Bademantel wieder ab und stellte mich unter die Brause. Die Hitze des Wassers brannte unangenehm an meinen Finger- und Zehenspitzen, die sich immer noch wie Eiszapfen anfühlten. Nachdem ich fertig war, war ich kaum wacher als zuvor.

Als ich aus der Dusche trat, waren die anderen verschwunden. Ich wischte den beschlagenen Spiegel ab und starrte in mein erschöpftes Gesicht. Es ließ mich wieder an diesen Läufer denken – den mit den eisblauen Augen.

Er war mir in den vergangenen Stunden unendlich oft im Kopf umhergegeistert. Wo war er nur hergekommen? Und was hatte es mit diesem seltsamen Vortex auf sich, der mich geradewegs ins Kuratorium geschickt hatte?

Mit flachen Händen fuhr ich mir über Stirn, Wangen und Hals, als könnte ich all die Fragen einfach wegreiben. Alleine würde ich sowieso keine Antworten darauf finden.

Und ich hatte heute noch einen langen Tag vor mir.

Schnell föhnte ich mir die Haare und zog die Sachen an, die für mich bereitgelegt worden waren: Jeans, Pullover, Boots. Unsere Läuferuniform würden wir erst nachher überreicht bekommen. Dann band ich meine Haare zum Pferdeschwanz zusammen und lief zum Ausgang des Krankentrakts, wo ich meinen Detektor und meinen Rucksack ausgehändigt bekam. Auf dem Weg durch einen der Essensräume stibitzte ich mir einen Apfel und aß ihn noch im Gehen.

Als ich in den Anwärterquartieren ankam, blinzelte ich verwundert. Alle Betten im Zimmer waren neu bezogen, die Eigentumskisten leer, die Poster an den Wänden verschwunden. Waren die anderen etwa schon weg? Das Rennen war doch erst ein paar Stunden her!

Natürlich war mir bewusst gewesen, dass außer Luka und mir heute alle Bewohner unseres Zimmers das Kuratorium verlassen würden, aber so schnell? Ich wusste noch nicht einmal, ob einer von ihnen unter den Vermissten war. So oder so würde ich sie nicht wiedersehen – und obwohl ich nie viel mit ihnen zu tun gehabt hatte, wünschte ich plötzlich, ich hätte mich ein bisschen besser verabschiedet.

Bestimmt waren sie längst in den Transportern, die auf den Landeplattformen rund um das Kuratorium auf die ausgeschiedenen Anwärter warteten. Wer am Rennen teilgenommen hatte, wurde automatisch für die Auswahlverfahren der Zonenwächter und Navigatoren eingetragen.

Ein Blick auf meinen Detektor verriet mir, dass es schon 16.45 Uhr war. Um fünf musste ich im Auditorium sein, zur Einführung der neuen Läufer.

Ich überlegte, ob noch Zeit genug wäre, meiner Tante eine Nachricht zu schreiben, doch genau in diesem Moment kam eine vertraute Gestalt um die Ecke geeilt.

Lis' geliebte Aktenmappe, ohne die sie nie unterwegs war und in der allerhand Rechtsfälle auf Bearbeitung warteten, klemmte unter ihrem Arm, an der anderen Hand baumelte eine Laptoptasche. Sie trug dasselbe makellose Kostüm wie heute Morgen und einen elegant geschnittenen Blazer mit aufgesticktem Convectum.

»Da bist du ja!«, stieß sie hervor und ließ Tasche und Mappe auf den Boden fallen, bevor sie mich in die Arme nahm. »Ich dachte schon, sie lassen dich gar nicht mehr raus. Ich habe stundenlang gewartet! Geht es dir gut? Die Ärzte meinten, du hättest nur kleinere Verletzungen, und der Scan war wohl auch okay, aber …«

Noch während sie redete, tastete sie meinen Körper nach Verletzungen ab. Mit großer Wahrscheinlichkeit hatte sie sie längst nach Behandlungsmöglichkeiten und Dringlichkeit sortiert, besser, als eine Regenerationskapsel es je könnte. »Du siehst furchtbar aus«, stellte sie fest. »Du solltest zurück in den Krankentrakt.«

»Ach Quatsch. Mir geht's gut«, sagte ich und drückte meine Stirn behutsam gegen Lis' Schläfe. Meine Tante hatte eine solche Präsenz, dass ich ständig vergaß, dass ich die Größere von uns beiden war, zumindest, wenn Lis nicht wie sonst ihre Dreizehn-Zentimeter-Stilettos trug. Sie roch nach ihrem Lieblingsparfüm, Flieder und Orangenblüten, und ich vergrub meine Nase in ihrer Schulter und atmete tief ein. »Alles ist bestens.«

Lis hielt mich eine Armlänge von sich. In ihren blaugrauen Augen schimmerte eine tiefe Beunruhigung, was mich sofort in Alarmbereitschaft versetzte. Das war nicht bloß die Angst, dass ich mich ernsthaft verletzt haben könnte. Das war mehr.

Mit Ausnahme eines verlorenen Rechtsstreites oder eines Anschlages des Roten Sturms brachte meine Tante so schnell nichts aus der Fassung. Phyllis Padley stellte sich der Welt mit nichts anderem als der puren Kraft ihrer Persönlichkeit. Und obwohl sie eine sehr zierliche Person war, konnte sie weitaus furchteinflößender sein als Luka während einer seiner Anfälle.

»Was ist denn los?«, fragte ich. »Du hast doch etwas. Wollen sie meine Ernennung zur Läuferin etwa wieder rückgängig machen?«

Meine Tante schüttelte den Kopf. »Nein, das ist es nicht«, sagte sie zögernd. »Aber dein Sieg … Alle reden darüber. Keiner kann sich einen Reim darauf machen, wie du direkt auf die Ziellinie springen konntest.«

Puh, fragt mich mal, dachte ich bloß und rieb mir die Stirn.

»Gilbert hatte nur wenig Zeit, mir alles zu erklären«, fuhr meine Tante fort. »Aber er und Hawthorne haben bei der Auswertung eine ›Anomalie‹ bemerkt, die mit deinem letzten Vortex zu tun hatte. Es gab deswegen eine Krisenkonferenzschaltung aller Kuratoriumsleiter.«

»Eine *Anomalie*?« Ich blinzelte und erinnerte mich an Gilberts aschfahles Gesicht. »Was soll das heißen?«

»Ich kann es dir nicht sagen. Nur dass die Leiter dringend von Gilbert wissen wollen, was geschehen ist.«

Behutsam nahm Lis mein Kinn zwischen Daumen und Zeigefinger und neigte es zur Seite, um den Bluterguss anzuschauen, den ich von meinem Sturz davongetragen hatte. »Wer war das?«

»Eine Straße in Alaska«, gab ich zurück und grinste. »Ich glaube, die kannst du nicht verklagen.«

Lis sah so aus, als würde sie den Versuch trotzdem in Erwägung ziehen. Sie seufzte. »Hast du Kopfschmerzen?«

»Ein bisschen.«

»Verschwommenes Sichtfeld?«

»Nicht mehr.«

»Dein Nacken?«

»Ähh …«

Das war offensichtlich keine zufriedenstellende Antwort, denn Lis fasste sofort an meinen Hinterkopf und drückte einige Male in die Halsbeuge.

»Tut das weh?« Sie presste mit zwei Fingern an meinem linken Wangenknochen entlang, und ich zuckte unwillkürlich zusammen.

»Ein wenig«, gab ich zu.

»Beschreib den Schmerz.«

»Schmerzhaft?«

»Elaine Mariel Collins«, warnte Lis in ihrer typischen Erzähl-mir-keinen-Mist-Stimme, »stechend oder stumpf?«

»Stumpf.«

»Anhaltend?«

»Nur wenn du weiter so darauf herumdrückst«, ertönte eine dunkle Stimme hinter uns.

Gilbert war still und heimlich aufgetaucht. Er legte mir beide Hände auf die Schultern, und als ich mich zu ihm drehte, sah er mir tief in die Augen. »Ich freue mich, dass es dir gutgeht. Meinen herzlichen Glückwunsch zum Sieg!«

Seine Worte klangen so professionell wie eh und je. Genau wie meiner Tante sah man auch Gilbert die Aufregung der letzten Stunden kaum an, von seiner Himalaya-Stirnfalte mal abgesehen.

Er und Lis wirkten immer beherrscht und fast ein bisschen unterkühlt, aber ich wusste es besser. Allein die Tatsache, dass Gilbert zu mir gekommen war, während vermutlich jeder in dieser Situation nach dem Chefnavigator schrie, sprach Bände.

»Du hast für ganz schön Furore gesorgt«, sagte er. »Die anderen Kuratorien sind in heller Aufregung. Jeder will von uns wissen, was passiert ist.«

Ich wollte auch wissen, was passiert ist! Mich schüttelte es bei der Vorstellung, dass der Moment, in dem ich aus dem Vortex direkt auf die Ziellinie gesprungen war, über alle Nachrichtenkanäle lief – und ich war immer erleichterter, dass ich noch keine Möglichkeit gehabt hatte, sie auf meinem Detektor anzusurfen.

»Kannst du denn beschreiben, was beim letzten Sprung vor sich ging?«, fragte Gilbert. »Der Rennverlauf war bis dahin eindeutig. Du warst im Grunde ausgeschieden.«

»Ich weiß«, entgegnete ich schwach. »Ich meine … Ich denke, das war einfach nur Zufall.«

Gilbert schüttelte den Kopf. Mit zwei Daumen tippte er auf das Display seines Detektors und hielt es mir entgegen. Neben meinem Profilbild leuchteten nach und nach die Daten der Vortexe auf, durch die ich gesprungen war.

»Das war kein Zufall«, sagte er. »Schau.«

Gilbert zeigte auf den letzten Vortex. Vor meinem Absprung hatte er von Anchorage nach Mexiko-Stadt geführt, doch kaum, dass ich ihn betreten hatte, änderte er die Richtung … nach Neu London.

»Das ist unmöglich«, sagte ich und hielt mir die Hand vor den Mund. Ein Vortex, der die *Richtung* änderte? »Ist das die Anomalie? Lis hat mir eben davon erzählt.«

Gilbert nickte ernst. »Was vorhin geschehen ist … Ellie, das versetzt viele in Unruhe. Der Vortex hat sich in der Sekunde verändert, in der *du* ihn betreten hast. Was, wenn das nur der erste Vortex von vielen war, der sich anormal verhält? Das könnte eine Massenpanik auslösen.«

Ich schluckte. Sollte das etwa heißen, die Vortexe *veränderten* sich? Könnte womöglich eine zweite Große Vermengung stattfinden? Das wäre eine Katastrophe! Dabei hatten die Wissenschaftler doch immer behauptet, es wäre ein einmaliges Ereignis gewesen, als die Vortexe zum ersten Mal aufgetreten waren. Wie ein zweiter Urknall, der die Erde mitsamt ihrer Länder, Ozeane und ihrer Lebewesen völlig neu sortiert hatte.

»Hawthorne macht sich Sorgen, dass dir etwas passieren könnte«, sagte Gilbert.

»Mir?«, fragte ich. »Aber wieso?«

Gilbert sah mich eindringlich an. »Was du da getan hast, ist … Das ist besonders, Elaine. Einzigartig. Als du auf der Ziellinie gelandet bist, haben Millionen Menschen gesehen, dass du anscheinend einen Vortex *steuern* konntest. Das gab es noch nie, und in den Medienkanälen werden schon wilde Spekulationen über dich angestellt. Hast du eine Ahnung, wie mächtig eine solche Fähigkeit wäre?«

»Aber ich weiß doch nicht mal, ob *ich* ihn gesteuert habe!«, rief ich, und meine Tante warf mir einen warnenden Blick zu, als eine Gruppe jüngerer Anwärter an uns vorbeilief.

Sie murmelten ein ehrfürchtiges »Hallo, Mister Woodrow, Sir«, als sie erkannten, wer der Mann neben mir war, dann machten sie sich, so schnell sie konnten, aus dem Staub.

Ich biss mir auf die Unterlippe.

»Versprich mir eins«, fuhr Gilbert fort. »Gib zu nichts deine Zustimmung, ohne dass du vorher mit uns geredet hast, okay?«

»Wozu sollte ich denn bitte meine Zustimmung geben?«

»Wir wollen einfach nicht, dass du leichtsinnig Versprechungen machst. Mister Hawthorne hält dankenswerterweise die Medien vorerst aus der Sache raus, aber auch im Institut gibt es bestimmt Leute, die dich gerne für ihre Sache gewinnen würden.«

Mir entwich ein tonloses Lachen.

»Elaine, das ist kein Scherz!«, sagte Gilbert barsch. »Etwas so Bedeutendes wie das hat es in neunundsiebzig Jahren nicht gegeben. Nicht seit dem Vortex, der die Große Vermengung ausgelöst hat.«

Dem *Urvortex*, ergänzte ich im Kopf automatisch. Wir hatten in Geschichte so oft darüber geredet. Der Urvortex war aus dem Nichts gekommen und hatte die Welt im Jahr 2020 auf einen Schlag völlig verändert. Seither war nie wieder ein so mächtiger Vortex aufgetreten.

Da legte Lis eine Hand auf Gilberts Schulter. »Lass uns später darüber reden«, sagte sie. »Ellie muss zur ersten Unterweisung, und es wäre besser, wenn sie nicht noch mehr Aufmerksamkeit auf sich zieht, oder?«

Gilbert nickte, und alle Anspannung wich mit einem Schlag aus seinem Gesicht, als er meine Tante ansah. Die beiden waren noch immer so verliebt, dass es manchmal echt zu viel wurde. Und sie passten so gut zueinander. Sie waren beide fast gruselig perfektionistisch und extrem effektiv in allem, was sie taten. Während andere sich in die Augenfarbe oder das Lächeln eines Menschen verliebten, hatten die beiden sich eher in die To-do-Listen und Übersichtstabellen des anderen verknallt.

»Das Kuratorium sollte die zwei mal auf die Zünderrebellen loslassen«, hatte Luka zu mir gesagt. Damals, als wir zwölf oder dreizehn gewesen waren und noch nicht wussten, dass er selbst Zünderblut in sich trug. »Sie würden das viel besser als die Läufer hinkriegen«, hatte er sinniert. »Bestimmt würden sie den gesamten Roten Sturm auf einmal zur Kapitulation zwingen. In alphabetischer Reihenfolge und mit Pausen für Mittagessen und Kaffee.«

Wir hatten auf dem Balkon von Gilberts Innenstadt-Penthouse gesessen, kurz nachdem Lis und ich bei den beiden eingezogen waren. Mein anfänglicher Unmut darüber, dass Luka und Gilbert sich in unser Leben hineinzwängten und nun einen Teil von Lis beanspruchten, der doch mir gehörte, war längst verflogen. Ich hatte mich frei und glücklich und zu Hause gefühlt, und je öfter ich draußen auf diesem luxuriösen Balkon gesessen und hinüber zum Kuratoriumsturm geschaut hatte, desto klarer war mir geworden, dass ich nichts mehr wollte, als eine Läuferin zu werden.

Es war der Tag gewesen, an dem Luka und ich beschlossen hatten, für immer beste Faststiefgeschwister zu sein. Die Fliederbäume, die Lis auf dem Balkon angepflanzt hatte, verströmten ihren intensiven Duft, und überall surrte und zwitscherte es. Über unseren Köpfen hatte es nur blauen, wolkenlosen Himmel gegeben und unbeschwerte Leichtigkeit.

Die Erinnerung an unser gemeinsames Leben im Penthouse ließ ein warmes Gefühl in mir aufsteigen, auch wenn ich seit meiner Anwärterausbildung nur noch selten dort gewesen war.

Wie einfach damals alles schien. Wir waren fast so etwas wie eine Familie gewesen. Und Luka …

Luka war noch ein Mensch gewesen. Und nicht einer von denen, die meine Mutter auf dem Gewissen hatten.

»Apropos Zuspätkommen«, sagte ich an Gilbert gewandt. »Wo ist Luka eigentlich? Ich habe ihn im Krankentrakt nicht gesehen.«

Ein Stoßseufzer kam gleichzeitig über Lis' und Gilberts Lippen. »Uns wurde gesagt, er wäre zu den Anwärterquartieren unterwegs. Er muss sich wohl dringend von irgendeinem Mädchen verabschieden, das das Kuratorium heute Abend verlässt.«

Ich verdrehte die Augen. Luka verliebte sich ungefähr dreimal pro Woche. Dass er zur Hälfte ein Split war, schreckte die meisten zwar ab, aber manchmal gab es Mädchen, die sich davon angezogen fühlten.

Zumindest so lange, bis Luka ihnen beim Knutschen aus Versehen die Lippen versengte, was wohl mehr als einmal passiert war.

»Der Junge wird mich noch früh ins Grab bringen«, scherzte Gilbert, und Lis strich ihm liebevoll über den Kopf, wo in den letzten Jahren zwischen den hellbraunen Haaren immer mehr graue sichtbar geworden waren.

Zu dritt brachen wir in Richtung des Auditoriums auf, das direkt unterhalb der Läuferquartiere in den obersten Stockwerken des Kuratoriums angesiedelt war. Hier hielten die Läufer jeden

Morgen ein Treffen ab, um sich über ihre Aufträge vom Vortag auszutauschen. Von dort teilten sie sich auf, und wo auch immer ein Split es wagte, durch einen Vortex – oder sogar zu Fuß – in die Menschengebiete einzudringen, stellten sie ihn und schickten ihn in ein Kuratorium, von wo aus die Splits in die Zonen verteilt wurden.

Ohne die Läufer wäre die Welt inzwischen sicherlich vollständig von den Vermengten vernichtet worden. Die Menschheit hatte nur eine Chance gehabt, sich zu behaupten: Sie hatte gelernt, wie die Splits durch Vortexe zu reisen.

Wir stiegen einige Treppen hoch und kamen zuerst an den Quartieren der Zonenwächter vorbei.

Hier war immer das meiste los, denn in den Hallen der Wächter wurden die Splits abgefertigt, die die Läufer dort abgeliefert hatten. In weitläufigen Zellentrakten warteten sie auf ihren Transport in die Zonen. Sie bekamen einen Tracker in Form eines Metallrings ums Bein, damit das Kuratorium sicherstellen konnte, dass sie die Zonen nicht verließen.

Aus den Augenwinkeln konnte ich sehen, wie drei Wächter versuchten, einen Grunder zu kontrollieren, der mit aller Kraft um sich schlug, während er nach draußen zu den Transportern geschleift wurde. Der einzige Grund, warum er die Wächter nicht mit seinen Wurzelhänden aufspießte, waren die Gravisensoren, die an dem Trackerring leuchteten und seine Kräfte unterdrückten.

Für den Rest des Weges nahmen wir den Aufzug, der sich in einer Röhre in der Mitte des Kuratoriums befand.

Eigentlich sollte ich glücklich sein. Ich würde offiziell ein Teil des Kuratoriums werden. Ich würde in die Fußstapfen der großen Läuferlegenden treten, in die von Loretta Alcott, die gleich unsere Einführung leiten würde und die zuvor vierzig Jahre lang die furchtbarsten Splits gejagt hatte. Und in die von Balian Travers, dem berühmtesten Läufer unserer Geschichte.

Keiner hatte sich durch Vortexe bewegen können wie Balian, obwohl er gerade mal ein Kind gewesen war, als er zum Läufer berufen wurde. Angeblich hatte er die Richtung der Vortexe schon mehrere hundert Meter vor seinem Sprung voraussagen können. Und das Vortexrennen, zu dem er mit zehn Jahren angetreten war, hatte er in knapp einer Viertelstunde gewonnen.

Ich atmete tief durch, als ich das Auditorium vor mir sah.

Es machte mich nervös, den anderen Siegern entgegenzutreten. Dabei sollten wir ab sofort ein Team sein. Einer von ihnen würde morgen mein Läuferpartner werden und mit mir durch die Welt reisen.

Wovor hatte ich also Angst?

Ich erinnerte mich daran, wie Varus Hawthorne mir auf der Ziellinie die Hand geschüttelt und mich lange gemustert hatte, als würde er versuchen, geradewegs durch mich hindurch in den Vortex zu blicken.

Der Vortex, der völlig anders gewesen war als alle, die wir kannten.

Danach hatte Hawthorne den restlichen neun Siegern gratuliert, einem nach dem anderen … und schließlich auch seinem Sohn.

Er hatte Holdens Hand geschüttelt, doch sein Blick sprach Bände.

Der zweite Platz? Was für eine Enttäuschung.

Auf dem Weg in die Regenerationskammern hatte ich mich nicht getraut, Holden anzusehen. Es war nie mein Wunsch gewesen, als Erste über die Ziellinie zu gehen. Hätte ich es mir aussuchen können, hätte er gewonnen, und ich wäre auf Platz zwei gelandet, so wie immer.

Doch stattdessen hatte ich ihn vor allen anderen bloßgestellt.

Und das war es wohl, wovor ich am meisten Angst hatte. Dass mich die anderen Läufer hassen würden.

Dass *Holden* mich hassen würde.

Lis und Gilbert verabschiedeten mich vor dem Auditorium. Sie wünschten mir viel Glück, aber in ihren Augen konnte ich sehen, wie viele Sorgen sie sich wegen der gestrigen Ereignisse machten.

»Bis später!«, rief ich ihnen hinterher, schließlich würde in wenigen Stunden das Fest der Sieger stattfinden.

Als ich in den kreisrunden Raum kam, saßen bereits einige Sieger auf den steinernen Stufen, die sich im Halbkreis um den Saal legten. Der Junge, von dem ich nun wusste, dass er aus Edinburgh kam, hatte ganz vorne Platz genommen. Mia und Holden saßen hintereinander auf den mittigen Plätzen. Nur Luka war nirgendwo zu sehen.

Typisch.

Zögerlich ging ich auf einen der Plätze neben Holden zu, auch wenn ich nicht so recht wusste, was ich sagen sollte. Wir hatten uns noch nie richtig unterhalten. Wahrscheinlich hatte er bis heute Morgen gar nicht gewusst, dass es mich gab. Und dann war aus dem Mädchen in der zweiten Reihe das Mädchen geworden, das ihn seinen Sieg gekostet hatte.

Sollte ich mich bei ihm entschuldigen?

Nein, dazu war ich zu stolz auf das, was ich erreicht hatte. *Ich* hatte das Rennen gewonnen, egal, wie verrückt die Umstände auch waren.

Doch als ich auf Holden zulief, passierte etwas Erstaunliches. Statt mich zu ignorieren oder mir einen feindseligen Blick zuzuwerfen, lächelte er. *Holden Hawthorne lächelte mich an* – und die Grübchen, die sich dabei in seine Wangen bohrten, ließen mein Herz ungefähr zehn Takte schneller schlagen.

Mit einer Hand deutete er auf den freien Platz neben sich, und ich konnte förmlich spüren, wie Mia versuchte, mit ihren bitterbösen Blicken ein Loch in meinen Hinterkopf zu brennen.

Schnell setzte ich mich und ließ meinen Rucksack auf den Boden sinken.

»Glückwunsch zum ersten Platz«, sagte Holden da schon. »Elaine, richtig?«

»Ja«, hauchte ich und biss mir auf die Unterlippe, um nicht so unsicher zu klingen. »Oder Ellie. Ich meine … meine Freunde nennen mich Ellie.«

»Ellie«, wiederholte er, und ich mochte es sehr, wie mein Name auf seinen Lippen klang. »Glückwunsch, Ellie.«

»Danke«, erwiderte ich. »Ich hatte wohl ziemliches Glück.«

Ein Lachen kam über Holdens schmale Lippen. »Lass dir das bloß von keinem einreden. Egal, was mit deinem letzten Vortex passiert ist, deine Werte waren phantastisch. Du hast es dir verdient.«

»Danke«, entgegnete ich erneut, und meine Wangen wurden so heiß, dass man fast hätte annehmen können, *ich* hätte einen von Lukas Anfällen. »Du hättest es aber auch verdient.«

»Tja, als wir auf den Hof gelaufen sind, war ich mir absolut sicher zu gewinnen.« Holden grinste. »Und dann tauchst du plötzlich auf. Die ganze Welt redet über dich, weißt du das?«

Ich nickte. »Ehrlich gesagt, versuche ich, nicht daran zu denken.«

Wieder lachte er. »Wie kommt es, dass wir noch nie miteinander gesprochen haben?«

Es hat *definitiv* nicht an mangelndem Interesse meinerseits gelegen, antwortete ich im Stillen.

»Wir hatten wohl beide Wichtigeres zu tun«, sagte ich stattdessen und zuckte so locker wie möglich mit den Schultern.

Holdens Augen funkelten. »Du bist ehrgeizig. Das finde ich gut«, sagte er, und es war unbeschreiblich, was diese Worte in mir auslösten. Doch dann verdüsterte sich seine Miene. »Dein Kumpel dagegen«, setzte er an. »Du bist doch mit diesem Zünder befreundet, oder? Luka Woodrow?«

Ich schluckte. »Er ist, na ja, so was wie mein Stiefbruder.«

»Und ein Betrüger«, fügte Holden hinzu.

Mist. Bedeutete das … Hatte Holden etwa von Lukas kleiner Feuernummer auf dem Bergsee gehört? Wer wusste noch davon?

Ich lugte zu Mia, die uns noch immer böse Blicke zuwarf. Dass sie vom platinblonden Scheitel bis hin zu den rosa Sneakersohlen voll und ganz in Holden verschossen war, wusste jeder in unserem Jahrgang. Die beiden waren vor zwei oder drei Jahren sogar mal kurzzeitig zusammen gewesen, worum ich Mia endlos beneidete. Doch dann hatte Holden sie für eine aus dem höheren Jahrgang abserviert.

Dass er jetzt mit mir redete, bedeutete, dass Mia mich auf Lebzeiten hassen würde.

Was absolut auf Gegenseitigkeit beruhte.

»Da war … gar nichts«, flüsterte ich Holden zu.

»Er darf seine Kräfte nicht einsetzen«, raunte Holden zurück. »Du weißt, sie würden ihn sofort rausschmeißen. Und seinen *Papa* gleich hinterher.«

Da war ich mir nicht so sicher, denn Gilbert war für das Kuratorium unverzichtbar. Aber wenn irgendjemand auf den Leiter einwirken könnte, dann natürlich sein Sohn.

Der Gedanke, dass Gilbert und Luka gehen mussten, war furchtbar.

»Du sagst doch nichts, oder?«

Holden schwieg für einen langen, viel zu langen Moment. Dann schüttelte er unmerklich den Kopf und sah mir fest in die Augen. »Wenn er dir so viel bedeutet, lasse ich es. Aber das ist das erste und einzige Mal, dass ich ihn decke. Ich habe meinem Vater schon oft gesagt, dass es ein Fehler ist, einen Split im Institut zu dulden. Vor allem einen Zünder. Dein Freund ist gefährlich, genauso gefährlich wie all die anderen Freaks da draußen, ob er bloß ›zur Hälfte‹ ein Zünder ist oder nicht. Es ist nur eine Frage der Zeit, bis jemand wegen ihm verletzt wird.«

Ich setzte zum Protest an. »Luka würde nie –«

»Vorletzte Woche hat ein Zünder des Roten Sturms in Tokio einen siebenjährigen Jungen so stark verbrannt, dass er an Ort und Stelle gestorben ist«, sagte Holden. »Er ist einfach in Flammen aufgegangen, als sich der Zünder zu stark aufgeregt hat. Ich glaube, der Junge hatte ihm aus Versehen auf den Fuß getreten oder etwas in der Art. Tja, und das war's dann. Eine falsche Bewegung, und das Kind war Asche.«

Mir wurde übel. »Luka würde so was nie tun«, flüsterte ich, doch die Unsicherheit in meiner Stimme war unüberhörbar.

Als Luka vor einem Jahr seinen ersten Anfall gehabt hatte, war er danach für Wochen im Wissenszentrum eingesperrt worden, der Forschungsabteilung des Kuratoriums. Mitten im Unterricht hatte er seinen Tisch in Brand gesetzt und dabei nicht nur die Lehrerin in Todesangst versetzt, sondern die ganze Klasse.

Seitdem stand Luka unter ständiger Beobachtung. Die Forscher im Wissenszentrum hatten diagnostiziert, dass Luka sowohl Zünder- als auch Menschenblut in sich trug. Halbsplits hatte es zwar schon vorher gegeben, aber nur sehr, sehr selten, da die Menschen und die Splits ja seit Jahrzehnten streng getrennt lebten.

Und sicherlich hatte es niemals einen Split unter den Läufern des Kuratoriums gegeben.

»Klar würde Luka das nicht«, entgegnete Holden. »Zumindest nicht absichtlich.«

Ich biss mir auf die Unterlippe und schwieg. Was sollte ich dazu sagen? Ich kannte alle Gruselgeschichten über Splits, die ihre Beherrschung verloren hatten. Schwimmer, die Menschen in den Fluten ertränkten, Wirbler, die ganze Häuser aus dem Boden rissen. Und die Zünder …

Die hatten damals, als die Vortexe zum ersten Mal aufgetreten waren, gleich mehrere Städte mit ihrem Feuer überzogen. Viele, so wie London, mussten danach völlig neu aufgebaut werden – und waren doch nie wieder dieselben.

Unzählige Menschen waren der Raserei der Zünder zum Opfer gefallen, und die Erinnerung, wie meine Mutter mich zuerst aus dem brennenden Haus gezerrt und dann die Zünder von mir weggelockt hatte, lebte wie eine hässliche Brandwunde für immer in meinem Gedächtnis fort …

Ich konnte also gut verstehen, dass Holden wegen Luka Bedenken hatte.

Die Große Vermengung war das Schlimmste, was unserer Welt jemals passiert war. Der Urvortex hatte die DNA von Millionen Lebewesen mit den Partikeln ihrer Umgebung vermischt. Mit Pflanzen, Steinen, Metall. Mit Luft und Wasser … und einige von ihnen: mit Feuer. Und diese Vermengung, diese Mutation, hatte mächtige Kräfte in diesen Menschen hervorgerufen.

Fast wie von selbst hatte sich die Gesellschaft geteilt: in die vermengten Menschen, die Splits, und diejenigen ohne Elementarkräfte. Weltweit waren Kriege ausgebrochen, die später die

Vortexkriege genannt wurden. Sie hatten jahrzehntelang angedauert, und selbst nach all der Zeit hatte sich die Menschheit nicht davon erholt.

Ich schob die dunklen Gedanken beiseite. Die Welt war jetzt eine andere. Dank des Kuratoriums konnten Menschen und Splits getrennt voneinander in Frieden leben. Zwar missbrauchten die Zünderrebellen des Roten Sturms ihre Kräfte für die scheußlichsten Verbrechen, aber Luka war *anders*. Seine halb braunen, halb roten Augen waren die gütigsten, die ich je gesehen hatte.

»Ich werde nichts sagen«, erklärte Holden, und mein Gehirn setzte kurzzeitig aus, als er plötzlich eine Hand auf meine legte. »Deinetwegen.«

»Meinetwegen?«, wiederholte ich.

Holden lächelte mich mit seinen perlweißen Zähnen an. »Genau. Außerdem glaube ich, dass Woodrow schon selbst dafür sorgt, dass er nicht lange als Läufer dient.«

Das Schlimme war: Ein Teil von mir musste Holden recht geben. Lukas Temperament ging in letzter Zeit oft mit ihm durch. Zwar waren die Anfälle weniger geworden, was bedeutete, dass seltener Tische und Kleider in Flammen aufgingen, aber gegen seinen Hitzkopf konnte Luka nichts machen.

Er hatte es allein Gilberts Einfluss zu verdanken, dass er im Kuratorium hatte bleiben und sogar das Rennen hatte mitlaufen dürfen.

Als ich aufsah, bemerkte ich, wie Mia auf Holdens und meine Hände stierte. Ich konnte mich gerade so davon abhalten, ihr die Zunge rauszustrecken.

»Also, ich finde ja, ihr hättet disqualifiziert werden sollen«, sagte Mia an mich gewandt. »Wenn du denkst, ich hab nicht geschnallt, was ihr da abgezogen habt, dann irrst du dich.«

»Und dass du mich in den Abgrund gestoßen hast, findest du in Ordnung?«, zischte ich zurück.

Ein böses Lächeln zog sich über ihre Lippen. »Das war kein Regelverstoß. Außerdem dachte ich, du willst es vielleicht deiner Mami gleichtun. War die nicht auch ein großer Fan vom Klippenspringen?«

Ein Schauer fuhr über meinen Rücken. Woher wusste sie davon? Ich spürte, wie Wut in mir hochkochte. Hätte Holden mich nicht mit einer Hand an der Schulter zurückgehalten, hätte ich Mia eine Faust in ihren rosa bepinselten Kussmund gerammt.

»Lass es, das ist es nicht wert«, sagte Holden sanft, und bevor ich etwas entgegnen konnte, öffnete sich schon die Tür zum Auditorium.

Eine hochgewachsene Frau mit kurzgeschnittenen Haaren kam herein. Sie trug eine enganliegende blaue Uniform mit dem Convectum über dem Herzen und eine fiese Brandwunde, die sich quer über ihr Gesicht zog. Ich war so eingenommen von ihrer Erscheinung, dass ich Luka erst gar nicht sah, als er sich hinter ihrem Rücken zum nächstbesten freien Platz schlich.

Ich warf ihm einen scharfen Blick zu, und Luka zuckte mit einem entschuldigenden Lächeln die Schultern. Seine Lippen waren vom Knutschen ganz geschwollen und seine roten Haare noch verwuschelter als sonst.

Manche Dinge würden sich nie ändern.

Als er mich neben Holden sitzen sah, hob er allerdings beide Augenbrauen und war offensichtlich ziemlich erstaunt.

Ich lächelte in mich hinein. *Manche Dinge* konnten dagegen eine überraschende Wendung nehmen.

»Willkommen, Läufer!« Die Frau hob ihre Stimme.

Ich kannte sie natürlich. *Jeder* im Kuratorium kannte sie. Loretta Alcott war eine wahre Läuferlegende. Ihre Splitquote lag bei 83,76 Prozent und war damit, abgesehen von der von Balian Travers, die beste weltweit. Kein anderer Läufer konnte ihr das Wasser reichen, wenn es darum ging, Splits einzufangen. Noch heute war sie Hawthornes rechte Hand und wich ihm bei wichtigen Auftritten nie von der Seite. »Dass ihr heute hier seid, bedeutet, dass ihr zumindest ein gewisses Talent und ein halbwegs akzeptables Gespür für die Arbeit eines Läufers an den Tag legt«, begann sie ihre Rede. Sie lief mit laut klackenden Absätzen über den Steinboden und fixierte uns. In ihrer Hand hielt sie eine Fernbedienung, mit der sie einen Bildschirm hinter sich aktivierte.

»Dass ihr euch qualifiziert habt, ist eine Ehre«, fuhr Alcott fort. »Weltweit träumen Kinder und deren Eltern von dem Platz, an dem ihr nun sitzt. Von allen Anwärtern seid nur noch ihr übrig. Ab heute seid ihr Vortexläufer! Und doch bedeutet das nicht, dass ihr diese Arbeit lange ausüben werdet. Ich bin bereit, jeden Einzelnen von euch zu einem Zonenwächter zu degradieren, wenn ihr euch nicht an die Regeln haltet. Regeln, die euer Überleben sichern.«

Hinter ihr erschienen vier Bilder auf der Leinwand. Vier Bilder von den vier Splitgruppen.

»Regel Nummer eins«, referierte Alcott und kam damit direkt zum Eingemachten. »Unterschätzt niemals einen Split, ganz egal, wie nett er aussieht.«

Der Laserpointer wanderte über die Bilder und blieb auf dem Mann ganz links stehen. Seine Haut bestand fast vollständig aus Rinde, und der Rest war über und über mit Blättergeflecht und Moos bedeckt. Er erinnerte mich ein wenig an den Grunder aus Alaska, wobei dieser viel stärker mit der Natur verwachsen war.

»Grunder«, sagte Alcott. »Viele Menschen denken, sie sind die harmlosesten Splits, weil sie so bedächtig und ruhig sind.

Dass man bei ihnen Milde walten lassen sollte. Aber Grunder sind starrsinnige Wesen und loyal bis zum Tod.« Ihre dunklen Augen blitzten, als sie einen nach dem anderen von uns ansah. »Ich sage: Grunder müssen genauso behandelt werden wie der Rest der Splits! Ihre Sturheit kann schnell zur tödlichen Gefahr werden. Sobald ihr einen von ihnen seht, nehmt ihr ihn fest. Habt ihr das verstanden?«

Ich sah, wie Holden neben mir zu nicken begann, und tat es ihm gleich. Er hatte meine Hand inzwischen losgelassen, doch ich glaubte, noch immer die Berührung zu spüren.

Der rote Laserpunkt wanderte zu dem Bild eines hübschen blassen Mädchens. Ihre weißen Haare wehten wie bei einem Fotoshooting um ihr Gesicht, und ihre Augen waren farblos und nur mit einem leicht gelblichen Schimmer belegt.

»Wirbler«, erklärte Alcott. »Die vielleicht mächtigsten Splits, da sie die Luft kontrollieren, die ihr zum Atmen braucht. Wirbler sind hübsch anzusehen, grazil, elfenhaft. In den letzten Jahrzehnten gab es einige Läufer, die deshalb ihren Job am liebsten hingeworfen hätten … was uns unmittelbar zu Regel Nummer zwei führt.«

Alcott ließ eine deutliche Pause entstehen und sah dabei jedem von uns ernst in die Augen.

»Keine. Romanzen. Mit. Splits«, sagte sie. Jedes Wort sauste wie ein Peitschenhieb durch den Raum.

Einige Jungs und Mädchen im Raum kicherten, andere verdrehten nur die Augen.

»Sollte irgendjemand von euch seine Arbeit wegen einer dummen Verliebtheit nicht richtig ausüben, werfe ich euch persönlich raus – und ihr wisst ja, wie hochangesehen verstoßene Läufer sind.«

Da wurde es völlig still. Verstoßene Läufer galten als der Bodensatz der Gesellschaft. Nur Deserteure waren schlimmer. Die wurden sogar vom Kuratorium verfolgt. Keiner von uns würde jemals auf die Idee kommen, das zu riskieren.

»Regel Nummer drei: Jeder einzelne Split, dem ihr begegnet, ist umgehend im Kuratorium abzuliefern. Benutzt eure Gravisensoren, um ihre Kräfte zu blockieren, benutzt die Vortexe, die euch zur Verfügung stehen, oder fordert einen Transporter an. Wenn es zu viele Splits sind, ruft ihr Verstärkung. Und vertraut *immer* auf euren Läuferpartner und euren zugewiesenen Navigator, denn die beiden sind im Ernstfall eure einzige Rettung.«

Der Laserpunkt wanderte mit einer knappen Bewegung zu einem Foto eines jungen Mannes mit feinen, leicht bläulichen Gesichtszügen. Es sah sogar fast so aus, als würden sich Rinnsäle aus Wasser durch seinen Kopf hindurchziehen. »Wie ihr wisst, leben die Schwimmer ausschließlich in den Ozeanen. Wir wissen leider nicht viel über ihre Lebensweise, aber das Kuratorium duldet deren Siedlungen, da sie unsere Territorien nicht bedrohen. Das wiederum bedeutet aber, dass jeder Schwimmer, der es wagt, sich unseren Städten zu nähern, sofort in eine Schwimmerzone gebracht wird. Ähnlich wie Wirbler mögen sie elegant und friedfertig wirken, doch Schwimmer sind gerissene Biester. Wenn ihr nicht aufpasst, ziehen sie euch unter Wasser, und das war es für euch!«

Loretta Alcotts Schuhe klackten noch einige Schritte über den Boden, dann bewegte sich der Laser zum letzten Bild. Es war das mit Abstand furchteinflößendste Bild eines Splits, das ich je gesehen hatte.

Der Mann darauf trug ein aufgerissenes Hemd, und seine breite Brust war mit tiefroten Flecken übersät. Wie auch immer seine Haare zuvor ausgesehen hatten, jetzt waren sie nur loderndes Feuer. Die Haut war von brodelnden Venen überzogen, durch die flüssige Lava wie Blut gepumpt wurde.

In diesem Stadium war ein Zünder nichts anderes als eine Abrissbirne ohne Führerhaus. *So* sah ein Zünder aus, wenn er jegliche Kontrolle verloren hatte. Wenn er nur noch ein wandelndes Inferno war. Solche Zünder hatten meine Mutter auf dem Gewissen.

Ich konnte nicht anders: Mein Blick zuckte zu Luka.

Obwohl er mit betont lockerer Pose in seinem Sitz saß, hatte sich seine Miene verfinstert.

»Und dann gibt es natürlich die Zünder. Ihr kennt sie, weil sie dank der Terroristen des Roten Sturms nahezu jeden Tag in den Nachrichten zu sehen sind. Zünder sind hochgefährliche, aufbrausende Bestien, die nicht zögern, euch anzugreifen, wenn ihr ihre Wut geweckt habt.«

Luka rutschte noch tiefer in seinen Sitz. Auf Holdens Gesicht tauchte ein kleines Lächeln auf.

»Der Rote Sturm kennt keine Hierarchie und keine Strukturen«, fuhr Alcott fort. »Sie gehen, wohin sie wollen, und greifen jeden an, der ihnen in die Quere kommt. Die meisten von ihnen agieren dabei ohne Sinn und Verstand.« Mit einem stechenden Blick zeigte sie auf die Narbe in ihrem Gesicht. »Dieses Schätzchen hat mir ein Zünder in Mexiko verpasst.« Sie zog an ihrem linken Ärmel und legte einen dunklen, fast schwarzen Unterarm frei. »Und dieses hier ein Zünder in Island. Beide gehörten zum Roten Sturm, und beide waren nicht sonderlich klug. Nachdem sie all ihre Kraft verschwendet hatten, war es ein Leichtes für mich und die anderen Läufer, ihnen ein paar Gravisensoren zu verpassen.«

Ein stolzes Lächeln schlich sich auf ihre Lippen. »Doch alleine hätte ich das nicht geschafft. Was mich zur letzten, vierten

Regel bringt: Stellt euch niemals alleine einem Zünder entgegen. Egal, ob es sich um ein süßes zehnjähriges Zündermädchen handelt oder um einen ausgewachsenen Mann: Zünder haben tödliche Kräfte, gegen die nicht einmal eure Uniform standhält. Geht deshalb niemals unvorbereitet in eine Konfrontation hinein. Ihr wisst nicht, ob ihr es mit einem einzelnen Zünder zu tun habt oder ob er zu den Zünderrebellen des Roten Sturms gehört.«

Sie ließ die Worte für einen Augenblick auf uns wirken, dann zeigte die Präsentation an der Wand Bilder von in Flammen stehenden Häusern, von Rettungskräften, die Patienten mit Brandwunden behandelten. Von Explosionen auf Straßen, Transportbahnen, die lichterloh brannten, einer Frau, die mit Tränen im rußbedeckten Gesicht auf einem Bordstein kauerte.

Und schließlich zu älteren, weitaus krisseligeren Bildern, die ganze Landstriche zeigten, die unter einem Flammenwall begraben lagen. Einer von ihnen war das Fleckchen Erde, auf dem heute Neu London stand. Unzählige ältere Aufnahmen flackerten über die Leinwand, Aufnahmen aus den zwanziger bis fünfziger Jahren, eine grausiger als die andere. Nicht nur Bilder von Zündern, die Häuser und ganze Siedlungen vernichteten, sondern auch Bilder von Wirblern, die Hochsicherheitseinrichtungen des Kuratoriums lahmlegten, und Bilder von Schwimmern, die Unterwasserstationen angriffen.

»Manche von euch mögen Grunder für langsam halten, Wirbler für zart, Schwimmer für scheu und Zünder für einfältig, doch ich rate euch, diese Schönredereien schnell abzulegen. Wenn wir unsere Kontrolle über die Vermengten auch nur für eine Sekunde lockern, könnte das den Untergang der menschlichen Zivilisation bedeuten. Schon heute gibt es mehr Krisengebiete, als wir Läufer sie bewältigen können, einige Länder werden über kurz oder lang dem Roten Sturm anheimfallen. Die Vermengten sind weniger als wir – aber sie sind um vieles stärker. Also, seid vorbereitet, seid aufmerksam – und ihr werdet überleben. Andernfalls ...«

Eine perfekte Stille lag auf dem Raum, als Alcott wieder auf ihren Pointer drückte und eine letzte Folie gezeigt wurde. Darauf waren Frauen und Männer zu sehen, jung und alt. Sie alle trugen dieselbe blaue Uniform ... und sie alle waren tot.

Die Fotos zeigten sie auf den metallenen Tischen der Kuratoriumspathologie liegend, und ich musste an Balian Travers denken, das »Wunderkind«, das nur drei Jahre als Läufer überlebt hatte. Wenn selbst jemand mit so viel Talent wie er so früh gestorben war, was sagte das über *unsere* Zukunft aus?

Ich spürte, wie ein Zittern durch meinen Körper ging. Da griff Holden erneut nach meiner Hand, und ich hielt die Luft an, als sich unsere Finger zaghaft ineinander verhakten.

»Mach dir keine Sorgen«, flüsterte er. »Mein Vater sagt, sie flößt den Neulingen gerne Angst ein. In den letzten sechs Jahren ist kein einziger Läufer aus Neu London gestorben.«

Seit Balian Travers, wollte er damit sagen. Ich nickte, auch wenn ich natürlich wusste, dass die Kuratorien in Mexiko-Stadt, Hongkong oder Tokio ständig Verluste verzeichneten, weil der Rote Sturm dort viel aktiver war als in unserem Territorium.

Der Bildschirm war inzwischen schwarz geworden, die Fernbedienung lag auf dem Pult. Alcott lief an unseren Sitzen vorbei. Ihr Blick blieb einige Sekunden auf Luka haften. Sie hob beide Augenbrauen, als sie das erkannte, was ihr wohl bislang nicht aufgefallen war: Durch die Adern eines ihrer neuen Teammitglieder floss vermengtes Blut, das Blut der Splits, die sie eben als so brandgefährlich eingestuft hatte.

Luka setzte sich aufrecht hin, hob sein Kinn stolz an und blinzelte nicht mal, als er ihrem Blick standhielt. Ich konnte mir ein Lächeln nicht verkneifen.

Loretta Alcott drehte sich um, und ich sah, wie sie ihre Stirn missmutig runzelte, bevor sie wieder eine neutrale Maske aufsetzte.

»Ab sofort seid ihr Läufer dieses Territoriums«, sagte sie und wandte sich erneut zu uns. »Ihr seid ein *Team.* Und ihr werdet sieben Tage pro Woche in Bereitschaft sein. Die Navigatoren sind ab sofort eure Mütter, Väter, Geschwister, eure besten Freunde.«

Sie ging zu einer Kiste, die die ganze Zeit in der Mitte des Raumes gestanden hatte. Behände öffnete sie den Deckel und zog ein vakuumiertes Paket hervor. Auf der Vorderseite stand *H. Hawthorne*, und sie warf es Holden zu, der es noch in der Luft auffing.

»Darin befinden sich Uniform, eine Schusswaffe mit Gravisensoren, ein Datenchip mit einem Update für euren Detektor und einer Kopie des Läuferhandbuchs. Macht euch mit allem vertraut, denn früher oder später werden euch diese Dinge das Leben retten. Morgen um 8.00 Uhr wird euer Läuferpartner in diesem Raum bekanntgegeben, danach werdet ihr im Einsatz sein.« Ein Lächeln zog sich über ihre Lippen, während sie an ihren eigenen Detektor griff und dann in Richtung Tür loslief.

»Genießt euer Fest«, rief sie über die Schulter, »denn diese Nacht wird eure letzte in Freiheit sein.«

Mit den neuen Uniformen in der Hand verließen wir das Auditorium und sahen dabei wahrscheinlich aus wie geprügelte Hunde.

Sogar Mia zwirbelte unruhig mit einer Hand an ihrem T-Shirt herum. Darauf war das Bild eines Jungen zu sehen. Die unnatürlich blauen Augen und das gerade Kinn waren schon zu Lebzeiten zu Balian Travers' Markenzeichen geworden. Und obwohl er seit mehreren Jahren tot war, zierte sein Gesicht nach wie vor allerhand Merchandisingprodukte: Tassen, T-Shirts, Bettwäsche, Schlüsselanhänger. Einige Anwärter, wie Mia, hatten ihren ganzen Schlafbereich mit Balians Gesicht tapeziert.

Trotzdem zuppelte Mia jetzt an ihrem Shirt herum, als wüsste sie nicht mehr, ob sie dem Goldjungen des Territoriums wirklich nacheifern wollte.

»Krasse Ansprache, oder?« Sie richtete die Frage an Holden.

Der zuckte mit den Schultern. »Sie hat nur die Wahrheit gesagt. Ich denke, es ist besser zu wissen, was auf uns zukommt.«

»Ich habe gehört, dass der Rote Sturm inzwischen fast ganz Island eingenommen hat«, sagte jemand hinter mir. Ich erkannte den schottischen Jungen vom Rennen. So nah vor mir sah er noch größer und muskelbepackter aus, als ich es beim Rennen wahrgenommen hatte. Er hatte seine blaue Uniform bereits angezogen, sogar die Schusswaffe mit den Gravisensoren hing an seinem Gürtel. Er streckte mir die Hand entgegen. »Trevor Ogilby. Ich komme aus einem der kleineren Zentren in –«

»Schottland. Wissen wir schon«, sagte Mia mit ihrem hübschesten Lächeln. »Du warst beim Rennen supergut!«

Was Mia damit sagen wollte, war: *Ich bin ziemlich überrascht, dass du gut warst, denn wie wir alle wissen, gehen nur diejenigen in die externen Anwärterzentren, die die Aufnahmeprüfung für ein echtes Kuratorium nicht geschafft haben.* Aber natürlich ahnte Trevor nicht, dass jedes noch so süße Wort aus Mias Mund pures Gift war.

Stattdessen grinste er stolz. »Danke, du auch.« Sein Blick wanderte zu Luka, der als Letzter aus dem Auditorium lief. »Hey, du!«

Luka hob beide Augenbrauen und stellte sich zwischen mich und Holden. »Ja?«

»Du bist doch der Zünder, von dem alle reden, oder?«

Luka ließ eine Hand an seinem Kopf vorbeiwandern, den roten Haaren, den rotbraunen Augen, den knolligen Ohren – den einzig mutierten Stellen auf seinem Gesicht. »Was hat mich bloß verraten?«

Trevor zuckte mit den Schultern. »Ich hab eben noch nie von einem Zünder gehört, der im Kuratorium lebt. Ich meine … ein *Zünder*? Als *Läufer*? Wie konntest du überhaupt durch den Anwärtertest kommen?«

Luka sah Trevor an, als würde er ihm am liebsten die Augenbrauen versengen. »Glücklicherweise hat man mir kurz zuvor Lesen und Schreiben beigebracht«, presste er hervor.

Trevor sah so aus, als wollte er ernsthaft fragen: *»Du kannst lesen?«*, doch zu seinem Glück schluckte er die Worte rechtzeitig runter.

»Luka wurde als Kind von Mister Woodrow, unserem Chefnavigator, adoptiert«, erklärte Mia mit einem viel zu netten Lächeln. »Da wusste der natürlich nicht, was er sich da ans Bein band. Angeblich ist Luka als Kind verwahrlost wie ein Straßenköter durch die Straßen gelaufen. Tja, und vor einem Jahr hat er sich dann als Mischling entpuppt – das war superpeinlich für Mister Woodrow.« Mia hatte sich einen Kaugummi, der nach künstlicher Erdbeere stank, in den Mund geschoben und ließ nun eine große Blase platzen. »Ich finde es immer noch total unglaublich, dass Mister Hawthorne dich nicht in eine Zone hat bringen lassen.« Luka funkelte Mia an, doch die lächelte nur. »Ich meine … wo du doch nachweislich zu den dümmsten Kreaturen auf der Welt gehörst.«

»*Nachweislich* steht der lebende Gegenbeweis direkt vor mir«, gab Luka zurück, und es dauerte eine ganze Weile, bis Mia verstand, dass das eine Beleidigung gewesen war. Das empörte Quietschen, das aus ihrem Mund kam, trieb ein Grinsen auf meine Lippen.

Holden lehnte sich zu mir, bis sein Mund so an meinem Ohr war, dass ich seine Lippen fast auf meiner Haut spüren konnte. »Warum bist du noch gleich mit ihm befreundet?«, flüsterte er, doch nicht leise genug, damit Luka ihn nicht hörte.

»Weil sie sich lieber mit Leuten ohne meterlangen Stock im Arsch umgibt«, sagte Luka mit Augen, die langsam, aber sicher bedenklich rot schimmerten.

»Sehr witzig, Woodrow.« Holden ging einen Schritt auf Luka zu. »Ich wusste gar nicht, dass du so geistreich sein kannst.«

O verdammt! Die beiden waren in den letzten Jahren schon mehr als einmal aneinandergeraten, und Holden anzugreifen wäre der schnellste Weg in eine Zone, da würde selbst Gilbert nichts machen können.

Lukas Augen funkelten, seine Hand schoss vor und packte Holden am Kragen seines T-Shirts. »Hast du mir was zu sagen, Papasöhnchen? Dann *sag* es.«

Holden zog die Augenbrauen hoch. »Oh, es gibt so viel, was ich dir sagen könnte. Aber ich fürchte, du würdest nur die Hälfte davon verstehen.«

Ich legte eine Hand zwischen Lukas Schulterblätter, so wie Gilbert es immer tat, wenn er ihn beruhigen wollte. Seine Haut war verdächtig heiß, und ich wusste, ich musste die Situation schnellstmöglich entschärfen.

»Leute, wir sollen ein Team sein, habt ihr das vergessen?«, fragte ich. »Morgen werden wir verpartnert. Jeder von uns muss vielleicht bald dem anderen sein Leben anvertrauen. Kein besonders guter Start, wenn wir uns am ersten Tag zerfleischen, oder?«

»Wenn wir's nicht tun, sorgt er schon irgendwann dafür«, sagte Trevor und stellte sich mit seinen unheimlich breiten Schultern neben Holden, der inzwischen in Lukas Griff baumelte und schwer nach Luft rang. »Ich werde mich jedenfalls nicht mit einem Split verpartnern lassen. Ihr seid der letzte *Abschaum*!«

»Luka ist kein Split! Er ist einer von uns!«, rief ich und strich erneut über Lukas Rücken, bis der endlich von Holden abließ.

Holden nahm gierige, leicht röchelnde Atemzüge und musste einen Moment die Hände auf den Knien abstützen. Ich wusste wegen der regelmäßigen Gesundheitschecks, die wir alle absolvierten, dass er an Asthma litt. Und ich wusste, dass er zu stolz war, um seinen Inhalator vor anderen Leuten zu benutzen. Doch er bekam sich schnell wieder unter Kontrolle, und so warf ich zuerst Trevor einen warnenden Blick zu – dann Mia.

»Luka hat sich seinen Platz unter den Läufern verdient. So wie wir alle.«

»Verdient?« Mia machte ein abfälliges Geräusch. »Der Freak

ist doch nur so weit gekommen, weil Mister Woodrow ihn nicht –«

»Wie schön, dass Sie sich alle so gut verstehen!«, dröhnte eine Stimme durch den Flur.

Mias Mund schnappte sofort zu, und auch ich fuhr ein bisschen zusammen, als ich Varus Hawthornes hochgewachsene Gestalt auf uns zukommen sah.

Die Uniform, die er trug, ähnelte denen der Läufer, über seinem Herz prangte auch das Convectum. Aber statt des tiefen Blaus war seine in einem Burgunderrot gehalten, und sein Kragen war viel höher geschlossen, bis weit unters Kinn.

Hinter ihm schritt Loretta Alcott durch den Gang.

»Ihre neuen Quartiere sind nun für Sie bereit«, sagte Hawthorne. »Bitte folgen Sie Miss Alcott. Ich bin sicher, dass Sie sich alle vor dem Fest noch etwas ausruhen und mit Ihren Familien sprechen wollen.«

Alle nickten eifrig, und ich war drauf und dran, hinter Luka und Holden zu den Aufzügen zu laufen, als …

»Miss Collins, auf ein Wort?«

Ich schloss die Augen. Dann drehte ich mich um und begegnete Hawthornes stechendem Blick. Unter seinen dunkelblonden Haaren kamen immer mehr weiße zum Vorschein, doch damit sah er nur noch ehrfurchteinflößender aus.

»Ja?«, fragte ich mit leicht piepsiger Stimme.

Er lief mit bedächtigen Schritten an mir vorbei und bedeutete mir mit einer Handbewegung, ihm zu folgen. Die anderen verschwanden im nächsten Korridor.

»Wir hatten noch gar keine Chance, persönlich über Ihren großartigen Sieg zu sprechen«, sagte Hawthorne. »Ich muss sagen, das war wohl die spektakulärste Erstplatzierung, die ich in den letzten Jahren gesehen habe.«

Es war mir zwar unangenehm, aber in dieser Hinsicht musste ich ihm recht geben.

»Erzählen Sie mir doch bitte von dem letzten Vortex, durch den Sie gesprungen sind«, sagte Hawthorne. »Er lag in Anchorage, nicht wahr?«

»Ja«, bestätigte ich. »Als ich dort ankam, war er direkt vor mir.«

»Was für ein glücklicher Zufall.« Hawthorne musterte meinen Gesichtsausdruck, den ich versuchte, so neutral wie möglich zu halten. »Dass Sie gleich in den Vortex springen konnten, meine ich. Hätten Sie nur ein paar Minuten länger gebraucht, wären Sie zu spät gekommen.«

»Das … stimmt«, gab ich zu. »Hören Sie, Mister Hawthorne, Sir, ich weiß, wie seltsam das alles wirkt. Und ich wollte Ihnen wirklich keine Umstände machen. Ich dachte, ich hätte längst verloren, und …«

»Stopp.« Hawthornes Blick hatte nun fast etwas Amüsiertes. »Sie müssen sich auf keinen Fall vor mir rechtfertigen. Was Sie getan haben, war ganz und gar außergewöhnlich. Ich möchte lediglich verstehen, *wie* Sie gewinnen konnten. Derartige Entwicklungen müssen streng überwacht werden, das wissen Sie. Haben Sie denn an dem Vortex irgendetwas Ungewöhnliches bemerkt?«

Die Frage wunderte mich, schließlich hatten er und Gilbert bei der Überprüfung gesehen, dass mein Vortex die Richtung geändert hatte.

»Er … hat sich gekrümmt«, sagte ich trotzdem.

Hawthorne blieb stehen und wurde auf einmal sehr still. Er sah durch die große Fensterfront, die den Blick auf Neu London freigab.

Unter uns war das Regierungsviertel zu sehen, daneben die

unzähligen Hochhäuser, die im Licht der Abendsonne glänzten. Einigen Gebäuden, die die Brände damals überstanden hatten, sah man die Auswirkungen der Großen Vermengung selbst achtzig Jahre danach noch immer an. Auch sie waren mutiert; die Natur war einfach so in sie hineingedrungen. Die spiegelglatten Glasfronten eines Wolkenkratzers waren mit einem mächtigen Baumstamm und unzähligen Pflanzen vermischt, schroffe Steinklippen zogen sich von der Spitze eines anderen Gebäudes bis zu dessen Erdgeschoss.

Der Urvortex hatte für so viel Chaos auf der Welt gesorgt. Wüsten wurden tupfenweise von Eisflächen überzogen, karge Steppen hatten sich in Regenwälder gewandelt, ganze Landstriche waren überflutet worden, und einige Städte lagen für immer unter Wüstensand begraben. Unzählige Familien waren an diesem Tag auseinandergerissen worden.

Aber, dachte ich, als ich die vermengten Gebäude betrachtete, manchmal liegt in der Veränderung auch Schönes.

»Gekrümmt«, sagte Hawthorne endlich und musterte mein Spiegelbild im Fensterglas. »Und haben *Sie* diese Krümmung ausgelöst?«

»Ich bin mir nicht sicher«, gab ich zu und überlegte einen Moment, ob ich ihm von dem Grunder und dem merkwürdigen Jungen in Anchorage erzählen sollte, aber es erschien mir undenkbar. Ich stand vor Varus Hawthorne! Er hatte anderes zu tun, als sich mit meinen wirren Geschichten aufzuhalten. Außerdem würde er mir zu Recht vorhalten, dass ich mich falsch verhalten hatte.

»Miss Collins?«

»Ich hab nichts Außergewöhnliches gemacht«, sagte ich schnell. Und es stimmte ja. Ich erinnerte mich, wie ich an das Kuratorium gedacht hatte – an die Ziellinie, zu der ich unbedingt wollte. Aber nur weil ich mir einen Ort vorgestellt hatte, bedeutete das doch nicht, dass der Vortex meinem Willen gefolgt war, oder? Hätte das dann nicht schon vielen Läufern passieren müssen?

Mister Hawthorne beäugte mich, als würde er mich heute zum ersten Mal richtig wahrnehmen. »Ich werde Ihnen nun etwas erzählen, das außer den Leitern niemand weiß, Miss Collins. Nicht einmal Ihr Onkel. Ich nehme an, ich kann mit Ihrer Verschwiegenheit rechnen?«

Ich blinzelte und wagte es nicht zu sprechen. Stattdessen nickte ich ergeben.

»Die Berichte der Medien sind falsch. Etwas wie das, was Sie heute vollbracht haben, gab es schon einmal. Das ist damals nur nicht an die Öffentlichkeit gedrungen. Aber Sie sind nicht die Erste, die einen Vortex beherrschen kann. Und damals blieb es nicht dabei, dass Vortexe in eine bestimmte *Richtung* gelenkt werden konnten – sondern zu einer bestimmten *Zeit*.«

»Zu einer … Zeit«, wiederholte ich wie benommen. Meinte er das ernst?

»Genau. Es scheint ein unglaublich seltenes Talent zu sein, Vortexe in andere Zeiten zu lenken. Und nach dem heutigen Tag bin ich mir sicher, dass dieses Talent auch in Ihnen schlummert. In Ihren Renndaten gibt es eine eindeutige Anomalie. Sobald man die Verschiebung zwischen den Zeitzonen ausblendet, besteht eine sichtbare Diskrepanz zwischen Ihrer Ankunft in Neu London und dem Absprung in Anchorage – und zwar von knapp einer Viertelstunde.« Hawthorne legte eine Hand auf meine Schulter. »Sie sind eine *Zeitläuferin*, Miss Collins.«

Das zog mir den Boden unter den Füßen weg. Ich war mit dem Vortex durch die Zeit gesprungen?

Natürlich, sagte sofort eine leise Stimme in meinem Kopf.

Das wäre die perfekte Erklärung dafür, dass ich ein Siegersignal aus dem Kuratorium bekommen hatte, noch bevor ich über die Ziellinie gelaufen war. Mein Detektor hatte mir gar nicht angezeigt, dass jemand anderes gewonnen hatte – sondern *ich selbst*!

Trotzdem war das alles schwer zu glauben. »Sie meinen …« Ich räusperte mich. »Sie meinen, dass es das schon einmal gegeben hat? Bei einem anderen Läufer?«

Hawthorne lächelte mich an. »Das spielt jetzt keine Rolle. Und was Ihr Talent angeht … Nun, ich halte es für zwingend notwendig, dass wir ab sofort ein wachsames Auge auf Sie haben.«

»Warum?«

»Ihr Sprung wurde in die ganze Welt übertragen. In den Medien wird darüber spekuliert, dass Sie den Vortex mit purem Willen ins Ziel gelenkt hätten – was ja sehr nahe an der Wahrheit ist. Wir können uns vor Interviewanfragen gar nicht retten, und ich fürchte, Sie entwickeln sich zur größten Mediensensation des Jahres.«

Ich errötete. »Es tut mir wirklich leid, dass Sie meinetwegen solche Umstände haben, Sir.«

»Ich sagte doch: Sie müssen sich nicht rechtfertigen. Ihr Talent eröffnet uns ungeahnte Möglichkeiten. Sicherlich können Sie sich vorstellen, welche Chancen sich durch Vortexe eröffnen, die von einem Läufer gelenkt werden können.«

Nach kurzem Zögern nickte ich. Das wäre fast, als würde man sich überallhin teleportieren können. Und als könnte man durch die Zeit reisen.

Hawthorne sah offensichtlich die Neugierde in meinem Blick, denn er lächelte wieder. »Dies könnte der alles entscheidende Schritt sein, um dem Roten Sturm endlich Einhalt zu gebieten. Stellen Sie sich vor, wenn wir mehrere Läufer mit dieser Fähigkeit auf die Terroristen ansetzen könnten. Der Rote Sturm hätte keine Chance! Wir könnten die Rebellengruppe womöglich noch vor ihrer Entstehung im Keim ersticken! Deshalb brauchen wir Ihre Hilfe, um herauszufinden, *wie* Sie den Vortex gesteuert haben. Seit heute sind Sie die wichtigste Person auf diesem Planeten, verstehen Sie das? Und ich werde alles veranlassen, damit Ihnen nichts passiert, denn sicherlich müssen wir davon ausgehen, dass auch der Rote Sturm ein Auge auf Sie geworfen hat.«

»Ich … verstehe«, sagte ich, obwohl mir gehörig der Schädel brummte.

Bis gestern hatte sich niemand in diesem Kuratorium für mich interessiert, von meiner Familie mal abgesehen. Ich war nur eine von vielen Anwärtern gewesen. Und ich merkte, dass mich die ganze Aufmerksamkeit verunsicherte.

Hawthorne legte eine Hand auf meine rechte Schulter. »Die Zeiten werden schwieriger. Einige Kuratorien haben große Probleme, dem Roten Sturm standzuhalten. Zwar sinkt die Anzahl der Vermengten auf der Welt kontinuierlich, doch werden die rebellierenden Gruppen immer erfinderischer. Meine Kollegen machen sich Sorgen, dass die Lage zwischen uns und dem Roten Sturm bald eskalieren könnte.«

Ich schluckte. Wieso erzählte er mir das alles? Wollte er mir noch mehr Angst machen, als ich sowieso hatte?

Scheinbar sprach mein Blick Bände, denn Hawthorne seufzte schwer. »Bitte verzeihen Sie. Ich will lediglich, dass Sie verstehen, dass die Läufer die einzige wirkungsvolle Bastion zwischen uns und diesen Terroristen sind. Und wir alle wissen sehr zu schätzen, was Sie bereit sind, für uns zu riskieren. Aber wenn es eine Möglichkeit gibt, den Kriegen *endgültig* Einhalt zu gebieten … dann müssen wir alles dafür tun, um diese Möglichkeit zu ergreifen, nicht wahr?«

Ich nickte langsam, auch wenn ich nicht wusste, wie ausgerechnet *ich* eine Rebellion stoppen sollte.

»Hervorragend«, meinte Hawthorne und bedeutete mir mit einer Handbewegung, ihm durch den Gang zu folgen. Dabei blieb sein Blick an mir haften. »Ich habe alles veranlasst. Gleich morgen wird Ihr Spezialtraining beginnen.«

»Mein … was?«

»Ihr Spezialtraining«, wiederholte Hawthorne. »Sie werden von unseren besten Forschern aus dem Wissenszentrum auf Herz und Nieren getestet. Wir wollen sehen, ob Sie noch weitere Vortexe lenken können, Miss Collins. Und ich möchte, dass mein Sohn Ihrem Training beiwohnt, um von Ihnen zu lernen.«

Das brachte mich abrupt zum Stehen. Endlich sickerte durch, worauf Hawthorne anscheinend die ganze Zeit hinauswollte. »Das heißt, ich darf überhaupt nicht als Läuferin dienen?«

In Hawthornes Gesicht lag nun wieder all die Ernsthaftigkeit, die ich von ihm gewohnt war. Er beugte sich näher zu mir. »Es ist das Beste für das Kuratorium.«

»Aber das ist mein Traum!«, rief ich, bevor ich mich beherrschen konnte. Ich keuchte auf, als mir bewusstwurde, dass ich gerade unseren Leiter angeschrien hatte. »Sir, ich meine … Meine Mutter … Sie wurde von Zündern getötet. Ich will doch nur …«

»Sie wollen für Gerechtigkeit sorgen.« Hawthorne sah mich an, als wüsste er ganz genau, was in meinem Kopf vor sich ging. »Das kann ich gut verstehen. Sie erinnern mich an eine junge Frau, die ich während meiner Zeit als Läufer kannte, Miss Collins. Sie war eine gute Freundin, und auch sie wollte immer das Richtige tun. Und dennoch verlor sie auf eine äußerst heimtückische Art und Weise ihr Leben. Es vergeht kein Tag, an dem mein Herz nicht nach Wiedergutmachung verlangt.«

»Das … das wusste ich nicht«, flüsterte ich.

»Das können Sie auch nicht. Weil ich meine eigenen Bedürfnisse schon immer hinter unsere große Sache gestellt habe: das Bestreben, unserer Welt Frieden zu bringen. Sie teilen dieses Bestreben … nicht wahr?«

Seine Worte nahmen mir allen Wind aus den Segeln. Ich spürte, wie mein Körper ganz schlaff wurde.

»Natürlich«, flüsterte ich.

»Ich habe Ihre Akte gelesen, Miss Collins. Sie haben bei dem Angriff der Zünder damals nur überlebt, weil ein Läufer Sie rechtzeitig retten konnte. Weil er sich den Vermengten gestellt und Sie aus dem brennenden Haus geholt hat. Es war ein Läufer, der seine Pflicht getan hat. Ist es also nicht an der Zeit, dasselbe für das Kuratorium zu tun?«

Meine Kehle wurde eng. »Ja«, sagte ich etwas gepresst. »Nichts wäre mir eine größere Ehre.«

»Das freut mich. Ich wusste, dass ich mich nicht in Ihnen täusche«, sagte Hawthorne. »Und es ist ja nicht für immer. Außerdem wird mein Sohn Sie bei jedem Schritt begleiten. Sagen Sie … Mein Sohn und Sie, sind Sie gut befreundet?«

Hitze schoss mir bei der unerwarteten Frage in die Wangen. »Nein. Ich … Wir kennen uns gar nicht richtig.«

»Aber Sie mögen ihn?«

Bestimmt war ich inzwischen so rot wie eine Tomate. »Ja«, presste ich hervor.

»Hervorragend.« Hawthorne klopfte mir wieder auf die Schulter, als hätte ich gerade ein weiteres Vortexrennen gewonnen. »Ich denke, er kann sich glücklich schätzen, nach Ihrem

Training eine so begabte junge Frau wie Sie zur Läuferpartnerin zu haben.«

»D-danke«, stotterte ich, völlig perplex. »Aber die Partner wurden doch noch gar nicht zugeteilt.«

Hawthorne sah mich belustigt an. Natürlich. Der Leiter selbst legte die Partner fest, zwar in Absprache mit dem Chefnavigator, aber die finale Entscheidung traf er.

Hieß das, er würde uns einander zuteilen? Dann wären Holden und ich für immer Partner, nachdem ich die Tests hinter mir hatte.

»Ich bin mir sicher, er kann einiges von Ihnen lernen«, fuhr Hawthorne fort, bevor ich ihn fragen konnte. »Sie beide werden Ihre neuen Zimmer gleich neben dem Observatorium beziehen. Ich lasse Sie morgen von meinen besten Läufern zu Ihrem ersten Simulationstraining eskortieren.«

Mein *erstes* Training.

Auf das viele weitere folgen würden.

Mein Blick wanderte zurück zum Fenster. Die vermengten Gebäude von Neu London glitzerten im Licht der Dämmerung.

Hawthorne hatte recht. Mit allem. Es war nicht nur eine Ehre, dem Kuratorium zu dienen, es war meine Pflicht als Mensch. Und das bedeutete: Wenn er wollte, dass ich weitere Simulationen über mich ergehen ließ, dann würde ich das tun – ohne jeden Zweifel.

Kaum hatte ich den Entschluss gefasst, fühlte ich mich leichter. Entscheidungen zu treffen war nicht meine Aufgabe. Ich hatte dem Willen des Kuratoriums zu folgen.

In welcher Form auch immer.

Ich traf erst in den Läuferquartieren ein, als die anderen schon ihre Zimmer zugewiesen bekommen hatten. Der Flur war gähnend leer, und ich sah mich suchend um. Was sollte ich jetzt tun? Wo war Lukas Zimmer? Ich sehnte mich danach, endlich eine ruhige Minute mit ihm zu haben.

Aber kaum hatte ich mich entschieden, einfach an die nächstbeste Tür zu klopfen, kam Loretta Alcott mit schnellen Schritten den Gang hinuntergeeilt. Sie bedeutete mir, mit ihr zu kommen, und führte mich in ein anderes Stockwerk.

Die Zimmer dort kannte ich nicht. Ich hatte immer angenommen, dass neben dem Observatorium weitere Büros der Navigatoren waren, doch da hatte ich mich getäuscht. Als ich über die Türschwelle trat, verschlug es mir beinahe den Atem.

Das war kein normales Zimmer eines Läufers, das war eine regelrechte *Suite.* Sie war in hellen, freundlichen Farben eingerichtet, mit allerhand Grünpflanzen und Bildern dekoriert und bestand aus zwei Räumen sowie einem eigenen Badezimmer. In der Mitte des zweiten Raumes war ein Bett platziert, das so viel Platz einnahm wie drei Anwärterbetten auf einmal und auf dessen Decke das Convectum prangte.

Ein Luftbefeuchter verströmte einen Duft von Rosenblättern, überall glänzten goldene Ornamentverzierungen, und von der Decke baumelte ein kristallener Kronleuchter.

»In dieser Suite übernachten für gewöhnlich wichtige Staatsgäste«, erklärte mir Loretta Alcott mit einem Tonfall, als würde sie es mir persönlich übelnehmen, dass Hawthorne *mich* hier unterbrachte und nicht sie.

Als ob ich irgendetwas dafür konnte.

Als ob ich mir das ausgesucht hätte.

»Und Holden …?«, fragte ich zögerlich.

»Mister Hawthorne ist im Zimmer gegenüber untergebracht«, erklärte Alcott und verzog unwirsch ihren Mund. »Sie sollten sich für das Fest bereitmachen. Ich bin mir sicher, Sie werden das Gesprächsthema des Abends sein.«

Ich schluckte bei dem Gedanken. Das alles fühlte sich wie ein sehr seltsamer Traum an.

Und ich fürchtete, dass ich nicht so schnell daraus aufwachen würde.

Der Festsaal, der in den unteren Stockwerken des Kuratoriums lag, wurde sonst nur für offizielle Ansprachen genutzt. Heute jedoch war er in ein angenehm gedimmtes Licht getaucht, und Musik, zu der sogar einige tanzten, spielte im Hintergrund. Während Kellner Essen und Getränke an die vielen Rundtische verteilten, wurden auf den Monitoren an den Wänden Szenen des Vortexrennens abgespielt. Wann immer mein Zieleinlauf an der Reihe war, konnte ich damit rechnen, dass der halbe Saal zu mir herübersah.

Auch das Fest der Sieger war immer ein Teil meines Traums gewesen: zu denen zu gehören, die ihren Eid ablegten und dabei von allen bewundernd angeschaut wurden, weil sie, nun ja, *Sieger* waren.

Heute jedoch versuchte ich, mich bloß so klein wie möglich zu machen, während sich die anderen neuen Läufer fröhlich unter die Menge mischten. Alle waren da – unsere Lehrer, unsere Familien, alle, die heute Morgen an der Rennstrecke gestanden hatten, um uns zuzujubeln. Überall wurden Geschichten über das Rennen ausgetauscht, Ratschläge für die Zukunft erteilt, aber ich saß nur neben Lis an meinem Platz und stocherte lustlos im Essen herum.

Ausgerechnet *ich* sollte der Schlüssel zum Ende der Kriege sein? Ich, das Mädchen, das keine Eltern mehr hatte, nur eine Mutter, die sich hatte ermorden lassen, und einen Vater, der so schnell aus unserem Leben verschwunden war, dass ich mich überhaupt nicht an ihn erinnern konnte?

Das war wirklich schwer vorstellbar.

Heimlich schielte ich zu Holden herüber. Er saß neben seinem Vater am vordersten Tisch und war so sehr in ein Gespräch mit ihm vertieft, dass er mich überhaupt nicht wahrnahm. Bestimmt erzählte Mister Hawthorne ihm gerade, dass er meinetwegen nicht als Läufer dienen würde. Jedenfalls ließen die ernsten Mienen der beiden das vermuten.

Ob er wusste, dass ich in der Zeit zurückgereist war? Vielleicht könnte ich dann wenigstens mit ihm darüber reden.

Bevor Hawthorne mich aus dem Gespräch entlassen hatte, hatte er mich noch einmal um meine Verschwiegenheit gebeten. Er hatte sogar persönlich sämtliche Spuren der Zeitdifferenz aus dem Rennverlauf gelöscht. Nicht einmal Gilbert wusste davon, obwohl der Chefnavigator die direkte Vertrauensperson des Leiters war. Mein Sondertraining unterlag höchster Geheimhaltung. Ich durfte niemandem davon erzählen.

Nicht einmal meiner Familie.

»Muss ich mir doch Sorgen machen?«, fragte Lis neben mir. Sie hatte ihren Teller im Gegensatz zu mir fein säuberlich geleert und kein Schlachtfeld daraus gemacht.

Ertappt ließ ich meine Gabel sinken.

»Alles ist gut«, log ich.

»Ich dachte …« Lis seufzte. »Ich dachte, du wärst glücklich. Du wolltest doch unbedingt Läuferin werden.«

Genau da lag das Problem. Ich biss mir fast auf die Zunge, so sehr musste ich mich davon abhalten, es einfach zu sagen.

Sie lassen mich nicht. Weil ich eine Zeitläuferin *bin.*

Lis legte eine Hand auf meine Wange, und dann, möglichst unauffällig, rutschte die Hand auf meine Stirn.

»Ich habe kein Fieber!«, raunte ich und lehnte mich unwirsch zur Seite. »Ich bin nur …«

»… ein hoffnungsloser Fall«, sagte Luka, als er sich neben mich auf einen leeren Stuhl fallen ließ. Auf dem Teller, den er vor sich platzierte, türmte sich das Essen nur so. Luka war die verfressenste Person, die ich kannte. Ob das an seinem Zünderblut lag oder einfach Luka-typisch war, konnte ich nicht sagen.

»Bitte?«, fragte ich.

»Du.« Luka zeigte mit seiner Gabel in Holdens Richtung. »Deine Schwärmerei hat ein ganz neues Level erreicht. Ich kapier echt nicht, was du an diesem Idioten findest.«

Lis folgte Lukas Bewegung, und ihre Augen weiteten sich, als ob sich mit einem Schlag viele offene Fragen in ihrem Kopf selbst beantworteten.

»Ach *so* ist das …«, hörte ich sie murmeln, dann presste sie die Lippen aufeinander, um nicht lachen zu müssen.

Toll. Lis hatte mich schon oft gelöchert, warum ich noch nie einen Freund gehabt hatte. Jetzt würde sie nicht mehr lockerlassen.

Ich funkelte Luka an. »Er ist nicht verwöhnt«, verteidigte ich Holden. »Er musste sich alles genauso verdienen wie wir.«

»Nur dass er nebenher von Privatlehrern unterrichtet wurde.« Luka stopfte sich mehrere Fleischstücke auf einmal in den Mund. »Und ihm ständig alles hinterhergetragen wurde.«

Dann lehnte er sich hinter meinem Rücken zu Lis und fügte in gespieltem Flüsterton hinzu: »Bestimmt hat sie schlechte Laune, weil sie besser abgeschnitten hat als er.«

»Luka!« Ich boxte ihn in die Seite, aber der Schaden war längst angerichtet. Meine Tante war wie ein Trüffelschwein, wenn es um Geheimnisse ging.

»Was meint er damit?«, wollte sie wissen. »Wieso solltest du deshalb schlechte Laune haben?«

Ich stöhnte bloß.

»Wenn Ellie gewollt hätte, wäre sie locker Klassenbeste geworden – vor allem im Vortexspringen.« Luka zuckte mit den Schultern. »Aber sie hat sich absichtlich zurückgehalten. Für ihn.«

Meine Gabel spießte eine Tomate auf und ließ sie dann schwer verwundet zurück auf den Teller fallen. Ich leugnete es nicht – alles, was mit Vortexen zu tun hatte, war mir schon immer leichtgefallen. Aber für mich spielte das alles keine Rolle. Ich hatte nur Läuferin werden wollen, meine Noten waren mir egal.

Lis sah das offensichtlich anders. »Ist das wahr?«

»Holden hat immer doppelt so hart für das gekämpft, was er wollte«, wiegelte ich ab. Noch spätabends hatte ich ihn in den Trainingsräumen gesehen, wo er jeden Tag trotz seines Asthmas Stunden auf dem Laufband verbrachte. Für seinen Ehrgeiz hatte ich ihn von Anfang an bewundert. Ich wandte mich an Luka. »Wenn du einen Vater hättest, der dir ständig im Nacken sitzt, wäre das für dich bestimmt auch nicht leicht.«

In der Sekunde, in der ich den Satz ausgesprochen hatte, wollte ich ihn am liebsten zurücknehmen. Luka wusste nichts über seine Eltern, weder ob sie ihn freiwillig auf der Straße ausgesetzt hatten noch ob ihnen womöglich etwas passiert war. Er wusste nicht, welcher seiner Elternteile ein Zünder gewesen war – seine Mutter oder sein Vater. Er wusste gar nichts über seine Kindheit.

Luka hasste diesen unkontrollierbaren Teil in sich mehr als jeder andere, auch wenn er nach außen hin meist unbekümmert schien. Es war nicht fair von mir, ihn daran zu erinnern. Das taten die anderen zur Genüge.

»Tut mir leid.« Ich warf ihm einen entschuldigenden Blick zu. »So war es nicht gemeint.«

»Schon gut«, sagte Luka und stupste mich liebevoll mit der Schulter an. »Wenn irgendjemand dumme Sprüche über nicht vorhandene Eltern bringen darf, dann bist du das.«

Da musste ich nun doch lächeln.

Luka hatte so viel Glück gehabt, dass seine Zünderseite nicht früher durchgeschlagen war, dass sich seine knolligen Ohren erst im Laufe der Zeit entwickelt hatten, seine Augen erst spät ihren rötlichen Glanz bekamen. Gilbert hätte ihn sonst sicherlich nie adoptiert – und sie hätten ihn niemals ins Kuratorium gelassen.

Ich drückte mein Gesicht gegen Lukas Schulter und atmete tief ein. »Wir sind eine ganz schön kaputte Familie, oder?«

»Ungewöhnlich, nicht kaputt«, sagte Lis neben mir. »Und gegen Ungewöhnlichkeit gibt es nichts einzuwenden.«

Ich lächelte wieder. Erst als ich Lis scharf einatmen hörte, richtete ich mich wieder auf.

»Oh, diese Blutsauger«, raunte sie, und als ich ihrem Blick folgte, sah ich die Menschentraube, die sich um einen sichtlich überforderten Gilbert gebildet hatte. Das war nichts Neues. Viele versuchten, sich im Dunstkreis des Chefnavigators zu bewegen, weil an den Leiter selbst kein Herankommen war. Und heute bestand die Traube aus sehr vielen, sehr edel gekleideten Frauen.

»Wer ist jetzt der hoffnungslose Fall?«, fragte ich und lachte über die pure Mordlust auf Lis' Gesicht. »Komm schon, du weißt, er hat nur Augen für dich.«

»Das wäre jedenfalls besser für ihn«, entgegnete Lis knapp. Sie räusperte sich. »Entschuldigt mich, Kinder.« Damit stand sie auf, tätschelte Luka und mir kurz die Schultern und verschwand in Richtung der Menschentraube.

Für einen Moment beobachteten Luka und ich, wie Gilberts Gesicht tiefrot anlief, als Lis ihn vor versammelter Menge küsste, dann griff ich schweigend nach seiner Hand.

Schon seit Stunden wälzte ich Ausreden hin und her, mit denen ich ihm erklären könnte, warum ich morgen früh nicht bei den Läufern dabei sein würde. Doch sie blieben mir alle im Halse stecken.

»Ich glaube es immer noch nicht.« Luka sah mich glücklich an. »Wir sind *Läufer.* Wahnsinn, oder? Wir haben's echt beide geschafft.«

Ich rang mir ein Lächeln ab.

So lange hatten wir auf unseren ersten Auftrag hingefiebert. Wir waren uns sicher gewesen, Läuferpartner zu werden, und hatten uns bereits ausgemalt, was wir alles tun würden: eine Gruppe Schwimmer verfolgen, die sich zu weit in die Menschenbezirke vorgewagten, Grunder vom Plündern der Nahrungsspeicher abhalten, uns einer Truppe des Roten Sturms stellen …

Und jetzt, da es so weit war, konnte ich nicht dabei sein.

Ich öffnete meinen Mund und schloss ihn wieder. Alles, was ich sagen könnte, wäre eine Lüge – und ich wollte Luka nicht anschwindeln. Außerdem wollte ich ihn nicht aufregen. Nicht dass er die Fassung verlor und morgen nicht als Läufer antreten durfte.

Morgen würde er mit jemand anderem verpartnert werden, und vielleicht könnte ich ihm dann schon bald von meinem ersten Spezialtraining mit Holden erzählen.

Es war sicherlich besser so.

In dieser Nacht schlief ich so unruhig wie lange nicht mehr. Ausnahmsweise war es jedoch nicht der Traum von meiner Mutter und den Klippen, der mich dazu brachte, mich in meinem Luxusbett herumzuwälzen. Stattdessen träumte ich von tierhaften Splits mit entstellten Gesichtern, die mir durch Vortexe hinterhersprangen. Mit Klauen griffen sie nach mir, zerrissen meine Läuferuniform und versengten mein Gesicht mit Feuer. Dann wechselte der Traum, und ich befand mich auf einer Liege in einem weißen Raum, gefesselt und ruhiggestellt, während gesichtslose Ärzte Untersuchungen an mir durchführten. Das Einzige, was ich von ihnen sehen konnte, waren eisblaue Augen.

Als ich mit einem Schrei aufwachte, wollte ich mich instinktiv zu Luka umdrehen. In Gilberts Wohnung hatten wir uns bis zuletzt ein Zimmer geteilt, und auch im Kuratorium hatte er immer im Hochbett neben mir geschlafen. Nach einem Albtraum war ich am liebsten zu ihm unter die Decke gekrochen.

Schon früher war Luka wärmer gewesen als alle anderen Menschen, die ich kannte. Seine Haut hatte eine sanfte Hitze verströmt, sein Atem war wie eine sommerliche Brise gewesen, die mir über den Nacken strich.

Doch nun war ich alleine, das Zimmer um mich herum war riesig, luxuriös – und völlig leer.

Ich sehnte mich danach, wie damals, als wir noch keine Anwärter gewesen waren, mit Luka zusammen unseren Lieblingsort in der Innenstadt zu besuchen. Vorbei an Shopping-Centern, Restaurantkomplexen und den Hochparkanlagen, die sich neben den Transporttrassen über die Häuserschluchten zogen. Wir waren immer den ganzen Weg gerannt, bis hin zu einem der wenigen Stadtteile, in dem die vermengten Gebäude noch nicht abgerissen worden waren. Sie dienten als Gedenkstätten, mehr oder weniger, denn der Zutritt war streng verboten. Viele der Gebäude waren durch die Vermengung instabil geworden – außerdem lag dort etwas in der Luft, das sich für mich immer anfühlte, als würde man von einem Magnet angezogen werden. Als ob irgendwo ein unsichtbarer Vortex lauerte und drohte, einen in den Tod zu reißen.

Die Menschen der Stadt mieden die Orte, an denen die Vermengung noch zu spüren war.

Aber nicht Luka und ich.

Luka hatte schon als Kind ohne Probleme das Sicherheitssystem von Gilberts Detektor geknackt und uns so Zutritt zu dem abgeriegelten Stadtteil verschafft. Jedes Mal waren wir um die hohen Zäune mit den vielen Warnschildern geschlichen, bis wir zu einem Blumenkübel kamen, in dem Luka einen Detektor mit Gilberts geklautem Profil versteckt hielt.

Die Gefahr, dass Lis oder Gilbert uns auf die Schliche kommen würden, hatte unsere Herzen ordentlich zum Klopfen gebracht. Trotzdem waren wir immer wieder in den verbotenen Stadtteil eingedrungen.

In dessen Mitte stand eine kleine Kirche, von der nur noch ein Turm und ein paar Mauerreste übrig waren. Kletterpflanzen hatten sich um die länglichen Fenster geschlungen, und nachdem wir die 134 Stufen des Turms nach oben gestiegen waren, hatten wir uns in das klaffende Loch gesetzt, wo einst das Dach des Turms gewesen sein musste. Unter unseren Füßen floss ein Rinnsal hinab, geradewegs in den Park, wo es bei einem halbverfallenen Springbrunnen wieder versickerte. Nirgendwo sonst gab es so viele fremdartige Pflanzen – und genau wie der kleine Wasserfall schien es, als würden sie sich durch einen unsichtbaren Vortex aus einem anderen Teil der Welt speisen.

In all den Jahren hatte niemand erklären können, woher das Wasser kam. Es sickerte einfach aus dem Stein des Turms heraus wie durch Zauberhand. Doch jedes Mal wenn ich mich dorthin gesetzt hatte, war es mir vorgekommen, als würde sich ein Knistern an meine Haut schmiegen. Als wäre da etwas, gut versteckt, das bloß darauf wartete, dass ich es endlich sehen würde.

Und dieser magische Ort in der Kirchruine, mitten zwischen den Dächern der Megacity, hatte nur uns gehört.

Vielleicht hätte ich Luka doch von Hawthornes Planen erzählen sollen.

Plötzlich spürte ich, wie mir Tränen in die Augen schossen, und ich versuchte verärgert, sie wegzublinzeln. Ich *wollte* nicht weinen. Es war eine Ehre, dem Kuratorium zu dienen! Varus Hawthorne hatte mich gebeten, ihm zu vertrauen, und das würde ich tun. Trotzdem konnte ich die Tränen nicht zurückhalten und rollte mich stattdessen auf der viel zu großen Matratze zu einer Kugel zusammen.

An Tagen wie diesen vermisste ich meine Mutter so sehr, dass es weh tat. Ich vermisste das Haus mit der sonnengelben Tür. Und ich vermisste ihren Minzduft, der mir schon damals ein Gefühl von Sicherheit gegeben hatte.

Mit verschwommenem Blick starrte ich in die Dunkelheit und versuchte, mich zusammenzureißen. So rührselig zu sein passte gar nicht zu mir. Aber jetzt, da das Ziel, das ich so lange verfolgt hatte, wieder so unendlich weit entfernt war, fühlte ich mich, als hätte ich jegliche Orientierung verloren.

Ich wischte die Tränen weg und griff nach meinem Detektor,

der auf dem Nachttisch lag. Es war gerade mal kurz nach drei, aber ich konnte unmöglich noch mal einschlafen.

Also tippte ich auf das Nachrichtensystem und schaute nun doch in die Medienkanäle, die über das Rennen berichteten.

Mein eigenes Gesicht sprang mir gleich in mehreren Videos entgegen. *Heldin oder Hochstaplerin?*, *Ein neues Läufertalent?*, standen als Titel darunter, also tippte ich stattdessen auf einen Artikel mit der Überschrift: *Haben die Vortexe die nächste Phase erreicht?* Darunter war von allen möglichen Weltuntergangsszenarien die Rede, und ich seufzte, bevor ich die Kanäle wieder schloss.

Stattdessen öffnete ich die Auswertung des Vortexrennens. Zum Glück waren die Informationen für die Läufer jederzeit zugänglich – zu denen ich zumindest offiziell ja nun auch gehörte.

Ohne zu wissen, wonach ich suchte, klickte ich auf meinen Namen auf der Teilnehmerliste. Neben meinem Bild prangte die große Eins und das Wort SIEGER.

Inzwischen kannte ich die Orte, zu denen die Vortexe geführt hatten: Madagaskar, die westliche Sahara, Cannes, die französischen Alpen, gefolgt von meinem unfreiwilligen Sprung nach Alaska. Erschöpft rieb ich mir die Augen. Wie gerne wäre ich mit Gilbert all das noch einmal in Ruhe durchgegangen. Er beobachtete seit Jahren die Läufer dabei, wie sie durch die Vortexe sprangen. Vielleicht wusste er ja etwas über dieses … Talent? Vielleicht konnte er mir weiterhelfen?

Zeitläufer. Die Gedanken in meinem Kopf kreisten um die Möglichkeiten, die sich mir auftaten, wenn Hawthorne wirklich recht hatte. Wenn ich mit einem Vortex durch Raum und Zeit springen konnte, wie ich wollte … Was hielt mich dann davon ab, die Vergangenheit zu *ändern*?

Nicht nur, dass ich den Roten Sturm damit stoppen könnte. Nicht nur, dass ich jeden Anschlag der Splits zu vereiteln wüsste. Womöglich könnte ich dieses Talent auch dafür nutzen, um zum Haus mit der gelben Tür zurückzukehren. Womöglich könnte ich den Angriff der Zünder verhindern und meine Mutter retten?

Der Gedanke war natürlich völlig irre. Nichts weiter als ein Hirngespinst, immerhin lag das alles viele Jahre zurück.

Ratlos nahm ich den Detektor in die Hände und klickte mich durch das Datensystem des Kuratoriums. Neben meinem Profil war seit gestern eine neue Spalte zu sehen, über der TOP-SIEGER stand. Darin waren die Rekorde aller vergangenen Vortexrennen zu sehen, und natürlich wusste ich, wer dort auf Platz eins stand. Ich hatte mir seine Daten schon viele Male angesehen:

Name: Balian Jason Travers

Alter: 12 (verstorben)

Quote gefangener Vermengter: 91,82 %

Laufzeit Vortexrennen: 14,43 Minuten

Als Balians Profilfoto war das Bild hinterlegt, das auf den T-Shirts und Tassen zu finden war. Ich fuhr die Konturen mit meinem Zeigefinger nach, und auf einmal hatte ich das Gefühl, etwas Wichtiges zu übersehen.

Unschlüssig rief ich die Daten von Balians Vortexrennen aus dem Jahr 2091 auf. Nun tauchte das Siegerfoto mitsamt den zehn Erstplatzierten auf. Neben drahtigen Jungs und Mädchen stand ein Junge, der sichtlich überfordert in die Kamera starrte. Er war locker eineinhalb Köpfe kleiner als seine Mitstreiter, und hinter ihm stand ein jüngerer Varus Hawthorne, der mit stolzem Blick beide Hände auf seine Schultern legte.

Ich zoomte weit in das Bild und blickte in das Gesicht des

Jungen. Auf den Mob schwarzer verwuschelter Haare, die kindlichen Wangen, die eisblauen Augen …

Die Augen.

Fassungslos ließ ich meinen Detektor sinken. Es waren dieselben Augen wie die des Läufers aus Alaska. Aber das war völlig unmöglich.

Balian Travers war tot.

Mit starrem Blick hielt ich mir das Bild des berühmtesten Läufers der Welt vor die Nase.

Man hatte eine riesige Trauerfeier für ihn abgehalten, und im Hof des Kuratoriums, wo auf einer Tafel die Namen der gefallenen Läufer eingraviert waren, prangte seiner direkt in der Mitte. Seine Eltern, ein reiches Unternehmerpaar aus der High Society Neu Londons, hatten ein unfassbar hohes Kopfgeld auf den Mörder ihres Sohnes ausgesetzt, das jedoch bis heute nicht eingelöst worden war.

Balian Travers war gestorben. Er war der größte Märtyrer unserer Zeit. Man hatte seine verkohlte Uniform gefunden, die geschmolzenen Überreste seines Detektors.

Doch niemals seine Leiche.

Je länger ich auf die verschwommene Aufnahme sah, desto sicherer war ich mir. Ich *kannte* diese Augen. Sie hatten sich geradewegs in mein Gedächtnis gebrannt, als ich ihm gegenübergestanden hatte.

Eisblaue Augen, die so unendlich erschöpft und verloren gewirkt hatten.

Wie alt musste er heute sein? Ich rechnete schnell zurück. Achtzehn. Auch das passte.

»Balian«, flüsterte ich seinen Namen, während sich Gewissheit in mir breitmachte. »Wo warst du nur all die Jahre?«

9

Die zehn Kuratorien bildeten die mit Abstand effizienteste Einrichtung der Welt. Im Jahr brachte sie durchschnittlich 5.000 Splits in die 127 Zonen, die es über die Territorien verteilt gab. Ihre Maßnahmen hatten dazu beigetragen, dass vor allem in den letzten Jahren der Bevölkerungsanteil der Splits von einst 13,6 Prozent auf 12,9 Prozent gesunken war. Wodurch natürlich weltweit die Gewalttaten und Morde um ein Vielfaches sanken.

Außerdem produzierte das Kuratorium eine große Menge Technologien, die den Läufern und Zonenwächtern tagtäglich dabei halfen, die Naturgewalten der Splits unter Kontrolle zu bringen. Die Gravisensoren bildeten dabei das Herzstück. Sie konnten in einem beliebigen Radius dafür sorgen, dass Vortexenergie blockiert wurde, und dienten daher als Projektile für die Läuferwaffen, waren aber auch an den Fußfesseln der gefangenen Splits angebracht.

Alle Abteilungen des Kuratoriums arbeiteten von morgens bis abends wie ein gut organisierter Bienenstock an einem Ziel: die Splits in ihren Zonen zu überwachen und die Menschen zu beschützen.

Heute jedoch schien sich das Institut einer anderen, in meinen Augen weitaus weniger wichtigen Sache verschrieben zu haben.

Nämlich mich in den Wahnsinn zu treiben.

»Ich beeil mich ja!«, rief ich über die Schulter und spuckte den Rest der Zahnpasta ins Waschbecken.

»Fünf Minuten und zwanzig Sekunden«, kommentierte eine

kleine stämmige Frau, die mit Sicherheit eine der emsigsten Arbeitsbienen im Kuratorium war. Mit finsterem Blick reichte sie mir zwei dieser ekelhaften geschmacksneutralen Proteinwürfel, die wir schon während unserer Ausbildung ständig essen mussten, um fit zu bleiben.

Ich steckte sie mir halbherzig in den Mund, schluckte sie noch halbherziger herunter, band mir dann einen Zopf und rannte durch mein Zimmer.

»Fünf Minuten und zehn Sekunden.«

»Keiner hat mir gesagt, dass das Training so früh losgeht!«, sagte ich zu der Frau, die daraufhin nur mit den Schultern zuckte und weiter auf ihre Uhr stierte.

Ich quetschte mich in meine neue Läuferuniform, entschlossen, sie zumindest *ein Mal* zu tragen. Nur meinen Rucksack und die Gravisensorenwaffe ließ ich zurück. Dann stolperte ich hinter der Arbeitsbiene her in Richtung Korridor. Ich hatte das Gefühl, schon völlig durchgeschwitzt zu sein, obwohl ich gerade erst geduscht hatte.

»Wissen meine Tante und ihr Mann, dass ich heute nicht als Läuferin antreten werde?«

Ein weiteres Schulterzucken.

»Der Mann meiner Tante ist Gilbert Woodrow. Der Chefnavigator. Kann ich ihn noch mal sprechen, bevor das Training beginnt?«

Ein finsterer Blick.

Na toll. Die Frau war ja ein echter Sonnenschein.

Sie trug einen weißen Kittel und gehörte offensichtlich zu den Forschern, die mein Training überwachen sollten. Auf ihrem Kittel war unter dem Convectum das Wort *Wissenszentrum* eingestickt. Ich hatte noch nie zuvor einen der Forscher persönlich getroffen. Die Abteilung blieb für gewöhnlich völlig unter sich.

Am Ende des Ganges warteten gleich drei Läufer auf uns – zwei Schränke von Männern und eine nicht minder muskulöse Frau. Ich hatte sie noch nie im Kuratorium gesehen, obwohl ich den Namen jedes einzelnen Läufers kannte. Waren sie etwa extra ins Institut beordert worden, um mich zu »beschützen«? Ich konnte es nicht fassen.

Keine zehn Minuten später liefen ich und mein persönlicher Begleitschutz in Richtung des Observatoriums. Mit jedem Schritt wurde mir heißer, fast so, als würde die Luft um mich herum glühen. Ein bisschen fühlte ich mich wie eine Schwerverbrecherin während eines Gefangenentransports.

Schließlich lieferten uns die drei Muskelprotze am Observatorium ab. »Wir warten draußen«, sagte einer der Männer, während wir in den Raum hineintraten.

Jetzt, da nicht mehr das halbe Kuratorium darin versammelt war, wirkte das Observatorium mit seinen weißen Wänden wieder so enorm riesig, wie ich es von meinem Simulationstraining in Erinnerung hatte. Durch Türen, die sich in den Wänden befanden und die man daher kaum sah, kam man in die Simulationsräume. In einem von ihnen verschwand die Forscherin nun. In der Mitte des Raumes gab es eine Säule, auf der Monitore die Gänge und Räume des Kuratoriums zeigten. So hatten die Navigatoren einen bestmöglichen Überblick, während sie die Simulationen der Anwärter leiteten.

Gerade zeigte die Videosäule die Antrittszeremonie der neuen Läufer.

Ich trat näher und fühlte, wie mein Herz schwerer wurde.

Mia, Trevor und die anderen standen im Auditorium, bereit für ihren ersten Auftrag. Um sie herum wuselten gute drei Dutzend blauuniformierte Menschen und wurden von Loretta Alcott und Gilbert für den heutigen Tag instruiert.

Luka lehnte etwas abseits an der Wand und starrte angespannt in den Raum hinein. Mehrfach hob er den Arm und lugte auf seinen Detektor. Dann fing er an, darauf herumzutippen, und schon blinkte eine Nachricht bei mir auf.

Wo bleibst du? Die Verpartnerung findet gleich statt!

Ich biss mir gequält auf die Unterlippe. Mein Zeigefinger schwebte über der Tastatur, doch ich wusste, ich durfte ihm nicht antworten.

Da kam Bewegung in die Läufer auf dem Bildschirm. Ich kannte jeden von ihnen – all diese hochgewachsenen Leute, die Brandwunden an ihren Körpern trugen und dadurch unheimlich tough aussahen. Während sie sich nur schnell und routiniert mit ihrem Läuferpartner per Detektor koppelten und dann in Richtung der Transporter aufbrachen, blieben die Neulinge zurück, um auf weitere Anweisungen zu warten.

»Eure Läuferpartner werden euch nun angezeigt«, hörte ich Alcott über den Monitor sagen, nachdem ich auf den Lautstärkeregler getippt hatte. »Drückt auf den Namen, um euch zu verbinden.«

Ich spähte auf meinen eigenen Detektor. Fast rechnete ich damit, dass er schwarz blieb, aber schon prangte dort HOLDEN HAWTHORNE in großen Buchstaben. Mein Ärger, dass ich nicht bei den Läufern dabei war, wich einem zarten Glücksgefühl. Ich drückte auf den Namen, um die Verpartnerung zu bestätigen. Unglaublich. Holden Hawthorne war tatsächlich mein Läuferpartner.

Über den Monitor beobachtete ich, wie ein Läuferpaar nach dem anderen aus dem Auditorium herausmarschierte. Gerade wurde Lukas Detektor mit dem eines fremden Jungen gekoppelt, was bei beiden offensichtlich nicht für große Freude sorgte. Mia und Trevor dagegen wurden miteinander verpartnert, und obwohl ich mich schrecklich ausgeschlossen fühlte, war ich doch erleichtert, dass Luka künftig nicht mit dieser Ziege laufen musste.

Als Luka aus dem Raum gescheucht wurde, sah er sich noch einmal um. Er suchte mich. Und ich streckte unbewusst meine Hand nach ihm aus, um sein Gesicht auf dem Bildschirm zu berühren.

Da trat Holden neben mich.

»Hallo, Partnerin«, sagte er und tippte grinsend auf den Detektor an seinem Arm. Darauf war mein Name zu sehen.

Ich nickte ihm zur Begrüßung zu. »Freust du dich schon?«, fragte ich sarkastisch. Bestimmt war auch er heilfroh gewesen, die Simulationen endlich hinter sich lassen zu können. Und jetzt das!

»Ich kann mir nichts Schöneres vorstellen.«

Ich lächelte. Es war wirklich nett, dass er mir kein schlechtes Gewissen machte.

»Miss Collins? Mister Hawthorne?«, rief da die Arbeitsbiene von einer der Simulationskabinen und winkte uns herbei.

»Bereit, dich von der eisernen Lady durch den Fleischwolf drehen zu lassen?«, flüsterte Holden mir zu.

Ich lachte leise und folgte ihm zu dem geöffneten Durchgang in der Wand. *»Ich kann mir nichts Schöneres vorstellen«*, wiederholte ich.

»Bringt euch in Stellung«, wies uns die Forscherin an und verließ prompt den Raum.

Im letzten Schuljahr hatte ich so viele Stunden in diesen Kabinen verbracht. In jeder standen bis zu fünf sogenannte Laufpods. Die riesigen Gestelle, die meiner Meinung nach ein wenig wie riesige Laufräder für Hamster aussahen, hatten mir zu Beginn unheimliche Angst eingejagt. In den Gestellen waren Halterungen für unsere Füße, Hände und für unseren Kopf, die mit jeder Bewegung unseres Körpers mitgingen. So wurde alles, was wir in der Wirklichkeit machten, in die Simulation gespiegelt. Sogar unsere Gehirnströme wurden über Scanner an der Kopfhalterung gesammelt und geradewegs an die Navigatoren zur Auswertung geschickt.

»Du hast gestern mit meinem Vater gesprochen, oder?«, fragte Holden, während wir uns auf den Halterungen platzierten.

Ein Klacken ertönte. Die Sicherungen wurden verriegelt, und ich testete, ob ich mich ungehindert bewegen konnte. Ich hob meine Füße, erst links, dann rechts, die Halterungen gingen problemlos mit, dasselbe bei meinen Händen.

»Ja«, sagte ich. »Er war sehr … freundlich.«

Holden schnitt eine Grimasse. »Er weiß eben, wie er das bekommt, was er haben will. Und was er wollte, warst du.«

Ich blickte Holden verwirrt an. »Er will nur erforschen, was auch immer ich da gemacht habe.«

»Was auch immer du da gemacht hast, könnte die ganze Welt verändern«, gab Holden zurück. »Du bist über Nacht zur wichtigsten Person in diesem Institut geworden.«

»Dann weißt du davon?«, fragte ich vorsichtig. »Was genau passiert ist, meine ich?«

»Dass du die Zeit gekrümmt hast?« Holden nickte. »Vater hat es mir erzählt, aber es muss unter uns bleiben. So ein Talent darf niemals in die falschen Hände geraten, das verstehst du, oder?«

Varus Hawthorne hatte genau dasselbe angedeutet. Dass ich *beschützt* werden müsste. Ich runzelte die Stirn. »Machst du nur deshalb hier mit? Weil du auf mich aufpassen sollst?«

Holden schüttelte sofort den Kopf. »Nein. Mein Vater will, dass ich es lerne.«

»Einen Vortex zu krümmen?«

»Zu *lenken*«, verbesserte Holden. »Du hast ihn gelenkt, geradewegs nach Neu London – und in die Vergangenheit. Ich soll das auch können. Ich *will* es können.«

Ich schluckte und wusste nicht, was ich sagen sollte. Das waren ziemlich hohe Erwartungen, die Holden an mich hatte.

Die Arbeitsbiene betrat wieder unsere Kabine und machte sich sogleich an den Steuerkonsolen der Laufpods zu schaffen, während zwei Männer in den gleichen weißen Kitteln auf uns zukamen. Sie drückten Elektroden an unsere Schläfen, dann überprüften sie alle Sicherungen, bevor sie das Zeichen zum Start gaben.

Holden zwinkerte mir noch zu, dann ging ein Zucken durch seinen Körper, als hätte er einen Elektroschock kassiert. Sofort wurde er schlaff, auch wenn er durch das Gestell weiterhin aufrecht gehalten wurde.

Ich atmete tief ein und aus, um ruhig zu bleiben. Das Geräusch, als sich der Laufpod aktivierte, war wie ein Schnipsen, dann wurde ich in die Simulation gezogen.

Es begann wie immer in einem kahlen weißen Raum, der sich endlos in die Länge zog.

Erst nach wenigen Sekunden entstand gute zwanzig Meter vor mir der erste Vortex und wartete darauf, dass ich in ihn hineinsprang. Doch ich war nicht alleine in der Simulation. Holden stand neben mir, als mein Körper sich im Raum materialisierte.

Wir trugen jetzt identische weiße Anzüge, und anstatt dass wir die Daten des Vortexes über unsere Detektoren zugesendet bekamen, wurden sie auf die Wände projiziert.

Vortex 1
Richtung: Südwesten
Verbleibende Lebensdauer: 2 Minuten, 24 Sekunden

»Beginnen wir mit der ersten Übung«, ertönte aus dem Nichts eine Stimme, die ich als die Stimme der Arbeitsbiene identifizierte. »Bitte versuchen Sie, den Vortex von Südwesten nach Norden zu lenken, Miss Collins.«

»Nichts leichter als das«, scherzte ich und warf Holden einen unsicheren Blick zu.

»Ladies first«, sagte Holden und machte eine Geste mit der Hand, als würde er mir höflich bedeuten, zuerst durch eine Tür zu gehen.

Ich holte tief Luft, dann rannte ich auf den Vortex zu. Immerhin wusste ich ja, dass man in den Simulationen nicht durch dessen Energien verletzt werden konnte.

Mit einem großen Satz schleuderte ich mich mitten in den Wirbel und wurde prompt davongezogen. Jetzt, da ich wusste, wie sich ein echter Vortex draußen in der Wirklichkeit anfühlte, kam mir der Sprung seltsam unspektakulär vor – es gab keine Gerüche, keine Temperaturen, keinen richtigen Ort, zu dem man glitt. Trotzdem spürte ich mit jeder Faser meines Körpers, in welche Richtung mich der Vortex zog, und versuchte, mich so klein wie möglich zu machen, um mich von den Energien am Rand fernzuhalten. Um mich herum war das Flirren grün, gelb oder rot eingefärbt, je nachdem, ob ich genug Abstand wahrte.

Nach Norden also. Ich erinnerte mich nicht, wie ich den Vortex während des Rennens gelenkt hatte. Ich hatte an den Hof des Kuratoriums gedacht, an die Ziellinie, zu der ich unbedingt wollte, also dachte ich nun an Norden.

Norden, Norden, Norden.

Der Vortex spuckte mich wieder aus, vor mir tauchte bereits ein neuer auf. Dieser führte laut Anzeige auf der Wand nach Nordosten.

Hinter mir sprang Holden aus dem Vortex und landete fest auf beiden Füßen. Erwartungsvoll sahen wir in Richtung Decke.

»Sie haben die vorgegebene Richtung des Vortex nicht verändert, Miss Collins«, ertönte die Stimme. »Lenken Sie bitte den nächsten Vortex nach Westen.«

Ich schloss die Augen und ballte die Hände zu Fäusten. Ohne zu Holden zu blicken und dort die Enttäuschung in seinem Gesicht zu sehen, rannte ich sofort in den nächsten Vortex.

Westen, Westen, Westen, sagte ich mir angestrengt, was jedoch nichts nützte, denn als ich auf der anderen Seite auftauchte, verkündete die gesichtslose Stimme, dass ich die vorgegebene Richtung erneut nicht verändert hatte.

Wie sollte ich bloß jemals durch die Zeit springen, wenn ich den Vortex nicht einmal zu einem anderen Ort leiten konnte?

»Aller guten Dinge sind drei«, sagte Holden lässig neben mir, doch erneut kamen wir genau dort raus, wo der Vortex hingeführt hatte – keine Krümmung, keine Lenkung, kein gar nichts.

Aller guten Dinge waren auch nicht vier oder fünf, sechs oder sieben, und mir war richtig schlecht, als ich versuchte, den achten Vortex nach *SÜDEN, SÜDEN, SÜDEN* zu bewegen.

»Vielleicht klappt es ja morgen«, sagte Holden und legte eine Hand auf meine Schulter, als wir japsend und schwitzend vor Vortex Nummer dreiunddreißig standen.

Die Aussicht darauf, jeden Tag stundenlang durch simulierte Vortexe zu springen und mich dabei vor Holden völlig lächerlich zu machen, stimmte mich nicht gerade fröhlich, aber ich warf ihm trotzdem einen hoffnungsvollen Blick zu.

»Simulation abbrechen«, rief Holden und sah zur Decke.

Nichts passierte.

Erst jetzt fiel mir auf, dass die Frau, die unsere Simulation überwachte, bei den letzten zwei Vortexen gar nicht mehr in ihrer leicht genugtuerischen Art verkündet hatte, dass *Miss Collins* mal wieder versagt hatte.

»Simulation abbrechen!«

Immer noch nichts. Der weiße Raum um uns herum löste sich nicht auf.

»Vielleicht ist sie eingeschlafen?«, überlegte ich und grinste, als Holden zu lachen begann.

»*Sooo* schlecht waren wir nun auch nicht«, sagte er, und ich mochte, dass er »wir« sagte und nicht »du«, was weit mehr der Wahrheit entsprochen hätte.

»Dann holen wir uns eben selbst raus«, beschloss er schulterzuckend und lief auf eine Seite der Wand zu. An einem kleinen Monitor, der durch einen Druck auf eine weiße Kachel erschien, drückte er auf den Notfallknopf, der jegliche Simulation sofort beendete.

Wenn der Laufpod sich abschaltete, fühlte sich das ein bisschen so an, als würde jemand einem richtig fest an den Haaren ziehen, und ich schnitt eine Grimasse, als ich im Hamsterrad erwachte.

Holden räkelte sich bereits neben mir, und es dauerte einen Moment, bis sich die Sicherungen lösten und wir aus dem Pod aussteigen konnten.

Miss Sie-haben-die-vorgegebene-Richtung-nicht-verändert war nirgends zu sehen. Stattdessen war es furchtbar heiß in der Kabine, und dieses Mal lag das ganz sicher nicht an meiner Aufregung.

Es war heiß, als würde es *brennen.*

Holden warf mir einen alarmierten Blick zu, und wir taumelten zur Tür. Doch auch im Observatorium war es nicht kühler. Im Gegenteil. Es war wie in einer Sauna, die definitiv den

Punkt überschritten hatte, an dem das Atmen noch angenehm war.

»Hier stimmt etwas nicht«, sagte Holden bemerkenswert ruhig, denn hier stimmte etwas *ganz und gar nicht.*

Rauch schlängelte sich vom Eingang des Observatoriums in den Raum. Schwarzer, dichter, *tödlicher* Rauch, der uns wie eine Wand entgegenströmte.

Und dann hörte ich sie.

Die Schreie.

Unmöglich, war das Erste, das mir durch den Kopf schoss.

Es war unmöglich, dass sich Rauch wie eine Wand durch die Gänge des Kuratoriums schob. Unmöglich, dass sich Zünder zwischen den Schwaden hindurchbewegten. Unmöglich, dass überall reglose Körper den Boden bedeckten. Unmöglich, dass die unteren Stockwerke des Kuratoriums in Schutt und Asche lagen.

Wie lange waren wir bloß in der Simulation gewesen?

Die Videosäule in der Mitte des Raumes zeigte ein Bild des Schreckens, und mir kamen wieder die Worte dieses Grunders in Anchorage in den Kopf.

Die Zonen wird es bald nicht mehr geben.

Genauso wenig wie das Kuratorium.

Auch Holden war neben mir erstarrt. Wir stierten wie in Trance auf die Monitore und wussten nicht, was wir tun sollten. Zünder mit rappelkurzen roten Haaren liefen durch mehrere Gänge. Sie trugen Kleidung mit einem auffälligen Symbol auf der Brust. Es war eine Flamme, die nach oben in einem Wirbel endete.

Der Rote Sturm.

Keine Sekunde später hallte ein markerschütterndes Alarmsignal durch die Korridore.

»Das ist das Zeichen für die Evakuierung«, sagte Holden und fuhr sich mit beiden Händen durch die dunkelblonden Haare, die vor Hitze an seiner Stirn klebten. *»Verdammt!«*

»Was …?«, setzte ich an, als ein Beben den Raum erschütterte – vielleicht sogar das ganze Kuratorium –, gefolgt von weiterem Rauch, der ins Observatorium gewirbelt wurde.

»Das Kuratorium ist doch geschützt«, japste ich. Ich hatte die Verteidigungsprotokolle gesehen, Luka hatte sie mir einmal gezeigt, nachdem er sich mal wieder unerlaubt in Gilberts Profil eingeloggt hatte. Tausende Gravisensoren, überall und in jedem Raum, verhinderten nicht nur das Auftreten von Vortexen – sie blockierten auch die Kräfte der Splits.

Und trotzdem stand bereits das halbe Gebäude in Flammen.

Es gab nur eine Erklärung: Die Gravisensoren mussten ausgefallen sein.

»Es *sollte* geschützt sein«, stimmte Holden zu. Sein Gesicht war kreidebleich und vor Anspannung ganz verzerrt. Bestimmt dachte er an seinen Vater. »Wo sind nur die Läufer, die auf uns aufpassen sollten?«

Schritte ertönten, und ich keuchte, als erneut Zünder auf den Monitoren auftauchten. Diesmal näherten sie sich mit schnellen Schritten dem Observatorium.

Holdens Hand griff nach meiner. Hektisch zog er mich in Richtung der Simulationskabinen.

»Warte«, zischte ich. »Da finden sie uns doch!«

»Hast du eine bessere Idee?!«

Nicht wirklich. Das Observatorium bestand nur aus dem Überwachungsraum und den vielen Kabinen. Trotzdem war ich mir sicher, dass wir dort sofort entdeckt werden würden.

Holden zog an meiner Hand, und ich ließ mich weiterführen. Doch als ich mich noch einmal verzweifelt umdrehte, fiel mein Blick auf ein Eingabeterminal, das scheinbar nutzlos an der Wand angebracht war.

Natürlich! Der Raum des Chefnavigators. Gilberts Büro! Er

hatte uns so oft abends dorthin gebracht, um uns Zusatzunterricht zu geben. Und *aus Versehen* hatte Luka irgendwann seinen Zugangscode kopiert und mir dann gegeben.

»Komm mit!«, rief ich Holden zu und zog nun meinerseits so kräftig an seiner Hand, dass er tatsächlich vor Schreck die Richtung änderte.

»Was machst du?«

»Uns retten!«

Die Zünder kamen vor dem Eingang des Observatoriums zum Stehen, und ich hämmerte den Code ins Terminal, während mein Kopf vor Anspannung dröhnte.

»Hier ist noch ein Raum?«, fragte Holden ungläubig, als ich ihn durch die offene Tür zog. Drinnen drückte ich sofort auf den Schließmechanismus. Ich betete, dass kein Spalt mehr zu sehen sein würde, sobald die Zünder ins Observatorium traten.

Zitternd starrten wir auf die Monitore, die überall in Gilberts Büro angebracht waren. Drei Zünder, zwei Männer und eine Frau, liefen in den Raum. Sie alle trugen die roten Flammensymbole auf den Kleidern, und überall, wo sie hintraten, glomm der Steinboden unter ihren Füßen.

Das waren echte Zünder. Definitiv keine Halbsplits wie Luka. Zielgerichtet durchsuchten sie jede der Kabinen, und je mehr sie leer vorfanden, desto frustrierter wurden sie. In der letzten Kabine trat die Frau gegen einen der Laufpods, so lange, bis die Halterungen darin scheppernd auf den Boden krachten.

»Wo sind sie? Gibt es einen anderen Weg hier raus?«, schrie einer der Männer, ein Riese mit dunkelroten Haaren, in denen vor lauter Wut schon kleine Flammen flackerten.

»Nein«, knurrte die Frau. »Scheiße. Wir landen ganz oben auf der Abschussliste vom Boss, wenn wir ihm das Mädchen nicht bringen, bevor der Laden zusammenbricht.«

Ich konnte nicht glauben, was ich da hörte. Hatten sie das Kuratorium wirklich meinetwegen angegriffen? Hawthorne hatte ja prophezeit, dass der Rote Sturm hinter mir her sein würde. Aber ich konnte mir nicht vorstellen, dass sie in so kurzer Zeit einen Plan entworfen hatten, um das Kuratorium zu stürmen. Ich hatte schließlich erst gestern das Rennen gewonnen.

»Los, gehen wir«, wies der größere Mann die Gruppe an. Ein letztes Mal schweiften seine roten Augen über den Raum, die verwüsteten Kabinen, und fast glaubte ich, dass er uns direkt durch die Tür, hinter der wir standen, ansah. Doch schließlich drehte er sich um und verschwand.

Zurück blieben nur unsere hektischen Atemzüge.

Noch eine Minute länger, und die Hitze würde uns umbringen, da war ich mir ganz sicher. »Wir müssen hier raus«, presste ich hervor und öffnete mit zitternden Händen die Tür. »Nach unten zur Verwaltung. Ich muss meine Tante und Gilbert finden. Und Luka! Laut Evakuierungsplan werden alle zu den Transportern gebracht, oder?«

»Schon, ja.« Holdens Blick wanderte suchend umher. »Aber dann müssen wir durchs Gebäude. Das schaffen wir nie.«

»Die ersten Transporter sind nur zwei Stockwerke unter uns«, sagte ich. »So steht es zumindest im Handbuch.«

Holden warf mir einen halb belustigten, halb verzweifelten Blick zu. »Ich glaube, du bist die Einzige, die das Handbuch liest, weißt du das?«

»Du etwa nicht?«

»Mein Vater ist der Leiter«, sagte Holden mit einem Augenrollen. »Ich hab mit dem Handbuch Lesen gelernt.« Er griff nach meinen Händen und drückte sie. »Hör zu, Ellie. Deine Familie hat es bestimmt längst zu den Transportern geschafft, aber wir müssen einen anderen Weg nehmen. Du darfst den

Zündern auf keinen Fall in die Hände fallen. Ich kenne einen Ausgang, der nur ein paar Räume entfernt ist. Da kommen wir direkt zu einem Transporter. Mein Vater hat mir den Weg beschrieben.«

Ich zögerte. Natürlich würde der Sohn des Leiters in solchen Fällen eine Sonderbehandlung bekommen.

Dann schüttelte ich entschlossen den Kopf. »Wenn ich gehe und ihnen etwas passiert, würde ich mir das nie verzeihen.«

»Was willst du bitte gegen so viele Zünder anrichten?«, fragte Holden. »Ohne Gravisensoren, ohne *irgendetwas*?«

»Das ist meine *Familie*!«, rief ich. Ich konnte sie doch nicht zurücklassen! »Willst du nicht zu deinem Vater?«

»Glaub mir, mein Vater wurde als Allererster evakuiert. Ihm geht's sicher bestens.«

»Das weißt du aber nicht!«, schrie ich und wollte endlich loslaufen, doch da zog mich Holden am Arm zurück.

Sein Blick wanderte über mein Gesicht. Dann trat er plötzlich näher, bis sich sein Körper gegen meinen presste, und jegliche Luft verließ auf einen Schlag meine Lungen, als er seine Lippen auf meine legte.

Holden Hawthorne … küsste mich.

Er *küsste* mich.

Ich war so perplex, dass ich nicht reagierte, zumindest nicht so lange, bis sich sein Mund an meinen Lippen bewegte.

Jahrelang hatte ich phantasiert, wie es wohl sein würde, Holden Hawthorne zu küssen. Den Jungen, für den ich schon geschwärmt hatte, bevor ich mich überhaupt für Jungs interessierte.

Und jetzt, da es endlich so weit war, müsste ich überglücklich sein, doch die Angst, die sich in meinem Bauch zusammenballte, war offenbar zu groß, um Schmetterlingen Platz zu bieten.

So hatte ich mir meinen ersten Kuss nicht vorgestellt.

Als Holden sich zurückzog, lächelte er, als hätte er mir gerade ein Geschenk gemacht. Seine Hand streichelte über meine Wange. »Vertrau mir«, flüsterte er. »*Bitte.* Ich will nicht, dass dir etwas passiert. Und ich bin mir ganz sicher, dass deine Tante und Mister Woodrow längst evakuiert wurden. Bestimmt warten sie schon auf dich.«

»Und Luka?«, fragte ich. »Ich weiß nicht mal, ob er noch hier ist.«

»Luka«, wiederholte Holden mit Abscheu in der Stimme, »ist einer von *denen*, falls du das vergessen hast. Wurde deine Mutter nicht sogar von einem Zünder getötet? Wer weiß, vielleicht hat sich Woodrow längst dem Roten Sturm angeschlossen. So jemand wie er hat doch nur darauf gewartet, dem Kuratorium den Rücken zuzukehren!«

»Das würde er niemals tun«, sagte ich barsch und ging einen Schritt von Holden weg. Ich konnte gar nicht glauben, was er da sagte!

Natürlich hasste ich die Splits. Sie hatten mir meine Mutter genommen. Aber Luka?

Luka war gutmütig, selbstlos. Selbst das Zünderblut in seinen Adern hatte ihn nicht verändern können. *So* gut war er.

Ein viel besserer Mensch, als ich es je sein könnte.

»Ich werde sie suchen«, sagte ich und lief entschlossen aus der Kabine heraus. »Wenn du einfach abhauen willst, tu dir keinen Zwang an. Ich komm auch alleine klar.«

Diesmal packte Holden mich mit beiden Händen. Seine Finger gruben sich schmerzhaft in meine Haut. »Kapierst du es nicht? Ich *kann* dich nicht gehenlassen!«

Darum ging es also. Das war der Grund, warum Holden so besorgt um mich war. Es war gar keine romantische Geste. Es ging ihm nicht um mich. Er hatte Angst, was sein Vater sagen würde, wenn mir etwas passierte.

»Lass mich sofort los, Holden«, sagte ich und schluckte die Enttäuschung über sein Verhalten schnell runter. »Ich werde meine Tante suchen. Und du kannst mich nicht davon abhalten.«

Der Griff um meinen Arm wurde richtig schmerzhaft. »Und ob ich das kann«, sagte er. »Du gehst mit mir zum Transporter.«

Ich konnte es nicht glauben. Wie egoistisch Holden war! Es ging um das Leben unser beider Familien, doch ihm schien nur die Anerkennung seines Vaters wichtig zu sein.

Er schleifte mich geradewegs zur Tür, und ich nahm einen tiefen Atemzug, dann ließ ich meinen Körper locker werden, als würde ich aufgeben. Wie erwartet löste sich dadurch auch Holdens Griff. Zumindest ein klein wenig. Und ich nutzte den Moment, um mit dem Knie auszuholen und es ihm geradewegs zwischen die Beine zu rammen.

Stöhnend sackte er in sich zusammen. Zwar versuchte er sofort, mit den Händen nach meinem Knöchel zu greifen, aber ich war schneller.

»Entschuldige«, sagte ich noch, dann rannte ich, so schnell ich konnte, zum Ausgang und versuchte zu verdrängen, was da eben passiert war.

Ich musste meine Tante und Gilbert finden.

Im Flur war es nicht weniger heiß, im Gegenteil. Der leichte Windhauch, der dort wehte, blies mir den Qualm direkt ins Gesicht, und selbst das Wasser, das von der Sprinkleranlage an den hohen Decken hinabströmte, schien schon auf halbem Wege zu verdunsten. Vom Gang, der nach oben zu den Läuferquartieren führte, war inzwischen der meiste Lärm zu hören, und ich duckte mich, um dem gröbsten Rauch zu entgehen, während ich in die entgegengesetzte Richtung zu den Verwaltungsräumen lief.

Glücklicherweise mussten die meisten Zünder inzwischen in den oberen Stockwerken sein, denn ich begegnete niemandem. Hustend schleppte ich mich Meter für Meter voran und zog dabei den Kragen meiner Uniform so weit nach oben, dass ich meine Nase darin vergraben konnte.

Erst als ich an den Büroräumen ankam, wo unter anderem die Rechtsabteilung meiner Tante angesiedelt war, stockte ich. Überall lagen Körper. Körper, deren Kleider verbrannt waren und die mit starren Augen in die Leere sahen. Direkt vor meinen Füßen sah ich die Forscherin, die ich vorhin noch abfällig »Arbeitsbiene« genannt hatte.

O Gott.

Völlig benommen ließ ich meinen Blick schweifen, in schierer Panik, Lis' blonden Lockenkopf unter den Toten zu entdecken.

Erst als ich bis zum letzten Raum gelaufen war, erlaubte ich mir, einmal tief durchzuatmen. Ich konnte sie nirgends entdecken. Stattdessen sah ich eine einzelne Frau, die doch ernsthaft noch an ihrem Schreibtisch saß. Mit gehetzten Bewegungen hämmerte sie auf die Tastatur vor sich ein.

»Sie müssen verschwinden!«, rief ich ihr vom Flur aus zu. »Kommen Sie mit! Ich kann Sie rausbringen!«

Der Kopf der Frau schnellte in meine Richtung, und für mehrere Sekunden starrte sie mich einfach an, dann ließ sie von der Tastatur ab und kam auf mich zugelaufen.

Doch sie wirkte nicht so, als würde sie sich darüber freuen, dass ich sie zu einem der Evakuierungstransporter bringen wollte. Im Gegenteil: Sie sah so aus, als wollte sie mich angreifen.

»Ich bin eine Läuferin!«, rief ich noch, um sie zu beschwichtigen, doch da packte sie mich schon an den Oberarmen und riss mich zu Boden.

»Ich hab sie!«, kreischte die Frau in Richtung ihres Detektors, und dort, wo sich ihre Finger um meine Handgelenke verkrampften, spürte ich einen brennenden Schmerz, fast so, als ob ich meine Arme in Feuer getaucht hätte.

Ich rang mit der Frau, boxte ihr abwechselnd Knie und Ellbogen in die Seiten, bis ich sie endlich auf den Rücken gepresst hatte. Als ich eine Hand freibekam, zog ich möglichst fest an ihren Haaren, um sie dazu zu bringen, auch ihre andere Hand zu lockern, doch statt dass die Frau vor Schmerzen losschrie, hatte ich plötzlich einen Schopf falscher Haare in der Hand.

Darunter kam kurzes feuerrotes Haar zum Vorschein.

Meine Gedanken rasten, als ich der Frau in die Augen starrte. Augen, in denen ich nun farbige Kontaktlinsen auszumachen glaubte.

Trotz der Hitze zog sich eine Gänsehaut über meinen Körper. Die Frau war eine *Zünderin.* So waren sie also ins Kuratorium gekommen! Mit Perücken und Make-up! Das alles war von langer Hand geplant gewesen. Einige von ihnen mussten bereits im Institut gearbeitet haben. Sie hatten sich versteckt und auf den richtigen Zeitpunkt gewartet, um den Roten Sturm hineinzulassen. Das war die einzige Erklärung dafür, dass sie so schnell hatten reagieren und kaum einen Tag nach dem Rennen ihren Plan in die Tat umsetzen können.

»Hierher!«, schrie die Zünderin, und ich hörte Schritte auf mich zudonnern. »Hier ist sie!«

Verdammt! Es war der Riese mit seinen zwei Lakaien. Mit jedem ihrer Schritte spürte ich, wie die Hitzewelle, die auf mich zuströmte, größer wurde. Flammen schlängelten sich an der

Wand entlang, immer schneller und immer höher, bis sogar die Decke vor Hitze glühte.

Die Gesichter der Zünder verzogen sich zu siegessicheren Fratzen, als sie sich vor mir aufbauten.

Ich hatte sie schon einmal gesehen. Die zwei Männer und die Frau. Es waren die Läufer von vorhin, die ich nicht gekannt hatte und die zu meinem Schutz abgestellt worden waren.

Irgendwie mussten sie sich in die Verstärkung geschmuggelt haben, die Varus Hawthorne meinetwegen angefordert hatte. Und niemand hatte geahnt, dass sie ihre Zündernatur unter einer Tarnung versteckten.

Es war kaum zu fassen, dass der Rote Sturm uns alle so hatte täuschen können.

Und jetzt? Sie würden mich mitnehmen. Sie wollten, dass ich Vortexe für sie lenkte.

Wieso hatte ich nur nicht auf Holden gehört? Panisch blickte ich mich um, doch ich sah keinen Ausweg. Die Zünder kamen näher, ihre Augen glühten, während mir der Rauch aus den anderen Stockwerken allmählich die Sicht – und das Bewusstsein – nahm.

Mitten im Rauch sah ich mich selbst auf das Haus mit der sonnengelben Tür zulaufen, die Wände brannten lichterloh, meine Mutter schrie und –

Da wurde die Frau von mir weggerissen, und der Boden bebte so stark, dass die Zünder alle der Länge nach hinfielen.

»Steh auf!«, schrie mich jemand an, doch ich konnte das Gesicht, das zu der Stimme gehörte, in der geschwärzten Luft nicht erkennen.

Als eine Hand nach meinem Arm griff, versuchte ich, sie abzuschütteln, doch ich merkte, wie mir immer schwindeliger wurde, und meine Faust traf ins Leere.

»Das ist nicht gerade hilfreich!«, rief die dazugehörige Stimme. Sie war mir irgendwie vertraut, und wer auch immer es war, zog an mir, um mich durch den Gang zu schleifen.

Ich blinzelte. Erst dachte ich, Holden wäre mir vielleicht zu Hilfe geeilt, aber er war es nicht. Neben mir rannte jemand anderes. Es dauerte eine Ewigkeit, bis mein Gehirn wieder im Hier und Jetzt ankam.

Bis ich erkannte, *wer* es war.

Dieselben eisblauen Augen, dasselbe gerade Kinn.

Balian Travers zog mich an der Hand durch die Kuratoriumsflure und starrte mich dabei an, als hätte ich den Verstand verloren.

»Beweg dich, Barbie!«, rief er mir angestrengt zu. »Oder ist das zu viel verlangt? Los!«

»Holt das Mädchen!«, ertönte hinter uns die Stimme des riesigen Zünders, und schon spürte ich, wie eine weitere Hitzewelle durch die Gänge auf uns zupeitschte. Lava sprudelte aus dem Boden, als würden sich feurige Klauen nach mir ausstrecken.

»Fagus, jetzt!«, rief Balian und zog mich mit sich in einen kleinen Büroraum.

Dort stand der Grunder, den ich in Alaska getroffen hatte, nur dass er heute weniger wie ein Obdachloser aussah, sondern eher wie ein Waldschrat.

Seine freiliegenden Arme waren über und über mit Blättern, Blüten und Moos überzogen, und in der Sekunde, in der Balian und ich durch die Tür gerannt kamen, sprossen dicke, mehrgliedrige Wurzeln aus seinen Fingern hervor. Sie verhakten sich in der Tür, und ich sah völlig entgeistert dabei zu, wie in wenigen Augenblicken die ganze Wand mit einer Wurzelschicht zuwucherte.

»Na also! Das hatte ich mir schwieriger vorgestellt«, sagte

Balian mit einem Grinsen und erntete dafür einen schneidenden Blick von Fagus.

Dessen Arme waren nun völlig mit der Wand verwachsen, und als er zurücktrat, rissen sie geradewegs an den Schultern ab. Das sah furchtbar aus, aber es schien ihm keine Schmerzen zu bereiten. »Dann kannst *du* das nächste Mal ja diesen Part übernehmen«, brummte Fagus mürrisch.

»Würde ich ja, wenn ich so erstklassiges Genmaterial wie du hätte«, sagte Balian, dann legte sich sein Blick auf mich. »Hi.«

»Hi …?«, gab ich völlig fertig zurück. Der Schweiß rann mir in die Augen, und ich konnte einfach keinen klaren Gedanken mehr fassen.

»Jetzt mach schon, Bale. Für Höflichkeiten ist später noch Zeit«, raunte Fagus und warf dabei einen besorgten Blick auf seine Wurzelwand. »Sie brennen sich gleich durch.«

»Für einen Grunder bist du ganz schön ungeduldig«, sagte Balian und streckte seine rechte Hand nach vorne. Er ließ sie einige Male im Kreis rotieren, dabei hatte er die Augen geschlossen. Ich japste auf, als sich plötzlich genau dort, wo sich seine Finger in der Luft bewegten, ein Vortex bildete. Innerhalb eines Wimpernschlags war der Wirbel so groß wie ein Fenster, dann wie eine Tür, dann wie der ganze Raum.

Ich blinzelte und konnte mich kaum auf den Beinen halten. Das alles musste ein furchtbarer Traum sein.

»Geh mit ihr vor«, sagte Balian an Fagus gewandt. »Bring sie zu Nathaniel. Er wartet bestimmt schon auf sie.«

»Und was ist mit dir?«, fragte Fagus.

»Ich hab hier noch was zu erledigen.«

»Zu erledigen?! Was hast du hier bitte zu erledigen?«

»Ich … muss eben was holen, okay?«

Fagus schüttelte vehement den Kopf. »Aber nicht heute, auf keinen Fall. Das war nicht Teil des Plans.«

»Weißt du, wie oft ich versucht habe, in dieses Gebäude zu kommen?«, fragte Balian barsch. »So eine Chance kriege ich nie wieder!«

»Schon gar nicht, wenn du tot bist!«, rief Fagus. Seine Arme und Hände setzten sich langsam, aber sicher aus neu gesprossenen Wurzelgebilden an der Schulter wieder zusammen. Noch waren sie klein, aber er nutzte sie dazu, um Balians Schulter zu greifen. »Ich hab zu oft meinen Arsch für dich riskiert, um dich jetzt zurückzulassen, Bale. Es wird sich eine andere Möglichkeit ergeben. Denk an Allister, denk an Susie. Es würde ihnen das Herz brechen. Sei nicht so dumm.«

Balian blickte sichtlich hin- und hergerissen zur Wurzelwand, wo tatsächlich erste Glutnester erschienen. Er öffnete den Mund, aber ehe er etwas sagen konnte, ertönte ein lauter Knall, und ein heißer Luftdruck schwappte wie eine Welle durch den Raum. Die Wurzeln explodierten förmlich, und uns starrten mindestens sechs sehr wütende rote Augenpaare entgegen.

»Lauft!«, rief Fagus, und da umringten schon Wurzeln meine Arme. Wie Handschellen legten sie sich um beide Gelenke und fesselten mich an den Grunder. Durch den schwarzen Rauch sah ich, wie Fagus auch Balian mit sich schleifte, als er auf den Vortex zustürmte.

Er schmiss uns beide zuerst in den Wirbel, und mein Körper wurde mit einem Mal ganz weich, als ich durch den Vortex schwebte. Ich versuchte, mich zusammenzureißen, wach zu bleiben, aber meine Augen wurden immer schwerer, mein Kopf immer wattiger.

Das Letzte, das ich sah, war das zarte Lächeln meiner Mutter.

Als ich aufwachte, lag der Geruch von Pinienwäldern in meiner Nase. Eine kalte Schnauze strich schnuppernd über meine Wange.

Ich runzelte die Stirn und spürte sofort das Pochen an meinem Kopf. Instinktiv wollte ich an meine Haare fassen, dorthin, wo ich eine dicke, fette Beule vermutete, aber meine Hände waren hinter meinem Rücken festgebunden.

Die Schnauze war nun an meinen Augen angekommen und verdeckte mir die Sicht, als ich sie schließlich öffnete.

Ich sah Fell. Eine riesige Menge Fell, und der Rest um mich herum war ein Farbgemisch aus grünen und braunen Tönen.

Wo war ich?

Nach einem tiefen Atemzug setzte ich mich langsam auf, was mit verbundenen Händen ganz schön schwierig war, und traute meinen Augen kaum. Neben mir saß ein Hund. Aber es war kein *normaler* Hund. Nicht nur, dass er wie ein gewaltiges Monster über mir emporragte, aus seinem schwarz glänzenden Fell und den gerade nach oben stehenden Ohren lugten auch kleine Blätter hervor. Sein ganzer Rücken war voller Moos.

Die Pflanzen wuchsen aus seinem Körper heraus. Als ob er … vermengt wäre.

Ich schüttelte den Kopf und stöhnte. Jetzt halluzinierte ich schon! Jeder wusste, dass es seit Jahrzehnten keine Splittertiere mehr gab.

Doch selbst nachdem ich die Augen einmal fest verschlossen

und wieder geöffnet hatte, stand der Hund da, in all seiner vermengten Scheußlichkeit.

Das dürfte gar nicht möglich sein. Natürlich waren auch Tiere von der Großen Vermengung betroffen gewesen. Wir hatten im Geschichtsunterricht von ihnen gehört. Fische, Vögel, Säugetiere ... Alle möglichen Mutationen hatte es damals gegeben; Forscher fanden sogar Überreste von Walen, die sich mit Feuer vermengt hatten und qualvoll verendet waren, weil sie das Wasser um sich herum verdunsten ließen.

Die meisten Splittertiere waren daher schon kurz nach der Großen Vermengung gestorben und die anderen auf natürlichem Wege ein paar Jahre später. Was übrig geblieben war, wurde vom Militär – und später von den Läufern – gejagt, da die Tiere eine zu große Gefahr für ihre eigenen Arten und für die Menschen darstellten.

In der Schule hatten sie uns immer erzählt, vermengte Tiere gäbe es heute nicht mehr. Doch der schwanzwedelnde Gegenbeweis saß direkt neben mir und rieb seine feuchte Moosschnauze an meinen Handgelenken, die offensichtlich mit Wurzelsträngen gefesselt waren.

Und plötzlich kam alles wieder zurück.

Das Kuratorium! Alles hatte gebrannt, die Flure, die Räume, und dann war ... ja ... Balian Travers war aufgetaucht und hatte mich durch einen Vortex verschleppt, noch bevor ich Luka, meine Tante und Gilbert hatte suchen können.

O Gott ... Meine Tante ...

Was, wenn sie von den Zündern angegriffen worden war? Was, wenn sie sie getötet hatten? Und was war aus Holden geworden? Womöglich hatte ich ihn als leichte Beute zurückgelassen.

Ein schlechtes Gewissen flammte in mir auf, vor allem, als

ich wieder an diesen Kuss dachte. Andererseits … Er hatte mich zwingen wollen, meine Familie im Stich zu lassen …

Okay, eins nach dem anderen. Zuerst musste ich herausfinden, wo ich war. Nur dann konnte ich einen Weg zurück finden.

Mein Detektor war dabei leider keine Hilfe, denn er war verschwunden. Die Splits mussten ihn mir abgenommen haben.

Ich versuchte, mich, so gut es ging, zu orientieren. Der Raum um mich herum bestand aus krummen Holzwänden sowie einem ziemlich provisorisch aussehenden Wellblechdach. Durch die Lücken zwischen Wand und Decke fiel rötliches Sonnenlicht auf mich herab, was wohl bedeutete, dass es draußen dämmerte. Oder ging die Sonne bereits auf?

Hatte ich etwa den ganzen Tag verschlafen?

Der Schmerz, den ich in meinem Nacken und in meinen Schultern spürte, sagte eindeutig: *ja.*

Mit einigem Ächzen stand ich auf und wankte auf die Tür zu. Ich schien mich in einer Art Siedlung zu befinden, denn draußen erstreckte sich nach links und rechts ein nicht sonderlich gut geebneter Weg und weitere Holzhütten mit Wellblechdächern zu allen Seiten. Dahinter erkannte ich Zäune, gefolgt von weiten, kargen Wiesen, die sich bis zum Horizont zogen. Nur in der Ferne konnte ich die Umrisse einer Stadt erkennen.

Ich war nicht mehr in Neu London, so viel war klar. Zwischen den Hütten verliefen riesige, verdreckte Abflussrohre. Spinnen hatten ihre Netze dazwischengesponnen, in denen allerlei Insekten und tote Motten baumelten. Auf den Dächern saßen einige Krähen. Ihre starren Augen zuckten aufgeregt hin und her. Um mich herum roch es nach modrigem Wasser und Staub.

Es war kein besonders schöner Anblick. Zwischen einigen Hütten erhoben sich grünbelaubte Bäume in den Himmel, doch ansonsten war alles mit einer dicken Schicht aus Dreck belegt.

Ich war in einer Zone! Fast hätte ich es nicht erkannt. Im Unterricht hatten wir Bilder der verlassenen Landflächen gesehen, auf denen die Splits vor vielen Jahren angesiedelt worden waren. Bilder von unzähligen schlichten, aber geräumigen Steinhäusern, die das Kuratorium extra für die Splits gebaut hatte. Doch was nun vor mir lag, hatte damit nicht viel zu tun. Es gab nur ärmliche provisorische Hütten aus Holz und Blech mit schrägen Dächern und Nummern an jeder Hauswand.

Überall blinkten die blauen Lichter der Gravisensoren, die ein Entstehen von Vortexen innerhalb der Zone verhindern sollten. Das Convectum war auf Schildern zu sehen, ein klares Zeichen dafür, dass dieses Gebiet vom Kuratorium streng überwacht wurde.

Zumindest seine Ausgänge.

Denn hier drin … hier gab es nur Splits. Splits, die ihre eigenen Regeln aufstellten und die eine Läuferin wie mich wahrscheinlich nicht sehr freundlich aufnehmen würden.

Warum hatte mich Balian in eine Splitzone gebracht? Und *wie* hatte er das überhaupt angestellt? Niemand konnte einfach so in eine Zone eindringen – und schon gar nicht wieder herauskommen.

So oder so: Ich sollte schnellstens verschwinden. Unser Institut war nach dem Angriff des Roten Sturms nicht mehr zu retten, aber ich musste in Erfahrung bringen, was aus meiner Tante und Gilbert geworden war und ob Luka und sein Läuferpartner es noch rechtzeitig nach draußen geschafft hatten.

Wenn ich den Zonenwächtern meinen Namen sagte und vor allem den Namen von Gilbert, würden sie mir helfen. Sie würden mich höchstpersönlich ins Kuratorium eskortieren, und ich wäre in Sicherheit. Ich musste bloß zu einem Ausgang gelangen, bevor ich auf einen der Splits traf.

Gerade wollte ich losrennen, als ich sah, wie jemand auf die Hütte zukam. Schnell versteckte ich mich, indem ich mich direkt neben der Tür an die Wand presste. Links von mir lehnte eine Schaufel, und ich versuchte einige Male vergeblich, danach zu greifen, aber mit meinen zusammengebundenen Händen gelang es mir nicht. Vielleicht konnte ich den Angreifer auch so überwältigen? Sicherlich rechnete er nicht damit, dass ich schon wach war, das war zumindest ein Vorteil.

Das einzige Problem war der blöde Köter, der schwanzwedelnd vor mir stand und vor sich hin fiepte, weil ich ihm nicht genug Aufmerksamkeit schenkte. Bevor die Schritte zu nahe kamen, schob ich den Hund mit einem Bein hinter mich und versuchte, ihm, so gut es ging, eine Hand über die Schnauze zu pressen. Angeekelt verzog ich das Gesicht, als seine raue Zunge über meine Finger leckte.

Die Schritte verstummten vor der Tür, und ich nahm allen Mut zusammen, als ich losstürmte.

»Ah, du bist wach.«

Ich erstarrte, als ich Balian vor mir sah. Mitten im Laufen wusste ich nicht mehr, ob ich ihn angreifen sollte oder nicht, was dazu führte, dass ich zum falschen Zeitpunkt abbremste und nur etwas ungelenk gegen ihn rempelte.

»Es ist auch schön, dich zu sehen.« Balian wirkte völlig unbeeindruckt, als ob ich ihn nicht gerade fast umgerannt hätte. In einer Hand balancierte er einen Becher, in dem Wasser und ein Strohhalm hin und her schwappten. »Wurde auch Zeit, dass du aufwachst. Hast du Durst?«

Ja, das hatte ich. Brennenden Durst sogar, aber das war mir gerade so was von egal.

»Was ist passiert?«, platzte es stattdessen aus mir heraus, während ich einige Schritte zurückging. »Was hast du mit mir gemacht? Wo *sind* wir?!«

»In Sicherheit«, sagte Balian, dann sah er meinen skeptischen Blick und fügte hinzu: »In der Südzone.«

Also hatte ich recht gehabt. Die Zone südlich von Neu London war – neben einer im deutschen Schwarzwald und den Grünflächen in Rumänien – eine der größten Grunderzonen im ganzen Territorium.

Balian musste sich kaum bücken, um den riesigen Splitterhund, der sich inzwischen an sein Bein drängte, zu streicheln. »Na, mein Kleiner, hast du mich vermisst?«

Sein *Kleiner*? Dieses Ungetüm war *sein* Hund? Balian Travers erfreute sich also nicht nur bester Gesundheit, sondern verkehrte auch mit Splits und hatte einen vermengten Hund als Haustier?

Ich konnte nicht anders, ich glotzte ihn mit offenem Mund an. Beinahe hätte ich ihn gar nicht wiedererkannt. Im Gegensatz zu unserer Begegnung in Alaska, bei der er halbnackt und sichtlich verletzt einen ziemlich irren Eindruck hinterlassen hatte, war er nun geschniegelt, sauber und mit einer schlichten schwarzen Hose und einem ebenfalls schwarzen Pullover gekleidet. Das Wahnsinnige war aus seinen Augen verschwunden, und es kam mir so vor, als würde ich ihn zum ersten Mal sehen.

Da wandte er sich wieder zu mir, und ich erinnerte mich sofort daran, wie mir sein Blick beim letzten Mal durch Mark und Bein gegangen war.

Noch immer fand ich es einfach unglaublich: Balian Travers *lebte.* Jetzt gab es für mich keinerlei Zweifel mehr, dass er es war.

Ich kannte sein Gesicht von unzähligen Postern, Tassen

und anderen Merchandisingprodukten, auch wenn es darauf um einiges unschuldiger ausgesehen hatte. Mia hatte sein Bild ständig auf T-Shirts vor mir hergetragen. In unserem Gemeinschaftszimmer hatte eine Zeitlang sogar ein lebensgroßes Poster von ihm gehangen.

Das Wunderkind lebte also noch. Der Junge, der auf der ganzen Welt als Held gefeiert wurde, von dem alle geglaubt hatten, er sei im Dienst des Kuratoriums gestorben. Der Junge, der offensichtlich einfach das Handtuch geworfen hatte, weil er … keine Lust mehr aufs Laufen gehabt hatte? Oder war ihm der Rummel um seine Person zu viel geworden?

Was auch der Grund gewesen war: Balian Travers lebte. Er arbeitete mit Splits zusammen. Und er war offensichtlich ein Deserteur.

Ein *Feigling*.

Und damit hatte er schon jetzt all meinen Respekt verloren.

»Willst du gar nicht wissen, wer ich bin?«, fragte er mich da.

»Balian.« Ich bemühte mich, unbeeindruckt zu klingen. »Du bist Balian Travers.«

Für den Hauch einer Sekunde konnte ich die Überraschung in seinem Blick aufflammen sehen, dann schaute er wieder so cool wie vorher. »Du kannst mich Bale nennen. Meinen alten Namen benutze ich nicht mehr.«

»Was willst du von mir?«, fragte ich und starrte ihn dann mit einem möglichst feindseligen Blick an. *»Balian.«*

Er verdrehte die Augen. »Glaub mir, *Barbie*, ich will gar nichts von dir. Und nun trink endlich das Wasser.«

»Barbie?«, wiederholte ich empört. So hatte er mich bereits im Kuratorium genannt. »Du kennst mich doch überhaupt nicht!«

Balians Blick wanderte langsam an mir hinab, während er seinen Hund weiterhin streichelte. »Du siehst eben aus wie eine Barbie. Blonder Zopf, blaue Augen – wahrscheinlich nicht viel im Kopf ...«

Ich trat nach ihm, was er jedoch mit einem lässigen Schritt zur Seite verhinderte.

»Bleib locker, das war ein Scherz«, sagte er, klang dabei aber nicht sehr überzeugend. »Und zu deiner Information: Wir haben dich nur hierhergebracht, weil Gilbert Woodrow uns darum gebeten hat.« Auffordernd schob er mir wieder den Becher unter die Nase. »Das ist alles.«

»Gilbert?«, fragte ich atemlos. »Nie im Leben! Wieso sollte der Chefnavigator des Kuratoriums wollen, dass du mich in eine Zone verschleppst? So ein Schwachsinn!«

Balian verdrehte wieder die Augen, als sei ich schwer von Begriff. Mit einer Grimasse nahm ich den Strohhalm in den Mund, damit er endlich aufhörte, mir das Ding ständig ins Gesicht zu halten. Widerwillig begann ich zu trinken, auch wenn das Wasser in Wahrheit eine Wohltat für meine trockene Kehle war.

»Du hast schon mitbekommen, dass eine ganze Zünderhorde hinter dir her war, oder?«, fragte Balian. »›Verschleppt‹ ist also nicht ganz der richtige Ausdruck, würde ich sagen. Eher ›gerettet‹. Gern geschehen, übrigens.«

»Ich hab ganz sicher nicht die Hilfe eines Deserteurs wie dir gebraucht«, zischte ich, als Balian den leeren Becher zurückzog und auf einem Tisch abstellte. »Du bist eine Schande für das Kuratorium, weißt du das? Die Läufer haben Ewigkeiten nach dir gesucht. Du warst ein Vorbild für Anwärter wie mich! Wie konntest du dich bloß mit Splits einlassen?«

Balian lehnte sich zu mir herab, bis sein Gesicht nur noch Millimeter von meinem entfernt war. »Vielleicht übersteigt das deine Vorstellungskraft, aber es ist nicht alles so schwarzweiß, wie du denkst«, sagte er sehr, sehr langsam, als würde er mit einem Kind reden. »Es gibt vieles, wovon du keine Ahnung hast. Und was Gilbert Woodrow angeht: Wie gesagt, er hat uns eine Nachricht gesendet, also sind wir zu euch gekommen. Er wollte, dass wir dich aus dem Kuratorium rausschaffen. Wenn du von irgendjemandem eine Entschuldigung verlangst, dass du nicht tot bist, versuch's bei ihm.«

»Das geht wohl schlecht«, gab ich bloß eisig zurück und drehte mich so, dass er meine verbundenen Hände sah. »Und ich glaube dir nicht. Gilbert ist ein treuer Diener des Kuratoriums, ganz im Gegensatz zu dir!«

Statt mir zu antworten, blickte Balian über seine Schulter in Richtung Ausgang. Wieder waren Schritte zu hören, und es tauchte dieser Fagus auf, dem ich mit Sicherheit meine Fesseln zu verdanken hatte.

Seine Arme waren inzwischen auf Normalgröße zurückgewachsen, was ihn trotz Rindenhaut und Moosaugenbrauen gleich viel menschlicher aussehen ließ.

»Ah, sie ist wach«, stellte auch er das Offensichtliche fest. Diese Typen waren wohl nicht die hellsten. Mit einem Blick zu mir fragte er: »Geht es dir gut?«

Sollte das ein Scherz sein? »Besser ginge es mir, wenn ihr mich losmachen würdet.«

Fagus' Mund verzog sich entschuldigend, und er sah zu Balian. »Nathaniel hat Woodrow nicht erreicht.«

»Und die Tante?«

Fagus spähte kurz zu mir, dann schüttelte er unmerklich den Kopf. Mein Herz verkrampfte sich. Wenn die Zünder ihnen etwas angetan hatten, war das allein meine Schuld.

»Die komplette Kommunikation des Kuratoriums ist lahmgelegt«, fügte Fagus leise hinzu. »Es gehen keine Nachrichten raus und rein.«

Balian seufzte und musterte mich, als würde er einen Weg suchen, eine lästige Fliege zu verscheuchen. »Und was machen wir mit ihr?«

»Hier können wir sie jedenfalls nicht lassen«, sagte Fagus und blickte hinaus in die Zone. »Die Wächter würden sie sofort zurückbringen.«

Ich biss mir auf die Unterlippe. Genau das war ja mein Plan! Hatten sie etwa vor, mich woandershin zu bringen? Dann wäre ich ihnen womöglich für eine lange Zeit ausgeliefert.

Da kam mir ein Gedanke. Vielleicht würden sie mich gehenlassen, wenn sie wussten, dass ich ihnen überhaupt nicht nützlich war?

»Habt ihr mich wegen des Rennens verschleppt? Weil ich einen Vortex gelenkt habe?«, fragte ich. »Dann kann ich euch gleich sagen, dass ich versucht habe, das zu wiederholen, aber ich hab's nicht geschafft. Ich bin durch sehr viele Vortexe gesprungen. Ich konnte keinen einzigen davon in eine bestimmte Richtung lenken. Welches ›Talent‹ das auch immer sein soll – ich habe es nicht. Sie haben sich in mir getäuscht.«

»Haben sie nicht«, erwiderte Balian, während er den Kopf seines Hundes kraulte. »Aber wenn du den Anweisungen des Kuratoriums folgst, ist es logisch, dass du keine Vortexe lenken kannst. Die wissen nicht, wie es funktioniert.«

Ich runzelte die Stirn. »Und woher willst *du* das wissen?« Doch da traf es mich wie ein Schlag auf den Hinterkopf. Wie eine Flutwelle, die allen Schlamm wegspülte und mich den Meeresgrund plötzlich völlig klar sehen ließ.

»Du kannst sie auch lenken«, brachte ich hervor. Natürlich! *Er* war derjenige, über den Varus Hawthorne gesprochen hatte:

der, bei dem das Zeitläufer-Talent zum ersten Mal entdeckt worden war. Nur so hatte Balian mit zehn Jahren das Vortexrennen gewinnen können! Deshalb hatte er so viele Splits eingefangen, ohne jegliches Transportmittel, ohne jegliche Schwierigkeiten.

Und – kam da meine Erinnerung zurück – er konnte Vortexe sogar *erschaffen.*

Doch sofort folgte die Ernüchterung: Wenn sie bereits jemanden hatten, der all das konnte, dann hatten sie mich nicht deshalb hierhergebracht.

Gerade sagte der Split etwas, das ich nicht mitbekam, so sehr versuchte ich, das eben Gehörte zu verarbeiten.

»Wir *können* sie nicht mitnehmen«, wiegelte Balian mit einem Blick zu Fagus ab.

»Nathaniel ist da anderer Meinung.«

Balian rieb sich eine Hand über die Stirn. »Er weiß, was das bedeutet, oder? Sie würde Sanktum bei der ersten Gelegenheit ans Kuratorium verraten.«

Fagus zuckte mit den Schultern. »Sag's nicht mir, sondern *ihm.*«

»Also gut.« Balian lief auf mich zu. Ich versuchte, ihn mit den Füßen zu erwischen, als er mich am Arm hochzog, aber er wich meinem Tritt erneut aus. »Fagus? Wärst du so freundlich?«, sagte er nur, und schon sprossen Wurzelketten um meine Knöchel, bis ich mich überhaupt nicht mehr wehren konnte.

Ich hatte keine Ahnung, wie so etwas möglich war. In den Zonen sollten die Kräfte der Splits blockiert sein, und doch setzte sich Fagus darüber hinweg, als wäre es das Leichteste auf der Welt.

»Wo bringt ihr mich hin?«, fragte ich, während sie mich aus der Hütte zerrten. Dabei zappelte und schubste ich, so gut ich konnte, aber letzten Endes hatten die beiden kaum Schwierigkeiten, mich an je einem Arm zu tragen.

»Zum Boss.« Fagus warf mir einen beinahe entschuldigenden Blick zu. Schon sprossen weitere Wurzeln aus seinen Fingern, dieses Mal, um sich um meinen Kopf zu schlingen und zwischen meine Lippen zu drücken, bis ich nicht mehr sprechen – und nicht mehr um Hilfe schreien – konnte. »Er wird entscheiden, was wir mit dir machen.«

Fagus und Balian zerrten mich hinaus in die Zone. Der Blätterhund folgte mit wedelndem Schwanz und hechelnder Zunge.

Wir hatten im Laufe der Schuljahre jede Menge Schauergeschichten darüber gehört, was in den Zonen vor sich ging: Schwarzhandel, Verbrechen, Morde, Aufstände gegen das Kuratorium … Die Berichte waren in den Medienkanälen rauf- und runtergelaufen. Denn obwohl das Kuratorium beim Bau der Zonen bemüht gewesen war, diese möglichst freundlich herzurichten, hatten die Splits das nicht zu würdigen gewusst. Es hieß, sie hätten die Zonen verkommen lassen, es hieß, sie hätten sie selbst zur Hölle auf Erden gemacht …

Und tatsächlich: Schön war es hier nicht, ganz und gar nicht. Die Hütten waren dreckig und heruntergekommen, überall lag Müll auf dem Boden. Doch was mich wunderte, war, dass es überhaupt nicht so aussah, als hätte es jemals richtige Häuser gegeben. Vielmehr wirkte es so, als hätten sich die Splits die Hütten selbst aus Schrottresten zusammengebaut.

Vor einer der notdürftigen Behausungen, an denen wir vorbeikamen, saß eine Familie und kochte gemeinsam ihr Essen über einer Feuerstelle. Eine Mutter wiegte ein kleines Grunderbaby mit Moosflaum auf dem Kopf in ihren Armen. Zwischen dem Staub und dem ganzen Dreck streckten sich trotzig blühende Bäume, Büsche und andere Pflanzen in den Himmel.

Während ich weiter an den Häusern vorbeigeschleift wurde, warfen die Splits uns Blicke zu. Doch sie waren nicht angriffslustig, wie ich erwartet hatte, sondern neugierig und sogar ein bisschen eingeschüchtert.

Zum ersten Mal, seit Loretta Alcott mir die Läuferuniform übergeben hatte, fühlte ich mich in ihr unwohl und hätte am liebsten beide Arme um meinen Oberkörper geschlungen, um das Convectum zu überdecken.

Ich hatte immer geglaubt, dass in den Zonen nur die übelsten Verbrecher hausten. Und ich kam mir plötzlich sehr naiv vor, weil ich nie darüber nachgedacht hatte, dass es auch Kinder unter den Splits geben musste.

Balian und Fagus liefen noch eine Weile den Hauptweg entlang. Die Sonne war inzwischen fast vollständig verschwunden. So gerne hätte ich um Hilfe gerufen, um die Zonenwächter auf mich aufmerksam zu machen, aber das Wurzelgeflecht an meinem Mund machte es mir unmöglich.

Endlich kamen wir vor einer Hütte zum Stehen, die ziemlich in der Mitte der Zone liegen musste. Sie war etwas größer als der Rest, aber ebenso provisorisch zusammengezimmert.

Der Hund setzte sich prompt neben mich und rieb mit der Schnauze über meine Wade. Was für ein anhängliches Tier das war! Ich sah irritiert zu ihm herab und versuchte, ihn mit meinen Knien wegzuschieben, doch der Hund kam nur noch näher gerutscht.

Genervt spähte ich zur Hütte, dann zurück zu Balian, der zu dem Hund hinabgrinste. Dann trugen sie mich in die Hütte hinein.

Dort saß auf einem Stuhl ein Grunder mit nussbrauner Haut und bediente einen Detektor, den er in den Händen hielt. Es war *mein* Detektor! Ich erkannte ihn an dem dunkelblauen Armband mit den weißen Convectum-Verzierungen, das mir Lis zu meinem vierzehnten Geburtstag geschenkt hatte.

Sofort ballte ich die Hände zu Fäusten, weil ich einfach nicht fassen konnte, dass ein Split eines der wichtigsten Besitztümer der Läufer in seinen Wurzelhänden hielt. Es war schlimm genug, dass ein Deserteur wie Balian sich irgendwo einen Detektor hatte klauen können.

Während ich ihn anfunkelte, sah der Grunder zu mir auf. Seine Augen hatten ein intensiveres Grün, als ich es jemals bei einem Grunder gesehen hatte. Es war nicht das Grün des Waldes, kein saftiges Grasgrün. Seine Augen schimmerten in der Farbe eines Smaragdes, dramatisch und ehrfurchterregend.

Seine pechschwarzen Haare wurden von dünnen Ranken durchzogen, die sie wie kompliziert geflochtene Dreadlocks aussehen ließen.

»Ich glaube, das ist nicht nötig«, sagte der Grunder und blickte zu Fagus. Der nickte und griff kurz an die Wurzeln, die mir um den Mund gelegt waren. In Sekundenschnelle schienen sie sich in seine Finger zurückzuziehen. Auch die Fesseln um meine Füße löste er, aber nicht die um meine Hände.

Mir entging nicht, dass Balian seinen Riesenköter direkt an der Tür positionierte, also konnte ich definitiv vergessen … wegzulaufen.

Der fremde Grunder lächelte, als er von seinem Stuhl aufstand und zu mir trat. Er musste in etwa so alt sein wie Gilbert, schätzte ich. Seine Haltung war aufrecht und stolz und hatte fast etwas Königliches. Im Gegensatz zu den ärmlich gekleideten Grundern, die ich draußen vor den Wellblechhütten gesehen hatte, trug dieser Kleidung aus Leinen, die mit grünen Mustern gefärbt war. Und an seinen Händen und Armen glitzerten jede Menge Ringe und geflochtene Bänder.

»Mein Name ist Nathaniel Gillespie«, stellte er sich vor. »Es ist mir eine Freude, dich endlich kennenzulernen, Elaine.«

Ich kniff die Augen zusammen. Von »endlich« konnte wohl kaum die Rede sein.

»Und wer genau sind Sie?«, fragte ich.

»Nun, man könnte sagen, dass ich diese Zone überwache.«

»Diese Zone wird vom Kuratorium überwacht«, entgegnete ich. Die Zonenwächter, die ich an den Zäunen gesehen hatte, ließen ja wohl keinen Zweifel daran. Dieser Grunder war gefangen wie jeder andere Split auch.

Nathaniel lächelte wieder. Dann legte er den Kopf schief. »Tja, das denkt das Kuratorium. In vielen Zonen mag das stimmen, aber nicht in dieser.«

Was dieser Mann andeutete, war einfach lächerlich. Ein hochtechnologisierter Überwachungsapparat zeichnete jede einzelne Bewegung in den Zonen auf. Jeder Split, der dort lebte, trug einen Tracker samt Gravisensoren um das Bein. Auf die Art und Weise kam niemand raus oder rein, ohne dass ein Wächter es mitbekam.

Kaum hatte ich den Gedanken gefasst, lugte ich zu Nathaniels Füßen, die dank der nur wadenlangen Hose, die er trug, bestens zu sehen waren. Doch dort, über den bemusterten Leinenpantoffeln, war keiner der dicken Metallringe zu sehen.

Nathaniel hatte meinen Blick bemerkt, sagte aber nichts dazu. Stattdessen bot er mir einen Platz auf einem der Stühle an und setzte sich mir dann gegenüber.

»Gilbert hat mir in den letzten Monaten eine Menge über dich erzählt«, sagte er. »Sehr beeindruckend, muss ich sagen.«

Schon wieder brachten sie Gilbert ins Spiel, und ich spürte, wie ich die Wut in mir nicht mehr herunterschlucken konnte.

»Gilbert ist der Chefnavigator des Kuratoriums«, raunte ich. »Er würde niemals gemeinsame Sache mit Splits machen. Kontakte in die Zonen sind streng verboten.«

»Oh, ich weiß«, sagte Nathaniel. »Eure Regeln sind mir bestens vertraut.«

Er hielt nur nicht viel davon. Klar.

»Gilbert würde vor allem nie wichtige Informationen an jemanden wie *Sie* rausgeben«, sagte ich. Er war seit Jahren Chefnavigator. Er hielt sich mit absoluter Beharrlichkeit an alle Regeln und forderte von jedem in seiner Umgebung dasselbe. Deshalb verstanden er und ich uns auch so gut.

Nathaniel sah mich fast neugierig an. »Kann ein Mann keine neue Seite aufschlagen?«

»So schlägt man keine neue Seite auf«, entgegnete ich unwirsch. »So fackelt man ganze Bücher ab.«

Ein Lachen kam über Nathaniels Lippen. »Das ist etwas melodramatisch, findest du nicht?«

»Sie haben das Kuratorium angegriffen!«, rief ich, und der Hund winselte vor Schreck, als ich meine Stimme erhob. »Mörder! Verbrecher! Unser Institut ist *zerstört* – dabei sind Menschen gestorben!«

Nathaniels Kiefer versteifte sich. »Mit dem Roten Sturm haben wir nichts zu tun.«

»Und doch seid ihr mit ihnen ins Kuratorium gekommen!« Ich blickte zu Balian und Fagus.

»Wir sind *wegen* ihnen ins Kuratorium gekommen«, sagte Balian. »Um zu helfen. Wie oft soll ich dir das noch sagen?«

»Wir vermuten, dass der Rote Sturm Unterstützung hatte«, schaltete sich Nathaniel wieder ein. »Nach allem, was Balian mir erzählt hat, waren es Hunderte Zünder auf einmal, und das in kürzester Zeit. Das hätte der Rote Sturm nie ohne Hilfe von innen schaffen können.«

Die Zünderfrau kam mir in den Sinn – die Frau, die sich in den Verwaltungsräumen als Angestellte getarnt hatte. »Sie haben die Gravisensoren von innen abgeschaltet«, sagte ich leise zu mir selbst, denn so musste es gewesen sein. Das Kuratorium war schon weit vor dem Angriff vom Roten Sturm unterwandert worden. Das war die einzige Erklärung dafür, warum sie so schnell hatten handeln können.

Nathaniel nickte. »Das vermuten wir auch, ja. Anscheinend gab es eine Lücke in der Überwachung.«

Und die Überwachung des Kuratoriums lag in Gilberts Verantwortung. Er war berühmt für seine Pingeligkeit. Wie hatte einem derart übergründlichen Mann nur entgehen können, dass der Rote Sturm die ganze Zeit unter uns gewesen war?

Hilflos ließ ich meinen Blick über den karg ausstaffierten Raum schweifen. Die Wände waren teilweise überwuchert mit Kletterpflanzen; sogar der Esstisch war bis zur Tischplatte mit Efeu bedeckt.

»Wieso haben Sie mich hierherbringen lassen?«, fragte ich. Wenn es ihnen nicht um die gelenkten Vortexe ging, verstand ich es einfach nicht.

»Gilbert hat uns eine Nachricht gesendet, kurz nachdem der Rote Sturm attackiert hat«, sagte Nathaniel. »Er wusste, dass Balian dich finden konnte, und er wollte, dass wir dich verstecken, bis er sich bei uns meldet.«

»Das ist gelogen«, wehrte ich ab, doch Nathaniel lächelte nur wieder dieses nervige milde Lächeln.

Er zog einen Ärmel zurück, und ich ballte die Hände zu Fäusten, als darunter ein weiterer Detektor zum Vorschein kam. Wieder ein älteres Modell, wieder aus Neu London. Einige Male drückte Nathaniel auf das Display, dann hielt er es mir vor die Nase.

Gilberts Name war dort zu sehen. Sein Name und seine Dienstnummer aus dem Kuratorium. Darunter die Nachricht:

Nathaniel, unser Institut wird angegriffen. Ich bitte dich und deinen Läufer, Elaine aus dem Gebäude zu holen, bevor der Rote Sturm sie findet. Ich weiß, es ist viel verlangt, aber du bist ihre einzige Hoffnung. Sei versichert, dass ich mich erkenntlich zeigen werde, wenn ich die Möglichkeit dazu bekomme. Beschütze sie – zur Not gegen ihren Willen. Gez. GW

Über der Nachricht wurden vierundachtzig ältere Nachrichten angezeigt. Sie reichten zurück bis weit ins letzte Jahr.

Es wäre nicht unmöglich, so etwas zu fälschen.

Und doch … Die Nachricht passte zu Gilbert. Sie war knapp und auf den Punkt. Ohne unnötige Floskeln. Effizient. Er endete immer mit *Gez. GW*, sogar wenn er Lis schrieb. Luka und ich hatten ihn deswegen schon Dutzende Male aufgezogen.

Ich wusste nicht, was ich sagen sollte.

Wenn das alles stimmte, hatte Gilbert das Kuratorium verraten. Er hatte Tante Lis verraten und Luka und mich.

»Ich weiß, das muss alles sehr verwirrend für dich sein.« Nathaniel sprach mit mir, als wäre ich ein Kind. Seine nächsten Worte wägte er offensichtlich sehr genau ab. »Ich habe Gilbert Woodrow vor etwas über einem Jahr kennengelernt. Wir haben uns getroffen, als er diese Zone besucht hat, und sind danach in Kontakt geblieben. Jetzt hilft er uns gelegentlich.«

»Er *hilft* euch«, wiederholte ich. »Und wie?«

»Nun, es ist furchtbar, so aufzuwachsen.« Nathaniel deutete in Richtung der Zone. »Die Kinder, die in den Zonen geboren werden, wissen nicht einmal, dass die Welt größer ist, als die Zäune reichen.«

»Weil sie *gefährlich* sind«, entgegnete ich, auch wenn es mir um die Kinder leidtat. »Im Jahr sterben Abertausende Menschen euretwegen!«

So viele waren wegen der Kräfte der Splits umgekommen.

Nicht nur meine Mutter. Niemals würde ich das vergessen, egal, wie viel von seinem Idealismus mir dieser Grunder an den Kopf warf.

»Nicht unseretwegen«, sagte Nathaniel mit ernster Miene. »Und vor allem nicht *ihretwegen.* Wir wollen, dass diese Kinder eine Chance auf ein richtiges Leben haben.«

»Es gibt einen Grund, warum die Zonen gebaut wurden«, entgegnete ich. »Damit beide Seiten, die Menschen *und* die Splits, unter sich leben können. Gilbert selbst steuert die Überwachung. Er –«

Da wurde mir schlagartig klar, was Nathaniel mit »helfen« meinte. Mein Blick fiel auf meinen Detektor, der noch immer in seinen runzligen Grunderhänden lag.

Sei versichert, dass ich mich erkenntlich zeigen werde, wenn ich die Möglichkeit dazu bekomme, hatte Gilbert geschrieben. Sofort musste ich an seinen Detektor denken. Den Detektor des Chefnavigators, der alle Freigaben besaß und folglich alles steuern konnte. Nicht nur die Kameras, auch die Sensoren, überall, an jedem Zaun, in jeder Läuferwaffe. Dieser Nathaniel sprach nicht nur von ein paar Süßigkeiten, die in die Zonen geschmuggelt wurden, nein, es war viel ungeheuerlicher.

»Ihr wollt mir erzählen, Gilbert manipuliert die Gravisensoren, um Splits aus den Zonen zu schmuggeln?«, hauchte ich. »Das ist nicht wahr. Auf keinen Fall.« Ich stand auf und ging in Richtung der Tür. Natürlich blockierte der Riesenhund sofort meinen Weg. »Ich will hier raus«, sagte ich. »Wenn ihr wirklich nur ›geholfen‹ habt, dann könnt ihr mich auch gehenlassen!«

»Das ist leider nicht möglich«, erklärte Nathaniel so ruhig, als würde er mich über das Wetter informieren. »Wir erreichen Gilbert nicht. Nach unserem jetzigen Wissen ist euer Institut in

Neu London völlig zerstört worden, und wir haben keinerlei Informationen über den Verbleib deiner Familie. Also können wir dich nicht gehenlassen. Zumindest nicht, bis wir wissen, was der Rote Sturm vorhat. Gilbert hat mich gebeten, für deine Sicherheit zu garantieren, und das werde ich auch tun.«

Zur Not gegen ihren Willen.

In mir zog sich etwas ganz fest zusammen, als ich an all die Toten dachte, die in den Gängen des Kuratoriums liegen mussten.

Unser Institut war zerstört worden – *zerstört*!

Ich wusste überhaupt nicht mehr, was ich noch denken sollte. Konnte es wirklich sein, dass Gilbert mit diesen Splits in Verbindung stand? Dass er ihnen den Auftrag gegeben hatte, mich hierherzubringen?

Meine Welt war innerhalb eines Tages in sich zusammengefallen wie ein völlig instabiles Kartenhaus.

Varus Hawthorne hatte gesagt, er hätte alles unter Kontrolle.

Er hatte sich getäuscht.

»Und was genau soll ich jetzt tun?«, fragte ich. »In einer Splitzone?«

»Nun, du kannst natürlich nicht hierbleiben, aber es gibt einen Ort, wo dich niemand finden wird. Das verspreche ich.«

Das klang für mich eher nach einer Drohung als nach einem Versprechen.

»Einen Ort«, wiederholte ich dann. Was meinte er damit?

»Eine Stadt«, sagte Nathaniel, und nach dem breiten Lächeln zu urteilen, das in dem Moment auf seinem Gesicht erschien, wusste er genau, was ich davon hielt.

»Und was soll ich da bitte machen? Däumchen drehen, bis sich die Sache von selbst erledigt?«

»In Sicherheit bleiben«, sagte Nathaniel und legte eine Hand auf meine Schulter, die ich sofort abzuschütteln versuchte. »Sobald Gilbert sich bei uns meldet, werden wir dich zu ihm bringen. Das verspreche ich bei meiner Ehre.«

Ehre. Was für ein Wort aus dem Mund eines Splits.

»Und was, wenn er sich nicht meldet?«

Nathaniel wirkte nicht, als würde ihn der Gedanke sehr belasten. »Dann finden wir eine andere Lösung. Erst einmal solltest du dich in Sanktum etwas ausruhen.«

»Du willst sie allen Ernstes mitnehmen?«, fragte Balian hinter mir.

»Ja«, sagte Nathaniel bloß. »Und das steht nicht zur Diskussion.«

Erstaunlicherweise brachte das Balian tatsächlich zum Schweigen, obwohl er alles andere als glücklich aussah.

»Und wenn ich nein sage?«, fragte ich und starrte dem Grunder mit festem Blick in seine smaragdgrünen Augen.

»Auch das steht leider nicht zur Diskussion. Es tut mir leid, Elaine, aber ich muss nicht nur an deine Sicherheit denken, sondern ebenso an die Sicherheit meiner Leute. Wenn der Rote Sturm dich in die Finger bekommt – es ist nicht auszudenken, wozu sie dich zwingen würden. Und das Letzte, das wir brauchen, ist ein erneuter Krieg zwischen den Menschen und den Vermengten.«

Hinter mir hörte ich Balian tief seufzen. »Können wir dann?«, fragte er. »Wenn ich die Sensoren noch länger blockiere, fällt das auf.«

Sofort zuckte mein Blick zu dem Detektor um Balians Armgelenk. Deshalb konnte Fagus seine Kräfte hier drin einsetzen? Aber wie hatte Balian bloß Zugriff auf die Sensoren dieser Zone bekommen?

Indem Gilbert ihm den Zugriff erteilt hat, sagte ein kleines

Stimmchen in meinem Kopf, auch wenn ich den Gedanken noch immer ungeheuerlich fand.

Ich wollte einfach nicht daran glauben, dass Gilbert uns alle so lange belogen hatte. Dass er das Kuratorium, dem er dienen sollte, so unbarmherzig hintergehen konnte.

Und doch: Der Chefnavigator war der Einzige, der die Sensoren aktivieren und deaktivieren konnte.

Neben Balian wuselte der Hund hin und her und sah so aus, als könnte er es kaum erwarten, endlich etwas zu tun zu bekommen. Auf seinem Rücken glaubte ich ein paar neue Pflanzen sprießen zu sehen, so aufgeregt war er. Balian selbst sah dagegen aus, als könnte es ihn nicht weniger kümmern, ob ich mitging oder nicht.

Warum war er damals bloß verschwunden? Und wieso zum Teufel hatte er sich mit unseren Feinden angefreundet?

Bei dem Gedanken, was nun vor mir lag, zerbrach etwas in mir. Mein bester Freund war verschollen, Gilbert ein Verräter und meine Tante wahrscheinlich in den Händen von Rebellen, die sie jederzeit töten könnten.

Erst als ich das Surren hörte, bemerkte ich den Vortex, den Balian erschaffen hatte. Von ihm und Fagus war keine Spur mehr zu sehen. Sogar der Hund war verschwunden.

»Lass dich einfach treiben«, riet mir Nathaniel. »Bale leitet uns immer an den richtigen Ort.«

Bale. Ich konnte den Namen nicht ausstehen. Er hatte ihn sich nur gegeben, weil er zu feige war, seinen echten zu benutzen.

Nathaniel lächelte mich noch immer so freundlich an, als ob er mich nicht gegen meinen Willen in eine illegale Splitstadt entführen würde. »Komm. Sanktum wartet schon auf uns.«

Ein letztes Mal drehte ich mich um und sah zurück nach draußen. In der Ferne glaubte ich mitten in der Wolkenbank die Skyline von Neu London zu erkennen. Aus der Spitze des Kuratoriums stieg Rauch in den Himmel empor, und ich spürte, wie mein Sichtfeld verschwamm.

Als ich mich nicht bewegte, griff Nathaniel an die Wurzelschellen an meiner Hand und zog mich mit sich in den Vortex. Mein leiser Schluchzer wurde vom Surren verschluckt, das Flirren trug uns davon. Und tatsächlich war der Vortex, der in roher Geschwindigkeit an mir vorbeibrauste und so mächtige Energien ausströmte, dass sie mich bei einer falschen Bewegung zerreißen könnten, in diesem Moment der einzige Ort, der sich noch sicher und vertraut anfühlte.

Sei stabil wie ein Fels, dachte ich verzweifelt an Mrs Pemberton, die womöglich längst tot war.

Sei stabil wie ein Fels.

Und lass sie nicht merken, wie viel Angst du hast.

TEIL ZWEI

SANKTUM

AUSZUG AUS DEM HANDBUCH DER VORTEXLÄUFER

Siedlungspolitik

Sollte ein Vortexläufer auf eine illegale Versammlung von Vermengten stoßen, unabhängig des Anlasses, ist jene Versammlung sofort einem verfügbaren Navigator zu melden. Insbesondere ist jegliches Erstreben einer Besiedelung innerhalb eines Territoriums ohne Ausnahme öffentlich zu machen.

Wir landeten auf einer Waldlichtung.

Nathaniel, Balian, Fagus und der Hund standen direkt neben mir, was ungewöhnlich war, denn normalerweise kam man in alle Himmelsrichtungen verstreut aus einem Vortex heraus.

Doch dieses Mal verließen wir den Wirbel in einer perfekten Reihe. Noch dazu hatte Balian offenbar dem Hund beigebracht, sich durch einen Vortex ziehen zu lassen, ganz zu schweigen davon, dass er den Splits erlaubte hindurchzugehen.

Rings um uns ragten massive Bäume in die Höhe, so hoch, dass ihre Kronen die Sonne, die nun wieder ganz oben am Himmel stand, nahezu vollständig verdunkelten. Doch selbst in diesem Zwielicht war das Grün, das sich zu allen Seiten erstreckte, unglaublich intensiv. Es war über uns, unter uns, zu unseren Seiten. Kein Grün, wie ich es von den Parkanlagen in Neu London kannte, sondern so Smaragdgrün wie Nathaniels Augen, mit Millionen von Schattierungen, irisierend durch die zarte Bewegung der Blätter.

Die Bäume formten einen Korridor, der sich vor uns in die Länge zog und immer dunkler wurde, je weiter das Auge reichte.

Und dort sollte eine Stadt liegen?

Überall surrte und zwitscherte es, und die warme Luft war voller Düfte. Würzig, auch ein bisschen modrig. Es roch nach Holz, Pflanzen und Petrichor.

Ich hätte zu gerne gewusst, wo wir waren, aber mein Detektor hing um Nathaniels Handgelenk, also konnte ich das vorerst vergessen. Wenn er mir wenigstens sagen würde, ob ich womöglich eine Nachricht bekommen hatte, von Lis oder Luka …

Da winselte etwas, und weiches Fell strich an meinem Bein entlang.

»Was will *der* denn von mir?«, fragte ich mit einem entnervten Blick zu Balian – oder Bale, wie auch immer.

Doch der zuckte nur mit den Schultern. »Er mag dich anscheinend. Sein Urteilsvermögen ist manchmal nicht das beste.«

Ich ballte meine gefesselten Hände zu Fäusten. Dass ich *ihn* nicht leiden konnte, hatte immerhin gute Gründe. Aber was hatte *ich* ihm bitte getan? Oder hasste er einfach jeden, der zum Kuratorium gehörte?

Vielleicht, sagte ein nicht allzu leises Stimmchen in mir, führt er sich einfach nur gern wie ein Arschloch auf.

Dann spähte ich wieder zu dem Hund hinab. Mit seinen dunklen Augen und den Mooskissen zwischen dem ansonsten samtweichen Fell war er zugegebenermaßen ein ganz hübscher Anblick. »Ich dachte, solche wie ihn gibt es nicht mehr«, sagte ich dann.

»O ja, das wäre auch beinahe so gewesen«, schaltete sich Nathaniel ein, als er sich neben mich stellte. »Aber in Sanktums Wäldern können sie frei leben. Du wirst schon sehen.«

Da schnippte Bale mit den Fingern, und der Hund hechtete sofort an seine Seite. Gemeinsam liefen sie los in Richtung der weitläufigen Allee, und Nathaniel, Fagus und ich folgten ihnen.

Es dauerte bestimmt zehn Minuten, bis wir die Baumgasse allmählich hinter uns ließen. Wir kamen an einer Art Grenzstation an, wo einige Grunder mit kahlrasierten Köpfen neben Holzhütten saßen und den Durchgang in die Stadt zu bewachen schienen. Die einzigen Haare, die auf ihren Köpfen übrig waren, zogen sich in einem dünnen Streifen längs von der Stirn bis zum Nacken. Als sie Nathaniel sahen, nickten sie respektvoll.

Dahinter war es, als würde man in eine Höhle hineinlaufen, nur dass sich diese endlos zu erstrecken schien und statt Steinwänden dichte Wälder die Außengrenzen markierten. Auch hier roch es nach feuchter Erde, Harz und Gras, obwohl der Feldweg unter unseren Füßen inzwischen in eine asphaltierte Straße übergegangen war.

Vor uns waren einige eher unspektakuläre Steinhäuser zu sehen. Sie hatten mal braune, mal rötliche Dächer und waren höchstens dreistöckig. Sie flankierten die Straße in Reihen, jedes Gebäude war nahezu identisch. Es gab Garagen, einige Autos, silberne Wasserspeicher in der Ferne und sogar einen etwas heruntergekommenen Spielplatz, den ich zwischen den Häusern auszumachen glaubte.

Das Schönste an dieser Stadt waren die vielen dicken Baumstämme, die in der Nähe der Häuser aus dem Boden sprossen.

»*Das* ist Sanktum?«, fragte ich und kräuselte die Stirn.

Irgendwie hatte ich mehr erwartet.

Nathaniel blieb neben mir stehen und folgte meinem Blick. Dann grinste er breit und deutete mit dem Finger nach oben.

Langsam sah ich hoch, und prompt verschlug es mir den Atem.

Alles in mir schrie danach, mich nicht beeindrucken zu lassen, schließlich verstieß allein die Existenz dieser Stadt gegen ungefähr zwanzig Gesetze, aber bei diesem Anblick war das einfach unmöglich.

»*Das* ist Sanktum«, sagte Nathaniel mit hörbarem Stolz in der Stimme und führte mich mit einem Griff an die Wurzelschellen weiter die Straße entlang.

Sanktum, wiederholte ich den Namen in Gedanken, als ich

wie hypnotisiert nach oben starrte. Über den Dächern der langweiligen Häuser schraubten sich die unglaublichsten Baumformationen in den Himmel. Aus den dicken Stämmen, die ich am Boden gesehen hatte, wuchsen Bäume, die sich mal nach rechts, mal nach links neigten, die mal dicke Ausbuchtungen hatten und dann wieder schmaler wurden. Sie wuchsen ineinander, überkreuzten sich, und dadurch wirkte das ganze weite Areal über den Häusern wie ein massives, von Baumstämmen überwuchertes Labyrinth.

Doch erst als wir den vordersten Baum erreichten, kapierte ich, dass die Stämme nicht einfach nur krumm gewachsen waren. Die dicken Wucherungen waren regelrechte Bauten, in denen Fenster, Türen und sogar kleine Terrassen zu sehen waren. Sie waren kreisförmig um den Stamm herum angebracht, fast so wie die Stockwerke des Kuratoriumsgebäudes. Doch es waren keine Baumhäuser, die die Grunder mit Hämmern und Nägeln an die Stämme herangezimmert hatten, es sah eher so aus, als hätten die Bäume bereitwillig Behausungen für ihre Bewohner sprießen lassen.

Ich kam kaum aus dem Staunen heraus, und wir liefen Fagus und Bale, die inzwischen einige Meter vor uns gingen, nur langsam hinterher.

»Wie lange gibt es diese Stadt schon?«, fragte ich Nathaniel.

»Nun ja, vor vielen Jahrzehnten war das eine Minenstadt der Menschen«, sagte er und deutete auf die Häuser am Boden. »Sanktum selbst gibt es noch nicht lange – wir mussten einige Male umziehen, bis wir den idealen Ort gefunden hatten, der ausreichend Schutz bot. Wir haben die Häuser so gut wie möglich renoviert, aber uns ging schon bald der Platz aus. Da mussten wir erfinderisch werden.«

»Und das alles habt ihr mit euren Kräften wachsen lassen?«

»Die Bäume waren in diesem Teil des Waldes ohnehin sehr besonders, aber ja, wir haben ein bisschen nachgeholfen.«

Ein bisschen nachgeholfen war gut. Es musste Hunderte dieser Bauten geben! Einige konnte ich noch meterweit in der Luft ausmachen, sogar bis kurz unterhalb der Blätterkronen.

Wie viele Splits wohnten hier bloß? Und Gilbert sollte jedem von ihnen zum Ausbruch verholfen haben?

Das wollte ich einfach nicht glauben.

Und trotzdem: Das Kuratorium war erschreckend blind gewesen. Jedes Jahr ließen sie stolz verkünden, dass die Anzahl der Splits rückläufig war, dabei versteckten sie sich bloß in entlegenen Gegenden wie dieser hier.

Ob es noch mehr solcher Städte gab? Schwimmer siedelten ja im Meer, das wurde toleriert, aber Städte der Wirbler? Städte der Zünder?

Mit einem Schlag kam mir die Vorstellung, dass das Kuratorium den ganzen Planeten überwachen könnte, völlig irrsinnig vor. Dabei hatte ich mein Leben lang daran geglaubt. Woher wollten sie überhaupt wissen, wie viele Splits es gab?

»Warte«, sagte Nathaniel, bevor wir den Häusern und dem darüberliegenden Baumlabyrinth näher kamen. Er hielt mich am Arm zurück. Dann beugte er sich hinter mich, und im nächsten Augenblick spürte ich, wie sich die Wurzelgeflechte um meine Hände lösten. Ich zog sofort meine Arme nach vorne und streckte meine Schultern mit einem dankbaren Seufzen durch. Himmel, tat das gut!

Dann sah ich Nathaniel fragend an.

»Das ist hier nicht nötig«, sagte er nur, zog prompt seine Leinenweste aus und hielt sie mir hin. »Bitte sei so nett und zieh die vorerst drüber. Wir wollen die Leute nicht verunsichern.«

Ich sah an mir herab. Das Convectum prangte groß auf meiner Läuferuniform, auch wenn es dank der Asche und des Rußes kaum zu sehen war.

Mit einem weiteren Seufzen, dieses Mal weniger dankbar, nahm ich die Weste, streifte sie über und hielt sie vor meiner Brust zusammen.

Nathaniel nickte zufrieden, dann winkte er mich weiter. Ich ließ meinen Blick die Straße zurückschweifen. Der Gedanke, davonzulaufen, nun, da ich mich frei bewegen konnte, war unheimlich verlockend. Allerdings hatte Nathaniel mich sicherlich nicht ohne Grund von den Wurzeln befreit. *Das ist hier nicht nötig*, bedeutete vermutlich: *Du kommst hier ohnehin nicht raus.*

Außerdem trug Nathaniel meinen Detektor. Ohne den würde ich keinen Vortex finden und auch nicht zurück zu meiner Familie gelangen.

Fürs Erste beschloss ich also, das zu tun, was dieser Grunder mir sagte. Und sobald ich mir einen Überblick verschafft hatte, würde ich abhauen.

Eine geschlagene halbe Stunde liefen wir die asphaltierte Straße entlang, von der aus alle paar Meter Feldwege abzweigten. Hin und wieder fuhren Autos an uns vorbei, zumeist ältere Jeeps, die schon bessere Zeiten gesehen hatten. In Neu London war der größte Teil des Verkehrs mittlerweile über die magnetischen Transportbahnen geregelt, daher sah man Autos wie diese nur sehr selten.

Auf ihren Ladeflächen lagen Kisten, aus denen vor allem Werkzeuge und Lebensmittel herausschauten.

Immer wieder drangen Rufe aus den Fenstern. Viele Grunder winkten Nathaniel zu, der ihnen so würdevoll zunickte, als würde er seine Untertanen begrüßen.

Anscheinend überwachte er nicht nur die Südzone bei Neu London, sondern auch diese Stadt.

Ich bekam eine Gänsehaut, als ich spürte, wie sich die neugierigen Blicke der Splits nach und nach auch auf mich legten. So viele verschiedene Grunder hatte ich noch nie gesehen. Sie waren ganz unterschiedlich stark mutiert. Einige sahen – abgesehen von dem ein oder anderen Blatt im Haar – komplett menschlich aus. Andere waren dagegen so stark mit der Natur vermengt, dass man glauben könnte, sie würden jeden Moment mit dem Wald verschmelzen.

Sie alle trugen bequeme Leinenkleidung, die mit verschiedenen Mustern bemalt war. Ihre Wurzelhaare waren zum Teil mit sehr kunstvollen Frisuren gebändigt, bei einigen wuchsen sie wild und ungezähmt.

Am unfassbarsten jedoch war die Art, wie offen sie mit ihren Kräften umgingen. Als wir an einem der tiefergelegenen Baumhäuser vorbeikamen, benutzte eine ältere Grunderfrau die Wurzeln, die aus ihren Fingern sprossen, um weit über ihrem Kopf einige seltsam aussehende Früchte vom Baum zu ernten. In Sekundenschnelle hatte sie einen ganzen Korb gefüllt, der neben ihren Beinen stand.

Als ich an ihr vorbeilief, grinste sie von Ohr zu Ohr und warf mir eine Frucht zu, die ich mit einem überraschten Schnauben auffing.

»Danke«, sagte ich völlig perplex. Statt zu antworten, tippte sich die Frau bloß mit zwei Fingern und einem weiteren Lächeln an die faltige Stirn.

Ich drehte die gelbe Frucht zwischen meinen Fingern. Das musste eine Kreuzung mehrerer Obstsorten sein, jedenfalls erkannte ich nicht, was es war.

In der Ferne entdeckte ich weitere Grunder, die an ihren

Baumhäusern hinaufkletterten oder auf dem Boden Obst- und Gemüsefelder bestellten.

»Sie sammeln Essen für das Fest«, erklärte Nathaniel, als er meinen fragenden Blick sah.

»Welches Fest?«, wollte ich wissen. Bales Hund war inzwischen wieder an meiner Seite und schnüffelte neugierig an der Frucht in meiner Hand.

»Das Erneuerungsfest«, erklärte Nathaniel. »Es ist das erste Mal, dass es in Sanktum stattfindet, und daher nicht die beste Zeit für dich, die Stadt in Ruhe kennenzulernen. Alle sind sehr aufgeregt, also verzeih ihnen bitte, wenn sie manchmal etwas hektisch wirken.«

Was ist ein Erneuerungsfest?, wollte ich fragen, zuckte aber im nächsten Moment zusammen, als von irgendwoher lautes Schreien erklang.

Alles in mir spannte sich an, und ich machte mich bereit für einen Angriff, doch da sah ich schon, woher der Lärm kam.

Etwas weiter weg, auf der anderen Seite eines breiten Flusses, standen mehrere Frauen und Männer auf einer weitläufigen Wiese. Mit langen Stöcken bewaffnet, kämpften sie miteinander. Ihre Frisuren waren dieselben wie die der Grenzposten, kahlgeschoren bis auf den dünnen Streifen auf dem Kopf. Sie alle trugen gleichfarbige Leinenkleidung. Zuerst glaubte ich, sie würden auf Leben und Tod miteinander kämpfen, doch dafür sah alles viel zu rhythmisch aus. Es war wie eine sanfte Wellenbewegung, mit der sie die Stöcke hin und her schwangen, und das Geschrei, das mich so erschreckt hatte, begleitete bloß den Takt der Übungen, die sie ausführten.

»Was machen die dort drüben?«, fragte ich. Wieder war es Nathaniel, der sich zu mir herumdrehte. Balian und Fagus liefen weiter geradeaus, völlig in ihr eigenes Gespräch vertieft.

»Das ist unsere Armee«, sagte er, und ich konnte ihm anhören, wie stolz ihn der Ausdruck machte.

Eine Armee? Das sollte mich wohl kaum überraschen. Sanktum war eine illegale Stadt, und das Training, das dort jenseits des Flusses stattfand, hatte ein offensichtliches Ziel: Es bereitete die Grunder für den Kampf vor.

Also scharte nicht nur der Rote Sturm immer mehr Rebellen um sich, selbst die Grunder, die angeblich friedlichsten Splits, rüsteten sich für einen Krieg.

»Wir nennen sie das Grüne Beben. Sie sollen die Stadt beschützen.« Nathaniel schien zu bemerken, wie sich meine Miene schlagartig verdunkelte. »Kein Grund, sich aufzuregen. Wir glauben an den Frieden, den wir in Sanktum gefunden haben – an das Gleichgewicht der Natur.«

Klar. Das, was die machen, sieht äußerst friedlich aus, dachte ich. Ich hatte Mühe, meinen Blick von den kahlgeschorenen Grundern abzuwenden, und erst als Nathaniel an meine Schulter griff, ließ ich mich weiterziehen.

Wir bogen auf einen Feldweg ab, und statt der alten Häuser taten sich jetzt nur noch Bäume um uns herum auf. Nach wenigen Metern steuerten wir auf ein besonders seltsames Exemplar zu.

Im Gegensatz zu den erhabenen und sehr dicken Stämmen, die die anderen Grunderhäuser beherbergten, war dieser Baum krumm und nicht ansatzweise so hoch. Dafür trugen die Äste gleich mehrere Zimmer, die massiv miteinander verwachsen waren. Das Haus sah mehr oder weniger aus wie ein unförmiger Holzklumpen. Nur die wenigen Blätter, die weiter oben sprossen, zeigten, dass das mal ein richtiger Baum gewesen war.

»Lebt Balian hier mit euch?«, fragte ich schließlich und versicherte mich, dass Bale außer Hörweite war. »In Sanktum, meine ich.«

Nathaniel nickte. »Ja, er war einer der ersten Menschen, die wir aufgenommen haben.«

»Es gibt noch mehr?«

»Oh, nur eine Handvoll«, beschwichtigte Nathaniel sofort. »Hin und wieder gibt es welche, die sich auf unsere Seite stellen. Das gefällt dem Kuratorium nicht, also bieten wir ihnen Zuflucht an. Nur die wenigsten nehmen das Angebot an, aber … die bleiben dann für immer.«

Nathaniel zeigte zu dem krummen Baum, in dem Bale und Fagus verschwunden waren.

»Das ist unser Gasthaus. Allister Wemyss ist ein ehemaliger Schneider aus Neu London. Er leitet die Herberge schon seit Jahren. Wir haben ihn darüber informiert, dass du einige Tage bleiben wirst. Er freut sich, dich kennenzulernen.«

»Ihr bringt mich in einem *Gasthaus* unter?«, fragte ich verwirrt. »Aber …«

Nathaniel lachte. »Was, hattest du gedacht, wir würden dich einsperren?«

Ich hielt meine Mimik unter Kontrolle. Ja, genau das hatte ich gedacht.

»Wir sind keine Barbaren, Elaine. Und ich sagte ja: Gilbert hat darum gebeten, dass wir dich beschützen. Und das werden wir auch tun. Ansonsten erwarten wir gar nichts von dir. Sanktum ist ein Ort für jedermann, ein Ort für Ausgestoßene, für Schutzsuchende. Mindestens eine dieser Beschreibungen trifft aktuell auf dich zu, nicht wahr?«

Es war besser, ich behielt jeden weiteren Kommentar für mich, also sagte ich nichts. Es würde ohnehin nichts bringen.

Nathaniel lief wieder los, und ich folgte ihm, um schnell noch eine letzte Frage zu stellen, solange wir alleine waren. Es war nicht so, dass ich diesem Nathaniel vertraute, aber er schien mir die sicherste Informationsquelle zu sein.

»Wieso ist Balian vor dem Kuratorium davongelaufen?«

Nathaniel zuckte bloß mit den Schultern. »Er redet nicht gern darüber, also fragen wir ihn nicht. Wir versuchen nur, ihm, so gut es geht, zu helfen. Das schulden wir ihm, nach allem, was er für Sanktum tut.«

Ich erinnerte mich an meine erste Begegnung mit Fagus – der lieber gestorben wäre, als mir Balians Vortex zu überlassen.

Er musste diesen Leuten sehr viel bedeuten.

Nathaniel lächelte mich an. »Frag ihn doch selbst. Ich weiß nur, dass er nicht sonderlich gut auf euren Leiter zu sprechen ist. Deshalb hilft er ja auch dabei, so viele von uns aus den Zonen zu befreien.«

Ich schnaubte säuerlich und folgte Nathaniel, als er auf das schiefe Gasthaus zulief.

Feigling. Deserteur. Splitschmuggler.

Die Liste der unsympathischen Eigenschaften von Balian Travers wurde immer länger.

Als wir vor der Eingangstür des Gasthauses ankamen, piepste mein Detektor an Nathaniels Handgelenk. Ich versuchte, etwas zu erkennen, in der Hoffnung, eine Nachricht erhalten zu haben oder zumindest herauszufinden, wo wir waren. Doch es war nur das Kommunikationssystem, das meldete, nach wie vor keinen Empfang zu haben.

Nathaniel spähte kurz auf den Bildschirm, dann zu mir. »Wir sind in Nordkanada, falls du dich das gefragt hast.«

Das hatte ich – aber nie hätte ich gedacht, dass er mir das verraten würde.

Kanada also. Das erklärte auch die warme, etwas schwüle Luft, schließlich hatten sich im Norden des Landes nach der Großen Vermengung ganze Landstriche voller Tropenwälder gebildet. Statt der frostigen Tundra, die es zu Beginn des Jahrhunderts gegeben haben sollte, zogen sich nun dschungelartige Wälder zwischen den Bergen hindurch.

Es fühlte sich gut an zu wissen, wo ich war, aber im Grunde brachte mir das auch nichts. Ohne meinen Detektor und ohne dass ich zufällig auf einen Vortex stieß, würde es Tage, wenn nicht Wochen dauern, bis ich wieder in Neu London ankäme.

Da kam mir ein Gedanke. So unsympathisch mir Bale auch war, er wusste als Einziger, wie man Vortexe steuern konnte. Wahrscheinlich machte er das schon seit Jahren. Und nicht nur das: Ich hatte gesehen, wie er aus dem Nichts mit nur einer Handbewegung einen Vortex *erschaffen* hatte.

Vielleicht konnte ich ihn ja dazu überreden, es mir beizubringen? Immerhin schien er daran zu glauben, dass ich sein Talent teilte. Und noch viel wichtiger: Er war nicht glücklich darüber, dass ich hier war. Dass jemand aus dem Kuratorium hier war. Bestimmt war er froh, wenn ich, so schnell es ging, aus Sanktum verschwand!

»Elaine, nun wird Allister übernehmen.« Nathaniel deutete auf das krumme Baumgebilde vor uns. »Ruh dich erst mal aus. Wir sehen uns bald wieder. Wenn ich etwas Neues von Gilbert erfahre, melde ich mich natürlich bei dir.«

Ich nickte und konnte ein Gefühl der Dankbarkeit nicht unterdrücken. Was, wenn er die Wahrheit sagte und es stimmte, dass Gilbert um Schutz für mich gebeten hatte? Aber dann würde gleichzeitig auch sein Verrat stimmen. Auf der anderen Seite hatte ich noch all die Predigten im Ohr, die Gilbert uns über die Gefahr gehalten hatte, die von den Splits ausging. Seine Wortwahl war dabei immer sehr bedacht gewesen – wohl auch wegen Luka –, aber trotzdem. Gilbert hatte sein Leben einer Sache gewidmet: so viele Splits wie möglich in die Zonen zu schaffen. Wieso sollte er das jetzt torpedieren?

Es war viel wahrscheinlicher, dass die Grunder gemeinsame Sache mit dem Roten Sturm machten. Und wenn sie Gilbert in ihrer Gewalt hatten – ich sog die Luft ein, als ich auf diesen Gedanken kam –, konnte die Nachricht leicht gefälscht sein.

Ich durfte nicht zu vertrauensselig sein.

Entschlossen erinnerte ich mich an meine Ausbildung. Ich würde abwarten und erst zuschlagen, wenn sie nicht damit rechneten. *Eure Stärke liegt in eurer Schwäche: Sie halten euch für wehrlose Menschen, aber das seid ihr nicht. Ihr seid Läufer.*

Ich streckte die Schultern durch und spähte vorsichtig in den Eingangsbereich.

»Hier«, sagte Nathaniel plötzlich. Als ich mich zu ihm umdrehte, hielt er mir meinen Detektor entgegen.

Damit hatte ich überhaupt nicht gerechnet. Das musste man mir auch ansehen, denn Nathaniel lachte kurz auf.

»Ich wollte ihn dir nicht wegnehmen«, erklärte er. »Du sollst ihn haben. Falls sich deine Familie bei dir meldet. Aber darüber hinaus wirst du nicht viel damit anfangen können, fürchte ich. Wir haben dein Ortungssystem deaktiviert – um die Stadt zu schützen. Das verstehst du hoffentlich.«

Das bedeutete, ich konnte keine Vortexe aufspüren und niemandem meinen Standort mitteilen, um mich rauszuholen. Das wunderte mich nicht, es ärgerte mich nur, denn um einen Detektor umzuprogrammieren, mussten sie sich extrem gut mit unseren Systemen auskennen.

Luka hätte das sofort rückgängig machen können. Noch nie hatte ich ihn mir so sehr an meine Seite gewünscht. Und sei es nur, damit er mir versicherte, dass alles gut werden würde.

Was er wohl zu alldem sagen würde? Würde er glauben, dass Gilbert uns verraten hatte? Oder – meine Gedanken rasten – vielleicht war Luka sogar der Grund für Gilberts Verrat? Was, wenn mein bester Freund davon gewusst hatte? Luka war schließlich ein Split, wenn auch nur zur Hälfte.

Kaum, dass Nathaniel in Richtung der Hauptstraße davonlief, hob ich meinen Detektor und begann, wie wild zu tippen.

Zuerst sendete ich Nachrichten an meine Tante, Luka und auch Holden ab, der noch immer als mein Läuferpartner oben im Display angezeigt wurde. Ich fragte, wo sie waren, ob es ihnen gutging, ob sie verletzt waren. Dann starrte ich minutenlang auf das Display, doch nichts deutete darauf hin, dass die Nachrichten ihr Ziel erreicht hatten. Keine Antwort. Kein Lebenszeichen.

Das Kommunikationssystem des Kuratoriums war lahmgelegt, hatte Fagus in der Zone zu Bale gesagt. Zumindest in dieser Hinsicht schienen sie nicht gelogen zu haben.

Mit einem letzten enttäuschten Blick auf mein Display setzte ich einen vorsichtigen Schritt in das Gasthaus.

So naturbelassen diese Stadt bisher gewirkt hatte – von den paar Autos und Häusern mal abgesehen –, war ich mir sicher gewesen, dass auch die Innenräume nur aus Holz, Pflanzen und Leinentextilien bestanden, aber da hatte ich falschgelegen.

Einige Gasthöfe in Neu London sahen heute noch so aus – »altmodisch britisch« würde meine Tante sagen –, wobei nach den Bränden, die die Zünder über die Städte hatten fegen lassen, viele eine modernere und weitaus nüchternere Einrichtung gewählt hatten.

Hier fühlte es sich hingegen so an, als wäre die Zeit stehengeblieben. Alte Sessel mit schnörkeligen Gestellen und gemusterten Stoffbezügen standen vor einem Kamin. In der Ecke waren auf einem Tischchen mehrere Teekannen und Tassen drapiert, und an den Wänden hingen in unzähligen, völlig unterschiedlichen Bilderrahmen diverse Fotos. Einige sahen schon sehr vergilbt aus, während andere in brillanten Farben strahlten.

Das Einzige, das den Eindruck eines perfekten englischen Bed & Breakfasts störte, waren die krummen Böden, Wände und Decken, die dafür sorgten, dass nichts im Raum gerade stand. Sogar der Fernseher, der vor mir hing, hatte eindeutig Schlagseite.

Da hörte ich ein Schluchzen und spähte um die Ecke.

Bale lag einem älteren Mann mit dunkelgrauem Haar in den Armen. Sie sprachen leise miteinander, so leise, dass ich sie nicht richtig verstehen konnte, aber was auch immer sie sagten, rührte den Mann wohl zu Tränen.

»Ich bin so froh, dass es dir gutgeht, mein Junge«, sagte er schließlich etwas lauter. »Fagus meinte, diesmal sei es wirklich knapp gewesen.«

»Fagus übertreibt, du kennst ihn doch.« Bale tätschelte die Schulter des Mannes, als er sich aus dessen Umarmung löste. Seine Stimme klang sogar richtig freundlich. »Unkraut vergeht nicht, wie du weißt.«

Der Mann seufzte bloß und zog ein hübsch aussehendes Stofftaschentuch aus seinem fein gemusterten Jackett.

Bale beäugte ihn dabei. »Hast du etwa deine Initialen da draufgestickt? Wann bist du denn *so* alt geworden?«

»Ungefähr zur selben Zeit, als du den Reifegrad eines Fünfjährigen erreicht hast«, entgegnete der Mann und gab Bale einen liebevollen Klaps auf den Hinterkopf.

Dabei entdeckte er mich im Türrahmen. Ein Strahlen legte sich über sein Gesicht.

»Das Mädchen der Stunde!«, rief er. Energisch schob er Bale zur Seite und stürmte auf mich zu. »Enchanté, Miss Collins!«, sagte er und ignorierte meinen sicherlich völlig verstörten Gesichtsausdruck. Er zog sanft meine Hände zu sich, damit er sie küssen konnte. Danach gab er mir erst links, dann rechts ein Küsschen auf die Wangen.

»Wie schön, dich bei uns zu haben! Mein Name ist Allister Wemyss. Willkommen im prächtigsten Gasthaus von ganz Sanktum!«

»Wohl eher im *einzigen* Gasthaus von ganz Sanktum«, schaltete sich Bale ein, der nun lässig an der Wand lehnte und wieder den Kopf seines Hundes kraulte.

»Ignoriere den Miesepeter einfach«, flüsterte Allister mir zu. »Elaine – darf ich dich Elaine nennen? –, sag mir: Wie fühlst du dich, Liebes? Das muss alles ganz furchtbar für dich sein, nicht wahr? Nathaniel hat mir erzählt, was passiert ist. Das war sicher ein großer Schock. Herrje, ich bringe dir sofort eine Tasse Tee! Dank Fagus haben wir die phantastischsten Kräutermischungen, direkt aus unserem Garten. Mein geliebter Earl Grey ist derzeit leider aus, dieser unnütze Kerl vergisst immer, mir Nachschub mitzubringen.«

»Weil ich damit beschäftigt bin, nicht draufzugehen«, entgegnete Bale mit einem Augenrollen.

»Ähm«, sagte ich nur und wusste dann gar nicht mehr, was ich sagen sollte. Mit so viel erschlagender Freundlichkeit hatte ich nicht gerechnet. Ich hatte mit *nichts* von dem gerechnet, was gerade passierte. »Es … geht schon«, antwortete ich schließlich auf zumindest eine der Fragen.

Allister zog eine seiner fein getrimmten Augenbrauen in die Höhe. »Oh, ich verstehe! Du willst geheimnisvoll bleiben.« Er drehte sich zu Bale und flüsterte: »Versteckt sie sich auch vor dem Gesetz?«

Bale schüttelte den Kopf. »Nein, so tickt sie nicht.«

Jetzt wurde es mir zu bunt. »Hör auf, ständig so zu tun, als würdest du mich kennen!«

Er zuckte mit den Schultern. »Ich kenne jeden von euch Kuratoriumslakaien. Ihr seid ein fleißiger kleiner Bienenstamm. Und die Läufer sind nun mal die Arbeitsbienen.«

Ich spürte, wie meine Wangen rot wurden. Genau dasselbe hatte ich ja erst gestern über diese Kuratoriumsforscherin gesagt.

Da wandte sich Bale an Allister. »Ich werde mich eine Runde aufs Ohr hauen, oder brauchst du mich?«

»Es ist doch noch gar nicht spät«, sagte der nur, dann hob er wieder seine Brauen und sah plötzlich sehr streng aus. »Wann hast du zum letzten Mal geschlafen?«

Bale runzelte die Stirn, als ob er ernsthaft darüber nachdenken musste. »Wann war ich das letzte Mal hier?«

Allisters Augen weiteten sich. »Das war vor über zwei Tagen!«

»Ah«, gab Bale zurück, als würde das einiges erklären. Er sah zu mir, und da wurde auch mir bewusst, wie unendlich müde er wirkte. Unter den eisblauen Augen gruben sich tiefe Ringe in seine Haut. »Na dann, gute Nacht.« Bale schnippte einmal. »Komm«, befahl er dem Hund, und sofort trottete ihm das schwarze Ungetüm hinterher.

»Der Junge bringt mich noch ins Grab«, murmelte Allister, und da musste ich lächeln, weil Gilbert dasselbe ständig über Luka sagte.

»Sie kennen ihn schon länger, Mister Wemyss?«, fragte ich.

»Oh, nenn mich bitte Allister, Schätzchen. Und ja, Bale lebt bei mir, seit er vor vier Jahren in Sanktum angekommen ist.«

Dann musste er Bale wirklich gut kennen. Mir brannten sofort mehrere Fragen auf den Lippen, aber ich hatte das Gefühl, dass jetzt nicht der richtige Zeitpunkt dafür war.

»Er ist ein toller Junge«, sagte Allister mit einem wissenden Lächeln, als er meinen Blick bemerkte. »Er versteckt es nur gut.«

Sehr gut sogar.

»Aus irgendeinem Grund hasst er mich«, entgegnete ich. Nicht dass mir das wichtig wäre, aber ich wollte wissen *wieso*.

»Ach!« Allister legte eine Hand auf meine Schulter und lenkte mich sanft in Richtung der Treppe. »Er hat einfach schon lange mehr kein so hübsches Mädchen wie dich gesehen.«

Ich schaute an mir herab, auf die fleckige, ascheverschmierte Uniform. Wie meine Haare aussahen, wollte ich gar nicht wissen. Ja, ich war bestimmt ein ganz bezaubernder Anblick.

»Das ist nett, aber ich glaube kaum, dass es das ist«, gab ich zurück. Dann räusperte ich mich. »Danke schön, übrigens, dass ich hierbleiben darf.«

»Ach, ich freue mich immer über die Gesellschaft junger Menschen«, sagte Allister. »Davon gibt es in dieser Stadt viel zu wenige. Und du musst mir unbedingt alles über meine alte Heimat erzählen. Du kommst doch aus Neu London, oder? An manchen Tagen vermisse ich England schrecklich! Scones mit Butter und Himbeermarmelade … Gebackene Bohnen mit Toast und erst das *Ale* …«

Allisters sehnsüchtiges Schwelgen wurde von einem Knurren unterbrochen. Verlegen presste ich beide Hände gegen meinen Bauch.

»Ohh!«, rief Allister. »Natürlich musst du Hunger haben. Herrje, wie unhöflich von mir! Ich bringe dir gleich was aufs Zimmer, ja? Fühl dich bitte wie zu Hause und lass mich jederzeit wissen, wenn du etwas brauchst.«

»D… danke«, sagte ich wieder, völlig überfahren von Allisters freundlicher Art. Ich hatte damit gerechnet, eine Gefangene in dieser Stadt zu sein, in einen Kerker geworfen zu werden, bis die Splits wussten, wie sie am ehesten einen Nutzen aus mir ziehen konnten.

Das hier – das *alles* – hatte ich nicht erwartet.

Der gutgekleidete Schneider lief vor mir die Treppe hoch. Im zweiten Stockwerk bogen wir in einen ziemlich schiefen Flur ab, wo Allister mit einem schweren Schlüsselbund eines der Zimmer öffnete. An der Tür hing ein Schild, auf das der alte Union Jack aufgemalt war, darüber stand in Schönschrift die Zahl Drei.

»Wir haben außer dir noch vier weitere Gäste«, sagte Allister. »Bale kennst du ja schon, er wohnt im Zimmer direkt unter dir. Gegenüber, in der Vier, wohnt Susie, ein ganz reizendes Mädchen. Ihr werdet euch bestens verstehen, da bin ich mir sicher!

Im Stockwerk unter diesem ist Fagus' Zimmer, im obersten das von Robur und mir.« Er lächelte mir verschwörerisch zu. »Dein Zimmer ist mein Lieblingszimmer im Haus. Verrate es nur keinem.«

Mein Zimmer. Allister klang so, als würde ich in diesem Augenblick meine neue Heimat beziehen. Dabei musste er doch wissen, dass ich nicht lange blieb.

Trotzdem konnte ich mir ein Lächeln nicht verkneifen, als ich eintrat. Es war bei weitem nicht so luxuriös wie meine Suite im Kuratorium, aber dafür viel heimeliger. Die Wände bestanden aus dunklem Holz, ein flauschiger Teppich lag auf dem Boden, und die Möbel waren mit freundlich gemusterten Stoffen überzogen. Neben einem Bett gab es noch eine Couch und einen Schreibtisch. Überall rankten sich Pflanzen mit wunderschönen Blüten aus den verschiedensten Töpfen, manche sprossen auch direkt aus den Wänden.

»Das ist wirklich hübsch«, sagte ich.

»Freut mich, dass es dir gefällt.« Allister wirkte stolz. »Es gibt leider nur ein Badezimmer auf jedem Stockwerk. Du findest es am Ende des Ganges. Was du außerdem wissen solltest, ist, dass unser Haus manchmal gewisse … *Stimmungsschwankungen* hat.«

Ich runzelte die Stirn und warf Allister einen unsicheren Blick zu. Hatte ich mich verhört? »Stimmungsschwankungen …«, wiederholte ich langsam.

»Genau.« Allister lächelte. »Die Bäume in Sanktum reagieren auf die Präsenz der Grunder, wie du dir vielleicht schon gedacht hast. Die Häuser an den Stämmen haben sich geöffnet, als die Stadt erbaut wurde. Die Grunder stehen in einer direkten Symbiose mit den Pflanzen. Daher, nun ja, hat man manchmal mehr, manchmal weniger Platz. Das ist … tagesformabhängig.«

»Ich …« Ich sah mich um. Es sah doch alles völlig normal aus. »Ich glaube, ich verstehe nicht.«

»Das Haus verändert sich eben ab und an.« Allister machte eine wegwerfende Handbewegung. »So wie Bäume wachsen, kann dein Zimmer morgen ein wenig größer sein, als es zu dem Zeitpunkt war, an dem du eingeschlafen bist. Oder auch kleiner, wobei wir schon lange keinen richtig schlimmen Vorfall mehr hatten, also keine Sorge!«

»Ah«, gab ich nur zurück und beäugte das Zimmer noch einmal skeptisch. Im Stillen fragte ich mich, ob Allister nicht einfach zu viel Zeit im Nirgendwo verbracht hatte.

»So!«, rief er und klatschte in die Hände. »Ich lasse dich mal alleine. Handtücher sind im Schrank. Dort findest du auch ein paar frische Kleidungsstücke. Sie sind von Susie, also sollten sie dir gut passen. Ruf mich, wenn du sonst etwas brauchst, ja?«

»In Ordnung«, sagte ich und bedankte mich noch mal. Allister schwirrte mitsamt seiner Freundlichkeit aus dem Zimmer, und als er die Tür schloss, war es mit einem Mal unheimlich still.

Langsam lief ich zum Fenster und spähte nach draußen. Tatsächlich hatte ich das Gefühl, das Zimmer bewegte sich ein wenig, fast, als ob es *atmen* würde, aber das bildete ich mir sicherlich nur ein.

Draußen war Wald zu sehen, wohin das Auge reichte, und all die Bäume mit ihren Behausungen, in denen die Wesen lebten, die ich ab sofort jagen sollte.

Ohne große Hoffnung blickte ich auf meinen Detektor. Das Display war vollkommen leer. Keine Vortexe wurden angezeigt, und keine Nachrichten blinkten auf.

Stimmte es wirklich, dass das Kommunikationsnetz in Neu London ausgefallen war? War das der einzige Grund, warum ich keine Antworten von denen bekam, die ich liebte? Oder waren sie doch dem Roten Sturm in die Hände gefallen? Oder – noch schlimmer – längst nicht mehr am Leben?

Ich drückte mich durchs Menü und versuchte, mir in Erinnerung zu rufen, wie Luka sich immer heimlich an der Programmierung zu schaffen gemacht hatte. Vielleicht konnte ich den Ortungsdienst selbst aktivieren? Doch nach wenigen Minuten gab ich frustriert auf. Es war zwecklos. Wenn ich etwas nie gut gekonnt hatte, dann war es der Umgang mit technischen Geräten. In der Waldhütte, in der ich aufgewachsen war, hatte es eben nicht die gleiche Hightechausstattung wie in den Megacitys gegeben. Ich war inzwischen besser geworden – aber nicht gut genug, um meinen Detektor reparieren zu können.

Wütend zog ich ihn vom Handgelenk und ließ ihn auf den Boden fallen.

Jahrelang war mir eingebläut worden, dass ich mit diesem kleinen Gerät immer einen Ausweg finden würde – aus jeder Sackgasse, aus jeder noch so verfahrenen Situation. Doch jetzt hatte es mich im Stich gelassen.

So wie Gilbert.

So wie Holden.

So wie Varus Hawthorne.

Aber ich werde stark sein, sagte ich mir und schlang die Arme um meinen Körper. *Ich werde stark sein.*

Vor meinem inneren Auge stellte ich mir vor, wie Lis mir ermutigend zunickte.

Lis.

Plötzlich fiel mir das Atmen schwer. Denn die Wahrheit war, dass ich gerade überhaupt nicht stark war. Was, wenn Lis wirklich nicht mehr am Leben war? Was, wenn ich sie nie wiedersehen würde, so wie meine Mutter? Ich konnte das alles unmöglich noch einmal durchstehen.

So lange war Lis das Einzige in meinem Leben gewesen, das mir Halt gab. Und jetzt – jetzt war sie vielleicht …

Die Welt um mich herum verschwamm vor meinen Augen, und ich merkte kaum, wie ich auf den Boden sank.

Wie sollte ich das alles bloß überstehen, wenn ich nicht einmal mehr wusste, was echt war und was eine Lüge? Gilbert machte womöglich gemeinsame Sache mit den Splits – und diese Splits wiederum … Sie waren viel weniger monströs, als sie es sein sollten. Viel weniger, als sie es eigentlich sein *müssten*!

Ich versuchte, mich zusammenzunehmen. Verdammt, ich war eine Läuferin. Und dennoch war der Gedanke an Lis übermächtig, die zwar nicht meine Mutter war, aber doch Familie und Heimat. Sie war *alles*, was ich noch hatte.

Fast spürte ich ihre Hand über meinen Rücken streichen, als ich den Kopf gegen die Holzwand lehnte. Meine unterdrückten Schluchzer waren furchtbar laut in dem kleinen Zimmer, und es kam mir vor, als würde ich es nach und nach mit meiner Trauer ersticken.

Ich schloss die Augen und wünschte mich in den Wald zurück, zum Haus mit der gelben Tür, zu einer Zeit, in der alles ganz friedlich und still und einfach gewesen war. Doch das Bild wollte nicht erscheinen. Ich sah nur Lis und Luka und Gilbert.

Alles andere war Blätterrauschen.

Meine Schluchzer verebbten nur langsam. Ich hatte keine Ahnung, wie viel Zeit vergangen war, doch als ich die Augen öffnete, stand mitten im Raum auf einmal ein Silbertablett mit selbst genähter Stoffserviette und einer Blume in einer Vase.

Aus einer Schüssel dampfte es, und als ich mich mühsam aufrichtete und hineinlugte, erkannte ich eine Art Eintopf mit allerlei Gemüsestückchen.

War Allister etwa ins Zimmer gekommen? Ich hatte ihn gar nicht klopfen hören, und ich wusste nicht, ob ich wütend oder peinlich berührt sein sollte, dass er mich so gesehen hatte.

Ich wischte mir über die Augen und nahm zögerlich einen Löffel. Ich würde nicht sagen, dass es das Beste war, das ich je gegessen hatte, aber es kam dem doch ziemlich nahe – und ich ertappte mich dabei, wie ich alles in kürzester Zeit herunterschlang.

Danach verschanzte ich mich im Badezimmer.

Alles hier drin war erstaunlich normal. Das Wasser in der Duschnische wurde sogar richtig heiß. Wahrscheinlich erzeugte die Stadt Wasser und Strom durch die Infrastruktur der alten Minenstadt, auch wenn es mir ein Rätsel war, wie es für so viele Grunder reichen konnte. Aber im Moment war mir das ziemlich egal.

Ich wandte meinen Kopf nach oben und ließ das dampfende Wasser mit einem Seufzen über mein Gesicht rinnen. Neben meinen Füßen flossen Asche, Dreck und etwas Blut in den Abfluss. Als ich wenig später in den Spiegel sah, sagte mir keine Regenerationskapsel, ich solle in den Krankentrakt des Kuratoriums gehen, was zumindest ein kleiner Vorteil war.

Meine blonden Haare klebten feucht an meinen Wangen und meinem Nacken. Ich schob sie nach hinten, fuhr mit den Fingern über die leicht abstehenden Ohren und massierte dann meine Schläfen. Für eine Weile starrte ich mich einfach nur an und merkte, wie ich mich langsam besser fühlte. Der Gedanke an meine Familie musste mir Kraft geben. Ich würde einen Weg hier herausfinden – das schwor ich mir. Ich hatte das Vortexrennen gewonnen. Ich konnte auch das schaffen.

Die Kleider, die ich im Schrank vorgefunden hatte, waren nicht halb so praktisch wie meine Läuferuniform, aber definitiv sauberer. Eine braune Leinenhose, ein weißes Tanktop und ein ebenso brauner Cardigan, alles eine Nummer zu klein.

Ich zog die Sachen schnell an, dann legte ich mir behutsam das Medaillon meiner Mutter um den Hals und versteckte es unter dem Top. Wenigstens das war mir geblieben.

Bevor ich das Badezimmer verließ, warf ich einen Blick auf meinen Detektor, der nach wie vor keine Nachrichten anzeigte, dann schlich ich mich auf Zehenspitzen durch den Flur.

Wobei ich mir jegliche Vorsicht definitiv hätte sparen können, denn das Holz knarzte nur so mit jedem Schritt. Als ich am Zimmer mit der Nummer drei ankam, erstarrte ich. Meine Uniform lag nicht mehr auf dem Bett, wo ich sie zuvor abgelegt hatte. Hatte Allister sie mitgenommen? Das Tablett mit der leeren Schüssel war ebenfalls verschwunden.

Vielleicht will er die Uniform nur reinigen, sagte ich mir und versuchte, ruhig zu bleiben. Vielleicht wollte er sie aber auch an sich nehmen, damit ich sie bei meiner Flucht nicht verwenden konnte.

Ich überlegte gerade, ob ich Allister einfach fragen könnte, da riss jemand die Tür im Flur hinter mir auf. Ich erschreckte mich so sehr, dass mir ein spitzer Schrei entfuhr, bevor ich herumwirbelte.

Das Mädchen, das vor mir stand, war klein und zierlich und ging völlig in dem unförmigen Schlabberpullover unter, den sie trug. Ihre Haare, die in einem Fischgrätenzopf über eine ihrer Schultern hingen, waren schwarz und brachten ihre mandelförmigen tiefblauen Augen umso mehr zur Geltung. Sie hatte etwas Exotisches an sich, obwohl ihre Haut fast leichenblass war. Sie musste so alt wie ich sein, vielleicht etwas jünger.

»Du bist die Neue!«, rief das Mädchen mit einer ziemlich piepsigen Stimme und streckte mir eine kalkweiße Hand entgegen. »Hi, ich bin Susie!«

Stimmt, Allister hatte vorhin von ihr gesprochen.

»Äh, hi?« Perplex schüttelte ich ihre Hand. Da fiel mir auf, dass die Haut des Mädchens nicht einfach nur weiß war – die unnatürliche Farbe kam von einem feinen blauen Muster, als hätte jemand mit einem Pinsel Linien auf sie gezeichnet. Außerdem führten zwei dünne Beatmungsschläuche, wie ich sie schon mal im Krankentrakt gesehen hatte, von ihrem Kragen zu ihrer Nase, bloß dass darin offenbar keine Luft, sondern Wasser durchgepumpt wurde. Die Shorts, die unter dem riesigen Pulloverzelt hervorspitzten, wirkten, als wären sie aus einem Neoprenstoff genäht worden.

»Du bist eine Schwimmerin«, sagte ich ungläubig. Ich hatte noch nie davon gehört, dass Schwimmer außerhalb des Wassers leben konnten. Allerdings nicht sehr gut, wenn man sich die Schläuche anschaute, die das Mädchen offensichtlich zum Atmen brauchte.

»Und du bist ein Mensch!« Das Mädchen grinste frech.

»Elaine, richtig? Allister hat mir schon erzählt, dass du ab sofort bei uns wohnst. Er muss völlig aus dem Häuschen sein. Es ist ewig her, dass jemand Neues eingezogen ist!«

Ich *bin* nicht eingezogen, wollte ich sagen, schluckte die Worte aber wieder herunter. Sollte sie doch glauben, was sie wollte.

»Dann wohnst du auch hier?«, fragte ich stattdessen. Unter einem Gasthaus hatte ich irgendwie etwas anderes verstanden – hier schienen die »Gäste« nie wieder auszuziehen.

»Ja, seit ungefähr zwei Jahren. Allister ist echt der Hammer, oder?«

»Allerdings«, sagte ich und deutete dann unsicher in Richtung meines Zimmers. »Ich, äh, geh dann mal …«

»Ach Quatsch!« Schon bugsierte mich Susie mit beiden Händen den Flur entlang. »Ich zeig dir die Stadt!«

»Ich wollte mir die Stadt später anschauen«, keuchte ich, während Susie mich die Treppe herunterzerrte. *Alleine*, fügte ich im Stillen hinzu. *Um abzuhauen.*

Doch mein Einwand schien Susie nicht davon abzuhalten, mich geradewegs aus dem Gasthaus hinauszuführen.

»Ist doch viel besser, wenn du jemanden dabeihast, der sich auskennt«, sagte sie und lachte mich an. »Hast du eine Ahnung, wie lange ich mir gewünscht habe, dass mal ein anderes Mädchen hier vorbeikommt? Das Gasthaus ist ein reiner Männerhaushalt! Nicht dass ich die Jungs nicht mag, aber hin und wieder brauche ich einfach mal eine Freundin, mit der ich quatschen kann.«

Ich war völlig überfordert damit, dass sie annahm, wir würden Freundinnen werden. Dabei wusste ich doch überhaupt nicht, wie das ging, mal davon abgesehen, dass sie ein Split und ich eine Läuferin war.

»Wer wohnt denn alles hier?«, fragte ich und ließ dabei den Blick kurz nach oben gleiten, wo die späte Nachmittagssonne durch die Baumkronen auf die Erde schien. Allister hatte die Namen vorher genannt, aber ich hatte es mir in der Eile kaum merken können.

»Na ja, Allister, Bale, wobei der ja nur selten zu Hause ist. Und dann noch Fagus und Robur.«

Susie führte mich wieder in Richtung der breiteren Straße, auf der einige Jeeps fuhren.

»Wer ist Robur?«, fragte ich.

»Fagus' älterer Bruder. Er ist Ingenieur, der beste in der Stadt! Er und Allister kennen sich schon *ewig.*« Susie unterstrich das Wort mit einer ausladenden Geste. »Ich glaube, Allister hat ihn und Fagus einige Wochen bei sich in der Schneiderei versteckt, als die Läufer nach den beiden gesucht haben.«

»Und dann sind sie zusammen nach Sanktum gegangen?«

»Genau. Ich nenne Fagus, Robur und Allister das Triumvirat, weil man keinerlei Chancen gegen sie hat, wenn sie sich gegen einen zusammengeschlossen haben.« Obwohl sie dabei die Augen verdrehte, konnte ich ihr ansehen, wie gerne sie die drei hatte. »Na ja, zum Glück sind sie meistens damit beschäftigt, sich über Bale zu ärgern. Also habe ich meine Ruhe!«

Sie hüpfte barfuß den Weg entlang und winkte mich hinterher. Wir kamen an mehreren hohen Bäumen vorbei, wo auch jetzt, im allmählichen Dämmerlicht, noch Grunder ihre Wurzeln emporsprießen ließen, um Früchte zu ernten.

Das eigentliche Treiben der Stadt schien sich gar nicht auf dem Boden abzuspielen – sondern oben in den Baumkronen, wo ich von überallher Stimmen hörte. Zwischendurch sah ich immer wieder Grunder, deren Köpfe kahlgeschoren waren. Gehörten sie etwa alle zu dieser Armee, von der Nathaniel gesprochen hatte?

»Und du? Was machst du hier?«, fragte ich und hoffte, dass

Susie mir die Frage ersparte, wie ausgerechnet eine Schwimmerin in einer Stadt gelandet war, in der hauptsächlich Grunder lebten. Schließlich waren Schwimmer die einzige Art Splits, die fernab der Menschen unter Wasser leben konnten. Es war nicht viel bekannt darüber, *wie* sie dort lebten, doch sie ließen die Menschen in Ruhe und wir im Gegenzug sie.

Meine Neugierde schien Susie nicht zu stören. Sie strahlte weiterhin. Mit ziemlicher Sicherheit war sie das bestgelaunte Mädchen, das ich je in meinem Leben getroffen hatte. »Ach«, sagte sie. »Meine Eltern und ich sind vor ein paar Jahren in ganz schön dumme Schwierigkeiten geraten. Als ich später Bale getroffen habe, meinte er, ich solle mit ihm hierherkommen. Und da bin ich nun.«

»Und deine Eltern?«

Ein Schulterzucken. »Die waren da schon tot.«

Ich wollte ihr mein Beileid bekunden, ihr sagen, dass ich verstand, wie sich das anfühlte, aber ich wusste nicht wie, ohne dass es völlig falsch rauskam. Stattdessen starrte ich betreten auf meinen Detektor, das Display ohne Nachrichten, und spürte, wie sich die Leere von vorhin wieder in mich hineinzufressen drohte.

Da griff Susie nach meiner Hand und zog mich weiter die Straße entlang.

»Hier ist eine der drei Schulen von Sanktum«, erklärte sie und deutete auf ein weitläufiges Steinhaus. Ein Hof erstreckte sich zur rechten Seite, darauf waren ein paar Schaukeln, Sandkästen und Rutschen zu sehen. Für heute war der Unterricht wohl vorbei.

»Gibt es denn so viele Kinder?«, fragte ich. Drei Schulen kamen mir für die Stadt doch etwas übertrieben vor.

»O ja, eine Menge«, sagte Susie und verdrehte kurz die Augen. »Manche Kinder müssen sich sogar abwechseln beim Unterricht, obwohl die Klassen echt riesig sind. Ich bin schon zu alt für die Schule, die wenigen Jugendlichen in meinem Alter nehmen sie gar nicht mehr auf. Dafür gibt es nicht genug Lehrer, weißt du?«

Wusste ich nicht. Also runzelte ich bloß die Stirn und folgte ihr. Wir kamen an allerlei Läden vorbei, wo Kleidung, Essen und sonstige Sachen verkauft wurden. Einige Waren konnten nur aus Menschenstädten stammen, und ich fragte mich, ob sie geklaut worden waren. Wundern würde es mich nicht.

In der Ferne erstreckten sich Felder voller Gemüse, Getreide und Obst. Dazwischen weideten Kühe und Schafe.

»Und das ist der Versammlungsbaum«, sagte Susie. Ihr Zeigefinger deutete auf einen enormen Baum, der einige Meter entfernt in den Himmel ragte. Sein Stamm war mindestens zehnmal so breit wie die anderen Baumstämme drumherum. Die Außenrinde war von mehreren Bögen durchbrochen, und ich konnte schon von hier aus sehen, dass sich innerhalb des Baumes eine Art Saal befand. Oben, auf den dicken Ästen, die zum Teil parallel zum Boden wuchsen, waren Plattformen gezimmert, auf denen kleinere Häuser standen. Ich machte Treppenstufen, Leitern und Brücken aus, die die Äste miteinander verbanden.

»Es ist der mit Abstand größte Baum in Sanktum. Oh, schau doch, wie hübsch! Er wird schon für das Erneuerungsfest geschmückt!« Susie klang äußerst entzückt, als sie die Fähnchen und Girlanden sah, die überall aufgespannt waren und auf denen so etwas wie ein grünes Blatt abgebildet war.

»Was ist das denn?«, fragte ich. »Dieses Erneuerungsfest, meine ich.«

»Na ja. Sanktum bekommt zum ersten Mal ein Stadtoberhaupt. So *erneuert* sich die Stadt. Du hast Nathaniel doch schon kennengelernt, oder?«

Aha. Dann hatte es vorhin, auf dem Weg zum Gasthaus, nicht nur so gewirkt, als würde Nathaniel seinen Untertanen zuwinken – es *war* tatsächlich so gewesen.

Ich beäugte das Symbol auf den Fähnchen. Es war auch auf allerlei Plakaten zu sehen. Überhaupt schien der ganze Baum damit dekoriert zu sein. Und bei genauerem Hinsehen war es gar kein Blatt, sondern ein grüner Blitz, der mir sehr bekannt vorkam. Er hatte eine ähnliche Form wie die Flamme des Roten Sturms.

»Und was ist das?«, fragte ich mit einer dunklen Vorahnung.

»Das Grüne Beben?« Susie verdrehte die Augen und klang wenig begeistert. »Nathaniel will die Armee ausbauen, was viele in der Stadt gut finden, auch wenn sie es nicht zugeben wollen. Allister kann die Gruppe nicht ausstehen – und das wiederum gibt er *sehr* gerne zu. Robur nennt ihn deswegen dauernd einen ›unverbesserlichen Pazifisten‹. Die beiden streiten ständig darüber. Da solltest du dich lieber raushalten.«

Ich nickte automatisch, während ich all das sacken ließ. Das Grüne Beben? Das klang für mich nicht nach einer friedlichen Stadtwache, sondern vielmehr nach einer eigenen Rebellenarmee.

Ich beschloss, mehr darüber herauszufinden, solange ich hier war. Das Kuratorium musste unbedingt davon erfahren.

»Wieso nennt ihr es ein ›Fest‹, wenn doch nur ein Oberhaupt gewählt wird?«, fragte ich Susie.

»Na, weil wir die Erneuerung feiern!« In ihrer Stimme schwang hörbare Vorfreude mit. »Wenn Nathaniels Ernennungszeremonie vorbei ist, wird den ganzen Abend gefeiert. Allister hat seit Wochen an einem Kleid für mich genäht. Dir macht er sicherlich auch noch eins, wenn du ihn fragst, obwohl nicht mehr viel Zeit ist.«

»Äh, nein danke. Ich bleibe nicht lange.« Wenn es nach mir ginge, wäre ich schon weg.

Da fiel Susies strahlendes Lächeln zum ersten Mal in sich zusammen. »Nicht?«, hauchte sie. »Oh, ich dachte … Allister sagte, dein Zuhause wäre von einer Straßenbande zerstört worden. Und dass du erst mal bei uns wohnst.«

Ich blinzelte. Eine *Straßenbande*? Hatte Allister Susie womöglich gar nicht erzählt, dass ich eine Läuferin des Kuratoriums war? Vielleicht weil ihr das Angst machte?

»Das … ist auch so«, sagte ich vorsichtig. Wenn er es ihr nicht hatte sagen wollen, würde ich es für mich behalten. »Aber … ich hoffe, mein Zuhause wieder… aufbauen zu können.«

»Verstehe.« Susie sah sichtlich enttäuscht aus. Mit einem Mal überkam mich das völlig irrationale Bedürfnis, sie zu umarmen, und ich schüttelte nur den Kopf über mich selbst. Auch Susie, mit all ihrer guten Laune, war ein Split. Loretta Alcott hatte uns gewarnt, uns nicht von ihren netten Erscheinungen ablenken zu lassen.

»Na, ich hoffe, dass du uns trotzdem mal wieder besuchen kommst«, setzte Susie nach. »Es gibt kaum Leute in unserem Alter hier.«

Das hatte mich vorhin schon verwirrt. »Warum denn nicht?«

»Na, jeder, den sie in den letzten zwei Jahren gerettet haben, war entweder ein Kind oder schon sehr alt. Oder jemand, der einen Beruf ausübt, der noch in der Stadt gebraucht wird. Wer für sich selbst sorgen kann, bleibt in den Zonen.«

Das ergab zwar Sinn, aber dann musste das Leben für Susie tatsächlich sehr einsam sein.

»Wenn wenigstens Bale ab und zu da wäre«, seufzte sie.

»Was treibt er denn, wenn er nicht bei euch ist?«

»Er und Fagus bringen die Leute aus den Zonen hierher. Das machen sie mindestens einmal pro Woche. Mit seinen *Supervortexen*, du weißt schon.« Susie zog eine Grimasse, aber auch das wirkte bei ihr irgendwie gutmütig. »Aber in den letzten Wochen war er viel häufiger weg als sonst.« Da stahl sich ein geheimnistuerisches Lächeln auf ihre Lippen. »Er redet nicht darüber, aber vielleicht hat er ja heimlich eine Freundin in der Menschenwelt und will es uns nicht erzählen? Das würde passen. Wobei er dazu eigentlich viel zu griesgrämig ist. Er müsste doch glücklich sein, wenn er sie ständig besucht, oder was meinst du?«

»Ich … ich weiß nicht«, sagte ich bloß unbeholfen. Was ging mich das Liebesleben dieses unmöglichen Typen an?

Susie blickte mich unverwandt an, dann deutete sie am Versammlungsbaum vorbei, weiter in die Stadt hinein. Ich war mir sicher, dass wir inzwischen einen Bogen gelaufen waren, und der Weg, der jetzt vor uns lag, musste zurück zu der Allee führen, auf der wir in die Stadt gekommen waren. Damit konnte Sanktum nicht größer als ein Bezirk Neu Londons sein. Zumindest, wenn man die Häuser in den Bäumen nicht mitzählte – und die bildeten ja den Großteil der Behausungen.

Nur einen Ausweg hatte ich noch nicht gesehen. Überall, wo keine Wohnbäume zu sehen waren, erstreckte sich dichter Wald zu allen Seiten.

»Verlasst ihr auch manchmal die Stadt?«, fragte ich vorsichtig. Jemand, der so arglos wie Susie war, könnte mir vielleicht das ein oder andere verraten.

Doch Susie schüttelte vehement den Kopf. »Nein, nie! Wir sind alle sehr froh, dass niemand einfach so aus der Stadt rauskann. Das bedeutet schließlich, dass auch niemand reinkommt.«

Ich musste heftig schlucken. »Was meinst du mit: ›Niemand

kann raus‹?«, fragte ich. Dann war ich also wirklich gefangen? Dass Nathaniel mir so unbekümmert die Fesseln abgenommen hatte, war ein schlechtes Zeichen gewesen. Aber irgendwie musste man Sanktum doch verlassen können! *Ich* musste Sanktum verlassen können. Ich musste zu meiner Familie!

»Sanktum liegt mitten in einer Bergkette«, erzählte Susie weiter. »Da kommt man unmöglich zu Fuß drüber. Allister sagt, es sieht von außen so aus, als stünde da einfach ein großer Berg, und durch die Bäume kann man ja auch nichts von oben sehen. Deshalb hat das Kuratorium die Stadt nie gefunden.«

»Aber wenn sich ein Vortex in der Stadt bildet, müsste man rauskommen, oder nicht?«

Mein Detektor hatte zwar kein Ortungssystem mehr, mit dem ich einen Vortex lokalisieren könnte, aber es war nur eine Frage der Zeit, bis ich auf einen stieß.

Susie lächelte mich etwas unsicher an, fast so, als hätte sie Mitleid mit mir. »Die Bergkette ist über und über mit Gravisensoren bestückt«, sagte sie dann bloß leise. »Alle Vortexe, die sich innerhalb der Stadt bilden, würden auf dem Weg nach draußen sofort daran abprallen.«

Ich blieb stehen und starrte Susie an.

Gravisensoren. Natürlich.

Deshalb hatte Nathaniel meine Fesseln ohne jegliche Bedenken gelöst. Die Allee, der einzige echte Ausgang aus der Stadt, wurde von dieser kahlköpfigen Armee bewacht, und einen anderen Weg nach draußen gab es nicht. Selbst wenn ich Bale dazu überreden könnte, mir hier drin einen Vortex zu erschaffen – die Sensoren würden ihn vernichten, noch bevor ich die Stadtgrenzen verlassen hätte.

Die Splits hatten sich das zunutze gemacht, was die Zonen so sicher machte. Nur dass sie lediglich die Außengrenzen mit

Gravisensoren bestückt hatten und so im Kern der Stadt ihre Kräfte frei anwenden konnten. Auf diese Art und Weise verhinderten sie, dass jemand von außen eindringen oder jemand ungewünscht die Stadt verlassen konnte.

Ich spürte, wie meine Hoffnung auf eine schnelle Flucht zerbröselte.

»Aber … wollt ihr nicht auch mal nach draußen?«, setzte ich nach, doch wieder schüttelte Susie nur den Kopf.

»Das Risiko wäre viel zu groß. Wer nach Sanktum kommt, bleibt auch in Sanktum – das weiß jeder.« Susie lächelte, als sie nach oben in die Baumkronen sah. »Fast alle, die in der Stadt leben, waren vorher in einer Zone. Für uns bedeutet Sanktum Frieden … und Freiheit.«

Ich ließ meinen Blick über die Stadt gleiten. *Frei* würde ich ein Leben in Sanktum nicht bezeichnen. Sie hatten nur die einen Mauern gegen andere eingetauscht. Sie waren Gefangene.

Und ich war nun eine von ihnen.

Komm, ich zeig dir den Rest der Stadt«, sagte Susie, die meinen inneren Nervenzusammenbruch gar nicht mitbekam. »Es gibt ein paar echt coole Läden unten am Fluss. Seit ein paar Wochen haben wir sogar einen Bildhauer in der Stadt. Irre, oder? Und die Bäckerin probiert gerade die unglaublichsten Kuchenrezepte für das Fest aus, da müssen wir unbedingt –«

Susies Worte wurden von einem Piepsen unterbrochen. Sofort riss ich meinen Arm hoch und starrte auf meinen Detektor. Hatte ich endlich eine Nachricht bekommen? Doch nein, das Display war nach wie vor leer.

Das Piepsen kam von Susie.

Ihre Augen wurden groß, als sie an sich herabblickte. Unter dem riesigen Pullover sah ich ein Licht durch den Stoff blinken, und sie sah auf einmal furchtbar beschämt aus. »Oh«, hauchte sie. »Das ist gar nicht gut. Robur wird mich umbringen.«

»Was? Warum?«, fragte ich, doch da machte Susie bereits kehrt und ging den Weg entlang, den wir gekommen waren. Sie lief eigentlich nur ein bisschen schneller, sah aber so aus, als wollte sie am liebsten rennen. »Ist alles in Ordnung?«, rief ich ihr hinterher.

»Ja, ja, alles gut!«, sagte sie, doch ihre Stimme klang dabei sehr flach. Das Piepsen wurde lauter. Als sie sich zu mir umdrehte, hatte ich das Gefühl, ihre Haut wäre noch etwas blauer als ohnehin schon. »Ich muss zurück zum Gasthaus! Kommst du mit?«

Wir waren mittlerweile wieder am Versammlungsbaum angekommen. Bis zum Gasthaus war es nicht mehr weit, und links von mir tat sich ein Weg auf, der aus der Stadt herauszuführen schien. In der Ferne glaubte ich einen Berghang auszumachen.

Ich biss mir unentschlossen auf die Unterlippe. So eine Chance bekam ich vielleicht nie wieder. »Nein«, rief ich also, »ich komme gleich nach!«

Susie streckte mir den Daumen entgegen und rannte dann davon. Dabei schlang sie beide Arme um ihren Oberkörper.

Für einen Moment sah ich ihr hinterher und ignorierte das schlechte Gefühl, das sich in mir ausbreitete. Dann machte ich kehrt und lief los.

Ich bemühte mich wirklich, nicht zu rennen, um keine ungewollte Aufmerksamkeit auf mich zu ziehen, aber es fiel mir schwer. Auch wenn Susie glaubte, dass es keinen Ausweg aus Sanktum gab, musste das noch lange nicht stimmen. Ich *musste* einen finden! Immerhin hatte ich meinen Detektor. Und die Läuferuniform könnte ich sicherlich wiederbekommen. Meine ganze Ausbildung hatte darauf abgezielt, Auswege aus brenzligen Situationen zu finden, geheime Fluchtwege aufzuspüren und mich dabei am Leben zu halten.

Ich *würde* einen Weg rausfinden. Und ich durfte keine Zeit verlieren, denn jede Minute, die ich hier drin war, war womöglich eine Minute, die meiner Familie fehlte.

Der Weg vom Versammlungsbaum führte mich einen Hügel hinauf, und irgendwann verschwanden die Bäume, die die Grunder beherbergten, und machten Platz für einen ganz normalen Laubwald.

Als ich zurückblickte, konnte ich zum ersten Mal einen guten Blick auf Sanktum werfen.

Die Stadt war größer, als ich zuerst angenommen hatte. Eiförmig zog sich eine Feldstraße um den Kern: die Häuser der verlassenen Minenstadt. Dies war die einzige Straße, auf der Autos fuhren. Im Süden verlief sie in Richtung der Baumallee, wo die Grunder die Grenze bewachten. Zwischendrin schlängelten sich jede Menge Feldwege an den Wohnbäumen vorbei, und von hier aus konnte ich nun auch sehen, dass es weiter oben in den Bäumen Verbindungsbrücken zwischen den Stämmen gab. So existierte die Stadt auf mehreren Ebenen.

Ich lief den Weg weiter. Die Steigung nahm zu, bis sich vor mir eine Felswand auftat. Langsam sah ich daran hoch, Meter für Meter … und es waren verdammt viele. Ich presste mir die Hand vor den Mund, um nicht laut zu schreien, so wütend machte mich der Anblick. Das musste die Bergkette sein, von der Susie gesprochen hatte. Und sie hatte nicht übertrieben: Die Bergwand zog sich nach links und nach rechts, so weit ich sehen konnte.

Und von diesem Ungetüm war die gesamte Stadt eingekreist?

Ich legte meine Hand auf den sonnengewärmten Stein. Er war glatt, mit wenigen Vorsprüngen. Selbst mit den Haken an meiner Uniform würde es schwer werden, daran hochzuklettern.

Weit oben, etwa auf halber Höhe der Steilwand, konnte ich das blaue Blinken von Gravisensoren ausmachen.

Dass die Splits diese Technologien gegen uns verwendeten, war einfach unfassbar. Woher hatten sie all die Sensoren überhaupt? Auch von Gilbert?

Egal! Wenn ich über den Berg kletterte und dahinter einen Vortex aufspürte, müsste ich verschwinden können. Die Frage war nur, ob mir das ohne das Ortungssystem meines Detektors gelang.

»Willst du schon gehen?«, fragte da plötzlich eine Stimme hinter mir, und ich wirbelte vor Schreck herum.

Bale stand nur wenige Meter von mir entfernt. Sein Hund

war wie immer an seiner Seite und wedelte sogleich mit dem Schwanz, als er mich entdeckte.

War Bale mir etwa gefolgt? Hatte er nicht eigentlich schlafen wollen? Jedenfalls sah er kaum wacher aus als heute Nachmittag, aber statt der Jeans und dem engen schwarzen Pullover trug er nun dieselbe lockere Leinenkleidung wie ich. Es ließ ihn sofort weniger hart aussehen, obwohl ich natürlich wusste, dass das nichts bedeutete.

»Ich sehe mich nur um«, sagte ich und weigerte mich, schuldbewusst dreinzuschauen. Keiner hatte gesagt, dass ich mir die Stadt nicht anschauen durfte.

Bale deutete die Felswand hinauf. »Selbst wenn du es schaffst, da hochzuklettern, und ich bezweifle es … Du brauchst mindestens zwei Wochen, bis du in der nächsten Stadt bist. Länger, wenn du Pausen einrechnest und die Zeit, die du zum Essensammeln brauchst. Von all den hungrigen Splittertieren, die da draußen durch die Wälder ziehen, mal abgesehen. Du müsstest schon viel Glück haben, vorher zufällig auf einen Vortex zu stoßen, Nathaniel hat nämlich den Wald rund um die Stadt mit Gravisensoren pflastern lassen.«

Ich biss mir auf die Unterlippe, um mir nicht anmerken zu lassen, wie sehr mich diese Aussicht schockierte.

»Was hab ich dir eigentlich getan?«, fragte ich Bale stattdessen. »Oder bist du zu allen Besuchern so reizend?«

»Du bist eine Gefahr für Sanktum«, sagte er. »Die ganze Welt sucht nach dir. Der Rote Sturm sucht nach dir. Wenn sie dich finden, könnte das das Leben von allen hier aufs Spiel setzen.«

»Das ist wohl kaum meine Schuld!«, entgegnete ich scharf. »Ihr habt mich schließlich hergebracht!«

»Mag sein, aber ich vertraue dir nicht. Wenn es nach dir geht, würden alle, die in Sanktum leben, eingesperrt werden.«

»Das musst du gerade sagen, *Balian Travers.* Wenn ich mich recht erinnere, hältst du noch immer den Rekord im Spliteinfangen.«

Damit schien ich voll ins Schwarze getroffen zu haben, denn Bales Blick verdunkelte sich, und für den Bruchteil einer Sekunde sah ich etwas wie Scham über sein Gesicht huschen.

Ich räusperte mich und versuchte, freundlicher dreinzuschauen. »Wenn du mir helfen würdest, könnte ich aus der Stadt verschwinden. Dann wärst du mich los.«

Bale hob beide Augenbrauen. »Ach, und warum sollte ich das tun?«

»Weil du mich nicht hierhaben möchtest. Ich könnte sowieso niemandem verraten, wo Sanktum liegt, ich weiß es ja nicht. Nordkanada ist ziemlich groß, also …« Ich zuckte mit den Schultern. »Ich will nur herausfinden, was aus meiner Familie geworden ist. Verdammt, ich weiß nicht mal, ob der Rote Sturm ihnen etwas angetan hat! Ob sie überhaupt noch am Leben sind. Verstehst du denn nicht? Du müsstest mich nur rausbringen und –«

»Vergiss es.«

»Aber wir hätten beide etwas davon!«

»Ich sagte: Vergiss es.« Damit lief Bale an mir vorbei.

Ich folgte ihm und seinem Hund mit etwas Abstand. Der kleine Pfad führte direkt an der Bergkette entlang. Immer wieder ließ ich meinen Blick nach oben wandern, um zu sehen, ob irgendwo eine Lücke zwischen den Gravisensoren auszumachen war, durch die man womöglich einen Vortex lenken könnte, aber Nathaniel und seine Leute waren bei ihrer Arbeit sehr sorgfältig gewesen.

»Und wenn du mir beibringst, wie ich die Vortexe selbst kontrolliere?«, versuchte ich es weiter. »Du hast dieses … dieses

Talent doch auch. Wenn du mir nur zeigst, wie ich es einsetzen kann, dann läge es gar nicht in deiner Hand, ob ich es herausschaffe.«

Mit einem geräuschvollen Seufzen blieb Bale stehen. »Bist du einfach nur unheimlich stur oder wirklich schwer von Begriff? Ich sagte: Vergiss es!«

»Wenn das *deine* Familie wäre, würdest du auch nicht lockerlassen.«

Bale schnaubte bloß, dann lief er weiter. »Da wäre ich mir nicht so sicher«, hörte ich ihn murmeln.

Richtig. Er musste seine Eltern freiwillig zurückgelassen haben, als er abgetaucht war. Sein Verhältnis zu ihnen war demnach alles andere als gut. Bestimmt wussten sie nicht mal, dass ihr Sohn noch lebte.

Plötzlich bellte der Hund und stürmte den Pfad entlang. In Sekundenschnelle war er aus unserem Blickfeld verschwunden.

»Atlas!«, rief Bale hörbar genervt. »Ich schwöre, wenn du nicht *sofort* …«

Doch der Hund war längst um einige Bäume gerannt und nicht mehr zu sehen. *Atlas* hieß er also? Das war ein ganz schön außergewöhnlicher Name für einen Hund.

Sein Bellen wurde lauter, und ich lief Bale hinterher, als der zu rennen begann. Ein Röhren ertönte irgendwo vor uns. Abrupt kam ich zum Stehen, als ich erkannte, was der Splitterhund etwas weiter entfernt auf einer Waldlichtung trieb.

Dort stand eine ganze Herde Rehe – und wie Bales Hund waren auch sie vermengt. Das Fell der meisten war von allerlei Pflanzen durchzogen. Hier und da sprossen Blüten um ihre Ohren herum. Eine Handvoll Rehe war dagegen schneeweiß, und als ich die gelblichen Augen bemerkte, wusste ich mit absoluter Sicherheit, dass sie Wirblerblut in sich trugen.

Die Große Vermengung lag schon knapp achtzig Jahre zurück. Ich wusste zwar, dass die Vermengten zum Teil viel älter werden konnten als Menschen, aber diese Tiere waren bestimmt durch natürliche Fortpflanzung auf die Welt gekommen. Das war einfach unglaublich! Nie hätte ich gedacht, einmal *echte* vermengte Tiere zu sehen.

Bales Hund sprang aufgeregt zwischen der Herde umher, die jedoch eher unbeeindruckt weitergraste. Nur ab und zu wurde Atlas von einem Windstoß zurückgestupst, was der allerdings als Aufforderung zum Spielen zu verstehen schien.

»Atlas, komm her!«, rief Bale wieder, und tatsächlich vollzog Atlas eine scharfe Kurve und stürmte mit voller Geschwindigkeit auf ihn zu.

»Wundervoll«, kommentierte Bale nur trocken, als der Hund ihn durch einen beherzten Sprung auf den Boden beförderte. »Das ist überhaupt nicht peinlich.« Er spähte zu mir, bevor er weiter seinen Hund tadelte. »*Du* bist peinlich, weißt du das? Mein Leben wäre so viel einfacher, wenn ich dich irgendwo im Wald ausgesetzt hätte.«

Atlas schaute Bale mit großen Augen an. Mit einer Pfote versuchte er, seinen Kopf zu berühren.

»Spar dir das«, wehrte der jedoch nur ab. »Die Nummer zieht bei mir nicht mehr.«

Atlas entwich ein herzzerreißendes Jaulen, das mich zum Lächeln brachte. Unter seinen Füßen schien der Boden ein kleines bisschen zu beben.

»Du machst mich wahnsinnig, weißt du das?«, sagte Bale und widersprach sich selbst, indem er seine Hand ausstreckte und den Kopf des Hundes tätschelte, als hätte er noch nie im Leben etwas Wertvolleres besessen. In seinem Gesicht lag etwas Amüsiertes, etwas Helles und Warmes, und ich wandte den

Blick schnell ab, um stattdessen zu einem der weißen Rehe zu gehen.

Es reckte den Kopf nach oben und sah mich mit seinen gelblichen Augen aufmerksam an. Es war unglaublich, dass es nicht Reißaus nahm, als ich die Hand nach ihm ausstreckte, doch es blieb ganz ruhig. Der Atem, der von der Schnauze ausging, war eiskalt. Ich ließ meine Hand vorsichtig über den Kopf streichen. Das weiße Fell verströmte eine gewisse Kühle, als würde ein arktischer Windhauch geradewegs durch das Reh hindurchwehen. Ich zuckte zusammen, als das Reh einen Schritt auf mich zukam, doch es stupste mich nur mit der Schnauze an. Der Wind, der von dem Tier ausging, wehte mir die Haarspitzen meines Zopfes sanft ins Gesicht.

»Es ist gar nicht gefährlich«, flüsterte ich und hatte nicht beabsichtigt, dass Bale mich hörte, aber natürlich stand er bereits an meiner Seite.

»Täusch dich da mal nicht. Sie können sehr gefährlich sein, wenn sie wollen. Wenn sie angegriffen werden zum Beispiel. Als Sanktum gegründet wurde, haben die Einwohner die vermengten Wildtiere eine Zeitlang gejagt, weil sie sonst nichts zu essen hatten. Das hat selten gut geendet. Einmal wurde eine ganze Gruppe von ihnen gegen die Bergwand geschleudert, einer ist dabei sogar gestorben. Mit Wirblern ist nicht zu spaßen.«

»Wie viele gibt es denn?«

Bale ließ ebenfalls eine Hand über den Rücken des Rehs gleiten. »Vermengte Tiere?«

Ich nickte.

»Wir haben nie gezählt, aber es sind einige. Hauptsächlich Rehe, Vögel, Insekten, Hasen, ein paar Füchse. Atlas dagegen ist ein Unikat.« Bale lächelte stolz, als er den Hund streichelte. »Der Letzte seiner Art.«

»Der letzte Hund, der mit Erde vermengt wurde?«, fragte ich.

»Nein. Der letzte Hund, der mit *irgendetwas* vermengt wurde. Soweit wir wissen, gibt es auf der Welt sonst keinen mehr. Hunde waren zu vertrauensselig, um zu überleben.«

Ich starrte auf den fröhlichen, freundlichen Hund hinab und presste die Lippen aufeinander. Nie hatte ich hinterfragt, dass die vermengten Tiere eine zu große Gefahr für die Welt wären. Aber jetzt …

Wer konnte so einem friedlichen Geschöpf etwas antun?

Ich kannte die Antwort: *Läufer wie ich.* Mit einem Kopfschütteln wischte ich den Gedanken beiseite. »Bitte bring es mir bei«, bat ich stattdessen. »Wenn ich da draußen eine Chance haben will, zu meiner Familie zu kommen, bevor die Zünder mich finden, dann muss ich wissen, wie man einen Vortex lenkt.«

Bale blickte mir unverwandt in die Augen, und dabei sah er aus, als wüsste er, dass er drauf und dran war, eine ganz schlechte Entscheidung zu treffen.

»Unter einer Bedingung«, sagte er dann.

Ich atmete tief durch, und in mir keimte eine Mischung aus Hoffnung und Anspannung auf, auch wenn ich versuchte, es mir nicht anmerken zu lassen. »Und die wäre?«

»Ich zeige dir, wie man Vortexe steuert, dann finden wir zusammen deine Familie. Und als Gegenleistung gibst du mir deinen Detektor.«

»Was?«, fragte ich. »Aber wieso?« Auf keinen Fall durfte ich Bale meinen Detektor geben. Ich war jetzt eine Läuferin, damit durfte ich in jedes Institut der Welt hinein. Doch noch bevor er mir antworten konnte, wurde mir klar, was er damit wollte. Als Bale und Fagus mich in Neu London gerettet hatten, waren sie in einen Streit geraten. Bale hatte nicht mit in den Vortex springen, sondern bleiben wollen – um etwas zu holen.

»Du brauchst etwas aus unserem Institut«, sagte ich dann. »Was ist es?«

»Das geht dich nichts an«, entgegnete Bale knapp. »Der Deal ist, dass ich dir beibringe, wie du Vortexe lenkst, und du mir deinen Detektor gibst. Mein eigener Zugangscode wurde gelöscht, nachdem sie mich für tot erklärt hatten. Ich komme nicht mehr in die Kuratorien, ohne sofort einen Alarm auszulösen.«

»Natürlich nicht! Du bist ein Deserteur!«

Das schien Bale nicht zu beeindrucken. »Du willst etwas von mir. Das ist mein Angebot. Nimm es an oder lass es. Du siehst deine Familie wieder, ich bekomme deinen Detektor. Dann sind alle glücklich.«

Glücklich? Der Kerl machte wohl Witze!

Ich hatte ein ganz mieses Gefühl bei der Sache. Obwohl das Institut in Neu London zerstört worden war, würde das Kuratorium es sicher bald zurückerobern. Was, wenn er dort etwas sehr Wichtiges entwenden wollte? Etwas, das den Splits bei ihrer Rebellion gegen die Menschen half?

Doch ich hatte keine Wahl. Ich konnte unmöglich hierbleiben.

Also musste ich vorerst auf Bales Angebot eingehen. Gilbert würde mir einen neuen Detektor geben – und meinen alten sicherlich so schnell wie möglich deaktivieren.

Was könnte Bale schon in so kurzer Zeit damit anrichten?

Ich nahm einen tiefen Atemzug, dann streckte ich ihm die Hand entgegen. »Abgemacht«, sagte ich.

Bale starrte für einen langen Moment auf meine Hand, bevor er langsam seine Finger in meine legte. Der Händedruck war warm und fest, und ich schob die Gänsehaut, die sich auf meine Arme legte, auf den Wind, der von der vermengten Rehherde zu uns herüberzog.

Bale führte mich durch den Wald zu einer weiteren Lichtung, an deren nördlichster Seite ein beeindruckender Wasserfall hinabrauschte. Ein Seebecken, das direkt an den Berghang anschloss, fing die Wassermassen auf. Es zog sich weit in die Lichtung hinein, und das Ufer war rundherum mit bunten Blumen überwuchert. Am äußersten Ende formte sich der Fluss, der hinab ins Tal floss.

»Wurde Sanktum von Nathaniel aufgebaut?«, fragte ich Bale, als er mit Atlas zusammen auf den See zuging.

Bale nickte. »Von ihm und einigen anderen Grundern.«

»Und wie bist du ihm begegnet?«

Bale drehte sich zu mir um und warf mir dabei einen warnenden Blick zu. »Spielen wir tausendundeine Frage, oder was? Es geht dich nichts an, was ich wie oder wann gemacht habe.«

Mein Körper spannte sich sofort an. Jegliche Freundlichkeit, die ich gerade zu spüren geglaubt hatte, war verflogen.

»Weißt du was? Es ist echt wahr, was man über Kinderstars sagt«, warf ich Bale mit so viel Gift wie möglich entgegen. »Der Absturz ist auf jeden Fall vorprogrammiert.«

»Da hast du wahrscheinlich recht«, gab Bale zurück und drehte sich dann von mir weg.

Schweigen senkte sich über die Lichtung. Nur noch das sanfte Vogelgezwitscher in den Baumkronen war zu hören. Wenn ich hochsah, glaubte ich hier und da bunte, flirrende Farbklekse auszumachen, und ich fragte mich, wie viele vermengte Vögel,

Nagetiere und Insekten es wohl in Sanktum gab. Sie mussten überall sein, ohne dass ich sie sehen konnte.

Als ich wieder zu Bale schaute, tauchte er gerade seine Hände ins Wasser und fuhr sich damit übers Gesicht. Neben ihm versenkte Atlas seine Schnauze in den See und begann zu trinken.

Hier war es besonders schwül, noch mehr als in der Talsenke, aber ich widerstand der Versuchung, es ihm gleichzutun.

»Also«, sagte Bale, nachdem er sich aufgerichtet hatte. »Ich nehme an, du kennst die Grundlagen des Vortexlaufens?«

»Natürlich weiß ich, wie man durch Vortexe läuft«, gab ich etwas schnippisch zurück. »Ich will lernen, wie man sie *lenken* kann. Und erschaffen.«

»Aber du hast es schon getan, oder nicht? Gilbert hat Nathaniel erzählt, dass du so das Rennen gewonnen hast.«

Mein ganzer Körper versteifte sich, als er Gilberts Namen ins Spiel brachte. Andererseits hätten sie auch durch die Medien an diese Information kommen können. Das Video, wie ich den Vortex zur Ziellinie gelenkt hatte, kursierte schließlich überall.

Ich antwortete nicht direkt auf seine Frage. »Ich weiß trotzdem nicht, wie es geht.«

»Na schön.« Bale verschränkte die Arme vor der Brust. »Dann fangen wir von vorne an: Was weißt du über Vortexe?«

War das sein Ernst? *So* weit von vorne mussten wir auch wieder nicht anfangen! »Es sind Portale, die uns zu einem weit entfernten Ort bringen können«, sagte ich. »Und den Theorieunterricht habe ich übrigens auch bestanden.«

»Hör mal zu, Barbie, wir machen das hier auf meine Art, klar? Du willst etwas von mir, schon vergessen? Also: Was weißt du über Vortexe?«

O Mann. Ich besann mich auf das, was wir in *Vortexenergie*

und Antigravitation gelernt hatten. »Sie entstehen, wenn verdichtete Luft auf negative Energie trifft.«

»Falsch«, sagte Bale. »Das ist vielleicht das, was die Kuratoriumsforscher in den Vortexen messen, aber sie *entstehen*, weil sie noch immer von der Energie des ersten Vortex zehren.«

Ich blinzelte. Das war doch völliger Schwachsinn. Diese Erklärung hatte ich noch nie gehört. »Vom *Urvortex*? Aber ... das ist doch neunundsiebzig Jahre her!«

»Was weißt du noch?«, fragte Bale, ohne im Geringsten auf meine Verwunderung einzugehen.

»Vortexe ... krümmen den Raum, und wer durch sie hindurchgeht, muss wissen, wie man sich in ihnen bewegt. Wenn man die Energien am Rand berührt, kann einen das schnell schwer verletzen. Oder sogar töten.«

»Falsch«, sagte Bale wieder, und ich hätte ihn wirklich erwürgen können für diese Arroganz in seiner Stimme. Wie konnte jemand nur so von sich selbst eingenommen sein? »Das mag auf den Rest der Läufer zutreffen, aber für dich ist die Energie keinesfalls tödlich. Im Gegenteil.«

Ich runzelte die Stirn. Wir hatten die richtige Sprungtechnik tausendfach geübt: sich so klein wie möglich machen, um jeden Preis von den Rändern fernbleiben. Allein während der Simulationen waren mindestens zwei Drittel unseres Jahrgangs deswegen durchgefallen.

Bale lief weiter in meine Richtung und drückte dabei mehrfach auf seinen Detektor. Bevor ich mich fragen konnte, was er da tat, streckte er schon eine Hand nach vorne. Zwischen uns surrte und flirrte es, dann krümmte sich die Umgebung, verzerrte sich, so dass ich Teile des Himmels am Boden sah und umgedreht. Grashalme, Wolken, alles vermischte sich, der Vortex baute sich direkt vor meinen Augen auf und verströmte eine sanfte Hitze. Ich nahm Bales Gesicht im Strudel nur noch verzerrt wahr, der Wirbel lag unmittelbar zwischen uns.

»Du willst wissen, wie man Vortexe beherrscht?«, fragte er. »Die Antwort ist: Du musst der Energie *erlauben*, auf dich zu reagieren, sich mit dir zu verbinden, eins mit dir zu werden.«

»Aber das würde mich umbringen.«

»Würde es nicht. Die Vortexenergie ist ein Teil dieser Welt. Sie ist ein Teil von dir ... und zwar immer. *Das* ist in Wahrheit dein Talent.«

»Ein Teil von mir? So wie bei den Splits?«, fragte ich, abgestoßen von der Idee allein.

»Wäre das so schlimm?«, fragte Bale, und weil ich es hasste, nur seine Stimme zu hören, ihn aber nicht zu sehen, trat ich um den Vortex herum.

»Ja!«, sagte ich entschlossen. »Ich meine ... das ist Selbstmord. Man darf den Energien nicht zu nahe kommen.«

»Ich zeig es dir«, sagte Bale und streckte die Hand in meine Richtung. »Komm her.«

Ungläubig starrte ich ihn an. Wollte er ernsthaft, dass wir Händchen hielten?

Da verdrehte er die Augen. »Wenn du spüren willst, wie ich den Vortex lenke, müssen wir zusammen durch.«

Noch nie war ich mit jemandem gemeinsam durch einen Vortex gesprungen. Zumindest nicht so dicht beieinander. Uns wurde immer eingebläut, es sei viel zu gefährlich, jemanden während des Sprungs zu berühren, denn wenn einer Mist baute und den Energien zu nahe kam, riss er den anderen sofort mit in den Tod.

»Glaub mir, ich weiß, was ich tue«, setzte Bale nach.

Ich seufzte und trat einen Schritt näher. Was hatte ich schon zu verlieren? »Wieso habe ich das Gefühl, höflich zu meiner

Hinrichtung gebeten zu werden?«, murmelte ich, während Bale seine Hand auf meinen Rücken legte.

Ich glaubte, so was wie ein Lächeln auf seinem Mund auszumachen, dabei war ich mir inzwischen sicher gewesen, dass er körperlich gar nicht dazu imstande war.

»Keine Sorge, ich werde ganz zärtlich sein.«

»Witzig«, gab ich nur zurück, gefolgt von einem scharfen Einatmen, denn Bale drückte sich direkt und ohne Vorwarnung an meinen Körper und zog mich mit sich zum Vortex.

Atlas bellte ein paarmal, blieb aber ruhig an Ort und Stelle stehen. Sicherlich war es nicht das erste Mal, dass er beobachtete, wie sein Herrchen ohne ihn in einen Vortex sprang.

»Du bleibst hier, Kleiner«, warnte Bale. Als wir in den Vortex fielen, zog er mich mit beiden Händen noch näher an sich. Mein ganzer Körper verkrampfte sich, um irgendwie Abstand zu ihm zu wahren.

Das war viel näher, als mir lieb war. Viel näher, als mir jemals ein Junge gekommen war, mit Ausnahme von Luka – und von Holden, aber unser Kuss war das Letzte, woran ich in diesem Moment denken wollte.

Die Energie rauschte nur so an uns vorbei, wie ein Sog, der die Welt ohne System, ohne Regelmäßigkeit völlig ungestüm um uns herumwirbelte. Gräser, Himmel, Wasser, Steine, Erde und dann: Straßen, Häuser, Menschen, Lichter und Sand, *so viel Sand.* Zu welchem Ort Bale uns auch führte, er lag ganz sicher nicht mehr in Sanktum.

Schlagartig wurde mir klar, was Bale auf seinem Detektor getan hatte: Er musste die Gravisensoren ausgeschaltet haben, um uns aus der Bergsenke herausführen zu können. Er konnte sie deaktivieren, wenn er passieren wollte! Sonst wäre der Vortex ja niemals durch die Barriere gekommen.

»Du musst lockerlassen!«, rief mir Bale zu, und ich versuchte, mich auf das zu konzentrieren, was wichtig war: zu verstehen, wie Bale es anstellte. Denn ich spürte, wie der Vortex die Richtung änderte, aber ich konnte nicht sagen, *wie* er es machte.

Erst als ich an ihm herabsah, bemerkte ich es: Die Energie, die in atemberaubender Geschwindigkeit an uns vorbeischoss, strömte geradezu in Bales Körper. Es war, als würde er von innen heraus glühen, während er unbeschwert durch den Vortex davonglitt. Meine eigenen Arme waren dagegen so eng an meinen Körper gepresst, dass die Energie geradewegs daran abprallte.

Bevor ich versuchen konnte, mich zu entspannen, wurden wir bereits aus dem Vortex ausgespuckt.

Kaum hatte sich die neue Umgebung stabilisiert, tat sich vor mir ein endloser Abgrund auf. Er führte meterweit nach unten, meine Füße balancierten gerade noch so auf einer Kante, und ich ruderte panisch mit den Armen, um mein Gewicht nach hinten zu verlagern. Trotzdem kippte ich immer weiter nach vorne.

Da zog mich Bale mit einer Hand an meinem Leinenshirt zurück. Sobald ich festen Stand hatte, ließ er von mir ab.

Schwer atmend blickte ich mich um. »Tolle Landung«, murmelte ich sarkastisch, während mein Herzschlag ruhiger wurde. Wir waren auf einer gewaltigen kreisrunden Ruine gelandet. Sie ragte nur halb aus der Wüste heraus, die sich zu allen Seiten erstreckte.

Sand bedeckte den gesamten Boden, doch egal, wohin man schaute, überall sah man Ruinen von Wolkenkratzern, Statuen und anderem Gemäuer. Überbleibsel einer Stadt, die der Großen Vermengung anheimgefallen war.

Natürlich hatte Bale uns ins Nirgendwo befördert. An einem Ort wie diesem musste er keine Sorge haben, dass ich davonlief.

Ohne meine Ausrüstung und ohne einen funktionierenden Detektor hätte ich in dieser Gluthitze keine Chance.

»Das«, sagte Bale neben mir, »war der verkrampfteste Sprung, den ich je in meinem Leben gesehen habe.«

Wütend funkelte ich ihn an. »Meine Lehrer haben sich nie beschwert. Wie du vorhin gesagt hast: Ich habe das Rennen *gewonnen*. Ganz so schlecht kann es also nicht gewesen sein.«

»Ja, für die Maßstäbe des Kuratoriums springst du sicherlich perfekt«, sagte er und spuckte das Wort aus, als wäre es etwas Verachtenswertes. »Aber so wirst du niemals einen Vortex lenken. Geschweige denn einen erschaffen.«

»Wieso sollte ich die Energie in mich hineinlassen?«, fragte ich. »Jeden Tag sterben Menschen, weil sie leichtgläubig und ohne die richtige Sprungtechnik in einen Vortex springen.«

»So, wie du durch Vortexe springst, kontrollieren die Energien dich«, sagte Bale. »Wenn du sie kontrollieren willst, wenn du ihnen die Richtung vorgeben willst, sie zu einem exakten Moment in deinem Kopf leiten willst, dann musst du eins mit ihnen werden.«

Einem exakten Moment.

Ich musste ihn einfach danach fragen. Varus Hawthorne hatte mich zwar um Verschwiegenheit gebeten, andererseits hatte er ganz sicher Bale gemeint, als er von einem anderen Läufer mit demselben Talent geredet hatte.

»Du meinst nicht nur einen Ort, zu dem man sie lenken kann, sondern auch eine Zeit, oder?«

Bale sah für seine Verhältnisse ziemlich perplex drein, auch wenn er seinen Gesichtsausdruck gut unter Kontrolle behielt.

»Bei meinem Vortexrennen … Ich …« Ich seufzte und presste die Worte einfach heraus: »Ich bin in der Zeit zurückgesprungen. Zumindest ein paar Minuten. Anders hätte ich gar nicht gewinnen können.«

»Ah.« Bale hob eine Augenbraue. »Und jetzt denkst du, du kannst wie im Film durch die Zeit springen und alles ändern, was in deinem Leben falschgelaufen ist?«

»Das habe ich nicht gesagt!«

Meine Worte hallten durch die verwitterten Steinbögen unter uns. Neben uns verschwand der Vortex, aus dem wir gekommen waren. Er gab die Sicht frei auf riesige Treppen, die sich nach unten hin zum Zentrum der enormen Kreisruine erstreckten.

Plötzlich wusste ich, wo wir waren. Im *Kolosseum.* Es war unter den berühmten Bauwerken gelistet, die der Großen Vermengung zum Opfer gefallen waren. Kaum zu glauben, wie gut es noch erhalten war.

»Bestimmt denkst du, du könntest in der Zeit zurückgehen«, sagte Bale, »das Kuratorium retten, Läuferin werden, deine ›Bestimmung‹ erfüllen, stimmt's?«

Mir wurde ganz kalt, so zielsicher hatte er ins Schwarze getroffen.

»Man kann die Zeit krümmen, aber nur begrenzt«, erklärte er. »Mit der Zeit ist es wie mit der Entfernung – je weiter du springst, desto anstrengender ist es. Ab einer gewissen Zeitkrümmung würde es dich töten, ganz sicher.«

Ich dachte an meinen Sprung nach Alaska. Das leuchtete mir ein. Und es bedeutete, dass ich wohl niemals sieben Jahre zurückspringen könnte – zum Haus mit der gelben Tür.

»So oder so könntest du nichts ändern«, fuhr Bale fort, als hätte er meine Gedanken gelesen. »Die Zeit ist ein geschlossenes System, in dem alles immer so passiert, wie es schon geschehen ist.«

Ich runzelte die Stirn. »Das ist doch Blödsinn.« Man konnte nichts verändern, wenn man in der Vergangenheit war?

»Glaub mir, das ist es nicht«, sagte Bale. »Ich hab's versucht, jahrelang, aber die Zeit ist nicht kaputt zu kriegen. Wir sind alle in einem riesigen Laufrad gefangen. Du glaubst, du änderst etwas in der Vergangenheit? Dann kannst du dir sicher sein, dass diese Änderung schon immer vorhergesehen war … Und das, was du getan hast, führt nur dazu, dass die Gegenwart genau so weiterläuft, wie sie es seit jeher tat.«

Das würde bedeuten, dass wir keinerlei freien Willen hätten. Dass jede Entscheidung, die wir jemals getroffen haben, unumkehrbar war.

»Ich glaube dir nicht.«

Bale schnaubte abfällig. »Wie überraschend. Bitte, ich beweise es dir.«

Damit griff er wieder nach meinem Arm und zog mich an sich. Seine freie Hand streckte er zur Seite und öffnete einen Vortex. Meine Augen verfolgten jede seiner Bewegungen, um sie tief in mein Gedächtnis zu brennen. Wie seine Finger sich um die Luft legten, als würde er sie zerquetschten wollen. Zwischen seiner Handinnenfläche und den gebeugten Fingerkuppen entstand zuerst ein Licht, dann ein Flirren, dann erstreckte sich der Vortex zu seiner imposanten Größe.

Bei ihm sah es kinderleicht aus.

»Wohin gehen wir?«, rief ich Bale über den Lärm zu.

»Sag du es mir«, entgegnete er und zog meinen Arm samt Detektor zu sich. Ich wollte protestieren, als er darauf herumdrückte, doch ich schluckte es herunter, als ich sah, dass er mein Läuferprofil aufrief und die Standorte des diesjährigen Vortexrennens durchsuchte. Zuerst tippte er auf *Alaska*, wo wir uns zum ersten Mal begegnet waren, und ich sah, wie sein Mundwinkel zuckte. Danach klickte er auf die vorige Station, die Alpen. Sogleich wurden Koordinaten sowie Ortszeit angezeigt.

»Dorthin gehen wir«, sagte er. Im gleichen Moment verstärkte er seinen Griff um meine Taille.

»Was hast du vor?«, rief ich über das Surren des Vortex hinweg.

»Wie gesagt: Ich will dir etwas beweisen«, sagte er, dann zog er mich in den Wirbel hinein.

Dieses Mal fühlte sich der Sprung ganz und gar anders an. Nicht nur, dass Bale mich so fest an sich presste, dass ich nicht anders konnte, als mein Gesicht gegen seine Schulter zu legen und meine Arme um seinen Oberkörper zu schlingen, auch die Energie um uns war auf einmal viel mächtiger. Erst als ich die Augen öffnete, sah ich, dass Bale uns immer weiter an den Rand des Vortex zog, wo die Energien noch wilder umherwirbelten als im Zentrum. Wir rotierten um die eigene Achse, während wir gefährlich weit nach außen trieben.

So werden Läufer aus einem Vortex katapultiert, dachte ich. So hatten schon viele ihr Leben verloren. Und Bale trieb uns immer weiter nach außen, so weit, bis alles um mich herum ein einziges Rauschen war. So weit, dass die Randwirbel uns längst verbrennen müssten.

So wollte Bale uns zurück in die Alpen bringen? In meinen Gedanken tanzten die Bilder vom Berggipfel, vom gefrorenen See, Mias Kreischen, als sie durch das Eis krachte. Der Vortex zuckte und schlingerte und schien sich richtig zu *wehren*.

»Was tust du?«, schrie ich in meiner aufkommenden Panik, vom Vortex zerquetscht zu werden.

»Ein Zeitsprung ist wesentlich schwieriger als ein Raumsprung«, rief Bale zurück. Um uns herum toste es, als würde ein

Gewitter im Vortex seine Blitze umherschleudern. »Man muss den Vortex von außen krümmen – sonst verbiegt sich die Zeit nicht!«

Von *außen*. Meine Augen waren tellergroß, als ich realisierte, dass wir tatsächlich gar nicht mehr richtig *im* Vortex waren, sondern im Kreis um ihn herumgeschleudert wurden. Er bog und bog sich. Es kam mir so vor, als würde er sich wie ein Schlagbohrer durch die Welt fräsen, und fast hatte ich das Gefühl, das Bewusstsein zu verlieren, als wir ohne jegliche Vorwarnung von dem Wirbel wegkatapultiert wurden.

Ich landete mit dem Rücken auf einer Schneedecke und spürte förmlich, wie sich die gefrorenen Kristalle sofort in meine dünnen Leinenklamotten hineinsaugten.

»O Gott«, hauchte ich und zitterte in Sekundenschnelle am ganzen Körper. Bale war direkt neben mir aufgekommen. Er lag auf dem Bauch und starrte wie benommen auf den Schnee unter sich.

»Hast du uns ernsthaft in die Alpen gebracht?«, fragte ich und spürte, wie sich alles in mir vor Kälte zusammenzog. Hätte ich nur meine Uniform angelassen! Die Flecken und Risse wären mir jetzt wirklich egal gewesen. Alles war besser als diese dünnen Fetzen! »In diesen Klamotten?!«

»Wir bleiben nicht lange«, sagte Bale und stöhnte, als er sich aufsetzte. »Mit Alpen waren also wirklich die Berge gemeint, ja? Ich dachte, vielleicht wart ihr im Tal.«

»Nein, waren wir nicht!«, zischte ich zurück, jedenfalls so gut ich konnte, denn es war schwer, bei der Kälte überhaupt zu sprechen.

Da hörte ich unter mir aufgeregte Stimmen, die wild durcheinanderredeten. Es schienen gleich mehrere Leute zu sein.

»Sorry, Partnerin!«, rief eine vertraute Stimme, und meine

Augen weiteten sich, als eine Gestalt am Ufer eines gefrorenen Bergsees auftauchte. Es war Holden. Er trug die silberne Anwärteruniform samt Rucksack und machte sich gerade daran, einen Felsen hinaufzuklettern, während über ihm ein Vortex wirbelte.

»Der Tag des Vortexrennens«, hauchte ich und vergaß für einen Moment völlig die Kälte. Wir waren in der *Vergangenheit*!

Bale und ich hievten uns auf die Füße, und ich war heilfroh, dass ich zumindest meine guten Stiefel nicht gegen irgendwelche Leinenpantoffeln eingetauscht hatte. Wir liefen abwärts in Richtung des Sees, so dass uns die Anwärter nicht sehen konnten, wir sie aber schon. Gerade streckten wir die Köpfe nach oben, als Luka seine Hand auf die Eisfläche des Sees legte und er und ich geschmeidig ins Wasser sanken.

Am liebsten hätte ich Lukas Namen gerufen, so froh war ich, sein Gesicht wiederzusehen.

Neben mir runzelte Bale die Stirn. »Ist der Anwärter da ein Zünder?«

»N-nur zur H-hälfte«, gab ich bibbernd zurück, wobei ich am liebsten den Mund gar nicht aufgemacht hätte, um nicht noch mehr Kälte in mich hineinzulassen.

Vom See her ertönte Mias spitzes Kreischen. Schon krachte sie durchs Eis.

»Und der durfte beim Rennen mitmachen?«

»D-das ist eine l-lange Geschichte«, wehrte ich stotternd ab.

Stattdessen beobachtete ich mein vergangenes Ich dabei, wie es am Ufer zögerte und zu Mia zurückgehen wollte. Von hier oben konnte man deutlich erkennen, wie schmal der Grat wirklich war, der den See vom Abgrund trennte. Es war unfassbar seltsam, mir selbst dabei zuzusehen, wie ich den größten Fehler meines Lebens beging.

Kurz überlegte ich, ob ich nicht einfach aufstehen und schreien sollte: *Lauf einfach weiter! Lass sie zurück!*, aber ich hatte keine Ahnung, was dann passieren würde. Durfte mich mein vergangenes Ich sehen?

»Das war nicht sehr klug von dir«, kommentierte Bale, weil er natürlich sah, wie Mia sich längst selbst aus dem See gezogen hatte und nun mit wild entschlossenem Blick auf mich zustampfte.

»Das weiß ich jetzt auch«, raunte ich und zuckte unmerklich zusammen, als Mia sich mit ihrem Körper gegen mein vergangenes Ich warf und mich ins Straucheln brachte.

Was passierte nun? Von hier konnte ich weit in die Tiefe blicken. Bis hinunter auf die schroffen, eisigen Felsen.

Nirgends war ein Vortex zu sehen.

Mein eigener Schrei schallte wie ein Echo über den Gipfel, und diesmal sah ich Mias völlig schockierten Gesichtsausdruck und wie sie beide Hände vor den Mund schlug.

Na, wenigstens war es ihr nicht *völlig* egal gewesen.

Es sah nicht aus, als würde ich mich aus dieser Lage retten können, doch ich wusste ja, dass es passiert war. Ich war direkt in einen Vortex hineingefallen.

Und da kam mir schlagartig die Erkenntnis: Was, wenn dieser Vortex nicht zufällig dort gewesen war, wie ich bisher angenommen hatte? Was, wenn *ich* ihn erschaffen hatte, jetzt, in diesem Moment?

Fassungslos sah ich zu, wie ich den Hang hinabstürzte. Mein letzter Versuch, mich festzuhalten, scheiterte, und schon war ich im freien Fall. Ich streckte die Hand nach vorne und versuchte, Bales Bewegung nachzuahmen, aber nichts passierte.

»Bale«, keuchte ich, und nackte Angst überkam mich. »Da ist kein Vortex! Aber ich … ich bin durch einen Vortex gefallen!«

Oder würde es diesmal anders ablaufen? Was passierte, wenn mein vergangenes Ich starb? Verschwand ich dann auch einfach?

»Ah«, sagte Bale nur, und schon streckte er seine Hand nach vorne und drehte sie, bis ein Vortex in der Luft vor uns entstand. Er trat genau dort ins Leben, wo mein vergangenes Ich schreiend in den Abgrund stürzte, und ich beobachtete ungläubig, wie ich hindurchraste und vom Vortex verschluckt wurde.

Danach herrschte Stille.

Ich war so fassungslos, dass ich die Taubheit, die sich in meinen kalten Gliedern ausgebreitet hatte, völlig vergaß. Es war eine Sache von Millisekunden gewesen, da war ich mir sicher. Einen Wimpernschlag später, und ich wäre in den Tod gestürzt.

»Ich dachte, ich hätte den Vortex vielleicht selbst erschaffen«, brachte ich hervor.

»Willst du schon wieder eine Entschuldigung dafür, dass ich dein Leben gerettet habe?«, fragte Bale.

Ich wusste nicht, was ich sagen sollte. In meinem Kopf tobte ein wahrer Gedankensturm. Doch bevor ich mich sammeln konnte, öffnete Bale bereits einen weiteren Vortex und zog mich hindurch.

Dieses Mal war ich es, die zuerst die Arme um ihn legte, nicht weil ich es wollte, sondern weil er das Einzige war, das mich warm hielt.

Wieder blickte ich in Atlas' Augen, als ich zu mir kam, doch diesmal wunderte es mich nicht. Und auch nicht, als er mir mit seiner warmen Zunge übers Gesicht schleckte, was mir unter diesen Umständen nicht mal so unrecht war.

Mein ganzer Körper zitterte – und nicht nur wegen der Kälte.

»Wenn wir heute nicht zurückgereist wären …«, flüsterte ich.

»Das ist genau der Punkt«, sagte Bale, der neben mir im Gras saß und über Atlas' Rücken strich. »Wir waren längst dort, als du den Berg heruntergefallen bist. Wir haben nur das eingelöst, was die Zeit von uns eingefordert hat.«

Ich schüttelte den Kopf. »Aber wenn du vorhin nicht beschlossen hättest, ausgerechnet zu diesem Zeitpunkt zurückzugehen … Oder wenn wir aus Versehen auf einem anderen Berg gelandet wären …«

»Mir passieren keine Fehler«, sagte Bale und hob seinen Detektor in die Höhe, vermutlich um die Gravisensoren wieder einzuschalten. Am liebsten hätte ich ihm das Gerät vom Handgelenk gerissen. »Und nur deshalb bist du nicht tot.«

Ich funkelte Bale an. Natürlich wusste ich, dass ich ihm mein Leben zu verdanken hatte. Aber musste er es so arrogant heraushängen lassen?

»Wenn alles vorherbestimmt ist«, sagte ich zu Bale, obwohl ich das einfach nicht glauben wollte, »wieso sollte man dann überhaupt durch die Zeit springen?«

»Es gibt so einiges, was man aus der Vergangenheit oder der Zukunft lernen kann.«

Na toll. Fing er jetzt an, in Lebensweisheiten zu sprechen? Darauf konnte ich echt verzichten.

»Komm schon.« Bale war aufgestanden und hielt mir eine Hand entgegen. »Wir müssen aus den Klamotten raus.«

»Aber ich habe noch nicht mal versucht, einen Vortex zu lenken«, widersprach ich, griff aber trotzdem nach seiner Hand, um mich auf die Füße ziehen zu lassen.

»Wir machen morgen weiter. Du kannst dich ja kaum auf den Beinen halten«, entgegnete Bale, und damit hatte er nicht unrecht.

Im Kuratorium hatten sie uns immer gesagt, wie anstrengend eine lange Vortexreise für den Körper war. Viele Anwärter mussten sich nach ihren ersten Simulationssprüngen im Krankentrakt erholen.

Dieser *Zeitsprung*, wie Bale ihn genannt hatte, war eindeutig noch heftiger gewesen als alle Sprünge, die ich bisher absolviert hatte. In mir war alles verkrampft, meine Muskeln spannten, als hätte ich stundenlang Sport gemacht, und in meiner Magengegend herrschte ein tiefes Unwohlsein.

»Und wieso steckst *du* das einfach so weg?«

Bale blickte mich mit seinen eisblauen Augen an. Wenigstens war auch er ein bisschen blass um die Nase.

»Tue ich nicht«, sagte er. »Aber man gewöhnt sich dran. Mehr oder weniger. Und im Vergleich zu anderen Zeitsprüngen war dieser nicht sonderlich schwer.«

Wenn ich mich nach einem Sprung, der nur zwei Tage zurückgeführt hatte, schon so fühlte, wollte ich gar nicht wissen, was Bale unter schweren Sprüngen verstand.

Da stupste mich Atlas ungeduldig in die Kniekehlen, und ich

verdrehte die Augen, während ich mit steifen Schritten loslief. Der Hund war genauso ein Sklaventreiber wie sein Herrchen.

Ich folgte Bale zur Eingangstür des Gasthauses und sah auf der Treppe ein weiteres Mal auf meinen schweigsamen Detektor. Dann trat ich ein. Kaum, dass ich im Foyer angekommen war, blieb ich jedoch erschrocken stehen.

Im angrenzenden Wohnzimmer lag eine leichenblasse Susie auf dem Sofa und bewegte sich nicht. Um sie herum standen drei Männer und redeten aufgeregt auf sie ein. Einer von ihnen war Allister. In seinem extravaganten Anzug erkannte ich ihn sofort. Neben ihm stand Fagus und neben ihm wiederum ein Mann, der wie Fagus aussah, nur älter. Im Gegensatz zu ihm hatte er ein Gesicht wie eine schroffe, abweisende Granitklippe.

Das musste sein Bruder Robur sein.

»Wie kannst du nur ständig deinen Ersatzakku vergessen?«, fragte dieser sichtlich angespannt, während er sich neben Susie kniete. Er legte eine Hand auf ihren Brustkorb. Meine Augen weiteten sich, als ich von meinem Platz an der Türschwelle ein unheimlich kompliziert aussehendes Gerät erkannte, an dem er sich nun zu schaffen machte.

Das also versteckte Susie unter ihrem Riesenpullover. Die Maschine war um ihren gesamten Brustkorb geschnallt und schien mit Wasser gefüllt zu sein. Es war wie ein Korsett, in dem sich Pumpen auf und ab bewegten, die bestimmt das Wasser bis zum Schlauch unter ihrer Nase beförderten.

Rund um das Korsett war Susies blasse Haut stark gerötet, und ich konnte alte Narben sehen. Kleine kreisrunde Wunden, die nie richtig verheilt waren und deren Anblick eine Gänsehaut über meinen Körper jagten.

»Wann ist das passiert?«, fragte Bale, als wir in den Raum traten.

Alle Köpfe schnellten gleichzeitig zu uns herum. Atlas nutzte die Gelegenheit, um nach vorne zu trotten und Susie übers Gesicht zu schlecken, was diese mit einem sehr mädchenhaften, wenn auch leisen Kichern quittierte.

»Vor einer knappen Stunde«, sagte Fagus mit gepresster Stimme. »Sie ist geradewegs umgekippt, als sie ins Haus kam.«

O Gott, mir wurde ganz heiß. Susie war in Ohnmacht gefallen? Aber sie hatte doch gesagt, dass alles in Ordnung sei!

Das schlechte Gefühl von vorhin drängte wieder an die Oberfläche, und ich wusste, es war egoistisch gewesen, als ich sie alleine zum Gasthaus hatte gehen lassen. Ich hatte nur daran gedacht, schnell aus der Stadt herauszukommen, dabei war nicht zu übersehen gewesen, dass es ihr nicht gutging.

»Ist es schlimm?«, fragte ich leise. Ihre Haut war wirklich schrecklich blass, und auch wenn der Blauschimmer normal war, machte ich mir große Vorwürfe.

»Nein. Überhaupt nicht!«, rief Susie viel zu fröhlich für ihren derzeitigen Zustand und reckte mir mit sichtlich zittriger Hand den nach oben gestreckten Daumen entgegen. »Mach dir bitte keine Sorgen, Elaine.«

»Das nächste Mal, wenn ihr Beatmungsgerät ausfällt«, sagte Robur nun an mich gewandt und warf mir dabei einen bohrenden Blick aus dunkelgrünen Augen zu, »lässt du sie nicht alleine. Unter keinen Umständen. Hast du das verstanden?«

»Ich … ich wusste ja nicht …«, setzte ich an, und es war ausgerechnet Bale, der mir zu Hilfe eilte.

»Susie hat ihr bestimmt nicht verraten, was los ist. Komm wieder runter, Robur.«

»*Komm wieder runter?* Woher wollen wir wissen, ob sie sie nicht absichtlich alleine gelassen hat? Sie hat sich wahrscheinlich gedacht, die Welt ist ohne jemanden wie Susie besser dran!«

»Das habe ich nicht gedacht!«, rief ich entrüstet. »Ich wusste nur nicht, dass –«

»Dann weißt du es *jetzt*!«, raunte der Grunder, während er sich wieder an den unzähligen Schaltern und Knöpfen an dem Gerät um Susies Körper zu schaffen machte. Am Boden neben ihm standen ein gewaltiger Werkzeugkoffer und mehrere Flaschen mit unterschiedlichen Flüssigkeiten.

»Okay«, sagte ich bloß wie benommen.

»Du bist kein Kind mehr, Susie, meine Liebe«, sagte Allister und wischte mit seinem bestickten Taschentuch sorgsam über ihre Stirn. »Irgendwann ist mal keiner in deiner Nähe, und was dann?«

Ein versonnenes Lächeln legte sich auf ihre Lippen. »Ihr passt doch auf mich auf«, sagte sie. Dann runzelte sie ihre Stirn und sah plötzlich fast bestürzt aus. »Ich kann trotzdem aufs Fest gehen, oder? Ich habe mich seit Wochen darauf gefreut!«

Bale verdrehte die Augen. Er war mittlerweile in den Wohnbereich gelaufen, hatte nach einer von Susies Händen gegriffen und drückte sie. »Natürlich ist *das* deine größte Sorge, Susie.«

»Ihh!«, quietschte Susie und schob Bales Hand sofort weg. »Du bist ja eiskalt!«

Nun schien auch den drei Herren aufzufallen, dass nicht nur Susie blau angelaufen war, sondern Bale und ich ebenso.

»Wo wart *ihr* denn?«, fragte Allister sichtlich verwirrt.

»In den Bergen«, gab Bale nur zurück, als wäre das nichts Ungewöhnliches, und fing sich dafür drei völlig entrüstete Blicke ein.

»Ohne mich?«, meldete sich zuerst Fagus zu Wort, während Robur bloß seufzte, als er aufstand und sich dezent ein wenig Öl an den Hosenbeinen abwischte.

Wie sein Bruder hatte auch er kleine Mooskissen in den Augenbrauen und eine Haut, die an manchen Stellen wie eine helle Rinde aussah. Seine Haare trug er jedoch im Gegensatz zu seinem jüngeren Bruder sehr kurz, so dass man im Graubraun kaum das Wurzelgeflecht wahrnehmen konnte.

Er warf mir einen abschätzigen Blick zu, dann wandte er sich ohne ein Wort ab. Stattdessen sah er zu Bale und nickte in Richtung des angrenzenden Zimmers, in dem ich die Küche oder das Esszimmer vermutete. Ein deutliches Zeichen für ein Vieraugengespräch.

Tja. Das war definitiv ein Kontrast zu Allisters überschwänglich freundlicher Begrüßung.

Ich sah Bale hinterher, als er sich von Robur aus dem Zimmer bugsieren ließ, und lächelte, als Atlas sich noch einmal zu mir herumdrehte.

»Herrje, Kindchen«, sagte Allister da. »Geh endlich nach oben und zieh dir etwas Trockenes an. Ich kann gar nicht hinsehen!«

Ich nickte, winkte Susie zu und machte mich auf den Weg in mein Zimmer, um aus den nassen Leinenklamotten zu kommen. Meinen Detektor warf ich frustriert aufs Bett, ohne draufzusehen. Eine Minute später legte ich mich neben ihn und tat es doch. Mein Herz verkrampfte sich, als sich nur mein Gesicht auf dem Display spiegelte. Ich zog das Gerät an meine Brust und rollte mich zusammen.

Keine Nachrichten. Von niemandem.

Am Abend lockte mich der Duft von Allisters Eintopf zurück ins Erdgeschoss. Die Sprünge mit Bale hatten mich derart viel Kraft gekostet, dass ich noch mit meinem Detektor im Arm eingeschlafen war. Geweckt hatte mich mein eigenes Magenknurren.

Ich lief leise durch das Foyer ins Wohnzimmer und spähte

dann durch den Türschlitz in das Zimmer, in das Bale am Nachmittag mit Robur verschwunden war.

Es war tatsächlich das Esszimmer, und der runde Holztisch, an dem bestimmt zehn Leute Platz hatten, war bereits festlich gedeckt. Allister und Robur saßen dicht nebeneinander an einer Seite. Sie schienen in ein Gespräch vertieft zu sein.

»Ich verstehe nicht, warum wir dem armen Mädchen nicht helfen können«, sagte Allister gerade leise. »Nathaniel hätte weiß Gott mehr als genug Mittel und Wege, ihre Familie suchen zu lassen und –«

»Sie ist kein ›armes Mädchen‹«, unterbrach Robur ihn. »Sie ist eine Läuferin. Eine Läuferin des Kuratoriums. Ihr Alter ändert nichts daran. Und wenn sie wirklich die gleichen Fähigkeiten hat wie Bale, werden sie nach ihr suchen. Sie ist eine Gefahr für uns alle, für die ganze Stadt. Wir müssen in ihrer Gegenwart sehr vorsichtig sein, verstehst du das?«

»Himmel, was soll sie denn bitte machen?«

Robur seufzte. »Es ist mir unbegreiflich, wie du das Kuratorium so unterschätzen kannst. Nach allem, was uns passiert ist. Sie haben Susie verstümmelt. Mit mir und Fagus hätten sie dasselbe getan, wenn du nicht gewesen wärst. Bale wäre früher oder später gestorben, wenn er noch länger dortgeblieben wäre. Allister, du bist ein kluger Mann, also stell dich nicht dumm, nur weil dein Beschützerinstinkt bei ihr anschlägt. Wir können einer Läuferin nicht vertrauen.«

Die beiden saßen für einen Moment schweigend beieinander. Als Allister etwas sagen wollte, ertönte hinter mir plötzlich eine fröhliche Stimme.

»Da bist du ja!«, rief Susie. Sie klang ehrlich erfreut, mich zu sehen, was mir noch immer unheimlich fremd war. »Ich wollte dich gerade abholen.«

Damit ging sie an mir vorbei und öffnete schwungvoll die Tür. Ich verbat es mir, rot zu werden – Allister und Robur konnten ja nicht wissen, dass ich gelauscht hatte.

»Danke«, sagte ich zu Susie. Dann, an Allister gewandt: »Ich wusste nicht, ob ich willk…«

»Du bist jederzeit willkommen«, unterbrach mich Allister, was bei Robur sofort für ein Augenrollen und einen düsteren Blick in meine Richtung sorgte. Allister deutete auf den freien Platz neben sich. »Bitte, setz dich doch, Liebes.«

Vorsichtig schob ich mich an den Tisch. Darauf standen Kerzen, Servietten und unzählige Schüsseln voller dampfendem Essen. Alles war sehr … häuslich. Das war ich nicht gewohnt. Lis und ich hatten nur selten zusammen gegessen. Und selbst als wir zu Gilbert und Luka gezogen waren, war unser Alltag von großer Hektik und Unregelmäßigkeit geprägt gewesen. Wenn wir mal zusammen aßen, hatten wir meistens bei unserem Lieblingslieferanten bestellt – und ganz sicher saßen wir nie an einem Tisch bei Kerzenschein und mit silbernem Besteck.

Ich beobachtete, wie Robur sich eine Serviette in den Kragen seines Leinenhemdes steckte. Es war eine einfache, unbedeutende Geste, und trotzdem ging sie mir durch und durch. Unsere Lehrer am Kuratorium hatten uns gepredigt, dass alle Grunder gefährlich und böse und hinterlistig waren, und ich hatte ihnen geglaubt. Jedes Wort.

Robur war mürrisch und misstrauisch, und zweifellos konnte er mich nicht leiden, aber selbst *er* war so viel menschlicher, als er es eigentlich sein dürfte. In mir krampfte sich etwas zusammen. Das ergab keinen Sinn. Zwar wollte ich, zwar *konnte* ich nicht glauben, dass alles, was ich über die Splits gelernt hatte, eine Lüge war. Andererseits konnte ich auch nicht länger leugnen, dass jeder Einzelne, dem ich bisher begegnet war, versucht hatte, nett zu mir zu sein.

Okay, von Robur mal abgesehen.

»Geht es dir gut?«, fragte Susie und schenkte mir ein warmes Lächeln.

Ich schüttelte den Kopf, um meine Gedanken beiseitezuschieben. »Sollte ich *dich* das nicht fragen? Du hast vorhin wirklich schlimm ausgesehen.«

»Ach. Das passiert mir öfter«, winkte Susie schon ab. Sie deutete auf ihren Brustkorb, der unter einem neuen monströsen Pullover verschwunden war. »Ich brauche die Maschine zum Atmen. Robur hat sie mir gebaut. Aber ich muss einmal pro Tag den Akku wechseln, was ich Dummkopf andauernd vergesse. Wenn ich ihn nicht tausche, geht die Maschine kaputt. Robur hat mir schon extra Erinnerungssignale eingebaut, aber die überhöre ich meistens.« Sie sah zerknirscht drein. »Ich bin leider schrecklich vergesslich.«

Ich nickte, auch wenn es mir nach wie vor schleierhaft war, wieso Susie hier und nicht einfach unter Wasser lebte.

Als ich aufsah, begegnete ich Roburs eisigem Blick. Ohne Frage: Wenn es nach ihm ging, hätten sie mich dem Roten Sturm sicherlich längst zum Fraß vorgeworfen.

Da kam Fagus in den Raum und ließ sich auf den Platz neben mir sinken. Dabei warf er mir ein spitzbübisches Grinsen zu.

Wie hatte ich ihn nur jemals für einen alten Obdachlosen halten können? Das hatte bestimmt an seiner gekrümmten Haltung gelegen, in der ich ihn in Anchorage das erste Mal angetroffen hatte. Fagus war nicht älter als ich, und seine hellen schulterlangen Wurzelhaare gaben ihm etwas Jungenhaftes. Zwischen ihm und Robur mussten locker zwanzig Jahre Altersunterschied liegen.

»Wo ist Bale?«, fragte Allister da, an Fagus gewandt. »Ich dachte, du würdest ihn mitbringen.«

»Er ist weg«, sagte Fagus nur mit hörbarem Zähneknirschen. »Hat sich wohl rausgeschlichen.«

»Ohne dich?«, fragte Susie verwundert.

Fagus seufzte schwer. »Ohne mich. Schon wieder.«

Allister und Robur warfen sich einen Blick zu, der Bände sprach. Das Triumvirat schien von Bales Heimlichtuerei ziemlich genervt zu sein.

»Wo geht er denn hin?«, fragte ich, denn wenn ich Susie richtig verstanden hatte, schmuggelten Bale und Fagus nur zu zweit Splits aus den Zonen.

Wieder tauschten die drei Blicke aus. Es war nicht schwer zu erkennen, dass sie das, was sie wussten, auf keinen Fall mit mir teilen würden. Besonders Robur sah alle an, als würde er ihnen persönlich mit seinen Wurzelhänden den Kopf abreißen, wenn sie irgendwelche Informationen preisgaben.

»Er hat ... Dinge zu erledigen«, sagte Allister mit einem steifen Lächeln, das gar nicht in sein Gesicht passte. Dann schöpfte er jedem von uns eine Kelle des Eintopfes auf den Teller, und der unwiderstehliche Geruch ließ mich für einen Moment meine brennenden Fragen vergessen. Schnell griff ich nach dem Löffel, um ihn in die dampfende Brühe zu tunken. Nach der Kälte, die mir immer noch in den Gliedern saß, tat der heiße Eintopf unheimlich gut.

»Schmeckt es dir, Liebes?«, fragte Allister an mich gerichtet.

Ich nickte dankbar. »Es ist himmlisch.«

»O Gott, sag ihm das nicht«, stöhnte Fagus.

»Sein Koch-Ego ist schon viel größer, als gut für ihn ist«, stimmte Robur brummend zu.

Allister stieß ihn spielerisch in die Seite und lächelte mich an.

»Lass die beiden nur reden. Robur kann nicht mal Kartoffeln von Pastinaken unterscheiden.«

»Lügen!«, sagte Robur knapp. »Mach nur so weiter, und ich werde dir nicht bei den Vorbereitungen für das Fest helfen.«

»Gott sei Dank«, sagte Allister nur und kicherte, als Robur ihn mit einem finsteren Blick bedachte.

»Wirst du Elaine eigentlich auch ein Kleid nähen?«, widmete sich Susie wieder mal ihrem Lieblingsthema. »Sie hat doch sonst gar nichts zum Anziehen!«

»Oh, dafür ist die Zeit zu knapp, Susie«, sagte Allister und schaute mich dann entschuldigend an.

»Ich brauche gar keins«, wehrte ich sofort ab. »Wirklich nicht.«

Ich konnte mich nicht mal erinnern, wann ich das letzte Mal ein Kleid getragen hatte. Lis hatte mir anfangs immer mal wieder welche herausgelegt, aber irgendwann hatte sie sich damit abgefunden, dass ich mich in Hosen einfach wohler fühlte.

»Hast du denn schon eine Nachricht von deiner Familie bekommen?«, fragte mich Fagus. Wie hypnotisiert starrte ich auf seine Finger, die sich in dünnen Wurzelsträngen erst über die komplette Tischlänge dehnten, um nach der Schüssel mit den Kartoffeln zu greifen. Dann zog er eine Schüssel mit allerhand Kräutern zu sich und schmiss ungefähr ein halbes Kilo davon auf seinen Teller.

»Äh … nein.« Ich bemühte mich, möglichst unbeeindruckt zu klingen, aber ich merkte, dass meine Stimme zitterte. »Das Kommunikationssystem ist wohl nach wie vor offline.«

Allister nickte betroffen, während Roburs Gesicht wie versteinert blieb. Trotzdem war er es, der das Wort ergriff. »Die Kuratorien haben vorhin eine Pressekonferenz gegeben«, sagte er. »Das Institut von Neu London ist bis auf weiteres zur Sperrzone erklärt worden. Der Rote Sturm ist wohl aus der Stadt verschwunden, und in einigen Territorien wurde deshalb der Notstand ausgerufen. Die übrigen Kuratoriumsleiter erwägen, einen globalen Gegenschlag zu organisieren, bevor es zu einem neuen Angriff kommen kann. Die Läufer sammeln sich jedenfalls in New York City.«

Meine Hand umklammerte den Löffel so fest, dass meine Knöchel weiß wurden. »Und haben sie was über die Opfer gesagt?«

»Nein«, entgegnete Robur. »Haben sie nicht.«

»Wann soll dieser Gegenschlag denn stattfinden?«

»Auch das haben sie für sich behalten. Eure Kuratorien waren noch nie besonders freigebig mit Informationen.«

Ich schloss für einen Moment die Augen. Das Kuratorium wollte den Roten Sturm angreifen? Mit *allen* Läufern?

Etwas in mir schrie danach, aufzustehen und nach draußen zu rennen. Zur Bergkette und darüber hinaus. Irgendwie würde ich es über die Felswand schaffen. Früher oder später musste ich einen Vortex finden, und überhaupt war alles besser, als hier zu sitzen und gemütlich mit Splits zu Abend zu essen!

Meiner Tante würde es das Herz brechen, wenn sie mich so sähe. *Mein mutiges Mädchen*, nannte sie mich immer – und ich drehte Däumchen.

Meine Finger zitterten, und ich spürte, wie eine hässliche Wut in mir hochkochte.

»Elaine, Liebes, mach dir keine Sorgen, du kannst gar nichts tun«, sagte Allister von der Seite. Als ich meine Augen öffnete, bemerkte ich, wie mich alle am Tisch – alle außer Robur – mit besorgter Miene musterten.

»Das könnte ich schon, wenn ich hier wegdürfte«, raunte ich.

»Du dürftest ja weg, wenn Nathaniel da draußen für deine

Sicherheit garantieren könnte«, antwortete Allister mit bemüht sanfter Stimme. »Aber das kann er nicht.«

»Es geht nicht um *ihre* Sicherheit«, warf Robur ein. »Es geht um *unsere.*«

»Ich könnte den Standort der Stadt nicht mal verraten, wenn ich es wollte!«, widersprach ich aufgebracht.

Robur schien wenig beeindruckt. »Du wirst trotzdem warten müssen, bis Nathaniel Stadtoberhaupt ist. Mit etwas Glück bringt dich das Grüne Beben dann nach Hause.«

Nun war es an Allister, die Augen zu verdrehen. »Selbst wenn er Stadtoberhaupt wird, wird er deine heiß geliebte Armee nicht einsetzen, Robur. Und das ist auch gut so.«

Robur lehnte sich zurück und ließ den Löffel mit einem lauten Klirren auf den Tellerrand sinken. »Das wird man sehen, wenn es so weit ist, Allister.«

Eine bedrückende Stille hing in der Luft. Während Susie und Fagus sich lange Blicke zuwarfen, versuchte ich, das Gespräch nachzuvollziehen. »Nathaniel will diese Armee losschicken? Aber … wozu?«

Allister schaute mich beschwichtigend an. »Will er nicht. Keine Sorge, Nathaniel steht für den Frieden in dieser Stadt. Sanktum ist nur deshalb so sicher, weil es sich aus allem raushält.« Dann, mit einem schneidenden Blick zu Robur, fügte er hinzu: »Und ganz bestimmt brauchen wir keinen zweiten Roten Sturm auf dieser Welt.«

»Vielleicht ist es genau das, was wir brauchen«, entgegnete Robur. »Wir haben uns viel zu lange von Gilbert Woodrow abhängig gemacht. Jetzt, da er fort ist, sind wir auf uns gestellt, und wenn der Rote Sturm so weiterwächst – oder das Kuratorium seine Fühler noch weiter ausstreckt –, haben wir bald zwei Feinde, die vor unserer Tür stehen.«

Roburs Worte hinterließen ein lautes furchtbares Rauschen in meinem Kopf, und ich hörte nur immer wieder: *Jetzt, da er fort ist …*

»Eure bescheuerte Armee ist mir völlig egal!«, platzte es aus mir heraus. »Genauso wie dieses Fest! Meine Familie ist wegen Leuten wie euch vielleicht tot!«

»Wenn du gehst, wirst du ihnen damit aber nicht helfen«, entgegnete Robur mit eiserner Miene. »Du würdest keine Stunde da draußen durchhalten, bevor der Rote Sturm dich fasst. Sei einfach froh, dass Nathaniel an seinem Versprechen festhält und dir Schutz gewährt. Er macht eine große Ausnahme für dich. Das ist mehr, als Leute wie du verdient haben.«

»Ich würde es auch alleine schaffen.« Damit warf ich den Löffel in den Teller und stand auf. »Ihr unterschätzt mich. Ich *werde* einen Weg hier rausfinden! Dass ihr mir meine Uniform weggenommen habt, ändert gar nichts daran.«

»Liebes –«, setzte Allister sichtlich bestürzt an, doch da drehte ich mich bereits um und verließ das Esszimmer.

Wie hatte ich das, was das Kuratorium uns gelehrt hatte, nur jemals in Frage stellen können? Beinahe hätte ich vergessen, mit wem ich es zu tun hatte, nämlich mit Wesen, die seit dem Tag ihrer Geburtsstunde nur daran arbeiteten, die Menschheit auszulöschen. Dieses Grüne Beben war der beste Beweis dafür. Aber ab sofort würde ich mich wieder auf mein Ziel konzentrieren.

Ich *würde* aus Sanktum rauskommen.

Es war mitten in der Nacht, als vor meinem Fenster ein Surren ertönte. Zuerst dachte ich, ich hätte das Geräusch nur geträumt, doch dann wurde es immer lauter. Ich sprang auf und spähte in die Dunkelheit. Unten, hinter dem Haus, war bloß eine Art Geräteschuppen zu sehen sowie einige Kräuterbeete. Doch …

da! Ein Vortex bildete sich auf der Rasenfläche, und heraus trat – Bale.

In der Sekunde, in der er Boden unter den Füßen hatte, drückte er sofort auf seinen Detektor.

Dann fiel er der Länge nach aufs Gras.

Meine Augen weiteten sich. Ich wollte schon aufspringen und nach unten rennen, als ich Robur entdeckte. Er kam aus der Hintertür des Hauses gelaufen, eine Decke in den Händen. Er kniete sich herunter zu Bale und half ihm dann auf die Beine.

Sogar in der Dunkelheit konnte ich sehen, wie totenbleich und vollkommen erschöpft Bale aussah. Kam das vom Vortexspringen? War er womöglich wieder durch die Zeit gelaufen?

Er und Robur tauschten hitzige Worte aus, aber ich konnte sie nicht verstehen. Also schlich ich mich, so leise es eben in diesem Haus möglich war, aus meinem Zimmer in den Flur.

Unten wurden Türen geknallt, und ich lauschte, als Allister die beiden flüsternd zur Ordnung rief. Dann wurde eine Tür geschlossen, und es war gespenstisch ruhig.

Ich musste einfach wissen, worüber die drei redeten, also ging ich Schritt für Schritt die Treppe hinunter.

Sie waren im Esszimmer. Vorsichtig presste ich mein Ohr gegen die Tür. Das Erste, was ich hörte, war ein angestrengtes Knarzen, und tatsächlich hatte ich das Gefühl, als würden sich die Wände bewegen – als würden sie sich wegen der schlechten Stimmung zusammenziehen.

»Jetzt ist Schluss damit!«, zerschnitten Roburs barsche Worte die Stille, so plötzlich, dass ich zusammenzuckte. »Du musst … Hör mir einfach *ein Mal* zu, ja? Seit dem ersten Tag, Bale, seit dem Moment, als wir uns begegnet sind, hast du Dinge vollbracht, die niemand von uns für möglich gehalten hat. Hunderte von uns verdanken dir ihr Leben. Du bist brillant in dem, was du tust, du bist ein Genie.«

»Ich weiß«, hörte ich Bale sagen, und ich verdrehte die Augen, denn er *versuchte* ja nicht mal, Bescheidenheit vorzuheucheln.

»Du magst vielleicht der Beste sein«, fügte Robur hinzu, »aber dein Ego wird irgendwann dein Untergang sein. Du bist unvorsichtig und selbstzerstörerisch – das warst du schon immer.« Stille senkte sich über den Raum, dann fügte Robur etwas leiser hinzu: »Kein Talent dieser Welt wird dir deinen verdammten Arsch retten, wenn du so weitermachst. Irgendwann bekommen sie dich in ihre Finger, und keiner von uns wird dir helfen können, wenn es so weit ist.«

»Robur, mein Herz, ich bitte dich«, sagte Allister nur, doch da ergriff schon Bale das Wort.

»Weißt du, Robur, es ist echt komisch, dass alle behaupten, du wärst der ruhigste und höflichste Grunder in dieser Stadt. Einige nennen dich *Dalai-Lama*, wusstest du das? Dabei fluchst du wie ein Scheißseemann.«

»Du!«, sagte Robur, und da war sie wieder – eine kochende Wut in seiner Stimme, die den gesamten Boden des Hauses zum Vibrieren brachte. »Du, Balian Travers, hast eine einzigartige Gabe, meinen *allerletzten* Nerv zu finden und darauf herumzutrampeln, bis er reißt!«

»Hör auf uns, Junge«, sagte da Allister wieder sanfter, und ich konnte beinahe vor Augen sehen, wie die beiden in einer perfekten Guter-Cop-böser-Cop-Nummer vor Bale hin und her liefen. »Wir glauben, du hast eine Wahl. Du kannst diese völlig verrückte Selbstgeißelung wegen etwas, das doch längst vergeben und vergessen ist, fortsetzen, oder du kannst endlich anfangen, dein Leben zu leben. Aber du kannst nicht beides machen.«

»Ich *kann* beides machen, ich kann –«

Robur stöhnte entnervt. »Du treibst mich in den Wahnsinn, Junge! Du bist der hoffnungsloseste Fall, den ich kenne. Ich weiß nicht, wie du überhaupt so lange überlebt hast, dass wir beide uns begegnen konnten.«

Wieder herrschte Stille.

Dann hörte ich ein Schluchzen. »Wir wollen doch nur, dass du besser auf dich achtgibst.« Das war Allister. »Denn wenn du so weitermachst, wirst du früher oder später ganz sicher sterben.«

»Wir alle müssen irgendwann sterben«, hörte ich Bale leise antworten, und jedes einzelne seiner Wörter verströmte eine Hoffnungslosigkeit, die mir Schauer über den Rücken jagte – und gleichzeitig eine Welle des Mitgefühls in mir heraufbeschwor, gegen die ich nichts ausrichten konnte.

Sosehr ich es auch versuchte.

Die Brezel, die auf dem Bäckerei-Schild abgebildet war, sah aus, als würde sie mich mit ihrem großen Laugenmund auslachen.

»Verdammt!«, keuchte ich und ließ mich erschöpft und mit dem Gesicht zuerst ins Gras fallen. Zum Glück war Atlas dieses Mal nicht dabei, um mir mit seiner Riesenzunge über das Gesicht zu lecken.

»Du hast wieder nicht lockergelassen«, sagte Bale neben mir.

Ich funkelte seine Schuhe an, als sie in meinem Blickfeld auftauchten.

Zum zehnten Mal an diesem Morgen hatte Bale von unserer Trainingslichtung am Wasserfall einen Vortex zur Bäckerei in Sanktum geöffnet. Zum zehnten Mal hatte ich es nicht geschafft, ihn stattdessen zum Gasthaus zu lenken. Und das, obwohl sich die Gebäude beide innerhalb Sanktums befanden und keinen Kilometer auseinanderlagen.

»Ich *habe* lockergelassen«, presste ich hervor und raffte mich langsam auf. Neben mir rotierten friedlich die Räder der zur Bäckerei gehörigen Kornmühle im Wasser des Flusses.

»Wenn du unter ›lockerlassen‹ verstehst, dass dein Kopf rot anschwillt, du zu atmen aufhörst und deine Hände vor Anspannung zittern, dann warst du tatsächlich *ziemlich* locker, ja.«

»Ha, ha, sehr witzig«, warf ich Bale mit einer gehörigen Portion Frust entgegen.

Im Kuratorium war ich eine der ersten Anwärterinnen gewesen, die einen Simulationssprung bewältigt hatte. Nur Holden war noch schneller gewesen, aber das hatte mir wenig ausgemacht, denn so hatte ich zumindest den zweiten, etwas schwereren Sprung mit ihm an meiner Seite angehen können.

Gerade war ich jedoch auf dem besten Weg, mich völlig vor Bale zu blamieren.

Ich atmete tief durch und blickte ihn möglichst ruhig an. Dabei versuchte ich, mich nicht von den immer noch sichtbaren Verletzungen auf seinem Gesicht ablenken zu lassen. »Hast du vielleicht, ich weiß nicht, irgendeinen … Tipp?«, fragte ich. »Oder besteht dein ›Unterricht‹ einzig und allein darin, dich über mich lustig zu machen?«

»Du hast es doch schon getan. Du kannst es. Die Einzige, die dich also davon abhält, bist du selbst.«

Super. Das war wahnsinnig hilfreich.

»Aber ich *will* es ja«, sagte ich. Nichts wollte ich mehr, als einen Vortex nach Neu London zu lenken, um Bales überhebliches Grinsen nicht mehr sehen zu müssen!

»Nicht genug, um die Energie in dich reinzulassen. Und dabei kann ich dir nicht helfen.«

Ich starrte auf meine Schuhe. Die Vorstellung, die gefährliche Vortexenergie zu berühren, gefiel mir tatsächlich ganz und gar nicht. Aber ich musste es versuchen. Das Leben meiner Familie hing womöglich davon ab.

»Okay«, sagte ich. »Versuchen wir es noch mal.«

»Sicher, dass du keine Pause brauchst, Barbie?«, fragte Bale und klang dabei mal wieder ätzend genugtuerisch. Heute hatte er sich bislang einigermaßen zurückgehalten mit seinen blöden Sprüchen, aber ich wusste, der Frieden war nicht von Dauer.

»Nein.« Ich deutete mit der Hand auf ihn. »Mach schon.«

»Wie die Lady befiehlt«, sagte Bale und verbeugte sich, bevor er die Hand ausstreckte und die Luft krümmte, bis ein Vortex entstand.

Als ich Bale zu Beginn unseres Trainings gefragt hatte, ob er mir das nicht zuerst beibringen könnte, hatte er nur gelacht.

Wenn du einen Vortex nicht lenken kannst, kannst du vergessen, einen zu erschaffen.

»Er führt zurück zum Wasserfall. Versuch, ihn zum Gasthaus zu lenken.«

»Okay«, sagte ich und ballte die Hände zu Fäusten.

»Himmel, Barbie, du musst *lockerlassen*! Ist das wirklich so schwer zu verstehen?«

»Vielleicht würde es mir leichterfallen, wenn du nicht mit mir durch den Vortex springst!«

»Wieso? Lenke ich dich ab?«, fragte Bale mit einem dicken Grinsen. »Bist du deshalb so angespannt?«

Ich verdrehte die Augen. »Das hättest du wohl gerne. Ich bin angespannt, weil ich versuche, mich von dir *fernzuhalten*.«

Der Vortex flackerte vor mir, stark und ehrfurchteinflößend. In seinem Wirbel lagen Tausende Grün- und Blautöne, Stücke des Himmels und der Erde.

»Ich kann das«, sagte ich zu mir selbst und trat näher. Hinter mir spürte ich schon, wie Bale sich ebenfalls zum Sprung bereitmachte. Immerhin presste er sich dabei nicht mehr an meinen Körper.

Mit einem beherzten Sprung beförderte ich mich in den Vortex. Instinktiv wollte ich mich so klein wie möglich machen, um nicht in die tödlichen Ränder des Wirbels zu geraten. *Sei wie ein Pfeil*, hatte unser Lehrer für Sprungtechniken immer gesagt. *Schnell und zielgerichtet und dabei so wenig raumeinnehmend wie möglich.*

Mit einem tiefen Atemzug zwang ich mich dazu, all das zu

vergessen. Meine Arme lösten sich vom Körper, meine Füße pressten sich nicht mehr aneinander, und ich ließ mich davontreiben.

»Genau so!«, rief Bale. Ich sah ihn unter mir durch den Strudel schweben. Er grinste, und tatsächlich – als ich an mir herabsah, strömte die Energie durch meine Arme und Beine.

Ich spürte mit jedem Zentimeter, wie der Vortex durch den Raum glitt. Unsichtbar für jeden, der nicht in ihm war, und doch ein Teil dieser Welt. Es war auf einmal unfassbar leicht, ihn in Richtung des Gasthauses zu lenken, und ich fragte mich, wie mir das vorher nur nicht gelingen konnte.

Es fühlte sich … fremd an und doch *richtig*! Als ob ich schon einmal Teil dieser Energie gewesen wäre. Sie zog hinein in meinen Körper, über meine Beine zu meinem Bauch bis hin zu meinem Kopf, in meine Nase, meine Ohren – sie war überall. Ich schnappte nach Luft. Was, wenn ich zu einem Split wurde? Wenn die Energie mich entstellte, mich zu einem von ihnen werden ließ?

»Barbie?« Ich hörte Bale rufen, doch seine Stimme schien endlos weit entfernt.

Panisch schlang ich meine Arme um mich, während Schweiß über meine Stirn rann.

»Barbie!«

Das war eine furchtbare Idee. Die Energie durfte kein Teil von mir werden. *Niemals!* Ein Split hatte meine Mutter getötet! Er hatte sie mit Feuer umzingelt, bis ihr nur noch der Sprung in den Tod geblieben war.

Alles in mir verkrampfte sich. Ich wollte nicht mehr hier sein, auf keinen Fall wollte ich ein Teil des Vortex werden und –

Ugh, hörte ich Bale keuchen. Seine Arme legten sich um mich, als wir wild hin und her geschleudert wurden.

O nein, dachte ich. Der Vortex verengte sich, er war dabei, uns zu zerquetschen!

Doch auf einmal lichtete sich der Strudel, und wir wurden hinaus in die Luft geworfen.

Ich sah die Wand noch auf mich zurasen, konnte mich aber nicht mehr abfangen. Bale wurde durch die Wucht von mir gerissen, also flog ich alleine und ungebremst gegen die Steinmauer. Mein Kopf schlug zuerst dagegen, gefolgt von meinen Füßen. Ich stöhnte vor Schmerzen, als ich auf dem Boden zusammensackte.

Ich hörte Schritte, dann beugte sich Bale über mich.

»Alles okay?« Er tastete mit einer Hand meinen Kopf ab. Auf seinen Fingern sammelten sich Blutflecken. »Was war denn los? Du konntest es doch!«

Ich blickte um mich und versuchte dabei, die vor meinen Augen tanzenden Lichtreflexe zu ignorieren. Die Wand, gegen die ich gekracht war, gehörte zum Schuppen hinter dem Gasthaus. Also hatte ich den Vortex tatsächlich hierhergelenkt. Ich hatte es geschafft! Nur die Landung war nicht gerade ideal verlaufen.

»Ich hab's geschafft«, hauchte ich und lächelte Bale an.

Er seufzte. »Es ist ein Anfang«, gab er zu. »Lass uns morgen weitermachen.«

»Nein«, wehrte ich ab. »Es geht schon.« Ich nahm seine ausgestreckte Hand, die er mir entgegenhielt, und ließ mich auf die Füße ziehen. »Nur – *au*!«

»Du bist verletzt.«

»Hab mir nur den Knöchel verdreht.« Ich winkte ab. »Ist nicht so wild.« Immerhin war ich in einer illegalen Stadt und trainierte illegales Vortexreisen mit einem illegalen Deserteur. Ein verdrehter Knöchel war nun wirklich das kleinste meiner Probleme.

Bale sah nicht überzeugt aus. »Kannst du überhaupt laufen?«

Ich nickte und lief einen Schritt in Richtung der Sitzbank, die an der Wand des Schuppens stand. Schmerz zuckte durch mein gesamtes unteres Bein, und ich stolperte. Bale griff noch rechtzeitig nach meinem Arm und hielt mich aufrecht.

»Ich würde sagen, das heißt ›nein‹. Komm her.« Er schlang einen Arm um meine Hüfte und den anderen um meine Kniebeuge.

Ich zuckte verdattert zusammen. »Was machst du da?«

»Wonach sieht's denn aus? Ich trage dich ins Gasthaus. In meinem Zimmer gibt's Verbandszeug.«

»Du wirst mich ganz sicher *nicht* tragen. Schon gar nicht in dein Zimmer! Ich hab gesagt, mir geht's gut!«

Bale stöhnte, richtete sich auf und hob abwehrend die Hände. »Mach was du willst, Barbie. Wenn du den ganzen Weg zurückhumpeln willst, bitte sehr.«

Ich nickte und ging einen weiteren Schritt.

»Ahh!«, rief ich. Mein Knöchel gab nach, und ich ging in die Knie.

»Oh, zum ...« Bale beugte sich hinunter und nahm mich auf die Arme.

»Bale ...«

»Halt die Klappe.«

Ich runzelte die Stirn und starrte in seine blauen Augen. »Ich wollte nur danke sagen.«

Er erwiderte meinen Blick, und plötzlich waren wir uns ganz nah. Mein Herz hämmerte, und ich wusste, dass er es an seiner Brust fühlen konnte.

Ich war in Bales Armen, das Adrenalin des Sprunges pumpte durch meine Adern und ... Oje, das war eine *sehr* schlechte Situation, in der ich da gerade steckte.

»Gern geschehen«, sagte er leise.

Täuschte ich mich, oder zuckte Bales Blick für einen flüchtigen Moment zu meinem Mund? Doch gleich darauf sah er starr wieder geradeaus und trug mich ohne ein weiteres Wort in Richtung des Eingangs.

Als wir im Wohnzimmer ankamen, lief Allister gerade mit Nadelkissen und Maßband vor Susie auf und ab, die wiederum auf einem Podest stand und ein unfassbar schönes blauschimmerndes Kleid trug. Es war zwar an einigen Ecken erst notdürftig zusammengesteckt, aber man konnte bereits erahnen, was Allister für ein Kunstwerk erschuf. Es war kein typisches Prinzessinnenballkleid, aber das hätte Susie mit dem Beatmungsgerät ja gar nicht tragen können. Stattdessen hatte Allister ihr ein knielanges Kleid genäht, das schräg nach unten führte und schon auf Bauchhöhe immer breiter wurde. Wie ein sonnenwarmer Ozean glitzerten die verschiedenen Blautöne des Kleides um die Wette.

Susie sah aus wie eine Wasserelfe.

»Das ist traumhaft schön«, platzte es aus mir heraus. Sofort biss ich mir auf die Unterlippe, doch als Susies Gesicht mit ihrem Kleid um die Wette strahlte, wollte ich es nicht mehr zurücknehmen.

»Total, oder?«, quietschte sie vergnügt. »Ich liebe es!«

Da drehte sich Allister zu uns um, und seine Augen weiteten sich. »Was ist denn jetzt schon wieder passiert?!«

Als Bale erzählte, dass ich bei einem Spaziergang durch den Wald umgeknickt sei, was natürlich eine große und ziemlich peinliche Lüge war, schüttelte Allister nur den Kopf.

»Verbandskasten, wo habe ich nur meinen Verbandskasten?«, murmelte er, gefolgt von einigem weiteren Gebrabbel, in dem ich die Worte »Leichtsinn« und »Jugend«, gepaart mit einigen Stoßseufzern, herauszuhören glaubte.

Bale verdrehte bloß die Augen. »In meinem Zimmer ist einer, Allister. Ich und Barbie kommen schon zurecht.«

»Es heißt ›Barbie und ich‹«, raunte ich Bale zu. Eigentlich hieß es *Elaine und ich*, aber bei diesem Kerl war es besser, einen Schritt nach dem anderen zu machen.

Bale warf mir nur einen amüsierten Seitenblick zu, dann stieg er mit mir in den Armen die Treppe nach oben. In dem etwas erhöhten Erdgeschoss, das hinter der Treppe abging, öffnete er mit Hilfe seines Ellbogens die Tür mit der Nummer zwei.

Ich kam mir unheimlich seltsam vor, als Bale mich über die Türschwelle in sein Zimmer trug, aber ich versuchte, mir nichts anmerken zu lassen. Er wollte mich nur verarzten, das war alles.

Das Zimmer sah genauso unbewohnt aus wie meines, obwohl Bale schon jahrelang darin leben musste. Ein Bett, ein Schrank, ein Schreibtisch, ein Sofa, ein Regal voller Bücher, aber keine Bilder oder sonstigen persönlichen Gegenstände, von ein paar herumliegenden Klamotten und einem Hundekorb für Atlas mal abgesehen. Viel Zeit konnte er jedenfalls nicht hier drin verbringen.

Trotzdem roch es nach ihm. Nach einem Hauch Pfefferminze, der mich sofort ruhiger stimmte, und nach etwas Holzigem, Herbem, das mir sehr viel besser gefiel, als es wahrscheinlich sollte.

Seltsamerweise musste ich an Mia denken, als Bale mich vorsichtig auf dem Sofa absetzte. Wenn sie wüsste, dass ich im Zimmer ihres größten Idols war und auch noch alleine mit ihm, würde sie wahrscheinlich vor Neid platzen.

Ein wenig vermisste ich sie ja. Sie und all ihr Gift. Wo sie wohl zum Zeitpunkt des Angriffs gewesen war? Waren die neuen Läufer noch zusammen gewesen? Ich hoffte es. Zusammen hatten Luka und die anderen vielleicht eine Chance gehabt.

Bales Hand verharrte an meinem Rücken. Nur langsam machte er einen Schritt zurück. »Okay?«, fragte er, und ich nickte.

Da drehte er sich um und ging in Richtung seines Kleiderschrankes.

»Wenn du nicht aufpasst, glaube ich noch, dass du nett zu mir sein willst«, sagte ich und versuchte, dabei möglichst neutral zu klingen.

»Reiner Egoismus«, sagte Bale über seine Schulter hinweg. »Wenn du es nicht mal aus der Stadt herausschaffst, kriege ich auch keinen Detektor, oder?«

Ich brummte zustimmend und beäugte kritisch den Kasten, den Bale aus der untersten Schublade seines Schrankes zog. Darauf war ein weißes Kreuz abgebildet. Er stellte ihn auf den Boden und streifte seine Ärmel zurück.

Unter dem geöffneten Deckel kamen allerhand Mullbinden, Desinfektionstücher und sonstige Arzneimittel zum Vorschein.

»Das ist wirklich nicht nötig«, sagte ich noch mal. »Ich muss nur meinen Fuß ein wenig schonen.«

»Dann lass mich zumindest die Wunde an deinem Kopf säubern.«

Ich biss mir auf die Unterlippe. »Wenn du meinst …«

»Du bist …«, sagte Bale, während er sich mir mit einer Desinfektionsflüssigkeit und Wattepads näherte, »… mit Abstand der undankbarste Mensch, dem ich je begegnet bin.«

»Ich bin nicht undankb-*AU*!«, das letzte Wort wurde von einem schmerzerfüllten Zischen verschluckt, als Bale ohne Vorwarnung das durchtränkte Pad auf meine linke Schläfe drückte.

»Es ist nur eine Schramme, muss also nicht genäht werden.«

Ich beäugte ihn von der Seite. »Du hast wohl viel Erfahrung

damit, dich selbst zu verarzten. Kommt das von deinen mysteriösen nächtlichen Ausflügen?«

»Gib es einfach auf«, sagte Bale nur, aber ich sah, wie seine Mundwinkel zuckten.

»Was aufgeben?«

»Zu versuchen, mir Informationen zu entlocken.«

Ich stieß die Luft aus und ließ Bale weitermachen. Nachdem er sich um meinen Kopf gekümmert hatte, neigte er mein Knie einige Male zur Seite, und als ich vor Schmerz zuckte, öffnete er eine Dose, auf der groß und dick unterstrichen NICHT BENUTZEN – GEHÖRT FAGUS stand. Er rollte meine Hose bis zum Oberschenkel, und ich sah betont weg, als er eine Paste auf meine Haut rieb, die nach tausend Kräutern gleichzeitig roch.

»Was ist das?«, fragte ich mit gepresster Stimme und versuchte, irgendwie zu ignorieren, dass Bale vor mir kniete und mein nacktes Bein in den Händen hielt.

»Fagus' Rezeptur.« Obwohl ich nicht hinsah, konnte ich hören, wie er grinste. »Er ist ziemlich besessen von seinen Kräutern. Der ganze Garten ist voll damit, und er macht irgendetwas mit ihnen, was sie, na ja … extrem wirkungsvoll werden lässt. Frag mich nicht – und ihn besser auch nicht, denn dann hört er nicht mehr auf, dich vollzutexten. Aber seine Salben sind der Wahnsinn. Diese kann so gut wie jede Wunde heilen. Allister hat sich beim Kochen mal fast den Finger abgehackt. Seitdem steht die Salbe im ganzen Haus herum.«

Tatsächlich war der Schmerz in meinem Bein schon so gut wie verschwunden, als Bale davon abließ. Er rollte meine Hose wieder herunter. Während er den Erste-Hilfe-Koffer wegräumte, ließ ich meinen Blick noch einmal durch sein Zimmer schweifen.

Das war das Zimmer von jemandem, der keine Spuren hinterlassen wollte. Jemandem, der jederzeit bereit war, alles stehen und liegen zu lassen und woanders ein neues Leben zu beginnen.

Ich konnte das erkennen, weil ich mich ähnlich verhalten hatte. Die anderen Anwärter hatten es sich in den Quartieren, so spärlich eingerichtet sie auch waren, schnell gemütlich gemacht. Sie hatten eigene Kissen hingelegt, Bilder aufgehängt und sich nach und nach in dem Raum ein Zuhause geschaffen.

Diesen Luxus hatte ich mir nie erlaubt. Ich wusste, was es bedeutete, von heute auf morgen alles zu verlieren. Wer einmal so vollständig entwurzelt worden war, dem fiel es schwer, sich woanders niederzulassen.

Mein Blick haftete an Bales Hinterkopf, an der Linie seiner angespannten Schultern.

Mein Ziel war es, aus dieser Stadt herauszukommen. Aber mehr denn je wollte ich wissen, warum ein Junge, der *alles* hätte haben können, sich stattdessen für *gar nichts* entschieden hatte.

20

Nachdem die Stimmung beim Abendessen dieses Mal wesentlich besser gewesen war, entschuldigte ich mich früh und ging in mein Zimmer. Ich setzte mich an das schiefe Fenster und starrte nach draußen in die dunkler werdende Nacht. Bale war wieder nicht zum Essen erschienen, also musste er längst verschwunden sein. Atlas lag draußen neben dem Schuppen, als würde er Wache halten, bis sein Herrchen zurückkam.

Das letzte Mal war es fast Mitternacht gewesen, als Bale aufgetaucht war, daher stellte ich mich auf eine längere Wartezeit ein.

Langsam, aber sicher verstummten die Schritte und Stimmen rundherum im Haus. Ich hörte Susies Tapsen vor meiner Tür und konnte ihren Schatten einige Momente lang vor meiner Türschwelle ausmachen. Doch statt zu klopfen, verschwand sie in ihrem Zimmer.

Kurz überlegte ich, zu ihr zu gehen und ein bisschen mit ihr zu reden. Irgendwie kam es mir so vor, als wäre ich ihr das schuldig, nachdem ich sie so mit ihren Atemproblemen im Stich gelassen hatte. Außerdem schwirrten mir seit gestern unzählige Fragen zum Grünen Beben im Kopf herum, auf die sie sicherlich Antworten hatte.

Und …, sagte ein leises Stimmchen in meinem Kopf, … Susie erinnert mich mit ihrer gutgelaunten Art irgendwie an Luka. Obwohl es völlig bescheuert war, hatte ich deshalb das Gefühl, ihm so etwas näher zu sein.

Bevor ich mich zu einer Entscheidung durchringen konnte, ertönte draußen ein Surren. Bale kam wohl von seinem nächtlichen Wohin-auch-immer-Streifzug zurück.

Schnell schlich ich ohne meine Stiefel durch den Flur. Im unteren Stockwerk öffnete ich vorsichtig die Tür, die zur Terrasse hinter dem Haus führte. Bale saß dort mit dem Rücken zu mir auf der obersten Treppenstufe und kraulte Atlas' Kopf.

Das T-Shirt, das er trug, war an manchen Stellen zerrissen, und ich konnte Schrammen an seinen Armen erkennen.

Was trieb er da bloß jede Nacht?

»Du brauchst mich gar nicht so vorwurfsvoll anzusehen«, murmelte Bale, und ich erschrak, weil ich dachte, er würde mit mir sprechen, aber er hatte die Worte an Atlas gerichtet.

Der Hund brummte missgestimmt und hob eine Pfote, um Bales Arm genau dort anzutippen, wo die Schrammen zu sehen waren.

»Das ist nichts«, wehrte Bale ab. »Führ du dich nicht auch noch wie eine Glucke auf.«

Vielleicht spielte das sanfte Mondlicht mir nur einen Streich, aber für einen Moment sah es tatsächlich so aus, als würde Atlas die Augen verdrehen. Er fiepte und stupste Bale dann mit der Schnauze gegen das Kinn.

»Schon gut, das nächste Mal bin ich vorsichtiger.« Bale lachte leise, als Atlas ihm über die Wange leckte.

Ich lehnte mich an den Türrahmen. »Versteht er dich etwa?«, fragte ich und versuchte, nicht allzu breit zu grinsen, als Bale ziemlich deutlich zusammenzuckte.

»Äh«, sagte er, dann sammelte er sich wieder. Sein kritischer Blick folgte mir, als ich mich neben ihm auf die Stufen der Veranda setzte. »Ja, tut er«, antwortete er schließlich. »Er versteht alles, was wir sagen.«

»Na, das will ich erst mal sehen.« Ich hob einen Kieselstein vom Boden auf, der vor meinen Füßen lag. Dann hielt ich ihn Atlas entgegen. Atlas, der anscheinend immer für ein neues Spiel zu haben war, tänzelte freudig umher.

Ich grinste und versteckte beide Hände hinter dem Rücken, um den Stein ein paarmal hin und her zu tauschen.

Bale beobachtete von der Seite, wie ich danach Atlas die geschlossenen Hände hinhielt.

»Sie will, dass du den Stein findest«, erklärte er, als Atlas nur auf meine Hände starrte. »Sie hat ihn in einer Hand versteckt, und du sollst raten, in welcher.«

Ich hielt meine Hände noch weiter nach vorne, und Atlas wurde für einen Moment ganz still. Mit klugen grünen Augen musterte er meine geschlossenen Fäuste, dann streckte er eine Pfote aus und legte sie auf die linke.

»Diese hier? Bist du dir sicher?« Ich wartete, bis Atlas die Pfote gehoben hatte, dann öffnete ich die Finger, um ihm den Stein entgegenzustrecken.

Sofort hüpfte Atlas aufgeregt umher, nahm den Stein ins Maul und sprang zu Bale. Stolz und sabbernd ließ er ihn auf den Boden plumpsen. Bale versuchte, ernst zu bleiben, und scheiterte auf ganzer Linie.

»Ja. Das ist ein Stein«, sagte er trocken, aber ich konnte genau sehen, wie seine Mundwinkel zuckten, als Atlas vor Aufregung mehrfach im Kreis lief. »Es ist, na ja, ein Stein inmitten einer Menge anderer Steine, immerhin ist die ganze Stadt davon umkreist. Ja, ich weiß, was ein Stein ist. Ob du es glaubst oder nicht, ich habe schon ein paarmal einen gesehen. Ja, ja, das ist alles *sehr* spannend.«

Atlas stupste den Stein mit der Schnauze in Richtung Bale. Dann starrte er ihn erwartungsvoll an.

»Wirklich?« Bale verdrehte die Augen. »Du willst, dass ich ihn verstecke? Wenn du glaubst, dass ich mir jetzt andauernd solche Spiele für dich ausdenke, täuschst du dich.«

Sichtlich beleidigt trottete Atlas in Richtung der Haustür davon. Dabei marschierte er an einem zusammengekehrten Blätterhaufen entlang und brachte ihn mit einem trotzigen Scharren seiner Hinterbeine durcheinander.

»Ja, natürlich, *das* ist sinnvoll«, sagte Bale. »Nein, nein, schon gut, mach nur weiter, Allister wird sich freuen, dass du seinen Garten unordentlich gemacht hast, und – o Gott, sieh mich nicht so an, ich werde es ihm *nicht* sagen.«

Ich neigte mich nach vorne, eine Hand über dem Mund, und spürte, wie mir Tränen in die Augen stiegen, so sehr versuchte ich, nicht zu lachen. Offensichtlich gelang es mir nicht sonderlich gut.

»Was?«, fragte Bale. Ich konnte förmlich sehen, wie sehr er sich dazu zwingen musste, mir nicht die Zunge herauszustrecken.

»Nichts«, antwortete ich, obwohl meine Wangen ganz heiß waren. »Er versteht also wirklich, was wir sagen?«

Bale nickte, und da war es wieder: dieses kleine Lächeln, das er immer irgendwie zu unterdrücken versuchte.

»Seit wann ist er bei dir?«

»Seit ich …« Er hielt inne und seufzte. »Er hat mich im Wald gefunden, kurz nachdem ich untergetaucht bin.«

Ich wusste, er wollte nicht, dass ich ihn fragte. Ich wusste, es war ihm unangenehm. Aber ich konnte einfach nicht anders. »Warum bist du … Ich meine, warum hast du das alles hinter dir gelassen? Dir standen doch alle Möglichkeiten offen.«

»Ich war *zwölf*«, sagte Bale, dann schnaufte er und starrte in den Himmel. »Und arrogant«, fügte er etwas leiser hinzu.

Ich hob bloß die Augenbrauen.

Bale funkelte mich an, doch dann musste er grinsen. »Ja, okay«, gab er zu. »Ich war *noch* arroganter, als ich es heute bin. Ich habe so viele Vermengte gefangen, wie ich konnte, weil ich allen was beweisen wollte. Weil ich gut darin war. *Richtig* gut. Und einfach so habe ich Hunderten das Leben ruiniert.«

Ich wollte widersprechen, ihm sagen, dass die Splits nur so unter Kontrolle gehalten werden konnten, aber die Worte blieben mir im Halse stecken, als ich an Susie, Robur und Fagus dachte.

»Und deswegen machst du das?«, fragte ich. »All die Splits befreien?«

Bale warf mir einen nachdenklichen Blick zu. »Wusstest du, dass sie ›Splits‹ als Schimpfwort empfinden? Es bedeutet ›Splittermensch‹ und gibt ihnen das Gefühl, nur halbe Menschen zu sein.«

Aber das sind sie doch, wollte ich sagen, aber auch dieses Mal brachte ich die Worte nicht über die Lippen.

»Du lenkst von meiner Frage ab«, bemerkte ich stattdessen.

»Ja, deshalb mache ich das.«

»Du und Fagus, ihr brecht zu zweit in die Zonen ein, nachdem euch mein …«, ich atmete tief durch, »… nachdem euch Gilbert die Codes dafür gegeben hat?«

»Genau.«

Ich erinnerte mich an die vielen Gespräche mit Gilbert darüber, wie gut bewacht die Zonen waren und wie unmöglich es war, das System auszutricksen.

»Aber sie ändern die Codes jeden Tag. Wenn all das wahr ist, was ihr behauptet, und wenn ihr wirklich keinen Kontakt zu Gilbert habt, dann kann er sie euch nicht mehr geben. Also – was machst du jede Nacht?« Doch kaum hatte ich die Frage ausgesprochen, kam ich auch schon selbst auf die Antwort. »Du versuchst, dir die Codes selbst zu holen, oder?«

Nichts war besser bewacht als die Codes zu den Zonen. Sie wurden in den Wissenszentren des Kuratoriums generiert. Nur die Forscher, die dort arbeiteten, konnten sie abrufen.

Wie war Bale überhaupt dort hineingekommen? Gilbert hätte ihm doch niemals Zugang zu den Kuratorien gegeben. Und selbst wenn, müssten ihm sofort Läufer auf den Fersen gewesen sein. Wenn Bale in die gut bewachten Zentren einbrach, war es kein Wunder, dass er jede Nacht so aussah, als hätte er einen Boxkampf hinter sich.

»Aber wie?«, presste ich bloß hervor. »An die Codes kommst du doch *nie* ran. Wie oft hast du es denn schon versucht?«

Bale rieb sich sichtlich genervt die Stirn. »Sind wir wieder bei tausendundeiner Frage? Denn wenn dem so ist, hätte ich auch einige an dich.«

»Hat eine dieser Fragen etwas damit zu tun, warum du mich so hasst?«

»Ich hasse dich nicht«, sagte Bale mit einem Stirnrunzeln.

»Aber du hasst alles, was mit dem Kuratorium zu tun hat.«

Bale verdrehte die Augen. »Und schon wieder sind wir bei *deinen* Fragen angekommen. Wie wäre es hiermit: Was wirst du tun, sobald du zurück in Neu London bist?«

Diese Frage war leicht zu beantworten.

»Varus Hawthorne muss während des Angriffs in Sicherheit gebracht worden sein«, sagte ich. »Sie versammeln die Läufer in New York City, also werde ich mit ihnen in Kontakt treten und dabei helfen, den Roten Sturm zu besiegen.«

»Wie überaus edel von dir«, kommentierte Bale trocken. »Und was dann? Wirst du eine Läuferin und fängst an, Vermengte zu jagen und in Zonen einzupferchen? Wirst du diese

Stadt melden und bei ihrer Auskundschaftung helfen, so wie es das Gesetz von dir verlangt?«

»Ich … ich weiß nicht.« Dann würden all diese Leute – Fagus, Robur und Susie mit all ihrer Fröhlichkeit – in eine Zone kommen. Wahrscheinlich sogar in eins der Gefängnisse, schließlich haben sie jahrelang in einer illegalen Siedlung gelebt.

Stille senkte sich über die Veranda, und ich schlang beide Arme um mich, als es mich plötzlich stark fröstelte. »Wäre Susie gestorben, wenn Robur ihr nicht rechtzeitig geholfen hätte?«

Bale sah mich sichtlich verwundert an. »Wieso fragst du?«

Ich biss mir auf die Unterlippe und sagte nichts. Ich hatte noch immer ein schlechtes Gewissen, weil ich sie alleine gelassen hatte. Und diese unzähligen Narben an ihrem Körper – die gingen mir einfach nicht mehr aus dem Kopf.

»Nach einer Weile schon, ja«, sagte Bale. »Sie kann ohne die Maschine nicht atmen.«

»Aber wieso lebt sie dann in Sanktum? Und nicht unter Wasser bei ihren Artgenossen?«

Bales Gesicht sah fast schmerzverzerrt aus. »Sie … kann nicht unter Wasser leben.«

»Aber …«

»Ihr Atmungssystem funktioniert nicht mehr.« Bale seufzte tief. »Tauchen kann sie gar nicht, sogar noch schlechter als Menschen. Sie braucht das Wasser zum Atmen, aber ihr Körper kann es nicht alleine verarbeiten.«

»Und warum? Hat sie eine Art Gendefekt?«

»Nein.« Bale lehnte sich zurück und starrte für einen sehr langen Moment in den Himmel. »Ich war es selbst, der Susie und ihre Eltern damals gefangen hat«, erzählte er. »Sie waren mit einer ganzen Schwimmergruppe unterwegs, und … sie waren einer meiner ersten Aufträge, nachdem mich das Kuratorium in

São Paulo zu sich gerufen hat. Susie war noch sehr jung, deshalb haben die Zonenwächter sie ins Wissenszentrum gebracht und nicht in eine Zone. Zumindest dachte ich, dass das der Grund sei.« Er spähte zu mir. »Warst du schon mal dort? In einem Wissenszentrum?«

Ich schüttelte den Kopf. Neu London war zwar eines der wenigen Kuratorien, in denen das Wissenszentrum direkt im Hauptgebäude untergebracht war und nicht wie in Moskau oder Tokio in externen Gebäuden. Trotzdem war ich noch nie dort gewesen. Die Zentren waren streng überwacht und nur für Forscher zugänglich. Gilbert hatte mir lediglich erzählt, dass sie darin Vortexe untersuchten, neue Technologien für die Läufer entwickelten und sogar an einem Heilmittel für die Splits arbeiteten.

Bale nickte. »Ich dachte damals, sie bringen Susie dorthin, weil sie sichergehen wollten, dass sie den Transport in die Zone gut überstehen würde. Erst als ich Jahre später in eins der Wissenszentren eingebrochen bin, habe ich Susie wiedergetroffen. Sie war in einem Käfig eingesperrt – nicht viel größer als der Schuppen da drüben.« Er deutete nach draußen in die Dunkelheit, wo ich die Umrisse des Gartenschuppens ausmachen konnte.

»Sie hatten … Experimente an ihr durchgeführt. Ich glaube, weil sie herausfinden wollten, wie die Atmung der Schwimmer funktioniert. Susie und ihre Eltern waren wohl die Ersten, die überhaupt gefangen worden waren, und deshalb extrem wertvoll. Nur wusste ich das damals nicht. Susie war jung und gesund, eine perfekte Laborratte. Und ich hatte sie ihnen gebracht.«

Bale machte eine Pause, und erst als seine Stimme verklang, fühlte ich, wie ich innerlich erstarrt war. Daher kamen diese Narben also? Von *Experimenten*? Ein Teil von mir wollte nicht glauben, was Bale da sagte. Das konnte nicht sein. So etwas würde das Kuratorium nie machen. Womöglich war Susie ein Unfall passiert, womöglich war sie mit einem Defekt auf die Welt gekommen.

Und doch war etwas unendlich Trauriges in Bales Gesicht, das mir mit aller Unmissverständlichkeit zu verstehen gab, dass er die Wahrheit sagte.

Und dass er sich die Schuld an Susies Zustand gab.

»Sie haben auch an ihrem Kopf herumgedoktert, deshalb ist sie dauernd so zerstreut. Und als sie mit ihren Untersuchungen fertig waren und es nichts mehr zu testen gab, haben sie Susies Körper mit Gravisensoren bearbeitet, um zu testen, was passiert.« Die Abscheu in Bales Stimme war nicht mehr zu überhören. »Jetzt kann sie weder richtig Luft noch Wasser atmen. Sie war so gut wie tot, als ich sie gefunden habe.«

Mir war schlecht. »Sie haben sie mit *Gravisensoren* behandelt? Und damit ihre Vermengung zerstört? Aber wie soll das …« Ich ließ den Satz ins Leere laufen, während meine Gedanken rasten.

Gilbert hatte mir einmal während unseres Extratrainings von der Entwicklung der Gravisensoren erzählt: Früher, während der Vortexkriege, habe es eine *Generation Null* der Sensoren gegeben, die Vortexenergie nicht nur unterbinden, sondern auch vernichten konnte. Die Läufer hatten diese eine Zeitlang verwendet, doch nach den Kriegen sei man zu dem Entschluss gekommen, die Generation zu verwerfen und durch die heutigen Gravisensoren zu ersetzen.

»Die Generation Null hat schlimmen Schaden angerichtet«, hatte Gilbert mir erzählt. »Wenn die Läufer sie auf die Vermengten abgefeuert haben, erlitten diese furchtbare Verletzungen. Das Kuratorium will Frieden stiften und niemanden foltern. Ich bin froh, dass diese Sensoren alle zerstört wurden.«

Die Erinnerung an Gilberts Lächeln verblasste, und ich starrte ungläubig in Bales Augen. »Das kann nicht sein«, versuchte ich abzuwehren. »Die Kuratorien haben die früheren Sensoren zerstört. Sie würden nie …«

»Tja, das dachte ich auch«, entgegnete er. »Aber die Forschungszentren arbeiten immer noch damit. Als ich Susie gesehen habe, als ich ihre Verletzungen gesehen habe, wollte ich es nicht wahrhaben. Fast wäre ich ohne sie gegangen. Aber ihr Name war auf meiner Liste, und es war derselbe Name wie der, der auf ihrem Käfig stand.«

Ich runzelte die Stirn. »Welche Liste?«

Bale sah mit leerem Blick in die Nacht, als wüsste er nicht, ob er mir wirklich noch mehr erzählen wollte. Schließlich zog er sich seinen Detektor vom Armgelenk. Er rief eine Datenbank auf, in der unzählig viele Namen verzeichnet waren, mit Daten, Koordinaten und einer Uhrzeit.

Bale hielt mir den Detektor hin, und ich scrollte schweigend durch die Namen hindurch, bis ich bei *Susana Albright* ankam.

Susana Albright, 26. Dezember 2091, –25.532852, –46.554029, 10.51 Uhr.

»Es sind vierhundertzwölf«, sagte Bale. »Vierhundertzwölf Vermengte, die ich habe einsperren lassen. Ich hatte die Liste damals angelegt, um mir selbst zu beweisen, was für ein guter Läufer ich doch bin. Eine Art Trophäensammlung.« Das letzte Wort spuckte er beinahe aus. Ich hatte keine Ahnung gehabt, dass Bale zu solchem Selbsthass fähig war.

»Du hast nichts falsch gemacht«, sagte ich leise. »Ich meine, das war die Aufgabe, die du nun mal hattest. Du hast es selbst gesagt: *Du warst zwölf.*«

Und ich habe wegen deiner perfekten Läuferquote jahrelang zu dir aufgesehen, dachte ich mit schwerem Herzen.

»Wir alle treffen Entscheidungen«, sagte Bale. »Egal, wie alt wir sind. Und jeder Läufer, egal, wie ehrgeizig er ist, egal, wie oft sie ihm erzählen, wie grausam doch alle Splits wären – jeder von ihnen weiß spätestens nach ein paar Tagen oder Wochen, dass nicht alle Vermengte böse feuerspeiende Monster sind.« Seine eisblauen Augen fingen meinen Blick ein. »Und du weißt das auch.«

Ich dachte an Luka und hatte das Gefühl, unter Bales stechendem Blick langsam in mich zusammenzuschrumpfen.

»Bevor die beiden Rassen getrennt wurden«, sagte ich mit brüchiger Stimme, »gab es so viele Kriege.«

»Kriege, weil eine Handvoll Vermengter Mist gebaut haben. Dafür wurden Tausende von ihnen eingesperrt. Unzählige wurden getötet. Findest du das gerecht?«

»Natürlich nicht«, sagte ich etwas unwirsch. Für wie gefühllos hielt er mich? »Aber … woher willst du das alles wissen? Ich meine, die Experimente – das ist schrecklich. Aber es hat ewig gedauert, bis sich das Zonensystem etabliert hat. Die Welt ist heute viel friedlicher als früher.«

»Bezeichnest du das etwa als *friedlich*?«, fragte Bale und sah mich dabei ungläubig an. »Diese Vermengten hier können nur in Frieden leben, weil sich die ganze Stadt so extrem abschottet, dass keiner sie jemals verlassen kann. Und selbst dieser Frieden ist nicht von Dauer – bald nicht mehr. Der Rote Sturm, das Grüne Beben … klingen diese Namen etwa *friedlich* für dich? Die Vermengten stehen mit dem Rücken zur Wand. In den Zonen gibt es keinen Zugang zu den Rohstoffen, die sie bräuchten, um sich wirklich etwas aufzubauen. Denkst du, sie werden sich ewig klein halten lassen? Und der Großteil der Menschen lebt zusammengepfercht in den Megacitys, weil alles, was früher freies Land war, für Zonen benutzt wird oder als ›Ungesichertes Gebiet‹ markiert ist. Wer genau ist in diesem System für dich der Gewinner? Nicht die Menschen. Und ganz sicher nicht die Vermengten.«

Ich verhakte nachdenklich meine Finger ineinander, löste sie wieder, dann schüttelte ich den Kopf und stand auf. Stumm gab ich Bale seinen Detektor zurück, obwohl ich am liebsten damit davongelaufen wäre.

In Gedanken rief ich mir Lis' Gesicht vor Augen, die schiefe Krümmung ihres Mundes, ihr Lächeln, das dem meiner Mutter so ähnlich war.

Es gab vieles, worüber ich nachdenken musste. Aber egal, was das Kuratorium mit den Splits anstellte, egal, wie schrecklich ich das alles fand, ich musste mich auf meine Familie konzentrieren.

»Wann brechen wir endlich auf?«, fragte ich Bale, dessen Gesicht ganz versteinert aussah im fleckigen Mondlicht, das durch die Baumkronen drang.

»Wenn du bereit bist.«

»Ich *bin* bereit!«

»Bist du nicht.« Als er meinen wütenden Blick bemerkte, setzte er nach: »Wir gehen nach dem Erneuerungsfest.«

»Aber das ist erst in zwei Tagen! Wieso willst du so lange warten?«

Bale hüllte sich in kaltes Schweigen, also machte ich kehrt und stampfte ins Haus zurück. Kaum war ich drinnen, ließ ich mich erschöpft gegen die Wand sinken und aktivierte meinen Detektor.

Inzwischen glaubte ich nicht mehr daran, je eine Nachricht von meiner Familie zu bekommen.

Ich bin schon auf dem Weg, dachte ich, als könnte ich meine Gedanken über alle Landstriche und Meere hinweg zu ihnen schicken.

Haltet bitte noch ein bisschen länger durch.

21

Der nächste Tag verging zum Glück schneller, als ich es mir vorgestellt hatte. Ich stand morgens auf, joggte ein paar Runden durch die Stadt, um mich fitzuhalten, und traf mich dann mit Bale zum Sprungtraining.

Dieses Mal gelang es mir, einen Vortex mit einer halbwegs stabilen Landung von der Lichtung am Wasserfall hinunter in die Stadt zu lenken. Mir fiel es immer noch schwer, die Energien frei durch meinen Körper fließen zu lassen. Aber nach dem ersten Schock hatte ich begriffen, dass sie sich nicht mit mir vermengten, sondern so nur leichter zu steuern waren.

Danach hatte ich Bale sofort gebeten, mir beizubringen, einen Vortex zu erschaffen, doch wieder lehnte er ab. Er wolle es mir erst zeigen, wenn wir die Stadt verließen. Und alles Bitten und Betteln half nicht. Es war offensichtlich ein Druckmittel. Er wollte verhindern, dass ich mich ohne ihn auf den Weg machte. Und es versetzte mir einen kleinen Stich, dass er mir überhaupt nicht vertraute.

Andererseits … vertraute ich ihm?

Die Antwort war: nein. Aber die Wahrheit war auch, dass ich es gerne würde.

»Es ist fertig?!«, riss mich Susie am Nachmittag mit einem Schrei aus meinen Gedanken, als Allister ihr verkündete, dass ihr Kleid zur Anprobe bereit war.

Allister lächelte und winkte Susie zu sich. Ich wollte schon zurück in mein Zimmer, verschwitzt und erschöpft vom ständigen Vortexspringen, als Susie mich am Handgelenk packte und hinter sich herschleifte.

Ich ließ es geschehen. Nach allem, was Bale mir gestern über sie und ihre furchtbaren Narben erzählt hatte, verspürte ich das Bedürfnis, ihr jeden Wunsch zu erfüllen. Dabei fiel es mir schwer, ihr überhaupt in die Augen zu blicken.

»O mein Gott!«, rief sie begeistert, als wir in einen neuen Teil des Gasthauses kamen, den ich bislang nicht kannte.

Die Schneiderei.

Der Raum mit den vielen kleinen Kämmerchen, die zu allen Seiten abgingen, war wie ein Kuriositätenladen. Überall standen Regale voller Stoffballen, Knöpfe, Bänder und Garne. Halbfertige Kleider und Anzüge hingen auf selbst geschnitzten Schaufensterpuppen, und die verrücktesten Hüte waren auf Halterungen an der Wand drapiert.

Beim besten Willen konnte ich mir nicht vorstellen, dass die Grunder mit ihrer Rindenhaut und den Mooskissen im Haar diese feinen Kopfbedeckungen aufsetzen würden, die meine Tante ebenfalls als »typisch britisch« bezeichnen würde. Aber vielleicht störte es Allister auch nicht, dass die Hüte hier nur zur Dekoration hingen.

Vor mir stürmte Susie auf eine Puppe mitten im Raum zu, auf der das Kleid drapiert war, das ich schon halbfertig an ihr hatte bewundern dürfen. Der blaue Stoff funkelte noch immer in den verschiedensten Tönen.

Susie schlang ihre dünnen Ärmchen um Allisters Schultern und küsste ihn mehrfach auf die Wange. »Du hast dich selbst übertroffen. Es ist wunderschön«, sagte sie dann und klang so, als wäre sie kurz davor, loszuweinen.

»Und du wirst wunderschön darin aussehen, meine Liebe.«

Auch Allister sah sehr gerührt aus. »Na los, probier es an. Aber pass mit deinen Schläuchen auf!«

Das musste sich Susie nicht zweimal sagen lassen. In Windeseile hatte sie die Puppe von dem Kleid befreit und rannte in eine Nische, in der ich eine Umkleidekabine vermutete.

Allister lächelte mich an, dann lief er zu einer Schublade, aus der er etwas herauszog. »Und das ist für dich.«

Beinahe befürchtete ich, er hätte mir auch ein Kleid genäht, aber es war nur meine Uniform: perfekt gewaschen und gebügelt.

»Danke«, sagte ich, beschämt, dass ich Allister in Gedanken des Diebstahls bezichtigt hatte. Er winkte nur ab und sah dann prüfend auf seine Armbanduhr. »So, nun ist Ba… Ah, da bist du ja schon.«

Ich drehte mich um und hob die Brauen, als ich Bale sah. Er kam offensichtlich direkt aus der Dusche, seine Haare waren noch ganz nass. Als ich seinen zerknirschten Gesichtsausdruck bemerkte, konnte ich mir ein Grinsen nicht verkneifen. »Bist du auch hier, um dein Ballkleid anzuprobieren?«

»Witzig, Barbie«, sagte Bale und versuchte, nicht zu lächeln, was ihm zu meiner großen Freude nicht sonderlich gut gelang. Dann blickte er zu Allister. »Ich weiß, dass der Anzug passt, Allister. Müssen wir das jetzt wirklich …?«

»Er muss *perfekt* passen!«, raunte Allister und sah plötzlich so streng und unnachgiebig aus, dass ich mir völlig sicher war, er würde auch nicht vor körperlicher Gewalt zurückschrecken, um Bale in seinen Anzug zu zwängen.

»Schon gut, schon gut«, wehrte Bale ab und lief auf eine weitere Puppe zu. Auf ihr war ein unheimlich schicker Anzug drapiert, der schlichter war, als ich es Allister zugetraut hatte. Der schwarze Stoff war nur an zwei oder drei Stellen mit kleinen

Stickereien verziert, die mich ein bisschen an einen Vortexwirbel erinnerten.

»Danke«, sagte Bale, als er den Anzug mit einem Lächeln betrachtete. »Das wäre nicht nötig gewesen, wie du weißt.«

»O doch, das war es.« Allister legte Bale eine Hand auf die Schulter. »Na los, zieh ihn an. Keine Widerworte.«

Bale nickte ergeben und verschwand. Kaum war er weg, ertönte eine Klingel über der Tür, die in die Schneiderei führte.

Ich erschrak richtig, als auf einmal Nathaniel vor mir stand. Das letzte Mal hatte ich ihn gesehen, als er mich nach Sanktum gebracht hatte. Wie lange war das her – zwei Tage?

Sofort erinnerte ich mich wieder daran, wie viel Respekt er mir bei unserem ersten Treffen eingeflößt hatte.

Hinter ihm stand ein kleiner Junge, der ziemlich schüchtern dreinschaute. Im Gegensatz zu Nathaniel, den nur seine verwurzelten Dreadlocks als Grunder entlarvten, war der Junge stark vermengt. Die Haut auf seinem Gesicht bestand nahezu vollständig aus Rinde, und seine Brauen waren von groben Moosflechten überwuchert. Mit seinen grünen Knopfaugen hätte er unheimlich niedlich ausgesehen, wenn da nicht der kahlgeschorene Schädel gewesen wäre. Nur in der Mitte hatte man ihm einen dünnen Haarstreifen gelassen.

Ich schluckte, denn ich wusste, was das bedeutete. Nathaniel hatte ihn bereits für seine Armee rekrutiert. Dabei konnte der Junge kaum älter als fünf Jahre alt sein.

»Hallo, Elaine«, wandte sich Nathaniel an mich. »Geht es dir gut?«

Nathaniel wirkte freundlich, gutgelaunt – noch nie im Leben war es mir so schwergefallen, jemanden einzuschätzen. Im Vergleich zu ihm war Bale ein offenes Buch.

Ich nickte etwas steif und grüßte zurück.

»Guten Tag, Mister Gillespie.« Allisters Stimme klang mit einem Mal kühler als sonst. Es war nicht schwer zu erraten, dass er Nathaniel und seine Idee vom Grünen Beben nicht guthieß. »Schön, dass Sie es geschafft haben.«

Damit ging Allister vor dem Jungen in die Hocke – und schon war der gütige Ausdruck in seinem Gesicht zurück. »Jason! Ich freue mich, dich wiederzusehen, kleiner Mann. Wie ich sehe, hast du eine neue Frisur.«

Der Junge wirkte verschüchtert und starrte Allister lediglich mit seinen Knopfaugen an.

»Er braucht einen Anzug für das Fest«, sagte Nathaniel und tätschelte dem Jungen dabei die Schulter. »Ich weiß, es ist denkbar knapp, aber ich komme selbstverständlich für alles auf.«

Allister nickte bloß, dafür lächelte er den Jungen umso strahlender an. »Na, dann holen wir mal mein Maßband, nicht wahr? Wir wollen ja, dass du richtig gut aussiehst!«

Während Allister zu seinen Regalen lief, beäugte ich Nathaniel. Erst jetzt fiel mir auf, dass die Muster auf seinen Leinenkleidern ebenfalls den grünen Blitz zeigten. Das war mir bei unserem ersten Treffen gar nicht aufgefallen.

»Hast du schon etwas von Gilbert gehört?«, fragte er mich da, und ich schüttelte den Kopf.

Nathaniel wirkte ehrlich betroffen. »Sehr bedauerlich. Es gibt bereits einige Leute, die auf ihre Befreiung warten.« Erneut tätschelte er Jasons Schulter. »Dieser junge Herr war der Letzte, den Bale herausholen konnte.«

Ich wandte den Blick ab. Es sollte mich nicht wundern, wenn Nathaniel sich nur um die Splits sorgte – und nicht um Gilbert.

»Sagen Sie, Mister Wemyss, ist Ihre bessere Hälfte zu Hause?«

Allister schaute auf, mit seinen Händen hielt er ein Maßband umklammert. »Nein, er ist in seiner Werkstatt.«

»Ah. Dann werde ich ihn dort besuchen.«

Allister brummte etwas vor sich hin, das ziemlich deutlich nach *Wenn es unbedingt sein muss* klang.

Mit einem unguten Gefühl sah ich mich um. Wo blieben nur Bale und Susie?

Als ich jedoch zu den Seitenräumen blickte, in denen die beiden verschwunden waren, bemerkte ich, dass der kleine Junge mich neugierig musterte.

»Hallo«, sagte ich etwas unbeholfen.

Er öffnete den Mund, doch dann schloss er ihn wieder, ohne zu antworten.

»Er spricht nicht«, erklärte Nathaniel, als ich fragend zu ihm sah.

»Wieso nicht?«

Er ließ den Jungen los, damit Jason von Allister vermessen werden konnte. »Er wurde in eine andere Zone als seine Eltern gebracht«, erzählte er mir. »Dort ist es ihm nicht gut ergangen und, na ja, ich denke, er muss noch Vertrauen fassen.«

Mein Herz wurde schwer, als ich Jason beobachtete. Er sah so aus, als würde er am liebsten in einem Loch im Boden verschwinden.

Unweigerlich musste ich an Luka denken. Von Gilbert wusste ich, dass er nach seiner Adoption fast ein ganzes Jahr nicht gesprochen hatte. Er hatte immer auf dem Boden neben seinem Bett geschlafen, weil er das so gewohnt war, und bei jeder Berührung hatte er mit Schlägen statt mit Zärtlichkeiten gerechnet.

Während Allister sich die Maße in seinem Notizbuch vermerkte, drehte sich Jason wieder zu mir um. Er musterte mich neugierig von Kopf bis Fuß, auch wenn er versuchte, es unauffällig zu tun.

Hatte er außer Allister und Bale womöglich noch nie einen anderen Menschen gesehen? Die wenigen Splits, die außerhalb der Zonen lebten, trieben sich in den Ungesicherten Gebieten herum – und das nur, wenn sie lebensmüde waren. Wahrscheinlich hatte er bislang bloß die Zonenwächter gesehen, die die Grenzzäune bewachten.

Ich musste für ihn genauso seltsam aussehen wie die Vermengten für mich.

»Ich bin Elaine«, sagte ich und streckte dem Jungen die Hand entgegen. »Schön, dich kennenzulernen, Jason.«

Eigentlich hatte ich damit gerechnet, dass er mich ignorieren würde, doch nach kurzem Zögern legte er seine schmale Hand auf meinen Handrücken.

Nathaniel entfuhr ein überraschter Atemzug, und als ich zu ihm aufsah, starrte er ungläubig auf unsere beiden Hände.

»Das hat er noch nie gemacht«, erklärte er. »Er lässt sich eigentlich gar nicht berühren. Die Betreuer im Waisenhaus dürfen ihn nicht mal anziehen.«

Zaghaft drehte ich meine Hand, so dass es nun ein richtiger Händedruck war. »Genau. Und so gibt man sich die Hand«, erklärte ich Jason und demonstrierte es, indem ich unsere verhakten Hände vorsichtig zu bewegen begann. »Hoch, runter, whoa, whoa, nicht *so*!« Ich lachte, als Jason immer schneller und schneller wurde und am Ende unsere Hände wie ein Schlagbohrer auf und ab hämmerten.

»Okay! Ähm … wie wäre es mit einem High Five?« Ich zog meine Hand zurück und hielt sie Jason hochgestreckt entgegen.

Er starrte mich nur an, und ich spürte die neugierigen Blicke der anderen.

»Du musst deine Hand flach machen. Sieh her. So.« Ich wartete, bis Jasons Finger sich wie in Zeitlupe aufrichteten. »Genau.

Und jetzt so.« Ganz leicht stupste ich meine Handfläche gegen seine. »Siehst du? Mein bester Freund, Luka heißt er, hat mir mal gezeigt, wie man das macht.« Ich grinste. »Und jetzt kannst du es auch.«

Jason sah mich skeptisch an, als ob er nicht verstehen würde. Da hörte ich Schritte hinter mir und nahm den leichten Minzgeruch war, der immer von Bale ausging, auch wenn ich mir so lange eingeredet hatte, dass ich mir das nur einbildete. Wieso roch er ausgerechnet nach dem Duft, der mir der allerliebste war?

Er hatte unseren Austausch scheinbar aus der Ferne beobachtet und kniete sich nun neben mich. Dann streckte auch er seine Hand aus.

»High Five, Jas?«, fragte er.

Jason brummte misstrauisch, und ich konnte sehen, wie Bales Lächeln wankte. Aber seine Hand blieb absolut ruhig, so lange, bis Jason seine eigene Hand hob und sie dagegen schlug.

»Sehr gut!«, rief Bale, und ich traute meinen Augen kaum: Seine Wangen wurden ein wenig rot, so sehr freute er sich. »High Five, Jas!« Bale lachte, als der Junge sofort wieder einschlug, diesmal mit einem richtigen Strahlen im Gesicht.

Ich starrte die beiden an und ein seltsames Kribbeln, über das ich besser nicht länger nachdachte, ging durch mein Inneres.

Jason sah unterdessen zu Bale auf, als könnte dieser mit bloßem Willen die Welt verändern. Richtig – Bale hatte ihn aus der Zone gerettet. Wie viele in dieser Stadt sahen ihn wohl noch als ihren Helden an?

Bale machte das Leben für diese Leute, na ja, nicht direkt leichter, aber … definitiv lebenswerter.

Da wurde mir klar, was ich gerade gedacht hatte: *gerettet*. Bale hatte diesen Jungen gerettet. Aus der Zone – vor dem Kuratorium. Ich spürte, wie mir schwindelig wurde, und war froh, dass ich mich mit beiden Händen auf dem Boden abstützen konnte.

»So, nun komm mal her, junger Mann.« Allister winkte Jason hinter sich her in Richtung des Podests. »Damit wir dir noch schnell einen Anzug zaubern können, nicht wahr? Die Mädchen werden dir scharenweise hinterherlaufen!«

Bale und ich standen auf. Erst jetzt bemerkte ich, dass er seinen Anzug trug, und meine Kehle wurde trocken, als ich ihn musterte. So sauber, aufgeräumt und gutgekleidet hatte ich ihn noch nie gesehen, und ich biss mir auf die Unterlippe, damit mir kein komischer Laut entwich.

Was war nur los mit mir? Ich konnte ihn nicht leiden – jedenfalls war das so gewesen. Und dies war definitiv die falsche Zeit für Schwärmereien.

»Der Look ohne Blut und Schrammen steht dir ganz gut«, sagte ich bemüht lässig, und tatsächlich brachte das ein kleines Lächeln auf Bales Lippen.

»Danke«, sagte er. »Ich dachte, zur Feier des Tages verzichte ich mal darauf.«

Ich nickte. »Gute Entscheidung.«

»Der Anzug steht dir wirklich ausgezeichnet«, sagte auch Allister und tippte mit dem Finger streng auf Bales Detektor. »Das Ding nimmst du aber nicht mit zum Fest. Es ruiniert das ganze Outfit.«

»Aber –«

»Zerstöre nicht mein Kunstwerk, Junge, ich warne dich!«

Bale verdrehte die Augen, doch als er etwas sagen wollte, wurde er von einem lauten Piepsen unterbrochen. Ich vermutete schon, Allister hätte aus Versehen irgendetwas an Bales Detektor gedrückt, aber das Geräusch kam von meinem eigenen.

Das Kommunikationssystem! Es war wieder aktiviert worden!

Ich traute mich kaum, auf das Display zu schauen, zu groß war die Angst vor einer neuen Enttäuschung. Aber als ich einen Blick riskierte, tauchte eine Nachricht auf. Doch sie war nicht von Lis oder von Luka, nicht von Gilbert oder Holden – sie kam über den offiziellen Kanal des Kuratoriumsverbandes. Und die Nachricht bestand aus einer Videomitteilung.

Mit zittrigen Fingern drückte ich auf *Abspielen.*

Sehr geehrte Mitglieder des internationalen Kuratoriumsverbandes, ertönte die Stimme von Varus Hawthorne, der vor dem großen Convectum in der Eingangshalle des Kuratoriums stand. Doch es war nicht unser Kuratorium – nicht das in Neu London. Robur hatte also die Wahrheit gesagt: Hawthorne und alle anderen, die gerettet werden konnten, waren in ein anderes Institut evakuiert worden.

Meine Adern gefroren, als ich die Blutergüsse auf Hawthornes Gesicht sah. Trotzdem: Er war aus dem Kuratorium herausgekommen, und endlich hatte ich etwas in den Händen, das mich mit meinem Zuhause verband. Gebannt lauschte ich seinen Worten.

Ich spreche heute nicht aus meinem eigenen Institut in Neu London zu Ihnen, sondern aus New York City, wo mir und meinen Läufern Unterschlupf gewährt wurde. Und ich spreche zu Ihnen mit schwerem Herzen, denn dem Roten Sturm ist vor wenigen Tagen ein großer Sieg gegen die freie Stadt Neu London gelungen.

Sie drangen unmittelbar in das Herz unseres Territoriums ein, das für alle Menschen wie ein Leuchtturm der Freiheit über den

Dächern unserer Stadt emporragt. Doch diese Freiheit ist in Bedrängnis geraten, als die Zünder unseren Hauptsitz zerstörten und dabei unschuldige und treue Mitarbeiter des Kuratoriums töteten.

Stille senkte sich über die Schneiderei, als Hawthorne eine bedeutsame Pause machte. Ich war so vor Sorge ergriffen, dass ich Susie zuerst gar nicht bemerkte, wie sie in ihrem blauen Kleid aus der Umkleide trat.

Zum ersten Mal sah sie aus, als wäre ihr nicht zum Lächeln zumute.

Hier und heute verkünden wir, die zehn Leiter des Kuratoriumverbandes, den Notstand für alle Territorien, fuhr Hawthorne in seiner Videobotschaft fort. Erst in diesem Moment fiel mir auf, dass seine Uniform eine neue Farbe hatte – weiß. Eine weiße Uniform hatte ich noch nie gesehen.

Mit Demut und größter Entschlossenheit nehme ich zudem meine Wahl als Oberster Leiter an und werde fortan die Geschicke aller *Kuratorien überwachen. Wir werden Härte gegen unsere Feinde zeigen und so schnell wie möglich den Frieden in unserer Welt wiederherstellen. Heute, hier, ist es an der Zeit, Haltung zu zeigen! Und als Oberster Leiter ersuche ich jeden Läufer, der weltweit zur Verfügung steht, egal, welchem Kuratorium er oder sie angehört, sich uns in der Stunde unserer Not anzuschließen. Jede Bewegung verläuft in der Zeit und hat ein Ziel – und auch* wir *haben ein gemeinsames Ziel: unsere Welt zu befreien. Darum ersuche ich Sie um Ihre Hilfe. Helfen Sie uns, dem Roten Sturm Einhalt zu gebieten. Kommen Sie nach New York City und schließen Sie sich uns an. Nur gemeinsam können wir unsere Feinde besiegen und –«*

Bale drückte auf meinen Detektor und beendete das Video, noch bevor es fertig abgespielt werden konnte. Ich wollte ihn schon zurechtweisen, aber da sah ich Jasons große Augen und die Angst, die darin zu schwelen schien.

Auch Susie hatte beide Arme um ihren Körper geschlungen, und etwas in mir zog sich zusammen, denn ich wusste, was diese Nachricht in ihr auslösen musste. *Feinde*, hatte Hawthorne gesagt, und es gab keinen Zweifel daran, wen er damit meinte: die Vermengten.

Der Einzige, der nicht ängstlich, sondern vielmehr grimmig dreinschaute, war Nathaniel Gillespie.

Na super. Wenn er noch einen Grund gebraucht hatte, seine Rebellenarmee weiter auszubauen, hatte ich ihm den hiermit gegeben.

»Entschuldigt mich«, sagte ich knapp und verließ den Raum. Die Rufe, die mir hinterherschallten, ignorierte ich völlig.

Ich stellte fest, dass außer der Nachricht von Varus Hawthorne weitere geladen wurden. Hektisch tippte ich auf Holdens Namen, der zuerst erschien.

Wo bist du??? Die Nachricht stammte noch vom Tag des Angriffs.

Wir sind alle in New York in Sicherheit, hatte Holden geschrieben, darunter weitere Nachrichten von ihm. *Komm zu uns oder sag mir, wo wir dich finden können!*

Elaine, wir bereiten uns darauf vor, den Roten Sturm anzugreifen. Die Läufer kommen von überall aus der Welt zusammen. Komm zu uns!

Es tut mir wirklich leid, dass wir uns gestritten haben. Kannst du mir verzeihen?

Bitte melde dich!!!

Verdammt! Konnte er sich nicht klarer ausdrücken? Wen meinte er mit ›alle‹?!

Mein Detektor piepte wieder. Unzählige Nachrichten kamen

herein. Diesmal von Luka. Mein Mund wurde trocken. Er war am Leben! Ich überflog hastig das Geschriebene. Insgesamt mussten es mindestens dreißig Mitteilungen sein.

Ellie, bist du noch im Institut???

Wo bist du? Wenn du mir deinen Standort schickst, komme ich zu dir!

Ich bin mit Gilbert und Lis in NYC. Es geht uns allen gut, aber Lis ist außer sich. WO BIST DU? Wir machen uns Sorgen!

Die Erleichterung, die sich in mir breitmachte, ließ meine Knie ganz zittrig werden. Sie waren alle am Leben! Sie hatten es geschafft!

Ich scrollte durch die Nachrichten hin zu den neuesten. Die letzte, die Luka mir geschickt hatte, war von heute Morgen.

Ellie, wir werden bald wahnsinnig. Lis und Gilbert streiten den ganzen Tag, aber keiner will mir etwas sagen. Gilbert meint, wir sollen dir nicht schreiben. Er hat sogar versucht, mir die Kommunikationsrechte zu entziehen – als ob er wüsste, wie das geht! Und er behauptet, dir ginge es gut, dabei kann er das doch überhaupt nicht wissen!! Bitte sei am Leben! Bitte komm zurück!

Weil von meiner Tante und von Gilbert selbst keine Nachrichten auftauchten, setzte ich sofort dazu an, Luka zu antworten.

Da griff Bale an meine Schulter. »Barbie, warte.«

»Warum?«, zischte ich, noch wütender, als ich es eigentlich vorgehabt hatte. »Warum soll ich warten? Warum gehen wir nicht jetzt? Warum nicht schon gestern? Ich muss endlich zu meiner Familie! Nicht morgen! Heute!«

»Wir müssen aber bis morgen warten.«

»Wieso?«, fragte ich. »Wieso ist dir dieses bescheuerte Fest so wichtig? Sag es mir! Oder ist das wieder eins deiner Millionen Geheimnisse?«

»Ich erkläre es dir noch«, sagte Bale bloß. »Bitte, vertrau mir einfach.«

Die Wut hatte mich fest im Griff. Ich war es so leid. Und ich brauchte kein weiteres Puzzleteil des Balian Travers, das nirgends hineinpasste.

»Ich werde dir niemals vertrauen«, sagte ich mit zittriger Stimme, dann rannte ich die Treppe nach oben und verschanzte mich in meinem Zimmer. Es kam mir heute so klein vor wie noch nie.

Mit einer Faust schlug ich gegen die Holzwand, dann warf ich meine frisch gewaschene Uniform aufs Bett und ließ mich auf den Boden sinken. Mein Kopf dröhnte. Ich hatte nicht mal gewusst, dass es so etwas wie eine Notstandsverordnung gab. Die zehn Leiter des Kuratoriums hatten Entscheidungen, die alle Territorien angingen, bisher immer gemeinsam getroffen – und es mussten *alle* zustimmen, was oftmals, wie Gilbert erzählt hatte, Wochen in Anspruch genommen hatte.

Dass Hawthorne nun als Oberster Leiter eingesetzt worden war, musste bedeuten, dass die Lage wirklich schlimm war. Und nicht nur in Neu London.

Ich spielte die Videobotschaft ein weiteres Mal ab. Und dann noch einmal. Am Ende zeigte Hawthorne Aufnahmen aus den Überwachungskameras, die während des Angriffs auf Neu London aufgezeichnet worden waren. Überall sah man Zünder durch die Gänge streifen, sie alle trugen die Uniformen des Roten Sturms, und egal, wo sie hingingen, hinterließen sie nur Feuer und Asche.

Während das Video lief, verkrampfte ich die Hände so fest ineinander, dass sich meine Nägel in mein Fleisch bohrten und dort rote Halbmonde hinterließen.

Da erschien auf einmal ein Flirren zwischen meinen gekrümmten Fingern. Erst bemerkte ich es kaum, so beschäftigt war ich mit meinem Detektor, doch dann spürte ich es im ganzen Körper. Ich *spürte* es, als wäre es ein Teil von mir.

Ungläubig hob ich meine Hände und ließ den Detektor zu Boden fallen.

Ja … ich spürte es wirklich! Denn mitten in meiner Faust surrte etwas, presste gegen meine Haut, als wollte es größer werden. Ich wusste, was es war, wusste, wenn ich es zuließe, würde es wachsen und zu einem mächtigen, alles in sich verschlingenden Vortex werden.

Ein Lächeln legte sich auf meine Lippen, als ich die Spannung in meiner Hand löste und die surrende Energie verpuffte.

Ich brauchte Bale nicht, um nach New York zu kommen. Ich konnte es ohne ihn schaffen.

Er musste mich nur aus Sanktum herausbringen.

Während die anderen zu Abend aßen, saß ich in meinem Zimmer und lauschte intensiv den Geräuschen unter mir. Ich hatte Holden und Luka eine kurze Nachricht geschrieben und ihnen versprochen, ich würde bald in New York zu ihnen stoßen.

Doch warum schrieb Lis mir nicht? Oder Gilbert? Ich konnte es mir nicht erklären. Meine Finger schwebten über der Tastatur, um Luka danach zu fragen, doch schließlich drückte ich auf den Aus-Schalter.

Wenn ich es noch heute aus Sanktum herausschaffen wollte, musste ich mich auf all das konzentrieren, was ich in den letzten Tagen gelernt hatte.

Susies sanfte Rufe, ich solle zum Essen kommen, hatte ich ignoriert. Spätestens jetzt wusste sie genau, wer ich war und dass ich zum Kuratorium gehörte. Und der Gedanke, dass sie mich deshalb nicht mehr leiden konnte, legte sich wie eine Schraubzwinge um meine Kehle.

Also blieb ich, mit meiner Uniform bekleidet, im Zimmer und wartete.

Bale war noch im Haus, was bedeutete, dass er jeden Moment aufbrechen musste, wenn er heute seine übliche Tour zu den Wissenszentren erledigen wollte.

Ich saß auf meinem Bett, bereit, ihn zu verfolgen, wenn er aus der Stadt verschwinden wollte. Von seinem Ziel aus könnte ich mir dann einen eigenen Vortex erschaffen und mich den Läufern in New York anschließen. Dort würde ich Luka wiedersehen … und mich mit ihm zusammen dem Roten Sturm stellen.

Tatsächlich war es beinahe Mitternacht, bis ich Schritte im Erdgeschoss hörte. Anscheinend wollte Bale nicht mehr Roburs Aufmerksamkeit auf sich ziehen, aber statt dass er auf seine Diebestouren verzichtete, machte er sie nun eben heimlich.

Ich wartete, bis ich seine Silhouette draußen sah, dann schlich ich mich nach unten. An seiner Zimmertür hörte ich ein leises Scharren und Fiepen. Atlas war wohl nicht sonderlich glücklich darüber, eingesperrt worden zu sein.

Leise öffnete und schloss ich die Hintertür des Hauses und folgte Bales Schatten in Richtung Bergkette.

Weit lief er jedoch nicht, schon hinter der ersten Baumreihe kam er zum Stehen. Ich drückte mich an einen breiten Stamm, damit ich nicht zu sehen war.

Bale tippte auf seinen Detektor, dann öffnete er einen Vortex, der sanft vor sich hin surrte. Kurz warf er einen Blick in seine Umgebung, und ich machte mich möglichst schmal hinter dem Baum.

Die Dunkelheit musste mich gut verstecken, jedenfalls ging

Bale unbekümmert durch den Vortex und ließ sich vom Sog davontragen.

Jetzt musste alles ganz schnell gehen, denn es war unmöglich zu sagen, wie lange der Vortex offen blieb – und wie schnell Bale die Gravisensoren an der Bergkette wieder aktivierte. Das Letzte, was ich wollte, war, auf halber Strecke in Sanktum stecken zu bleiben.

Ich rannte über die Wiese und sprang kopfüber hinein, als würde ich in ein Schwimmbecken eintauchen. Dieses Mal versuchte ich gar nicht, ihn zu steuern, sondern ließ mich einfach hindurchtreiben, in der Hoffnung, dass ich nicht direkt neben Bale auf der anderen Seite herauskommen würde.

Im Vortex toste es, er schlingerte und krümmte sich, so wie ich es nur von Bales Vortexen kannte. Trotzdem hatte ich Glück, denn als ich mich hinter einer Reihe von Wandregalen wieder materialisierte, war Bale nirgends mehr zu sehen. Mir war ziemlich schwummrig zumute. Der Sprung musste ganz schön weit gewesen sein, anders waren das Schwindelgefühl und die tanzenden Lichtpunkte vor meinen Augen nicht zu erklären.

An der Tür vor mir konnte ich das Convectum erkennen, darüber der Leitsatz des Kuratoriums: *Jede Bewegung verläuft in der Zeit und hat ein Ziel.* Das war jedoch das Einzige, was ich lesen konnte, denn als ich nach oben in eines der vielen Regale spähte, standen dort bloß Aktenordner voller japanischer Schriftzeichen.

Wir waren in Japan. Und wenn Bale in ein Wissenszentrum einbrach, um Codes zu klauen, musste dieses dem Kuratorium in Tokio zugeteilt sein.

Ich nahm einen tiefen, erleichterten Atemzug. Mein Plan hatte tatsächlich funktioniert! Dann lugte ich auf meinen Detektor. Das Ortungssystem funktionierte immer noch nicht, aber das war jetzt unwichtig.

Vorsichtig spähte ich in den Raum hinein. Es war eine Art Labor. Weiße Wände, weiße Böden, und weiter vorne war eine riesige Säule, die mich sehr an die Videosäule im Observatorium erinnerte.

Die Einrichtung war definitiv viel spartanischer als die in Neu London. Nichts erweckte den Anschein, dass Menschen gerne ihre Zeit hier verbrachten; nur dass sie so effizient wie möglich arbeiten sollten.

Mein Blick schnellte umher. Ich konnte *jetzt* abhauen. Niemand würde mich daran hindern. Sogar Bale würde mein Verschwinden erst bemerken, wenn er wieder in Sanktum war.

Also krampfte ich meine Finger zusammen und wollte das wiederholen, was mir im Gasthaus fast geglückt war: einen Vortex zu erschaffen. Ich versuchte, eine Spannung zwischen meinen Fingern zu erzeugen, die Luft zu verdichten, bis sie surrte.

Die Energie war da, meine Haut kribbelte, doch das Licht, das den Vortex ankündigte, blieb aus. Irgendwie fühlte es sich falsch an. Verdammt! Fluchend streckte ich meine Hände nach vorne, wieder und wieder, bis mein Kopf rot anschwoll und mir richtig schwindelig wurde.

Als ich das typische Surren und Flirren eines Vortex vernahm, glaubte ich schon, es geschafft zu haben – doch das Geräusch kam nicht von mir.

Es kam von der Videosäule.

Als ich darauf zulief, entdeckte ich Bale auf einem der Monitore. Er rannte durch einen Flur geradewegs auf einen Vortex zu. Hinter ihm sah ich zwei Läufer, die ihn verfolgten.

Und sie trugen Schusswaffen.

Das, was da vor meinen Augen ablief, war definitiv keine normale Verfolgungsjagd. Bale spielte regelrecht Katz und Maus mit den beiden Läufern.

Schon bei unserem Training hatte ich bewundert, wie leichtfüßig er sich durch Vortexe bewegte, aber das war nichts im Vergleich zu dem, was er nun ablieferte.

Bale erzeugte Vortexe im Sekundentakt und sprang dadurch um die Läufer herum, als würde er gemütlich Slalom laufen. Immer und immer wieder surrte es, ein neuer Vortex wurde geöffnet, während der vorige innerhalb von Millisekunden verschwand. Dadurch sah es so aus, als würden Dutzende Bales zur selben Zeit durch die Flure rennen, was die Läufer total irritierte.

Überhaupt schienen die beiden völlig überfordert zu sein. Sie versuchten, mit ihren Waffen auf Bale zu schießen, und ich wusste, dass in den Kugeln Gravisensoren eingebaut waren. Wenn sie ihn nur ein einziges Mal erwischten, hätte Bale keine Chance mehr. Die Kugeln unterdrückten schließlich jegliche Art von Vortexenergie, und das für mehrere Stunden. Damit würde er unmöglich aus dem Zentrum fliehen können.

Doch er ließ sich offensichtlich nicht beeindrucken. Bale bewegte sich in rasantem Tempo den Flur entlang in Richtung eines Raumes, über dem eine rote Lampe mit japanischen Schriftzeichen leuchtete.

Wurden dort die Codes gesichert? War das eines der Serverzentren, über die mir Luka so viel erzählt hatte?

Jedes Kuratorium, jedes Wissenszentrum besaß eines, und darin lagerten in riesigen Serveranlagen alle Daten. Alles, was auf den Detektoren abgerufen werden konnte – und alles, was *nicht* auf den Detektoren abgerufen werden konnte.

Als ich mir sicher war, dass die Läufer nicht jeden Moment in den Flur vor mir laufen würden, wagte ich mich langsam aus meinem Versteck. Links hörte ich den Lärm der schreienden Läufer und das Surren der Vortexe. Ein Teil von mir wäre Bale gerne gefolgt, um zu sehen, ob er dieses Mal Erfolg hatte und die Codes entwenden konnte. Mit ihnen wollte er die Splits von seiner Liste befreien, so viel hatte ich inzwischen verstanden. Doch ich konnte meine einzige Chance zur Flucht nicht aufs Spiel setzen. Also drehte ich mich um und lief in die entgegengesetzte Richtung. Wenn ich keinen Vortex erschaffen konnte, um hier rauszukommen, musste ich eben einen anderen Ausgang finden.

Der Korridor, durch den ich lief, zog sich endlos in die Länge. Weiße Wände, weiße Böden. Und dass auf den Lageplänen, die an jeder Ecke angebracht waren, alles nur auf Japanisch stand, half mir auch nicht gerade, mich zurechtzufinden. Der Lärm der Verfolgungsjagd wurde immer leiser, je weiter ich ging. Zurück blieb nur ein Geruch, den ich aus dem Krankentrakt unseres Kuratoriums kannte. Ein klinisch reiner Geruch, der alles Natürliche überlagerte.

Irgendwann kam ich an eine Kreuzung. Die zwei Gänge sahen völlig identisch aus, also entschied ich, nach links zu gehen.

Am Ende dieses Korridors wartete eine verglaste Tür, die wiederum in einen strahlend weißen Saal führte. Ich näherte mich langsam und lugte so hindurch, dass man mich von der anderen Seite aus nicht sehen konnte.

Der Saal war in etwa so groß wie das Neu Londoner Auditorium, jedoch gegliedert in viele Abteilungen. Winzige Räume, die nebeneinander aufgereiht und nur mit einer Glasfront vom Rest des Saals abgetrennt waren.

Oh.

Das waren Käfige. Gefängniszellen. Genau solche, wie Bale sie mir beschrieben hatte.

Ich hatte keine Ahnung, was ich da tat, als meine Hand nach der Tür griff. Es war dumm, Zeit zu vergeuden.

Aber ich musste es mit eigenen Augen sehen.

Ich musste wissen, ob Bale die Wahrheit gesagt hatte. Ob das Kuratorium wirklich diese Experimente mit der Generation Null der Gravisensoren durchführte.

In jeder Zelle saß ein anderer Split. Ein anderer *Vermengter*, korrigierte ich mich stumm. Es waren Männer, Frauen, alte und junge. Manche waren auf einer Liege festgeschnallt, andere tigerten wie eingesperrte Tiere umher, wieder andere saßen zusammengekauert an die Wand gelehnt und starrten ins Leere. Sie alle trugen Kittel, die nur das Nötigste verdeckten.

Der Saal zog sich noch viel weiter in die Länge, als ich gedacht hatte. Soweit ich es ausmachen konnte, gab es von jeder Art gleich mehrere. Grunder, Zünder, Wirbler – nur Schwimmer entdeckte ich keine.

Vielleicht wurden sie in einem anderen Raum gehalten? Ein Raum mit Tanks voller Wasser, in denen Mädchen wie Susie umherschwammen, bevor sie für Experimente herausgezogen wurden?

Mein Herz wurde schwer, als ich in der Zelle vor mir ein Mädchen mit weißen Haaren und gelblichen Augen sah. Sie starrte teilnahmslos auf ihre Finger, zwischen denen sich ein Windwirbel wie eine Raupe hindurchschlängelte. Eine Seite ihres Kopfs war kahlrasiert, unter den Stoppeln zogen sich kleine kreisförmige Narben über die Haut. Wunden, wie ich sie auch bei Susie gesehen hatte.

Wie benommen ging ich auf ihre Zelle zu und drückte eine Hand gegen das Glas. Daneben war ein Bildschirm angebracht, auf dem die Daten des Mädchens aufleuchteten. *Name: unbekannt, Herkunft: unbekannt, Extraktion: Tokio, 7. Januar 2097.*

2097? Das war zwei Jahre her. Sie war bereits *zwei Jahre* in dieser Zelle!

Alter: Circa 35. Zuerst glaubte ich, mich verlesen zu haben, doch dann erinnerte ich mich, dass Wirbler viel langsamer alterten als Menschen. Die Luft, mit der sie vermengt worden waren, modifizierte ihre Zellen, so dass sie locker doppelt so alt wie Menschen werden konnten. Das Mädchen vor mir sah keinen Tag älter als siebzehn aus, aber der Anblick täuschte wohl.

Erst schien sie mich gar nicht zu wahrzunehmen, doch dann wanderten ihre gelben Augen wie in Zeitlupe zu mir. Für einen langen Moment starrte sie mich einfach nur an, und die Gefühlskälte in ihrem Blick ließ mich frösteln.

Dann schoss die Windraupe aus ihrem Griff und raste auf die Glaswand zu. Mit großem Tosen prallte sie gegen die Innenseite. Das Glas vibrierte unter der Wucht, doch der Wind wurde in Sekundenschnelle in Nichts aufgelöst, als links und rechts Gravisensoren blau aufleuchteten.

Das Mädchen beobachtete die Verpuffung ohne große Überraschung, dann blickte sie wieder auf ihre Hände, und ein weiterer Windwirbel löste sich und tanzte um ihre Fingerspitzen.

»Was tun wir euch nur an?«, flüsterte ich und stützte mich erschöpft gegen die Glaswand.

Ob es in Neu London auch Käfige wie diese gab? Wie viele Splits wurden in dieser Sekunde für Experimente missbraucht?

Es war kaum zu ertragen. Jahrelang hatte ich alles geglaubt, was das Kuratorium mir erzählt hatte. Ich hatte geglaubt, dass die Zonen den Splits das boten, was sie zum Leben brauchten. Und ich war mir sicher gewesen, dass die Splits zu gefährlich, zu unberechenbar, zu wild waren, um an ihrer Seite leben zu können.

Ich hatte geglaubt, dass wir die Guten waren.

Dabei gab es auch Splits, die sanft, freundlich und selbstlos waren. Es gab Splits wie Luka und Susie und Fagus – und wir hatten kein Recht, sie ihrer Freiheit zu berauben.

Meine Hände zitterten, so aufgewühlt war ich. Hilfesuchend ließ ich meinen Blick durch den Raum wandern. Vielleicht … vielleicht konnte ich die Splits ja befreien?

Allein der Gedanke war völlig wahnsinnig. Wenn ich das täte, wäre meine Karriere im Kuratorium auf jeden Fall Geschichte. Früher oder später würden die Navigatoren sich die Videoaufzeichnungen ansehen und herausfinden, was ich getan hatte.

Mein Gesicht war seit dem Vortexrennen weltweit bekannt. Ich wäre definitiv geliefert.

Und trotzdem … Ich konnte nicht einfach abhauen. Nicht mehr. Dieses Mädchen könnte Susie sein. Oder Luka, der einem Schicksal wie diesem womöglich nur um ein Haar entgangen war.

Es fühlte sich an, als wäre ich ihm das schuldig.

Fernab der Zellen war der Saal völlig leer. Ich lief an den Wänden entlang, tastete nach Vertiefungen darin, hinter denen sich Schränke und Schubladen auftun könnten, so, wie ich es aus dem Observatorium kannte, doch da war nichts. Erst als ich beinahe am Ende des Saals angekommen war, gab etwas an meinem Finger nach. Ein schmaler Teil der Wand fuhr in den Raum hinein, und ein Regal kam zum Vorschein. Darin lagerten durchsichtige Kästen, in denen sich kleine Kügelchen befanden.

Die Behälter waren fest verriegelt. Warnsymbole machten deutlich, dass darin kein Spielzeug lagerte.

Es waren Gravisensoren. Und obwohl sie schwarz waren, also deaktiviert, konnte ich sehen, dass ihre Hülle bei Aktivierung nicht blau glimmen würde, sondern *orange.*

»Die Generation Null«, murmelte ich und zuckte zusammen, als aus den Zellen des Raums Schreie und Raunen ertönten.

O Gott, dachten sie, ich wollte die Sensoren *benutzen*? Hastig drückte ich das Regal wieder in die Wand und lief weiter.

Da! Links von den Zellen sah ich eine Konsole mit einem Steuerungsmodul und lief mit schnellen Schritten darauf zu.

Verdammt! Natürlich war auch hier alles auf Japanisch geschrieben, und ich fluchte, als ich planlos auf dem Bildschirm herumdrückte.

Die Splits, die nicht auf den Liegen festgeschnallt waren, hatten sich inzwischen an ihre Glaswände gestellt und beäugten jede meiner Bewegungen.

»Wisst ihr, wie man die Zellen öffnet?«, rief ich in den Raum, doch niemand schien mich zu verstehen. Sprachen die etwa alle kein Englisch? Oder vielleicht waren die Zellen schallisoliert?

Vielleicht wollten sie auch einfach nicht mit mir reden.

In diesem Moment hätte ich mir das Convectum am liebsten von der Uniform gerissen.

»Komm schon«, murmelte ich. Irgendwie musste ich den Schließmechanismus doch deaktivieren können! Vielleicht wenn ich die ganze Konsole zerstörte?

Doch nichts stand in dem Saal herum, das man als Waffe benutzen konnte. Ich ballte meine Hände zu Fäusten. So ein Mist! Wütend hämmerte ich auf das Display, und da sprang plötzlich ein Funke von meinem Finger. Ein Flirren entstand, und meine Augen weiteten sich.

Oh.

Die Energie presste gegen meine Handinnenflächen, wurde größer, und obwohl ich keinen Vortex erschaffen konnte, erzeugte ich doch genügend, um –

Ein lautes Krachen ertönte, und im nächsten Augenblick zersplitterte das Display der Konsole in tausend Stücke. Ein Stromschlag ließ es schwarz werden, und der bissige Duft von verschmorten Kabeln drang in meine Nase.

Für einen Moment herrschte absolute Stille, als der Raum in ein rotes Licht getaucht wurde.

Dann ertönte der Alarm.

Ich riss meine Hand zurück, als hätte ich mich verbrannt. Daran hatte ich überhaupt nicht gedacht.

Mit geweiteten Augen drehte ich mich um. Die Scheiben der Zellen bewegten sich nicht, doch die Gravisensoren waren schwarz geworden. Offensichtlich hatte der gesamte Saal auf Notstrom geschaltet – und die Sensoren waren deaktiviert worden.

Die Vermengten, die in der Lage waren aufzustehen, liefen zur Glasfront und fixierten mich mit ihren glimmenden Augen. Langsam … *sehr langsam* … hob das Wirblermädchen, das ich eben noch beobachtet hatte, ihre Hand. Und schon drückte sich ein wahrer Wirbelsturm gegen das Glas, das sofort wild zu zittern begann.

In der Zelle daneben tauchte ein Zünder seine Hände in Feuer, und auch in weiteren Zellen fingen die Vermengten an, sich an der Scheibe zu schaffen zu machen.

Ich war wie erstarrt. Die rohen Naturgewalten füllten die kompletten Zellenräume aus. Und da wurde mir klar, dass ich eines bei meiner heldenhaften Befreiung nicht durchdacht hatte: Die Splits, die in den Zellen eingesperrt waren, hatten dort *sehr* viel Zeit verbracht. Zeit, in der sie von Kuratoriumsmitarbeitern gefangen gehalten und als Testobjekte missbraucht worden waren.

Zeit, in der sie das Kuratorium zu hassen gelernt hatten.

Und ich trug eine Läuferuniform.

Okay – Zeit für einen Fluchtplan. Die Tür, aus der ich gekommen war, lag am gegenüberliegenden Ende des Saals, aber einen anderen Ausweg gab es nicht.

Kaum, dass ich losgelaufen war, ertönte ein Splittern. Das Wirblermädchen hatte sich befreit. Die Glasscheibe zerbarst, und ihre Scherben verteilten sich klickernd auf den weißen Kacheln. Dann kam das Mädchen mit schnellen Schritten auf mich zu.

Sie ignorierte die Scherben, über die sie barfüßig hinweglief, und die Windraupe glitt nicht mehr sanft um ihre Finger, sondern zuckte aufgeregt um ihren Körper herum. Auch in den Zellen nebenan gaben die Scheiben nach. Schon kamen von überall Zünder, Wirbler und Grunder mit wutverzerrten Grimassen auf mich zu und schnitten mir den Weg ab.

»Ich will euch *helfen*«, rief ich den Vermengten entgegen, doch keiner von ihnen reagierte. Sie pirschten sich nur weiter in ihren weißen Kitteln an.

Da raste der Windwirbel des Mädchens auf mich zu und traf mich mitten auf der Brust. Mit einer gewaltigen Druckwelle schleuderte er mich nach hinten gegen die Wand.

Leises Lachen brandete im Raum auf, und ich versuchte, mich aufzurappeln, aber es fiel mir schwer. Der Boden vibrierte unter den Schritten der Grunder, und die Hitze, die von den Zündern ausging, gab mir einen Vorgeschmack auf das, was gleich passieren würde.

Sie würden mich umbringen.

Und das Schlimmste war: Ich konnte ihnen ihren Hass nicht mal übelnehmen.

»Bitte«, sagte ich, als sich das Mädchen vor mir aufbaute. »Ich kann euch helfen.«

»Ko'na mon ga iranai nda«, entgegnete sie, und ich konnte noch nicht einmal darüber rätseln, was sie gesagt hatte, als mich die Luftböen von Kopf bis Fuß gegen die Wand pressten und dort gefangen hielten. Ihre eisig gelben Augen lagen ohne jegliche Gefühlsregung auf mir, und auch der Zünder, der sich neben sie stellte, sah mich an, als wäre ich sein persönlicher Erzfeind.

Nicht, wollte ich sagen, aber die Druckluft machte es mir unmöglich zu sprechen.

Oder zu atmen.

Japsend hing ich an der Wand und dachte an Susie und ihr blaues Traumkleid, den Versammlungsbaum mit den Girlanden.

Die Wahrheit war: Ich wäre unheimlich gerne mit ihr auf dieses Fest gegangen.

Als ich das Bewusstsein endgültig zu verlieren drohte, ertönte ein Knall. Ich hatte keine Ahnung, wie mir geschah, als sich Arme um mich legten und ich durch die Wand hinter mir fiel.

Das Surren eines Vortex trug mich davon. Ich nahm Bales Minzgeruch wahr, auch wenn ich ihn nicht sehen konnte. Er musste einen Vortex genau zu mir gelenkt haben und wollte mich mit sich davonziehen, doch wir kamen nicht weit. Wurzelketten wanden sich um meinen Fuß und zerrten mich zurück in den Raum mit den Zellen. Und weil Bale mich umklammert hatte, wurde er mitgerissen.

Mit einem Stöhnen fielen wir auf den weißen Boden, und die Splits stellten sich in einem Kreis um uns.

»Wieso hast du sie freigelassen?«, presste Bale hervor, gefolgt von einem schmerzerfüllten Keuchen, als wir von einer weiteren Druckwelle auf den Boden gedrückt wurden.

»Ich m-musste an Susie d-denken«, gab ich mit viel Mühe zurück. »Ich d-dachte, ich kann ihnen h-…«

Mein Gewürge endete in einem erschrockenen Schrei, als der Zünder, der über uns gebeugt stand, plötzlich Feuer zwischen seinen Händen aufglimmen ließ. Jeden Moment könnte er die Flammen auf uns hinabsausen lassen.

»Nimm meine Hand!« Bale streckte mir seine Finger entgegen. Ich konnte gerade so danach greifen, als sich der Boden unter uns in einen Vortex verwandelte. Wir sanken hinab, als würden wir auf Treibsand liegen.

Wieder schossen Wurzeln hinter uns her. Ich konnte mich gerade noch zur Seite neigen und sah einen Strang haarscharf an meinem Kopf vorbeiziehen.

Es kam mir vor, als wären wir nur für einen Wimpernschlag im Vortex gewesen. Als die Umgebung um uns herum Formen annahm, wurde meine Vermutung bestätigt. Denn Bale hatte uns lediglich in eine leere Zelle am anderen Ende des Raumes befördert.

Der Vortex löste sich blitzschnell auf. Neben mir krachte eine abgetrennte Wurzelhand auf den Boden. Zwei Finger zuckten noch, aber nach und nach zerfielen auch diese in einzelne Stränge.

Von der anderen Seite des Saals hörte ich die Splits auf uns zustürmen. Die Scheibe, die unsere Zelle vom Saal abschirmte, war zum Glück noch intakt – aber ich wusste, sie würde den Kräften der Splits nicht lange standhalten.

»Wir müssen sofort von hier verschwinden«, sagte ich, doch kaum, dass ich zu Bale sah, stockte mir der Atem.

Er kauerte auf dem Boden. Und auf seinem weißen Shirt zeichnete sich ein roter Fleck ab, der immer größer wurde.

»Was …«, stieß ich ungläubig hervor, bevor ich verstand, was gerade geschehen war.

Ein Wurzelstrang musste Bale durch den Vortex gefolgt sein. Und er hatte ihn getroffen.

»Bale.« Ich ließ mich auf die Knie neben ihm sinken. »Was … was soll ich tun?«

Auf seiner Brust tauchten immer mehr rote Punkte auf. Wie viele Stränge hatten ihn getroffen? Und wie konnte ich die Blutung stoppen?

Bales Augen waren nur noch halb geöffnet, doch er winkte ab, als sei das alles gar nicht wichtig. »Geh«, sagte er. »Ich öffne dir einen Vortex und sage dir, wie du ihn steuerst. Du … du kannst das.«

»Spinnst du? Ich kann doch jetzt nicht gehen!«

»Deswegen bist du mir aber gefolgt.« Bale stöhnte, als er versuchte, sich aufrecht hinzusetzen. »Um abzuhauen.«

»Ich …« Damit hatte er natürlich recht. Und wenn ich es nur lange genug probierte, würde ich es schaffen, von hier wegzukommen, da war ich mir sicher.

Noch vor wenigen Tagen hätte ich es, ohne mit der Wimper zu zucken, getan. Ich hätte ihn zurückgelassen.

Selbst wenn ich keinen Vortex erschaffen könnte – sobald die Läufer das Zentrum wieder unter ihre Kontrolle brachten, müsste ich nur zu einem von ihnen gehen und sagen: *Ich bin Elaine Collins.* So, wie mein Gesicht über die Medienkanäle gejagt worden war, würden sie mich sofort erkennen. Ich wäre in Sicherheit.

Aber Bale … Selbst wenn er überlebte, er war ein Deserteur. Sie würden ihn anklagen, ihn so lange verhören, bis er ihnen von

Sanktum erzählte. Und danach würden sie ihn ins Gefängnis stecken.

Es war mir fast unheimlich, wie schnell ich meine Entscheidung traf. Das widersprach allem, wofür ich stand – allem, was ich jemals gelernt hatte. Doch mein Wissen war bedeutungslos geworden im Angesicht einer einzigen simplen Tatsache: Ich konnte Bale unmöglich sterben lassen.

Die ersten Splits tauchten vor unserer Zelle auf. Sogleich prasselten Wirbelstöße, Feuerlohen und Wurzelstränge auf die Scheibe ein. Uns blieb nicht mehr viel Zeit.

Ich krallte meine Finger in Bales T-Shirt und zog ihn in meine Arme. Keuchend lehnte er sich an mich, sein Kopf fiel matt gegen meine Schulter.

»Bitte geh, Barbie.«

»Wir springen *zusammen*«, beharrte ich. »Zurück nach Sanktum. Komm schon, öffne einen Vortex.«

Er schüttelte den Kopf, sein Gesicht war kreideweiß. »Kann ... nicht ... springen«, sagte er abgehackt, während er eine Hand über die Wunde auf seiner Brust drückte.

»Du *kannst* das nicht?« Meine Stimme war ungewohnt schrill. Die Scheibe zeigte bereits erste Risse. »Sie bezeichnen dich als Genie, weißt du das? Tausende Anwärter auf der Welt sind vor Ehrfurcht ganz ergriffen, wenn sie deinen Namen sagen. Ich hab dich vorhin beobachtet. Du kannst das *im Schlaf*!«

»Elaine.« Bale griff nach meiner Hand. Es war das erste Mal, dass er meinen Namen benutzte. »Einen Zeitsprung schaffe ich nicht. Aber du ... du kannst das. *Bitte.*«

»Einen Zeitsprung?«, wiederholte ich unsicher.

»Sind ... in ... Zukunft«, sagte er stockend und machte eine halbherzige Geste in den Raum.

Zukunft.

In meinem Kopf rasten die Gedanken umher. Waren wir gar nicht in unserer Zeit? Ein Blick auf meinen Detektor beseitigte jeden Zweifel. Datum und Uhrzeit hatten sich umgestellt. Er zeigte den ersten März an. Dabei war heute erst Mitte Februar.

Ich starrte fassungslos zu Bale hinab.

»Ich gehe nicht ohne dich«, sagte ich und war selbst erstaunt über meine Worte. Wie war ich zu dieser Person geworden, die ihr Leben für einen Deserteur riskierte? »Sag schon: Wie bringe ich uns in die Gegenwart zurück?«

Bale atmete nur noch flach. Sein Mund öffnete sich zwar, aber es kam kein Laut mehr heraus.

Also gut. Ich konnte das auch alleine. Entschlossen hielt ich Bale an mich gedrückt und blendete alles aus: die Sirenen, die um uns herum läuteten, die Glasscheibe, die jede Sekunde nachgeben würde …

Wenn Bale keinen Vortex erschaffen konnte, dann musste ich es tun. Ich *musste* es schaffen!

Zittrig streckte ich meine Hand in die Luft. Ich rief mir ins Gedächtnis, wie Bale uns in die Alpen geführt hatte, wie wir auf der Außenbahn des Vortex umhergeschleudert worden waren, und wusste, das war der Schlüssel, die Zeit zu krümmen.

Alle Kraft, die in mir steckte, kanalisierte ich auf diesen einen Punkt zwischen meinen Fingern. Die Energie war ein Teil von mir, hatte Bale gesagt. Also krümmte ich meine Hand, und da krümmte sich auch der Punkt vor mir.

In dem Moment, als die Glasscheibe nachgab, wurden wir vom Vortex erfasst. Ich umklammerte Bale, so fest ich konnte, damit wir uns auf keinen Fall im Strom verloren.

Durch den Sog ließ ich uns zu den Außenbahnen treiben. Die Strömung wurde sofort stärker, und je weiter ich uns an den Rand brachte, desto lauter wurden auch die schmerzerstickten Laute aus Bales Mund. Trotzdem fing ich an, den Vortex so zu krümmen, wie ich es bei Bale beobachtet hatte. Ich ließ die Energien bereitwillig in mich hineinfließen und brachte die Strömung unter meine Kontrolle.

Eisern dachte ich an Sanktum, dachte an die Veranda, wo Bale und ich gesessen hatten. Ich dachte an die sternenklare Nacht, die sich über die Stadt gelegt hatte, als wir von dort verschwunden waren, dachte an den Baum, in dem das Gasthaus lag, und hoffte, dass all das genug war, um den Vortex nicht nur nach Sanktum zu lenken, sondern auch zurück in *unsere* Zeit.

»Sen … soren«, keuchte Bale und starrte mich drängend mit seinen eisblauen Augen an. Es dauerte einen Moment, bis ich verstand, was er wollte: Die Gravisensoren würden unseren Sprung in die Stadt verhindern!

Mit großer Mühe griff ich nach Bales Hand und zog seinen Detektor ab, um ihn vor mich zu halten. Wir schlingerten so stark, dass ich mehrere Versuche brauchte, etwas auf dem Bildschirm zu erkennen. Eine Karte von Sanktum war darauf zu sehen. Ich drückte auf die Barriere, die die Stadt umgab, und jubelte innerlich, als die Lichter verschwanden.

Dann schloss ich die Augen. Der Vortex krümmte sich ein letztes Mal und trug uns davon.

23

Die Luft lag schwer in dem abgedunkelten Raum, in dem wir landeten. Es roch nach Staub und Erde, und meine Augen begannen sofort, unangenehm zu stechen. Alles war voller Dreck, herumliegender Eimer, Tücher und Werkzeug.

»Wo sind wir?«, fragte ich und ignorierte das Unwohlsein, das der Zeitsprung in meinem Magen auslöste. Ich warf einen flüchtigen Blick auf meinen Detektor. Statt des 1. März 2099 wurde nun wieder der 17. Februar angezeigt. Ich hatte uns tatsächlich durch die Zeit gelenkt!

»Schuppen.« Bale hing noch immer in meinen Armen, und ich würde sein Gewicht nicht mehr lange tragen können. Mit letzter Kraft drückte ich auf seinen Detektor und reaktivierte die Sensoren an der Bergkette. »Gasthaus.«

Der Gartenschuppen. Natürlich!

»Ich bringe dich in dein Zimmer, da kann ich dich verarzten.«

Bale versuchte zu sprechen, doch dann gab er auf. Er nickte bloß in Richtung einer ziemlich gammligen Matratze hinter ein paar gestapelten Kisten. Daneben standen mehrere Verbandskästen, deren Inhalt sehr oft zum Einsatz gekommen sein musste.

»Bale, verdammt«, hauchte ich nur, weil ich mir gar nicht vorstellen wollte, wie oft er sich hier schon heimlich zusammengeflickt hatte. Bestimmt wusste keiner im Gasthaus davon, nicht mal Fagus, der doch eigentlich sein bester Freund war.

Schnell schleifte ich ihn zur Matratze, wo Bale sich sofort fallen ließ. Noch während ich nach dem Verbandskasten griff, schob er meine Hand weg. »Geh«, presste er hervor. »Ich … schaff das … schon.«

Hatte er endgültig den Verstand verloren? Ich beobachtete fassungslos, wie sich Bale das Shirt mit einem scharfen Atemzug über den Kopf zog, obwohl er kaum aufrecht sitzen konnte. Die Wurzelstränge des Grunders hatten hässliche, zerklüftete Wunden hinterlassen, aus denen immer noch viel zu viel Blut hervorquoll.

»Nein«, sagte ich und trat näher an ihn heran. »Ich werde dir helfen, ob du willst oder nicht.«

Bale schnaubte bloß heftig vor Anstrengung. Mit einer Hand hatte er den nächstliegenden Verbandskasten zu sich gezogen. Jetzt versuchte er, diese Wundersalbe aufzuschrauben, mit der er mein Bein behandelt hatte.

Kurz entschlossen riss ich sie ihm aus der Hand und trug so viel Salbe auf Bales Wunden auf, dass am Ende nicht mehr viel in der Dose übrig blieb. Ich rieb sie in seine Haut und über die Ränder der Wunde, inständig hoffend, dass die Wirkung wirklich so phantastisch war.

Bale stöhnte vor Schmerzen. Es sah aus, als wolle er sich am liebsten gegen meine Berührung wehren – als müsse er sich zwingen stillzuhalten.

Mein Puls raste, und erst als die Blutung langsam versiegte, beruhigte sich meine Atmung etwas.

»Das sieht schon viel besser aus«, murmelte ich. »Ich verbinde jetzt die Wunde. Dafür sollte das Verbandszeug noch reichen.«

Bale entwich ein krächzendes, halbersticktes Lachen. »Du wirst immer, zu jeder Zeit, ohne jeden Zweifel das Richtige tun, oder?«

»Und das ist eine Charakterschwäche für dich, oder was?«, fragte ich angesäuert.

»So meinte ich das nicht.«

»Ach nein? Wie meinst du es dann?«

»Ich will einfach, dass du den Dackelblick lässt. Ich bin aus wesentlich schwierigeren Situationen herausgekommen. Und das hier«, er deutete mühevoll auf die Wunde, »ist gar nichts.«

»Das ist *nicht* ›gar nichts‹!«, schrie ich. »Du wärst fast gestorben!«

Bale sah mich mit zusammengekniffenen Augen an. »Geh«, sagte er wieder. »Ich kann das selbst verarzten, Barbie. Das hab ich schon Dutzende Male gemacht.«

»Du solltest einen richtigen Arzt aufsuchen«, sagte ich, auch wenn ich natürlich wusste, dass er genauso gut mit einem großen Namensschild auf der Brust in den Krankentrakt des Kuratoriums marschieren und dort um Hilfe bitten könnte. Die Ärzte würden ihn sofort melden, schließlich war sein Gesicht weltbekannt.

»Ich liege nicht im Sterben!«, rief Bale frustriert. »Himmel, ich brauche nur etwas Schlaf, okay? Du kannst gehen, du hast deine Pflicht getan und …«

Ich spürte, wie mich eine wahre Wutwelle überrollte. »Meine Pflicht?«, schrie ich. »Meine Pflicht?! Du denkst, das war meine Pflicht? Du bist ein Deserteur! Meine Pflicht wäre es gewesen, dich dortzulassen, damit dich die Läufer einbuchten! Ich habe heute gegen das Gesetz verstoßen.« Ich hielt inne, dachte nach. »Oder … oder ich *werde* es tun, weil du mich in die *Zukunft* verschleppt hast! Früher oder später wird Hawthorne herausfinden, was ich getan habe, und dann werde ich nie wieder ein Kuratorium betreten dürfen. Also tu nicht so, als hätte ich das für mich gemacht, Arschloch! Ich erfülle keine Pflicht, ich versuche nur, mich davon abzuhalten, dich zu erwürgen!« Damit lehnte ich mich noch näher. »Lass mich dir helfen, oder ich schwöre, ich zwinge dich dazu.«

»Oh?« Bale wackelte mit den Augenbrauen, völlig unbeeindruckt von meiner Ansprache. »Ich wusste gar nicht, dass du auf solche Sachen stehst, Barbie.«

Ich verdrehte die Augen. »Du bist manchmal so verdammt kindisch, weißt du das? Würde es dich umbringen, einmal deinen Stolz runterzuschlucken und –«

»Ja, okay? Ja, das würde es! So viel Stolz *kann* man gar nicht runterschlucken!«

»Du bist nicht der Einzige, den …«

»… meine Verletzungen etwas angehen? Oh, ich denke doch, und spar dir deine Vortexläufer-wir-sind-ein-Team-Ansprache, denn ich gehöre nicht mehr zu euch Marionetten.«

»Glaubst du wirklich, es geht mir um die Läufer?«

»Ja, das glaube ich! Du bist enttäuscht, weil ›Balian Travers‹ nicht der Musterknabe ist, für den du ihn gehalten hast. Aber das bin ich nun mal nicht!«

Ich starrte ihn wütend an, und Bale starrte zurück. Natürlich war es letztendlich ich, die zuerst den Blickkontakt brach. Mit einem Seufzen stand ich auf. »Deinetwegen habe ich meine Chance auf Freiheit sausenlassen. Deinetwegen bin ich wieder hier – und nicht bei meiner Familie!«

»Habe ich dir gesagt, dass du die Zellentüren öffnen sollst?«, blaffte Bale zurück. »*Du* hast sie doch freigelassen. Dachtest du ernsthaft, sie würden dich mit offenen Armen begrüßen?«

»Ich rede nicht von den Splits«, sagte ich, obwohl ich wusste, dass er das Recht hatte, mir die Schuld daran zu geben. »Ich rede von der ganzen Aktion. Wie kommst du auf die Idee, du könntest in die Zukunft reisen, dort einfach in einen Serverraum einbrechen und streng geheime Codes klauen? Hast du etwa gedacht, sie hören irgendwann auf, sie zu bewachen? Nichts auf der Welt ist besser geschützt als diese Codes! Es ist ein Wunder, dass wir beide noch leben! Was du da jede Nacht machst, ist ein Selbstmordkommando!«

»Ich habe dich nicht darum gebeten, mir zu folgen. Und auch nicht, wieder hierher zurückzukehren. Du hättest gehen können.«

»Du wirst mich nicht dazu bringen, dass mir das leidtut. Wir wissen beide, dass du ohne mich tot wärst. Hast du nicht selbst gesagt, fürs Lebenretten gibt's keine Entschuldigung?«

»Hör mir mal genau zu«, sagte Bale, und seine Stimme war nun viel ruhiger, aber nicht weniger gereizt. »Ich will, dass eine Sache zwischen uns absolut klar ist: Ich brauche keinen Partner, ich brauche niemanden, der mir den Rücken freihält. Und ich brauche ganz sicher nicht dein Mitleid.« Seine Augen verengten sich zu Schlitzen. »Ich hab mich mein ganzes Leben lang um mich selbst gekümmert. Ich brauche niemanden – schon gar nicht, wenn derjenige so einfältig ist wie du.«

Ich presste meine Lippen aufeinander. »Weißt du was, Bale? Fahr zur Hölle!«

Ein tonloses Lachen kam über seine Lippen. »Glaub mir, da bin ich schon.«

Ich wirbelte herum. Mit schnellen Schritten lief ich durch die Tür nach draußen und warf sie hinter mir in die Angeln. Hoffentlich wachte das ganze Haus davon auf!

Natürlich war mir absolut bewusst, dass Bale genau das hatte erreichen wollen. Dass er all das gesagt hatte, damit ich jetzt ging und ihn alleine ließ.

Mit dem Kopf gegen die Tür des Schuppens gelehnt, atmete ich die Nachtluft tief in mich ein. So sehr wünschte ich mir mein

Minzölfläschchen herbei, aber wie der Rest meines Rucksacks musste es irgendwo in den verkohlten Überresten des Neu Londoner Kuratoriums liegen. Außerdem erinnerte mich der Minzduft mittlerweile auch an Bale, was die beruhigende Wirkung endgültig zerstört hatte.

Er kann sich nicht selbst verarzten, sagte ich mir dann und schloss die Augen, bevor ich die Klinke der Tür wieder nach unten drückte.

Im schummrigen Licht sah ich Bale schwer atmend auf seiner Matratze sitzen. Die fast weiße Haut seines Rückens glänzte im Mondlicht, das von außen hineinfiel, und ich spürte mein Herz bis in meine Ohren klopfen, als ich mich näherte.

»Lass mich dir helfen«, bat ich leise.

Bale seufzte, und alles in allem wirkte er wenig überrascht, mich wiederzusehen. Ich sah den Moment, als die Anspannung aus seinem Körper wich, und dann, mit einer stummen Bewegung, schob er das Verbandszeug in meine Richtung.

»Dann leg mal los«, murmelte er.

Ich nickte und kniete mich hinter ihn. Wir hatten einige Erste-Hilfe-Kurse während unserer Ausbildung absolviert, also wusste ich, was zu tun war. Trotzdem zitterten meine Hände ganz leicht, als ich sie auf seinen Rücken legte. Ich begann damit, die Wunde zu desinfizieren, auch wenn das nach der Wundersalbe gar nicht mehr nötig erschien. Im Grunde genommen war Bale glimpflich davongekommen. Unter meinen Fingerspitzen spürte ich die Wärme seiner Haut und den steten Puls, der mich gleich ruhiger werden ließ.

Vor wenigen Tagen hätte ich mir nie vorstellen können, hier mit Bale zu sitzen und seinen freigelegten Oberkörper zu berühren, aber in diesem Moment kam es mir gar nicht seltsam vor.

»Ich … wollte dich nicht so angehen«, sagte Bale irgendwann über seine Schulter gerichtet. »Es tut mir leid.«

Meine Finger verharrten für einen Moment, dann brachte ich die letzte Mullbinde an. »Schon gut.«

Den Verband hatte ich schnell über seinen Oberkörper gerollt und schloss ihn mit ein paar Klammern. Damit war der letzte Erste-Hilfe-Kasten geleert. Er würde ihn bald auffüllen müssen, wenn er so weitermachte.

Unentschlossen ließ ich von Bale ab. Ich hatte so viele Fragen, angefangen damit, warum er in die Zukunft reiste, um in die Serverräume einzubrechen. Doch ich wusste, er würde es mir nie freiwillig sagen. Und ich wusste, dass ich ihm nach allem etwas Ruhe schuldete.

»Du solltest dich schlafen legen«, sagte ich daher. »Wir könnten ins Haus gehen und …«

Bale warf mir einen flüchtigen Blick zu, dann schüttelte er den Kopf. »Ich will keinem von ihnen über den Weg laufen. Nicht so. Robur würde mir gleich eine Predigt halten, und das kann ich heute nicht gebrauchen.«

Ich seufzte und nickte. Dann zog ich die Decke zurück und wartete, bis er sich hinlegte. Die Matratze hatte schon bessere Tage gesehen, aber für eine Nacht würde es gehen.

»Das volle Programm, was?«, fragte Bale, und ein Lächeln stahl sich auf seine Lippen, während er sich vorsichtig hinlegte. »Wenn's mit dem Vortexlaufen nicht klappt, kannst du immer noch Krankenschwester werden.«

»Halt die Klappe«, gab ich nur zurück, erwiderte aber trotzdem sein Lächeln. »Gute Nacht.«

»Gute Nacht«, sagte Bale. Ich wollte gerade aufstehen, als er nach meiner Hand griff. »Wenn du Sanktum verlassen willst, schalte ich die Sensoren für dich aus«, sagte er leise.

Ich schluckte. Ich könnte unbemerkt einen Vortex öffnen und verschwinden. Das Angebot war verlockend. Noch vor wenigen Stunden hätte ich es sofort angenommen. Doch jetzt …

Luka, Gilbert und Lis waren in Sicherheit. Auf die wenigen Stunden kam es nicht mehr an.

Also schüttelte ich den Kopf. »Wir gehen morgen. Zusammen.«

Die Erleichterung war Bale ausnahmsweise sehr deutlich ins Gesicht geschrieben, und ich wusste, ich hatte die richtige Entscheidung getroffen.

Als ich endgültig aufstehen wollte, ertönte ein Scharren vor dem Schuppen. Ich schreckte zusammen – erfüllt von der Angst, dass uns einer der Vermengten durch den Vortex gefolgt war. Doch als sich die Tür einen Spalt öffnete, war es nur Atlas. Seine dicke Schnauze schob sich in den Raum, und als er Bale und mich auf der Matratze entdeckte, kam er sogleich angelaufen.

Ich lachte, als sich sein massiger Körper zwischen uns auf die Matratze schob, und streichelte sofort über seinen Rücken. Er roch immer etwas nach Wald und feuchter Erde, und das Moos zwischen seinem Fell fühlte sich richtig gut an, als ich meine Finger hindurchgleiten ließ.

Aus den Augenwinkeln beobachtete ich, wie Atlas an Bales Wunde entlangschnupperte und dabei leise fiepte.

»Er mag es nicht, wenn du dich in Gefahr bringst«, sagte ich und hörte Bales typisches abweisendes Schnauben.

»Manche Dinge sind es wert, sich dafür in Gefahr zu bringen«, entgegnete er.

»Aber nur, solange Gilbert euch keine Codes mehr geben kann«, sagte ich. »Ich meine: Er wird sicher damit weitermachen, sobald das Institut die Arbeit wiederaufgenommen hat.«

Und je mehr ich darüber nachdachte, desto mehr wollte ich,

dass er es tat. Ich hatte es mir zuerst nicht eingestehen wollen, aber meine Haltung zu Gilberts Verrat hatte sich geändert. Zum einen zweifelte ich nicht mehr an Nathaniels Worten. Gilbert hatte ihnen geholfen. Und inzwischen war ich sogar überzeugt davon, dass er richtig gehandelt hatte.

Kinder wie Jason durften nicht alleine in einer Zone hausen, ohne Aufsicht, ohne Hilfe. Es war einfach falsch.

»Vielleicht«, gestand Bale ein. »Aber selbst dann gibt es noch andere, die die Freiheit verdient haben. Auch wenn ich jede Woche zwei oder drei retten kann, macht das keinen Unterschied.«

»Glaubst du denn wirklich …«, setzte ich an und ließ mich dabei zögerlich in das Bettenlager sinken, »… dass Menschen und Vermengte zusammenleben könnten? Ohne Kriege?«

Bale dachte kurz darüber nach. »Ehrliche Antwort?«

Ich nickte.

»Bestimmt nicht sofort«, gab er zu. »Der Rote Sturm und das Kuratorium setzen alles daran, das gegenseitige Misstrauen immer weiter zu schüren. Aber …«, seine Hand kam an Atlas' Kopf zur Ruhe, »ich glaube, wenn man einen Weg für einen Neustart finden würde, könnte die Welt eine bessere sein. Sogar besser als vor der Großen Vermengung.«

»Wie meinst du das?«

»Die Menschen haben ein Talent dazu, unsere Welt zugrunde zu richten. Das war früher so, und heute ist es nicht anders. Die Große Vermengung hat viel Leid verursacht, das leugne ich gar nicht, aber in gewisser Weise hat sie unsere Welt auch geheilt. Durch die Vermengten hat sich die Natur erholt. Vieles hat einen Ausgleich gefunden. Zu dem Thema gibt es sogar einige wissenschaftliche Abhandlungen, die werden vom Kuratorium nur gerne als Verschwörungstheorien abgetan.«

»Das wusste ich nicht«, gab ich zu.

Bale lächelte wieder. »Das konntest du auch nicht wissen.«

Danach senkte sich Stille über den Schuppen, nur die sanften Laute unserer Finger, die durch Atlas' Fell glitten, waren zu hören.

Irgendwann, als Bale schon eingeschlafen war, rief ich die neuen Nachrichten auf meinem Detektor auf. Lukas und Holdens Bitten wurden drängender – und mein schlechtes Gewissen immer größer, weil ich ihnen nicht mehr zurückschrieb. Doch was sollte ich sagen? Welche Antworten sollte ich ihnen geben? Von Bale konnte ich ihnen schlecht erzählen. Sie hätten mir niemals geglaubt, dass Balian Travers noch lebte.

Sie sind in Sicherheit, sagte ich mir, während mir allmählich die Augen zufielen. Schon morgen werde ich sie wiedersehen und ihnen alles erklären.

Als ich das nächste Mal blinzelte, wurde mir klar, dass ich eingenickt sein musste. Von draußen fiel Mondlicht in den Schuppen, also war es noch Nacht. Irgendetwas hatte mich geweckt, dabei war es um uns herum völlig still. Atlas schlief ausgebreitet zwischen uns, seine Schnauze gegen Bales Schulter gepresst.

Ich lag etwas seltsam mit dem Kopf an die Wand gelehnt, halb sitzend, halb liegend, und rieb mir erst einmal den Nacken, um wieder zu mir zu kommen.

Dann sah ich zu Bale und presste meine Lippen aufeinander. Er schlief ruhig und fest und sah dabei so viel jünger und unschuldiger aus als sonst.

Sein Detektor sonderte in regelmäßigen Abständen ein kühles Licht ab. Das also hatte mich geweckt! Das Signal kannte ich, es leuchtete auf, wenn neue Daten auf dem Detektor angekommen waren und man sie sich noch nicht angeschaut hatte.

Der Code! Es musste der Code sein, den Bale in Tokio geholt hatte.

Ich musterte Bales Gesicht, dann seinen Oberkörper, der sich mit tiefen, regelmäßigen Atemzügen hob und senkte.

Nun. Wenn er es mir nicht freiwillig erzählen wollte …

Vorsichtig ließ ich meine Finger über Atlas' Fell gleiten, bevor ich auf den Bildschirm des Detektors tippte. Zuerst tauchte die Karte von Sanktum auf, und ich wischte nach links, um die Anwendung aufzurufen, die zuvor aktiv gewesen war.

Mehrere Profile tauchten auf – Profile von Kuratoriumsmitarbeitern. Ich brauchte einen Moment, bis ich verstand, dass sie verschiedenen Forschern überall auf der Welt gehörten.

Ah! Er musste sich die Zugänge irgendwie geklaut haben – zumindest würde das erklären, wie er überhaupt mit einem Vortex in die Zentren kam. Ich schüttelte bloß den Kopf und wischte weiter.

Da erschienen auf dem Bildschirm zehn Zeilen. Acht davon waren mit ellenlangen Zahlen- und Buchstabenreihenfolgen gefüllt. Die achte Zeile war vor wenigen Stunden hinzugefügt worden. Unter ihr wurde noch immer ein Ladebalken angezeigt, der jedoch vollständig gefüllt war. Bale hatte den Code also erfolgreich in Tokio heruntergeladen. Daneben stand das Datum, an dem der Code gültig wurde.

Der 1. März 2099.

Das war das Datum, zu dem wir heute gereist waren.

Doch nicht nur dieser Code wurde am 1. März gültig. Sie alle wurden es!

Ich starrte auf die Zahlen und versuchte zu verstehen, was ich sah. Bedeutete das, Bale war jedes Mal für jeden Code zum selben Tag und zur selben Uhrzeit gesprungen?

Konzentriert öffnete ich einen Code nach dem anderen. Der

von heute stammte wie erwartet aus dem Kuratorium von Tokio. Der siebte aus dem in Moskau. Der sechste aus Sydney.

Jeder Code stammte aus einem anderen Wissenszentrum. Nur zwei fehlten in der Sammlung: New York und Neu London.

Meine Finger zuckten zurück, als Bale sich herumdrehte. Er murmelte etwas, doch seine Augen blieben geschlossen. Wenige Sekunden später wurde er ganz ruhig.

Ich tippte noch einmal auf seinen Detektor, damit wieder die Karte von Sanktum zu sehen war, dann ließ ich mich zurück auf die Matratze sinken. Erst jetzt merkte ich, dass Atlas mich mit seinen klugen grünen Augen musterte. Alles in allem sah er wenig erfreut aus.

»Verpetz mich nicht, ja?«, flüsterte ich und lächelte, als Atlas ein ähnlich genervtes Schnauben entwich, wie ich es von seinem Herrchen kannte.

Erschöpft schloss ich die Augen. Was auch immer Bale tat – es konnte dabei unmöglich um einzelne Splitschmuggeleien gehen. Ich erinnerte mich an das, was er vorhin gesagt hatte: *Manche Dinge sind es wert, sich dafür in Gefahr zu bringen.*

Da steckte mehr dahinter. Und zum ersten Mal wünschte ich mir, er würde sich mir einfach anvertrauen. Wenn ich Bescheid wüsste, könnte ich ihm womöglich sogar helfen?

Vielleicht könnten er und ich ja Freunde werden. Immerhin waren wir beide Zeitläufer. Ich jedenfalls würde ihn gerne als Freund bezeichnen, aber er machte es unmöglich mit seinen Abermillionen Geheimnissen, durch die er sich von allen abschottete.

Langsam begann ich auch zu verstehen, warum ich anfangs so wütend auf Bale gewesen war. Ich kam mir in seiner Nähe schrecklich dumm vor. Dumm und *langsam* und auf eine Art und Weise fehl am Platz, wie ich es noch nie zuvor gefühlt hatte.

Ich mochte es, jedem einen Schritt voraus zu sein und genau zu wissen, wie die Welt funktionierte. Aber dieser Kerl mit seinen beißenden Kommentaren ließ mich einfach nicht zur Ruhe kommen. Er verkörperte alles, was ich hasste. Er hielt sich an keine Regeln, er machte nichts, was man von ihm erwartete. Und diese sture Arroganz zu glauben, dass die Welt sich seinen Bedürfnissen anpassen würde, war einfach zum Verrücktwerden.

Vorsichtig ließ ich meine Finger über Atlas' Rücken bis zu seinem Kopf gleiten und von dort langsam, ganz langsam in Bales Haare. Kurz zuckte er zusammen, aber nicht genug, um wach zu werden. Ich ließ die dunklen Strähnen an meinen Nägeln vorbeigleiten, einmal, zweimal, und ich hörte auch nicht damit auf, als sich die Falten auf Bales Stirn wieder geglättet hatten.

Es war einfacher, meine Gefühle in den simplen, regelmäßigen Bewegungen meiner Finger auszudrücken. Auf die Art und Weise musste ich nicht die richtigen Worte finden für das, was in mir vorging.

Was tue ich hier bloß?, dachte ich mit wachsender Verzweiflung und wusste gar nicht so recht, was ich mit »hier« meinte. Hier – in dieser fremden Stadt am Ende der Welt – oder hier – in diesem Niemandsland zwischen zwei Vortexen, in dem Bale und ich uns immer mehr zu verirren schienen, ein Ort, an dem es keine Regeln gab …

… und keine klaren Grenzen mehr.

24

Als ich aufwachte, ertönten überall Geräusche. Gesprächsfetzen, Schritte, aufgeregtes Geklapper. Zuerst hatte ich keine Ahnung, was los war, bis es mir wieder einfiel: Ich war zurück in Sanktum. Heute war der Tag des Erneuerungsfestes.

Und dann fiel mir ein, dass ich noch immer im Schuppen lag, auf der abgewetzten Matratze, mein Körper an den von Atlas gepresst und meine Hand an Bales nackter Brust.

Erschrocken zuckte ich zurück und stieß dabei mit meinem Kopf gegen die Holzwand des Schuppens.

»Au«, entfuhr es mir, und ich rieb mir die schmerzende Stelle.

Der dumpfe Schlag war laut genug gewesen, um Bale und Atlas aufzuwecken. Mein Herz setzte aus, als sich Bales leicht verschlafener Blick auf mich legte.

»Barbie?«, murmelte er sichtlich verwirrt, und ich konnte nicht anders: Ich starrte völlig hilflos auf seine verwuschelten Haare und den sehr, *sehr* nackten Oberkörper. Zum ersten Mal, seit ich ihn kannte, zeichneten sich keine dunklen Ringe unter seinen Augen ab. Zum ersten Mal sah er nicht aus, als würde er unter akutem Schlafmangel leiden. Erst als er sich bewegen wollte und dabei eine Grimasse schnitt, konnte ich mich von dem Anblick lösen.

Die Erinnerungen an den gestrigen Tag kamen zurück. Bales Wunde, die Codes aus der Zukunft. Ich hatte das Gefühl, ohne jegliche Orientierung durch ein Labyrinth von Geheimnissen zu irren.

Mit einem Stöhnen ließ sich Bale zurück auf die weiche Matte sinken. »Wie spät ist es?«, fragte er.

»Ich …«, setzte ich an, blickte auf meinen Detektor und zog die Augenbrauen zusammen. »Es ist zwölf.«

Wann waren wir gestern wohl zurückgekommen? Bestimmt weit nach Mitternacht. Trotzdem passte es überhaupt nicht zu mir, so lange zu schlafen.

Ein überraschter Laut entwich mir, als Atlas ohne Vorwarnung über meine Hand leckte. Ich blickte zu ihm hinab und kraulte zärtlich seine Wange. »Du nutzt wirklich jede Chance, oder?«

Atlas antwortete, indem er seine raue Zunge gleich noch mal zum Einsatz brachte.

Über seinen Kopf hinweg fing ich Bales Blick auf, und in seinen blauen Augen lag etwas undefinierbar Warmes, das ich dort noch nie gesehen hatte.

»Was ist?«, fragte ich, aber er schüttelte nur den Kopf und rieb sich die Stirn, als hätte er plötzlich furchtbare Kopfschmerzen.

»Nichts.«

Das glaubte ich ihm nicht, aber bevor ich nachbohren konnte, wurden wir von gleißendem Licht geblendet.

Jemand hatte die Tür geöffnet. Ich blinzelte und kniff die Augen zusammen. Dann hob ich einen Arm vors Gesicht, um etwas sehen zu können. Meine Wangen glühten schon vor Scham, noch bevor ich erkannte, wer sich hinter der zierlichen Silhouette in der Türschwelle verbarg.

»Da seid ihr ja!«, rief Susie, und ihr Mund blieb offen, als sie Bale und mich auf der Matratze entdeckte. »Oh.«

O *Gott*. O Gott, o Gott – mir schoss Hitze ins Gesicht, eigentlich in den ganzen Körper. Wie das aussehen musste, wollte ich mir gar nicht vorstellen. Bale und ich lagen dicht nebeneinander auf einer Matratze, nicht zu vergessen, dass Bale auch noch halbnackt war!

»Ich, äh …«, fuhr Susie fort, und ich sah ihr an, wie sie gegen ein sehr breites Grinsen ankämpfen musste. »Ich habe euch gesucht, weil wir, na ja, weil wir uns für das Fest fertig machen müssen. Und die Schuppentür war offen, da dachte ich …« Sie biss sich auf die Unterlippe. »Ich wollte euch nicht stören bei …«

»Du störst uns bei *gar nichts*, Susie«, sagte Bale und griff nach seinem Shirt. Es war jedoch ganz verkrustet mit Blut. Ich konnte förmlich in Bales Gesicht lesen, wie er sich mit einigem Zähneknirschen dafür entschied, lieber halbnackt und in eine Decke eingewickelt ins Gasthaus zu gehen, statt mit einem Shirt, das aussah, als wäre er von einem Psychopathen grausam erstochen worden.

Mühsam stand Bale auf und zog sich die Decke so um den Oberkörper, dass seine Wunden verdeckt waren. Er schien noch Schmerzen zu haben, aber ich wagte nicht, ihm zu helfen, nicht unter Susies neugierigem Blick.

»Wenn ihr meint«, flötete sie und strahlte mich an, als hätte ich ihr soeben ein ganz großes Geschenk gemacht. Flüchtig senkte sich ihr Blick auf meine Uniform, und am liebsten hätte ich das Convectum mit der Hand verdeckt.

Doch natürlich musste sie längst wissen, wer ich war. Vielleicht hatte sie es schon die ganze Zeit gewusst. Es würde zu Susie passen, dass sie mich – obwohl ich zu denen gehörte, die ihr jahrelang die schrecklichsten Dinge angetan hatten – trotzdem zu ihrer Freundin machen wollte.

»Allister sucht euch jedenfalls schon«, fuhr Susie fort. »Wenn ihr also nicht wollt, dass er euch so sieht …«

»Schon klar«, sagte Bale und hielt mir eine Hand hin. Ich zögerte kurz, ließ mich aber schließlich von ihm hochziehen.

Susie verfolgte jede unserer Bewegungen, und ich hatte das Gefühl, dass ich mir das noch sehr lange von ihr würde anhören müssen.

Sie ist nicht deine Freundin, korrigierte ich mich. Nach dem heutigen Tag würde ich sie wahrscheinlich nie wiedersehen.

Sofort folgte der nächste Gedanke: Was, wenn sie es doch sein könnte? Wer sagte, dass das nicht möglich wäre?

»Elaine?«, fragte Susie jetzt und wedelte mit einer Hand vor meinem Gesicht herum. Ich schüttelte kurz den Kopf, dann sah ich sie fragend an.

»Ja?«

»Hilfst du mir, das Kleid anzuziehen?«

Mein erster Instinkt war, die Stirn zu runzeln und zu sagen: *Jeder andere wäre besser dazu geeignet.* Doch Susie lächelte und wirkte dabei so voller Vorfreude, dass ich nicht anders konnte, als zu nicken. »Natürlich.«

Da bemerkte ich, dass Bale und Atlas schon verschwunden waren. Das hatte ich gar nicht mitbekommen. Ich schaute durch die leere Tür nach draußen.

»Ihr seht euch ja später noch«, sagte Susie und grinste wieder breit.

»Wir sind nicht … Ich meine, wir sind einfach nur eingeschlafen.«

Wie lahm klang das denn? Ich würde mir selbst nicht glauben – und nach Susies schadenfrohem Gesichtsausdruck zu urteilen tat sie es auch nicht.

Stattdessen kicherte sie noch mal, hakte sich dann bei mir unter und zog mich nach draußen in die Wärme.

Der Weg nach oben zu Susies Zimmer erinnerte mich an das, was Luka mal den *Walk of Shame* genannt hatte. Wir hatten damals im Gang der Anwärterquartiere gesessen, so früh, dass noch nicht alle beim Frühstück waren, aber nicht früh genug, um die Ersten zu sein. Es war einer der Ferientage des vorletzten Schuljahres gewesen, und unser Jahrgang hatte eine heimliche Feier auf unserem Stockwerk abgehalten. Während Luka und ich beieinandersaßen, hatte sich hin und wieder ein Anwärter aus dem Zimmer eines anderen gestohlen, die Kleider sichtlich verkrumpelt, die Haare ungekämmt, ein leicht beschämter Ausdruck im Gesicht, der von roten Wangen begleitet wurde.

»Die haben nicht viel geschlafen«, hatte Luka mit wackelnden Augenbrauen zu mir gesagt. Auf meine Frage hin, was sie denn bitte in einem Sechsbettzimmer neben anderen schlafenden Anwärtern getan haben sollten, hatte er nur mit den Schultern gezuckt. »Lass mal deine Phantasie spielen.«

Allister und Fagus schienen jedenfalls eine blühende Phantasie zu haben, wie ich feststellte, als ich mit Susie in Richtung Treppe lief. Während Fagus ungläubig grinste und etwas von »Das hätte ich ihm gar nicht zugetraut« murmelte, sah Allister mich zwar weniger überrascht, aber nicht minder belustigt an.

Großartig. Bale musste kurz vor uns ins Haus gekommen sein.

Ohne T-Shirt.

In eine Decke gewickelt.

Mit schnellen Schritten liefen Susie und ich ins obere Stockwerk.

Während Bales Zimmer sehr nüchtern aussah, hatte Susie sich ihr eigenes Reich geschaffen. Der Raum war weitestgehend in Blautönen gehalten, und neben den hübsch gemusterten Möbeln, die denen in meinem Zimmer glichen, stand eine große Staffelei mit Pinseln und Farbdosen. Drumherum waren die Wände mit unzähligen selbst gemalten Bildern dekoriert.

Und sie alle zeigten das Meer.

Gemälde von Sonnenuntergängen über dem Ozean und von Fischen, die durch türkisfarbenes Wasser schwammen. Bilder von Stürmen über einer Bucht, Bilder von Nebel, der über eine felsige Küste dahinglitt.

Wie sehr musste sie das Schwimmen vermissen.

»Es tut mir so leid, was dir passiert ist«, platzte es aus mir heraus, bevor ich die Worte wieder herunterschlucken konnte. Ich hatte ihr schon die ganze Zeit sagen wollen, wie sehr ich mich ihretwegen für das Kuratorium schämte, aber insgeheim hatte ich Angst gehabt, Susie zu verlieren, wenn sie erfuhr, wer ich war.

Susie sah erstaunt aus und folgte meinem Blick zu den Wänden. Ein Lächeln legte sich auf ihre bläulichen Lippen. Zum ersten Mal wirkte es ein klein wenig melancholisch.

»Ach«, sagte sie. »Ich hab doch ein tolles Leben hier.«

Das stimmte. Aber so einfach war es bestimmt nicht.

»Susie«, setzte ich vorsichtig an. »Ich wusste nicht, wie ich mit dir darüber reden soll, dass ich … na ja …« Ich sah an mir hinab, dann drückte ich die Schultern durch. »Dass ich eine Läuferin bin.«

»Allister wollte es erst vor mir geheim halten«, sagte Susie und verdrehte die Augen. »Dabei warst du tagelang im Fernsehen zu sehen – und ich bin ja nicht blöd. Er denkt immer, dass er mich beschützen muss. Doch das stimmt gar nicht.«

Sofort dachte ich an den Moment, als ich Susie halbtot auf dem Sofa hatte liegen sehen. Die Erinnerung ließ mich frösteln.

»Jedenfalls … Du kannst ja nichts für das, was andere Menschen machen, oder?«

Ich starrte Susie an. War es wirklich so einfach für sie? Da kamen mir Bales Worte wieder in den Sinn: *Weil eine Handvoll*

Vermengter Mist bauten, wurden Tausende von ihnen eingesperrt.

»Nein«, sagte ich mit halberstickter Stimme.

»Ich vermisse das Meer manchmal.« Susie ließ eine Hand liebevoll über eins der Bilder gleiten. »Es hilft, wenn ich es malen kann. Wenn der Pinsel über die Leinwand gleitet, ist es fast, als könnte ich die Wellen spüren.« Sie hob die Schultern. »Aber ab und zu muss man sich einfach neue Träume suchen.«

»Kannst du denn gar nicht mehr tauchen?«

Susie schüttelte den Kopf. Trotzdem lächelte sie. Irgendwie fand sie immer einen Grund für ein Lächeln. »Robur arbeitet noch an der Maschine. Er meint, vielleicht könnte ich irgendwann zumindest kurz tauchen. Aber so etwas dauert. Er hat nicht den Zugang zu den Einzelteilen, die er für so eine Erfindung bräuchte … Und ich weiß, er tut, was er kann.«

Es fiel mir schwer, mir vorzustellen, wie es war, aus dem eigenen Element verbannt zu sein. Susie wirkte, als ob sie aus bloßem gleißendem Sonnenschein bestünde, immer gutgelaunt, immer freundlich – dabei war sie in erster Linie einfach unglaublich tapfer. Sie hätte sich, so wie die Wirblerfrau in Tokio, auch in ihren Hass stürzen können. Doch das hatte sie nicht getan.

»Danke«, flüsterte ich. »Ich meine, dass du mich trotz allem … dass du mir trotzdem eine Chance gibst.«

Wie furchtbar das klang. Ich war wirklich schlecht in diesen Dingen. Doch Susie schien das nicht zu interessieren. Im nächsten Moment fand ich mich von ihren dünnen bläulichen Armen umwickelt, und es dauerte einen Augenblick, bis mein Gehirn realisierte, dass das eine Umarmung war.

Behutsam und etwas zittrig legte ich meine eigenen Arme um Susie, spürte die schwere Maschine an ihrem Brustkorb und wünschte mit aller Macht, ich könnte ihr das Leben zurückgeben, das ihr genommen worden war.

»Ihr habt übrigens meinen Segen«, flüsterte Susie an mein Ohr. »Aber tu ihm nicht weh, ja? Bale ist wie mein großer Bruder.«

Sofort löste ich mich von Susie und warf ihr einen empörten Blick zu. »Wir sind nicht …«

Sie kicherte. »Du wirst ja ganz rot!«, sagte sie, sichtlich erfreut. »Nein, schon klar … Ich weiß, da war nichts. Aber was nicht ist, kann ja noch werden. Wenn Bale dich heute Abend in deinem Traumkleid sieht, wird er sich ganz bestimmt Hals über Kopf in dich verknallen.«

Ich muss sie wie ein Fisch angeglotzt haben. »In meinem Traum-*was*?«

»Na, in deinem Kleid!«, rief Susie und öffnete eine Tür an ihrem Kleiderschrank. Es fehlte nur, dass sie *ta-daa* dazu sang.

Ich war noch damit beschäftigt, mich mit den Worten *Segen*, *verknallt* und *Traumkleid* auseinanderzusetzen, da gab Susie den Blick frei auf ein riesiges funkelndes Etwas, das absolut unmöglich für mich bestimmt sein konnte.

Auf einem Bügel hing ein nachtblaues Kleid, auf dem von oben bis unten, in einer Wirbelform bestickt, Brillanten um die Wette glitzerten. Es lief an der Taille eng zusammen und fiel dann fließend, wenn auch nicht sonderlich breit, nach unten. Der Stoff sah so weich aus, dass mein erster Instinkt war, ihn sofort anzufassen.

»Ich trage keine Kleider«, kam stattdessen über meine Lippen. Das war nicht ich. Meine Klamotten waren in erster – und in zweiter, dritter und vierter – Linie funktional. Ich konnte in ihnen rennen, kämpfen und weglaufen, wenn es nötig war.

»Das mag ja sein, aber das rettet dich auch nicht«, sagte Susie.

»Denn Allister wird dich notfalls höchstpersönlich da reinquetschen, und glaub mir, das willst du nicht erleben.«

»Aber warum hat er das gemacht?«

Susie verdrehte die Augen. »Na, warum wohl? Er mag dich.«

Aber warum?, wollte ich wieder fragen, doch ich verkniff es mir. Für die Antwort war ich nicht bereit.

Ich wagte es, einen Schritt auf das Kleid zuzugehen. Von Nahem wirkte es sogar noch atemberaubender. Der nahezu schwarze Stoff war je nach Lichteinfall mal mehr blau, mal weniger. Die Glitzersteine waren tatsächlich wie ein Vortex angeordnet. Und die Ornamente sahen denen auf Bales Anzug so ähnlich, dass das ganz sicher kein Zufall war.

»Es ist ... wirklich schön«, gab ich etwas widerstrebend zu, und Susie nickte heftig neben mir.

»Allister hat zwei Tage und eine ganze Nacht daran gearbeitet. Ich musste ihm versprechen, dass ich dir nichts sage. Es sollte eine Überraschung werden.«

Die war ihm geglückt. Meine Finger fuhren zaghaft über den kühlen Stoff.

Das Kleid jagte mir mehr Angst ein, als es ein Vortex je könnte.

»Bale wird es ganz sicher lieben«, sagte Susie und kicherte schon wieder, als ich sie streng in die Seite stupste. »Ich meine ja nur!«

Geschlagene vier Stunden später, und ich verstand noch viel weniger, wie Mia und ihre Clique so viel Freude an immer neuen Kleidern und aufwendig hochgesteckten Frisuren haben konnten.

Das alles würde niemals zu meinem Alltag gehören. Trotzdem ließ ich die Prozedur tapfer über mich ergehen, und am Ende stand ich vor dem Spiegel in Susies Zimmer und erkannte mich selbst nicht wieder. Make-up, Haarspray, hohe Schuhe – Susie hatte ganze Arbeit geleistet.

»Du bist wunderschön«, sagte sie und stellte sich neben mich. In ihrem kurzen Kleid sah sie nicht nur wirklich bezaubernd aus, sondern auch so, als würde sie sich unheimlich wohl darin fühlen.

Allein dafür beneidete ich sie.

»Du auch«, gab ich zurück und folgte einer plötzlichen Regung, nach Susies Hand zu greifen und sie zu drücken. »Ich bin ganz schön nervös.«

»Ich bin ja bei dir«, sagte Susie mit einem Lächeln, das ich mir kurze Zeit später ins Gedächtnis rief, als wir die Treppe hinabstiegen.

Susie *schwebte* förmlich ins Erdgeschoss. Ich dagegen war bloß froh, dass ich auf den hohen Pumps nicht auf halber Strecke ums Leben kam … Und ich empfand keinerlei Reue, als ich kurzerhand zurück in mein Zimmer schlich und die Schuhe, die Susie mir geliehen hatte, heimlich gegen meine Laufstiefel austauschte.

Unter diesem bodenlangen Traum aus Glitzerstoff würde es bestimmt keiner merken.

Draußen wartete schon der Rest des Hauses auf mich. Fagus, Susie, Allister und … Robur. Als ich ihn sah, verschlug es mir den Atem, denn Roburs Haare waren bis zum Schädel abrasiert. Nur in der Mitte blieb ein Streifen übrig.

Er hatte sich also dem Grünen Beben angeschlossen. Hatte Nathaniel etwa deshalb gestern mit ihm sprechen wollen?

Allister sah zwar merklich verstimmt aus, trotzdem standen die beiden zusammen und sprachen leise miteinander. Als Allister mit trauriger Miene nach Roburs Hand griff, wandte ich den Blick ab.

Es muss doch eine andere Lösung geben, dachte ich. Eine Lösung, die Nathaniels Armee nicht zu einer weiteren Rebellengruppe machte und uns einem Krieg näher brachte.

Hinter mir, im Foyer, hörte ich Schritte. Bale tauchte auf. Er trug den schwarzen Anzug und hatte irgendetwas mit seinen Haaren gemacht, was sie einigermaßen ordentlich wirken ließ. Sofort musste ich daran denken, wie er heute Morgen ausgesehen hatte, sanft, ungeschützt und ohne diese Mauer aus Geheimnissen um sich herum.

Die Mauer war definitiv wieder da, wie eine Schutzschicht, die er um sich legte. Trotzdem musterte er mich mit diesem intensiven Blick von damals, in der eisigen Straße in Alaska. Dieser Blick hatte sich geradewegs in mich hineingebohrt, als ob Bale mich um so vieles besser kannte, als es eigentlich möglich war.

Fast hatte ich das Bedürfnis, meine Arme über dem Kleid zu verschränken, damit er mich nicht in dieser Aufmachung sehen würde, aber das war natürlich Schwachsinn.

Bales Gesichtsausdruck war völlig undurchschaubar, als er mich von oben bis unten musterte. Mehrere Sekunden vergingen, dann legte sich ein Lächeln auf seine Lippen, und ich spürte erleichtert, wie die Schutzmauer wieder zu bröckeln begann.

Ich trat vor ihn. Als er immer noch nichts sagte, stieß ich hervor: »Was ist?«

Bale hob eine Braue. »Ich hab nichts gesagt.«

»Dein Gesicht aber schon.«

»Mein Gesicht kann nichts sagen.« Er verstummte. Und ruderte zurück: »Ich meine – also …«

»Du lächelst.«

Bale schnaubte, als würde er das erst jetzt merken, doch das Lächeln verschwand nicht. Es wurde nur noch breiter. »Ist das etwas Schlechtes?«

»Nein«, sagte ich. »Ganz und gar nicht. Du siehst nur … na ja, ungewohnt aus.« Ich suchte nach einem Wort und fand keines. Er wirkte irgendwie … *befreit*. Aber das würde er garantiert nicht hören wollen. »Ist das Schadenfreude, weil Allister mich doch in ein Kleid gesteckt hat?«, fragte ich stattdessen.

Nun lachte er. »Eigentlich wollte ich nur sagen, dass du sehr schön aussiehst.«

Ich bekam eine Gänsehaut, als er seine Hand ausstreckte und über meinen Oberarm gleiten ließ. Durch den hauchzarten Stoff spürte ich deutlich seine Berührung.

»Ungewohnt«, setzte er nach, »aber schön.«

»Danke«, brachte ich hervor.

»Vor allem die Schuhe. Sehr geschmackvoll.«

Ich blinzelte, dann lachte ich, als ich sah, dass die Spitze meines klobigen Stiefels doch unter dem Tüll hervorlugte. Ich stieß damit gegen Bales schicke Anzugschuhe. »Sei lieber dankbar, dass ich überhaupt mitgehe.«

Bale grinste bloß – und es wirkte viel zu frech, fast so, als brütete er einen Hintergedanken aus. »Oh, das bin ich. Gehen wir?«, fragte er, und ich nickte.

Als ob wir es vorher so abgesprochen hätten, führte er mich am Arm hinaus aus dem Gasthaus, wo mich Allister und die anderen mit so vielen Komplimenten überhäuften, dass mir am Ende völlig der Kopf schwirrte.

Dieser Abend war wie das Ende dieses Theaterspiels, redete ich mir ein. Das Prinzessinnenkleid, das Fest – das war nur der letzte Akt. Andererseits … als Bale mich am Arm den Weg entlangführte und ich oben in den Baumwipfeln überall Girlanden und Lichterketten entdeckte, wollte ich mir für einen Moment gerne einreden, dass er einfach nur ein Junge war und ich einfach nur ein Mädchen. Dass keine Welten zwischen uns lagen. Und dass dies nicht unser letzter gemeinsamer Abend war.

Für ein paar Stunden würde ich wahrscheinlich damit durchkommen.

Der Versammlungsbaum erhob sich über der Stadt wie ein gewaltiger schützender Schirm. Heute ging von ihm ein Zauber aus, eine zarte Magie, die mich Schritt für Schritt anlockte.

Im Dämmerlicht glänzten überall zwischen den Ästen Lichtkugeln und Girlanden. Bei meinem Rundgang mit Susie hatten sie nur die unteren Teile der Bäume bedeckt, doch jetzt zogen sie sich über ganz Sanktum hinweg. Unterschiedliche Melodien flirrten durch die Luft. Es mussten Musiker sein, die an verschiedenen Orten spielten. Und je näher wir dem Riesenbaum kamen, desto intensiver strömte uns der Duft von Essen entgegen.

»Wie läuft das heute Abend denn ab?«, fragte ich Bale. Wir liefen ein paar Meter hinter dem Rest der Gruppe, und ich war mir der neugierigen Blicke, die sie uns alle über ihre Schultern hinweg zuwarfen, durchaus bewusst. Was Susie den anderen erzählte, wollte ich lieber gar nicht wissen.

»Nathaniels Ernennung?«

Ich nickte.

»Das ist nicht besonders kompliziert. Sanktum hatte bislang keine richtige Regierung, wenn du so willst. Es gab nur Beauftragte für … die Schulen, die Infrastruktur, die Lebensmittelversorgung. Sie alle werden Nathaniel symbolisch die Führung übergeben. Dann ist er das Stadtoberhaupt.«

Und damit Alleinherrscher über die ganze Stadt. Innerlich seufzte ich. »Und verrätst du mir nun, warum es so wichtig war, dass wir darauf warten?«

»Ich hatte mich schon gefragt, ob du es aufgegeben hast, mich auszuquetschen«, sagte Bale mit einem Lächeln.

»Willst du das denn?«

Bales Blick streifte mich. »Da bin ich mir noch nicht ganz sicher.«

Wir bogen um eine letzte Kurve und konnten nun die Ansammlung von Grundern sehen, die vor dem Baum stand und auf Einlass wartete. Sie alle hatten sich mächtig herausgeputzt: Anzüge und Ballkleider, wohin man auch sah. Bestimmt hatte Allister die Hälfte davon selbst genäht.

Bevor wir der Menge zu nahe kamen, griff Bale mich am linken Arm und drehte mich weg. »Ich muss wissen, was Nathaniel für seine Armee plant«, sagte er leise. »Ich weiß, dass es ihn sehr getroffen hat, dass Woodrow ... dass der Mann deiner Tante ihm nicht mehr dabei helfen kann, weitere Grunder zu befreien. Nathaniel ist im Kern ein guter Mann, aber er legt auch großen Wert darauf, verehrt und respektiert zu werden. Die Stadt liebt ihn dafür, dass er die Befreiungen aus den Zonen organisiert. Ich denke, er hat Angst, das zu verlieren.«

Ich starrte Bale an, als ich verstand. »Er hat mir gesagt, die Armee wäre nur zur Verteidigung der Stadt da. Glaubst du etwa, er will die Zonen angreifen?«

»Früher oder später wird er sich dazu gezwungen fühlen.« Bale verzog den Mund missmutig. »Wie jemand seine Macht nutzt, sieht man erst, wenn er die Macht auch hat. Und bevor wir gehen, muss ich wissen, woran ich bin.«

Ich zog die Brauen zusammen. »Wieso? Würdest du Sanktum dann verlassen?«

»Wenn die Stadt zum Zentrum einer neuen Rebellion wird, darf ich nicht mehr hier sein. Oder was glaubst du, was sie mit mir machen würden?« Er warf mir einen eindringlichen Seitenblick zu. »Das, was du und ich können – das ist eine verdammt mächtige Waffe. Ich glaube, Nathaniel wünscht sich im Stillen sogar, dass du hierbleibst. Zwei Zeitläufer, die seine Befehle ausführen – das würde seine Position viel mehr stärken, als weiter nur das zu tun, was Gilbert Woodrow ihm sagt.«

Ich sah mich um. Die Stadt sah so friedlich aus. Wie hatte Susie es formuliert? Dass alle glücklich waren, weil keine Gefahr drohte?

Wie trügerisch der Schein doch war. Aber bevor ich zu lange darüber nachdenken konnte, schob mich Bale bereits mit einer Hand am Rücken weiter in Richtung des Eingangs.

Die Grunder strömten inzwischen bereits in den Versammlungsbaum.

Das Fest hatte begonnen.

Sieben Dinge, die ich in einem ausgehöhlten Baum niemals erwartet hätte, völlig egal, wie groß er war: Kronleuchter, riesige Büfetttische, Springbrunnen, deckenhohe Marmorstatuen, Kellner mit Silbertabletts, ein Orchester und Wasserfälle, bei denen mir erst von Nahem klarwurde, dass kein Wasser, sondern Blütenblätter an den Wänden herabrieselten.

Ich kam mir vor wie Alice im Wunderland, die in den Kaninchenbau gefallen und nun mit Dingen konfrontiert war, die mit gesundem Menschenverstand nicht zu erklären waren.

Kaum hatte Bale mich einmal im Saal herumgeführt, wurde er auch schon davongezogen. Ich kannte die Grunder nicht, die ihn für sich vereinnahmten. Aber wie bei Jason war ich mir sicher, dass Bale sie aus einer Zone hierhergeholt haben musste. In kürzester Zeit tummelte sich eine Gruppe Vermengter um ihn herum, und Bale zuckte entschuldigend mit den Schultern, als er meinen Blick auffing.

Da hakte sich prompt Susie bei mir unter, und mit ihrer Sonnenscheinstimme beantwortete sie jede meiner Millionen Fragen, die mir zu dem Fest einfielen.

Der Kronleuchter, erfuhr ich von ihr, stammte von einem alten Mann, der früher in Spanien Kronleuchter für das Königshaus angefertigt hatte und jetzt in Sanktum lebte, nachdem er draußen in den Ungesicherten Gebieten eine Grunderfrau getroffen und sich in sie verliebt hatte. Die Statuen aus Marmor waren aus den Steinbrüchen rund um die Bergkette gehauen. Das Büfett wurde von den diversen Bäckern, Metzgern und Köchen in Sanktum organisiert. Und die Springbrunnen? In der Stadt gab es eben viele Künstler.

Das Unglaublichste waren jedoch die Blütenblätterfälle. Auf Emporen, die unterhalb der Decke des Hauptsaals angebracht waren, erspähte ich einige Grunder, die aus ihren Händen immer wieder bunte Blumen wachsen ließen. Die Blüten, die in den Saal hinabglitten, ließen sie mühelos sprießen, und kaum, dass sie den Boden berührten, verwelkten sie und lösten sich auf.

Nathaniel hatte nicht gelogen, als er sagte, das Erneuerungsfest wäre eine große Sache für die Stadtbewohner. Sie alle tummelten sich in dem Riesensaal, hauptsächlich Ältere und Kinder, und in den Stockwerken auf den Ästen, zu denen zahlreiche Treppen führten, mussten noch mal so viele Gäste sein.

Im vorderen Teil des Saals war eine erhöhte Plattform, eine Art Bühne, auf der die Musiker mit ihren Geigen, Gitarren und sogar einem Klavierflügel standen. Außerdem war ein Rednerpult zu sehen, und ich nahm an, dass Nathaniel später von dort aus zur Stadt sprechen würde.

Als der Mann der Stunde wenig später eintrat, legte sich ein ehrfürchtiges Schweigen über den Saal. Nathaniel trug einen dunklen Anzug in einem auffälligen Muster, das seinen drahtigen Körper extrem in Szene setzte.

Sein Blick streifte mich für einen Augenblick, als er die Menge absuchte, und ich kam mir vor wie ein Nagetier, das ins Visier einer Schlange geraten war.

Erst jetzt fiel mir auf, wie viele der anwesenden Grunder keine Haare auf den Köpfen hatten. Überhaupt schien das Grüne Beben überall vertreten zu sein, nicht nur unter den Leuten, auch an den Wänden, wo unzählige Plakate mit dem grünen Blitz hingen.

Ich wusste nicht, was ich über all das denken sollte. Ein Teil von mir konnte Nathaniel und auch Robur verstehen. Die Bedrohung von außen musste so schwer auf ihren Schultern lasten, dass es kaum auszuhalten war. Die Stadt war voller Kinder, die es zu schützen galt, in den Zonen warteten noch weitere auf Befreiung. Und trotzdem ...

Es kam mir vor, als wäre ich hautnah dabei, wie ein zweiter Roter Sturm ins Leben trat.

Susie tat ihr Bestes, mich von meinen Sorgen abzulenken. Wir kosteten die tausend Häppchen, die auf den Büfettbänken aufgereiht waren, und schnappten uns Getränke von den Tabletts, die herumgetragen wurden. Das Fest war wie ein einziger leicht verrückter Traum. Irgendwann schleifte mich Susie sogar auf die Tanzfläche und lachte nur, als sie meine Stiefel unter dem Kleid entdeckte.

»Sorg bloß dafür, dass Allister das auf keinen Fall sieht«, kicherte sie und wirbelte mich herum.

Erst als ich einige Lieder später die Blicke bemerkte, platzte die Traumblase.

Die Leute hörten nach und nach auf zu tanzen und begannen zu tuscheln. Einige zeigten auf mich, und es war ziemlich klar, dass sie mich nicht wegen meines bezaubernden Abendkleides anstarrten. Es fühlte sich an wie der Morgen nach dem Vortexrennen. Die Anwärter hatten mich angestiert, als wüssten sie selbst nicht, ob sie fasziniert oder misstrauisch sein sollten. Hier war es ähnlich. Die Blicke fielen mir von allen Seiten zu, so als hätte Allister kein Wirbelmuster auf mein Kleid genäht – sondern ein riesiges Convectum.

Wussten sie, wer ich war? Susie hatte mich immerhin im Fernsehen gesehen, also mussten auch die anderen vom Vortexrennen wissen.

Als mir das Starren zu viel wurde, sagte ich Susie, ich wolle kurz Luft schnappen.

»Aber in einer Viertelstunde beginnt die Zeremonie!«, erwiderte sie, und tatsächlich sah ich, wie sich auf der Bühne einige Grunder bereitmachten. Nathaniel stand noch in der Menge und genoss es sichtlich, von allen umkreist zu werden. Mit seinen vielen Ringen und Ketten war er schon aus weiter Entfernung zu erkennen.

Es fehlte nur noch die Krone auf seinem Haupt.

Ich lächelte entschuldigend. »Erzähl mir einfach später, wie es war.«

Trotz Susies Protest zog ich mich in eines der oberen Stockwerke zurück. Ich hatte wenig Lust, Nathaniels Selbstbeweihräucherung zuzusehen. Auf den Plattformen, die sich über die dicken Äste erstreckten, standen jetzt nur noch wenige Leute. Ich lief ein Stück, bis ich alleine am Geländer lehnte.

In den Zweigen des großen Baumes zwitscherte und surrte es nur so vor sich hin. Die Musik und die Stimmen von unten drangen bloß noch gedämpft zu mir.

Aus den Blättern tauchte ein Vogel auf. Rund um seine bläulichen Flügel blühten Blätter und Geflechte, trotzdem bewegte er sich frei und unbeschwert. Er setzte sich auf die Brüstung vor mir und zwitscherte, während er mich mit schief gelegtem Kopf musterte.

»Na, was bist du denn für eine Schönheit?«, flüsterte ich und blinzelte überrascht, als der Vogel auf meine Hand sprang.

Waren alle vermengten Tiere so zutraulich?

»So einen wie dich habe ich noch nie gesehen«, erzählte ich dem Vogel. Ich hob die Hand, damit er davonfliegen konnte, und sah ihm lange dabei zu, wie er um die Äste flatterte.

»Du bist wahrlich eine seltsame Läuferin, Elaine Collins«, sagte da jemand hinter mir, und ich erschrak. Doch dann straffte ich meine Schultern und blickte mich um.

»Und warum?«

Nathaniel stellte sich neben mich. »Du sprichst mit vermengten Tieren«, sagte er. »Du bringst einen flüchtigen Grunderjungen dazu, wieder zu reden. Und wenn mich meine Augen nicht täuschen, hast du dich sehr … innig mit Bale angefreundet.«

Ich presste meine Lippen aufeinander. Es war unmissverständlich, was er damit andeuten wollte. »Das geht dich nichts an.«

Nathaniel lächelte in sich hinein. Dabei ließ er einige Wurzelstränge aus seiner Hand sprießen, in Richtung des Astes vor uns, so nebensächlich, als würde ihm das beim Nachdenken helfen. Völlig gebannt beobachtete ich, wie sich die Wurzeln nach und nach zu einem Vogelhaus zusammensetzten.

Als er nichts mehr sagte, lehnte ich mich ermattet gegen das Geländer. *Eine seltsame Läuferin?* Ich weiß gar nicht mehr, ob ich noch eine Läuferin sein will, dachte ich und wagte doch nicht, es auszusprechen.

»Solltest du nicht bei deiner Krönung sein?«, fragte ich stattdessen etwas spitzzüngig.

»Ernennung«, korrigierte er mich. »Und sie können ja nicht ohne mich anfangen.« Er klang sehr zufrieden deswegen.

»Gilbert ist in Sicherheit«, erzählte ich ihm, obwohl ich glaubte, es würde keinen Unterschied mehr machen. »Falls es dich noch interessiert. Er ist in New York City.«

Nathaniel nickte. »Natürlich interessiert es mich. Ich freue mich, bald von ihm zu hören.«

Meine Hände umklammerten die Balustrade. Ich suchte nach den richtigen Worten, was mir schon immer schwergefallen war. Lis war die Wortgewandte in unserer Familie.

»Was denkst du, soll ich ihm sagen, wenn ich ihn sehe? Gilbert, meine ich. Wird Sanktum dann immer noch der Ort des Friedens sein, von dem du gesprochen hast?«

Ich sah Nathaniel lächeln, als hätte er schon mit dieser Frage gerechnet. »Frieden zu wollen und sich dabei zu schützen ist kein Widerspruch«, sagte er in einem besonders milden Tonfall, der mich an Varus Hawthorne erinnerte. »Sag mir, Elaine Collins: Hat das Kuratorium jemals in Betracht gezogen, dass der Rote Sturm womöglich nur aufgehalten werden kann, wenn es eine Alternative gibt, für die die Vermengten sich entscheiden können? Jemanden, der ihnen eine friedliche Lösung anbietet? Wehrhafte Grunder, die die Konfrontation mit dem Kuratorium nicht scheuen, die ihre Kräfte aber einsetzen, um unserer Art eine Chance auf ein Leben in Freiheit zu ermöglichen. Und das ohne Gewalt. *Das* ist es, was ich für Sanktum will.«

Ich starrte Nathaniel an und schrumpfte unter seinem intensiven Smaragdblick beinahe zusammen.

Als ich wegsah, konnte ich Bewegungen in den Baumkronen ausmachen. Ein seichtes farbiges Glimmen, das ich nicht zuordnen konnte, das aber wunderschön aussah.

»Wenn die Menschen diese Stadt sehen könnten«, setzte ich

an, »vielleicht würden sie dann ja ihre Meinung ändern.« Ich hörte Nathaniel lachen, fuhr jedoch eisern fort: »Wenn wir den Territorien die Wahrheit über euch sagen ... über diese Stadt und andere Städte ... Wenn wir ihnen eine *friedliche* Stadt zeigen, bin ich mir sicher, dass wir etwas bewegen können. Gilbert und ich könnten mit Mister Hawthorne reden. Er ist jetzt der Oberste Leiter, der Leiter *aller* Kuratorien. Er würde uns zuhören. Wenn ihr uns helft, wäre er vielleicht aufgeschlossener gegenüber den Vermengten.«

»Aber wir sind keine Vermengten«, sagte Nathaniel, und als ich ihn erstaunt ansah, begegnete er meinem Blick mit Stolz und aufrechter Haltung. »Das ist genau das, was das Kuratorium nicht verstehen will: Wir sind freie Menschen. So fühlt jeder, der hier lebt. Die Freiheit kommt vor der Rasse, vor jeglichem Titel, vor *allem* anderen. Dein Kuratorium würde uns wegen dieser Besiedlung anklagen, dabei mussten wir schon so oft fliehen, alles zurücklassen, von vorne anfangen – glaubst du, dieser Ort ist uns wichtig? Sanktum ist nicht nur diese Stadt, es ist nicht nur ein Versteck, Sanktum ist in unserem Herzen. In jeder pulsierenden Vene, in jedem vermengten Molekül. Für eine Läuferin wie dich mag dieser Name nur ein Name sein, eine Koordinate auf deinem Detektor. Für uns bedeutet Sanktum ... Selbstbestimmung.«

Als ob die Luft mit einem Schlag kälter geworden wäre, bekam ich eine Gänsehaut.

Selbstbestimmung. Ich war nie selbstbestimmt gewesen. Mein ganzes Leben lang hatte ich mich von anderen steuern lassen. Nachdem meine Mutter gestorben war, hatte ich nichts sehnlicher gewollt, als eine Läuferin zu werden. Die Vorstellung, mich einer großen Sache zu verschreiben, hatte mir ein Gefühl von Geborgenheit gegeben.

Jetzt fühlte es sich nur noch an wie eine Schutzhülle, die mir zu eng geworden war.

»Lass es mich versuchen«, bat ich wieder. »Bevor du deine Armee nach draußen schickst. Lass mich versuchen, wirklich eine friedliche Lösung zu finden.« Als er nichts sagte, setzte ich nach: »Was hast du denn zu verlieren?«

Wieder musterte Nathaniel mich, und ich hatte das Gefühl, er durchleuchtete mich bis ins Innere.

»Nun gut. Versuch dein Glück bei deinem *Obersten Leiter.* Wenn er zustimmt, treffe ich ihn. An einem neutralen Ort.«

Ganze Bergketten fielen mir vom Herzen. Von unten drang inzwischen immer größerer Lärm zu uns, und ich meinte, mehrere Stimmen zu hören, die Nathaniels Namen riefen.

»Das ist wohl mein Zeichen«, sagte er. »Ich nehme an, ich sollte mich verabschieden. Richte Bale bitte aus, dass ich ihm viel Glück wünsche. Es war mir eine Freude, Elaine Collins.«

Ich stutzte merklich. Meinte er damit …?

Nathaniels Grinsen war Antwort genug. Er wusste, dass wir die Stadt verlassen wollten.

»Was ist?«, fragte er. »Bale glaubt, er sei raffiniert und könne sich hinausstehlen. Aber das ist *meine* Stadt.« Nathaniel zeigte zu den vermengten Vögeln, die sich um sein Vogelhäuschen tummelten. »Ich habe überall Augen und Ohren.«

Wieder wusste ich nicht, ob ich Nathaniels Worte als Drohung deuten sollte, doch da drehte er sich bereits um und verschwand in der Menge.

Sein Auftritt im Saal war von lauten Jubelrufen begleitet.

Ich sackte kurz in mich zusammen – und schreckte gleich wieder auf, als ich eine Hand an meiner Taille spürte.

»Gut gemacht«, sagte Bale an mein Ohr.

Ich drehte mich zu ihm um. »Was meinst du damit?«

»Du hast ihn überzeugt«, erklärte er. »Ich wusste, dass du es könntest.«

»Hast du …« Ich runzelte die Stirn. »Hast du das *geplant?*«

Bale griff nach meiner Hand und zog mich in Richtung der Treppe, die noch weiter nach oben führte. »Wie gesagt: Nathaniel legt großen Wert darauf, Einfluss zu haben. Er möchte geschätzt werden. Du hast ihm direkt in die Karten gespielt.« Er fing meinen Blick auf und fügte sofort hinzu: »Was gut ist!«

Ich hatte Mühe, mit dem bodenlangen Kleid die Treppen hochzulaufen, vor allem, da ich gleichzeitig damit beschäftigt war, Bale tödliche Blicke zuzuwerfen. »Du hast mich auf ihn angesetzt.«

Bale lächelte bloß. »Wenn du von etwas überzeugt bist, merkt man es dir an.«

»Aber wieso dachtest du, er würde auf mich hören?«

»Du hast immer noch nicht verstanden, wie wichtig du bist, oder?«

Wichtig. Für andere wäre es ein Kompliment. Mir kam es so vor, als würde mir das Wort wie eine Schlinge um den Hals liegen. Wir gingen von einem Stockwerk zum anderen, bis Sanktum von den ausladenden Ästen immer mehr verschluckt wurde und nur noch Blätter- und Windrauschen um uns herum war.

»Und wohin gehen wir?«

»Ich will dir noch etwas zeigen«, erklärte Bale. »Danach nehmen wir die Abkürzung.«

Also einen Vortex.

Bale zog mich weiter – bis zur obersten Ebene. Kaum waren wir dort angelangt, vergaß ich die Strapazen, die das Kleid bei jedem Schritt verursacht hatte. Wir standen auf dem höchsten Plateau, und das Einzige, was noch zu hören war, war die gedämpfte Musik des Orchesters. Kein Grunder war mehr zu sehen, wir waren ganz allein.

»Bale?«, fragte ich unsicher, doch da legte er einen Finger auf seine Lippen und deutete stumm nach oben.

Endlich verstand ich, was die bunten Lichter waren, die ich schon seit meiner Ankunft in Sanktum immer wieder zwischen den Blättern gesehen hatte. Es waren keine Laternen, keine Lichterketten, es waren *Tiere.* Insekten, Vögel, Schmetterlinge – mal vermengt, mal nicht, doch die, die vermengt waren, sonderten eine sanfte Aura ab, mal rot, mal weiß, mal blau, als ob sie zarte Feuer-, Wind- und Wasserspuren hinter sich herzögen.

»Das ist wunderschön«, flüsterte ich und folgte den Bewegungen, als die Tiere aufstoben und mir das Regenbogenlicht übers Gesicht streichelte.

Als ich wieder zu Bale blickte, entdeckte ich den Hauch eines Lächelns, das seine Lippen umspielte. »Ja, das ist es«, sagte er und hielt mir die Hand hin. Zuerst wusste ich nicht, was er von mir wollte. Dann ging mir ein Licht auf. »Das ist nicht dein Ernst«, sagte ich ungläubig.

Sein Lächeln wurde breiter. »Du trägst ein Ballkleid, oder nicht?«

»Aber … ich kann nicht tanzen.« Trotzdem legte ich meine Hand in seine.

»Sag das nicht zu laut, Allister wird dir wochenlang Tanzstunden aufdrücken. Er ist der Meinung, dass das Leben unvollständig ist, wenn man nicht zumindest eine Nacht durchgetanzt hat.«

»Hat er es dir beigebracht?«

»Nein«, entgegnete Bale. »Das waren meine Tanzlehrer – als ich fünf war.«

Tanzlehrer mit fünf? Da erinnerte ich mich, dass Balian Travers aus einer wohlhabenden Familie stammte. Seine Eltern gehörten zu den reichsten Menschen Englands, wenn nicht sogar auf der ganzen Welt.

Es fiel mir immer schwerer, den Jungen, der so lange als Legende über mir geschwebt hatte, mit dem Mann vor mir zusammenzubringen. Vor allem, da mir Bale inzwischen um einiges lieber war als der berühmte Läufer, der auf all den Postern zu sehen war.

»Irgendwann wirst du mir erzählen, warum du geflohen bist«, flüsterte ich. »Warum du deine Eltern zurückgelassen hast – und alles andere. Oder?«

»Ja.« Bale lächelte wieder. »Irgendwann.«

Ich seufzte, aber der Augenblick war zu schön, die Musik, die Lichter, die Luft, die nicht wie sonst schwül auf der Haut klebte, sondern in einer lauen Brise um uns herumwehte.

Als Bale mit seiner freien Hand an meine Schulter griff, begann ich unsicher, seinen Schritten zu folgen. Es war weitaus schwieriger, als ich mir Tanzen jemals vorgestellt hatte. Meine Schritte waren entweder zu groß oder zu klein, aber Bale ließ sich nichts anmerken. Als er mich einmal herumdrehte, starrte ich wie hypnotisiert auf unsere ineinander verhakten Hände, meine goldbraunen Finger und seine blassen, und wusste überhaupt nicht mehr, was ich noch denken oder fühlen sollte.

»Wenn wir in New York sind«, sagte Bale, während er mich Schritt für Schritt über die Plattform führte, »bringe ich dich zuerst zu deiner Familie und den anderen Läufern. Danach gibst du mir deinen Detektor.«

Ich nickte. Das war die Abmachung gewesen. »Du wirst mir aber nicht sagen, was du damit machen willst, nicht wahr?«

»Ich brauche noch zwei Codes. Aus New York und Neu London. Leider liegen die Wissenszentren dort direkt im Hauptgebäude, und es ist fast unmöglich, dort einen Zugang zu bekommen. In die anderen konnte ich mich reinschmuggeln, aber jetzt brauche ich deinen Detektor.«

Ich blinzelte. Mit einer so direkten Antwort hatte ich nicht gerechnet. »Und diese Codes brauchst du, um jemanden aus den Zonen zu holen?«

Bale pausierte kurz. »Es sind … Codes für die Zonen, ja.«

Die Art, wie er es sagte, vertrieb auch den letzten Zweifel daran, dass er mir etwas verheimlichte. »Ah«, sagte ich. »Und warum genau musst du dafür in die Zukunft springen?«

Wir hatten inzwischen zu tanzen aufgehört. Doch Bale ließ mich nicht los. Stattdessen starrte er mich an und rang offensichtlich nach Worten.

»Ich … kann die Codes nicht in der Gegenwart holen«, fing er schließlich an. »Selbst wenn ich keinen Alarm auslöse, würde das Kuratorium sofort wissen, dass ein Code extrahiert wurde. Dann ändern sie ihn, bevor ich ihn verwenden kann.«

Das ergab Sinn. Das System des Kuratoriums konnte man nicht überlisten. Außer natürlich, man war ein Zeitläufer. »Aber … du nimmst das doch nicht alles auf dich, um ein paar wenige Splits zu befreien. Egal, wie groß dein schlechtes Gewissen wegen dieser Liste ist.«

Bales Blick zuckte zu den vermengten Insekten über uns. »Es geht nicht um die Vermengten aus meiner Liste«, sagte er. »So hat es mal angefangen, aber … die Codes, die ich inzwischen suche, sind andere.«

Er ließ die Worte in der Luft hängen, und erst als ich seine Hand drückte, sah er wieder zu mir.

»Du kannst mir vertrauen«, sagte ich leise.

Seine Augenbrauen bewegten sich nach oben. »Kann ich das?«

Ich schluckte. »Ja. Das kannst du.«

Eine Ewigkeit lang sah Bale mich einfach nur an. Unsere Finger strichen mit jeder noch so kleinen Bewegung aneinander. Und mein Herz klopfte so wild, dass mir ganz schwindlig wurde.

»Es sind Codes für die Zonen selbst«, sagte Bale schließlich. »Für deren Zäune.«

»So etwas gibt es?« Das kam mir wie eine große Leichtsinnigkeit vor. »Und jeder Code gehört zu einem Kuratorium?«

Ein stummes Nicken.

»Aber wieso springst du immer zum selben Tag in die Zukunft? Wozu dieser Aufwand?«

Wenn Bale überrascht war, dass ich hinter sein Geheimnis gekommen war, zeigte er es nicht. Stattdessen lächelte er mich schwach an. »Ich glaube, das weißt du schon.«

Meine Gedanken schwirrten durcheinander, aber Bale hatte recht. Ich wusste es.

Ich wusste nur nicht, was ich davon halten sollte.

Es gab nur einen Grund, warum er jedes Mal zum gleichen Datum reiste – und jedes Mal in ein anderes Institut.

»Du willst die Zonen öffnen«, hauchte ich. »Alle auf einmal.«

Es war ungeheuerlich. Völlig undenkbar. Und doch war es der perfekte Plan, das musste ich Bale lassen. Er würde die Codes zu dem Zeitpunkt aktivieren, an dem sie gültig wurden. Und da er die Codes alle genau zum selben Zeitpunkt gestohlen hatte, würde das Warnsystem des Kuratoriums viel zu spät reagieren.

Tausende Vermengte könnten auf einen Streich gehen, wohin sie wollten. Die Läufer wären nie imstande, sich diesen Massen entgegenzustellen.

Es war der pure Wahnsinn.

»Wieso der erste März?«, fragte ich. Meine Arme waren ganz schlaff, doch Bale hielt meine Hände fest umklammert.

»Das war mein ›Todestag‹«, sagte er und verdrehte die Augen. »Der Tag, als ich verschwunden bin. Sehr melodramatisch, ich weiß. Es war auch eher ein Zufall, aber Hawthorne wird es verstehen. Ich will, dass er weiß, dass ich es war.«

»Was hast du bloß gegen ihn? Er hat dich doch immer unterstützt, oder nicht?«

»So kann man es auch nennen.« Bale sah mir eindringlich in die Augen. »Es tut mir leid, dass ich dir nicht die Wahrheit gesagt habe. Aber mir war klar, dass du niemals einwilligen würdest.«

»Ganz sicher nicht!«, raunte ich.

»Barbie ...«, sagte Bale sichtlich gequält.

»Das ist doch verrückt! Selbst wenn ich glauben würde, dass Menschen und Vermengte zusammenleben könnten ... Du kannst nicht einfach Grenzen einreißen, die seit Jahrzehnten unser aller Leben bestimmen, und hoffen, dass sich die beiden Völker irgendwie verstehen werden. So was braucht Zeit, es braucht Vorbereitung ...«

»Diese Zeit wird es nie geben«, widersprach Bale. »Das weißt du.«

Als ich nicht antwortete, zog er mich näher zu sich, bis unsere Gesichter nur wenige Zentimeter voneinander entfernt waren. »Manchmal *muss* man etwas einreißen, um es besser zu machen«, sagte er. »Und es kann besser werden, ich weiß es! Wahrscheinlich liegt es in der Natur des Menschen, andere auszugrenzen, auf sie herabzuschauen – so war es ja immer schon. Ich sage auch nicht, dass es perfekt wird. Aber diese Mauern, Elaine, die werden früher oder später die ganze Welt ersticken.«

Ich blickte in Bales Augen und wusste nicht, was ich sagen

sollte. Es war, als würden zwei Magnete in mir zu verschiedenen Polen gezogen werden, so stark, dass es mich jeden Augenblick zu zerreißen drohte. Auf der einen Seite waren meine Überzeugungen, alles, woran ich glaubte – und dann war da Bale mit dieser Hoffnung in seinem Blick, Hoffnung auf eine gerechtere Welt, von der ich nicht wusste, ob es sie jemals geben würde.

Ich wusste es nicht. Aber ein Teil von mir wollte gerne daran glauben.

Bales Hände, die meine umfassten, verstärkten ihren Druck noch, und ich verhakte meine Finger wieder mit seinen. »Bitte gib mir die Chance, es zu versuchen.«

Ich presste die Lippen aufeinander. Noch immer quälte mich der Gedanke, was das Kuratorium mit den Vermengten anstellte. Ich hatte die Wirblerfrau vor Augen – und Susie, immerzu Susie.

Es war der pure Wahnsinn, und doch konnte ich nicht anders.

»In Ordnung«, flüsterte ich, starr vor Angst. Aber auch voller Hoffnung.

Ein verschmitztes Lächeln legte sich auf Bales Lippen. »Ich wusste, dass eine kleine Rebellin hinter der vorbildlichen Läuferin steckt.«

»Du solltest dein Glück nicht überstrapazieren, Deserteur«, gab ich zurück.

Bale sah mich belustigt an. Auf einmal bewegte er die Hand, die an meinem unteren Rücken lag, etwas höher und beugte mich in einer theatralischen Tanzbewegung nach hinten. Ich lachte überrascht auf und ließ mich sogleich wieder nach oben ziehen.

»Hat man dir das auch schon mit fünf Jahren beigebracht?«, neckte ich ihn, doch kaum, dass ich Bales Blick begegnete, merkte ich, dass etwas nicht in Ordnung war. Er schaute auf meinen Hals. Und als ich daran griff, spürte ich den Anhänger meines alten Medaillons, das durch die Bewegung herausgerutscht sein musste.

»Was ist?«, fragte ich und ließ die Kette schnell wieder hinter dem Stoff des Kleides verschwinden.

Bale ließ von mir ab. Er sah aus, als hätte er einen Geist gesehen.

»Bale?«

»In New York schließt du dich den Läufern an.«

Ich nickte langsam, unsicher, worauf er hinauswollte.

Bales Hände legten sich um das Geländer. Er sah mich nicht mehr an. »Und dann trennen sich unsere Wege.«

Meine Finger gruben sich in den Glitzerstoff meines Kleides. Es war nicht so, dass ich das nicht gewusst hatte. Bale hatte mehr als deutlich gemacht, dass er mit dem Kuratorium abgeschlossen hatte. Und zwar für alle Zeiten. Trotzdem verstand ich erst jetzt, dass das wohl die letzten Momente waren, die ich mit ihm verbringen würde. Die letzten Momente in Sanktum. Womöglich hatte ich mich vorhin endgültig von Susie verabschiedet.

Doch was war die Alternative? Ich konnte meine Familie nicht im Stich lassen. Auch dann nicht, wenn der Rote Sturm besiegt war.

Das Kuratorium war meine Zukunft.

Und darin war für Bale kein Platz.

Ich starrte auf den Boden. Meine klobigen Stiefel lugten unter dem zarten Stoff hervor, und ich kam mir auf einmal unerträglich lächerlich vor – mit diesem Glitzerkleid, das so gar nicht zu mir passte.

»Ich glaube, es ist gut so«, sagte Bale, und in seinem Gesichtsausdruck lag etwas absolut Unleserliches. War das Enttäuschung oder Erleichterung? Freute er sich darüber, dass sich unsere Wege trennten? Ich konnte es unmöglich sagen. Nach all der Zeit, die wir zusammen verbracht hatten, war er mir noch immer ein Rätsel.

»Du und ich«, fuhr er fort, »das ist keine … gute Idee. Ich will nicht, dass du dir falsche Hoffnungen machst.«

Meine Hände begannen zu zittern, und ich fühlte, wie mir die Schamesröte ins Gesicht schoss. »Wie kommst du darauf, dass ich *irgendetwas* von dir will, das nicht mit den Vortexen zu tun hat?«

»Elaine …«, setzte Bale an. Als er eine Hand auf meine Schulter legte, schüttelte ich sie sofort ab.

»Lass gut sein.« Ich wandte mich von ihm ab. Meinen echten Namen konnte er sich jetzt auch sparen.

Für einen Moment spürte ich dem leisen Wind auf meinem Gesicht nach, und mich überkam das Gefühl, etwas verloren zu haben, das ich nie wirklich besessen hatte. Dann drehte ich mich entschlossen wieder um.

»Lass uns gehen«, sagte ich. »Je früher wir in New York sind, desto besser.«

Und je früher sich unsere Wege trennen, desto schneller kann mein Leben wieder zu dem werden, was es ohne dich war.

TEIL DREI

NEW YORK CITY

AUSZUG AUS DEM HANDBUCH DER VORTEXLÄUFER

Präambel

Jeder Vortexläufer ist in vollem Maße dem Schutz der Menschheit verschrieben. Das Leben eines Vermengten wird immer dem Leben eines Menschen untergeordnet.

26

Kaum, dass der Vortex sich lichtete, schaute ich wieder in einen Abgrund.

»Machst du das mit Absicht?«, raunte ich und trat hastig einen Schritt zurück. Vor mir tat sich eine unendlich tiefe Häuserschlucht auf, und der Wind peitschte eisig in mein Gesicht.

»Wenn du meinst, dass ich uns völlig sicher auf einen Aussichtspunkt gebracht habe, dann ja, ich mache das mit Absicht«, gab Bale zurück.

Ich drehte mich um und funkelte ihn an, auch wenn er mir längst den Rücken zugedreht hatte.

Es war schrecklich ungewohnt, ihn so zu sehen. Bale trug eine Uniform – eine *Läuferuniform.* Und obwohl ich mich dafür hasste, konnte ich nicht anders, als ihm ständig Blicke zuzuwerfen.

Bale hatte uns direkt von der Plattform oben auf dem Versammlungsbaum zurück zum Gasthaus befördert. Dort hatten wir uns in getrennten Zimmern umgezogen, und als wir draußen am Schuppen aufeinandertrafen, hatte es mir beinahe die Sprache verschlagen.

Woher Bale die Uniform hatte, wusste ich nicht. Sie war neu, unbenutzt und saß absolut perfekt. Mit ziemlicher Sicherheit musste er sie irgendwann geklaut haben, so wie auch seinen Detektor – schließlich galt die verkohlte Uniform, die damals gefunden worden war, bekanntermaßen als Beweisstück für den Tod von Balian Travers.

Nicht dass sie ihm heute noch passen würde …

Ich zwang mich dazu, den Blick abzuwenden. Bale war *nicht* der Mittelpunkt meines Lebens, ausgeprägte Beinmuskeln hin oder her.

Wir standen auf dem Dach eines Wolkenkratzers, das außer ein paar Schornsteinen flach war und somit einen perfekten Rundumblick auf die Stadt bot.

New York war nach Mexiko-Stadt und Hongkong die drittgrößte Megacity auf dem Planeten. Sie zog sich weit ins Landesinnere, so weit, dass sie unzählige Städte entlang der Ostküste geschluckt hatte. Wie Neu London war die Stadt in mehrere Verwaltungsbezirke eingeteilt. Von hier konnte ich bereits die Grenzen einiger Bezirke ausmachen. Sie wurden flankiert von riesigen Hochhausfarmen, in denen Lebensmittel auf vertikalen Plantagen gezüchtet wurden.

Unter dem diesigen Nachthimmel zog sich der Flickenteppich aus Beton bis zum Horizont. Es war, als würden die meterhohen Neonreklamen ein Eigenleben führen, als wären sie der endlose, wirre Puls dieser Stadt, deren Ausmaße kein Mensch mehr so richtig begreifen konnte.

»Da hinten ist das Kuratorium«, rief mir Bale zu. Er stand einige Meter entfernt am Rand des Daches und deutete hinab in die Stadt.

Ich lief zu ihm. Das Institutsgebäude war leicht zu erkennen, und das nicht nur wegen der Drohnen, deren Signallichter regelmäßig im Nachthimmel aufleuchteten. Es lag mitten im Zentrum von Lower Manhattan und sah wie ein umgedrehtes Hufeisen aus. Zwei enorme Wolkenkratzer, die zwar nicht sehr breit, dafür aber sehr hoch waren, stellten alle anderen Gebäude im Umkreis in den Schatten. Statt einer Spitze liefen sie oben in einem Bogen zusammen, in der Mitte klaffte eine Lücke.

Ich war noch nie dort gewesen, obwohl das New Yorker Kuratorium das einflussreichste Institut auf der Welt war. Es war nicht nur für ganz Nordamerika verantwortlich, es half auch regelmäßig anderen Instituten dabei, den Aufständen des Roten Sturms Herr zu werden.

»Ich bringe dich zum Eingang«, sagte Bale und trat näher an mich heran. Ich schüttelte den Kopf, noch bevor er eine Hand heben und einen Vortex öffnen konnte.

»Lass mich es versuchen«, bat ich und krümmte die Luft, machte sie zu purer Energie. Jetzt, da ich wusste, wie es ging, war es so leicht wie Atmen.

Der Vortex wuchs zwischen uns und saugte uns beide ein. Bevor ich davontreiben konnte, griff Bale jedoch nach meinem Arm und brachte uns wieder näher zusammen. Ich bemühte mich, ihn nicht anzusehen. Stattdessen konzentrierte ich mich darauf, den Vortex unmittelbar zum Kuratorium zu lenken.

Indem ich die Energien ungehindert in mich hineinfließen ließ, konnte ich den Wirbel mühelos mit meinem Körper steuern. Erst als er die Richtung änderte, merkte ich, dass auch Bale Einfluss auf unser Ziel nahm. Und sosehr ich mich anstrengte – gegen ihn kam ich nicht an.

Wie lange es wohl dauern würde, bis ich die Vortexe so beherrschte wie er? Würde es mir je gelingen?

Als sich unsere Umgebung Stück für Stück zusammensetzte, standen Bale und ich auf einer Straße direkt unter einer Transportbahnschiene. Über uns sausten auf schmalen Metallstreben unzählige aneinandergereihte Transporter durch den Himmel. Sogar zu dieser späten Uhrzeit waren sie zum Bersten gefüllt. Menschen standen dicht an dicht, und an den Haltebereichen, die auf Trassen oben zwischen den Hochhäusern angebracht waren, warteten noch mehr Leute darauf, einen Platz zu ergattern.

Bale folgte meinem Blick. »Ich könnte niemals so leben«, sagte er, und ich stimmte innerlich zu. Lis hatte damals zwar ihr Bestes gegeben, aber das Leben in Neu Londons Randbezirken – bevor wir in Gilberts Penthouse im Stadtkern gezogen waren – hatte mich fast wahnsinnig gemacht. Es waren *ständig* Menschen um einen herum, egal, wohin man ging. Außer unserem kleinen Apartment gab es keinen Ort, den man sich nicht mit mindestens einem Dutzend anderer teilte.

»Komm«, holte mich Bale aus meinen Erinnerungen. »Gehen wir.«

Ich nickte, und wir liefen los. Obwohl wir einen halben Block zurücklegen mussten, konnte ich das Kuratorium bereits in der Ferne sehen. Bale hatte uns absichtlich nicht direkt davor abgesetzt – es wäre auch sehr leichtsinnig gewesen, schließlich kannte jeder Vortexläufer sein Gesicht.

Doch auch so zogen wir von allen Seiten Aufmerksamkeit auf uns. Passanten beäugten unsere Uniformen, andere hielten sogar inne und versuchten, Fotos zu machen. Die Menschenmassen drängten sich nur so an uns vorbei, und mir entging nicht, wie Bale geübt sein Gesicht zu Boden neigte und so schnell lief, dass er jeden Kontakt vermied und den schaulustigen Blicken sofort entging.

Erst als wir an den Schaufenstern eines Megastores vorbeikamen, wurden Bales Schritte langsamer. Ich blieb neben ihm stehen und erkannte hinter dem Fenster Merchandisingprodukte, die sein Gesicht zierte.

»Das muss seltsam sein«, sagte ich leise.

Bales ganzer Körper war angespannt. »›Seltsam‹ ist nicht das Wort, das ich benutzen würde.«

Ich musterte ihn. Hasste er den Rummel um seine Person wirklich so sehr? »Aber Hawthorne macht das alles doch nur, weil du sein wichtigster Läufer warst.«

»Nein.« Bale sah mich mit seinem gewohnt spöttischen Blick an. »Er macht das, weil er nie geglaubt hat, dass ich gestorben bin. Es gab ja keinen Leichnam. Und er weiß, wenn er diesen *Mythos* um meine Person am Leben hält, kann ich nirgendwohin, ohne dass mich jemand erkennt. Hawthorne hat die ganze Welt zu seinen Spitzeln gemacht. Er hat mein Gesicht hingekleistert, wo es nur ging. Ein Geniestreich, das muss ich dem Dreckskerl lassen.«

Unweigerlich dachte ich an all die Dokumentationen über Balian Travers' Leben, die auf den Medienkanälen hoch und runter liefen. War das wirklich Hawthornes Werk?

Ich presste die Lippen aufeinander und sagte nichts. Zum ersten Mal hatte ich das Gefühl, dass Bale freiwillig eine Tür zu seiner Vergangenheit öffnete – und mich hindurchschauen ließ.

»Irgendwann hat er wohl nicht mehr erwartet, mich zu finden. Also hat er nach Läufern gesucht, die meinen Platz einnehmen könnten. Nur hat er nie jemanden gefunden.«

»Bis ich kam.«

Bale nickte und sah zurück zum Schaufenster. »Bist du kamst.«

»Es tut mir leid«, sagte ich leise, auch wenn ich nicht wusste, wofür ich mich eigentlich entschuldigte. Hawthorne wollte seinen besten Läufer nicht aufgeben, weil er glaubte, dass der noch lebte – das konnte ich gut verstehen. Trotzdem tat es mir leid, denn Bale hatte dadurch niemals die Chance auf ein normales Leben gehabt.

Bale sagte nichts. Stattdessen wandte er den Blick vom Schaufenster ab, und wir liefen weiter. Nur noch wenige Schritte, bis ich Lis, Luka und Gilbert endlich in die Arme schließen konnte.

Das Hufeisen lag nun unmittelbar vor uns, es war nicht mehr weit. Die beiden Türme hatten nicht nur blaue Außenfassaden, sondern waren auch blau beleuchtet. Im Gegensatz zum Neu Londoner Institut, das einen in die Länge gezogenen Vortex darstellen sollte, sah dieses Gebäude wie ein Vortex aus, auf den man geradewegs zusteuerte. Die Fläche zwischen den Türmen war frei und unbebaut, weder ein Park noch irgendetwas anderes waren dort angelegt worden.

Normalerweise setzte nie jemand einen Fuß in diesen Bereich.

Normalerweise.

»Was … machen die da?«, fragte ich, als Bale mich am Arm packte und zurückhielt.

Der Platz vor uns war weitläufig mit Zäunen abgesperrt und wurde zusätzlich von einer ganzen Horde von Zonenwächtern bewacht, die auf und ab liefen. Scheinwerfer leuchteten das Areal aus. Zelte und provisorische Hütten waren aufgebaut worden, und dazwischen wuselten unzählige Läufer umher – es mussten Hunderte sein. *Tausende.*

Es sah aus wie ein Lager, in dem man sich für einen Krieg wappnete.

»Sie sammeln sich für den Angriff auf den Roten Sturm«, vermutete Bale, und ich loggte mich sogleich mit meinem Detektor in das System des Kuratoriums ein. Die Nachrichtenseite bestätigte seine Vermutung: Die Läufer, die von überall angereist waren, hatten sich im Zentrum Manhattans zusammengefunden. Es waren nur noch wenige Stunden, bis sie losziehen und den Roten Sturm angreifen wollten.

»Aber … was *machen* die da?«, fragte ich erneut und deutete auf eine endlose Reihe von Laufpods, die neben den Zelten und Hütten aufgebaut worden waren. Jeder einzelne Pod war mit einem Läufer besetzt. Offensichtlich führten sie darin Simulationssprünge durch, wie ich sie von meinem Anwärtertraining kannte. Vor den Pods hatten sich lange Schlangen gebildet. Überall warteten Läufer darauf, dass sie an die Reihe kamen.

»Trainieren die?«, fragte ich perplex. Ich hatte noch nie davon gehört, dass Läufer, die ihre Zeit als Anwärter hinter sich hatten, Simulationsstunden absolvierten. Warum auch? Jemand, der unter die ersten zehn beim Vortexrennen gekommen war, wusste, wie man durch einen Vortex sprang.

»Ich hab keine Ahnung.« Zum ersten Mal wirkte Bale genauso ratlos wie ich.

Ich atmete tief durch. Es spielte keine Rolle. Wahrscheinlich hatten die Läufer Sondertraining aufgebrummt bekommen, damit beim gemeinsamen Angriff morgen nichts schiefging.

»Wie auch immer«, sagte ich und bemühte mich, dass meine nächsten Worte so nüchtern und beherrscht wie möglich klangen. »Du hast mich zu meiner Familie gebracht, wie versprochen. Ich schätze, es ist Zeit, sich zu verabschieden.«

Kaum waren meine Worte verhallt, kamen mir die Geräusche der Megacity viel lauter und drängender vor. Bales Kinn versteifte sich, und ich zuckte überrascht zusammen, als er meine Hände mit seinen umgriff.

»Versprich mir bitte«, setzte er an, »dass du vorsichtig bist, was Hawthorne angeht. Er ist sehr ehrgeizig.«

»Das bin ich auch«, sagte ich unwirsch.

»Aber du würdest dafür nicht über Leichen gehen.«

»Hawthorne auch nicht! Er will Frieden für diese Welt«, widersprach ich und zog meine Hände zurück. »Die anderen Leiter hätten ihn nicht zum obersten gewählt, wenn sie ihm nicht zutrauen würden, die Dinge zu regeln.«

»Ich bezweifle nicht, dass er ›die Dinge regeln‹ kann. Er …« Bale atmete geräuschvoll aus. »Hör zu, ich kenne ihn, okay? Er und ich, wir haben sehr viel Zeit miteinander verbracht. Er wird von dir wollen, dass du die Vortexe dazu benutzt, gegen die Vermengten vorzugehen. Er wird dich dafür bis zum Äußersten treiben und mehr verlangen, als du vielleicht zu geben bereit bist.«

Er sah mich so voller ernster Sorge an, dass mir jeder bissige Kommentar im Halse steckenblieb. »Ich werde vorsichtig sein«, flüsterte ich nur.

»Gut.« Bale warf mir ein schwaches Lächeln zu. Dann hielt er mir die umgedrehte Hand hin, und ich wusste, was er wollte, ohne dass er es aussprach.

Unsicher sah ich auf das kleine Gerät an meinem Handgelenk. Wie stolz ich damals gewesen war, als Gilbert mir meinen Detektor nach den Anwärtertests überreicht hatte. Aber das war der Deal gewesen, den ich mit Bale eingegangen war. Und es war das Ende unserer notdürftigen Partnerschaft. Das hatte ich inzwischen verstanden.

So schnell, als würde ich ein Pflaster abreißen, zog ich mir den Detektor vom Handgelenk. Doch dann zögerte ich. Ich wusste nun, was Bale damit machen wollte. Er wollte alle Zonen auf der Welt öffnen – und alle Vermengten, die dort lebten, auf freien Fuß setzen. Konnte ich das wirklich zulassen?

»Bale«, sagte ich, obwohl ich nicht mal wusste, *was* ich sagen wollte. »Ich …«

»Hey! Ihr da!«, bellte da jemand hinter uns. Es war einer der Wächter, die an dem Absperrgitter patrouillierten. Reflexartig stellte ich mich vor Bale – auf keinen Fall durfte der Wächter erkennen, wer neben mir stand.

Der Mann eilte zu uns und musterte unsere Läuferuniformen

streng. »Unbefugten ist der Zutritt verboten. Ich brauche Ihren Zugang, wenn Sie in das Trainingsgelände wollen.«

Er brauchte meinen Detektor. Der Wächter musste ihn abscannen, bevor er mich da reinließ.

Schnell band ich ihn mir wieder ums Armgelenk und war dabei, ihm dem Wächter hinzuhalten, als –

»Sie gehören zu mir!«

Zunächst konnte ich die Stimme gar nicht zuordnen. Erst als ich hinter dem Zaun einen großen, schlanken Mann auf uns zurennen sah, erkannte ich, wer da gerufen hatte.

Gilbert sah gehetzt aus, und als ich einen freudigen Schritt auf ihn zumachte, wedelte er abwehrend mit den Händen.

»Sie ... gehören ... zu mir«, wiederholte er schwer schnaufend. Mit einer Hand stützte er sich am Gitter ab, mit der anderen deutete er auf mich und Bale. »Lassen Sie sie durch.«

Der Wächter schien für einen winzigen Moment zu überlegen, trotzdem nach unseren Zugängen zu fragen, doch schließlich nickte er ergeben. »Wie Sie wünschen, Mister Woodrow, Sir.«

Ein Surren ertönte. Inmitten des Absperrgitters, das über und über mit blauleuchtenden Gravisensoren bestückt war, öffnete sich eine Tür.

Schnell wollte ich hindurchhuschen, Bale jedoch zögerte.

»Schon gut«, sagte Gilbert zu ihm. »Kommt rein. Ihr beide.«

Bale ballte die Hände zu Fäusten und schüttelte den Kopf.

»Bitte.« Gilbert starrte ihn eindringlich an. »Ich muss dringend mit dir reden.«

Ich blinzelte. Kannten die beiden sich etwa? Der Gedanke war mir bislang nie gekommen, in all den Jahren nicht. Dabei war es ganz offensichtlich: Gilbert war bereits Chefnavigator gewesen, als Bale sein Vortexrennen bestritten und als Läufer gedient hatte. Sie mussten sich also schon begegnet sein. Trotzdem – Bale sah nicht gerade aus, als würde er Gilbert blind vertrauen.

»Sobald wir drin sind, gebe ich dir meinen Detektor«, flüsterte ich Bale zu. »Komm. Gilbert weiß, was er tut.«

Ich konnte sehen, wie schwer es ihm fiel, einen Fuß auf das Kuratoriumsgelände zu setzen, doch schließlich tat er es.

Der Wächter beäugte uns kritisch, dann drehte er um und lief in die andere Richtung. Ich war unendlich froh, dass jeder Chefnavigator überall auf der ganzen Welt, in jedem Kuratorium, Befehlsgewalt innehatte.

»Es ist so schön, dich zu sehen«, sagte ich, denn auch wenn er mich angelogen hatte, war er trotzdem *Gilbert.* Er gehörte zur Familie, und er hatte mir unheimlich gefehlt.

Ich umarmte ihn, und er hielt mich einen Moment lang so fest, als ob er mich nie wieder loslassen wollte. Erst jetzt spürte ich, dass meine Familie wirklich in Sicherheit war – dass sie den Angriff auf Neu London überstanden hatte.

Als Gilbert mich eine Handbreit von sich schob, sah er zu Bale, und in seinem Gesicht spiegelte sich etwas, das mich sofort beunruhigte.

»Kommt mit«, sagte er. »Wir sollten schnell hier weg. Keiner darf euch sehen.«

»Euch?« Ich runzelte die Stirn. Wieso sagte er *euch*? Natürlich durfte niemand Bale sehen. Aber mich?

Doch Gilbert ignorierte meine Frage und schob uns an den Zelten vorbei.

Von überallher drangen Stimmen und aufgeregte Rufe von den Laufpods zu uns, wo die Läufer sich offenbar gegenseitig anfeuerten. Bale zerrte die Kapuze seiner Läuferuniform über den Kopf und senkte das Gesicht zu Boden.

»Gilbert, was ist hier los? Wo sind Luka und Lis?«, rief ich über den Lärm hinweg.

»Es geht ihnen gut. Wir reden gleich«, gab Gilbert nur gepresst zurück und schob uns immer weiter über das Gelände.

»Aber …«

Gilbert warf mir einen schneidenden Blick zu. *»Gleich«*, wiederholte er mit Nachdruck. Dann bog er nach links ab und drängte uns in ein etwas größeres Zelt. Darin standen ein Tisch, ein paar Stühle, außerdem eine Vielzahl an Monitoren, mit denen Gilbert offensichtlich das Gelände überwachte.

Deshalb hatte er uns also so schnell gefunden.

Ich beobachtete, wie er den Ausgang des Zeltes mit einem Haken verschloss, dann trat er zu den Monitoren. Stumm koppelte er seinen Detektor mit den Bildschirmen, und ich sah, wie er die Videoaufzeichnungen der letzten zehn Minuten überprüfte.

»Keiner hat euch gesehen«, murmelte er erleichtert. »Ich habe die Kameras blockiert, die euch aufgezeichnet hätten. Alles ist gut. Wenn wir euch nachher auf demselben Weg wieder rausbringen, sollte niemand etwas mitbekommen.«

»Wieder … was?«, fragte ich fassungslos. »Wieso sollte ich *gehen*?«

Gilbert ließ von den Monitoren ab und drehte sich mit einem tonnenschweren Seufzen zu mir. »Um ehrlich zu sein: Ich hatte wirklich gehofft, ihr würdet nicht herkommen …«

Gilberts Worte waren wie ein Schlag in die Magengrube.

»Hätte ich sicherstellen können, dass die Nachrichten auf deinem Detektor nicht überwacht werden, hätte ich dir geschrieben«, fuhr er fort und rieb sich sichtlich angespannt die Stirn. »Ich hätte dir geraten, Luka zu ignorieren und dortzubleiben, wo du warst.«

»Aber …« Ich ballte die Hände zu Fäusten. »Ich musste euch doch sehen. Dich und Lis und Luka! Außerdem habe ich eine Aufgabe. Das solltest *du* doch am besten wissen!« Ich sah mich um. »Hast du Lis schon Bescheid gesagt, dass ich hier bin?«

Gilbert sah mir in die Augen. »Deine Tante ist vor zwei Tagen nach Kanada aufgebrochen. Zu *dir*. Zumindest war das der Plan.«

Kanada? Meinte er damit etwa Sanktum?

»Elaine, du musst dorthin zurück. Lissie wartet vielleicht schon auf euch.« Gilberts Stimme klang drängend. So aufgewühlt hatte ich ihn selten gesehen. »Ich wollte Luka eigentlich mit ihr fortschicken, aber der Sturkopf hat sich geweigert, ohne mich zu gehen. Vielleicht schaffst du es, ihn zu überzeugen.«

»Aber *warum*? Wir müssen doch –«

»Elaine«, schnitt er mich ab, doch ich war es leid, ständig bevormundet zu werden. Vor allem von Gilbert.

»Hast du eine Ahnung, wie viel Angst ich um euch hatte?«, rief ich wütend. »Was ich alles versucht habe, um zu euch zu kommen? Du hast den Auftrag gegeben, mich in eine Splitsiedlung verschleppen zu lassen. Ohne vorher mit mir zu sprechen! Du hast uns alle belogen!« Ich holte tief Luft, sammelte mich. Im Grunde war ich Gilbert gar nicht mehr böse – ich verstand sogar, was er getan hatte. Und trotzdem … »Ich will jetzt *sofort* wissen, wo Luka ist«, fügte ich mit fester Stimme hinzu.

Gilbert seufzte und fuhr sich durch die Haare. »Luka ist draußen bei den anderen Läufern«, erklärte er. »Er ist … Du kannst gleich zu ihm.«

Er lief um den Schreibtisch herum. Als er bei mir war, fasste er mich an meinen Schultern. »Es tut mir leid, was passiert ist. Du hast keine Ahnung, wie oft ich euch von Nathaniel erzählen wollte. Euch zu belügen war das Schwerste, was ich je tun musste, das musst du mir glauben. Aber als ich herausfand, was das Kuratorium mit den Vermengten anstellt, da …« Er schluckte, holte tief Luft. »Ich konnte nicht so tun, als wäre nichts. Nicht wenn Luka beinahe …«

Seine Stimme versagte, und mir dämmerte, worauf er hinauswollte. Ich hatte also recht gehabt mit meiner Vermutung: Sie hatten Luka für die Experimente vorgesehen.

Ich wollte etwas erwidern, Gilbert erklären, wie sehr auch ich mich seit unserer letzten Begegnung verändert hatte, doch er hatte sich längst Bale zugewandt. »Wir müssen uns beeilen«, sagte er. »Balian, ich … ich muss etwas von dir wissen. Etwas, das ungeheuer wichtig ist: Was weißt du von einer *Zeitkarte*?«

Als ich zu Bale sah, stand er unmittelbar neben dem Ausgang, bereit, jede Sekunde aus dem Zelt zu stürmen. Doch nun wich ihm schlagartig sämtliche Farbe aus dem Gesicht, als hätte ihm jemand einen Eimer Eiswasser übergeschüttet.

»Zeitkarte?«, fragte ich schließlich in die Stille hinein.

»Das Kuratorium lässt seit heute offiziell alle Läufer auf das

›Zeitläufer-Talent‹ testen«, erklärte Gilbert. »Wer nicht in New York ist, unterzieht sich den Tests in den anderen Instituten.«

Mein Blick zuckte zum Ausgang des Zeltes und zurück. Die Laufpods auf dem Gelände … Die Schlangen mit all den Läufern davor …

»Ist es das, was sie da draußen machen?« Ich erinnerte mich zurück an den Tag nach dem Vortexrennen, als Hawthorne mich vor dem Auditorium abgefangen hatte, um mir meine zukünftige Aufgabe zu erläutern. »Aber das war streng geheim. Hawthorne hatte mir verboten, euch irgendetwas davon zu erzählen, dass ich mit meinem Vortex durch die Zeit gesprungen bin.«

Gilbert nickte. »Ich weiß. Aber inzwischen hat sich einiges geändert. Dass der Rote Sturm es geschafft hat, unser Institut in Schutt und Asche zu legen, hat ein starkes Signal in die Welt gesendet. Die Menschen fürchten, das Kuratorium könne sie nicht mehr beschützen. Es gibt sogar erste Länder, die erwägen, vor den Rebellen zu kapitulieren. Hawthorne braucht eine gute Nachricht, die er öffentlich präsentieren kann. Eine neue Riege an Läufern, die Vortexe durch Zeit und Raum steuern können, wäre so eine Nachricht. Nachdem du verschwunden bist, Elaine, hat er den anderen Leitern von deinem Talent erzählt. Die Chefnavigatoren wurden kurze Zeit später eingeweiht.« Er sah zu Bale, und da war sie wieder: diese übergroße Sorge, die in seiner Stimme mitschwang. »Allerdings verrät er uns nicht, *wie* er die Zeitläufer einsetzen will. Und was es mit dieser Zeitkarte auf sich hat. Einer Karte, die *du* entworfen haben sollst, Balian.«

Doch Bale sagte immer noch nichts. Überhaupt hatte ich das Gefühl, er hielt sich nur durch die Hand aufrecht, mit der er sich am Zeltgerüst abstützte.

Mir dröhnte der Kopf. Was, bitte schön, war eine *Zeitkarte*? Und warum jagte sie Bale solche Angst ein?

Gilbert lief vorsichtig auf Bale zu und versuchte, seinen Blick aufzufangen. »Es gibt … Gerüchte. Einige Chefnavigatoren wollen erfahren haben, dass ein Zeitläufer mit dieser Karte den gesamten Roten Sturm auf einen Schlag besiegen könnte. Und was auch immer Hawthorne den anderen Leitern darüber erzählt hat, was auch immer er ihnen gezeigt hat, war beeindruckend genug, dass sie ihn zum Obersten Leiter gewählt haben.«

Es gab eine Karte, mit der man die *komplette Rebellion* besiegen konnte? Das klang völlig unvorstellbar.

»Bale?«, fragte ich leise.

Bale rieb sich die Stirn und sank auf einen der Stühle. »Beeindruckend ist das falsche Wort«, murmelte er. »Die Karte ist gefährlich.«

»Aber du hast sie selbst angelegt?«, fragte Gilbert.

Bale nickte schwer. »Ja. Habe ich. Und ich dachte, ich hätte sie vernichtet, bevor ich verschwunden bin. Ich war mir sicher, sie wäre zusammen mit meinem alten Detektor zerstört worden. Hawthorne muss einen Weg gefunden haben, die Karte wiederherzustellen.«

Ich sah von einem zum anderen. »Aber wenn man damit dem Roten Sturm endlich etwas entgegenzusetzen hätte, dann haben wir alle vielleicht die Chance …«

»Es geht Hawthorne überhaupt nicht um den Roten Sturm«, unterbrach mich Bale. In ihm schien ein innerer Kampf abzulaufen. Ich konnte förmlich sehen, wie er mit sich rang.

Schließlich griff er an seinen Detektor. Nach kurzem Suchen tippte er auf seinen Bildschirm und aktivierte die Projektionsfunktion. Dann warf er mit einer Geste eine Abbildung der Weltkarte in die Luft zwischen uns. Langsam rotierte sie im Kreis.

Ich beugte mich nach vorne. Die Länder waren aus vielen

blauen Lichtpunkten zusammengesetzt. Auch die Grenzen der zehn Territorien und die unterschiedlichen Zonengebiete waren zu sehen. Alle zehn Kuratorien waren eingezeichnet – Moskau, Sydney, Hongkong, Kairo …

Diese Karte hatte ich stundenlang im Geographieunterricht angestarrt. Jeder, der Läufer werden wollte, musste alle Städte, jedes Land und jeden noch so kleinen Fluss auswendig kennen. Wir mussten wissen, welche besonderen klimatischen Begebenheiten wo auf uns warteten, wo die Große Vermengung besonders heftig gewirkt hatte und, und, und …

Ich kannte jeden Flecken auf dem Planeten. Und soweit ich sehen konnte, gab es an dieser Karte nichts Ungewöhnliches.

Doch da aktivierte Bale etwas auf seinem Detektor, und mit einem Mal tauchten mehrere grüne Punkte auf der Karte auf. Feine Linien zogen sich davon herab. Sie wuchsen aus den Flächen der Länder heraus, dann gruben sie sich nach unten, so als würden sie bis zum Erdkern dringen. Jede neue Linie ging tiefer als die davor – wie eine Treppe.

Nur wohin führte sie?

»Das ist die Zeitkarte«, sagte Bale. »Oder zumindest eine einigermaßen brauchbare Kopie davon. Ich dachte, das Original wäre vernichtet worden. Das, was ihr hier seht, habe ich aus meiner Erinnerung rekonstruiert.«

Bale klickte noch einmal auf seinen Detektor, und nun tauchte eine Art Wegstrecke auf, die mich an die Verläufe der Vortexrennen erinnerte. Jede Station war mit einem Punkt gekennzeichnet, es gab einen Start und ein Ziel … und das Ziel lag ganz unten, am Ende der Treppe.

Gilbert lief mit konzentriertem Blick um die Karte herum. Er *liebte* Karten, er liebte es, Pläne zu schmieden und dabei zuzusehen, wie diese perfekt umgesetzt wurden. Zu jeder anderen Zeit hätte er diese Karte wohl als sein neues Lieblingsspielzeug betrachtet. Doch statt sie zu bewundern, sah er nun aus, als müsste er ein hochkompliziertes Puzzle lösen, bei dem es um unser aller Leben ging.

»Was denkst du, hat Hawthorne damit vor?«, fragte er und griff mit der Hand in das Hologramm hinein, um die Karte einige Male hin und her zu drehen.

»Er sucht jemanden, der mit Hilfe der Karte für ihn in der Zeit zurückspringt«, erklärte Bale. »Bis ins Jahr 2020. Dafür braucht er die Zeitläufer.«

Gilbert zog die Hände vom Hologramm zurück. Seine Augen wurden zu schmalen Schlitzen. »Du meinst … ins Jahr der Großen Vermengung?«

Zum Urvortex? Ich wollte lachen, aber Bale sah nicht aus, als würde er scherzen. Das war doch Wahnsinn! Allein die Vorstellung, *so* weit in die Vergangenheit zu springen …

Bereits der Sprung in die Alpen, zum Tag meines Vortexrennens, ein Sprung von gerade mal *zwei Tagen*, hatte mich schwer mitgenommen. Die Große Vermengung lag fast achtzig Jahre zurück!

Gilbert schien ebenso fassungslos zu sein. »Und was sollen die Zeitläufer dort tun?«

Bale atmete tief aus. »Er hat mich lange Zeit glauben lassen, das Kuratorium wolle bloß die Energie des Urvortex untersuchen. Um die Vermengten besser zu verstehen. Um vielleicht sogar ein Heilmittel zu entwickeln.«

Unweigerlich dachte ich an Luka. Wir hatten sein Zünderblut auch immer als Krankheit verstanden und auf ein Heilmittel gehofft, doch jetzt konnte ich das nicht mehr glauben. Luka war nicht krank. Und ich bereute es, ihm das nicht längst gesagt zu haben.

»Ich bin erst in meinem letzten Jahr als Läufer dahintergekommen, was Hawthorne wirklich vorhat«, fuhr Bale fort. Sein Blick wich nun nicht mehr von uns. Er sah abwechselnd zu Gilbert und dann wieder zu mir. Als könnte er die Last einer schrecklichen Erkenntnis zum ersten Mal mit jemandem teilen. »Ich denke, er will die Zeitläufer ins Jahr 2020 schicken … und sie dazu benutzen, die Vermengung der Welt rückgängig zu machen.«

Gilbert sah wie vom Donner gerührt aus. Und genauso fühlte ich mich auch. Die Vermengung *rückgängig* machen?

»Ich dachte, das geht nicht«, presste ich hervor. »Du hast doch immer wieder gesagt, man kann die Vergangenheit nicht ändern.«

»Ich glaube ja auch nicht, dass das geht«, sagte Bale. »Aber Hawthorne denkt es. Er ist geradezu besessen von dem Gedanken, die Welt von der Vermengung zu bereinigen.«

»Und dafür will er den *Urvortex* vernichten?«, fragte Gilbert – er flüsterte es beinahe.

Bale seufzte. »Er hat es nie so deutlich gesagt. Aber ja. Ich denke, genau das ist es, was er erreichen will.«

Ich starrte Bale bloß an und versuchte immer noch zu verstehen, was er da erzählte. Gilbert dagegen tigerte wie eine aufgeregte Raubkatze durch den Raum.

»Aber … *wie*?«, fragte er. »Wie will er das machen? Selbst normale Vortexe können nur durch Gravisensoren blockiert werden – nicht vernichtet. Der Urvortex hatte ein Vielfaches ihrer Stärke.«

Bale zuckte mit den Schultern. »Wie gesagt, das hat er mir nie verraten. Er wollte mich einweihen, wenn ich die Karte vervollständigt habe. Und dazu kam es nie. Ich weiß nur, dass er, als ich noch sein Läufer war, geheime Nachforschungen beauftragt hat.

Schon seit Jahren arbeitet er mit Forschern in den verschiedenen Kuratorien zusammen. Und einer von ihnen will herausgefunden haben, wie der Urvortex sich damals ausgebreitet hat.« Bale runzelte die Stirn, dann verhakte er beide Hände ineinander, bis sie einen Ball ergaben. »Man kann es sich wie eine Art explodierender Stern vorstellen. Als der Urvortex aufgetaucht ist, hat er wie eine Sonne Strahlen in alle Richtungen abgefeuert – so ist es zur Großen Vermengung gekommen.« Er löste die Hände voneinander, spreizte die Finger und mimte eine Explosion. »Alles, was von den Strahlen getroffen wurde, wurde vermengt. Was jedoch keiner gemerkt hat, ist, dass sich die Strahlen eben nicht nur durch die Erde gebohrt haben, sondern auch durch die Zeit. Das bedeutet, sie sind nie wirklich verschwunden. Die Energie des Urvortex wirkte damals, heute – *immer.* Es ist, als wäre er in das gesamte Ökosystem der Erde eingedrungen. Die Vortexe sind nur ein Nebeneffekt, der daraus resultiert.«

Gilbert schüttelte heftig den Kopf. »Warte. Von dieser Theorie habe ich auch gelesen, Balian, aber sie wurde vor Jahren als Hirngespinst verworfen. Die heutigen Vortexe haben nicht ansatzweise dieselbe Stärke, wie der Urvortex sie hatte. Sie lösen keine Vermengungen mehr aus, sie hinterlassen keine Rückstände …«

»Ich rede ja nicht von den Vortexen«, gab Bale düster zurück. »Ich meine, ja, die Vortexe *sind* mit dem Urvortex verbunden, aber sie sind nur das, was wir mit unseren Augen wahrnehmen können. Was ich meine, geht viel tiefer. Der Urvortex hat *alles* ausgelöst. Jegliche Vortexenergie auf der Welt speist sich aus ihm. Und das bedeutet, wenn man seine Energie vernichtet, noch bevor der Urvortex sie an die Welt abgibt …«

»… dann hätte die Große Vermengung nie stattgefunden«, beendete ich und merkte, wie ich zu zittern begann. »Aber was wäre dann mit den Vermengten?«, fragte ich leise, obwohl ich ja wusste, worauf das alles hinauslief. Ohne Vortexenergie hätte es keine Grunder gegeben, keine Schwimmer, keine Zünder und keine Wirbler.

»Was denn?« Bale sah mich herausfordernd an. »Noch vor einigen Tagen hättest du die Idee, in einer Welt ohne Vermengte zu leben, gar nicht so schlecht gefunden.«

»Was weißt du schon!«, presste ich wütend hervor, denn ich war es leid – *so leid* –, dass Bale mir ständig das Gefühl gab, kein Herz zu haben und kein Mitgefühl zu kennen. »Meine Mom wurde von Vermengten getötet, okay? Zünder haben sie kaltblütig in den Tod getrieben, eine völlig harmlose Frau, die von keinerlei Interesse für sie war. Sie haben sie mir aus reiner Mordlust genommen! Und der einzige Grund, warum ich lebe, ist, dass es einen Läufer gab, der sich diesen Vermengten gestellt und mich gerettet hat. Also *ja*, Balian Travers, du Held der Unterdrückten, eine Welt ohne Vermengte hätte eine lange Zeit ganz *himmlisch* für mich geklungen!«

Noch während ich redete, glitt Bales Blick von mir ab, und da war sie wieder – diese unfassbare Müdigkeit in seinem Blick.

Es tat mir leid, ihn so zu sehen. Er sah fast aus, als fühlte er sich *schuldig.* Aber warum? Ein Teil von mir wollte ihn einfach nur in meine Arme ziehen, ihn festhalten und ihm sagen, dass wir alles schaffen konnten, wenn wir nur zusammenhielten.

»Er will die Vermengten also einfach aus der Gleichung herausstreichen«, murmelte Gilbert gedankenverloren, während er weiter die Karte im Kreis bewegte.

»Ganz genau.« Bale schnaubte verächtlich. »Aber ich bin mir sicher, er hat den anderen Leitern nur erzählt, dass er dank der Zeitkarte alle Kriegsherde im Handumdrehen beseitigen könne. Dass er damit der Welt Frieden bringen würde. Als ob die Menschen nicht schon immer bestens dazu in der Lage waren, sich gegenseitig zu hassen, wenn es keinen gemeinsamen Feind gibt.«

Gilberts Augen blitzten auf. »Aber vorerst würden sie ihm glauben«, sagte er langsam. »Ihn wahrscheinlich sogar dafür feiern.«

Bale nickte bloß grimmig.

Ich rieb mir mit dem Handrücken über die Stirn. Hinter meinen Schläfen pochte ein dumpfer Schmerz, denn das alles war viel zu groß, viel zu unglaublich ... und viel zu furchteinflößend. »Und diese Karte?«, fragte ich leise. »Wie funktioniert die?«

Bale sah mich mit einer deutlichen Herausforderung im Blick an. »Willst du das wirklich wissen, Barbie?«

Ja, dachte ich, gefolgt von: *nein.* Aber wenn das alles stimmte und wenn es außer mir und Bale keine anderen Zeitläufer gab, dann konnten nur wir diese Karte benutzen. Und das Kuratorium würde alles daransetzen, dass wir das auch taten.

Mir wurde schwindlig, denn nun verstand ich, warum Gilbert so außer sich war. Ich konnte wirklich nicht hierbleiben, nicht wenn ich verhindern wollte, dass dieser völlig irre Plan in die Tat umgesetzt wurde.

»Ja«, sagte ich schließlich an Bale gerichtet. »Ich meine ... ich verstehe nicht, wie man überhaupt so weit zurückreisen könnte. In Sanktum hast du mir doch gesagt, mit der Zeit sei es wie mit der Entfernung. Dass man nicht beliebig weit springen kann. Ein Sprung von neunundsiebzig Jahren – wie ist das möglich?«

»Ist es nicht«, sagte Bale. »Das würde niemand überleben.«

»Aber ...«

»Aber man kann so weit zurückreisen.« Damit stand Bale auf und kam an meine Seite. Er deutete auf die Linien auf der Karte, die sich von verschiedenen Orten auf der Welt hinabzogen. Stück für Stück, immer tiefer. »Jeder Sprung führt weiter in die Vergangenheit. Es wären insgesamt zehn Sprünge, keiner weiter als neun Jahre. Damit sind die Sprünge lang genug, um nicht zu oft springen zu müssen, aber kurz genug, um jeden zu überleben.«

Ich beugte mich vor. Dann tat ich es Bale gleich und fuhr mit dem Finger die erste Zeitlinie entlang, die von Neu London hinabführte. »Aber wieso braucht man dafür eine Karte?«, fragte ich. »Wieso kann man nicht einfach so zurückspringen?«

Bale lächelte. Seine Müdigkeit war wie weggeblasen, und es schien mir, als würde er vor Energie geradezu vibrieren. Ich konnte nicht leugnen, wie sehr mir dieser Bale – der etwas manische, leicht besessene Bale – gefehlt hatte.

Er liebte das Vortexspringen … trotz allem. Und ich merkte, dass auch mein Herz immer schneller schlug bei der Vorstellung, so weit durch die Vortexe zu reisen, wie es noch niemand zuvor getan hatte.

»Es fällt dir leichter, einen Vortex zu einem Ort zu steuern, den du kennst, richtig?«, fragte Bale.

Ich nickte, auch wenn sich meine Erfahrungen in Grenzen hielten. Doch den Vortex in Tokio hatte ich tatsächlich nur deshalb nach Sanktum lenken können, weil ich mir die Stadt vorgestellt hatte.

»Genauso ist es auch mit der Zeit. Ein Vortex lässt sich nur kontrolliert lenken, wenn du weißt, wohin du ihn führst. Du brauchst eine Art … Anker. Das können Erinnerungen sein, ein besonderer Moment, den du vor Augen hast. Ohne einen solchen Anker kann ein Zeitsprung sehr schnell gefährlich werden.«

Er klang, als spräche er aus Erfahrung. Und mir wurde klar, dass niemand Bale diese Dinge beigebracht hatte. Wahrscheinlich wusste er all das nur deshalb, weil er immer wieder aus seinen Fehlern gelernt hatte. Er hatte sich alles selbst erarbeitet.

Da dachte ich zurück an meinen ersten Zeitsprung. »Aber«, setzte ich an, »du hast uns doch auch zu *meinem* Vortexrennen geführt. Wo war da dein Anker?«

Nun grinste Bale. »Ich hatte keinen. Das warst du. Ich habe dir vorher gesagt, wohin ich wollte. Alles andere kam von dir.«

Was? Nein, das konnte nicht sein. Ich sollte einen Vortex durch die Zeit gelenkt haben, bevor ich überhaupt einen hatte erschaffen können?

»Ihr seid bereits in die Vergangenheit gesprungen?«, fragte Gilbert mit hörbarem Unglauben in der Stimme. Für einen Moment hatte ich ganz vergessen, dass er da war. »Elaine …«

»Sie ist viel talentierter, als sie zugeben will«, sagte Bale zu ihm. »Viel talentierter, als ich es anfangs war. Sie hat es nur nicht früher entdeckt, weil sie ihren Kopf nicht ausschalten konnte.«

Der Blick, den Bale mir nun zuwarf, ließ die unterschiedlichsten Gedanken und Gefühle in mir aufsteigen, und ich drängte sie allesamt beiseite. Stattdessen betrachtete ich die Karte. Manche Orte, von denen die Linien ausgingen, kannte ich: Peru, Sydney, den Himalaya. Wiederum andere lagen mitten im Nirgendwo, sogar im tiefsten Ozean. Daneben standen verschiedene Jahreszahlen: 2093, 2084, 2075 …

Ich verstand es nicht. »Aber wenn man eine Erinnerung braucht, um durch die Zeit zu reisen, dann kann man doch höchstens bis in die eigene Kindheit springen.«

Bale nickte. »Das war das eigentliche Problem, ja. Hawthorne hatte mich anfangs einfach so losgeschickt, ohne irgendeinen Anker. Ich habe versucht, die Vortexe nach Gefühl durch die Zeit zu lenken, aber … das ging nicht gerade gut aus.« Er lächelte schwach, und ich wusste sofort, dass er die Sache herunterspielte. »Dann bin ich bei einem meiner Sprünge auf etwas Seltsames gestoßen.« Er deutete auf mehrere grüne Punkte und schließlich auf den Ort in Neu London, von dem die erste Linie hinabführte. »Wie gesagt, die Strahlen des Urvortex ziehen seit Jahrzehnten durch die Welt. Von 2020 bis heute. Sie haben sich bei der Großen Vermengung tief in unsere Welt hineingegraben und sich so mit ihr vermischt, dass wir sie überhaupt nicht mehr wahrnehmen können. Und diese Strahlen nennen sich *Rifts.*«

»Rifts«, wiederholte Gilbert mit verwirrter Miene.

»So haben Hawthornes Forscher sie jedenfalls genannt«, erklärte Bale. »Rifts sind wie … Tunnel. Unsichtbare Tunnel, die sich überall durch unseren Planeten ziehen und eine unfassbare Energie verströmen. Die Rifts sind dafür verantwortlich, dass die Vermengungsprozesse immer noch andauern. Die Energie der Vortexe ist nichts dagegen. Vortexe sind nur wie … kleinere Abstrahlungen. Die eigentliche Energie liegt in den Rifts. Es gibt allerdings nur wenige Zeitfenster, in denen wir sie wahrnehmen können. Doch dann sind sie so groß, dass man sogar einen Vortex durch sie hindurchlenken kann.«

Das klang unglaublich. Und unglaublich gefährlich.

Rift. Dieses Wort hatte ich noch nie gehört. Konnte es wirklich etwas geben, das noch mächtiger war als ein Vortex?

»Und diese Karte …«, setzte ich an. Da nahm Bale meine Hand und fuhr mit meinem Zeigefinger Linie für Linie ab.

»Auf der Karte sind alle Rifts verzeichnet, die ich je gefunden habe, mitsamt dem Zeitpunkt, an dem sie für eine Durchreise stark genug sind.« Er deutete auf die grünen Markierungen, von denen keine Linie hinabführte. »Es hat lange gedauert, bis ich die richtigen Rifts zusammengesucht hatte, die aneinandergereiht eine Art Rennstrecke ergeben. Die meisten entpuppten sich als Sackgasse. Mit meiner Strecke gelangt man jedoch durch jeden Rift in eine Zeit, in der ein anderer Rift irgendwo auf der Welt aktiv ist. Und so kommt man dem Urvortex Sprung für Sprung näher.«

Gilbert, der bislang in Gedanken versunken war, sah mit großer Sorge zwischen Bale und mir hin und her. »Und nur ihr könnt durch diese Rifts reisen?«

Bale nickte. »Ja.«

Und das war der Grund, weshalb er damals verschwunden war, verstand ich endlich. Er hatte einen Weg gefunden, mit Hilfe der Rifts zum Urvortex zurückzureisen – und sich am Ende dagegen entschieden, Hawthornes Plan umzusetzen. *Deshalb* hatte er seinen Tod vorgetäuscht und dem Kuratorium den Rücken gekehrt. Um die Vermengten zu beschützen.

Auch Gilbert hatte es begriffen. Hektisch schaute er zur Tür. »Sollte das alles stimmen – dann müsst ihr umso schneller von hier verschwinden.«

Ich verschränkte die Arme. »Und du? Wenn Hawthorne nach mir sucht, wird er dich benutzen, um mich zu finden. Das ist dir doch hoffentlich klar.«

»Und genau deshalb muss ich versuchen, ihn zur Vernunft zu bringen«, sagte Gilbert. »Ich bin Hawthornes rechte Hand, er *vertraut* mir. Das darf ich nicht aufs Spiel setzen. Nur wenn ich bleibe, kann ich ihn im Auge behalten … und euch helfen, wo und wie immer es möglich ist. Wenn ich jetzt gehe, dann –«

Ein Geräusch verschluckte den Rest seines Satzes. Es war laut und knarzend, gefolgt von einem Knistern in der Luft.

Dann ertönten von überall aufgeregte Rufe.

Wir alle schnellten herum, und ich lief zum Ausgang und zog den Haken zur Seite, um durch die Öffnung nach draußen zu spähen. Etwas weiter weg, inmitten der Zelte und Hütten, schlängelten sich Flammen in die Nachtschwärze. Ein Feuer war ausgebrochen! Und erst bei näherem Hinsehen erkannte ich, dass es von einem der Laufpods kam.

Ich kniff die Augen zusammen, um etwas sehen zu können. Von allen Seiten rannten Läufer zu der brennenden Stelle, und es sah so aus, als versuchten sie, jemanden aus dem Pod herauszuzerren.

Hatte es eine Fehlfunktion gegeben? Den Schlangen nach zu urteilen waren die Pods seit Stunden in Betrieb. Hatte sich einer von ihnen vielleicht überhitzt? Doch nein – die Person in dem Pod bewegte sich. Und das Feuer bewegte sich mit ihr.

Eine dunkle Ahnung beschlich mich.

»Los, du Freak!«, hörte ich da jemanden schreien.

»Seht doch, wie er sich anstrengt!«

»Als ob jemand wie der ein Zeitläufer sein könnte!«

Und von allen Seiten schallten die Rufe über den Platz: *Freak, Freak, Zünderfreak!*

Mir wurde schlecht. Die Person, die in dem Pod gefangen war, war Luka! Wie die anderen Läufer hatte auch er einen Laufpod bestiegen, um testen zu lassen, ob er Vortexe steuern konnte. Und die Menschenmassen um ihn herum versuchten gar nicht, ihn zu befreien. Sie feuerten ihn vielmehr an weiterzumachen.

»Elaine, warte!« Gilbert tauchte hinter mir auf und zog mich an der Hand zurück ins Zelt. Sein Gesicht wirkte bleiern. »Du kannst ihm nicht helfen. Die anderen würden dich sofort erkennen.«

Zwischen den Schreien hallte Gelächter über den Platz, und auf den Monitoren auf Gilberts Tisch sah ich, wie die Menge gegen Lukas Laufpod trat und ihn dadurch noch mehr ins Straucheln brachte.

»Ich muss aber zu ihm!«

»Was du *musst*, ist dich selbst in Sicherheit bringen!«

»Hörst du nicht, was da los ist?«

»Er ist nicht in Lebensgefahr!«

»Das ist mir egal!«, schrie ich Gilbert an. »Er ist mein bester Freund! Und er leidet!«

Gilbert baute sich vor mir auf und funkelte mich an. »Glaubst du, ich weiß das nicht? Glaubst du, ich hätte nicht versucht, ihn davon abzuhalten? Er war der Überzeugung, er müsse auch ein Zeitläufer sein, damit er *dich* nicht verliert. Und deshalb macht er sich da draußen seit Stunden zum Affen!«

Mein Sichtfeld verschwamm, doch ich blinzelte alle Tränen zurück. Gilbert konnte mich mal – ich würde das keine Sekunde länger zulassen.

Da umklammerte er meine Hände und starrte mich an. »Elaine – bitte hör mir genau zu. Ihr seid bisher die Einzigen, die diesen ... *Rifts* ... folgen können. Es war viel zu einfach für mich, euch hier ausfindig zu machen. Hawthorne hat euch aus einem simplen Grund bis jetzt noch nicht entdeckt: weil er bis zum Hals in den Vorbereitungen des Angriffs auf den Roten Sturm steckt. Bislang sieht es nicht so aus, als würde einer der anderen Läufer die Tests bestehen. Nur ihr könnt dieser Karte folgen. Und deshalb *müsst* ihr bis auf weiteres unter dem Radar bl –«

»FREEAAAK!«, ertönte es, diesmal war es ein langgezogener Schrei, gefolgt von wildem Kreischen und Johlen.

Als Gilbert meine Hände fester umgreifen wollte, schüttelte ich sie ab. Aus den Augenwinkeln nahm ich wahr, wie auch Bale zu mir lief, doch ich rauschte aus dem Zelt, bevor einer von beiden mich aufhalten konnte.

Draußen herrschte ein unglaublicher Tumult. Sofort wurde ich links und rechts angerempelt, und ich drehte mich einmal im Kreis, um die Orientierung wiederzuerlangen. Als ich die

Rauchschwaden ausmachte, folgte ich den Massen, die zu dem Laufpod drängten.

Ich schob mich an mehreren Läufern vorbei und hasste jeden Einzelnen von ihnen dafür, dass sie nur zusahen und nichts taten. Keiner von ihnen dachte auch nur daran, Luka zu helfen.

Minutenlang drückte ich mich durch die Menge … und als ich schließlich in der ersten Reihe ankam, hatte ich das Gefühl, mein Herz müsste zerspringen.

Denn vor mir, in einem lichterloh brennenden Laufpod, hing ein Wesen, das ich nicht mehr erkannte und das doch einmal mein bester Freund gewesen sein musste.

»O Gott.« Ich presste vor lauter Entsetzen eine Hand auf meinen Mund. Um mich herum grölten und schrien die anderen Läufer.

»Lauf weiter, Zünderabschaum!«

»Na los, versuch es noch einmal, du Freak!«

Von überallher kamen Rufe voller Hass und Feindseligkeit, voller Schadenfreude und Spott, doch ich hatte nur Augen für *ihn*.

Luka war offensichtlich in einer Simulation gefangen, auch wenn die Maschine um ihn herum wegen des Feuers längst Funken sprühte. Er lief und sprang und bewegte sich, als ob er wie ein Wahnsinniger durch einen Vortex nach dem anderen rennen würde. Dabei hatte er sich offensichtlich selbst so in Rage gebracht, dass außerhalb der Simulation sein Zünderblut durchgeschlagen hatte.

Das Feuer, das aus Lukas Körper kam, loderte auf – versiegte – loderte erneut auf – versiegte. Sein Unterbewusstsein, das in der Simulation gefangen war, musste immer wieder von Wutschüben durchgeschüttelt werden. Rötliche Wellen waberten unter seiner Haut, seine Finger waren vor Anspannung furchtbar verkrampft, die Uniform hing in Fetzen an seinem Körper. Sein Atem kam ihm stoßweise über die Lippen, und ich glaubte, heiße Dunstschwaden auszumachen, die er von sich gab. Und seine Augen – *oh, seine Augen* –, noch nie hatte ich so rote Augen gesehen!

Das Bild dieses Zünders kam mir ins Gedächtnis. Das Bild, das Loretta Alcott uns bei der Läufereinführung gezeigt hatte. Dieser Mann, der nichts Menschliches mehr an sich gehabt hatte und nur aus Wut und Feuer bestand.

Und auch ich spürte, wie mich die Wut packte. Denn ich wusste: Luka tat das alles nur, weil er unbedingt zu denen gehören wollte, die ihn aus tiefstem Herzen verabscheuten. Menschen, die eher dabei zusehen würden, wie er zugrunde ging, bevor sie einem Halbsplit halfen.

Da zog jemand an meiner Schulter. Als ich herumwirbelte, stand Bale direkt hinter mir.

»Wir müssen hier weg«, sagte er knapp und versuchte sogleich, seinen Worten Taten folgen zu lassen.

Mit aller Kraft riss ich mich aus seinem Griff. »Ich lasse ihn nicht zurück!«

»Aber sie suchen nach uns!« Bale zog meinen Arm nach oben und deutete auf meinen Detektor. Darauf blinkte eine Eilmeldung, die an alle Läufer verschickt worden war.

Eine kurze Videosequenz war zu sehen, die in Endlosschleife wiederholt wurde. Sie zeigte mich, wie ich an den Zäunen stand und von dem Wächter befragt wurde. Darunter blinkte in großen Buchstaben: *Elaine Collins. Bei Sichtkontakt sofort den Navigatoren melden.*

Verdammt! Eine der Drohnen, die über dem Kuratorium kreisten, musste uns erfasst haben. Anders konnte ich es mir nicht erklären. Sie hatten mich aus der Vogelperspektive aufgezeichnet ... Und auch Bale war zu erkennen, wenn auch sehr verschwommen.

»O nein.« Ich starrte auf meinen Detektor. Und dann zu Luka. »Aber was ist mit –«

»In dem Zustand können wir ihn unmöglich da rausholen«,

unterbrach mich Bale. »Selbst wenn die Läufer uns nicht davon abhalten: Er bringt uns um, bevor wir den Pod geöffnet haben.«

Bale hatte recht. Doch das spielte keine Rolle.

»Ich werde auf keinen Fall ohne ihn –«

»Collins?!«, rief da eine schrille Stimme aus der Menge zu mir. Ich kannte sie – auch wenn ich sie nicht gerade vermisst hatte.

Auf der anderen Seite des Kreises, der sich um den Pod gebildet hatte, stand Mia Rose Lancaster. Sie wurde von den Flammen und dem Rauch zwischen uns weitestgehend verdeckt, deshalb hatte ich sie zuvor nicht gesehen. Jetzt aber drängte sie sich Stück für Stück an den Läufern vorbei, um zu uns zu kommen.

»Elaine Collins!«, rief Mia wieder. Alle Blicke, die auf Luka gelegen hatten, wanderten ruckartig zu Bale und mir. Einen Augenblick lang passierte gar nichts, dann drang von allen Seiten ein Raunen zu uns.

»Da ist sie!«

»Das Mädchen!«

»Verdammt – komm mit!«, rief Bale und zerrte mich davon. Doch er zog mich nicht zurück durch die Menge, wie ich es erwartet hatte, sondern geradewegs auf den Laufpod zu.

»Was hast du vor?«, schrie ich über den Lärm hinweg.

»Wenn wir nicht ohne ihn gehen können, dann nehmen wir ihn eben mit!«

Ich blinzelte. Meinte er etwa … *mitsamt des Laufpods*?

Bale hatte völlig den Verstand verloren. Der Laufpod war ein riesiges tonnenschweres Gestell aus Metall! Vom Feuer mal ganz abgesehen!

»Aber …«, wandte ich ein, doch da hatte Bale sich bereits mit einem Arm an dem Pod untergehakt.

Ich presste die Lippen aufeinander und tat es ihm gleich. Es tat weh – *höllisch weh* –, die Metallstreben glühten vor Hitze, und unsere Uniformen konnten die Wärme nicht vollständig abschirmen. Doch ich weigerte mich loszulassen, auch als plötzlich von allen Seiten Hände nach uns griffen und an unseren Beinen und Füßen zerrten.

Es war verrückt. Völlig wahnsinnig. Und ich wollte Bale dafür küssen, dass er es trotzdem tat.

»Haltet sie auf!«, hörte ich jemanden aus der Ferne rufen. Als ich in die Menge sah, tauchten in meinem Sichtfeld weitere bekannte Gesichter auf.

Eines davon gehörte Holden.

Das andere seinem Vater.

Sie standen einige Meter entfernt, hinter dem Getümmel. Neben ihnen entdeckte ich auch Gilbert, der wild mit seinen Händen gestikulierte. Ich sah, wie er auf Hawthorne einredete – und wie Hawthorne ihn völlig ignorierte.

»Haltet sie!«, rief Hawthorne stattdessen erneut. Seine tiefe Stimme überlagerte den Lärm, und es kam mir vor, als würde die Zeit stillstehen, als sich sein durchdringender Blick auf mich legte. Doch er sah mich nur für eine Sekunde an, dann wanderte sein Blick zur Seite – zu Bale.

Noch nie hatte ich Hawthorne so gesehen. Alles Beherrschte wich mit einem Mal aus seinem Gesicht, so, als hätte jemand einen Schalter umgelegt. Stattdessen paarte sich Unglaube mit etwas so Gierigem, dass mir trotz der brennenden Hitze ganz kalt wurde.

Balian, konnte ich von seinen Lippen ablesen und wusste mit absoluter Gewissheit: Ich durfte nicht zulassen, dass Hawthorne ihn in die Finger bekam.

»Barbie, mach schon! Hilf mir!«, rief Bale da neben mir, und ich zwang mich, meinen Blick von Hawthorne, Gilbert und Holden abzuwenden.

Bale hatte bereits einen Vortex geöffnet, doch er war nicht groß genug, um den Laufpod mit sich zu ziehen. Also streckte ich meine freie Hand nach vorne, und mein Vortex erschien direkt neben seinem. Sie verschmolzen ineinander, wurden eins, wurden größer, größer als jeder Vortex, den ich je gesehen hatte. Der Wirbel verschluckte den Laufpod und uns in Sekundenschnelle.

Hinter uns stürzten unzählige Läufer in den Vortex, noch bevor Bale ihn schließen konnte. All diejenigen, die eben im Kreis um Luka gestanden hatten, folgten uns. Viele bekamen den plötzlichen Absprung jedoch nicht richtig hin und flogen aus dem Vortex heraus. Nur ein gutes Dutzend konnte die Bewegung rechtzeitig ausgleichen.

Zuerst verstand ich nicht, warum wir so schlingerten. Immer wieder ging ein Ruck durch den Vortex. Erst als ich zu Bale blickte, merkte ich, wie er den Vortex dazu zwang, seine Richtung zu ändern. Es war, als hätte er uns alle auf einen aufmüpfigen Rodeobullen gesetzt. Der Ritt war selbst für erfahrene Läufer zu viel.

Im Pod hatte das Feuer nachgelassen. Luka wurde hin und her geschüttelt, war aber durch die Halterungen an Händen und Füßen fixiert. Sein Kopf schnellte vor und zurück, und ich betete, dass er den Sprung überstand.

In einiger Entfernung sah ich einen Läufer durch den Vortex auf uns zukommen. Oder nein – eine *Läuferin.* Mia! Diese verdammte Mia! Sie versuchte, näher an uns heranzukommen, mich am Bein zu greifen …

Die Energien des Vortex flossen in mich hinein, und ich tat es Bale gleich, machte eine ruckartige Bewegung, durch die wir eine plötzliche Kurve vollzogen. Neben mir hörte ich Bale überrascht aufkeuchen. Er hatte Mühe, sich am Pod festzuhalten, schaffte es aber. Mia jedoch verlor endgültig die Kontrolle über ihren Sprung, und ich nutzte die Chance, holte aus und trat ihr mit meinem Stiefel geradewegs in ihr hübsches Gesicht. Keine Sekunde später wurde sie von den Verwirbelungen am Rand gepackt und mit einem herrlich endgültigen Schmatzgeräusch nach draußen geschleudert.

Ich wollte jubeln, doch da ging ein weiterer Stoß durch den Vortex. Der Laufpod ruckelte, dann krachten wir mit einem furchtbaren Ächzen gegen etwas. Der Vortex lichtete sich, doch er verschwand nicht einfach, vielmehr sah es so aus, als würde er *Risse* bekommen.

Neben mir fluchte Bale. »Die Sensoren! Halt dich gut fest!«, rief er.

Ich klammerte mich mit aller Kraft an den Laufpod, während ich gegen die heißen Metallstreben geschleudert wurde.

Erst als ich die hohen Metallzäune auf uns zurasen sah – und die Gravisensoren, die blau glommen –, wusste ich, dass wir es wirklich nicht aus dem Kuratoriumsgelände herausgeschafft hatten. Der Laufpod bohrte sich in einen Zaunabschnitt hinein, Funken stoben auf, die Sensoren erloschen, und wir rissen einen Großteil der Absperrgitter mit uns.

Ich keuchte vor Schmerzen, als wir noch einige Meter über die Straße rollten und schließlich in einem Wirrwarr aus Zaunresten, verglühten Gravisensoren und Metallstreben liegen blieben.

Mühsam ließ ich von den Streben ab und stöhnte, als ich taumelnd zum Stehen kam. Das Gestell des Pods hatte den Aufprall nicht überstanden, es war an mehreren Seiten stark verbogen, und die Steuerkonsole, die Lukas Simulation aufrechterhalten hatte, war unter dem Gewicht des Pods zerquetscht worden.

Luka selbst hing leblos wie eine Marionette in den Halterungen des Laufpods. Sein rechtes Bein musste sich gelöst haben und war zwischen zwei Streben eingeklemmt. An mehreren Stellen quoll Blut hervor.

Ich musste ihn sofort aus diesem Ding herausholen!

Bevor ich jedoch nach vorne schnellen konnte, hielt Bale mich an meiner Schulter zurück. »Warte. Lass mich das machen.«

»Nein«, widersprach ich heftig. »*Ich* muss es machen! Nur ich kann ihn beruhigen.«

»Er wird dich sowieso nicht erkennen.«

»Doch, das wird er!« Dabei klang ich weitaus sicherer, als ich mich fühlte, aber ich durfte den Zweifel nicht in mein Herz lassen.

Bale wollte etwas sagen, aber da ertönten aus der Ferne Rufe. Ich musste gar nicht hinsehen, um zu wissen, dass die Läufer, die aus dem Vortex gefallen waren, uns nun verfolgten.

»Also gut. Ich versuche, dir ein bisschen Zeit zu verschaffen«, sagte Bale und blickte mich flehend an. »Sei bitte vorsichtig.«

Ich nickte, und nachdem Bale sich mit einem Vortex in Richtung der Läufer katapultiert hatte, zerrte ich die Gittertür des Pods auf. Zunächst sah es so aus, als wäre Luka bewusstlos. Seine Augen jedoch waren offen. Und je mehr ich mich näherte, desto klarer wurde mir, dass er jede meiner Bewegungen mit der lauernden Konzentration eines Raubtieres verfolgte.

»Luka«, flüsterte ich sanft. Die Flammen, die um ihn herumgewirbelt waren, waren erloschen. Doch ich machte mir keine Illusionen – ich wusste, dass sich das jederzeit ändern könnte.

Lukas Haut war unerträglich heiß, als ich meine Hand auf seine legte, aber ich behielt den Kontakt bei. Gilbert hatte immer behauptet, Luka reagiere während seiner Anfälle besonders gut auf körperliche Nähe. »Ich bin's«, fuhr ich fort und streichelte ihn dabei. »Ellie.«

Lukas Brustkorb bebte regelrecht, und bei jedem anderen

Vermengten hätte mich dieser feindselige, hasserfüllte Blick in große Panik versetzt.

Nicht jedoch bei Luka.

Ich versuchte, mir alle Methoden in Erinnerung zu rufen, mit denen Gilbert Luka immer zur Ruhe gebracht hatte. Wie auf magische Art und Weise hatte er seinen Zorn verschwinden lassen. Doch da *knurrte* Luka regelrecht, und ich sah, wie sein Gesicht von einer neuen Wutwelle überlagert wurde.

Mit zitternden Fingern legte ich meine Hand auf seine Wange. »Erinnerst du dich gar nicht an mich?«, fragte ich drängend. »Oder an Gilbert? Vielleicht an unseren Lieblingsplatz in der Stadt? Die Kirchenruine, weißt du noch? Wir waren ständig dort. Immer hast du darauf bestanden, deine Füße in den Wasserfall zu h –«

Ein weiteres Knurren unterbrach mich, und als in der Ferne erneut Schreie ertönten, fuhr plötzlich ein Zucken durch Lukas Körper. Ich schrak zurück, als Feuerlohen aus seiner Haut emporschnellten.

»Luka, nicht!«, schrie ich. Das Feuer war mit einem Mal *überall*, es umzingelte mich von allen Seiten, und ich sah mich vor dem Haus mit der sonnengelben Tür stehen.

Der gellende, vor Angst ganz verzerrte Schrei meiner Mutter drang zu mir, und da waren sie – die Arme, die mich umklammert und weggezogen hatten. Ich erinnerte mich, wie ich den Minzduft meiner Mutter ein letztes Mal eingeatmet hatte, bevor der Läufer mich durch einen Vortex gezogen und in Sicherheit gebracht hatte …

»Elaine, steh auf!«, drang da plötzlich Bales Stimme zu mir. »Du musst aufstehen!«

Ich blinzelte und sah Bale aus der Ferne zu mir rennen, sechs oder sieben Läufer im Schlepptau. Er versuchte, sie durch Vortexe, die er direkt vor ihnen entstehen ließ, von uns wegzulenken, aber so viele auf einmal – das schaffte nicht mal er.

Wir mussten sofort verschwinden!

Obwohl Luka mich noch immer mit derselben Wut anstarrte, begann ich, seine Fesseln zu lösen. Das Metall der Bein- und Armhalterung glühte rot, und ich bemühte mich, sie nur mit meiner Uniform zu berühren. Als ich die letzte öffnete, stürzte sich Luka sogleich auf mich. Seine Hände legten sich wie eine Schraubzwinge um meinen Hals, und für einen Moment glaubte ich, alles wäre vorbei. Luka würde mich umbringen. Doch statt dass er zudrückte, sickerte mit einem Mal sämtliche Farbe aus seinem Gesicht.

Das Rot seiner Augen verblasste. Zurück blieb das warme, *gütige* Kastanienbraun, das ich so sehr liebte.

»Ellie?«, flüsterte Luka und sackte einen Bruchteil später bewusstlos auf die Straße.

Da tauchte Bale wie aus dem Nichts neben mir auf und zog mich nach oben. Seine Augen wanderten über mein Gesicht, meinen Körper, dann hievte er Luka ebenfalls hoch und legte sich einen seiner Arme um die Schulter. »Komm, wir müssen weiter.« Schon hob er die Hand und öffnete einen Vortex. »Los jetzt!«

Wir kamen nicht weit. Ich hörte den Schuss, bevor ich ihn spürte – ein stechender Schmerz an meinem Hals, der mich ins Straucheln brachte.

Sofort hob ich die Hand und tastete meine Haut entlang. Da war eine Kugel – *ein Gravisensor.* Er hatte sich schmerzhaft in meine Haut gegraben, und ich presste die Lippen aufeinander, um nicht zu schreien.

Hinter uns tauchte ein Läufer nach dem anderen auf, und sie alle richteten Schusswaffen auf uns. Die Patronen darin – Patronen, die mit Gravisensoren ausgestattet waren – konnten einen zwar nicht töten, doch sie würden in kürzester Zeit jegliche Vortexenergie um mich herum unterbinden.

Ich wusste: Die Läufer setzten die Sensoren gegen die Vermengten ein, damit die ihre Kräfte nicht mehr anwenden konnten. Die Kugeln saugten sich für mehrere Stunden an einem fest … und das bedeutete, dass ich nicht mehr von hier wegkam. Zumindest nicht mit einem Vortex.

Bale starrte mich mit roher Verzweiflung im Blick an. Natürlich hatte auch er verstanden, was das bedeutete. Er griff nach meiner Hand und zerrte mich die Straße entlang. Wir humpelten, so gut es ging, weiter, Luka zwischen uns baumelnd, und ich wusste mit jedem Schritt, den wir kaum vorankamen: Wir hatten keine Chance, den Läufern zu Fuß zu entkommen.

Die Schreie hinter uns wurden lauter, ich spürte einen weiteren Schmerz am Bein – wieder ein Gravisensor – und blieb stehen.

Es war nur eine Frage der Zeit, bis sie auch Luka und Bale trafen. Und dann würde keiner von uns mehr hier wegkommen.

Als ich die Hand zur Faust ballte, spürte ich einen winzigen Rest Energie durch meine Finger hindurchfließen, auch wenn es mir vorkam, als würden die Sensoren ihn in Windeseile auffressen.

»Barbie!«, rief Bale, als er merkte, dass ich ihm nicht mehr folgte.

Ich starrte ihn bloß flehend an. »Bring Luka in Sicherheit, ja?«

Bales Augen wurden groß. Und ich sah den Moment, in dem er verstand, was ich vorhatte.

Er war viel zu clever, es nicht zu verstehen.

»Nicht!«, rief er, aber da hatte ich meine Hand schon ausgestreckt. Hinter mir griff der erste Läufer an meine Schulter, zerrte mich zu sich, und ich schaffte es gerade noch, einen Vortex zu öffnen, genau dort, wo Bale mit Luka stand.

Ich konnte zwar nicht mehr mit ihnen fliehen – die Sensoren in meiner Haut hätten jeden Vortex in kürzester Zeit durchlöchert –, aber ich konnte die beiden retten.

»Elaine«, war das Letzte, das Bale sagte, bevor er sich zusammen mit Luka in nichts auflöste.

Die Sensoren saugten nun auch den letzten Rest Energie aus meinem Körper, und ich schloss die Augen, als die Läufer sich auf mich stürzten.

Warme Arme legten sich um mich, als ich nach hinten sackte. Sie rochen nach Sandelholz und Grapefruit, ein Duft, der mir noch vor kurzem der zweitliebste gewesen war, und meine Augen füllten sich mit Tränen, als ich Holdens Stimme hörte.

»Bringen wir sie zu meinem Vater«, sagte er. »Er wartet schon auf sie.«

Ich wehrte mich nicht, als sie mich durch die Gänge des Kuratoriums schleiften. Wie eine leblose Masse hing ich in Holdens Armen. Es war noch nicht mal die Angst vor meinem eigenen Schicksal, die diese Taubheit in mir auslöste. Nein, ich fühlte mich taub, weil ich wusste, was Hawthorne gleich von mir verlangen würde.

Seit dem Tag des Vortexrennens hatte ich geglaubt, es sei ein Geschenk, Vortexe kontrollieren zu können. Aber Bale hatte recht: Es war in erster Linie eine Waffe.

Und Hawthorne wollte von dieser Waffe Gebrauch machen.

Gilbert, dachte ich verzweifelt. Er war der Einzige, der mir jetzt helfen konnte.

»Halt sie nicht so locker«, raunte Mia, als sie sich zu Holden und mir herumdrehte. Ihre nervige Stimme sägte sich in mein Ohr, und auf ihrer linken Gesichtshälfte prangte rot und geschwollen der Abdruck meines Stiefels.

Der Anblick bereitete mir eine tiefe Genugtuung.

»Wohin soll sie denn bitte gehen?«, fragte Holden und verstärkte trotzdem seinen Griff um meine Mitte.

Von links packte Trevor Ogilby meinen Arm. Auch er trug einige Schrammen und Platzwunden im Gesicht und sah damit grimmiger aus, als ich ihn in Erinnerung hatte. »Mia hat recht«, sagte er. »Sie könnte jeden Moment verschwinden, wenn die Sensoren nachlassen.«

Holden stöhnte. »So schnell passiert das schon nicht.«

»Und wenn doch?« Trevor deutete auf mich. »Wenn die Gerüchte stimmen, ist sie der Schlüssel zum *Sieg*, Mann. Keine Freaks mehr. Stell dir das mal vor!«

»Ja, ganz toll«, sagte Holden und klang dabei ziemlich zerknirscht. Ich konnte mir denken warum: Schließlich war *er* kein Zeitläufer.

»Bestimmt finden sie bald noch andere«, mutmaßte Mia mit schnippischer Stimme. »Ich kann mir nicht vorstellen, dass ausgerechnet *sie* die Einzige ist. Nur weil bislang keiner die Tests bestanden hat …«

»Die Tests laufen seit über acht Stunden«, sagte Holden bloß. »Und die erfahrensten Läufer sind allesamt durchgefallen.«

»Umso wichtiger, gut auf unser neues Wunderkind aufzupassen. Lass sie mich am besten nehmen«, wandte Trevor ein, doch da machte Holden sofort einen Schritt zur Seite und zerrte mich mit sich.

»Sie bleibt bei mir«, raunte er mit drohendem Ton. »*Ich* bringe sie meinem Vater.«

»Lass ihn, Trevor«, sagte Mia. »Holden muss etwas gutmachen. Schließlich ist sie ja seinetwegen verschwunden.«

Holdens Finger versteiften sich an meiner Taille, und ich konnte förmlich spüren, wie angefressen er war. Seit Mia mit Trevor verpartnert worden war, interessierte sie sich wohl weniger für ihn.

»Richtig.« Trevor tauchte in meinem Sichtfeld auf und musterte mich scharf. Dann sah er wieder zu Holden. »Aber wenn sie abhaut, werde ich keine Schuld auf mich nehmen. Was hat dein Vater erzählt? Die Kleine hat sich mit den Rebellen angefreundet? Damit will ich nichts zu tun haben.«

»Wundert dich das?«, fragte Mia. »Sie und ihre Freakfamilie

gehören sowieso ins Gefängnis. Die sind eine Schande für das Kuratorium.«

Ich verdrehte die Augen. Sollte Mia doch glauben, was sie wollte. Ihre Meinung konnte mir kaum gleichgültiger sein.

Wir bogen in einen weiteren Korridor ab, und als mir einige Leute mit weißem Kittel entgegenkamen, wusste ich, dass sie mich ins Wissenszentrum brachten.

»Wer war eigentlich dieser Typ, der mit dem Freak abgehauen ist?«, fragte Mia. Ich bemerkte, wie sie auf ihrem Detektor die Videosequenz von Bale und mir am Kuratoriumseingang aufrief, die über das Nachrichtensystem gejagt worden war. Unter ihrem platinblonden Haaransatz kräuselte sich ihre Stirn. »Er trägt eine Uniform von uns. Kennt ihn jemand?« Sie legte den Kopf schief. »Sein Gesicht kommt mir total bekannt vor.«

»Es ist Balian Travers«, sagte Holden hinter mir, und ich zuckte heftig in seinem Griff zusammen.

Woher wusste er das?

Etwa von seinem Vater?

Mia und Trevor blieben beide fast gleichzeitig stehen. Innerlich wappnete ich mich für das, was gleich passieren würde.

»Du verarschst uns«, hauchte Mia, und als Holden ebenfalls stehen blieb und den Kopf schüttelte, beobachtete ich, wie ihre Augen schlagartig riesengroß wurden. *»Was?«*, platzte es aus ihr heraus. »Aber … Balian ist tot.«

»Schön wär's.«

»Das kann nicht sein!«

»Tja, das habe ich auch gedacht«, sagte Holden. »Bis mein Vater vor zwei Tagen zugegeben hat, er hätte die ganze verdammte Zeit geahnt, dass Travers noch lebt.«

Trevor schüttelte ungläubig den Kopf. »Moment. Reden wir von *dem* Balian Travers?«

Holden stöhnte auf. »Kennst du einen anderen?«

»Aber … er lebt? Ernsthaft?«

»Ja, tut er«, bestätigte Holden. »Unser großer Held lebt und ist bei allerbester Gesundheit. Rafft ihr es nicht? Er hat seinen Tod nur vorgetäuscht – um zu desertieren.«

Mir entging nicht, wie Mia mit einem träumerischen Blick auf Bales verschwommenes Bild blickte, und ich machte mir keine Illusionen darüber, dass die nächsten Stunden mit ihr die Hölle werden würden.

»Er sieht ganz schön abgewrackt aus«, kommentierte Trevor, als er sich über Mias Schulter beugte.

Sie schüttelte den Kopf. »Ich finde, er sieht *toll* aus.«

O Gott. Ich wollte kotzen.

»Ist das jetzt wichtig?«, fragte Holden, woraufhin Mia ihn anstarrte, als wäre er nicht ganz dicht.

»Es ist Balian Travers!«, hauchte sie mit bebender Ehrfurcht in der Stimme. »Wie kannst du nur so ruhig bleiben?« Dann schien sie sich an meine Anwesenheit zu erinnern, und ihre Augen formten sich zu Schlitzen. »Aber woher kennst *du* ihn, Collins?«

Ich warf Mia einen schneidenden Blick zu. Selbst wenn Holden nicht gerade seine Hand auf meinen Mund gepresst hätte, würde ich ihr nichts sagen. Es war schlimm genug, dass nun alle von Bale wussten – ich würde ihnen kein weiteres Futter für ihre Gerüchteküche geben.

Sichtlich unzufrieden wandte Mia den Blick von mir ab und lief weiter. »Total irre«, hörte ich sie murmeln. *»Balian Travers!«*

Er ist so viel mehr als das, dachte ich bloß und ließ mich von Holden weiterzerren. Ob Bale und Luka es wohl inzwischen nach Sanktum geschafft hatten? Ich hoffte es so sehr.

Holden schob mich an einer Tür vorbei, über der eine rote

Lampe hing, darunter ein Schild mit der Aufschrift: *Zutritt streng verboten.*

Der Serverraum.

Da fielen mir die Codes ein, die Bale aus dem Kuratorium holen wollte. Nur zwei hatten ihm gefehlt, um seinen Traum von den befreiten Zonen zu erfüllen. Doch auch das konnte er meinetwegen nun vergessen. Ohne meinen Detektor würde er niemals …

Wobei – Luka war bei ihm. Wenn jemand Daten aus dem Kuratoriumssystem klauen konnte, dann war er es. Vielleicht könnten die beiden das ja zu Ende bringen. Ohne mich.

Und was bringt ihnen das?, fragte ich mich im Stillen und spürte, wie die Verzweiflung über mich hereinbrach. Wenn Hawthorne mich dazu zwang, dieser Karte zu folgen – vielleicht würde es dann gar keine Vermengten mehr geben, die Bale befreien konnte.

Es tut mir so leid, wollte ich Bale sagen, schob den Gedanken aber gleich wieder beiseite. Noch war es nicht zu spät. Und egal, was mich erwartete – ich würde Hawthorne niemals helfen, seinen Plan umzusetzen. Das war ich Luka, Susie, Fagus und all den anderen schuldig.

Trevor und Mia drückten eine Tür vor mir auf. Der Raum dahinter erinnerte mich stark an die weißvertäfelten Labore, die ich in Tokio gesehen hatte.

»Mein Vater kommt gleich zu dir«, sagte Holden und brachte mich zu einer Liege, die prominent mitten im Raum stand. Daneben warteten drei Forscher. Sie sahen mich an, als wäre ich ihr persönliches Weihnachtsgeschenk.

»Bitte leg dich da hin«, wies Holden mich an. »Es ist besser für dich, wenn du keinen Widerstand leistest.«

Ich wollte lachen. Und weinen. Kaum zu glauben, wie sehr

ich mir vor wenigen Wochen gewünscht hatte, dass Holden mir nur einen Funken seiner Aufmerksamkeit schenkte.

Endlich löste er seine Hand von meinem Mund. »Weißt du, das ist so eine Sache …«, sagte ich, und meine Stimme war deutlich ruhiger, als ich mich fühlte. »Ich hab wohl verlernt, Befehle zu befolgen.«

Ich hörte Holden seufzen, und für einen Moment blieb ich völlig still, doch dann trat ich ihm mit aller Kraft auf den Fuß und boxte ihm meinen Ellbogen in den Bauch. Als er strauchelte, riss ich mich los und schlug auf die Forscher ein, die sich nun auf mich stürzten.

Ich kam nicht weit. Trevor packte mich, und ich schrie, als er mir einen Schlag auf den Hinterkopf verpasste.

Lichtpunkte flirrten wie Glühwürmchen vor meinen Augen. Noch bevor ich richtig zu mir kam, spürte ich einen Stich an meinem Hals, direkt neben dem Gravisensor. Es passierte so schnell, dass ich keine Chance hatte, rechtzeitig auszuweichen. Ich drückte instinktiv eine Hand gegen meinen Hals, doch da wurden bereits meine Glieder schlaff, und ich kippte nach vorne.

Eine der Forscherinnen hielt eine leere Spritze in der Hand.

»Sie verdammtes …« *Miststück*, wollte ich sagen, aber meine Stimme versagte, und ich sank in Trevors Arme.

Gilbert, dachte ich. *Wo bist du bloß?*

Irgendwann schaffte ich es, meine Augen zu öffnen, doch alles war verschwommen und mein Sichtfeld so klein wie eine Münze. Es kam mir vor, als würde ich am Grunde eines Brunnens liegen, und alles, was um mich herum geschah, war meterweit entfernt.

Ich versuchte, meine Arme und Beine zu heben, und konnte es nicht. Da waren … Schnallen. Nein, Metallringe! Sie waren um meine Fußknöchel und Handgelenke gebunden und auf der

Liege unter mir befestigt. Bei näherem Hinsehen bemerkte ich, dass es dieselben Fesseln waren, die die Zonenwächter den Vermengten umschnallten, damit deren Kräfte unterdrückt wurden. Mir hatten sie gleich vier davon verpasst. Gravisensoren blinkten blau an den breiten Ringen, und ich wusste augenblicklich: Ich war total geliefert.

Aber: Wo war ich überhaupt? Ich stöhnte, als ich den Kopf bewegte. Mir tat alles weh, meine Muskeln fühlten sich an, als hätte ich sie stundenlang nicht benutzt. Erst als ich Holden sah, der auf einem Stuhl neben mir saß, kamen die Erinnerungen zurück.

Ich drehte meinen Kopf zur Seite. Von Mia und Trevor war keine Spur zu sehen.

Holden musste bemerkt haben, dass ich wach war, denn er warf mir ein Lächeln zu. Am liebsten hätte ich ihn angespuckt, aber dafür war meine Kehle viel zu trocken.

»Da bist du ja. Du hast den halben Tag verschlafen, und ich dachte, du wachst gar nicht mehr auf. Geht's dir gut?«

Ein tonloses Lachen entwich mir. Wieso fragte mich das jeder, nachdem sie mich gegen meinen Willen entführt hatten?

»Fahr zur Hölle«, krächzte ich bloß.

Holden lehnte sich auf seinem Stuhl zurück. »Du bist sauer.« Es klang fast wie eine Frage.

Ich starrte ihn fassungslos an. »Und das wundert dich?«

»Irgendwie schon«, gab Holden zu. »Ich dachte … ich dachte, du freust dich, wieder bei uns zu sein. Bei *mir.*« Als Holden an meine festgebundene Hand griff und mit dem Daumen darüberstreichelte, stiegen mir Tränen in die Augen. »Elaine … Es ist doch alles gut. Wenn wir das erledigt haben, kannst du tun, was auch immer du willst. Und wir … wir könnten uns besser kennenlernen.«

Ein heiseres Lachen entwich mir. Holden klang, als müsste ich nur eine kleine, unbedeutende Mission erfüllen. Dabei wollte sein Vater, dass ich unsere Welt völlig auf den Kopf stellte. Er wollte, dass ich alle Vermengten mit einem Schlag auslöschte! Wie konnte er bloß so gleichgültig sein?

»Du bist ein Feigling«, flüsterte ich und starrte Holden dabei mit so viel Verachtung an, wie es mir nur irgendwie möglich war. »Du tust das alles nur, weil du deinen Dad beeindrucken willst, oder nicht? An mir bist du doch gar nicht interessiert.«

Holden presste seine Lippen aufeinander, als ob ich ihn damit tatsächlich verletzt hätte. »Das stimmt nicht«, sagte er, dann runzelte er die Stirn. »Ist es wegen Travers? Läuft da was zwischen euch?«

»Das geht dich nichts an«, raunte ich und vergrub mein Gesicht an meiner eigenen Schulter.

Der Stuhl kratzte über den Boden, als Holden ihn zurückschob. Dann hatte er plötzlich seine Hand an meinem Kinn und zwang mich, ihn anzusehen. »Er ist ein Deserteur«, knurrte er. »Kapierst du das nicht? *Er* ist der Feigling! Und in so einen Schwächling verknallst du dich?«

Ich warf ihm ein kaltes Lächeln zu. »Er ist stärker, als du es je sein wirst.«

»Ach ja?« Holden starrte mich fassungslos an. »Mein Vater hat gesagt, Balian hätte den Roten Sturm schon vor *Jahren* ausschalten können, wenn er nicht kurz vorm Ende der Mission gekniffen hätte! Hast du eine Ahnung, wie viele Leben er dadurch hätte retten können?«

Also wusste Holden tatsächlich von der Karte. Hawthorne musste ihm alles erzählt haben.

»Du bist nur eifersüchtig«, sagte ich. »Nicht wegen mir – sondern wegen deines Vaters. Weil er Bale *verehrt* hat, nicht wahr?

Er hat ihn gefördert, ihn berühmt gemacht – ihn wie einen Sohn behandelt. Und dich … Von dir ist er die ganze Zeit nur enttäuscht.«

»Halt die Klappe!«, schrie Holden, und ich zuckte zusammen, als er wütend gegen das Gestell der Liege trat. »Du weißt *gar nichts* über mich!«

Ich musste mit meinen Worten voll ins Schwarze getroffen haben. Holden drehte sich von mir weg, und ich hörte, wie ihm mehrere zittrige Atemzüge entwichen, bevor er etwas verschämt einen Inhalator aus der Hosentasche seiner Uniform zog und zweimal tief einatmete. Als er sich wieder zu mir drehte, sah er furchtbar blass aus.

»Balian musste nichts tun. Gar nichts! Er war ein arroganter, selbstverliebter Wichser, der immer alles besser wusste und dem die anderen egal waren, solange er machen konnte, was er wollte. Und trotzdem hat er einfach alles bekommen. Ich hab meinen eigenen Vater wochenlang nicht gesehen, und Balian wurde von ihm durch die ganze Welt begleitet.« Er fixierte mich mit von Zorn erfüllten Augen. »Kannst du dir vorstellen, wie es sich anfühlt, immer daran erinnert zu werden, dass man nur die *Notlösung* ist?«

Ich öffnete den Mund … und wusste nicht, was ich sagen sollte.

»Egal«, fuhr Holden nach kurzer Stille fort. »Heute bringen wir das zu Ende, was dein neuer *Freund* nicht konnte. Und dann werden *wir* die Helden sein, Elaine. Ob du es willst oder nicht.«

»Wir werden Mörder sein«, sagte ich mit heiserer Stimme. »Verstehst du nicht, was dein Vater mit dieser Karte bezweckt? Er will die Vermengten *auslöschen.*«

Holden warf beide Arme in die Luft. »Er behebt doch nur

einen Fehler! Die Vermengung war ein Unfall – ein schrecklicher Unfall, der unsere Welt zerstört hat.«

Ich schüttelte den Kopf und dachte an Atlas, mit seinen zarten Blättern im Fell und den klugen grünen Augen. »Du irrst dich.«

Holden starrte mich an und stand schließlich auf. »Ich wollte es zuerst nicht glauben, aber Vater hatte recht«, sagte er. »Die Splits haben dich wirklich eingelullt. Dir den Kopf verdreht. Aber sei's drum … Du hast sowieso keine Wahl. Du *wirst* uns helfen.«

Seine Worte ließen mich frösteln. Ich öffnete den Mund, doch da hörte ich vom Korridor mehrere Leute heraneilen.

Zuerst traten zwei der Forscher in den Raum, gefolgt von Varus Hawthorne. Noch immer trug er die weiße Uniform des Obersten Leiters. Über seinem Herzen prangte ein großes Convectum, sein Kragen reichte ihm wie immer bis unters Kinn.

»Miss Collins«, sagte er und lief zum Kopfende meiner Liege. »Wie schön, Sie bei guter Gesundheit zu sehen. Nach dem Angriff auf unser Institut musste ich das Schlimmste befürchten.« Er legte eine Hand auf meine Schulter, so, wie er es am Tag des Vortexrennens getan hatte, und sah mich an, als würden wir nun zusammen ein aufregendes Abenteuer bestreiten. »Wir haben heute Großes mit Ihnen vor.«

Ich zwang mich dazu, möglichst unbeeindruckt dreinzuschauen, und reckte das Kinn hoch. »Sie können mich zu nichts zwingen.«

Hawthorne wirkte wenig überrascht über meine Worte. Er zeigte dieses milde, verständnisvolle Lächeln, das er mir an dem Tag vor dem Auditorium so oft zugeworfen hatte. Dann hob er seine rechte Hand in einem stummen Befehl.

Wie auf Kommando machten die Weißkittel kehrt und verließen den Raum. Holden zögerte, doch als sein Vater ihm einen strengen Blick zuwarf, lief auch er zur Tür.

Langsam ließ sich Hawthorne auf den Stuhl sinken, auf dem eben sein Sohn gesessen hatte.

»Wo ist Gilbert?«, fragte ich ihn, sobald wir alleine waren. »Weiß er, was Sie hier mit mir machen?«

»Auf ihn kommen wir gleich zu sprechen«, entgegnete Hawthorne. Die Art, wie er es sagte, ließ keinen Zweifel daran, dass ich nur die Antworten erhalten würde, die er mir auch geben wollte. Er legte den Kopf schief und musterte mich lange. »Ich nehme an, Sie haben Balian in den letzten Tagen gut kennengelernt, Miss Collins?«, fragte er schließlich. Als ich nichts sagte, setzte er mit versonnener Stimme nach: »Ein beeindruckender Junge, ohne Zweifel. Hat er Ihnen erzählt, dass er bereits mit vier Jahren durch Vortexe springen konnte?«

»Nein«, antwortete ich leise, ohne zu wissen, worauf Hawthorne hinauswollte.

»Er redet nicht gerne über seine Vergangenheit.« Hawthorne lächelte wieder. »Seine Eltern gaben ihm nicht gerade das, was man ein liebevolles Zuhause nennen würde. Als ich von seinen Fähigkeiten hörte und seine Familie in ihrer schäbigen Wohnung in einer Kleinstadt außerhalb Neu Londons aufsuchte, bot sein Vater mir umgehend an, ihn so früh wie möglich zum Läufer ausbilden zu lassen. Natürlich erwartete er dafür finanzielle Gegenleistungen.«

Mit anderen Worten: Bales Vater hatte seinen eigenen Sohn verkauft, um in die Megacity umziehen zu können und dort reich zu werden. Ich schloss die Augen und dachte an das Bild des kleinen, dürren Jungen, der inmitten der durchtrainierten Anwärter stand … und sie alle besiegt hatte.

»Wieso erzählen Sie mir das?«

»Weil ich will, dass Sie verstehen, warum Balian sich so gegen das wehrt, was er und ich aufgebaut haben«, sagte Hawthorne. »Das war nicht immer so. Er war lange überzeugt von unserer Sache, hat sich Tage und Nächte um die Ohren geschlagen, um die Zeitsprünge zu beherrschen, hat eifrig die ganze Welt bereist, um die Rifts zu finden, die einen durch die Zeit führen können.«

»Er hat all das nur getan, weil Sie ihn angelogen haben!«, knurrte ich. »Weil Sie ihm gesagt haben, er würde den Vermengten damit helfen!«

»Ach, das hat er Ihnen erzählt?«, fragte Hawthorne und klang belustigt. »Nein, so war es nicht. Ich war immer ehrlich mit meinem Jungen. Er wusste von Anfang an, was wir vorhatten. Es gibt nur einen einzigen Grund, warum er vor seiner Bestimmung weggelaufen ist: Er hatte Angst. Angst davor, das zu verlieren, was ihn so besonders macht.«

Er log. Er *musste* lügen. Niemals hätte Bale sich auf so etwas eingelassen.

»Ich glaube Ihnen nicht.«

Hawthorne seufzte und lehnte sich im Stuhl zurück. Er musterte mich für einen langen Moment. »Sagen Sie, Miss Collins, haben Sie schon einmal vom Begriff der biologischen Invasion gehört?«

Biologische was?

»Es bezeichnet ein Phänomen, das es in unserer Natur immer wieder gibt«, erklärte Hawthorne zuvorkommend. »Eine fremde Art dringt in ein Ökosystem vor, wo sie nicht hingehört und wo sie keine natürlichen Feinde hat. In kürzester Zeit breiten sich die Eindringlinge aus und drängen dadurch die heimischen Arten zurück. Manchmal rotten sie sie auch ganz aus.« Er verstummte, schlug die Beine übereinander. »Die Vermengten sind in gewisser Weise solche Eindringlinge«, fuhr er fort.

»Auch sie haben keine natürlichen Feinde, denn sie sind dem Menschen in jeglicher Hinsicht weit überlegen. Ich weiß, das Kuratorium vermittelt ein anderes Bild. Wir bemühen uns, die Vermengten als einfältig und tierhaft darzustellen, dabei steht es außer Frage, dass sie die neue stärkste Gattung auf der Erde sind. Und sie haben die Menschen in den Vortexkriegen nach 2020 nur deswegen nicht sofort ausgelöscht, weil sie zu dieser Zeit ihre Kräfte nicht vollständig kontrollieren konnten. Sie wurden von ihnen übermannt, von ihnen gesteuert – doch das hat sich inzwischen geändert.«

Hawthorne drückte auf seinen Detektor und warf mit schnellen Handbewegungen einige Videosequenzen in die Luft. Es waren Aufnahmen vom Tag des Angriffs auf das Kuratorium in Neu London. Die Zünder des Roten Sturms strichen durch die Gänge, und ich schnappte nach Luft, als ich Bale, Fagus und mich entdeckte, wie wir vor den Zündern flüchteten.

»Ich beobachte den Roten Sturm seit Jahren«, sagte Hawthorne. »Er ist inzwischen sehr viel besser organisiert, sonst wäre der Angriff auf unser Institut niemals möglich gewesen. Gerüchten zufolge soll es nun sogar eine Art Anführer geben. In mancherlei Hinsicht war die Attacke auf unser Kuratorium ein Segen. Dank ihr erkannten die anderen Leiter, dass es so nicht weitergehen kann.«

Ein *Segen*? Der Kerl spann doch!

Hawthorne rief eine Weltkarte auf und projizierte sie ebenfalls in die Luft. Rote Flammensymbole waren überall auf den Landmassen verstreut, die meisten davon in Südamerika, Afrika, auf Island und Japan.

All die Punkte markierten die Orte, an denen der Rote Sturm besonders aktiv war. Ich hatte gewusst, dass sie sich ausgebreitet hatten, aber *so*?

»Und diese Karte umfasst nur die Zünder«, sagte Hawthorne. »Selbst mit all unseren Mitteln ist es uns unmöglich zu eruieren, wie sehr sich die Schwimmer in den Gewässern ausgebreitet haben – oder wo und ob die Wirbler ähnliche Siedlungen betreiben. Also machen Sie sich keine Illusionen, wie es Balian getan hat, Miss Collins: Die biologische Invasion der Vermengten steht uns schon in Kürze bevor.«

»Aber so muss es nicht sein!«, widersprach ich heftig. »Ich habe mit eigenen Augen gesehen, wie Menschen und Vermengte zusammenleben. Seite an Seite. So könnte es überall auf der Welt sein! Wir müssen es nur versuchen.«

»Nein!« Hawthorne bellte das Wort geradezu und rang sofort um Beherrschung. »Nein«, wiederholte er weitaus ruhiger. »Frieden wird es nur geben, wenn der ursprüngliche Zustand wiederhergestellt ist. Es ist die Natur der Dinge, seit Millionen von Jahren, dass es *eine* Gattung gibt, die die Geschicke der Welt bestimmt – und primitive Lebensformen, die sich ihr unterordnen. Durch den Urvortex ist es zu einem Ungleichgewicht gekommen, das früher oder später zur Auslöschung einer der beiden Arten führen muss. Und ich habe geschworen, uns, die stärkste Art, zu beschützen.« Hawthornes Blick wurde schneidend, kalkulierend. »Genauso wie Sie.«

Ich erinnerte mich an den Eid, den wir bei der Siegerehrung abgelegt hatten. Den Eid, der auch als erster Satz im Handbuch der Vortexläufer verankert war.

Das Leben eines Vermengten wird immer dem Leben eines Menschen untergeordnet.

»Ich werde Ihnen nicht helfen«, sagte ich trotzdem mit aller Kraft, die mir geblieben war. Dann war ich eben eine Eidbrecherin, eine Deserteurin. Mit alldem konnte ich leben.

Aber eine Mörderin würde ich nicht werden.

Hawthorne sah aus, als würde er meine Entscheidung ernsthaft bedauern. »Auch Balian war schlussendlich nicht mutig genug, den letzten Schritt zu gehen«, sagte er. Dann ließ er alle Videosequenzen mit einer Handbewegung verschwinden. »Ich hatte wirklich gehofft, mit Ihnen wäre es anders.«

Mutlos sah ich dabei zu, wie Hawthorne aufstand und einmal durch das Labor lief. An der Wand öffnete er ein Fach, das mit einem sanften Klacken herausfuhr, und kam mit dem, was er dort fand, auf mich zu.

Erst als er das Gerät vor sich hielt, erkannte ich, was es war: mein Detektor. Das blaue Band mit den weißen Convectum-Mustern würde ich überall erkennen.

»Wussten Sie, Miss Collins«, setzte Hawthorne mit lockerem Tonfall an, »dass es in den letzten Monaten einen gewissen, nun ja, *Schwund* unter den Vermengten gab, die in unseren Zonen leben?«

Ich kontrollierte meine Gesichtszüge mit dem letzten bisschen Kraft, das mir geblieben war. Doch Hawthorne sah mich gar nicht an, sein Blick ruhte nur auf meinem Detektor.

»Lange Zeit begriff ich nicht, woran es lag. Ich vermutete, dass sich die Fortpflanzung der Vermengten in den Zonen verringert hatte, doch Studien ergaben, dass dies nicht der Grund sein konnte. Dann hatte ich die Zonenwächter in Verdacht, die ihrer Pflicht oft etwas … zu engagiert nachgehen. Doch nein, auch das konnte den rapiden Rückgang nicht erklären.« Nun sah er zu mir. »Wollen Sie wissen, was letztendlich der Grund für die verschwundenen Vermengten war?«

Nein. Nein, das wollte ich ganz und gar nicht wissen.

»Der Grund war mein eigener Chefnavigator. *Ihr Onkel.*«

Ich presste die Lippen mit aller Kraft aufeinander.

Deshalb also kam mir Gilbert nicht zu Hilfe geeilt. Wie lange wusste Hawthorne es schon? Und warum zum Teufel hatte er Gilbert so lange gewähren lassen?

Die Sorge, was er nun mit Gilbert machen würde, legte sich wie eine Schlinge um meinen Hals. Hatte er ihn etwa einsperren lassen? Saß er in einer der Zellen, die sonst für die Vermengten vorgesehen waren? Oder Schlimmeres?

Da projizierte Hawthorne wieder etwas in die Luft – dieses Mal mit meinem Detektor.

»Ich nehme an, die Vermengten, die Sie in den vergangenen Wochen aufgenommen haben, sind der Überzeugung gewesen, in Sicherheit zu sein? Indem sie das Ortungssystem in Ihrem Detektor deaktiviert haben, wollten sie verhindern, dass ihr Stützpunkt gefunden wird. Ist das korrekt?« Er machte eine winzige Pause. »Nun, sie haben sich geirrt. Das Ortungssystem konnte zwar nicht mehr senden – aber es konnte sehr wohl noch speichern.«

Ein Schluchzer entwich mir. Ich hatte nicht mal gemerkt, wie sehr sich alles in mir zusammengezogen hatte vor Anspannung. Er *wusste* es. Hawthorne wusste, wo Sanktum lag! Er wusste von den Schmuggeleien, von den Ausbrüchen.

Er wusste alles.

Vor mir bewegte sich die Karte. Das Bild fuhr näher an den Boden heran. Sanktum war darauf nicht zu sehen – es war perfekt unter den ausladenden Baumkronen abgeschirmt. Und doch konnte ich die Bergkette entdecken und den Wasserfall und die Allee, die aus der Stadt führte.

»Eine sehr gute Tarnung. Nahezu perfekt«, lobte Hawthorne und bewegte das Bild weiter, entlang des Weges, den wir bei meiner Ankunft gelaufen waren. Auf der großen Lichtung, wo Bale und wir anderen gelandet waren, pausierte er. Darauf waren unzählige Läufer in ihren blauen Uniformen zu sehen.

Es waren so *viele.* All die Läufer, die ich vorhin auf dem Gelände des New Yorker Instituts gesehen hatte.

Meine Gedanken rasten mit meinem Herz um die Wette, und obwohl Hawthornes mildes Lächeln sich nicht verändert hatte, kam es mir nun wie eine böse Fratze vor.

Erst jetzt verstand ich, was das alles zu bedeuten hatte.

»Sie haben die Läufer gar nicht versammelt, um den Roten Sturm anzugreifen …«, flüsterte ich, als die Erkenntnis in mich hineinsickerte.

»O doch. Doch, doch. Es wird einen Gegenschlag geben, aber als Oberster Leiter ist es meine Aufgabe, flexibel auf die momentan größere Bedrohung zu reagieren.«

»Diese Stadt ist aber keine Bedrohung«, wandte ich ein.

Hawthorne lehnte sich vor. »Das würden die Leiter anders sehen«, sagte er. »Aber … natürlich *müsste* ich diese Besiedlung nicht angreifen lassen. Um ehrlich zu sein, ist sie für meine Belange gänzlich bedeutungslos. Niemand müsste jemals davon erfahren. Weder von der Siedlung selbst – noch von dem Grund, weshalb so viele Vermengte aus den Zonen entkommen konnten. Ich könnte dafür sorgen, dass all das niemals ans Licht kommt. Ihr Onkel könnte sogar einer Anklage wegen Hochverrats entgehen. *Wenn …*«

Er ließ den Satz ins Leere laufen, doch er musste es gar nicht aussprechen. Ich wusste es auch so.

Er könnte das alles tun – *wenn ich ihm half.*

Nun liefen mir endgültig Tränen die Wangen hinab. Das war die Wahl, vor die er mich stellte? Nichts davon kam in Frage! Weigerte ich mich, die Zeitkarte zu benutzen, würde Sanktum heute fallen, direkt vor meinen Augen. Hawthorne würde alle Kinder, alle Alten, einfach *alle* in Gefängnisse stecken – oder in die Labore.

Doch stimmte ich zu, ihm zu helfen, verdammte ich damit womöglich alle Vermengten auf einmal. Auch die in Sanktum.

»Ich habe noch nie einen Vortex in eine andere Zeit gelenkt«, log ich mit zittriger Stimme. »Und ich bin noch nie durch einen dieser Rifts gesprungen. Bal… Balian hat Jahre gebraucht, um es zu lernen, das wissen Sie selbst. Ich bin gar nicht dazu in der Lage, zu tun, was Sie von mir wollen.«

»Nun, wir werden erst Gewissheit haben, wenn Sie es versucht haben, nicht wahr?«

»Aber …«

»Ich brauche Ihre Hilfe, Miss Collins. Tun Sie, was für das Kuratorium das Beste ist.«

»Für das Kuratorium, ja. Aber was ist mit den Vermengten? Was ist mit der Welt? Sie können doch gar nicht wissen, was mit uns allen passieren wird!«

»So oder so wird es ein gnädigeres Schicksal sein«, sagte Hawthorne. »Es kann nur *eine* starke Gattung auf dieser Welt geben. Auf dem Weg, den wir jetzt beschreiten, liegt nur Leid für beide Seiten. Balian fehlte die richtige Motivation, um zu tun, was nötig ist. Das wird bei Ihnen kein Problem sein, nicht wahr?«

Meine Tränen wollten nicht versiegen. Denn ich wusste tief im Inneren, dass ich meine Wahl schon getroffen hatte.

Ich konnte nicht hier liegen und dabei zusehen, wie er die Stadt, die mir in so kurzer Zeit so ans Herz gewachsen war, in Grund und Boden stampfen ließ. Susie war in dieser Stadt, Allister, Robur, Atlas und so viele andere. Und auch Lis könnte jeden Moment dort ankommen.

Und ich wusste, es war feige, so zu denken, denn Sanktum zu verlieren wäre das kleinere Übel. Was war schließlich eine Stadt im Vergleich zu *allen* vermengten Lebewesen auf der Welt?

Ich schloss die Augen. Mein ganzes Leben lang hatte ich geglaubt, stark zu sein.

Ich hatte mich getäuscht.

»In Ordnung«, flüsterte ich. »Ich werde für Sie laufen.«

»Ich habe gewusst, dass ich auf Sie zählen kann«, sagte Hawthorne, und als ich ihn wieder ansah, lächelte er ein eisiges zufriedenes Lächeln.

Loretta Alcott sah mich an, als wäre ich ein Kaugummi unter ihrer Schuhsohle, den sie am liebsten an einem Bordstein abstreifen würde.

»Mach schon, Mädchen«, brummte sie und verschränkte die Arme vor der Brust. Die Brandwunde in ihrem Gesicht wirkte heute besonders schaurig.

Ich atmete geräuschvoll aus und nahm die neue Läuferuniform, die man für mich in der Kabine bereitgelegt hatte, in die Hände. Im Vergleich zu meiner bisherigen Uniform kam mir diese weitaus robuster vor. Ihr Stoff war von feingliedrigen, beinahe weichen Metallfasern durchzogen. Es fühlte sich phantastisch an, als ich sie mir über die nackten Beine streifte.

Während ich sie überzog, sah ich mich im Spiegel an. Mein Körper war nur so übersät von blauen Flecken und Brandwunden, die mir Lukas Laufpod eingebracht hatte. An meinem Hals und meinen Beinen zeichneten sich außerdem dunkelrote Male ab, dort, wo mich die Gravisensoren getroffen hatten. Sie mussten meine Wunden verarztet haben, als ich bewusstlos war, jedenfalls hatte ich trotz meiner Blessuren kaum Schmerzen.

Unter Alcotts strengem Blick schlüpfte ich zuletzt in die Ärmel der Uniform und richtete den kleinen Kragen.

Eins musste ich Hawthorne lassen: Die Uniform saß perfekt.

»Er hat sie speziell für dich anfertigen lassen«, sagte Alcott mit hörbarem Unmut.

Ich zog den Reißverschluss geräuschvoll nach oben. »Wollen Sie sie haben? Ich kann gerne darauf verzichten.«

Alcotts Mundwinkel zogen sich in dem qualvollen Versuch eines Lächelns nach oben, dann fasste sie grob an meine Schultern und schob mich durch die Tür nach draußen.

»Na endlich«, hörte ich Holden murmeln, als er mich sah. Er lehnte an der gewölbten Wand des Observatoriums. Schon in Neu London hatte mich dieser kugelrunde Raum immer fasziniert – doch dieser war noch mal locker doppelt so groß.

Sofort wurde meine Aufmerksamkeit von der Karte angezogen, die in der Luft rotierte und den gesamten Raum in ein bläuliches Licht tauchte.

Ich erkannte sie sofort: *die Zeitkarte.*

Die Projektion wurde aus Hawthornes Detektor gespeist. Je näher ich ihm kam, desto besser konnte ich erkennen, dass er irgendetwas darangekoppelt hatte. Es sah aus wie ein Datenstick, der von einer silbernen Hülle mit Convectum-Signet umfasst war.

»Das war einst die Speicherkarte von Balians Detektor«, erklärte Hawthorne, als er meinen Blick bemerkte. »Wie Sie bestimmt wissen, wurde der Detektor damals von einem Zünder medienwirksam vernichtet. Ich gehe davon aus, dass Balian ihn absichtlich zurückließ – sicherlich nahm er an, dass dadurch auch alle Daten zerstört würden.« Er verdrehte die Augen und klang dabei wie ein Vater, dessen Sohn mal wieder Mist gebaut hatte. »Der Junge hatte schon immer einen Hang zur Theatralik. Er hat jedoch unterschätzt, wie robust unsere Technik ist. Die Karte funktioniert einwandfrei.«

Hawthorne lehnte an der Wand und steuerte die Projektion mit lässigen Handbewegungen.

Im Gegensatz zu der Karte, die Bale aus seiner Erinnerung

heraus rekonstruiert hatte, war diese an jeder Zeitlinie mit exakten Koordinaten und Zeitangaben versehen.

Hawthorne beäugte mich. »Ich nehme an, Balian hat Ihnen von den Rifts erzählt?«

»Vor allem hat er mir erzählt, dass Sie bereit sind, Millionen Leben auszulöschen«, entgegnete ich und verschränkte die Arme vor der Brust.

Hinter mir hörte ich Alcott verächtlich schnauben, und als sie sich neben Hawthorne stellte, sah sie mich in einer Art und Weise an, die mir eins unmissverständlich zu verstehen gab: Sie würde mich auf der Stelle wie eine Kakerlake zerquetschen, wenn ich auch nur die kleinste falsche Bewegung machte.

Hawthorne dagegen verzog keine Miene. »Wissen Sie, Miss Collins, ich dachte wirklich, dass gerade Sie, mit Ihrer Geschichte, mit dem schweren Schicksalsschlag, den Sie in Ihrer Kindheit erlitten haben, die Möglichkeiten einer Rückwandlung unserer Welt zu schätzen wüssten.«

Einer *Rückwandlung*. Was für ein hübsches Wort er sich doch für diesen abscheulichen Plan zurechtgelegt hatte!

Als ich nicht antwortete, aktivierte Hawthorne die oberste Linie, die auf der Zeitkarte hinabführte. Sie wurde grün. Daneben leuchtete zuerst die Beschriftung *Strecke 1* auf, dann wurden weitere Daten der einzelnen Rifts sichtbar, wie die Entfernung zu unserem jetzigen Standort und die Zeitdifferenz zum heutigen Tag. »Also: Hat Balian Sie darüber aufgeklärt, wie Sie durch die Rifts laufen können?«, erkundigte er sich, als ob er nach dem Wetter fragen würde.

Ich schwieg, doch das hinderte Hawthorne nicht daran, seine Erklärungen fortzusetzen. Am liebsten hätte ich mir die Finger in die Ohren gestopft, nur um seinen jovialen Ton nicht mehr hören zu müssen.

»Sie müssen zu den Koordinaten gelangen, die auf der Karte verzeichnet sind. Die Rifts sind nur in diesen Zeitfenstern für uns sichtbar. Sie müssen deshalb ganz exakt zu den markierten Daten springen. *Das* ist es, wofür ich Sie brauche: um die Rifts zu finden und einen Vortex durch sie hindurchzulenken.«

Ich verkniff mir, laut loszulachen. Nichts leichter als das! Dachte Hawthorne wirklich, ich könnte das aus dem Stand, wozu Bale Jahre gebraucht hatte? Er musste völlig den Verstand verloren haben!

Mit aufkommender Verzweiflung ließ ich meinen Blick an den Linien entlangwandern. Ich erinnerte mich an das, was Bale mir gesagt hatte, und inzwischen hatte ich das Prinzip einigermaßen verinnerlicht. Der erste Rift öffnete sich in Neu London im Jahr 2093, also vor sechs Jahren. Gelangte ich dorthin, musste ich einen Vortex entlang dieses Rifts weiter in die Vergangenheit steuern. Der nächste Rift lag in Peru im Jahr 2084, der darauffolgende in Sydney 2075. Und von dort aus ging es immer weiter. So konnte man wie in einem Vortexrennen Sprung für Sprung reisen – nur eben nicht von Ort zu Ort, sondern durch die Zeit.

Ich wusste nicht, ob ich begeistert oder schockiert sein sollte von dem, was Bale da erschaffen hatte.

Wahrscheinlich beides.

»Wenn Sie Balians Karte folgen, kommen Sie am Ende im Jahr 2026 heraus«, sagte er. »Es fehlt ein letzter Rift, durch den man bis zum Moment der Großen Vermengung gelangt. Sie müssen diesen letzten Rift für mich finden, egal wie. Balian behauptete damals, die Rifts hätten ihn *angezogen.* Ich nehme an, dass es für Sie ähnlich sein wird.«

Die Karte war also gar nicht vollständig? Richtig, Bale hatte so etwas angedeutet. Ich lief näher an die Projektion heran und griff hinein. Die Lichtpunkte flimmerten um meine Hand herum, als ich das Ende der letzten Zeitlinie umfasste.

Wieder wurde sie grün. Daneben leuchtete die Zahl 2026 auf.

Das waren nur sechs Jahre, die Hawthorne zur Vollendung seines Plans fehlten. Was waren schon sechs Jahre, wenn man bereits über siebzig zurückgelegt hatte?

Hawthorne tauchte direkt neben mir auf, und ich zog meine Hand zurück – die Linie verfärbte sich blau.

»Spüren Sie den letzten Rift auf, der zum Tag der Großen Vermengung zurückführt«, wies er mich an.

Ich traute mich nicht, ihn anzusehen. »Und dann?«

»Dann ist Ihre Arbeit erledigt. Mein Sohn weiß, was danach zu tun ist.«

»Ihr Sohn«, wiederholte ich und drehte mich zu Holden um, der mich von der anderen Seite des Raumes anlächelte. Erst jetzt fiel mir auf, dass er mit voller Läufermontur ausgestattet war: Uniform, Schusswaffe samt Gravisensoren und ein Rucksack, der schräg über seinen Rücken gespannt war.

»Was?«, fragte er. »Hast du gedacht, du musst alleine gehen? Wir sind schließlich Läuferpartner.«

Läuferpartner. Das hatte ich völlig vergessen. Was für eine Rolle spielte das noch? Verpartnerte Läufer traten ihre Missionen Seite an Seite an. Davon konnte bei uns wohl keine Rede sein.

Die Tür zum Observatorium öffnete sich, und Mia und Trevor traten ein. Auch sie waren neu ausgestattet worden und sahen sehr zufrieden mit sich aus. Ich ahnte, was das Ganze bedeutete.

»Miss Lancaster und Mister Ogilby haben sich in den vergangenen Tagen als äußerst vertrauenswürdige Diener des Kuratoriums erwiesen«, erklärte Hawthorne. »Mein Sohn hat angeregt, dass Sie diese Reise gemeinsam antreten – unter der Führung von Miss Alcott, die Sie begleiten wird.«

Mia lief hüftenschwingend auf mich zu. Ihre platinblonden Haare waren in einem hübschen Flechtzopf über ihre Schultern gelegt.

Wie gerne hätte ich danach gegriffen und ihn ihr herausgerissen!

»Ich kann vielleicht keine Vortexe lenken«, flüsterte sie mir im Vorbeigehen ins Ohr. »Aber ich kann dich so lange durch sie hindurchjagen, bis du heulst.«

Es kam mir vor, als würden die Sirenen der Stadt ein Klagelied für mich singen. Oder vielleicht vernebelten mir die vielen Proteinwürfel, die Alcott mir förmlich in den Rachen gestopft hatte, auch einfach nur die Sinne.

Sie hatten mich und die anderen gefüttert, uns mit Proviant und jeder erdenklichen Schutzkleidung ausgestattet und uns danach eine Stunde Regenerationskapsel verordnet. Zum Abschluss hatten sie mir wieder die Trackingringe angelegt, die sonst für Vermengte bestimmt waren, und mir unmissverständlich zu verstehen gegeben, dass Holden mich mit seinem Detektor augenblicklich schachmatt setzen würde, wenn ich irgendwelche krummen Dinger versuchte. Die Gravisensoren, die an den Metallringen angebracht waren, konnten die Vortexenergie, die durch mich hindurchfloss, jederzeit stoppen.

Wenn es nach Hawthorne ging, war ich wohl mehr als bereit, seinen Plan in die Tat umzusetzen, aber meine zittrigen Knie sagten etwas anderes.

In meinem Kopf rasten die Gedanken nur so durcheinander. Immer wenn ich glaubte, einen Ausweg aus diesem Wahnsinn gefunden zu haben, zerschellte jede Hoffnung, bevor ich sie richtig greifen konnte. Egal, was ich tun würde, egal, ob ich die anderen abschütteln könnte oder die Vortexe in eine falsche Richtung lenkte … Sollte ich scheitern, würde Sanktum dafür bezahlen.

»Pass gut auf ihn auf, hörst du?«, sagte Hawthorne, und ich blinzelte mich ins Hier und Jetzt zurück. Zuerst dachte ich, er hätte mit mir gesprochen und mir befohlen, dass ich gut auf seinen Sohn achtgeben solle. Doch stattdessen sah Hawthorne auf den silbernen Speicherchip mit der Zeitkarte hinab, der nun an Holdens Detektor gekoppelt war.

Holdens Kiefer versteifte sich. »Ja, Vater.«

Ich wandte den Blick ab und weigerte mich, Mitleid für Holden zu empfinden.

Wir standen auf dem Dach des New Yorker Kuratoriums, weit genug entfernt von den Gravisensoren, die das Gebäude im Inneren schützten. Hier wurde das Vortexrennen abgehalten. Jedes Jahr hatte ich mit Luka vor den Bildschirmen gesessen und beobachtet, wie sich die Anwärter vom Dach herabstürzten, um dort in den bereitstehenden Vortex zu tauchen. Was man vom Sofa aus jedoch nie gesehen hatte, war, wie hoch das war! So weit oben waren wir, dass selbst die allergrößten Wolkenkratzer Manhattans aussahen wie Streichhölzer.

Holden stand dicht neben mir, Mia und Trevor flankierten uns, während Loretta Alcott vor uns auf und ab lief. Ich streckte die Schultern durch und konzentrierte mich auf den ersten Sprung, der uns nun bevorstand.

»Wie viele Jahre sind es noch gleich zum ersten Rift?«, fragte ich Holden, obwohl ich die Anzahl mittlerweile sehr genau kannte.

»Sechs«, wiederholte er, und die Genervtheit in seiner Stimme trieb mich beinahe zur Weißglut. *Er* war es ja nicht, der einen Vortex durch die verdammte Zeit lenken sollte!

Sechs Jahre. Der erste Rift, der auf Bales Karte verzeichnet war und zu dem wir reisen sollten, lag in der Innenstadt Neu Londons am 6. Mai 2093. Bale musste ihn damals, in seinem letzten Jahr als Vortexläufer, aufgespürt haben. Ich jedoch konnte nur mittels einer Erinnerung dorthin zurückreisen – wer erinnerte sich bitte so präzise an einen Tag vor sechs Jahren?

Doch schon tauchte ein Bild vor meinen Augen auf, und ich wusste nicht, ob ich erleichtert oder wütend darüber sein sollte, dass ich tatsächlich einen Anker in dieser Zeit hatte.

Am 6. Mai 2093 war ich elf Jahre alt gewesen. Es war das erste Jahr, das ich mit Lis verbracht hatte, in unserer Wohnung in den Randbezirken Neu Londons, und ich erinnerte mich noch ganz genau, wie sie am 6. Mai 2093 meinem Bitten und Betteln nachgegeben und mit mir zusammen auf dem Sofa das damalige Vortexrennen auf den Medienkanälen angeschaut hatte.

An diesem Tag hatte ich beschlossen, eine Vortexläuferin zu werden, aber war diese Erinnerung stark genug, um uns sicher durch die Zeit zu führen?

»Wird's bald?«, raunte Alcott mir zu, und da bemerkte ich die Blicke, die von allen Seiten auf mir lagen.

»Ich friere mir noch den Hintern ab!«, keifte Mia.

Schön wär's, dachte ich, streckte aber ergeben die Hand nach vorne. Es nützte nichts, es länger hinauszuzögern.

Sechs Jahre, wiederholte ich innerlich und schloss die Augen. Dann ließ ich es geschehen.

Der Vortex wuchs innerhalb eines Wimpernschlages zu voller Größe. Er hing mitten in der Luft zwischen Himmel und endlosem Abgrund und vermischte die Lichter der Stadt mit gleißenden Zuckungen.

»Okay, das ist verdammt cool«, hörte ich Trevor murmeln, während Mia nur abfällig brummte.

»Enttäuschen Sie mich nicht, Miss Collins«, rief Hawthorne aus der Ferne, und ich fing seinen durchdringenden Blick über die Verwirbelungen hinweg auf.

Nein, das würde ich nicht. Ich würde brav alles tun, was Hawthorne von mir verlangte. Zumindest so lange, bis mir etwas einfiel, wie ich sowohl Sanktum als auch die Vermengten retten konnte. Und mir *musste* etwas einfallen!

»Bleibt während des Sprungs dicht zusammen, hört ihr?«, rief ich über den Wind hinweg. »Ein Zeitsprung ist anders als die Vortexsprünge, die ihr gewohnt seid. Ich muss dafür in den Randwirbeln laufen.«

»In den … *was?*«, hörte ich Mia noch rufen, doch das Surren und Zucken übertönte ihre Stimme glücklicherweise schnell.

Ich rannte als Erste nach vorne und sprang kopfüber in den Vortex. Für einen Moment rauschte die Skyline Manhattans an mir vorbei, dann trug mich der Wirbel davon, und die Energie strömte in mich hinein. Ich nahm wahr, wie die anderen im Vortex ankamen, und schloss die Augen, um mich auf meine Aufgabe zu konzentrieren.

Fast kam es mir vor, als würde der Vortex nur darauf warten, dass ich ihm Befehle gab. Die Erinnerung, zu der ich uns bringen wollte, flackerte vor meinen geschlossenen Lidern, doch in dem Moment, in dem ich den Vortex biegen wollte, ging eine Veränderung durch ihn hindurch. Die Energie lud sich weiter auf, zuckte um mich herum – als würde der Vortex plötzlich versuchen, in die Gegenrichtung zu steuern.

Was war bloß los? Entschlossen trieb ich noch weiter zum Rand des Vortex und gab mich dort den Rotationen hin.

»Das … das ist doch völlig … irre!«, hörte ich Mia irgendwo hinter mir schreien, und als ich zu ihnen lugte, sah ich, dass sie große Mühe hatten, nicht herauskatapultiert zu werden.

»Haltet euch aneinander fest!«, rief ich, doch ich konnte mich nicht weiter um sie kümmern. Den Sprung mussten sie alleine bewältigen.

Die Kräfte, die inzwischen auf mich einwirkten, raubten mir nach und nach den Atem. Machte ich etwas falsch? Selbst der Zeitsprung von Tokio nach Sanktum, mit Bale in den Armen, hatte mich nicht so viel Kraft gekostet.

Nein ... dieser Sprung war anders. Unsere Umgebung wehrte sich gegen die Biegung, und ich musste meinen eigenen Körper so stark mitkrümmen, dass mir ganz schwindlig wurde.

Meine Erinnerung, sagte ich mir. Ich muss mich mehr auf meine Erinnerung fokussieren! Wie hatte es Bale erklärt? Man durfte nie unkontrolliert durch die Zeit springen. Also richtete ich meine Gedanken einzig und allein auf Lis. Ich dachte an die Wohnung in den Randbezirken, das Gefühl von Sicherheit, die Faszination, als ich zum ersten Mal einen Vortexläufer gesehen hatte und ... ja! Ich spürte, wie die Erinnerung an meine Tante mich leitete, und ich hatte das Gefühl, ihr mit jeder Sekunde näher zu kommen.

Doch kaum, dass ich den Vortex unter Kontrolle hatte, ging erneut ein fremder Impuls durch ihn hindurch. Die Krümmung änderte sich, ich fluchte und versuchte, dagegen anzugehen, aber es war zu spät.

»Ich kann mich nicht mehr halten!«, drang Mias Stimme zu mir, gefolgt von einem spitzen Schrei. Durch die Wirbelströme sah ich, wie sie mit schockgeweiteten Augen aus dem Vortex stürzte, und selbst Alcott, Holden und Trevor, die weitaus weniger zappelten, konnten sich nicht mehr in dessen Mitte halten. Sie riefen wild durcheinander – es klang, als hätten sie Schmerzen –, dann waren auch sie verschwunden.

Der Vortex zog mich weiter, ohne dass ich etwas dagegen tun

konnte. Es dauerte lange Sekunden, bis sich die Verwirbelungen vor meinen Augen mit einem Mal lichteten. Ich konnte die Landung nicht mehr abfedern und krachte hart auf den Boden.

Ein schmerzerfülltes Stöhnen verließ meine Lippen, und eine heftige Übelkeit machte sich in mir breit, während Farbkleckse vor meinen geschlossenen Lidern tanzten.

Was war da gerade bloß passiert? Auch wenn ein so weiter Zeitsprung bestimmt viel Kraft kostete – das konnte es nicht gewesen sein. Ich hatte es gespürt, tief in meinem Körper, wie der Vortex auf einen anderen Befehl zu reagieren schien. Wie er immer wieder hin und her gerissen worden war. Fast so, als hätte ein anderer Läufer mit mir um dessen Kontrolle gerungen.

Nein. Das war unmöglich. Keiner der anderen hatte das Talent, die Vortexe zu steuern.

Mühsam öffnete ich die Augen, um zu sehen, wo ich gelandet war. Es war tiefste Nacht, ein dünner Sichelmond stand ganz oben am Himmel. Neben mir sah ich eine Wippe, ein paar Meter entfernt eine Rutsche, und hinter mir bewegte sich eine Schaukel im Wind vor und zurück.

Von den anderen war keine Spur zu sehen.

Verdammt – ich hatte sie wirklich verloren! Ich ballte meine Hände in den Grasbüscheln der Wiese, auf der ich saß. Wie hatte das nur passieren können? Und was sollte ich jetzt tun?

Ohne Holden und die Zeitkarte konnte ich nicht weiterspringen. Ich wusste ja nicht mal, wo dieser Rift in Neu London überhaupt war! Hawthorne hatte mir meinen Detektor zwar gelassen, aber die Zeitkarte hatte er Holden anvertraut, in dem Wissen, dass ich so völlig abhängig von ihm war.

So ein Mist! Wenn ich alleine in unserer Zeit auftauchte, würde Hawthorne nicht zögern und seinen Angriff auf Sanktum sofort in die Tat umsetzen.

Verzweiflung kroch durch meine Glieder. Während ich herumstand, waren Susie und die anderen in großer Gefahr. Mir musste sofort etwas einfallen!

Ich ließ meinen Blick über den kleinen Spielplatz hinauswandern, auf dem ich saß. Immerhin kannte ich diese Gegend. Ich befand mich tatsächlich in den Randbezirken Neu Londons. Die Wolkenkratzer waren sehr hoch, hatten aber nicht den Prunk und die architektonisch raffinierten Fassaden der Innenstadtgebäude. Sie waren zweckdienlich, es sollten einfach so viele Menschen wie möglich untergebracht werden.

In der Entfernung entdeckte ich die Hochhausfarmen, die in den Himmel ragten. Direkt dahinter lagen die Ungesicherten Gebiete, die die Stadt von den Zonen abgrenzten.

Nun war ich mir sicher: Das war der Bezirk, in dem ich zwei Jahre mit Lis gelebt hatte. Und nicht nur das: Das Hochhaus, das vor dem Spielplatz in die Höhe ragte, war *unseres.* Genau dort, im neunzehnten Stock, hatten Lis und ich gelebt. Der Vortex hatte mich also doch zu meiner Erinnerung daran geführt – dann musste dies auch das Jahr 2093 sein.

Ich stand auf, klopfte mir den Sand von der Uniform und atmete tief durch. In Panik zu verfallen würde mir nichts bringen. Irgendeine Lösung musste es geben.

Vielleicht könnte ich zu Gilbert? 2093 kannte er Lis und mich noch nicht, aber was, wenn ich es ihm erklärte? Vielleicht könnte er mir helfen? Oder was, wenn ich versuchte, Nathaniel aufzuspüren, ihm von der drohenden Belagerung Sanktums erzählte …

Nein, Schwachsinn. Sanktum gab es wahrscheinlich noch nicht einmal.

Okay, vielleicht sollte ich einfach in die Innenstadt gehen? Die Koordinaten des Rifts hatten einen Ort im Zentrum markiert, das wusste ich. Wenn die anderen hier waren, würden sie auch dorthin gehen.

Ein Surren schnitt durch die Luft. Ich erschrak, als sich vor dem Hochhaus plötzlich ein Vortex öffnete. Er krümmte die Nachtschwärze der Wohnbauten und war keine Sekunde später wieder verschwunden.

Für einen Moment hegte ich die Hoffnung, dass Holden und die anderen hinausstolpern würden, aber nein, sie waren es nicht. Denn dort, mehrere Meter vor mir, kauerten nun ein Junge und ein Mädchen. Sie konnten beide kaum älter als elf oder zwölf Jahre sein.

Sie knieten vor der Eingangstür des Hochhauses und waren von Kopf bis Fuß mit dunklen Flecken überzogen. War das Dreck? Oder … oder Asche?

Das Mädchen hing schlaff in den Armen des Jungen, und er lehnte sie vorsichtig an die Hauswand. Als der Junge sich daraufhin umsah, machte ich einen Satz zur Seite und versteckte mich hinter der Rutsche des Spielplatzes.

Ich ließ einige Sekunden vergehen, bevor ich vorsichtig an dem Gerüst vorbeispähte. Der Junge war aufgestanden und raufte sich sichtlich aufgebracht die schwarzen Haare. Er murmelte etwas, immer wieder, es klang, als würde er sich *entschuldigen* – und etwas in mir wurde ganz still, als ich erkannte, *wer* dieser Junge war.

Es war unfassbar, völlig unmöglich … aber der Junge war Balian. Balian, der genau so aussah wie auf den Fotos, die nach seinem Tod durch die Medien gegangen waren. Er war der Junge, den ich immer bewundert hatte – samt Läuferuniform und Detektor –, und ich fühlte mich wie erstarrt, als er sich wieder neben das schlafende Mädchen setzte und die Kette an ihrem Hals in die Hand nahm.

Die beiden kauerten nur wenige Meter entfernt am Boden. Ich konnte Balian angestrengt schnaufen hören, ich konnte sein gequältes Gesicht sehen, und doch – es kam mir vor, als würde ich bloß eine Dokumentation über ihn in den Medienkanälen anschauen.

Er zog einen Anhänger aus dem verdreckten Pullover des Mädchens. Obwohl ich es in der nächtlichen Dunkelheit nicht sehen konnte, wusste ich, dass das Medaillon silbern, alt und blumenberankt war.

Es war mein Anhänger. Denn dieses Mädchen … das war *ich*.

Was … was sollte das? Was machte Balian hier? Vor dem Haus meiner Tante?

Doch als ich Balian dabei zusah, wie er das Medaillon öffnete und ein ovales Foto herauslöste, sickerte die Erkenntnis mit aller Grausamkeit in mich hinein. Ich erinnerte mich an diesen Pullover, den das Mädchen trug. Tagelang hatte ich mich geweigert, ihn auszuziehen, obwohl er überall in Lis' Wohnung furchtbare Ascheflecken hinterlassen und schrecklich nach Rauch gestunken hatte.

Ich war nicht im Jahr 2093 gelandet. Sondern in der Nacht, in der meine Mutter gestorben war. Der 10. Oktober 2092. Es war die Nacht, in der mich ein Läufer von dem brennenden Haus im Wald direkt hierher, zu meiner nächsten Verwandten, gebracht hatte.

Ich hatte nie erfahren, wer der Läufer gewesen war, der mich an diesem Tag vor sieben Jahren gerettet hatte. Doch jetzt … Jetzt wusste ich es.

Der Läufer war nicht *irgendjemand* gewesen.

Sondern Bale.

31

Meine Fingernägel bohrten sich schmerzhaft in meine Handinnenflächen, doch ich spürte es kaum. Überhaupt war es, als wären alle meine Gefühle unter einer dicken Eisschicht begraben – und ich schwamm im Wasser darunter.

Bale war der Läufer, dem ich mein Leben zu verdanken hatte. Die ganze Zeit hatte er meine Geschichte gekannt und es mir verschwiegen.

Völlig taub sah ich dem jungen Balian dabei zu, wie er das ovale Foto aus meiner Kette in seiner Läuferuniform verschwinden ließ und anschließend an einem der unzähligen Wohnungsschilder klingelte, von dem ich wusste, dass *Padley* daraufstand. Was er zu meiner Tante sagte, konnte ich nicht hören, doch es dauerte nicht lange, bis das Licht der Gegensprechanlage erlosch. Daraufhin kniete sich Balian neben das Mädchen und strich ihm ein paar Haarsträhnen aus dem ascheverschmierten Gesicht. Und dann beugte er sich hinab und drückte ihm einen Kuss auf die Stirn.

Kaum, dass Balian aufgestanden war, öffnete er einen Vortex und verschwand darin, nur Sekunden bevor eine jüngere Version meiner Tante im Morgenmantel und mit zerzausten Haaren an der Eingangstür auftauchte.

Sie sah sichtlich verwirrt aus, und es dauerte eine Weile, bis sie sich herabbeugte und das Mädchen, das einmal ich gewesen war, in ihre Arme zog. Dort saß sie eine Weile, bevor sie mich ins Innere des Gebäudes trug und die Tür hinter sich schloss.

»Ich denke, das reicht«, sagte da plötzlich eine Stimme hinter mir. Vor lauter Schreck entwich mir ein Schrei, der jedoch von einer Hand auf meinem Mund erstickt wurde.

Minze. Die Hand roch ganz leicht nach Minze. Und als sie sich lockerte, tauchte Bale in meinem Sichtfeld auf. Nicht der junge Balian. Sondern *mein* Bale.

Ich wirbelte herum und starrte ihn einfach nur an, völlig übermannt von allem, was gerade vor sich ging. Einerseits pochte mein Herz, so glücklich war ich, Bale wiederzusehen. Andererseits überschattete das, was ich gerade gesehen hatte, alles andere.

»Du bist hier«, entfuhr es mir, und ich zog Bale an mich, bevor ich mich davon abhalten konnte. »Aber … *wie*?«

Schon durch den Stoff von Bales Uniform konnte ich spüren, wie angespannt er war. »Ich habe deinen Vortex abgefangen«, sagte er knapp. »In New York.«

Also war mein Gefühl richtig gewesen. Er musste es irgendwie geschafft haben, in unseren Vortex hineinzugelangen. *Das* war die fremde Kraft gewesen, die ich gespürt hatte. Seinetwegen war der Sprung so schwierig gewesen. Seinetwegen waren wir nun in dieser Zeit – und nicht im Jahr 2093.

»Wieso hast du den Vortex zu diesem Moment gelenkt?«, fragte ich ihn.

»Was?«

»Den Vortex. Das warst doch du, oder nicht?«

Bale schnaubte und zog sich aus meiner Umarmung zurück. »Ganz sicher nicht«, sagte er. »Ich wollte ihn direkt nach 2093 lenken. Wir waren im Grunde längst am Ziel, aber dann hat sich der Vortex gekrümmt und …« Bale verzog den Mund und seufzte. »Du bist noch viel stärker, als ich dachte. Dass du es überhaupt geschafft hast, einen Vortex so weit durch die Zeit zu krümmen, ist … unglaublich. Ich hatte keine Chance gegen dich. Keine Ahnung, was genau passiert ist, aber unsere Erinnerungen müssen sich vermischt haben. Ich habe gespürt, wohin du wolltest, und dann konnte ich nicht anders, ich … ich musste wieder daran denken, wie …« Er schnitt eine Grimasse, schüttelte den Kopf. »Und dann hat uns der verdammte Vortex ausgerechnet hierhergebracht.«

Bales Blick wanderte ungläubig über unsere Umgebung. Er war nicht nur angespannt, sondern *wütend*.

Ich dachte an das, was er zu mir gesagt hatte. *Je stärker die Erinnerung, desto stärker der Anker in der Zeit*. Und da begriff ich, dass nicht ich es gewesen war, die den Vortex weitergelenkt hatte, auch wenn Bale mich das gerne glauben lassen wollte. Die Erinnerung an diesen Moment – sie war *sein* Anker gewesen.

Er hatte also an mich gedacht. Viel intensiver und viel länger, als ich jemals geahnt hatte, und ich spürte, wie mir ganz warm wurde.

»Du warst es«, flüsterte ich. »Du hast mich damals gerettet.«

»Dafür ist jetzt keine Zeit.« Bale wandte sich ab. »Ich muss so schnell wie möglich zurück. Die, die mit dir gesprungen sind, Hawthorne junior und die anderen Läufer, ich glaube, sie sind in der richtigen Zeit angekommen. Vielleicht kann ich sie noch rechtzeitig dort abfangen.«

»Dafür ist keine *Zeit*?« Ich konnte es nicht fassen! »Bale, ich will wissen, was das da eben war. Das schuldest du mir!«

»Du hättest das nie erfahren sollen«, presste Bale hervor. »Ich wollte nicht, dass du … Der Vortex sollte uns nicht hierherbringen.«

»Aber das *hat* er nun mal!« Ich schlug beide Hände kraftlos gegen Bales Brust. »Du warst der Läufer, der mir das Leben gerettet hat. Wie konntest du mir das verheimlichen?«

»Es wäre besser für dich gewesen, es nicht zu wissen.«

In mir rangen ein Dutzend Gefühle darum, die Oberhand zu gewinnen, und mindestens elf davon wollten Bale eine Ohrfeige verpassen. Ich hatte vergessen, wie arrogant er sein konnte! Was bildete er sich ein, so eine Entscheidung für mich zu treffen?

Die Bilder unserer ersten Begegnung stoben durch meine Erinnerung. Wie entsetzt mich Bale damals in Anchorage angesehen hatte. Als ob er es nicht glauben konnte, mich wiederzusehen.

»Ich muss gehen«, erklärte er und mied dabei meinen Blick.

Ich, sagte er. Nicht: *wir.*

»Du willst ernsthaft ohne mich gehen?«

Bale seufzte, dann sah er doch zu mir. Da war wieder diese Müdigkeit in seinem Blick, als hätte er seit unserer letzten Begegnung nicht mehr geschlafen. »Hör zu, Barbie: Hawthorne hat seinen Sohn aus einem ganz bestimmten Grund mitgeschickt. Er will …«

»… dass ich den letzten noch fehlenden Rift für ihn aufspüre«, sagte ich. »Ich weiß.«

In mir klangen die Worte nach: *Dann ist Ihre Arbeit erledigt. Mein Sohn weiß, was danach zu tun ist.*

Ich hatte schon in diesem Moment gewusst, was Hawthorne damit sagen wollte. Er wollte es Holden überlassen, den Urvortex zu zerstören. Sein Sohn würde der Held sein, der die Welt von der Vermengung gereinigt hatte.

Bale sah mich sehr ernst an. »Hawthorne muss seinem Sohn irgendetwas mitgegeben haben, das stark genug ist, um einen so mächtigen Vortex wie den Urvortex zu sprengen.«

Bale hatte recht. In Gedanken ging ich alles durch, was Holden getragen hatte. Die Läuferuniform. Eine Sensorenpistole am Gürtel. Den Detektor. All das hatten Mia und Alcott auch getragen.

Dann wusste ich es. »Sein Rucksack«, platzte es aus mir heraus. »Er hat einen Rucksack dabei. Und du denkst, er trägt eine Waffe darin?«

»Ja. Eine mit genug Sprengkraft, um Hawthornes Plan in die Tat umzusetzen. Und genau das wird ihn den Kragen kosten.« Er lächelte, doch nicht mit der gleichen Wärme wie zuletzt. »Ich werde seine eigene Waffe dafür einsetzen, den *Weg* zum Urvortex zu zerstören«, erklärte er. »Wenn nur einer der Rifts vernichtet wird, ist der Weg in die Vergangenheit für immer versperrt.«

Ich starrte ihn an und versuchte zu verstehen, was er sagte. Natürlich – wenn ein Rift, ein Teil der Strecke durch die Zeit, nicht mehr existierte, war es unmöglich, bis ins Jahr 2020 zu reisen.

Die Vermengten wären in Sicherheit.

»Warte.« Bale hatte ja keine Ahnung, womit Hawthorne mich erpresste! »Wenn wir den Weg zerstören, wird Hawthorne Sanktum angreifen. Er weiß, wo Sanktum liegt. Er hat die Koordinaten aus meinem Detektor extrahiert.«

Bale zog eine Augenbraue hoch. Dann grinste er. »Keine Sorge«, sagte er. »Du hast Nathaniel kennengelernt. Ihm entgeht so schnell nichts.«

»Aber …«

»Die Läufer neigen dazu, die Vermengten zu unterschätzen. Sanktum ist eine *Festung*. Die Läufer wurden in der Minute bemerkt, als sie vor den Toren der Stadt landeten. Nathaniel hat sofort die Evakuierungspläne eingeleitet. Als dein Kumpel und ich dort ankamen, war die Stadt schon zu großen Teilen leer.«

»Was?« Sanktum wurde *evakuiert*? Mir wurde abwechselnd heiß und kalt, und mein Herz zog sich bei dem Gedanken, was das bedeutete, schmerzhaft zusammen.

»Hey.« Bale stand plötzlich ganz dicht vor mir und griff an mein Kinn, damit ich zu ihm sah. »Es ist nicht deine Schuld. Nathaniel hat im Grunde täglich damit gerechnet, dass die Stadt aufgespürt wird. Früher oder später musste es so kommen.«

Wie konnte er bloß so ruhig bleiben? »Aber wie sind die Bewohner so schnell aus der Stadt herausgekommen?«

»Nathaniel hat bereits bei der Erbauung der Stadt darauf geachtet, dass sie notfalls in kürzester Zeit verschwinden können. Es gibt noch andere Ausgänge.«

Andere Ausgänge? Es hatte die ganze Zeit, während ich in der Stadt gewesen war, andere Ausgänge gegeben?

Zu einem anderen Zeitpunkt wäre ich wütend deshalb gewesen – nicht mal auf Nathaniel, vielmehr auf mich, denn darauf hätte ich wirklich selbst kommen können. *Natürlich* gab es andere Ausgänge! Es wäre völlig leichtsinnig gewesen, nicht mindestens eine Rettungsalternative zur Hand zu haben, für den Fall, dass das Kuratorium ihnen auf die Spur kam.

»Und was ist mit Luka?«

Bale fuhr sich über die Stirn und verdrehte die Augen. »Dein Zünderfreund hat wieder rotgesehen, als er begriff, dass ich mich ohne ihn vom Acker machen würde. Aber ich hab Allister und Susie auf ihn angesetzt. Gegen die beiden hat er keine Chance.«

Ich konnte nicht anders, ich musste lachen. Es schüttelte mich förmlich. Es war alles zu viel. Viel zu viel! Die Erleichterung, dass die Bewohner von Sanktum in Sicherheit waren. Die Trauer, dass die Stadt vielleicht für immer verloren sein würde. Die Erkenntnis, dass Bale es gewesen war, der mich als Kind gerettet hatte. Die Reise in die Zeit, die unbedingt verhindert werden musste. Ich lachte, und dabei liefen mir Tränen übers Gesicht.

Bale trat auf mich zu. Mit einer federleichten Bewegung fuhr sein Daumen über meine Wange. »Geh zurück in unsere Zeit«, sagte er. »Du bist clever. Du wirst Luka finden. Ihn und deine Familie. Versteckt euch vor Hawthorne. Alles andere ist erst mal egal, okay?«

Was sagte er da? Glaubte er ernsthaft, ich würde nun einfach verschwinden? »Ich komme mit dir.«

Bale sah so aus, als würde er innerlich bis zehn zählen. »Du hast genug getan, Barbie. Das hier ... das war schon immer meine Sache. Ich habe die Rifts für Hawthorne aufgespürt. Nur meinetwegen sind die Vermengten in Gefahr. Es ist meine Schuld, und deshalb ist es auch meine Aufgabe, die Rifts unschädlich zu machen. Ich muss dafür sorgen, dass die Zeitkarte nie wieder benutzt werden kann.«

»Aber ... es ist zu gefährlich, wenn du es allein versuchst«, beharrte ich, und als Bale eine Hand hob, um einen Vortex zu öffnen, griff ich danach und verhakte meine Finger mit seinen. »Verstehst du es immer noch nicht? Ich bin nicht aus Glas! Und ich bin auf deiner Seite.«

Ohne den Blick von ihm zu wenden, rief ich selbst einen Vortex ins Leben. In Sekundenschnelle wuchs er neben uns zu voller Größe.

»Die Zeiten, in denen du bestimmen konntest, wohin ich gehe, sind vorbei«, sagte ich entschlossen.

Bale starrte mich an, bewegungslos und ein wenig ungläubig. »Barbie ...«, flüsterte er, doch ich unterbrach ihn sogleich.

»Und wenn du versuchst abzuhauen, folge ich dir einfach.«

Mit einem schweren Atemzug gab Bale nach. Er griff an meine Taille und zog mich zu sich. »Ich wusste bei unserer ersten Begegnung, dass du mich in den Wahnsinn treiben wirst«, murmelte er.

Ich lächelte und ließ meinen Kopf an seine Schulter sinken. »Dann wusstest du ja, worauf du dich einlässt.«

Bale schnaubte. Niemals hätte ich geglaubt, wie sehr mir das Geräusch einmal fehlen würde. Als er mich in den Vortex hineinzog, drückte ich mich so fest an ihn, wie ich nur konnte, und wünschte mir, ich könnte diesen Moment einfach anhalten. Nur für ein paar Stunden, in denen ich nichts anderes tun musste, als mich durch den Vortex treiben zu lassen, Bales Herzschlag an meinem zu spüren und dabei seinen Minzduft einzuatmen.

Plötzlich wurde mir klar, warum mich der Duft von Minze immer so beruhigt hatte. Ich hatte mich gar nicht wegen meiner Mutter an ihn erinnert. Nicht ihretwegen gab er mir ein Gefühl von Geborgenheit. Sondern wegen des Läufers, der mir in dieser furchtbaren Nacht das Leben gerettet hatte.

Wegen Bale, der mich schon gerettet hatte, bevor ich ihn überhaupt kannte.

Ich schloss die Augen und hielt ihn ganz fest. Es war unmöglich zu sagen, wann ich wieder eine Chance dazu bekäme.

Die Welt setzte sich in Grün- und Grautönen zusammen. Zuerst verstand ich nicht, was ich vor mir sah, doch Stein für Stein tauchte unser Ziel hinter dem Vortex auf. Schließlich standen wir mitten im Zentrum Neu Londons. Diesmal hatte ich Bale den Vortex lenken lassen, schließlich war er schon einmal am Startpunkt des Rifts gewesen, und ein Blick auf seinen Detektor bestätigte: Er hatte uns perfekt zum 6. Mai 2093 gebracht.

»Wir müssten in etwa eine halbe Stunde haben, bis der Rift seine volle Größe erreicht hat«, erklärte Bale und deutete zu den halbverfallenen Mauern einer Kirchenruine, die vor uns in den Nachthimmel ragte.

Ich wusste sofort, auf den allerersten Blick, welcher Ort das war. Auch in dieser Zeit wuchsen Lianen und andere Gewächse, die viel zu tropisch für unser Klima waren, um die löchrigen Mauern herum.

»Ich kenne diese Kirche«, sagte ich leise und ein wenig ungläubig. Langsam löste ich meine Arme von Bale und sah an dem Turm empor, der auf dem Gelände stand. So oft hatten Luka und ich dort oben nebeneinandergesessen, um auf die Megacity herabzuschauen und dabei über unsere Träume zu reden. »Und da drin soll dieser Rift sein?«

Er nickte. »Merkst du es nicht? Es fühlt sich ein bisschen wie ein Magnet an.«

Ich schloss die Augen und spürte erst gar nichts. Doch als ich die Geräusche der Stadt ausgeblendet hatte, drang das Gefühl wie warme Sonnenstrahlen in meine Haut. Tatsächlich! Es war, als würde eine fremde Kraft an meinem Körper ziehen – als würde mich etwas zu sich rufen. Und plötzlich wusste ich auch wieder, dass ich einen Widerhall dieser Empfindungen bereits mit Luka an diesem Ort gehabt hatte, nur dass sie heute viel, viel stärker waren.

Ich drehte mich um die eigene Achse. Zwischen uns und der Ruine lagen hohe Absperrzäune, die Unbefugte von den vermengten Gebäuden fernhalten sollten. Daran glommen reihenweise blaue Gravisensoren, so dicht, dass ich sofort wusste: Es war kein Durchkommen.

»Sie müssten eigentlich jeden Moment hier entlangkommen«, sagte Bale neben mir. Er schaute wieder auf seinen Detektor, dann zu den Straßen um uns herum, ein angespannter Ausdruck auf seinem Gesicht.

»Sie?«, fragte ich. »Wen meinst du?«

»Meine … vergangenen Ichs.« Auf meinen verwirrten Blick hin fügte Bale mit einer Grimasse hinzu: »Es ist schon eine Weile her, und dieser Rift war lange gar kein Teil meiner Strecke, aber ich müsste mindestens zweimal hindurchgesprungen sein. Hawthorne hatte mir einen Generalzugang zu allen Bereichen der Megacitys gegeben. Sobald die anderen auftauchen, müssen wir uns nur mit ihnen hindurchschleichen und …«

Ein Surren legte sich über die Nachtruhe, und fast im Gleichtakt wanderten Bales und mein Blick nach oben zum Turm.

Meine Augen wurden groß, als ich dort tatsächlich zwei jüngere Versionen von Balian Travers entdeckte. Bale hatte sich geirrt: Sie waren längst auf dem Gelände!

Beide trugen Läuferuniformen, und doch mussten mindestens zwei oder drei Jahre zwischen ihnen liegen. Einer der Jungs – eindeutig der jüngere – kletterte noch am Turm entlang, während der ältere bereits oben in einen zuckenden Vortex sprang. Sogleich wurde der Wirbel davongezogen.

Hatte er ihn etwa durch den Rift gelenkt? Von hier war davon überhaupt nichts zu sehen.

In Sekundenschnelle war der ältere Balian verschwunden und wenig später auch der jüngere.

Unglaublich! Bale hatte sich also auf seinen Reisen selbst getroffen?

»Verdammt, wir sind zu spät.« Bale klang frustriert und funkelte die nachgebaute Zeitkarte auf seinem Detektor an, als hätte sie ihn persönlich beleidigt. »Ich muss die Uhrzeit falsch in Erinnerung gehabt haben. Und jetzt können wir nicht mehr zurückspringen.«

»Wieso nicht?«, wollte ich wissen, doch noch bevor Bale

durch einen Spalt zwischen den Absperrzäunen hinein ins Kirchengelände deutete, sah ich sie selbst.

Dort, vor einer der verfallenen Mauern, gar nicht weit von uns entfernt, entdeckte ich vier bekannte Gestalten, die von der anderen Seite des Geländes in Richtung des Turms liefen.

Ihre Stimmen drangen leise zu uns, und weil die Geräusche der Stadt bereits einer nächtlichen Stille gewichen waren, konnte man ihr Gespräch deutlich hören.

»Sie wird schon noch kommen«, raunte Holden.

»Und wann? Dieses Rift-Dings ist doch schon offen!«, wandte Mia ein und stöhnte. »Ich hätte mich echt nie hierfür melden sollen. Der letzte Sprung war lebensgefährlich. Das ist doch alles –«

»*Völlig irre.* Verflucht, Mädchen, wir haben's kapiert«, raunte Loretta Alcott, obwohl ihre Stimme belegt klang. Als die anderen zum Stehen kamen, ließ sie sich mit einem schmerzerfüllten Stöhnen auf den Boden sinken. Sie hielt sich das Bein, und ich dachte an die Schreie, als sie aus dem Vortex herausgeschleudert worden waren. Hatte sie sich verletzt?

Auch die anderen lehnten sich sichtbar erschöpft an die Mauer.

»Das bringt doch nichts«, maulte Mia. »Ich finde, wir sollten gehen. Wir haben genug Zeit vertrödelt.«

»Das ist kein Wellnessurlaub, Mia!«, rief Holden. »Und überhaupt: Wie sollen wir ohne Elaine aus dieser Zeit wegkommen?«

»Ist ja gut!«

»Nichts ist gut! Mein Vater wird mich umbringen!« Es war kaum zu überhören, wie wütend Holden war. Er stieß sich von der Mauer ab und sah abwechselnd in die Stadt hinaus und zum halbverfallenen Turm hinauf, dessen Spitze fehlte. Ein Wasserfall perlte an ihm herunter. Aus den Zeiten mit Luka hatte ich ihn eher als Rinnsal in Erinnerung, doch jetzt, im Jahr 2093, strömte das Wasser ohne Unterlass auf das üppige Grün herunter. Konnte das ein Zeichen der Energie sein, die hier wirkte? War das der Rift, durch den wir reisen sollten?

»Der Rift ist nur noch knappe zehn Minuten offen. Wenn Elaine nicht auftaucht, versuche ich es selbst«, sagte Holden.

»Hast du deinen Vater nicht gehört?« Mias Stimme war verächtlich. »Du kannst nur mit einem Vortex durch einen Rift springen. Woher willst du den bitte bekommen? Außerdem: Wenn wir alleine durchspringen, würde uns der Rift umbringen. Schau doch, was beim letzten Sprung mit Miss Alcott passiert ist!«

Mia deutete auf die Läuferin, die sich ihr Bein hielt. Nun sah ich auch die große Wunde, die sich in dunklem Rot unter der zerfetzten Hose ihrer Uniform abzeichnete. Als sie aus meinem Vortex gefallen war, musste sie sich schwere Verbrennungen zugezogen haben.

Bale zog mich am Arm. »Wir müssen irgendwie auf das Gelände«, sagte er leise, und sein Blick wanderte über die Hochhäuser um uns herum. »Vielleicht könnten wir einen Vortex über die Sensoren hinweglenken, wenn wir hoch genug sind, aber …«

»Das ist nicht nötig.« Ich warf Bale ein Lächeln zu. »Ich weiß, wie wir da reinkommen.«

Dicht am Zaun lief ich um die Absperrung der Kirchenruine herum und zog Bale hinter mir her. Ich zählte die Blumenkübel ab, einen nach dem anderen. Im Gegensatz zu unserer Zeit waren sie noch nicht wieder hübsch bepflanzt worden, sondern standen nur karg und völlig unnütz auf den Bordsteinen.

Hoffentlich hatte Luka sie schon damals als Versteck benutzt. 2093 hatten wir uns noch nicht gekannt, aber ich wusste, die Kirche war bereits als Kind sein Lieblingsort gewesen.

Als wir am Kübel mit dem feinen Riss an der Seite ankamen, beugte ich mich hinab. Ein Teil war lose, kleine Löwenzahnblätter sprossen aus dem Inneren heraus, und ich drückte einmal dagegen, bis das Stück sich löste. Ich griff in das Loch, das entstanden war, und jubelte innerlich, als meine Hand auf ein Detektorgehäuse stieß.

»Luka hat es sich bereits als Zehnjähriger zum Hobby gemacht, in Gilberts Profil zu stöbern«, erklärte ich Bale. »Irgendwann hat er es auf einen Detektor kopiert, den er vorher geklaut hat – und hatte ab da Zugang zu praktisch allem. Das Ding hat er hier versteckt, damit Gilbert ihn nicht findet.«

Ich drehte den leicht angeschrammten Detektor mit dem roten Band in meinen Händen umher und entschuldigte mich im Stillen bei Luka, dass ich ihn so oft wegen des Diebstahls von Gilberts Profil angepflaumt hatte.

»Klingt, als wäre er die Spaßkanone von euch beiden«, sagte Bale und lachte leise, als ich ihm mit der Hand gegen die Wade schlug.

Ich wickelte Lukas Detektor um mein Handgelenk, verstaute dafür meinen eigenen im Blumenkübel und nahm mir vor, sie später wieder auszutauschen. Dann schob ich die Steinscherbe zurück und richtete mich auf.

»Komm«, wies ich Bale an. Zusammen liefen wir zu einer der Steuerkonsolen, die an der Absperrung angebracht waren. Durch eine kurze Berührung koppelte ich sie mit Gilberts Detektor. Fast unmittelbar sprangen die Bildschirmsymbole auf Grün, während die Gravisensoren um uns herum schwarz wurden. Ein Brummen ertönte, und ich drückte die Tür des Zauns nach innen.

»Warte.« Bale legte eine Hand an meine Mitte. »Nicht dass sie uns sehen.« Als er mich zu sich zog, wusste ich schon, was kommen würde. Trotzdem konnte ich mich nicht rechtzeitig wappnen. Von jetzt auf gleich flirrte ein Vortex um uns herum, und dann standen wir am Fuß des Turmes, die Mauer im Rücken und von dessen Schatten verdeckt.

Ich ging fast in die Knie. »Eine Vorwarnung wäre nett gewesen«, raunte ich. Diese kurzen Sprünge, die Bale wirklich perfektioniert hatte, waren für meinen Gleichgewichtssinn fast schlimmer als ein Zeitsprung. Tief atmete ich durch und lauschte in die Nacht hinein. So nahe, wie wir waren, konnte ich die Rückstände des Urvortex bis in jede Haarspitze spüren. Bale hatte recht – ein Rift fühlte sich ganz anders an als ein Vortex. Es war wie ein Funkenregen, der von allen Seiten auf mich niederprasselte.

Die Stimmen der anderen kamen direkt von gegenüber. Sie stritten sich noch immer darum, was zu tun wäre, wenn ich nicht bald aufkreuzte.

»Und was ist dein Plan?«, flüsterte ich Bale zu. »Wir nehmen Holden den Rucksack ab und tun was damit? Schmeißen wir ihn einfach in den Rift und hoffen, dass er explodiert?«

»So ähnlich«, sagte Bale. Ein Lächeln huschte über sein Gesicht, das seltsam schwermütig aussah.

Ich konnte seinen Gesichtsausdruck nicht recht deuten. Also griff ich nach seiner Hand und drückte sie fest. »Wir schaffen das. Zusammen, okay?«

Nun erreichte das Lächeln auch seine Augen. Und mit einem Mal fokussierten sie mich mit einer Intensität, die mir Schauer über den Rücken jagte. »Weißt du, dass du der unglaublichste Mensch bist, dem ich je begegnet bin?«

Ich schluckte und wusste nicht, was ich antworten sollte. So etwas hatte er mir noch nie gesagt. »Ich dachte, ich treibe dich in den Wahnsinn.«

»Das auch«, sagte er, und nun lag etwas fast Manisches in Bales Blick. Ich hatte es schon öfter an ihm gesehen, diese drängende Energie, doch er hatte sie nie auf *mich* gerichtet. Ich fühlte sie so unmittelbar wie die knisternde Vortexenergie um uns herum.

Bale ging einen Schritt auf mich zu. Sein Gesicht war jetzt direkt vor meinem. »Und das …«, sagte er, und ich vergaß völlig zu atmen, als er sich auf einmal zu mir hinabbeugte, »… das hätte ich viel früher machen sollen.«

Bale hielt inne und suchte meinen Blick. Ich hatte keine Ahnung, was er dort sah – meine Gedanken hatten sich gerade aus dieser Zeitebene verabschiedet –, aber was auch immer es war, war genug, um den letzten Abstand zwischen uns zu schließen.

Der halberstickte Laut, der mir entfuhr, verschwand zwischen Bales Lippen, und ich schloss völlig überwältigt die Augen. Es kam mir vor, als würde ich nach vorne fallen, obwohl da gar kein Raum zum Fallen war. Als ob ich in eine Leere hineinsank, aus der ich mich womöglich nie wieder herausziehen könnte.

Der Kuss schmeckte … Er schmeckte nach Salz und Minze, nach Adrenalin und Hitze, nach *ihm*. Unser Atem verschmolz, während seine Fingerspitzen mein Gesicht einrahmten, als wäre es etwas sehr Kostbares.

In meinem Rücken spürte ich die Turmmauer, vor mir die Schwere seines Körpers, und trotzdem fühlte ich mich so frei wie noch nie in meinem Leben. Meinetwegen konnte die Welt in diesem Moment von einem Vortex zugrunde gerichtet werden. Meinetwegen konnte sich alles neu vermengen, weiter und immer weiter, zu neuen Formen und Farben.

Es war viel zu schnell vorbei, und ich wollte Bale nicht loslassen, aber seine Hände legten sich bereits auf meine Schultern und drückten mich sanft von sich.

»Bale«, flüsterte ich mit wild klopfendem Herzen. Ich hatte

eine Million Fragen – und ich war bereit, sie alle zu vergessen, wenn er mich noch einmal küssen würde.

»Ich bin froh, dass wir uns begegnet sind«, sagte er. »Ich war nicht gerade nett zu dir, aber ich will, dass du weißt …« Bales Blick suchte meinen. »Ich will, dass du weißt, dass … es mir leidtut.«

Ich runzelte die Stirn. »Was tut dir leid?«

Bale griff plötzlich nach meinen Händen und umklammerte sie wie eine Schraubzwinge. »Das hier«, sagte er, dann drehte er mich um, und ich war viel zu überrascht, um etwas dagegen zu tun, als er mich mit voller Kraft in einen Vortex stieß.

»Es tut mir leid«, hörte ich ihn wieder sagen, und die Worte verfolgten mich, hallten wie ein Echo durch den Wirbel, während ich mich in rasender Geschwindigkeit von Bale entfernte.

32

Bale würde sterben.

Während ich völlig orientierungslos durch den Vortex schoss, wurde dieser eine Gedanke zur furchtbaren Gewissheit.

Ich war dumm gewesen, die Zeichen nicht vorher zu erkennen. Denn welche Waffe Holden auch immer in seinem Rucksack bei sich trug – dieser Rift, durch den wir nach Peru, zur nächsten Station auf der Karte, reisen sollten, zog sich mehrere Jahre durch die Zeit. Selbst eine Waffe, die genug Kraft hatte, um die Energie des Urvortex von der Welt zu sprengen, könnte wahrscheinlich niemals eine so weite Strecke zerstören, wenn man sie einfach ungesteuert in den Rift warf und dann den Kopf einzog.

Nein, man musste sie mit einem Vortex direkt in den Kern des Rifts führen. Bale wusste das. Und er hatte nie geplant, lebend aus der Nummer herauszukommen.

Ich schrie. Aus ganzer Kraft schrie ich meinen Zorn, meine Enttäuschung und meine Angst in den Vortex hinein. Erst küsste er mich – und dann wollte er sich opfern?

Ich durfte Bale nicht verlieren!

Es kam mir vor, als würde der Vortex um mich herum sämtliche Gefühle, die in meinem Herzen schwelten, in sich aufsaugen. Er zuckte, bäumte sich, toste wütend um mich herum, und ich spürte, dass Bale dafür gesorgt hatte, dass er mich so schnell wie möglich von der Ruine wegbringen sollte. Er wollte, dass ich weit weg von ihm war, um ihm nicht in die Quere zu kommen.

Aber das konnte er vergessen.

Der Sog trug mich davon, und es war beinahe unmöglich, mich darin umzudrehen – ich tat es dennoch. Es fühlte sich an, als würden zwei gleiche magnetische Pole aufeinander zugehen, als könnte ich mein Ziel unmöglich erreichen, aber auch davon ließ ich mich nicht abhalten.

Ich hatte Bales Leben schon einmal gerettet.

Ich konnte es wieder tun.

Denn er unterschätzte mich. Und vor allem unterschätzte er eines: wie wichtig er mir geworden war.

Der Vortex ächzte, krümmte sich so stark, dass ich das Gefühl hatte, meine Muskeln würden zerreißen. Aber ich ignorierte den Schmerz in meinen Gliedern und bog ihn weiter, so weit, bis ich wusste, er *musste* die Richtung ändern, wenn ich ihn nur noch ein bisschen weiter krümmen könnte.

Die Randwirbel des Vortex rasten um mich herum und nahmen mich mit sich. Ich dachte an Bale, an unseren Kuss, an den Abschiedsschmerz in seinen Augen, als er mich von sich gestoßen hatte. Und kaum, dass ich den Moment so genau vor Augen hatte, dass ich Bales Lippen fast wieder schmecken konnte, lichtete sich der Vortex.

Die letzten Meter trieb ich dahin. Vor mir formte sich die Welt zu einem festen Bild. Der Turm tauchte auf, und dort, auf der verfallenen Plattform an der Spitze, war Bale gerade dabei, einen völlig überraschten Holden mit sich in einen Vortex zu ziehen, während Trevor und Mia wie aufgeregte Affen am Turm hochkletterten. Bale hatte Holdens Rucksack bereits in den Händen, und ich wusste, ich durfte keine Zeit verlieren. Die beiden würden jeden Moment verschwinden und nie mehr zurückkommen.

Ich nutzte die letzte Kraft meines Vortex und flog direkt auf die Turmspitze zu. Kaum, dass sich die Energie um mich herum endgültig auflöste, griff ich an Bales Schultern und warf ihn zu Boden. Er lag unter mir, den Rücken auf dem Boden, und ich hielt ihn mit aller Kraft fest, auch noch, als der Schock aus seinen Augen wich und sie zu eisigen Seen wurden.

»Was hast du getan?«, raunte er, dann zerrten mich bereits zwei muskelbepackte Arme von ihm herunter. Es war Trevor, der fast im selben Moment wie ich auf den Turm angelangt war und der mich mit einem Klammergriff an sich zog, während Bale wie versteinert am Boden liegen blieb. Als Trevor von mir abließ, sah ich den Grund dafür: Holden hatte sich aufgerappelt und zielte mit seiner Schusswaffe auf Bale. Mia, die sich über die Brüstung schwang, tat es ihm gleich. Die Kontrolllampen an den Läufen zeigten an, dass die Gravisensoren darin bereits aktiviert waren.

In der nächsten Sekunde brummte etwas an meinen Fußknöcheln und Handgelenken. Die Metallringe hatten sich aktiviert. Es war nicht unbedingt schmerzhaft – die Gravisensoren lagen ja nur auf meiner Haut –, aber trotzdem war es alles andere als angenehm.

Holden atmete schwer, und von seiner Stirn rann eine dünne Blutspur über sein Gesicht. Die Verletzung musste er sich bei seinem Kampf gegen Bale eingefangen haben.

»So sieht man sich wieder, Travers«, sagte er zu dem am Boden liegenden Bale und lachte ein krächziges, angestrengtes Lachen. »Wie ich sehe, hast du dich gar nicht verändert. Netter Versuch, das muss ich dir lassen. Und glaub nicht, ich wüsste nicht, was du vorhattest. Vater hat mich schon davor gewarnt, dass du irgendwann aufkreuzen würdest, um dir das hier zu holen.« Er hob den Rucksack auf, den Bale bei meinem Angriff hatte fallen lassen. Ein paar schwarze Kugeln lagen daneben, offenbar waren sie bei Bales Angriff herausgerollt. Ich starrte sie an. Ich hatte diese Kugeln schon einmal gesehen, damals im Kuratorium von Tokio. Dort hatten sie in den Kästen im Labor gelagert – eingekreist von Warnschildern.

Das war die Generation Null der Gravisensoren. Die Generation mit den orangenen Hüllen, die Vortexenergie vernichtet hatte, statt sie nur zu unterdrücken.

Das also wollte Hawthorne einsetzen, um den Urvortex zu zerstören! Er wollte die Kugeln in den ersten Vortex hineinwerfen und so sämtliche Spuren, die er in allen Zeiten auf der Welt hinterließ, vernichten.

Wie in Zeitlupe blickte ich zu Bale herab. Auch er hatte die Kugeln erkannt, und ich sah, wie bestürzt er war, als ihm dämmerte, dass genau die Sensoren, die Susie verstümmelt hatten, den Untergang aller Vermengten einläuten sollten.

Seine Augen zuckten zu mir, und die Wärme, die vor wenigen Minuten darin gelegen hatte, war verschwunden. Er sah mich an, als hätte ich nicht nur ihn, sondern alle Vermengten auf der Welt verraten.

Trotzdem tat es mir nicht leid. Bale *lebte.* Und in diesem Augenblick war das alles, was für mich zählte.

»Balian Travers«, hörte ich Mia hauchen. Sie hielt ihre Waffe auf Bale gerichtet, sah aber so aus, als würde sie sich ihm viel lieber an den Hals werfen. »Es ist mir eine Ehre, dich kennenzulernen.«

»Hast du sie noch alle?«, rief Holden sofort. »Er wollte mich gerade umbringen!«

»Genug«, schnitt Alcotts Stimme von unten durch die Nachtstille der Stadt. Als ich über die Brüstung blickte, erkannte ich, mit welchen Schwierigkeiten sie sich überhaupt auf den Beinen hielt. Der Stoff ihrer Uniform war an mehreren Stellen zerrissen, und darunter zeigten sich tiefe Wunden.

»Ihr müsst weiter«, rief sie Holden zu.

»Und Sie?«

Für eine Sekunde sah ich Angst über Alcotts Gesicht huschen, dann wurde sie unter ihrer eisernen Miene vergraben. »Ich bleibe hier. So kann ich auf keinen Fall weiterspringen.«

»Aber –«

»Geht schon!«, gab Alcott scharf zurück. »Ihr könnt mich holen, wenn ihr die Mission erfüllt habt. Ich komme zurecht.«

Sie kam *zurecht*? Meine Gedanken rasten, denn ich hatte keine Ahnung, was eigentlich passierte, wenn man in einer anderen Zeit strandete. Würde sie etwa für immer hierbleiben müssen, wenn sie keiner rausholte? Und gäbe es dann nicht zwei Loretta Alcotts?

»Also gut.« Holden, der noch immer über Bale thronte, deutete mit der Waffe in meine Richtung. »Du führst uns jetzt direkt durch diesen Rift, Travers, hörst du? Ich weiß, du kannst diese Sprünge im Schlaf, insofern ist es praktisch, dass du zu uns gestoßen bist. Es sind genau neun Stationen bis zum Urvortex. Und wenn du dabei nur den kleinsten Umweg machst, jage ich deiner Freundin einen Sensor in den Rachen, der sie umbringen wird, ist das klar?«

»Glasklar, Junior«, sagte Bale, und fast im selben Moment ließ der Druck um meine Handgelenke nach. Holden hatte die Gravisensoren mit seinem Detektor deaktiviert.

»Und du«, wandte sich Holden an mich. »Wenn du irgendwas versuchst, schmeiße ich dich mit den Sensoren geradewegs aus dem Rift.«

»Jetzt geht endlich!«, rief Alcott wieder. Ich sah, wie sie unter uns endgültig zu Boden sackte. »Bringt die Mission zu Ende.«

Wir stellten uns an den Rand des Turmes, Bale und ich in der

Mitte, die anderen an unseren Seiten. Ich spürte Bales vorwurfsvollen Blick, und das Herz wurde mir schwer. Ich wusste, wie sehr ich ihn enttäuscht hatte. Aber ich konnte ihn das nicht tun lassen. Nicht wenn es einen anderen Weg gab.

Und den *musste* es geben.

Ich schaute nach unten in den Wasserfall. Und da sah ich es endlich mit eigenen Augen.

Direkt unter uns, im herabperlenden Wasser, flirrte der Rift. Im Gegensatz zu einem Vortex krümmte er nicht seine komplette Umgebung, vermischte nicht diesen mit einem anderen Ort. Stattdessen lag vor uns ein dunkler Schimmer. Er verdichtete sich an eben der Stelle, aus der das Wasser hervorsprudelte, und dort, wo das Schimmern besonders stark war, sprossen Pflanzen hervor, als wären sie zu einem fixen Teil beider Zeiten geworden.

Es sah überhaupt nicht gefährlich aus, doch ich spürte die mächtige Energie des Rifts geradezu pulsieren. Bale hatte recht gehabt. Vor einem Vortex zu stehen war *nichts* dagegen.

Doch mit jeder Sekunde, die wir länger warteten, wurde der Rift etwas schwächer – mit jeder Sekunde verschwanden mehr der exotischen Pflanzen.

Uns blieb nicht mehr viel Zeit.

»Das war verdammt dumm von dir, Barbie«, raunte Bale mir zu, als wir uns für den Absprung bereitmachten.

»War es nicht«, gab ich leise zurück. »Dein Leben aufs Spiel zu setzen – *das* war dumm.«

»Ich hätte es schon irgendwie überlebt.«

»Wenn du *Sprengsätze* neben dir zündest?« Ich starrte ihn ungläubig an und dachte sofort an die Wunden, die ich an Susies Hals gesehen hatte. Die Kugeln hatten auf die kleinste Berührung mit ihr reagiert. Was würde dann erst passieren, wenn sie mitten in einem so starken Vortex gezündet wurden? Bale hatte gesagt, die Vortexenergie wäre ein Teil von uns. Ich konnte mir nicht vorstellen, dass wir das überleben könnten.

»*Irgendwie* ist nicht genug«, sagte ich zu Bale. »Verstehst du denn immer noch nicht, was du mir bedeutest?«

Bale öffnete den Mund, um etwas zu antworten, doch da drückte ihn Holden nach vorne, so dass er fast über den Rand des Turmes flog.

»Das könnt ihr später klären«, erklärte er mürrisch. »Los, Wunderknabe.«

Bale warf Holden einen wenig beeindruckten Blick zu, dann öffnete er einen Vortex, der sich sofort an den Rift schmiegte. Es war wirklich wie Magnetismus. Ich sah, wie der Wirbel sich mit dem Schimmern des Wasserfalls verband und einen Durchgang schuf, der mich zu sich zu locken schien.

Bale sprang zuerst über die Brüstung, und der Vortex zog Trevor und Holden sogleich mit sich.

»Angst, Collins?«, fragte Mia neben mir, und ich funkelte sie bloß mit möglichst viel Verachtung an, als wir den anderen mit einem Sprung folgten.

Es war, als würde mein gesamter Körper in ein tiefes dunkles Meer eintauchen. Jegliche Farbe verschwand. Das, was eben noch ein zarter Schimmer gewesen war, saugte augenblicklich alles in sich auf.

Die Energie, die auf uns einwirkte, nahm mir beinahe die Luft zum Atmen. Sie presste von allen Seiten gegen meine Haut, und auch Mia, die neben mir war, hatte den Mund wie ein Goldfisch weit aufgerissen.

So also fühlte es sich an, durch einen Rift zu springen. Das Zucken und Surren von Bales Vortex wurde durch einen lauten Luftsog fast vollständig überdeckt. Und es war dunkel – unfassbar dunkel, so dass ich keine Ahnung hatte, wie Bale die Orientierung behalten konnte.

Ich sah nur seinen Schemen, wie er in den Randwirbeln lief, den Vortex inmitten des Rifts rotierte, ihn sicher und geübt durch die Welt lenkte. Und obwohl ich den Vortex nicht selbst steuerte, fühlte ich jederzeit, wo wir waren und wie sich die Minuten, Stunden, Tage an uns vorbeischraubten. Ein Jahr, zwei Jahre, immer weiter. Es war, wie Bale gesagt hatte: Die Energie war ein Teil von mir. Ich brauchte überhaupt nicht auf meinen Detektor zu sehen, um zu wissen, ob wir noch auf dem richtigen Kurs waren. Die kalte Luft Neu Londons wurde von einer neuen Wärme durchzogen, und ich hatte das Gefühl, als würden wir auf ein helles, wohliges Licht zugehen.

»Es ist so weit. Macht euch für den Absprung bereit!«, rief Bale in den Wirbel hinein, als der Rift sich langsam, aber sicher lichtete. Die Schwärze, die uns umgeben hatte, verschwand zuerst und dann auch Bales Vortex.

Wir fielen, und ich fluchte, als direkt vor mir ein sonnenüberfluteter Berghang auftauchte, an dem ich nur so vorbeirauschte. Sofort versuchte ich, mich daran festzuklammern, dabei zuckte mein Blick nach unten, und ich sah eine metertiefe Schlucht unter mir.

Verdammt! Nicht schon wieder!

Als ich keinen der Vorsprünge mit meinen Händen greifen konnte, versuchte ich, die Haken meiner Uniform in den Felsen zu rammen, doch auch diese rutschten jedes Mal ab.

Da griff von der Seite jemand nach mir. Durch den plötzlichen Ruck hatte ich das Gefühl, mein Arm würde ausgekugelt, aber ich klammerte mich trotzdem mit aller Kraft an der Hand fest, die mich nach oben zog.

Schwer atmend ließ ich mich auf den Rücken fallen. Entfernt

nahm ich wahr, dass ich auf einem schmalen Vorsprung lag, der sich einige Meter am Berghang entlangzog.

»Danke«, presste ich hervor, als Bale neben mir auftauchte.

»Alles okay?«, fragte er und kniete sich an meine Seite. »Tut mir leid. Die Absprünge aus einem Rift sind schwer zu steuern.«

»Alles gut.« Ich versuchte ein Lächeln, aber es fiel mir schwer, denn alles, was ich wollte, war hier zu liegen und mich nie … *nie wieder* bewegen zu müssen.

Diese Sprünge … Es kam mir vor, als würden sie für jedes Jahr, durch das man hindurchsprang, ein bisschen Leben aus einem herausziehen. Das war wahrscheinlich völliger Schwachsinn, aber derart ausgelaugt und kraftlos hatte ich mich noch nie gefühlt.

Ich konzentrierte mich auf meine Atmung und schaute nach oben. Dort erstreckte sich der schönste blaue Himmel, den ich seit dem Tag des Vortexrennens gesehen hatte. Keine Wolke war zu sehen, und die Sonne strahlte warm und wohltuend auf den Canyon herab, in dem wir gelandet waren. Zwei hohe rötliche Bergketten rahmten einen kurvigen türkisenen Fluss ein, der mehrere Meter unter uns mit einer reißenden Strömung entlangrauschte.

»Wo sind wir?«, fragte ich und ging in Gedanken die Stationen der Karte durch. »Peru?«

Doch Bale schüttelte den Kopf. »Noch nicht, da müssen wir erst hin.« Er lugte auf seinen Detektor, jedoch sah ich, wie die Zeiger sich wild drehten und darauf warteten, sich neu einzustellen.

Bevor Bale antworten konnte, landeten Trevor und Holden neben uns. Sie mussten kurz nach uns aus dem Vortex gefallen sein, und auch sie japsten und rangen nach Luft, zumindest, bis Trevor sich wild um die eigene Achse drehte.

»Wo ist Mia?« Sofort starrte er mich mit seinen dunklen Augen wütend an. »Sie war doch bei dir, oder? Was hast du mit ihr gemacht?«

»Gar nichts«, beteuerte ich. »Sie muss irgendwo sein.«

Trevor baute sich in seiner vollen Größe vor Bale auf. »Wenn sie tot ist, bist du dran, Deserteur, kapiert? Glaub nicht, dass ich Angst vor dir habe, nur weil du –«

Da hallte ein gellender Schrei durch die Schlucht.

»Na also. Ich glaube, sie lebt«, sagte ich trocken, während wir uns alle über die Plattform beugten.

Der platinblonde Schopf war inmitten der Gischt des Flusses kaum zu erkennen, aber Mias markerschütternde Schreie verrieten ihre Position. Sie paddelte, versuchte irgendwie, sich oben zu halten, während sie von der Strömung davongetrieben wurde.

»Scheiße«, entfuhr es Trevor.

Holden packte mich am Arm und zog mich nach oben. »Hilf ihr«, wies er mich mit einer Hand am Kragen meiner Uniform an.

Ich blinzelte. »Was?«

»Hilf ihr«, wiederholte er und deutete nach unten in den Fluss. »Du kannst das, ich weiß es.«

Moment. Er wollte, dass ich da *reinsprang*?

»Lass mich das machen«, hörte ich Bale sofort sagen, und er war schon dabei, einen Vortex zu öffnen, als …

»Nein.« Holdens Miene war wie versteinert. »Elaine geht. Ich traue dir nicht, Travers. Du bleibst, wo ich dich sehen kann.«

»Junior«, sagte Bale. »Ich schwöre dir, ich …«

Holden zog seine Schusswaffe, und bevor irgendjemand von uns etwas tun konnte, feuerte er einen Gravisensor auf Bale ab. Er landete geradewegs an seinem Hals, und ich war so starr vor Schreck, dass ich mich keinen Millimeter bewegen konnte.

Es war nur ein Sensor, sagte ich mir, als Bale vor Schmerzen die Augen zusammenkniff. *Es wird ihn nicht umbringen.*

»Los jetzt!« Holden sah wieder zu mir und wirkte, als würde er seine Meinung auf keinen Fall ändern.

»Ist ja schon gut«, raunte ich und stellte mich an die Klippe der Plattform. Mia war nun genau unter uns, doch die Strömung trieb sie in Windeseile weiter. Die Stromschnellen sahen so furchtbar aus, dass es ein Wunder war, dass sie sich überhaupt über Wasser halten konnte.

Das alles war echt nicht zu fassen. Ich würde ertrinken. Und nicht nur das: Ich würde ertrinken wegen der Blondine mit dem Spatzenhirn!

Ich blickte noch einmal zu Bale, sah die Sorge in seinen Augen, dann öffnete ich einen Vortex und sprang hinein. Er führte mich geradewegs in den Fluss, und ich steuerte ihn so, dass ich einige Meter vor Mia herauskam. Die Flut riss mich jedoch sofort mit sich, drückte mich mit einer Übermacht nach unten, bis ich absolut nichts mehr sah.

Mit kräftigen Beinschlägen versuchte ich, mich hochzudrücken, aber es war verdammt schwer. Hin und her wurde ich geschleudert und spürte dabei spitze Felsen an meinen Beinen vorbeischrammen.

Als die Strömung kurzzeitig nachließ, brach ich durch die Wasseroberfläche und tat alles, um mich oben zu halten. Mit gierigen Atemzügen sog ich die Luft in meine Lungen und hielt dabei Ausschau nach Mia. Sie schrie nach wie vor wie am Spieß und war deshalb schnell zu finden. »Mia!«, rief ich und versuchte, zu ihr zu schwimmen, aber es war unmöglich, gegen die Strömung anzukommen. »Mia, komm zu mir!«

Sie sah mich nicht – ich war mir nicht mal sicher, ob sie mich überhaupt hörte. Wir trieben um eine scharfe Kurve herum, und ich krachte mit dem Rücken gegen die Felswand, die den Fluss säumte. Dort bekam ich einen kleinen Vorsprung zu greifen und wappnete mich für den Moment, in dem Mia an mir vorbeitreiben würde.

Mit großer Mühe streckte ich meinen Arm nach oben. »Hierher, Lancaster!«

Da fixierten mich Mias Augen endlich, und als ich einen Vortex neben mir im Wasser entstehen ließ, paddelte sie wie wild darauf zu.

Fast wäre sie vorbeigedriftet, aber im letzten Moment bekam ich Mias Hand zu fassen und zog sie mit mir in den rettenden Wirbel.

Ich fokussierte meine Gedanken auf die Plattform, auf der wir eben gesessen hatten. Die Energie strömte durch mich hindurch, und keine Sekunde später lichtete sich der Vortex.

Hände griffen von allen Seiten nach uns, und als mich jemand nach oben zog, fing ich sofort an zu husten. Bale klopfte mehrfach auf meinen Rücken, und ich spuckte Wasser, bis ich das Gefühl hatte, gar keine Flüssigkeit mehr in mir zu haben.

Ich zitterte am ganzen Körper, obwohl die Luft sich längst warm auf meine Haut legte.

»Das war der Wahnsinn!«, rief Trevor neben mir, als hätte er uns eben nicht dabei zugesehen, wie wir fast gestorben wären. Er hielt Mia in den Armen, die aussah, als wäre sie gar nicht mehr richtig anwesend. Nicht nur, dass ihr halbes Gesicht mit dunklen Spuren ihrer Wimperntusche beschmiert und ihr sorgfältig geflochtener Zopf ein einziges Durcheinander war – sie wirkte, als würde sie jeden Moment in Ohnmacht fallen.

»Gehen wir weiter«, sagte da Holden, der mitten auf der Erhöhung stand und auf seinen Detektor stierte. »Wir sind in der richtigen Zeit, der nächste Rift wird schon in ein paar Stunden seinen Höhepunkt erreichen. Ihr beide«, er deutete auf Bale und mich. »Macht euer Ding, bringt uns zu den Koordinaten. Wir sind in Colorado, und laut der Karte müssen wir als Nächstes nach Peru.«

»Alter, lass uns wenigstens kurz ausruhen«, warf Trevor ein. »Mia kann so nicht weiter.«

»Wir müssen sowieso eine Pause machen«, sagte Bale und deutete auf seinen Hals, wo der Gravisensor noch immer blau leuchtete. »Das hättest du dir früher überlegen sollen. Und abgesehen davon: Als ich das letzte Mal an den Rifts entlanggesprungen bin, habe ich ständig Pausen gemacht, später sogar ganze Tage. Wenn wir so oft hintereinander springen, gehen wir drauf, glaub mir.«

Holden schüttelte den Kopf. »Davon hat mein Vater nichts gesagt.«

»Weil dein Vater ein skrupelloses Arschloch ist.«

»Schwachsinn. Du willst nur Zeit schinden.«

Da wandte sich Mia aus Trevors Umarmung und hielt den Kopf über den Rand der Plattform. Ihre Würgegeräusche hallten gut hörbar durch den gesamten Canyon.

Als sie mit leichenblassem Gesicht zu uns sah, lief ihr eine kleine Blutspur aus der Nase. »Ich kann so nicht weiter, Holden«, presste sie angestrengt hervor. »Auf keinen Fall.«

Holden sah so aus, als erwägte er ernsthaft, Mia zurückzulassen. Wahrscheinlich dämmerte ihm aber, dass Bale und ich dann nicht mehr in der Unterzahl wären. Und wenn er jedes Mal einen Läufer verlor, war er bald ganz alleine.

»Also schön«, brummte er widerwillig. Er zog sich seinen

Rucksack vom Rücken, hielt ihn fest umklammert. Dann lugte er auf seinen Detektor. »Wir haben vier Stunden, bis wir an der nächsten Station sein müssen. Wer bis dahin nicht bereit ist, bleibt hier.«

Die Sonne im Canyon ging langsam unter und warf ein tieforangenes Licht auf die steilen Felswände.

Bale und ich hatten uns an die linke Seite der Plattform zurückgezogen. Ich saß an ihn gelehnt, den Kopf an seiner Schulter, und obwohl ich die Blicke der anderen spürte und die aktivierten Gravisensoren an meinen Füßen und Händen mir ständig winzige Stöße versetzten, konnte ich mir zumindest die meiste Zeit über einreden, wir wären alleine.

Zum ersten Mal in meinem Leben war es mir völlig egal, wo ich war – *wann* ich war, auch wenn ich es mit einem Blick auf Lukas Detektor herausfinden könnte. Im Grunde spielte es keine Rolle. Sobald Holden das Signal gab, würden wir zu einem neuen Rift aufbrechen – und dann zu einem weiteren …

Der Gedanke, so weit in der Zeit zurückzureisen, machte mir große Angst. Noch vor wenigen Tagen hatte ich nicht mal gewusst, dass ein Vortex zu so etwas imstande war. Während unserer Anwärterausbildung hatten sie uns immer deutlich zu verstehen gegeben, dass die Vortexe eine unkontrollierbare Macht waren, die wir zwar mit Übung und Fleiß benutzen konnten – aber niemals beherrschen.

Es war verrückt, dass all das vielleicht bald vorbei sein sollte. Wie würde unsere Welt ohne Vortexe aussehen? Das Kuratorium, die Läufer – hätte es das alles nie gegeben? Jegliche Spuren der Vermengten wären mit einem Schlag von der Erdoberfläche verschwunden. Und wir? Was wäre mit den Menschen? Wären sie wirklich glücklicher?

Ich hatte das Gefühl, eine Schlinge läge um meinen Hals, und je weiter wir reisten, desto fester zog sie sich zusammen.

Was jetzt geschah, lag in meinen Händen.

Es kam darauf an, dass ich das Richtige tat.

Da spürte ich etwas an meine Handinnenfläche gleiten.

»Hier«, sagte Bale leise. »Ich hätte es dir schon früher zurückgeben sollen.«

Ich schaute herab, um zu sehen, was er in meine Hand gelegt hatte. Als ich ein Stück Papier erkannte, runzelte ich die Stirn.

Oder nein, es war gar kein Papier. Es war ein Foto. Die Oberfläche war samtig, und an den runden Seiten war es stark zerschlissen.

Es war ... es war *das* Foto. Das Foto, das einst in meinem Medaillon gewesen war.

Auf der Rückseite, die gerade oben lag, war eine feine, verschnörkelte Schrift zu sehen. Einige Wörter waren bis zur Unkenntlichkeit verblichen, doch eine Sache konnte man sehr deutlich lesen: *Elaine & Rebecca Collins.*

Behutsam, wie einen Schatz, drehte ich das daumennagelgroße Foto herum. Auf der Vorderseite waren eine Frau und ein Mädchen zu sehen. Das Mädchen hatte leicht abstehende Ohren, blonde, glatte Haare, blaue Augen. Und die Frau blonde Locken und ein etwas asymmetrisch gekrümmtes Lächeln.

Ich schloss meine Hand vorsichtig zur Faust, um das einzige Foto meiner Mutter zu schützen, ergriffen vor Angst, dass es mir wieder entrissen würde.

»Ich kann immer noch nicht glauben, dass du es die ganze Zeit hattest«, flüsterte ich. »Dass *du* es warst. Ich meine ... ich verdanke dir mein Leben.«

Bales Blick lag irgendwo in der Ferne. »Vielleicht. Aber deine Mum nicht.«

Und da verstand ich endlich, warum er nicht gewollt hatte, dass ich von alldem erfuhr. Und auch, warum er die ganze Zeit mir gegenüber so abweisend gewesen war. Er hatte *Schuldgefühle.*

»Hast du sie damals gesehen?«, fragte ich und legte das Foto vorsichtig zurück in die Halterung meines Medaillons.

Niemals würde ich es mehr hergeben.

»Ja.« Ein Arm legte sich um meine Mitte. »Ich hab versucht … Ich wollte ihr helfen, aber es waren zu viele. Sie ist die Klippen hinabgestürzt, bevor ich zu ihr konnte.«

Ich nickte leicht und schloss die Augen. Es war unmöglich, es mir nicht vorzustellen.

»Es tut mir leid, Barbie. Dass ich es dir verschwiegen habe, meine ich. Ich wusste nicht, wie ich es dir sagen sollte. Glaub mir: Seit dem Tag, als ich dich zu deiner Tante gebracht habe, habe ich mir gewünscht, dich wiederzusehen.«

Die Worte legten sich zuerst warm um mein Herz, doch dann kamen die Zweifel zurück. Innerlich wappnete ich mich, als ich zu Bale sah. »Aber?«

Er schnitt eine Grimasse. »Ich hatte dein Leben schon einmal ruiniert. Und ich wusste, ich würde desertieren und untertauchen, also … Was für einen Sinn hätte das gehabt?«

»Bale«, sagte ich leise und drehte mich zur Seite, bis ich ihn ansehen konnte. »Du weißt, dich trifft keine Schuld am Tod meiner Mutter, oder?«

Bale schwieg, und ich wusste: Er glaubte mir nicht.

Ich seufzte und ließ meine Stirn gegen seine Halsbeuge sinken. Wenige Meter von uns entfernt saßen Trevor, Mia und Holden. Mia war in eine Wärmedecke eingewickelt und schob sich völlig apathisch Proteinwürfel zwischen die Lippen. Mindestens einer der Jungs sah ständig zu uns, und ich wusste, bei jeder noch so kleinen Bewegung wären sie sofort in Alarmbereitschaft.

»Was machen wir nun?«, fragte ich Bale, so leise ich konnte. Das Rauschen des Flusses unten in der Schlucht war zum Glück so laut, dass wir die anderen kaum hören konnten – und ich hoffte, dasselbe galt für uns.

»Wir haben nur eine Chance, wenn wir die Vermengten retten wollen. Und die ist, einen der nächsten Rifts zu sprengen.«

»Das kommt nicht in Frage«, wehrte ich ab. »Holden ist der Einzige, der die Sensoren zünden kann. Und um ihn dazu zu zwingen müsstest du … du müsstest …«

Mir versagte die Stimme, denn wir wussten beide, was geschehen müsste, um die Sensoren zu aktivieren: Bale müsste sie über Holdens Detektor ansteuern – und das konnte er nur aus nächster Nähe.

Dachte Bale wirklich, ich würde das zulassen? Es musste einen anderen Weg geben. Irgendetwas, das ich übersehen hatte.

Es konnte nicht sein, dass ich Bale verlieren musste, um alle anderen zu retten.

Ich schloss erschöpft die Augen. So müde war ich, so unendlich müde. Wie lange war das Vortexrennen her? Zwei Wochen? Es fühlte sich an, als wären bereits Jahre vergangen.

Komm schon, Faulpelz, hörte ich Luka sagen. *Pause kannst du später noch machen.*

Ich musste lächeln, auch wenn mir nicht danach zumute war. Geistesabwesend strich ich über das Gehäuse von Lukas Detektor. Erst als Gilberts Profil oben im Bildschirm aufleuchtete, hielt ich inne. Ich starrte auf das Display, dann hielt ich meine Hand so, dass sie zwischen meinen Knien nicht zu sehen war. Ich drückte auf die einzelnen Kontrollfunktionen, die im Profil des Chefnavigators angezeigt wurden. Früher hatte ich mich immer geweigert, bei Lukas kriminellen Machenschaften mitzumachen, aber jetzt …

Ich hatte ja gewusst, dass Gilberts Profil mit sämtlichen Zugriffsrechten ausgestattet war. Aber es zu wissen und es mit eigenen Augen zu sehen war etwas völlig anderes.

Gilbert hatte wirklich auf *alles* Zugriff.

Ich tippte auf den Bildschirm, und meine Augen weiteten sich, als ich die Liste entdeckte.

Eine Liste mit allen Gravisensoren in meiner Nähe.

Oder nein – nicht allen. Die Sensoren an meinen Metallfesseln waren zu sehen, selbst die, die an Mias, Holdens und Trevors Uniformen angebracht waren.

Doch die, die Holden in seinem Rucksack lagerte – die fehlten.

Eine Idee flackerte auf, doch ehe ich sie greifen konnte, hallte ein Piepsen über die Schlucht.

Holden hob seinen eigenen Detektor zum Gesicht und atmete tief durch. »Es ist Zeit«, verkündete er. »Der nächste Rift öffnet sich in einer Viertelstunde. Los, aufstehen.«

Mia stöhnte, ließ sich jedoch von Trevor auf die Füße ziehen. Auch ich wankte, als Bale mir nach oben half. Wie ich mich nach dem nächsten Sprung fühlen würde, wollte ich mir gar nicht vorstellen.

Holden lief auf uns zu und hielt Bale den Detektor samt Zeitkarte unter die Nase. »Na los, bring uns zur nächsten Station, Travers.«

Ich hörte Bale seufzen, als er einen Vortex auf der Plattform öffnete. »Genieß den Befehlston, solange du noch kannst«, murmelte er dabei mit hörbarem Spott in der Stimme.

Wie beim letzten Sprung wurde Bale von Holden und Trevor

flankiert, während Mia sich zu mir stellte. Statt mich am Arm zu zerren, stützte sie sich jedoch vielmehr auf mich. Vermutlich war selbst einem Erbsenhirn wie ihr bewusst, dass ich sie nur kurz anhauchen musste, und sie würde umkippen.

Als die Metallringe um meine Armgelenke deaktiviert wurden, atmete ich tief durch. Dann sprang ich mit Mia in den Vortex hinein.

Wenige Sekunden später standen wir auf einer flachen Grasebene. Oder nein – so flach war sie gar nicht. Ringsum mündete sie in weitläufige grüne Berglandschaften. Inzwischen berührte die Sonne den Horizont und tauchte alles in ein beeindruckendes Farbenspiel.

Peru, erinnerte ich mich und genoss für einen winzigen gestohlenen Moment die friedliche Aussicht.

»Wo ist der Rift?«, fragte Holden, und ich folgte Bales Handbewegung. Hinter uns tat sich ein steiler Berghang auf, und erst jetzt wurde ich mir des sanften Rauschens bewusst, das von dort zu uns drang.

»O Mann, nicht schon wieder«, maulte Mia, die mit vollem Gewicht an Trevors Körper lehnte.

Ausnahmsweise hätte ich Mia in dem Moment zugestimmt. Wir trotteten über die Grasfläche hinweg, bis der Weg steiniger wurde. Hinter einer Biegung tat sich ein Felshang auf – und von dessen Klippe, die meterweit in den Himmel aufragte, floss ein dünner, aber sehr beeindruckender Wasserfall hinab.

Erst bei näherem Hinsehen erkannte ich, dass das Gefälle sich gar nicht bewegte, sondern nahezu vollständig vereist war. Nur an den Seiten gab es noch dünne Rinnsale, die nach unten plätscherten. In der Mitte jedoch waren Millionen von Wasserfäden erstarrt.

Eine Bewegung ließ unsere Köpfe zur Seite schnellen. Erst

öffnete sich ein Vortex, dann ein zweiter, dritter und vierter. Gebannt beobachtete ich, wie überall die früheren Versionen von Bale auftauchten, die vor Jahren die Riftstrecke ausgekundschaftet hatten. Es waren Versionen verschiedenen Alters, mindestens dreimal so viele wie in Neu London.

Holden hielt die Hand warnend nach oben, damit wir nicht weiterliefen. Stumm beobachteten wir, wie die unterschiedlich alten Bales den gefrorenen Wasserfall nach oben kletterten. Während sich einer dabei sehr schwertat, hatte ein anderer offensichtlich bereits jede Menge Übung und war schnell verschwunden, ohne seinen anderen Ichs auch nur einen Blick zuzuwerfen. Nur zwei von ihnen tauschten kurz einige Worte aus. Sie koppelten sogar ihre Detektoren aneinander, schoben Daten hin und her, dann verschwanden sie ebenfalls im Rift.

Wenige Sekunden später war es um den gefrorenen Wasserfall herum wieder totenstill. So als wäre Balian nie dort gewesen.

»Das war … echt schräg«, hörte ich Mia murmeln, und wir alle blickten zu Bale. Sein Gesicht war verschlossen wie eine Felswand. Was ging ihm wohl durch den Kopf? Wollte er seinen jüngeren Ichs zurufen, dass sie ihre Suche aufgeben sollten? Doch würde das etwas ändern? Bale glaubte ja nicht daran, dass man damit etwas ändern könnte.

»Der Rift ist nicht mehr lange offen«, hörte ich Holden sagen, während er den Countdown auf seinem Detektor anstarrte.

Wir liefen näher heran, bis wir direkt unter der riesigen Eisskulptur standen. Die einzelnen Stränge waren hauchzart, beinahe so dünn wie Haare.

Und dort, inmitten der Eisfäden, mehrere Meter über unseren Köpfen, spürte ich es: die Energie des Rifts. Es war wie zuvor in der Kirchenruine in London – wie ein Magnet, der mich zu sich zu ziehen schien. Unser neuer Zugang in die nächste Zeitebene.

Ich ließ meinen Blick auf Lukas Detektor fallen. Dann sah ich zu Holden, und mir wurde ganz schwindlig bei den Gedanken, die in meinem Kopf umherrauschten.

»Bring uns da hoch«, befahl Holden an Bale gerichtet. »Mach schon.«

»Du hast es doch gesehen: Es ist sicherer, wenn wir klettern.« Bale zeigte nach oben. »Der Rift liegt mitten im Wasserfall. Wenn einer von uns nicht direkt hineinkommt, stürzt er in den Tod.«

Ich folgte seinem Blick und wusste sofort, dass Bale recht hatte. Vom Rift, der mehrere Meter über uns lag, führte nur das glatte Eis nach unten. Am Fuße des Wasserfalls war lediglich ein winziges flaches Becken, das zudem von einer weißen Schicht überzogen war. Wer da reinstürzte, würde es nicht überleben.

»Na dann, los«, befahl Holden.

Als Mia sich an meine Seite stellte, rempelte ich sie so stark an, dass sie augenblicklich umkippte.

»Spinnst du?!«, keifte sie.

Ich hob abwehrend die Hände. »Nicht meine Schuld, wenn du dich nicht mehr auf den Beinen halten kannst.«

Holden seufzte tief und tauchte neben mir auf. »Trevor, du kümmerst dich um unser Wunderkind.« Dann beugte er sich an mein Ohr. »Und ich bleibe bei dir.«

»Ich kann auf sie aufpassen!«, raunte Mia aufgebracht, während sie sich mühsam aufrappelte.

»Du brauchst deine Kraft für den Sprung«, erklärte Holden und sah sie für einen Moment besorgt an. »Du schaffst das doch, oder?«

»Hab ich eine Wahl?«, gab Mia spitz zurück, straffte aber die Schultern. »Die nächste Station ist Sydney, oder? Wenn wir dort sind, will ich eine richtige Pause. Und was zu essen.«

Bale kletterte zuerst den Wasserfall hinauf, gefolgt von Mia, die, von Trevor gestützt, nach oben geschoben wurde.

»Du kletterst vor mir«, erklärte Holden und deutete die Eisschnüre nach oben.

Ich biss mir auf die Unterlippe. »Ich weiß nicht, ob ich das noch kann.«

Es war nicht mal eine Lüge. Die Erschöpfung kroch durch jeden Muskel, jede Faser meines Körpers. Das war erst der zweite Rift, durch den wir sprangen, und ich wollte mir gar nicht vorstellen, wie es mir ergehen würde, wenn ich diese Reise nicht hier und jetzt beendete.

»Du kannst«, wies Holden mich streng an. »Und du wirst.«

Ich versuchte, seinen Blick aufzufangen. Dann trat ich einen Schritt auf ihn zu. »Du musst das nicht machen, weißt du?«, sagte ich mit sanfter Stimme. »Ich weiß, du willst, dass dein Vater stolz auf dich ist. Aber was er vorhat, ist furchtbar. Das musst du doch auch sehen. Die biologische Invasion der Vermengten, die Überlegenheit einer Rasse – das kannst du nicht wirklich glauben.«

»Was er vorhat, ist das einzig Richtige«, beharrte Holden. »Du hast dich völlig von diesem Kerl blenden lassen – so wie alle anderen auch! Oder hast du vergessen, wie viele Menschen jährlich von den Splits umgebracht werden? Hast du die Kriege vergessen – all das Blut, das vergossen wird?«

»Das habe ich nicht«, wandte ich ein und lugte dabei nach oben.

Die anderen waren fast am Rift angekommen. Ich hob meine Hand, als ob ich meinen Haken der Uniform ins Eis schlagen wollte, da zog mich Holden an sich, und ich ließ es geschehen.

»Es muss nicht so sein«, sagte er, und es lag nun etwas fast

Sehnendes in seinem Blick. Er hob eine Hand, legte sie auf meine Wange. »Du hast mir wirklich etwas bedeutet, weißt du das?«

»Du hast mich gar nicht richtig gekannt.«

»O doch, das habe ich.« Holden lächelte traurig. »Ich hab dich beobachtet, vor den Trainingsräumen, abends, wenn alle schon geschlafen haben. Du …« Er seufzte. »Du warst immer besser als ich. Vor allem im Vortexlaufen. Ich wusste das – ich glaube, sogar unsere Lehrer wussten es. Aber ich habe nichts gesagt, um als Klassenbester abzuschließen. Heute bereue ich das.«

»Das war mir egal«, sagte ich und bemühte mich, ruhig zu bleiben, als ich nach Holdens Hand griff. Ich verhakte meine Finger mit seinen und spürte, wie mein Detektor dabei gegen seinen stieß. Ein Vibrieren ging durch mein Handgelenk, und ich betete, dass Holden es nicht bemerkt hatte.

»Ich weiß.« Er runzelte die Stirn. »Ich hab es nie verstanden, bis heute. Es ist dir völlig egal, was andere von dir halten, oder? Du willst nur tun, was du für richtig hältst.«

Ich musste mich zwingen, nicht nach unten zu schauen. »Nein«, sagte ich. »Eigentlich versuche ich nur ständig, andere davon abzuhalten, das Falsche zu tun.«

Ein bitteres Lächeln huschte über Holdens Gesicht. Er schüttelte den Kopf, als ob er wirre Gedanken loswerden müsste. Dann griff er an den Metallring an meinem rechten Armgelenk. »Na los. Und keine Spielchen.«

Ich hielt inne – und fragte mich, ob Holden die Wahrheit sagte. Dass er sich nach dem Vortexrennen wirklich für mich interessiert hatte. Dass er sich tatsächlich mit mir anfreunden wollte und nicht nur, weil sein Vater es ihm aufgetragen hatte.

Wahrscheinlich würde ich es nie erfahren.

Ich sammelte die letzte mir noch verbliebene Kraft und trat

vor den Wasserfall. Holden wartete, bis ich mit dem Klettern anfing, dann folgte er mir. Ich rammte zuerst den Haken meiner linken Hand ins Eis, zog mich nach oben, dann den meiner rechten. Dabei versuchte ich, das Manöver so zu nutzen, dass ich auf Lukas Detektor schauen konnte. Es kostete mich viel Mühe, meine Arme so weit anzuwinkeln, doch schließlich schaffte ich es, dass ich den Bildschirm direkt vor Augen hatte.

Ich hätte fast aufgeschluchzt vor Erleichterung, als ich die Meldung auf dem Bildschirm entdeckte. Ich hatte es geschafft, meinen Detektor mit Holdens zu koppeln. Normalerweise wurde dafür eine Zustimmung benötigt, aber Gilbert hatte einen höheren Rang als Holden. Die Kopplung war ganz automatisch vonstattengegangen.

Und nun hatte ich nicht nur Zugriff auf die normalen Gravisensoren … sondern auch auf die in Holdens Rucksack.

»Mach endlich«, raunte Holden und stieß mir mit seinem Haken gegen den Stiefel.

Wieder zog ich mich hoch. Starrte abermals auf meinen Detektor. Was ich vorhatte, war völliger Wahnsinn.

Ich schlug meine Haken Stück für Stück ins Eis. Als ich auf dem letzten Meter abrutschte, war es Bale, der mich am Armgelenk packte und so lange festhielt, bis ich sicheren Halt hatte.

»Danke«, sagte ich und wartete, bis die anderen sich auf unserer Höhe versammelt hatten.

Der Rift lag nun direkt über unseren Köpfen. Dort, inmitten des dunklen Schimmerns, war das Wasser am stärksten vereist.

Ich wusste, was ich zu tun hatte.

Ich wusste nur nicht, ob ich es wirklich konnte.

»Du lenkst den Vortex«, wies Holden Bale an und zog mich im nächsten Moment so nahe zu sich, wie unsere Haken es erlaubten. Die Schusswaffe mit den Gravisensoren tauchte in meinem Blickfeld auf. »Halte ihn schön ruhig. Du weißt, was sonst mit ihr passiert.«

Ein Teil von mir war sich sicher, dass Holden bluffte, aber Bale zögerte keine Sekunde. Er öffnete einen Vortex direkt vor dem Rift und sprang mit Trevor und Mia hinein.

»Los«, wies Holden mich an und schob mich an sich gepresst hinter den anderen her.

Er hielt mich fest bei sich, und ich versuchte, die schnellen Rotationen des Wirbels mit gegenläufigen Bewegungen auszugleichen. Trotz der großen Energieeinwirkung war der Sprung im Rift stabil, beinahe friedlich. Ich sah Mia mit geschlossenen Augen in der Mitte treiben, während Trevor sehr nahe an den Außenwirbeln lief und dabei Bale mit strengem Blick bewachte.

Ich ließ die Vortexenergie in meinen Körper hineinfließen, bis ich ganz davon erfüllt war. Holdens Augen weiteten sich, als er die Strömungen auf meiner Haut tanzen sah, doch bevor er fragen konnte, was ich da tat, lenkte ich den Vortex ruckartig zur Seite.

Holden verlor sofort den Halt. Er schrie eine Warnung zu Trevor und Mia herüber. Seine Hände versuchten, meine Arme zu erwischen, aber ich war zu schnell.

Ich trieb zu Bale in die Randwirbel. Von hier konnte ich den Rift, der uns in all seiner schwarzschimmernden Schönheit umgab, mit eigenen Augen sehen. Mein Herz klopfte wie verrückt. Auch Mia und Trevor waren nun in heller Aufregung – Trevor versuchte, zu mir zu gelangen, und hätte es auch fast geschafft. Er streckte seine Hand nach meinem Arm aus, doch seine Finger wurden von den Randwirbeln erwischt. Mit einem Schmerzensschrei zog er sie zurück.

»Was machst du da?«, schrie mir Bale entgegen, aber da prallte ich bereits gegen ihn. Er hielt mich fest – ich hoffte, fest genug.

Ich aktivierte zuerst die Gravisensoren, die an meinen Hand- und Fußfesseln angebracht waren, sowie die, die in Mias und Trevors Schusswaffen lagerten.

Ein letztes Mal sah ich zu Holden zurück, und es tat mir leid, so unendlich leid, als ich die Sensoren in seinem Rucksack aktivierte.

Jeden einzelnen von ihnen.

Es passierte sofort, und es fühlte sich an, als würde die Welt um uns herum zerreißen. Als hätte *ich* sie zerrissen.

Von dort, wo Holden umhertrieb, jagte eine Druckwelle durch den Rift. Ich sah noch, wie er mit hektischen Bewegungen versuchte, den Rucksack von sich zu werfen, doch da wurde er bereits von Kopf bis Fuß von den Energiewirbeln umschlungen, so dass ich ihn aus den Augen verlor.

Mia und Trevor schrien, als die Druckwelle sie erreichte. Dank der Sensoren, die nun in ihren Waffen glommen, wurden sie durch die Randwirbel hindurch aus dem Vortex katapultiert, und obwohl die Chance gering war, hatte ich ihnen damit vielleicht das Leben gerettet.

Ich hoffte es zumindest.

Auch die Sensoren an meinen Fesseln rissen ein Loch in den sterbenden Rift, während sich dieser weiter durch Raum und Zeit bohrte.

Fast hatte ich das Gefühl, die Energie würde immer stärker werden, aber das war natürlich unmöglich. Die orangenen Sensorenkugeln wurden zu allen Seiten verwirbelt, nach vorne und hinten, und ich wusste, der Vortex würde zusammen mit dem Rift jeden Moment explodieren.

Die Welt drang bereits in Fetzen zu uns hinein. Heiße Luft, starke Windböen, Sand und Erde und Wasser und Steingeröll. Und *Feuer.* Die Explosionen der Generation Null wurden vom

Vortex verwirbelt, in den Rift hineingetrieben und rauschten mit ihrer tödlichen Kraft auf uns zu.

»Bleib bei mir«, rief ich Bale zu, klammerte mich an ihn und wappnete mich für eine harte Landung, als wir den Vortex endgültig verließen. *Bleib bei mir*, dachte ich mit roher Verzweiflung, während wir durch Raum und Zeit geschleudert wurden. *Bitte, bitte, bleib bei mir.*

Dann prallten wir auf den Boden, und alles wurde schwarz.

»Hey.«

Wasser tropfte auf mein Gesicht.

»Hey, Barbie.«

Ich kniff die Augen zusammen, versuchte, sie zu öffnen, und wurde von einem unfassbar hellen Licht geblendet. Als ich meinen Kopf zur Seite neigte, um etwas sehen zu können, rieb meine Wange gegen einen rauen Untergrund.

Sand. Ich blinzelte, versuchte, etwas zu sehen, und ließ meinen Blick an einem völlig leeren Strand entlangwandern. Hinter mir ging der Sand in grüne Pflanzen und Bäume über, vor mir lag unendliches Blau.

»Da bist du ja.«

Eine Hand strich über meine Wange, und ich lächelte, als Bales Gesicht vor mir auftauchte. Seine Silhouette wurde von den Sonnenstrahlen eingerahmt, als würde er von innen heraus leuchten.

»Was ist passiert?«, murmelte ich.

Bale schüttelte den Kopf, ein wenig ungläubig. »Du hast uns gerettet«, erklärte er mit rauer Stimme. »Das ist passiert.«

Ich schloss die Augen. Meine Erinnerung war ein tiefer, trüber See. Waren wir denn in unserer Zeit? Nein, das war unmöglich. Wir mussten irgendwo gestrandet sein, und ich hatte das Gefühl, jegliche Orientierung verloren zu haben. Ort, Zeit, nichts ergab mehr Sinn.

Doch ich erinnerte mich an die Explosion im Rift. An Lukas Detektor … und an Holdens angsterfüllten Blick, bevor alles um uns herum zu purem Chaos wurde.

O Gott.

Unmöglich konnte er das überlebt haben.

»Ich hab ihn umgebracht, oder?«, presste ich hervor, und als ich meine Augen öffnete, war meine Sicht ganz verschwommen.

»Du hast uns *gerettet*«, wiederholte Bale. »Du hast die Riftstrecke gesprengt und uns gerettet. Uns und alle Vermengten. Du hast es wirklich geschafft, Barbie.«

Doch ich hörte ihn kaum. Die Schuld zerdrückte mir die Kehle – war Holden wirklich tot? Und was war mit Mia und Trevor? Selbst wenn sie der Explosion nicht zum Opfer gefallen waren, mussten sie schwer verletzt sein. Und sie waren irgendwo in einer anderen Zeit gestrandet, ohne eine Möglichkeit, je wieder zurückzukommen.

Ich ließ mich von Bale in die Arme ziehen. Tief im Herzen wusste ich, dass sich nach dem heutigen Tag alles ändern würde. Doch als er mich küsste, erwiderte ich es. Und ich vergrub meine Hände in seinen wirren Haaren, so wie ich es schon in der Nacht im Gartenschuppen hatte tun wollen.

Danach ließ ich mein Gesicht an seine Schulter sinken. Nicht weil ich ihn nicht ansehen wollte, sondern weil ich Angst hatte, all das zwischen uns wäre nur passiert, weil er geglaubt hatte, bald sterben zu müssen.

Was, wenn er seine Meinung wieder änderte?

Bales Lippen legten sich an meine Ohrmuschel, und ich spürte ihn lächeln. »Du hast keine Ahnung, wie schwer es mir gefallen ist, das nicht schon beim Erneuerungsfest zu machen.«

»Ich dachte, das mit uns wäre keine gute Idee.«

»Ist es auch nicht«, sagte er. »Es ist die schlechteste Idee, die ich jemals hatte, aber ich bin es leid, dagegen anzukämpfen.« Er legte einen Finger an mein Kinn und neigte meinen Kopf so, dass ich ihn ansehen musste.

»Und warum?«

Bales eisblaue Augen funkelten. »Barbie … du weißt, warum.«

Ich biss mir auf die Unterlippe. Und sagte nichts. Ich *wagte* es nicht, irgendetwas zu sagen.

»Wenn man sich verliebt«, erklärte Bale langsam, »dann werden manche Dinge weniger wichtig. Und einige … einige werden so wichtig, dass man ohne sie nicht mehr leben kann.«

Für einen Moment hallten seine Worte bloß in meinem Kopf umher. Es war, als würde sich das Universum um uns herum ins Unendliche ausweiten und sich dann so eng zusammenziehen, bis nur er und ich darin Platz fanden.

»Verliebt?«, flüsterte ich.

Und da war es – Bales leicht abfälliges Schnauben. »Tu nicht so überrascht. Ich war schon in dich verliebt, als du mich noch gar nicht kanntest.«

Das Wort *verlieben* war wie ein großes, unantastbares Etwas. Es drängte durch meinen Brustkorb in meinen Körper hinein und ließ sich dort wohlig nieder. Die ganze Zeit hatte ich geglaubt, Bale könne mich nicht ausstehen. Ich hatte mir eingeredet, jegliche Gefühle, die in meinem Herzen anwuchsen, würden niemals erwidert werden.

Im Stillen fragte sich ein viel zu sentimentaler Teil in mir, ob mir vielleicht all diese schrecklichen Dinge im Leben nur deshalb widerfahren waren, um ein Gleichgewicht zu diesem einen Moment zu bilden.

»Keine Sorge, du musst nichts sagen«, sagte Bale. »Ich wollte nur, dass du es weißt, bevor …« Er verstummte, schüttelte den Kopf.

»Bevor was?«

Bale schwieg. Darin war er gut. Es war zum Verrücktwerden.

»Bale«, sagte ich und fuhr mit dem Daumen über seinen Handrücken. »Bevor *was*?«

Er sah zum Ozean, wo die Wellen sanft an den Strand schwappten. »Was wir getan haben, wird Hawthorne zurückwerfen, ganz sicher«, sagte er leise. »Trotzdem wird er es wieder versuchen. Er wird uns suchen lassen, überall auf der Welt. Nur wir könnten neue Rifts für ihn finden. Eine neue Strecke in die Vergangenheit. Und das macht uns zur Zielscheibe.«

Ich ließ die Worte sacken. Mir wurde ganz kalt, denn ich wusste, dass es die Wahrheit war. Mein Leben würde nie mehr so sein wie früher. Ich war auf der Flucht, ob ich wollte oder nicht.

Bale umschloss meine Hand und drückte sie. »Keine Sorge. Wir können alldem ein Ende setzen. Zusammen finden wir die restlichen Rifts und vernichten sie«, sagte Bale. »Immerhin wissen wir jetzt dank dir, wie wir sie zerstören können.«

Ich atmete tief durch und nickte. Dann drückte ich mein Gesicht gegen Bales Halsbeuge. Vor uns lag der schönste Sonnenuntergang, den ich je gesehen hatte – und ich konnte vor lauter Schuldgefühlen kaum hinsehen.

Mia, Trevor … *Holden.* Ich würde die Angst in ihren Gesichtern wohl nie wieder vergessen.

»Komm«, sagte Bale nach einer kleinen Ewigkeit. Er lugte auf seinen Detektor. »Wir sollten aufbrechen.«

»Und wie?«, fragte ich, schließlich hatten wir den Rift zerstört. Ein Teil von mir wünschte sogar, wir würden einfach hierbleiben. In welcher Zeit wir auch gerade waren, sie war mit Sicherheit friedlicher als das, was uns erwartete.

Bale sah jedoch wenig bekümmert aus. »Wir sind zum Glück nicht allzuweit in der Vergangenheit gelandet. Von hier kann ich die Vortexe mit meinen Erinnerungen lenken. Es werden zwei oder drei Sprünge nötig sein, aber ich bringe uns zurück.«

»Und wohin gehen wir, wenn wir wieder in der Gegenwart sind? Nach Sanktum?« Allein das Wort versetzte mir einen Stich ins Herz.

Bale lächelte mich an, voller Zuversicht, voller Hoffnung, und ich fragte mich, wie er sich so unbeschwert fühlen konnte, während mir die Sorge um unsere Zukunft fast den Atem abschnürte. »Das finden wir unterwegs heraus.«

Ich nickte, denn ich glaubte ihm. Wir *würden* einen Weg finden – zusammen. Also hielt ich Bale fest, während er einen Arm um meine Taille legte.

Mit ihm in einen Vortex zu sinken fühlte sich schon jetzt an, als würde ich nach Hause kommen.

SANKTUM

EINIGE TAGE SPÄTER

Zu allen Seiten sprossen Wurzeln in den Himmel. Sie legten sich um die Bäume und vermengten sich mit deren Rinde, bis die Stämme immer größer und immer breiter wurden.

Ich stand neben Lis. Ihr Mund stand offen, und ihre Augen glitzerten regelrecht, als sie dem Schauspiel zusah.

»Wunderschön«, sagte sie und griff nach meiner Hand. »Es ist wunderschön, oder nicht?«

Mühsam zwang ich mir ein Lächeln auf die Lippen. »Ja.« Wunderschön war es ohne Zweifel, aber ohne mich wäre es gar nicht nötig gewesen.

Überall auf der Lichtung standen Grunder um die Bäume herum. Sie hatten ihre Hände zum Himmel gereckt, und es war, als würden sie die Energie durch ihre nackten Füße geradezu aus dem Boden heraussaugen und damit die Bäume befüttern. Überall verformten sich die Stämme, bildeten Hohlräume, Plattformen, Stege.

»Du siehst traurig aus«, sagte Lis und musterte mich. »Was ist los?«

»Sie alle müssen von vorne anfangen. Weil ich Hawthorne zur Stadt geführt habe.«

»Das ist nicht deine Schuld.« Lis legte einen Arm um mich. »Außerdem ist niemand gestorben. Alles andere kann mit der Zeit ersetzt werden.«

Ich bemühte mich, die Bilder zurückzudrängen, die überall auf den Medienkanälen gezeigt worden waren. Der Versammlungsbaum, der gefällt worden war – die Häuser der alten Minenstadt, die man abgerissen hatte. So viele Erinnerungsstücke der Bewohner waren vernichtet worden – selbst Allister hatte ein Großteil seiner alten Schätze, die er aus England mitgebracht hatte, bei der Flucht zurücklassen müssen.

Hawthorne hatte Wort gehalten: Er hatte das alte Sanktum dem Erdboden gleichgemacht. Und er ließ offiziell verkünden, zur Not den ganzen Planeten nach den geflohenen Vermengten absuchen zu lassen.

»Er hätte Sanktum so oder so angegriffen, Liebes«, hatte Allister zu mir gesagt, nachdem ich seine schmale Gestalt bei unserem Wiedersehen beinahe zwischen meinen Armen erdrückt hatte. »Egal, ob du ihm geholfen hättest oder nicht. Eine Stadt, in der Menschen und Vermengte in Frieden miteinander leben? So was hätte er niemals an die Öffentlichkeit kommen lassen.«

Ich hatte gewusst, dass Allister recht hatte. Sanktum wäre der Beweis dafür gewesen, dass ein Miteinander aller Arten möglich war.

In der Entfernung sah ich, wie ein Baum nach und nach über die anderen Bäume der Stadt emporragte. Er lag auf einer Insel inmitten eines Sees, im hinteren Teil der Lichtung. Hunderte Grunder standen um ihn herum, und man konnte förmlich sehen, wie der Baum wuchs, immer gewaltiger wurde, wie die Wurzeln den Stamm so weit nach oben drückten, dass seine Baumkrone einen immer breiteren Schatten auf den See warf.

Ein neuer Versammlungsbaum entstand.

»Kommst du mit?«, fragte mich Lis. »Mister Wemyss sagte, das neue Gasthaus sei so gut wie fertig.«

»Nein.« Ich schüttelte den Kopf. »Ich … ich hab noch was vor.«

Lis beäugte mich kritisch. Nachdem ich ihr vor zwei Tagen

halbtot um den Hals gefallen war, hatte sie sich wie eine Löwenmutter an meine Fersen geheftet. Doch schließlich lächelte sie. »Ist gut, komm nur vor dem Abendessen zurück, ja?«

Ich wollte lachen, verkniff es mir aber. Ausgerechnet zwischen lauter Grundern entwickelte Lis Interesse an Abendessen bei Kerzenschein mit Stoffservietten und selbst gekochtem Essen. Wahrscheinlich lag es daran, dass sie und Allister sich in Windeseile angefreundet hatten.

Ich drehte mich um und wandte den Blick von den immer größer werdenden Bäumen ab, doch dann hielt ich inne.

»Lis?«

Sie sah zu mir. »Ja?«

»Hast du schon etwas von Gilbert gehört?«

Ich hasste es, sie ständig danach zu fragen, aber dieses uralte, völlig unbrauchbare Einwegtelefon, das sie aus New York mitgebracht hatte, war der einzige Zugang, der uns zur Außenwelt – und zu Gilbert – geblieben war.

Sie schüttelte den Kopf, und ich sah ihr an, dass sie versuchte, ihre Sorge nicht allzu sehr durchscheinen zu lassen. »Er meldet sich bestimmt bald«, sagte sie und lächelte ermutigend.

Ich hoffte inständig, sie würde recht behalten. Keiner von uns wusste, wie es Gilbert ergangen war. Je mehr Tage ohne eine Nachricht von ihm vergingen, desto mehr hatte ich das Gefühl, dass wir ihn nie wiedersehen würden.

Andererseits … Hawthorne musste wissen, dass er mit Gilbert eine Trumpfkarte gegen uns in den Händen hielt. Ich konnte nur hoffen, dass das sein Leben vorerst beschützen würde.

Ich spähte auf meinen Detektor. Bale und ich hatten ihn auf dem Weg zurück in unsere Zeit in Neu London eingesammelt. Der Countdown darauf blinkte stetig vor sich hin.

In einer halben Stunde war es so weit.

Lis winkte mir zu, bevor sie den Weg zum neuen Gasthaus einschlug. Sie und Luka waren erst seit ein paar Tagen hier, doch sie hatten sich bereits so gut eingelebt, als wären es Wochen. Ihretwegen hatte das neue Gasthaus nun ein weiteres Stockwerk – und größere Räume.

Ich sah Lis' Silhouette so lange hinterher, bis sie vom Grün der wachsenden Stadt verschluckt wurde. Noch einmal blickte ich auf Sanktum zurück, dann machte ich mich auf den Weg zu den Klippen.

Der Pfad war nur von kleineren Bäumen und Pflanzen gesäumt. Im Gegensatz zu dem Versteck in den Bergketten kam mir diese neue Lage – eine Lichtung, die größtenteils von schroffen Klippen umrahmt wurde, die geradewegs ins Meer abfielen – weitaus weniger sicher vor, aber ich vertraute darauf, dass Nathaniel wusste, was er tat.

Ich fand Bale an der äußersten Spitze der Klippen. Seine nackten Füße baumelten über dem Abhang, während er und Atlas gemeinsam auf den Ozean hinaussahen.

»Da bist du ja«, sagte ich, und Bale zuckte nicht einmal, als ich mich neben ihm auf dem sonnengewärmten Stein niederließ.

Er hatte schon mit mir gerechnet.

Auch auf seinem Detektor sah ich den Timer Sekunde um Sekunde ablaufen. Jetzt waren es nicht mal mehr zehn Minuten.

Daneben ploppten immer wieder Meldungen aus den Medienkanälen auf. Seit Tagen waren die Nachrichten voll mit Bildern von uns. Sie waren unscharf, verwackelt, bedeckt mit Rauch, aber auch das hatte nicht geholfen. Unsere Namen zierten mehrere Artikel.

Kann dieser Mann wirklich Balian Travers sein?

Balian Travers – am Leben?

Tumulte im NYC-Kuratorium: Oberster Leiter hüllt sich in Schweigen.

»Schau nicht so bedröppelt«, sagte Bale und warf mir ein schiefes Lächeln zu. »Früher oder später wäre es eh so gekommen.«

Vielleicht wäre es das, aber das war ein geringer Trost. Denn wir beide wussten, dass keiner von uns mehr irgendwohin gehen konnte, ohne erkannt zu werden. Hawthorne hatte es geschafft, uns mehr denn je zur Zielscheibe zu machen.

»Jetzt bist du auch berühmt.« Bale grinste und zeigte mir einen neuen Artikel, den ich noch nicht gesehen hatte.

Eine neue Rebellion? Zwei abtrünnige Läufer stehen an der Spitze des »Grünen Bebens«. Unter der Überschrift waren wieder Bale und ich zu sehen.

»Wie fühlt es sich an, eine gesuchte Kriminelle zu sein?«

»Ach, ich gewöhne mich langsam dran«, gab ich locker zurück, obwohl es sich nicht so anfühlte. Ständig musste ich an Holden, Mia und Trevor denken. Noch vor wenigen Wochen hatten wir ein und dasselbe gewollt: Läufer werden. Und nun wusste niemand, was aus den dreien geworden war.

Ich ließ meinen Blick über den Ozean gleiten und spürte dem Schmerz nach, der sich um mein Herz legte. Was nun geschehen würde, war unmöglich vorherzusagen. Nicht nur Varus Hawthorne schwor die Kuratorien auf eine neue Ära ein – auch Nathaniel tat es. Das Grüne Beben war nach Sanktums Evakuierung rasant gewachsen. Die Vermengten der Stadt waren mehr denn je bereit, ihrem Oberhaupt überallhin zu folgen.

Und der Rote Sturm? Hawthorne hatte mit einem recht behalten: Die Zünder hatten zum ersten Mal einen neuen Anführer und breiteten sich nun überall in der Welt aus. Wenn sich ihnen nicht bald jemand entgegenstellen würde, spielte es keine Rolle mehr, ob Hawthorne seinen verrückten Plan in die Tat umsetzen konnte – die Welt würde so oder so zugrunde gehen.

Atlas begann zu winseln, dann beugte er sich zu mir und leckte über meine Hand. Als das nicht half, stieß er mit seiner Pfote gegen meinen Arm.

»Du«, rügte ich und streichelte ihn trotzdem. Als ich mich zurücklehnte, war Bales Gesicht direkt vor mir, und er grinste mich an, bevor er seinen Mund auf meinen legte.

Dort verharrte er, und ich ließ meinen angehaltenen Atem entweichen und murmelte bloß gegen seine Lippen: *»Bale.«* Es hatte genervt und ein wenig spöttisch klingen sollen, aber auf halber Strecke hatten wohl die Synapsen in meinem Hirn verrücktgespielt, denn das Wort war viel zu voll mit, na ja, *allem*, um einfach nur Bales Name zu sein.

Egal. Peinlich konnte mir das später sein, denn der leise Laut, den Bale von sich gab, war nicht weniger sehnsüchtig, und dann küsste er mich endlich richtig.

Ich hatte schon immer gewusst, so stark für jemanden zu fühlen war eine große Schwäche. Doch erst heute begriff ich, dass es ebenso eine Stärke sein konnte.

»Mein Leben ist deinetwegen so viel komplizierter geworden«, sagte ich über das Wellenrauschen hinweg.

Bale lächelte und ließ seine Stirn gegen meine sinken. »Dafür gibt es aber jetzt keine Entschuldigung.«

»Ich habe auch keine erwartet.«

Da piepsten unsere Detektoren. Ich hob meinen Arm, damit Bale und ich auf das Display schauen konnten. Die Codes, die Bale mühsam aus den Wissenszentren geklaut hatte, blinkten. In wenigen Sekunden würden sie aktiv werden.

»Acht Zonengebiete«, sagte ich und fuhr mit dem Daumen

über die zwei leeren Zeilen auf dem Bildschirm. »Es tut mir leid, dass du die letzten Codes nicht mehr holen konntest.«

Bale zuckte mit den Schultern. »Es sind genug, um einen Unterschied zu machen. Genug, um den Vermengten und den Menschen gemeinsam eine Chance zu geben.« Er musterte mich. »Bist du bereit?«

Ich blickte auf die Ziffern. Jede für sich genommen völlig unschuldig und machtlos. Doch zusammen – zusammen würden sie ein neues Zeitalter einläuten.

Statt einer Antwort griff ich nach Bales Hand, spürte seine Zuversicht in mich hineinfließen. Ich *war* bereit. Bereit, mein Schicksal in die eigene Hand zu nehmen. Doch was viel wichtiger war: Die Welt war es auch. Und das würde ich ihr jetzt beweisen.

Behutsam legte ich meine Hand um das Gehäuse des Detektors. Der Timer war abgelaufen. Es war Zeit.

Einen Augenblick lang verharrte mein Finger über dem Knopf, der alle Mauern auf der Welt niederreißen würde.

Dann drückte ich auf *Aktivieren.*

Verzeichnis der Gruppierungen

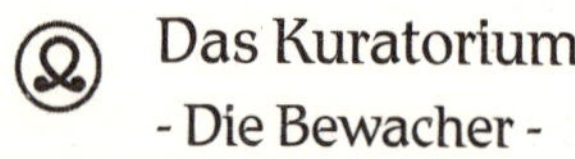

Das Kuratorium

\- Die Bewacher -

Global agierendes Verteidigungsorgan, bestehend aus zehn Instituten. Das Kuratorium überwacht die Vermengten und verantwortet die Ausbildung der Vortexläufer.

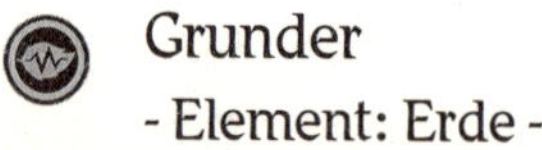

Grunder

\- Element: Erde -

Ihre Körper werden von Pflanzen durchdrungen. Sie gelten als beständig, loyal und geduldig. Der Sitz der Rebellengruppe »Grünes Beben« liegt in Sanktum.

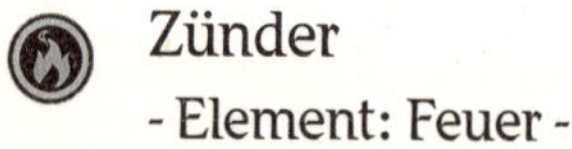

Zünder

\- Element: Feuer -

Feuer fließt durch die Adern der Zünder. Mit ihren knolligen Ohren, den roten Augen und Haaren fallen sie sofort auf. Die Rebellengruppe »Roter Sturm« ist überall auf der Welt aktiv.

Wirbler

- Element: Luft -

Wirbler gelten als wandelbar und berechnend. Ihre Körper werden von Luft durchzogen, was ihre Lebensdauer erhöht. Die Wirbler leben größtenteils fernab der Menschengebiete.

Schwimmer

- Element: Wasser -

Der Lebensraum der Schwimmer, die Weltmeere, ist kaum erforscht. Wie viele Schwimmer es gibt, ist nicht bekannt. Sie kontrollieren das Wasser und gelten als kreativ, sensibel und gerissen.

Dank

Mein erster Dank gilt dir, liebe Christiane. Ich dachte ja, ich durchschaue alle Lektoratsmethoden, aber deine Art, mich dazu zu bringen, mich nie mit dem Zweitbesten zufriedenzugeben, war phänomenal. Ohne dich wäre »Vortex« niemals die Geschichte geworden, die sie in meinem Kopf immer werden wollte. Ich bin so froh, dass ich mich damals getraut habe, auf »Senden« zu drücken.

Außerdem danke ich allen Menschen im Fischer Verlag, die aus meinen Worten ein Buch gemacht haben und die nun dafür sorgen, dass dieses Buch in die Welt getragen wird. Julia – dass wir beide auf diese Weise wieder zusammenfinden, hätte wohl keiner von uns gedacht. Ich kann noch immer kaum in Worte fassen, wie glücklich und stolz es mich macht, dass du dich in meine Geschichte verliebt hast. Anne – ich danke dir für dein Adlerauge und das gemeinsame Kopfzerbrechen übers Zeitreisen, über Vortexe, Rifts und das Doppelbödige hinter dem Doppelbödigen. Himmel, was habe ich uns da nur eingebrockt?

Ich danke dir, Philipp, dass ich mich tage- und wochen- und monatelang aus dem Leben ausklinken konnte, um meinen Traum zu verwirklichen. Und dafür, dass ab und an, wie durch Magie, neben meiner Tastatur eine Tasse Kaffee aufgetaucht ist.

Ich danke meiner Familie und meinen Freunden. Meinen wundervollen Eltern, die mir immer vertraut und mir immer alles ermöglicht haben. Thomas, Lorena, Antonia und Sabine fürs Lesen und Mutmachen – und Katrin, Patricia und Maya für den jahrelangen Zuspruch.

Und zu guter Letzt danke ich *dir*, dass du mein Buch gelesen hast. Wenn ich könnte, würde ich es wie Susie machen und dir jetzt um den Hals fallen.

LESEPROBE

ISBN 978-3-7373-6200-9

Im Buchhandel erhältlich
ab Herbst 2022!

Prolog

Früher existierte Magie nur in unseren Träumen. Ich war zu jung, um es mitzuerleben – eine Welt *ohne* Magie. Aber noch heute sprechen die Menschen darüber. Dass sie geglaubt hatten, Magie zu kennen. Magie, so wie sie in Filmen ist. In Märchen. In Büchern. Eine geheimnisvolle, meist gute Kraft, die Wunder vollbringt.

Doch so ist Magie nicht.

Wahre Magie ist dunkel und verführerisch, eine blauschimmernde Flüssigkeit, wertvoller als Gold und süchtig machender als die wirksamste Droge. Fünfzehn Jahre ist es her, dass die Magie in unsere Welt kam. Ihre Faszination war wie ein Schwelbrand, und die Reichen und Mächtigen waren die Ersten, die ihr erlagen. Sie hätten ihre Seelen für einen Tropfen Magie verkauft. Und wenn diejenigen, die über alles bestimmen, etwas so sehr vergöttern, dann bleibt kein Raum mehr für Skepsis.

Die Magie ist heute ein Teil unseres Lebens. Sie ist überall, auf jedem Kontinent, in jedem Land und in jeder Stadt.

Menschen töten, um sie zu besitzen.

Menschen sterben, weil sie es tun.

Und andere Menschen, so wie ich, kämpfen mit ihr, um zu überleben.

1

Die Tribünen waren bis auf den letzten Platz mit Zuschauern gefüllt. Der Anblick jagte einen Schauer über meinen Rücken, und kaum dass wir den Eingang hinter uns gelassen hatten, drang der Lärm von allen Seiten auf mich ein. Klatschen, Anfeuerungen, Buh-Rufe. Ein plötzliches Gefühl von Einsamkeit überkam mich. Zwar lag Lilys Hand fest in meiner, aber ich wusste, was mir bevorstand.

Und ich wusste, dass ich es allein tun musste.

»Ist das abgefahren!«, rief Lily. Ich hörte sie kaum, aber die Worte lagen deutlich auf ihren Lippen. Sie lehnte sich zu mir. »Du hattest recht. Das ist echt eine ganz andere Nummer als bei den Amateurkämpfen!«

Allerdings. Mein Blick zuckte über die riesige siebeneckige Halle hinweg. Ein *Heptadome*. Gebaut dort, wo früher Fußballstadien gestanden hatten, als sich die Leute noch für Fußball interessierten.

Es war das erste Mal, dass ich eines dieser Gebäude betrat. Von der Subway aus hatten Rolltreppen etliche Stockwerke nach oben und direkt zu den Tribünen geführt. Nun waren wir so hoch, dass ich alles überblicken konnte. Flutlichter schienen auf die sieben voneinander getrennten Kampfarenen tief unter uns hinab. Die Wände des Heptadomes bestanden aus dunklem Glas, flackernde Lichter aus Projektoren tanzten über die Flächen. Über uns wölbte sich der Himmel, auf dem heute, an diesem Sommerabend, noch einige Rot- und Orangesprengsel sichtbar waren.

Ich bohrte meine freie Hand in den Stoff meines dunkelgrünen Cape-Mantels und schloss die Augen, um mich zu sammeln. Dabei nahm ich den Duft tief in mich auf. Der Heptadome war regelrecht erfüllt davon. Bittersüß, schwer und sehr intensiv. Eine Mischung aus Asche und Zucker.

Der Duft von Magie.

Schon schoss ein aufgeregtes Kribbeln über meine Haut hinweg, ob ich es wollte oder nicht. Mein Körper wusste bereits, dass eine neue Magiedosis zum Greifen nah war – und so sehr ich auch versuchte, es zu leugnen: Er freute sich darauf.

Mein Verstand verabscheute Magie.

Der Rest von mir tat es nicht.

Die sieben Heptagon-Arenen, auf die wir hinabsahen, waren bereits besetzt. Dort kämpften die Duellantenpaare parallel miteinander. Ich sah das blaue Aufflackern ihrer Magie, zwang mich aber, den Kämpfen nicht zu viel Aufmerksamkeit zu schenken.

Es würde mich nur noch nervöser machen.

»Ray?« Lilys tiefbraune Augen blickten mich sorgenvoll an. Obwohl die Leute um uns herum stetig nach vorne drängten, um sich ihre Sitzplätze zu suchen, blieb sie eisern stehen. »Wir können immer noch gehen und eine andere Lösung finden.«

Ich lächelte Lily an. Sie meinte es ernst, das wusste ich. Wenn ich wollte, würde sie sofort mit mir aus dem Heptadome verschwinden. Wir würden zurück in die Outskirts gehen, in das heruntergekommene Kraftwerk, in dem wir schon seit Jahren lebten, und weiter für Lazarus Wright arbeiten. Für den Rest unseres Lebens wären wir ein Teil seiner Bande – *Nightserpents bis zum Tod.* Aber alles, was uns beide als Menschen ausmachte, würde verstummen, Tag für Tag ein bisschen mehr.

»Nein, ich ziehe das jetzt durch«, sagte ich und nickte entschlossen. Besser, wir brachten die Anmeldung schnell hinter uns. Sonst überlegte ich es mir wirklich noch anders.

Der Bereich, in dem die Wettkämpfer aufgenommen wurden, lag auf halber Höhe der Tribünen, und auf unserem Weg musterte ich die Zuschauer ringsum. Obwohl die Stehplätze hier oben im Vergleich zu den Sitzen in den unteren Rängen bestimmt um einiges günstiger waren, sah ich nur fein bekleidete und mit Schmuck behängte Menschen. Sie alle stierten gebannt in die Tiefe zu den Arenen, nur wenige warfen uns einen flüchtigen Blick zu und wendeten ihn sofort wieder ab, wenn sie die vielen Flecken und Risse auf meinen Klamotten wahrnahmen.

Meine Wangen liefen rot an. »Wir hätten uns doch was anderes anziehen sollen!«, rief ich über eine aufbrandende Welle Applaus hinweg, woraufhin Lily mit einem Grinsen den Kopf zu mir neigte.

»Wieso? Es ist doch gut, wenn sie dich unterschätzen!«

Damit hatte sie natürlich recht. Allerdings hätte ich dafür nicht mit meinem ausgefransten Rock und löchrigen Strumpfhosen hier aufkreuzen müssen. Dazu musste ich nur aussehen, wie ich aussah. Ein schlaksiges, bleiches Mädchen mit kastanienbraunen Haaren, das ungefähr so bedrohlich wirkte wie ein Hundewelpe auf der Jagd nach einer Maus. Lily hatte sogar ihre schwarzen krausen Haare mit einer rosafarbenen Schleife hochgebunden. Oder war das Teil einer Taktik? Lily hatte es trotz ihres atemberaubend hübschen Gesichtes und dem unschuldigen Lächeln faustdick hinter den Ohren – ich würde es ihr zutrauen.

Sie drückte erneut meine Hand und zog mich die Treppe nach unten. Ihre Haut fühlte sich warm an meiner an, und ich ließ ihre Zuversicht in mich hineinfließen. Von allen Menschen in meinem Leben hatte Lily schon immer am meisten an mich geglaubt. Genau genommen, seit ich im Alter von sechs Jahren das erste Mal angekündigt hatte, dass ich Schokolade aus dem Lagerraum des Waisenhauses klauen würde, und zwar genug, um alle Kinder damit zu versorgen. Lily hatte keine Sekunde an mir gezweifelt – und recht behalten.

Sie war mein Fels, meine Seelenverwandte. Und sie war die Einzige, die wusste, was ich heute vorhatte. Wenn ich gleich in eine der sieben Heptagon-Arenen stieg, um mich zu duellieren, würde sie am Seitenrand stehen und meinen Namen brüllen, bis sie heiser war.

Ein Teil von mir konnte immer noch nicht glauben, dass wir es tatsächlich geschafft hatten. In den letzten Monaten hatte ich fast jede Woche einen Amateurkampf absolviert und damit genügend Punkte gesammelt, um heute das erste Mal in der Profiarena anzutreten. Und nun waren wir hier.

Gewünscht hatte ich es mir nie. Doch darum ging es nicht. Es ging darum, dass Lily und ich so schnell wie möglich aus dem Waisenhaus verschwinden mussten. Und dafür brauchten wir Geld.

Bei den Profikämpfen wurden Wetten abgeschlossen, die dermaßen hoch waren, dass es schnell um Millionenbeträge ging. Auch die Kämpfer wurden beteiligt, zwar nur zu einem geringen Anteil, aber Lily hatte es für uns ausgerechnet: So, wie ich aussah, wettete keiner auf mich. Was bedeutete, dass die Quote und damit das Preisgeld umso höher waren. Ein Sieg würde nach Lilys Schätzung mindestens eine Prämie von 10.000 Pfund bedeuten. 10.000 Pfund und damit zwei Tickets raus aus dem beschissenen Leben in den beschissenen Outskirts.

Ein Leben, ganz weit weg von Lazarus Wright.

»Hier drüben geht es rein.« Lily und ich hatten den Eingang zum Teilnehmerbereich gefunden – eine schmucklose Halle, die durch Glasfenster von den Tribünen abgetrennt wurde. Wir stellten uns in die Schlange, hinter einen stämmigen Kerl mit Glatze, der uns die Sicht auf das Anmeldepult nahm.

Ich sah durch die Fenster nach draußen. Wie viele Zuschauer es wohl waren? Der Heptadome in Brent, im Nordwesten Londons, war einer der kleineren, aber trotzdem mussten es dreitausend oder mehr sein. In jedem Fall hatte ich noch nie vor so einem großen Publikum gestanden. Die Amateurkämpfe fanden meistens in umgebauten Lagerhallen statt. Erst, wenn man in die Wettkampfliga vorrückte, durfte man in einen Heptadome.

Wir warteten, und meine Nervosität stieg. Lily hatte meine Hand nicht eine Sekunde losgelassen, und während die Minuten vergingen, merkte ich, wie meine Finger ganz leicht zu zittern begannen.

Bitte nicht, dachte ich und schloss die Augen. *Ruhig*, versuchte ich meine Hände und auch den Rest meines Körpers zu beschwören. Ich musste mich gefälligst zusammenreißen, heute durfte ich mir auf keinen Fall diese Schwäche erlauben. Aber meine mahnenden Worte änderten nichts.

Das taten sie nie.

Lily musste das Zittern trotz ihres Klammergriffs gespürt haben, denn sie sah erst zu mir und dann hinab zu unseren verhakten Händen. »Alles okay?«, flüsterte sie, und obwohl ich nickte, wurde Lilys Blick besorgt. »Sicher? Hast du deine Blocker genommen?«

Ja, habe ich. Zwei Pillen, gleich heute Morgen. Aber sie helfen kaum noch gegen den Tremor, sie machen mich nur müde. Das wäre die ehrliche Antwort gewesen. Nur würde die jetzt keinem von uns etwas bringen. »Klar«, sagte ich stattdessen. »Es hört bestimmt gleich wieder auf.«

Lily wollte irgendetwas erwidern, als plötzlich eine Frau hinter uns zu quietschen begann. Sie hatte stechend rote Haare, einen ebenso roten Mund und dunkel geschminkte Augen. Und das war noch nicht mal das Auffälligste an ihr. Nein, das Auffälligste waren die Tattoos, denn sie war vom Hals abwärts mit der Zahl Sieben übersäht. Erst, als sie unsere verwirrten Blicke bemerkte, krähte sie: »Heute sind Obere anwesend!«

Obere? Mein Blick schnellte wieder zu den Tribünen. Ich versuchte, die Oberen unter den gewöhnlichen Zuschauern ausfindig zu machen, was völlig sinnlos war, denn sie sahen genauso aus wie alle anderen Menschen.

Doch da deutete die Frau mit den vielen Tattoos im Dekolleté in Richtung einer Sondertribüne. Dort, abgetrennt von den restlichen Zuschauern, saß eine Gruppe Menschen, die offenbar wichtig waren, denn ein Kellner brachte ihnen gerade Getränke. Sie trugen schwarze Mäntel mit Stehkragen und blickten stoisch hinab auf die Kampfarenen. Hinter ihnen standen aufgereiht einige Leute in Uniformen.

»Und was machen die hier?«, hörte ich Lily fragen.

»Vor ein paar Tagen gab es Gerüchte.« Die Augen der Frau blitzten gierig auf. »Dass sie die besten Kämpfer mit sich nehmen.«

Lily starrte erst die Frau an – und dann mich. Ich konnte den Gedanken so deutlich in ihren Augen sehen, als hätte sie ihn laut ausgesprochen. *Mit sich nehmen? In den Mirror?*

»So ein Schwachsinn«, raunte ich und presste die Lippen aufeinander, als die Frau mir auf meinen Kommentar hin einen angesäuerten Blick zuwarf.

»Überhaupt nicht. Das ist in den letzten Monaten schon ein paarmal vorgekommen. Die Oberen sollen vereinzelt Kämpfer ausgesucht und ihnen angeboten haben, im Mirror zu leben.«

»Und hat man wieder von ihnen gehört?«, fragte Lily.

»Nein. Wieso auch? Da oben kriegen sie wahrscheinlich so viel Magie, wie sie wollen.« Die Frau hob das Kinn, und ich sah es ihr an: Sie würde *alles* tun, um heute vor den Oberen einen guten Eindruck zu hinterlassen. So wie wahrscheinlich jeder Schaukämpfer. Sie alle wollten in die Welt über unserer. In die Welt, in der es unendlich viel Magie gab.

Seit der Mirror sichtbar geworden war, gab es immer mal wieder Besuche von den Oberen. Allerdings trafen sie sich nur mit Politikern und Geschäftsleuten, um die Magielieferungen zu vereinbaren. Ein Mädchen wie ich, das in den Outskirts lebte – in den Armenvierteln der Stadt – hatte jedenfalls noch nie einen Oberen gesehen. Und sie interessierten mich auch nicht. Klar, der Mirror war faszinierend. So wie einen alles faszinierte, was man nur sehen, aber nicht berühren durfte. Eine Spiegelwelt, oben im Himmel. Wer würde das nicht unglaublich finden? Doch die Oberen selbst könnten mich nicht weniger kümmern. Sie gaben uns nur winzig kleine Portionen ihrer Magie und ließen uns dafür ausbluten. So hatten sie die gesamte Menschheit in wenigen Jahren von sich abhängig gemacht.

Und das sagte alles über die Oberen aus, was ich wissen musste.